D1933474

Edwin Klein

Kampf der Götzen

Rasch und Röhring Verlag

Die Deutsche Bibliothek – CIP-Einheitsaufnahme

Klein, Edwin:
Kampf der Götzen : Roman / Edwin Klein. – Hamburg : Rasch und Röhring, 1997
ISBN-3-89136-619-1

Copyright © 1997 by Rasch und Röhring Verlag, Hamburg
Großer Burstah 42, 20457 Hamburg, Fax 040-37 13 89
Umschlaggestaltung: Peter Albers
Satzherstellung: KCS GmbH, Buchholz/Hamburg
Druck- und Bindearbeiten: Westermann Druck, Zwickau
Printed in Germany

Ein kurzer Ruck, ein unwilliges Knurren, für alle vernehmlich knallte Chambier den Hörer auf die Gabel. Als gebe er sich eine letzte Bedenkminute, blieb er noch eine Weile mit gerunzelter Stirn sitzen, stemmte schließlich seinen massigen Körper hoch und stürmte hinaus.

»Das lasse ich mir nicht bieten«, hörten die Kollegen der Redaktion ihn giftig vor sich hin brabbeln.

Auf dem Flur wurde Chambier, sonst die Ruhe selbst, von verwunderten Blicken verfolgt. Keine Spur der gewohnten Behäbigkeit, nichts war von dem Watschelgang des Übergewichtigen geblieben, schon gar nicht war die Bereitschaft zu einem Schwätzchen zu spüren. In ungewohnter Schnelligkeit steuerte er, die Füße wie ein Schlittschuhläufer flach und seitlich über den Boden gleiten lassend, mit wippendem Bauch und rudernden Armen auf eine bestimmte Tür zu. Ohne anzuklopfen, betrat Chambier das Vorzimmer des Chefredakteurs, vergaß die Sekretärin zu grüßen, öffnete eine zweite Tür, baute sich vor dem Schreibtisch auf, stemmte seine Fäuste auf die runden Hüften und fixierte den schlanken Mann mit dem akkurat gescheitelten Haar.

»Chambier, was soll das?« Giesing, der Chefredakteur, lehnte sich zurück und verschränkte die Finger unter dem Kinn.

Chambier atmete tief durch – er rasselte wie ein Walroß – und zwang sich zur Ruhe. Aber seine Stimme verriet die innere Anspannung. »Mit mir kannst du das nicht machen.«

»In diesem Fall wirst du überhaupt nicht gefragt.«

»Wenn du das wagst, dann kündige ich.« Klatschend sauste Chambiers Hand auf den Schreibtisch. Der rechte Hosenträger rutschte von der Schulter.

Giesing erhob sich und schaute den Älteren an. »Warum liegt dir eigentlich so viel daran?«

Chambier antwortete nicht.

»Hast du auch an die Konsequenzen gedacht?«

»Na und? Läßt du dich etwa einschüchtern?«

Der Chefredakteur schüttelte den Kopf. »Man wird uns angreifen und uns unterstellen, wir wollten gewisse Kreise provozieren.«

Chambier schob den Unterkiefer nach vorn, die Oberlippe ver-

schwand hinter der wulstigen Unterlippe. Unvermittelt grinste er, ließ den elastischen Hosenträger auf seinen angestammten Platz klatschen und hakte beide Daumen hinter den Gürtel. Dunkel zeichneten sich Schweißränder unter seinen Achseln ab.
»Ist eine berechtigte Provokation in unserem Job nicht das Salz in der Suppe? Und wie haben wir vor sechs Jahren provoziert? Was heißt hier provoziert: Demontiert, vorverurteilt und demoralisiert haben wir. Nicht gerade die feine Art. Hast du das schon vergessen?«
Dem Chefredakteur behagte diese Anspielung nicht.
»Meinst du nicht auch, wir hätten etwas gutzumachen?«
Giesing zuckte die Achseln.
»Also, ich warte auf deine Entscheidung.«
Giesing ordnete etwas auf seinem Schreibtisch. Zögernd schaute er Chambier an.
»Ich will ihn haben«, stieß dieser hervor. Wut glomm in seinen zu Schlitzen zusammengepreßten Augen. »Ich will ihn haben.«

Noch zehn Sekunden. Ruhe auf den Sitzplätzen. Noch drei, zwei, eine; die Leuchttafeln »Beifall«, »Trampeln« und »Johlen« wechselten einander ab, die Studiozuschauer reagierten prompt. Und während der Gast der Sendung auf einem Monitor den Vorspann verfolgte, stieg Moderatorin Else Naumann, geschickt den begrenzten Radius ihres enganliegenden schwarzen Kostüms nutzend, die wenigen Stufen hinunter, begleitet von einer ohrenbetäubenden Lärmkulisse. Huldvoll nahm sie die Ovationen entgegen, blickte in die Runde und verneigte sich leicht.
»Vielen Dank, meine Damen und Herren. Und hier sind wir wieder, live bei WTC, direkt am Puls des Geschehens. ›Schicksale des Lebens‹ präsentiert Ihnen heute einen Knüller. Übel hat die Realität einem unserer Gäste mitgespielt. So übel, daß Sie, liebe Zuschauer, an der Aufrichtigkeit des Staates zweifeln werden. Aber denken Sie immer daran: Das, was unseren Kandidaten widerfahren ist, kann auch Ihnen passieren.«
Elses Zeigefinger zielte in Richtung Kamera, ihre Kostümjacke

verrutschte leicht. Deutlich war darunter ein durchscheinendes, tief ausgeschnittenes, schwarzes Etwas zu sehen.
Und die Zuschauer vor dem Fernsehschirm konnten nicht ahnen, daß im Studio mit Hilfe einer Leuchttafel der Stimmung noch etwas auf die Sprünge geholfen wurde.
»Meine Damen und Herren, was WTC Ihnen heute bietet, klingt so unglaublich, daß es aus der Feder eines oscarverdächtigen Drehbuchautors stammen könnte. Aber jedes Detail stimmt, alles ist wahr und hat sich genau so zugetragen, wie Sie es gleich erfahren werden.«
Es war absolut still im Studio, die Leuchttafel »Ruhe« hätte gar nicht eingeschaltet werden müssen.
»Herr Kilian.« Else schaute den etwa Vierzigjährigen an. »Sie haben bis vor sechs Jahren als Oberstudienrat für Deutsch und Geschichte an einem Gymnasium gearbeitet. Sie waren damals glücklich verheiratet und Vater zweier Kinder. Dann trat etwas ein, das Ihr Leben völlig veränderte. Sie wurden verhaftet und zu fünf Jahren Gefängnis verurteilt, weil Sie eine Schülerin vergewaltigt haben sollen.«
Kilian nickte. »Ja, das stimmt.«
»Aber Sie haben keine Schülerin vergewaltigt. Wie erging es Ihnen?«
»Zuerst habe ich versucht, meine Unschuld zu beweisen. Aber ist man in der Öffentlichkeit vorverurteilt, dann hat man dazu keine Chance. In solchen Situationen ist man allein mit sich, seinen Zweifeln und der Fassungslosigkeit darüber, daß alle Welt glaubt, man hätte diese Tat begangen. Und ich fragte mich: Was haben denn all meine Bekannten früher von mir gehalten, wenn sie mir so etwas zutrauen? War alles nur vorgetäuscht? Oberflächlich?«
»Und Ihre Familie, Herr Kilian?«
Kilian zögerte. »Nun, meine Frau konnte im Endeffekt nicht anders handeln, der Druck aus ihrem Elternhaus war zu groß, sie ließ sich scheiden. Natürlich bekam sie die Kinder zugesprochen.«
Ein Foto wurde eingeblendet, das die Familie zeigte. Kilian erinnerte sich, es war am vierten Geburtstag seines Sohnes Tim aufgenommen worden. Damals, ein halbes Jahr vor der ver-

meintlichen Tat, war für ihn die Welt noch in Ordnung gewesen.
»Unser Haus wurde verkauft, das Geld ging überwiegend für meine Anwälte drauf, den Rest bekam meine Frau. Und ich wanderte für fast fünf Jahre ins Gefängnis. Um vier Monate wurde meine Haft reduziert. Wegen guter Führung und günstiger Sozialperspektive.«
Auf Nachfragen von Else ging Kilian kurz auf seine Zeit hinter Gittern ein, schilderte die Umstände im Gefängnis, die Machtkämpfe, das Alkohol- und Drogenproblem. Nur vage deutete er seine Gefühle an und wie ihm diese Verurteilung zugesetzt hatte.
»Sie wurden schließlich entlassen, was haben Sie vorgefunden?«
»Nichts, außer Schulden und einem Karton mit meinen Prozeßunterlagen und den wenigen Briefen, die an meine alte Adresse geschickt worden waren. Man muß sich das mal vorstellen: Meine Vergangenheit und mein ganzer Besitz hatten Platz in einem Pappkarton. Inzwischen war ich neununddreißig und ohne Wohnung, bekam als Vorbestrafter keinen Job und lebte bei meiner Mutter, der einzigen Person, die zu mir gehalten hat. Obwohl ich nicht schuldig war, schämte ich mich. Das ging sogar so weit, daß es mich Überwindung kostete, mir monatlich meine vierhundert Mark Sozialhilfe abzuholen; die Rente meiner Mutter wurde zum Teil angerechnet. Um nicht erkannt zu werden, ließ ich mir Bart und Haare wachsen.«
»Hat das was genutzt?«
»Nein. Ich bekam in der Kneipe in meinem Heimatort kein Bier ohne unflätige Bemerkung, man hatte mich mittlerweile zum Kinderschänder befördert, Jugendliche pöbelten mich an, mein Fahrrad – ein Auto konnte ich mir nicht leisten – wurde wiederholt demoliert, das Haus meiner Mutter mit Parolen besprüht. Es war die Hölle.«
Kein Hüsteln, kein Räuspern von den Zuschauern im Studio. Und Else, ein Profi, was die Dramaturgie anbelangte, verhielt sich bewußt ruhig, während die Kamera auf Kilian gerichtet war und jede Schweißperle einfing.
»Wären Sie der Täter gewesen, dann hätte man Sie ja auch zu Recht verurteilt.«

»Was soll die Bemerkung!« Kilian reagierte unwillig.
Else hüstelte, das war danebengegangen. Ließ sich nicht irritieren, der Expauker. »Aber später hat sich dann doch ihre Unschuld erwiesen.«
Kilian zögerte, musterte Else kurz und entschloß sich, gegen die Abmachung zu verstoßen und Namen zu nennen. Ihm kam der Verdacht, die Moderatorin könnte auf seine Kosten glänzen wollen.
»Wie Sie wissen, warf man mir vor, die Schülerin Jana Lauterborn – inzwischen hat die Tochter eines Trierer Bauunternehmers geheiratet, lebt in Luxemburg und heißt Nilles – vergewaltigt zu haben. Jana war damals zwanzig Jahre alt, stand im Leistungskurs Deutsch sehr schlecht und wäre durchs Abitur gefallen. Um das zu verhindern, hat man mir die Straftat angehängt. Die Noten sprachen für sich – nicht nur in meinem Fach. Jana hat das Abitur selbstverständlich bestanden.«
Sichtlich nervös geworden, fragte Else, wie Kilian seine Unschuld habe nachweisen können.
Er lächelte andeutungsweise. »Manchmal ist die Polizei wirklich ungewollt *dein Freund und Helfer.* Ungewollt, weil sie zumindest in meinem Fall sehr eng mit Staatsanwalt Röder – inzwischen ist er Oberstaatsanwalt und obendrein noch ein Freund von Janas Vater, dem Bauunternehmer Lauterborn – zusammengearbeitet hat. Wie ich inzwischen weiß, sind Beweise gefälscht und mich entlastende Indizien und Aussagen, beispielsweise die meiner geschiedenen Frau, zurückgehalten oder nicht beachtet worden. Sie können mir glauben: Ein bißchen ist mein Vertrauen in die Demokratie dadurch schon ins Wanken geraten.«
Wollte Else nicht die Spannung aus der Sendung nehmen, dann durfte sie Kilians Privatabrechnung auch nicht unterbinden, sondern mußte ihn ausreden lassen. Und genau das war der Punkt, über den sie vorher lange gesprochen hatten. Er hatte sachlich berichten, keinen Namen nennen und ›Schicksale des Lebens‹ nicht für sein Eigeninteresse benutzen sollen.
»Inwiefern hat Ihnen die Polizei geholfen?«
»Ich kam also aus dem Gefängnis und wollte immer noch mit aller

Gewalt meine Unschuld beweisen. Vergeblich. Bis ich mir eines Tages einen ganz bestimmten Brief aus meinem Lebenskarton einmal genauer anschaute, und zwar eine Mitteilung der Polizei, ich sei zu schnell gefahren. Da war eine Uhrzeit angegeben, ziemlich genau der Zeitpunkt, zu dem ich Jana vergewaltigt haben soll. Zwischen Vergewaltigungsort, also meinem Wohnhaus, und dem Ort der Geschwindigkeitsübertretung liegt jedoch eine Strecke von etwa achtzig Kilometern. Bei normalen Straßenverhältnissen braucht man dafür weit mehr als eine Stunde.«
Die Zuschauer schienen den Atem anzuhalten, einige beugten sich nach vorn. Else registrierte das und hakte nach: »Wenn ich Sie richtig verstehe, dann hat man Sie geblitzt, und zwar zu der Zeit, als das schreckliche Verbrechen angeblich stattgefunden haben soll.«
»Richtig.«
»Das nenne ich Glück.« Else schaute auf ihren Spickzettel und kam schnell auf einen anderen Punkt zu sprechen; die Zeit lief ihr davon. »Und was sagte der Mediziner, der Jana Lauterborn untersucht hatte?« Zu spät merkte sie, daß sie sich verplappert und auch den Namen genannt hatte.
»Für den Arzt war es eindeutig Vergewaltigung. Druckstellen am Körper, Rötungen am Hals, als hätte sie einer gewürgt, eine Schürfwunde an der Schläfe, nicht zu vergessen der Schock, unter dem sie stand.«
»Hat man auch das ... Sperma analysiert?«
»Ja, sie hatte Sperma, aber nicht von mir. Untersucht wurde es nicht. Später hat die Polizei erklärt, das sei wegen eines Kommunikationsfehlers übersehen worden.«
Else hob langsam den Kopf und strich sich mit einer fließenden Bewegung die langen Haare aus dem Gesicht. »Was hat Ihnen, wenn Sie alles bedenken, am meisten zugesetzt?«
»Die Wahrheit in die Welt hinauszuschreien und nicht gehört zu werden. Die Vorverurteilung durch die Medien, besonders die lokale Presse. Ein Journalist tat das mit besonderem Genuß.«
»Das müssen Sie verstehen, Herr Kilian: Für die Presse war der Fall doch eindeutig.«

»Auch für Ihren Sender, Frau Naumann, der mich als Sexist betitelte, in meiner Vergangenheit schnüffelte, meine Familie belästigte, mir weitere Vergehen unterstellte und das durch seltsame Interviews belegte, mit scheinbar Betroffenen, die sich nur in Andeutungen ergingen. Nicht einer hat sich die Mühe gemacht, mit mir zu reden. Das hätte nämlich nicht in das schöne Bild gepaßt. Sexmonster und Vergewaltiger läßt man besser nicht zu Wort kommen.«

»Den Beschuldigten zu hören ist nicht üblich, wenn die Fakten so klar auf der Hand liegen wie seinerzeit bei Ihnen.«

»Frau Naumann: Ist das nicht unseriös? Eine From von tendenziöser Berichterstattung?«

Else reagierte nicht auf den Regisseur, der unentwegt auf seine Uhr deutete; sie fand es an der Zeit, Betroffenheit zu zeigen. »Ich verstehe Ihren aufgestauten Groll, jeder reagiert so. Aber geben wir Ihnen heute nicht auch die Gelegenheit, die Dinge richtigzustellen?«

»Und aus welchem Grund tun Sie das?«

Irritiert schaute ihn die Moderatorin an, normalerweise stellte sie die Fragen. »Weil Ungerechtigkeit nicht zum Alltag gehören darf.«

Kilian lachte. »Nein, Frau Naumann, das kaufe ich Ihnen nicht ab. Es gibt nur einen Grund: weil meine Geschichte sich gut macht, sich gut verkaufen läßt. Wenn ich mir die Zuschauer hier im Studio anschaue, dann ist das doch offensichtlich. Sie sind gierig nach so etwas.«

Füße scharrten, einige Anwesende räusperten sich.

»Aber Sie verkaufen sich doch selbst gut. Kennen Sie das Sprichwort mit dem Glashaus?«

»Verwechseln Sie jetzt bitte nicht Ursache und Wirkung. Zuerst einmal wurde mir Unrecht zugefügt, und erst dadurch, daß ich meine Unschuld beweisen konnte – glauben Sie mir, es war nicht einfach, die Polizei und dann auch noch einen neutralen Staatsanwalt zu überzeugen –, bin ich in die Lage versetzt worden, mich zu wehren. Und ich werde mich weiterhin wehren. Deshalb habe ich mich auch nicht an die Abmachung gehalten, keine Namen zu nennen, genausowenig wie Ihr Sender, WTC, sich damals an irgend etwas gehalten hat, um meine Persönlichkeitsrechte zu wahren. Ich war ein Stück Dreck. Und wenn man den Namen eines Unschuldigen ungestraft so durch den Schmutz ziehen darf, dann müssen Sie mir doch das Recht zubilligen, die wahren Täter beim Namen zu nennen. Versuchen Sie jetzt bitte nicht, sich in falsch verstandener Solidarität für eine Geschlechtsgenossin einzusetzen, sie zu schützen und nachträglich zum Opfer zu machen.«

Else wurde sichtlich unruhig, die Gesprächsführung glitt ihr aus den Händen. Fatal war, daß Kilian die Zuschauer voll hinter sich hatte. Jedes Eingreifen konnte sich für sie nur negativ auswirken. Deshalb gab sie klein bei. »Das werde ich weiß Gott nicht. Falls das so rübergekommen sein sollte, dann möchte ich das hiermit klarstellen.«

»Fein. Noch eine Bemerkung am Rande: Bisher sah sich trotz meiner Anzeige und all der Beweise kein Staatsanwalt veranlaßt, gegen Jana und ihre Helfershelfer vorzugehen. Finden Sie das nicht seltsam?«

Die Moderatorin nickte, obwohl sie es nicht wollte.

Kilian lag mit offenen Augen auf seinem Hotelbett und dachte nach. Er sah die Moderatorin vor sich, die nach der Sendung im Abschminkraum einen Wutausbruch bekommen und ihn unflätig beschimpft hatte. Banause, pervertierter Pauker, Psychopath – und noch einiges mehr war ihr eingefallen. Kilian hatte keine Reaktion gezeigt und sie nur angesehen. Aber bereits wenige Minuten später, als die Einschaltquote bekannt wurde und die ersten siebenhundert Anrufer ihr und WTC zu der mutigen Sendung gratulierten – mutig auch gegen sich selbst und die eigene Arbeitsweise –, hatte Else sich abgeregt und ihn sogar, wie es allgemein üblich sei, zu einem gemeinsamen Abendessen mit dem Aufnahmeteam eingeladen. Seine Ablehnung hatte sie mit Erleichterung aufgenommen – Fehlverhalten brauchte eben keine Zeugen. Außerdem hatte sie ihm deutlich zu verstehen gegeben, daß sie sich rein beruflich für sein Schicksal interessierte; privat sei er ihr vollkommen schnuppe. Kilian hatte sich nicht weiter darüber aufgeregt; dieses Verhalten war ihm so oder in ähnlicher Form schon oft begegnet. Wie konnte er auch erwarten, daß ein Außenstehender betroffen reagierte? Wieso er sich immer noch betroffen fühle, fragten die anderen mehr oder weniger direkt, wo doch alles so gut ausgegangen sei, er wieder Boden unter den Füßen und einen neuen Job gefunden habe? Was hinter ihm lag, war Schnee von gestern. Was er gelitten hatte, zählte nicht.

Tote-Hosen-Zeit! Der Sommer war vorbei, die letzten Busse mit den Pauschalurlaubern, die für die Hälfte des Preises das Doppelte an Service verlangten, waren abgefahren. Nur noch wenige Touristen verirrten sich im Oktober ins Ötztal, die Einheimischen warteten sehnsüchtig auf den ersten Schneefall. Viele Hotels und Pensionen schlossen für ein oder zwei Wochen, die übrigen lebten von den unentwegten Bergwanderern. Lediglich zum Wochenende schlug der Puls etwas schneller, wenn freitags gegen Abend überfallartig Autos aus dem Großraum München, Garmisch und Stuttgart anrauschten, voll besetzt mit jungen Skiläufern, die auf dem Gletscher ihr Vergnügen suchten und als Vorgeschmack auf ihre rasanten Fähigkeiten schon mal das Gaspedal etwas zu kräftig traten und die Reifen radieren ließen. Lag auch noch ein Feiertag an, dann konnte sich das Bild innerhalb von Stunden wandeln: aus dem verschlafenen Sölden wurde eine touristisch aufgetakelte Diva.
Aber die Aktivitäten der Sportler konzentrierten sich ausschließlich auf den Retten- und Tiefenbachferner, die in diesem Jahr wegen des warmen Sommers nicht mehr so recht mit ihrem Eis- und Schneepanzer protzen konnten. Spalten taten sich auf, Steine drückten sich durch, und die gesamte Umgebung präsentierte sich in einem der Jahreszeit entsprechenden absterbenden Braungrau. Wie jeder Ort in den Alpen besitzt auch Sölden einen Hausberg, hier ist es der mehr als dreitausend Meter hohe Gaislachkogel. Fast das ganze Jahr über ist der Gipfel bequem per Gondel zu erreichen. Im Sommer hat er sich der unermüdlich wandernden

und bergsteigenden Eroberer zu erwehren, im Winter sind es die Schneefreaks, die sich sprichwörtlich und je nach Trainingszustand in Kamikazemanier aus der Höhe zu Tal stürzen.
Es nieselte leicht, und der Wind rauschte heftig. Bis zur Mittelstation wagten sich noch einige Unentwegte, zum Gipfel selbst mutete sich bei dem schlüpfrigen Untergrund und der unabwägbaren Witterung niemand die schweißtreibende Tortur zu. Wen es dennoch in die Höhe trieb, der bestieg die Gondel – und wurde doch enttäuscht, denn der nebelverhangene Gaislachkogel bot einen wie in Watte getauchten Rundblick und lud nicht zum Verweilen ein. In zwei Tagen würde auch die Bergstation geschlossen werden, denn der Betrieb wurde alljährlich mit Beginn des Kernherbstes bis kurz vor Weihnachten eingestellt. Deshalb befand sich zur Zeit nur noch eine Notmannschaft für Wartungs- und Pflegearbeiten auf dem Gipfel.
»Letzte Talfahrt 17 Uhr« stand groß auf einem Schild. Vier Personen hatten schon in der offenstehenden Gondel die wenigen Sitzplätze belegt, ein älteres Paar quetschte sich gerade durch die Glastür. Vor der Gondel ging Franz, ein Bediensteter der Betreibergesellschaft, auf und ab und wartete auf das Klingelzeichen der Mittelstation. Dann hatte er sich mit seiner Kapsel aus Aluminium und Plexiglas in Bewegung zu setzen und den Hörer des Telefons abzunehmen. Aber noch waren es fünf Minuten bis 17 Uhr.
Franz schaute routinemäßig nach, ob vielleicht doch noch ein Depperter im Anmarsch war. Depperte, das waren für ihn Touristen, die bei Nebel Ski fuhren, im Regen wanderten und ihren kreislaufschwachen Pudel mit zum Gipfel schleppten. Doch Franz entdeckte keinen Depperten. Verlassen lag unter ihm die kahle, lediglich auf flacheren Teilstücken begrünte Bergflanke Richtung Roter Kogel und Gratl, wo der Wanderweg verlief. Etwas weiter nördlich hatte in einer Senke ein Schneerest den heißen Sommer unbeschadet überstanden.
Franz, untersetzt, mit wettergegerbtem Gesicht und schwieligen, aufgerissenen Händen, zündete sich eine Zigarette an. Er würde sie auch später in der Gondel nicht ausmachen. Ja, es gab schon

einige Möglichkeiten, die Depperten zu ärgern, besonders die umweltfanatischen aus Deutschland, die alles besser wußten und an schulmeisterhaftem Belehrungsdrang kaum zu überbieten waren.

Das Klingelzeichen ertönte, Franz wandte sich zur Gondel, wollte den Hörer abheben und erstarrte. Jemand drückte ihm einen Pistolenlauf an die Schläfe. Drei vermummte Männer hatten sich herangeschlichen. Sie waren in dunkelblaue Skioveralls gekleidet, trugen Rucksäcke und waren schwer bewaffnet. Franz registrierte eine handliche Maschinenpistole, außerdem ein kurzläufiges Gewehr mit einem kreisrunden Magazin. Das also war die berühmte Kalaschnikow, über die er schon so viel gelesen und gehört hatte. Was ihn jedoch am meisten ängstigte, waren die beiden oberarmdicken Rohrstücke, die aus dem Rucksack des größten der drei Männer ragten.

Der mit der Pistole hielt Franz einen Zettel vors Gesicht: »Fünf Millionen oder alle tot«. Franz mußte angesichts der unbeholfenen Formulierung unwillkürlich lachen; der Druck auf seine Schläfe verstärkte sich. Und der Mann unter der Wollmaske – noch nicht einmal die Augen waren zu sehen, denn er trug wie die anderen eine Sonnenbrille – deutete auf das Telefon.

Franz ließ die Zigarette fallen und hob den Hörer ab. Gleichzeitig begannen zwei der Maskierten die Scheiben der Gondel mit dunkler Folie zu verkleben. Seine Hoffnung auf direkte Hilfe vom Gipfelpersonal mußte Franz begraben. Anhand eines Zeigers konnte er sehen, daß der Notschalter umgelegt worden war. Demnach mußte ein weiterer dieser Kerle in der Bergstation stecken und die übrigen Arbeiter bewachen.

»Toni, hier ist Franz. Du, sie verlangen Lösegeld. Fünf Millionen.«

Toni von der Mittelstation dachte, Franz mache einen seiner berühmten Scherze. »Los, komm endlich runter, oder ich rufe deine Frau an und sage ihr, du wärst wieder mal mit einer der geilen Depperten im Bett.«

»Toni, das ist kein Witz. Drei vermummte Männer stehen neben mir in der Gondel, und einer hält mir einen Zettel vor die Nase: *Fünf Millionen oder alle tot* steht darauf.«

Knapp tausend Höhenmeter weiter unten kicherte Toni. Schon toll, was der Franz so auf Lager hatte. Doch das Kichern verging ihm.
»Was war das?«
»Einer der Kerle hat durch das Gondeldach geschossen«, kreischte Franz.
Nun wurde Toni sehr lebendig.

Noch wenige Minuten bis Mitternacht. Seit mehr als sechs Stunden befanden sich insgesamt elf Geiseln in den Händen von Kidnappern. Längst hatte die für Sölden zuständige Polizeidienststelle reagiert, Hubschrauber angefordert und das Militär benachrichtigt. Sämtliche Schritte, die so oft in Planspielen eingeübt worden waren, waren perfekt ausgeführt. Aber das hier war kein Planspiel.
Von Zeit zu Zeit meldeten sich die Verbrecher, um knapp und in hakeligem Englisch ihre Forderungen zu stellen. Das erste Mal hatten sie die Leitung der Einsatzzentrale – sie befand sich auf der Mittelstation – verblüfft, indem sie präzise angaben, wie viele Personen und Fahrzeuge sich über die Gletscherstraße nach oben bewegten. Die Kidnapper mußten also eine Kontaktperson in der Nähe haben. Und weil die Angaben so exakt waren, kam man der Forderung, die Polizisten sollten abgezogen werden, nach. Wenig später auch die neun, die sich gleich hinter der Mautstelle auf den Weg gemacht hatten, um vom Gratl zum Kogel zu gelangen.
Kurz darauf meldeten die Geiselnehmer sich erneut und protestierten gegen die Hubschrauberflüge unterhalb des Gipfels.
»Sind unsere Leute zu sehen?« fragte Einsatzleiter Riml, der von Zeit zu Zeit zum Eiskasten ging und sich eine Cola genehmigte.
»Nein«, versicherte ein Beamter, der an einem Funkgerät saß.
»Zu hören?«
»Bei dem Wind und dann noch auf der Leeseite? Unmöglich. Dafür ist der Abstand zu groß.«
»Aber wie um alles in der Welt haben sie die Luftschrapper bemerkt?«
Riml erwartete keine Antwort. Das mit den fünf Millionen hatte

sich inzwischen auch geklärt. Nicht österreichische Schilling sollten es sein – das hatte die Polizei sich irritiert gefragt –, sondern Dollar, fünf Millionen amerikanische Dollar. Da eine solche Summe in der geforderten Währung nicht so schnell zu beschaffen war, hatte sich die Einsatzleitung mehr Zeit ausgebeten. Das Ultimatum war um weitere zwei Stunden verlängert worden. Allerdings hatten die Kidnapper auch unzweifelhaft gedroht. Falls zum festgelegten Zeitpunkt das Geld nicht bereitstünde, würde eine der Geiseln erschossen.
Es sei nicht ohne weiteres möglich, fünf Millionen US-Dollar zu beschaffen, hatte man entgegengehalten, alle Banken hätten geschlossen ... Bis nach Innsbruck benötige ein Hubschrauber höchstens vierzig Minuten, waren sie belehrt worden. Und um den Beamten die Sache zu erleichtern, hatten die Kidnapper gleich vier Institute genannt, die die geforderte Summe und noch einiges mehr im Tresor liegen hätten.
Einsatzleiter Rimls Einwand, so etwas könne er nicht allein entscheiden, all das übersteige seine Kompetenzen, hatten die Erpresser entkräftet, indem sie ihm – in ihrer gebrochenen Sprechweise – umgehend die Namen von zwei Politikern sowie deren als geheim geltende Privatnummern nannten. Daraufhin hatte Riml sich erst einmal setzen müssen – und auf der Stelle einen Marillenschnaps verlangt.
Daß es sich nicht um Anfänger handeln konnte, war längst klar. Zu exakt waren die Bedingungen formuliert, zum Beispiel, wie die Scheine zu sortieren und nach oben zu bringen seien: per Hubschrauber, und zwar in dem achtsitzigen, wie ihn die Berg- und Rettungswacht benutzte. Und genau das hatte die Einsatzleitung anfänglich verwirrt: Denn in dem Luftschrapper hätten auch Anti-Terror-Spezialisten mitfliegen und vor der Übergabe aussteigen können. Dann aber wurde den Beamten klar, daß die Erpresser zweifellos mit ebendiesem Hubschrauber verschwinden wollten, denn sie verlangten, daß er aufgetankt war. Wieder meldete sich das Gondeltelefon, die einzige Verbindung zur Außenwelt.
»Was ist«, schnarrte einer der Beamten in den Hörer. Vergeblich

hatte ihn ein Psychologe gebeten, freundlich zu sein. Alle in der Einsatzzentrale konnten mithören, was einer der Kidnapper antwortete.
»Sechs Männer auf Südflanke Kogel. Wenn nicht Stopp, dann Geisel tot.«
Erschrocken sahen die Spezialisten einander an. Woher konnten die Kerle auf dem Gipfel wissen, daß eine schwerbewaffnete Eliteeinheit den Berg hochkraxelte? Von der Gondel aus gesehen, lag der Bereich im toten Winkel. Um zu testen, wie weit die Verbrecher gehen würden, um ihren Forderungen Nachdruck zu verleihen, fragte der Mann am Telefon nach und murmelte auf englisch etwas von Störung. »... kann Sie nicht verstehen«. Da etwa drei Minuten lang Ruhe herrschte, dachten die Beamten schon, sie hätten einen kleinen Sieg errungen. Mit einem ohrenbetäubenden Knall jedoch wurde ihre Hoffnung zerstört. Das, was Gondelführer Franz vermutet hatte, fand seine Bestätigung. Einer der Kidnapper feuerte mit der Panzerfaust in Richtung der sechs Bergsteiger – ohne sie jedoch treffen zu können. Dennoch genügte das der Einsatzleitung, den sofortigen Rückzug der Einheit anzuordnen.
Wie international üblich, spielten die österreichischen Experten auf Zeit. Schon oft hatte sich diese Zermürbungstaktik als erfolgreich erwiesen. Und so wurde es zwei Uhr, ohne daß das Geld zum Gipfel gebracht worden war. Allerdings stand es bereit – diese Option wollte man sich offenhalten.
»Wo Geld?«
»Das dauert noch einige Stunden«, erklärte ein geduldigerer Beamter. Auch das gehörte zur Taktik: jedesmal einen anderen Experten ans Telefon zu setzen, der dann vorgab, von dem, was sein Kollege ausgehandelt hatte, nichts mitbekommen zu haben. So sollten die Kidnapper nervös gemacht und zur Wiederholung ihrer Anweisung gezwungen werden.
Mit sich fast überschlagender Stimme meldete sich Franz. »Die haben eine Depp ... Touristen gepackt und stoßen ihn aus der Gondel. Jetzt schleppen sie ihn nach draußen. Hört ihr, wie der Mann um sein Leben schreit?«

Es war nicht zu überhören.
»Mensch, die bringen den …«
Als das Knallen der Schüsse durch die Leitung drang, zuckten die Männer in der Einsatzzentrale zusammen.
»Franz, was ist los?«
Keine Reaktion. »Franz, kannst du reden?«
»Ja.« Und völlig aufgelöst erklärte der Einheimische: »Die haben den armen Kerl abgeknallt und über die Balustrade geworfen. Das sind ja Tiere.« Die Verbindung wurde unterbrochen und kam trotz aller Bemühungen in der folgenden halben Stunde nicht wieder zustande. Eindeutig hatten die Kidnapper das Sagen, und ihre Kaltblütigkeit sprach für sich.
»Wann Geld?«
»Kommt sofort.«
»Also vorhin gelogen?« Ein gehässiges Lachen folgte, verletzender als ein Faustschlag mitten ins Gesicht.
Franz, der bisher noch gebraucht worden war, wurde nun gefesselt und neben die anderen Geiseln gestoßen.
Außer dem Piloten stieg niemand in den Hubschrauber, man wollte kein Risiko eingehen.
»Hubschrauber Sack auf Plateau werfen, zweihundert Meter tiefergehen und warten. Wenn Geld okay, dann kommen und landen.«
»Einverstanden.« Die Einsatzleitung hoffte auf die Aufzeichnungen der Videokamera – und war trotzdem schon bald um einen Trumpf ärmer. Zwei Minuten später schleuderte der Pilot den Geldsack auf das Plateau; außerhalb seines kleinen Suchscheinwerfers konnte er jedoch nichts erkennen, denn die Bergstation lag in absolutem Dunkel. Nur für wenige Sekunden konnte die Kamera die Situation auf dem Gaislachkogel schemenhaft festhalten.
»Geld okay. Pilot kommen.«
Trotz der Dunkelheit und des Windes setzte der Pilot sicher auf. Kaum hatte er die Kanzel verlassen, wurde ihm ein Sack übergestülpt, und die Leute in der Einsatzzentrale sahen nur noch Schnee auf ihrem Monitor.

»Verdammt, die Schweine haben die Kamera entdeckt.« Das klang beinahe respektvoll.
Der Pilot wurde gefesselt und zu den anderen Verschnürten auf den Boden der Gondel gelegt. Und dann trat etwas ein, womit die Einsatzleitung überhaupt nicht gerechnet hatte: Die Gondel setzte sich, gesteuert von der Bergstation, mit der für Notfälle vorgesehenen Minimalgeschwindigkeit in Bewegung und schwebte langsam aus dem Betonschacht nach unten. Gleichzeitig wurde der Hubschrauber gestartet und entschwirrte in nördlicher Richtung. Fragend sahen alle Männer den Einsatzleiter an. Riml zuckte die Achseln. Zumindest brauchte er sich nicht der nachbohrenden Presseleute zu erwehren, denn die hatte man gar nicht erst bis zur Mittelstation gelassen. Alle Versuche, mit einem Geländewagen doch in die Nähe der Zentrale zu kommen, waren geschickt abgeblockt worden. Zumindest das war der Polizei gelungen.
Während in Sölden selbst alle Einheimischen und jeder Tourist vor Erregung zu kochen schienen, erweckten die drei Männer, die im Vier-Sterne-Hotel Bergland zusammensaßen – das waren mindestens zwei Sterne zuviel, hatte man doch im kleinen Speisesaal einfach Wand und Decke mit einer teakfarbenen Folie überklebt, die Holz vortäuschen sollte –, den Eindruck, als ginge sie die Sensation nichts an. Ein Stockwerk tiefer, in der Eingangshalle, war längst ein behelfsmäßiges Fernsehstudio eingerichtet worden, im Ötzi-Keller wimmelte es von Journalisten und Rundfunkmoderatoren, aber die drei hockten seelenruhig etwas abseits an einem Tisch mit Blick auf die Straße und tranken Rotwein.
Allerdings hätte sich ein zufälliger Beobachter über die seltsame Konversation mehr als gewundert. Ein bulliger Mann mit Halbglatze, er saß den beiden anderen gegenüber, berichtete mit monotoner Stimme, und ein mindestens fünfzehn Jahre jüngerer Lockenkopf von etwa dreißig übersetzte alles ins Englische. Leise raunte er die Worte seinem Nebenmann – dessen kurze, feuerrote Haare auffielen – ins Ohr. Der nickte von Zeit zu Zeit, als sei er zufrieden.
Dann blieb es für einige Sekunden still, und der Bullige drückte wieder unauffällig einen kleinen Kopfhörer gegen sein Ohr. Er

schaute kurz auf. »Das Geld ist da. Genauso, wie verlangt.« Anerkennend musterte der Feuerrote den Bulligen, der nach jeder Meldung auf einem Blatt Papier etwas abhakte.
»Die Gondel ist auf dem Weg nach unten. Der Hubschrauber startet. Plan zwei beginnt.«
Die Männer prosteten einander zu.
»In fünfzehn Minuten ist alles vorbei.« Der Bullige schaute auf die Uhr. »In zehn«, verbesserte er sich und machte ein Häkchen. Und dann schwiegen die drei eine Weile.
Schließlich teilte der Bullige mit, die Gondel sei auf der Mittelstation angekommen. Er grinste, weil er sich die dümmlichen Mienen der Polizisten vorstellen konnte.
»Noch sechzig Sekunden.« Der Feuerrote und der Lockenkopf beobachteten den ihnen gegenübersitzenden Mann, in dessen glattrasiertem, arrogant wirkendem Gesicht sich kein Muskel regte.
»Noch zehn Sekunden.« Dann zählte er rückwärts bis null.
»Hubschrauber gegen Felswand geprallt und explodiert.«

Kilian ließ es an diesem Sonntag im Herbst, der vielleicht schönsten Jahreszeit, gemächlich angehen. Von Koblenz aus fuhr er an der Mosel entlang, das Flußtal wurde enger, die Berge höher. Bunt war das Laub der Bäume an Nordhängen und auf den Kuppen. Irgendwo zwischen Gelb, Rot und Grüngold changierte, je nach Rebsorte, die Farbe der gegenüberliegenden Weinberge, wo sich die Blätter mit letzter Kraft an die Stöcke klammerten. Neben der Straße standen viele Trecker mit Anhänger und großen Bottichen darauf, emsig arbeiteten Frauen in den akkurat ausgerichteten Reihen, Männer trugen in Hotten die Trauben zu Tal, die Lese war in vollem Gange.
Bei Bullay überquerte Kilian auf einer Doppeldeckerbrücke die Mosel und schwenkte auf die Bundesstraße 49, um von Wittlich bis Trier die Autobahn zu benutzen.
Wenige Kilometer vor Trier, gleich hinter der Abfahrt Salmtal, mußte Kilian abrupt bremsen. Unfall? Im Radio hatte er nichts

davon mitbekommen, kein Stau war gemeldet worden. Womöglich war der Crash gerade ... Durch die Frontscheibe sah er Abendrot aufleuchten. Aber Abendrot ohne Sonne gibt es nicht. Ein Blick zum Beifahrersitz, dort lag sein Fotoapparat. Kilian startete den Wagen und rollte auf der Standspur an der Autoschlange vorbei, begleitet von unwilligem Hupen. Wenn er sich nicht täuschte, dann mußte wenige Meter entfernt ein Rastplatz sein. Kilian umrundete einen Pkw, der sich ihm in falsch verstandener Solidarität mit den anderen in den Weg stellte. Wenig später bog er von der Autobahn ab, fuhr an Parkplätzen, Holzbänken und -tischen und überquellenden Mülleimern vorbei und starrte auf das Feuerinferno. Ein Tanklastzug war umgekippt und stand quer, halb unter ihm machte Kilian die Überreste eines Pkw aus. Es gab keine Chance für die Insassen, aus diesem tödlichen Gefängnis kam keiner lebend heraus.
Nach den ersten Schrecksekunden rannte Kilian zu einer Notrufsäule. Ein Mann kam ihm entgegen und gab zu verstehen, er habe Polizei und Feuerwehr bereits verständigt. Wieder zurück, registrierte Kilian das sinnlose Bemühen einiger Autofahrer, mit ihren Feuerlöschern, in diesem Fall nichts anderes als kleine Spritzen, den Brand zu bekämpfen. Schon wegen der großen Hitze konnten sie nicht nahe genug heran.
Schweigend versammelten sich immer mehr Menschen am Unfallort, ohnmächtig und andächtig wie zu einer Totenmesse.
»In dem Personenwagen sitzt mindestens eine Frau«, stammelte ein älterer Herr neben ihm. »Und den Fahrer des Lkw hat es auch erwischt. Pole. Hat bestimmt 'ne Sondergenehmigung, ist ja Sonntag. Viel zu schnell gefahren. Sicherlich auch noch Bremsen defekt. Der Bursche liegt dort auf dem Gras, ein Arzt ist schon da. Fährt den BMW.« Der Mann deutete auf einen dunklen Wagen am Anfang der Schlange.
Obwohl auch dies von nun an zu seinem Beruf gehörte, mußte Kilian sich überwinden, den Unfallort zu fotografieren. In gebührendem Abstand umrundete er das Desaster, machte Bilder von vorn, von der Seite und vom Mittelstreifen aus. Als er aus Richtung Trier das Martinshorn sich nähern hörte, war er beruhigt,

ging zu seinem Auto und bemerkte zwei Männer, die eine Kamera aufgebaut hatten. Verdammt fix, die Jungs, dachte er. Dann überlegte er, welche Möglichkeit ihm blieb, auf schnellstem Weg zur »Trierischen Landeszeitung« zu kommen, seinem künftigen Arbeitgeber. Die Feuerwehr – inzwischen hatte die Polizei die Unfallstelle abgeriegelt und die Zuschauer etwas zurückgedrängt – legte Schläuche und setzte Schaum ein. Noch ein paar Fotos, plötzlich auf der Gegenfahrbahn das Kreischen von blockierenden Rädern, Blech wurde geknautscht, Glas splitterte. Gaffer hatten einen weiteren, aber Gott sei Dank harmlosen Zusammenstoß verursacht.
Kilian gelangte vom Rastplatz an einer Sitzgruppe vorbei auf einen Feldweg. Eine halbe Stunde später stand er mitten in der Trierer Innenstadt an der Pforte der wie eine Festung abgeriegelten Zeitung – womöglich mußte man diejenigen, die Tatsachen berichteten und unangenehme Dinge aufdeckten, mehr und mehr beschützen. Nachdem er sich zur Lokalredaktion durchgefragt hatte, legte er vor dem diensthabenden Redakteur, einem übergewichtigen, älteren Mann mit dünnem Haar und wulstigen Lippen, den Fotoapparat auf den Tisch.
»Na endlich. Wird auch langsam Zeit. Bist doch der Neue, oder?«
Kilian nickte.
»Jean-Pierre Mannebach.«
»Berthold Kilian.«
»Was guckst du denn so blöd? Wegen Jean-Pierre? Sind hier im Grenzgebiet, aber wem erkläre ich das. Kannst Chambier sagen, zu was anderem sind die Moselaner – obwohl Napoleon sich hierher verirrt hat – sowieso nicht fähig. Schammbier nennen mich die Banausen, Chambier, und zwar französisch ausgesprochen, diejenigen mit höherem Schulabschluß.«
Kilian grinste. »Schammbier, bist du der einzige, der Dienst schiebt?«
Der Übergewichtige betrachtete Kilian etwas genauer und rückte dazu die Brille zurecht. »Aha, Schammbier. Wann du mich duzen darfst, sage ich dir noch.«
»Gleichfalls«, konterte Kilian.

Nun musterte Chambier den Neuen ohne Scheu. Unverschämt dünn war er – im Vergleich zu seiner eigenen Leibesfülle erschien allerdings fast jeder dünn –, hatte ein hageres Gesicht mit kräftigem Unterkiefer und unangenehmen Augen. Unangenehm, weil sie seinem Blick nicht auswichen.
»Gut, dann wollen wir uns duzen. Ich erwarte von dir, daß du mich …«
»… Chambier nennst.«
Der Ältere nickte. »Was ist denn hiermit?«
»Fotoapparat.«
»Noch so eine Antwort, und du siezt mich.«
»Mit Bildern von dem Unfall kurz vor Trier.«
Chambier ruckte hoch, schnappte sich den Apparat und war verschwunden. Wenige Minuten später kam er mit einem jüngeren Mann zurück. »Picasso wird die Bilder unterbringen. Das hier ist der Neue, Berthold Kilian.«
Picasso war kaum gegangen, da raunzte der Ältere Kilian an. »Los, setz dich hin, schreib deinen Bericht.«
»Moment, ich bin gerade erst gekommen. Muß erst mal nach Hause und mein Auto auspacken. Morgen fange ich an.«
»Bei uns gibt es kein Morgen, nur ein Jetzt. Zeig mir mal, ob du den Preis zu Recht bekommen hast.«
Kilian begann den Computer zu bearbeiten. Picasso betrat die Redaktion und schnarrte: »Bilder von einem Amateur. Wird nicht gut aussehen. Kannst du mir nichts Besseres bieten, Schammbier?«
Der Ältere deutete auf Kilian.
»Sind deine Jungs draußen auf der Autobahn?« fragte Picasso.
Chambier nickte. »Long John und Müsli.«
»Mit einem Fotografen?«
»Ja, Carwash.«
»Der weiß ja wenigstens, wo an einem Knipser der richtige Knopf ist«, grummelte Picasso im Hinausgehen.
Kilian amüsierte sich. »Ist das ein Spiel von dir, die Spitznamen?«
»Revanche für Chambier.«
»Aber wieso Long John?«

»Er schwärmt unentwegt von unserer Partnerstadt Fort Worth. Alles so gigantisch, so wuchtig und so locker. Bei Müsli muß ich dir ja nicht helfen. Dem kommen die Körner schon aus sämtlichen Körperöffnungen.«
»Und Carwash?«
»Eben das, jeden Samstag vor der Haustür.«
»Wie willst du mich nennen?«
»Bumerang.«
»Wieso?«
»Weil du hierher zurückgekommen bist. Gab es keine andere Möglichkeit für dich?«
»Die ›Landeszeitung‹ hat als einzige zugesagt. Ich konnte leider nicht wählen.«
»Weil du zu ehrlich warst mit deinem Lebenslauf?«
»Möglich.«
»Ehrlichkeit ist eine Ware. Überleg dir gut, wem du sie anbietest.«
»Ist Ehrlichkeit nicht unser Job?«
Chambier machte eine wegwischende Handbewegung. »Phantast. Alle lügen; du fällst nur auf, wenn du ehrlich bist. Und jetzt klemm dich hinter deinen Bericht. Muß in den Satz, hast noch vierzig Minuten. Dreispaltig, Titelseite, dazu zwei Bilder.«
Nach der Hälfte der vorgegebenen Zeit war Kilian fertig. Chambier las alles durch und nickte vor sich hin. »Beim nächstenmal bitte etwas mehr Emotion, das Wort Angst hätte reingemußt. Außerdem Schock in beliebiger Variation und die rhetorische Frage nach der Sicherheit von Gefahrguttransporten. Mir kommt der polnische Fahrer zu gut weg. Telefonier mit der Polizei, und erkundige dich nach dem Zustand seines Sattelzuges. Jede Wette, daß sie den Kerl einbuchten, wenn er wieder laufen kann.« Im Aufschauen fügte er noch hinzu: »Morgen lieferst du die Fortsetzung.«

Wenige Minuten später war Kilian auf dem Weg zu seiner zweiten Freiheit. Außerhalb von Trier, zwischen den Stadtteilen Mariahof und Kernscheid, hatten seine Eltern vor vielen Jahren ein Wochenendgrundstück geerbt und eine Blockhütte errichten lassen. Strom war später hinzugekommen, Wasser lieferte eine

Quelle, bis zum nächsten Gebäude waren es mehr als fünfhundert Meter. In jeder freien Minute war Kilian als Kind hier draußen im »Goldkäulchen« – so lautete die katasteramtliche Bezeichnung – gewesen, hatte die Gegend erkundet, Tiere, besonders Rehe, beobachtet, Eichhörnchen gefüttert, einen am Flügel verletzten Raben gepflegt und seinen Abenteuerspielplatz bis in den letzten Winkel ausgekundschaftet.
Und wer nicht wußte, wo Kilians zweite Freiheit lag, würde sie auch nicht so schnell finden. An diesen Ort hatte er sich nach seiner Haftentlassung zurückgezogen. Hier bekämpfte er erfolgreich seine schlimmen Gedanken, die in Phasen der Depression zu völliger Selbstaufgabe führten. Nach und nach hatte er sich wieder etwas aufgebaut, indem es ihm gelang, sich auf langen Spaziergängen zu sammeln, den Sinn seines Lebens neu zu definieren, ohne Rücksicht auf Bekannte, auf gesellschaftliche Zwänge oder Nachbarn, deren Lebensaufgabe darin zu bestehen schien, Nachjustiz zu üben. Zeit, das Häuschen etwas komfortabler zu gestalten, hatte er reichlich gehabt, das Geld hatte seine Mutter gegeben. Nun würde er ihr alles zurückzahlen können.
Kilian bog vor Mariahof ab in Richtung Brubacher Hof, eines stadtbekannten Ausflugslokals – Spezialitäten: gegrillte Hähnchen und Apfelwein –, rollte über unbefestigte Wege tiefer ins Tal, überquerte einen Bach und schwenkte nach rechts. Er fuhr einen Wagen mit Allradantrieb; ohne ein geländegängiges Fahrzeug wäre er selbst im Sommer und nach vier Wochen Regenpause nicht in der Lage gewesen, bis vor die Hütte zu fahren.
Weil er einigen Jugendlichen, die gerade aus dem Alter des Indianerspielens heraus waren, gestattete, während seiner Abwesenheit eine zweite, kleinere Hütte zu benutzen, wo er das Holz für den Ofen und die Gartengeräte lagerte, fühlten diese sich verpflichtet, nach dem Rechten zu sehen, und es war noch nie eingebrochen worden. Auf seine »Untermieter« konnte er sich verlassen. Außerdem hatten sie Stromleitungen und Infrarotmelder installiert, so daß beim Durchschreiten bestimmter Zonen sich weiter oberhalb in unregelmäßigen Abständen Lampen einschalteten. Jeder mußte so denken, daß jemand im Haus sei.

Die Blockhütte umfaßte eine kleine Küche, ein Wohn-, ein Schlaf- und ein Allroundzimmer. Bad und Toilette hatte Kilian vor einigen Monaten von der Küche abgetrennt, dazu hatte er draußen gleich neben der Veranda eine Sickergrube mit drei Kammern ausgeschachtet und betoniert.
Er verstaute die beiden Koffer, machte den obligatorischen Rundgang und sah unter der Schieferplatte nach. Dort hinterlegten die Jugendlichen einen Zettel, falls etwas vorgefallen war. Meist waren nur Autonummern von Fahrzeugen vermerkt, deren Besitzer nach einigen vergeblichen Versuchen ihr Unterfangen, bis vor das Blockhaus zu gelangen, abgebrochen, den Wagen unten am Bach geparkt und den Rest des Wegs gezwungenermaßen zu Fuß zurückgelegt hatten.
»Kein Besuch außer Heinrich, Kühlschrank voll, eine Flasche Cognac extra, unsere Miete«, las Kilian und schmunzelte. Heinrich, das war der Bauer aus Kernscheid, der die im Tal liegenden Wiesen für sein Vieh gepachtet hatte. Ab und zu machte er sonntags einen Spaziergang hierher, setzte sich auf die Bank, rauchte eine Pfeife und schaute sich den Sonnenuntergang an.
Kilian räumte bei laufendem Fernseher seine Koffer aus. In der Sahelzone war eine Trockenheit ausgebrochen, schlimmer als alle bisherigen, Politiker forderten, den armen Menschen müsse sofort geholfen werden. Die Europäische Union ließ durch einen Sprecher verkünden, man sei für humanitäre Hilfe gerüstet, die UNO zog nach und bot den betroffenen Ländern transportable Wassergewinnungsanlagen an. Außerdem sollten Brunnen gebohrt werden.
In Österreich gab es immer noch keine Spur von den Kidnappern und den fünf Millionen Dollar, und leider war es den Geiseln unmöglich, die Verbrecher zu beschreiben. Die Leiche des Opfers, das zur Bekräftigung der Forderungen erschossen worden war, hatte man auch noch nicht geborgen. »Wer spielt hier mit wem Katz und Maus«, fragte der Sprecher, amüsierte sich über die Polizei und deren Unvermögen, Gangster – zumal ohne Geisel, auf die man eventuell hätte Rücksicht nehmen müssen – festzusetzen, und verwies auf einen Sonderbericht um 20.15 Uhr.

Der Unfall. Kilian kam sich wie ein Anfänger vor; was die World Television Company, WTC, zu berichten wußte, war enorm. Bei der Toten in dem Pkw handelte es sich um eine junge Frau, verheiratet, keine Kinder, unheilbar an Leukämie erkrankt. Nach Aussage der Ärzte hätte sie vielleicht noch zwei, höchstens vier Monate zu leben gehabt. Der Fahrer des Lkw stand inzwischen unter Polizeibewachung, sein Zustand war nicht kritisch. Eine Überprüfung des Fahrtenschreibers hatte ergeben, daß er siebenundzwanzig Stunden ohne Pause unterwegs gewesen war. Also wurde ihm vom Sender die Schuld an dem Unfall zugeschoben, obgleich wenige Sekunden zuvor ein Beamter erklärt hatte, die junge Frau sei mit hoher Geschwindigkeit und unter Mißachtung der Vorfahrt vom Rastplatz auf die Autobahn gebraust, was den Polen zu dem verhängnisvollen Ausweichmanöver gezwungen habe.

Was dann folgte, empfand Kilian als peinlich. Karl Ruge, der Ehemann der Verstorbenen, saß im Studio und stand der Moderatorin Else Naumann, die Kilian erst vor wenigen Tagen kennengelernt hatte, Rede und Antwort. Wie glücklich seine Ehe, wie lebenslustig seine Frau Anni gewesen sei, sie habe sich so sehr Kinder gewünscht. Das alles bleibe ihr nun versagt.

Die Moderatorin verstand es ausgezeichnet, den Zuschauern ein Melodram vorzuführen. Ruges Stimme wurde immer leiser, er sprach stockend und begann schließlich zu weinen. Hemmungslos entblößte ihn die Kamera, zeigte die hervorstürzenden Tränen, den zuckenden Mund, den Schmerz in den Augen. Scheinbar einfühlsam bohrte die Moderatorin tiefer und tiefer, ohne jedoch ihre einstudierten Gesten und Posen zu vergessen, kam auf die tödliche Krankheit von Frau Ruge zu sprechen – leider habe man keinen Spender für Knochenmark gefunden – und auf Ruges künftiges Leben ohne Partnerin, daß er nun allein in dem gerade fertiggestellten Eigenheim wohne – das Haus wurde eingeblendet – und wie er denn die enorme finanzielle Belastung verkraften wolle.

Kilian schob eine Kassette in den Videorecorder – eine halbe Stunde spater sollte auf demselben Sender ein guter Spielfilm kommen –, stellte den Fernseher ab und fuhr nach Trier in eine Pizzeria.

Am nächsten Morgen war Kilian schon um acht in der Redaktion. Noch herrschte eine angenehme Ruhe, die sich dann gegen zehn oder elf, wenn der normale Betrieb anlief – die Kollegen aus dem Sport kamen oft noch später –, schnell in Hektik und Aktionismus verwandeln würde.
Nur Chambier saß bereits in seinem Büro. Er wirkte knurrig und abweisend, als hätte er nicht gut geschlafen.
»Schon habe ich den ersten Ärger wegen dir«, raunzte er. »Carwash ist sauer, weil seine Fotos nicht gedruckt worden sind – zugegeben, sie sind besser –, Long John und Müsli, weil sie in dir den Storydieb sehen.«
»Tut mir leid.«
»Nichts soll dir leid tun. Wer zuerst kommt ...«
Später am Vormittag führte ihn Chambier durch das Gebäude, zeigte ihm die einzelnen Redaktionen und machte bissige Kommentare. Bei Bizeps, dem Leiter der Sportredaktion, verweilten sie ausgiebiger. »Damit ich nicht so lange mit dir bei der Kultur bleiben muß«, meinte Chambier.
Bizeps, lang, hager, untergewichtig, verdiente den Namen, den Chambier ihm gegeben hatte, nicht.
»Du hättest ihn mal vor fünfzehn Jahren sehen sollen«, erklärte der Ältere, als Kilian ihn darauf ansprach. »Bei keinem Metzger hättest du so schöne Würste gefunden.«
Lauda, der ihnen auf dem Flur begegnete, wurde von Chambier als Fahrer vorgestellt, den er brauche, da er selbst kein Auto habe. Kilian, der zu ergründen suchte, warum Chambier so zynisch war, lernte außerdem Spagat vom Kulturressort kennen, mit bürgerlichem Namen Heinrich Bösser. Chambier gestattete Kilian nur wenige Sekunden und würgte Spagat, der sich in geschickten Redewendungen ergehen wollte, mitten im Satz ab.
»Wieso Spagat?«
Chambier blieb mitten auf dem Gang stehen und schaute Kilian an. »Dieser Neurotiker will uns Bildung beibringen, weil er einen

kennt, der Germanistik studiert hat. Seine Kritiken über Konzerte und Musikaufführungen sind gespreizt, künstlich und aufgebauscht, deshalb Spagat. Keiner versteht, was er schreibt, und das findet Spagat gut. Außerdem diktiert ihm im Grunde seine Frau die Berichte. Sie glaubt, ein Recht dazu zu haben, immerhin kann sie Hänschen klein auf dem Klavier klimpern. Da das aber nicht genügt für einen Auftritt, ist jeder, der es geschafft hat, eine Niete. Neid sagt man dazu, schwarzer Neid.«
Öki von der Lokalredaktion lernte Kilian auch noch kennen – mit ihm waren sie jetzt zu fünft. Öki war eine Frau. Wäre sie ein Mann, dann hieße sie Öko, weil sie einen Ökologietick habe, führte Chambier in ihrem Beisein aus.
Öki lachte, Long John, inzwischen auch anwesend, lachte ebenfalls, nur Müsli verzog keine Miene. Er konnte Chambier nicht ausstehen und war damit, zu Kilians Überraschung, der einzige bei der Zeitung. Alle anderen tolerierten die Schrulligkeit ihres übergewichtigen Chefs.
»Hier, Bumerang, für dich.«
Was Kilian nie für möglich gehalten hätte, trat ein: Er reagierte bereits auf seinen Spitznamen und griff nach den Blättern, die Long John ihm hinhielt.
»Hintergründe der familiären Situation der toten Frau, kurze Stellungnahme ihres Hausarztes, 'n paar Bemerkungen der Polizei über Zustand des Lkw und die Ladung. Eine seifenartige, leicht entzündliche, aber sonst nicht gefährliche Paste für ein Werk, das Kunstgarn herstellt.«
»Long John, das kannst du so nicht sagen«, meinte Öki, die, wie Kilian registrierte, sehr attraktiv war. »Nichts, was uns und die Umwelt belastet, darf man dulden.«
»Und was ist, Öki, wenn dein Freund auf dir liegt? Belastet dich das nicht?« Grinsend wandte sich Long John ab. Er trug Cowboystiefel aus dickem Naturleder mit hohen Absätzen, was einige Zentimeter seines Long ausmachte. Einen Gürtel aus Schlangenhaut trug er auch. Aber nur, um Öki, die weite und saloppe Kleidung bevorzugte, zu ärgern, wie Kilian später erfahren sollte.
»Komm mit, wir reden.«

Chambiers Wunsch – oder war es ein Befehl? – duldete keinen Widerspruch.
»Setz dich.« Der Ältere deutete auf einen Stuhl, er selbst ließ sich in einen Sessel plumpsen. »Jetzt kennst du unsere Mannschaft. Jeder hat eine Macke, aber damit kommen wir zurecht. Müsli ist mir gram, weil ich seine Karriere behindere. Er fühlt sich zu Höherem berufen und möchte unbedingt über den Kreistag und diese Dinge berichten. Übrigens: Wenn du deinen zweiten Teil schreibst, drück nicht zu sehr auf die Tränendrüsen, geh mehr auf die technischen Dinge und die juristischen Folgen ein, stell die Frage, wie man in Zukunft so etwas verhindern kann ...«
»Wenn stimmt, was die Polizei sagt, und warum sollte ich ihr nicht glauben, dann erübrigt sich das.«
»... dann bekommst du in den kommenden Wochen von mir einige Sachen zugeteilt, die du anzugehen hast«, überging Chambier Kilians Einwand. »Ansonsten macht derjenige die Geschichte, der das Ei ausgebuddelt hat.«
Kilian reagierte nicht.
Chambier wurde ungewöhnlich ernst, vergaß sogar seinen Sarkasmus. »Ich glaube, du bist der richtige Mann für uns. Außerdem habe ich deine preisgekrönte Arbeit über ›Egoisten und Demonteure‹ gelesen. Alle Achtung. Warum hast du dich ausgerechnet für diesen Job entschieden?«
»Ich habe Germanistik studiert.«
»Das ist kein Grund – und hier bei uns eher ein Hindernis.«
»Als Lehrer werde ich wohl nie mehr arbeiten können, das sitzt zu tief. Wie sollte ich Kollegen und der Bezirksregierung Respekt entgegenbringen, wo ich derart respektlos und entwürdigend behandelt worden bin? Fünf Jahre war ich der Schandfleck der Pädagogenzunft.«
»Und was bist du jetzt?«
»Eine Wucherung, von der man nicht weiß, ob sie gut- oder bösartig ist.«
»Bist du wirklich der Auffassung, Egoisten und Demonteure gewännen bei uns die Oberhand?«
»Ja.«

»Jetzt bin ich also voll informiert.«
»Chambier, tu doch nicht so, als sei das für dich neu.«
»Ich will deine Meinung hören, meine kenn' ich.«
Kilian begann zögernd, als empfinde er es als überflüssig, den Kollegen mit ihm bekannten Dingen zu konfrontieren.
»Die meisten machen sich doch unentwegt was vor. Ich will jetzt nicht auf die alltäglichen Spielchen eingehen, zum Beispiel, daß man Autos, Statussymbole allgemein, Mode und Bekannte benutzt, um sich und seine Position aufzupolieren. Es ist nun mal so, daß viele sich einem dauernden Leistungsdruck ausgesetzt fühlen. Daran muß nichts Verkehrtes sein. Verwerflich ist allerdings, daß als Rückkopplung – um Druck und Anforderungen, denen man sich nicht gewachsen fühlt, zu entgehen – Taktiken eingesetzt werden, die destruktiven Charakter haben: Man demontiert lieber den anderen, als sich selbst etwas abzuverlangen. Kritik zu üben und Dinge in Zweifel zu ziehen ist in, dadurch erfolgt – so meinen diese Leute – automatisch eine Aufwertung der eigenen Person. Und weil immer mehr so denken und von der Sorge geplagt werden, man könnte sie genauso gnadenlos, oft auch grundlos, kritisieren, wie sie es selbst mit schöner Regelmäßigkeit anderen antun, verzichten viele auf Leistung und geben sich dem alltäglichen Zirkus hin, der da heißt Neid und Mißgunst und Intrige.«
Schnell kamen sie auf die um sich greifende Doppelmoral zu sprechen. Der Polizist, der Falschparker aufschreibe, aber kein Verständnis dafür habe, wenn er selbst einmal einen Strafzettel erhalte. Der Richter, der Raser verurteile und nach der Verhandlung jede Geschwindigkeitsbeschränkung überschreite.
»Also eine Art Umkehrung des Kantschen kategorischen Imperativs. Das eigene Verhalten wird nicht mehr an dem gemessen, was man auch von anderen erwartet, sondern man legt für sich großzügigere Regeln und Gesetze fest, einen Spielraum, den man anderen nicht zubilligt, um … ja warum eigentlich?«
Kilian schmunzelte. »Soll das ein Test sein?«
Chambier schüttelte den Kopf.
»Kannst du dir die Frage nicht selbst beantworten?«

»Ich möchte es von dir hören.«
Nach einem kurzen Blick in Chambiers konzentriertes Gesicht sagte Kilian: »Aus Angst. Angst davor, nicht beachtet zu werden und in einer Gesellschaft unterzugehen, die neue und zweifelhafte Idole braucht, die ständig neue und zweifelhafte Leistungen fordert und natürlich auch erhält. Und wir, du und ich, die Medien allgemein, schüren diese Angst; es zählt nur noch der Superlativ, die Topnachricht, der Knüller, die Schlagzeile. Und deren Produzenten natürlich. Damit die Gier nach Sensationen befriedigt wird, forcieren wir ein neues Gesellschaftsspiel: Aus der Anonymität heraustreten und auffallen um jeden Preis. Um Schlagzeilen zu machen, setzen manche sogar ihr Leben ein.«
Chambier rieb sich das Kinn und starrte auf den kleinen, buntgemusterten Teppich, der sich auf dem Linoleumboden kläglich ausnahm. Ohne auf Kilians Ausführungen einzugehen, schaltete er den Fernseher ein, die Zwölf-Uhr-Nachrichten.
»Beachtung finden und all das: Ist das typisch für alle oder nur für uns Deutsche?« wollte er wenig später wissen.
»Besonders für uns Deutsche«, antwortete Kilian. »Für uns ist die Welt ein Laufsteg, ständig fühlen wir uns beobachtet. Deshalb versuchen wir auch, überperfekt zu sein; unsere sogenannte deutsche Gründlichkeit mit allem, was dazugehört ...«
Chambier lächelte. »Früher bin ich beichten gegangen: Ich habe in Gedanken gesündigt, ich habe meine Eltern belogen, ich habe den Hund des Nachbarn geärgert. Dann bekam ich eine Buße auferlegt, einen Rosenkranz zu beten oder auch zwei. Und ich habe immer freiwillig mehr gebetet, damit meine Schuld auch wirklich getilgt war und mein Herz rein wurde, der Pastor hätte sich ja im Strafmaß irren können. Und dann habe ich noch einen gebetet für die Sünden, die noch kommen würden und die ich schon eingeplant hatte. Typisch deutsch, nicht?«

Kilian hatte seinen zweiten Bericht über den furchtbaren Unfall auf der Autobahn abgeliefert, ohne jedoch allzusehr auf Chambiers Wünsche einzugehen. Seine Betrachtungsweise war entscheidend, und er konzentrierte sich auf die junge Frau als Hauptschuldige, wobei er sich auf den Polizeibericht stützte. Das brachte der Zeitung in den folgenden Tagen bitterböse Leserbriefe ein. Hätte der Pole die Ruhezeiten eingehalten, dann ...

Nachdem Kilian in der Stadt noch einen Hamburger gegessen hatte, fuhr er hinaus zum Goldkäulchen und machte es sich in seiner Blockhütte bequem. Die Füße hoch, eine Dose Bier parat, wollte er sich den aufgezeichneten Spielfilm anschauen. Er war zu träge, um aufzustehen, die Fernbedienung zu suchen und vorzuspulen. Deshalb sah er noch einmal Szenen vom Unfallort, die die beiden Männer mit der Kamera aufgenommen hatten. Daß sich der Sprecher für die Qualität entschuldigte – es handele sich um Amateuraufnahmen –, verstand er nicht.

Es folgte, gleichfalls aufgezeichnet, eine Sondersendung über die immer noch unaufgeklärte Geiselnahme in Österreich. Wie die Gangster hätten entkommen können, ob sie sich vielleicht in Luft aufgelöst hätten, wurde der leitende Beamte Riml respektlos angegangen. Der geriet in der Pressekonferenz gehörig ins Schwitzen und hatte mit Artikulationsschwierigkeiten zu kämpfen. Einer der Reporter fragte tatsächlich, ob die Tat denn überhaupt stattgefunden habe, welchen Beweis die Polizei für die Existenz der Verbrecher vorlegen könne?

Tonbandaufzeichnungen allein genügten doch wohl nicht, und Zeugen könne man schließlich beeinflussen. Riml schwieg – befolgte also die Anweisungen seiner Vorgesetzten, die nicht vor die Kamera treten wollten – und war als stoischer Buddha fast perfekt.

Anschließend befaßte sich ein Kommentator mit dem Vorgang und erging sich in der für Österreicher typischen charmanten Ironie. In diesem Fall sei es wie mit Ufos, meinte er augenzwinkernd. Gäbe es nicht die Zeugen, dann fiele es ihm schwer, den Beteuerungen der Polizei zu glauben. Abschließend warf er die Frage auf, inwieweit Phantome überhaupt in der Lage seien, zum einen ein Verbrechen zu begehen und zum anderen gefaßt und verurteilt zu werden. »Hoffen wir, daß das Söldener Herbstmärchen keine Wiederholung findet.«

Schon reichlich müde, schaute sich Kilian schließlich den Spielfilm »Wie ein wilder Stier« an. Es war das vierte Mal, aber Robert de Niro in der Rolle eines alternden Boxers lohnte sich allemal.

Er ging einer neuzeitlichen Tätigkeit nach, die von keinem Arbeitsamt angeboten wurde und für die es keinen Ausbildungsweg mit anerkanntem Abschluß gab. Nachrichtenhändler lautete die einfache und unromantische Bezeichnung, Newsdealer die elegantere, weil englische. Normalerweise verkauft ein Newsdealer seine Nachricht an den Meistbietenden, er jedoch hatte sich verpflichtet, Diener eines einzigen Herrn zu sein, der deutschen Filiale einer amerikanischen TV-Anstalt. Allerdings hielt ihn die vertragliche Bindung nicht davon ab, hie und da unter falschem Namen auch andere Interessenten zu befriedigen. Überhaupt arbeitete er viel mit falschen Namen und fiktiven Arbeitgebern. Alles durfte er aufs Spiel setzen, nur nicht das Image des Senders WTC, denn das hätte seinen Job gefährdet.
Oft hatte Benno Dexheimer sich gefragt, inwieweit sein Weg vorbestimmt war. Weil er darauf keine Antwort fand, mit seiner Entwicklung vom gewöhnlichen Journalisten bei einer Tageszeitung zum speziellen Hoflieferanten eines Senders jedoch zufrieden war – sein Einkommen hatte sich seither potenziert –, überlegte er weiter, warum er all das tat, mit Nachrichten handeln und so weiter. Auch darauf fand Dexheimer keine Antwort, denn er mochte sich nicht eingestehen, daß seine Arbeit ihm eine gewisse Macht verlieh und daß genau das ihm Vergnügen bereitete.
Neider unterstellten dem lockenköpfigen Dexheimer, er habe wegen seiner Körpergröße und des unverkennbaren Bauchansatzes, der ihm alles Sportliche nahm, Komplexe, die er nun zu kompensieren suche. Mit den Neidern konnte Dexheimer leben, sie waren längst überrundet. Aber was seine Komplexe betraf, hatten sie recht, wie er sich in Phasen der Nachdenklichkeit eingestand. Zwanzig Zentimeter größer und gleichzeitig zwanzig Kilogramm leichter sein – das wäre sein größter Herzenswunsch an eine gute Fee gewesen.
Was Dexheimer auszeichnete, waren sein Riecher und seine

Phantasie. Riecher insofern, als er immer wieder überzeugend den Geschmack der Zuschauer traf, Nachrichten entdeckte oder auch Personen, die wegen ihres besonderen Schicksals eine Berichterstattung wert waren. Phantasie bewies er stets aufs neue in der Art der Aufbereitung, wobei er sich lediglich von dem Prinzip leiten ließ: Was ich biete, ist unwesentlich, Hauptsache, es ist spannend und die Gaffer vergessen das Umschalten. Und wenn möglich, sollte noch eine Fortsetzung drin sein, der Bericht über den Bericht. Auf so viel Glück wie bei der Geiselnahme im Jahr zuvor, die die Republik zwei Wochen lang in Atem gehalten hatte, durfte er nicht vertrauen. Ein Sechser im Lotto war seltener.
Hauptsächlich war Dexheimer für die wöchentliche Sendung »Schicksale des Lebens« aktiv, obwohl ihm die Moderatorin nicht behagte; sie glaubte grundsätzlich alles besser zu wissen, nörgelte an ihm herum und traktierte ihn mit nichtssagenden Phrasen: Es fehle noch etwas Würze, die Tragik komme zu kurz, wo denn die Tränen blieben?
Oft genügte Dexheimer ein Telefonat, um einen Knüller exklusiv – wohl das wichtigste in seiner Branche – in die deutschen Wohnzimmer zu bringen. In anderen Fällen mußte er sich auf seinen Instinkt und seine Beharrlichkeit verlassen, wie ein Marathonläufer Schritt für Schritt tun in der Hoffnung, das langersehnte Geschäft irgendwann tätigen zu können. Dabei spielte es für ihn keine Rolle, ob er nun Newsdealer, Newstrader oder Newsproducer war. Bei dem heute geplanten Treffen würde er wohl alles in einer Person sein müssen.
Dexheimer stoppte seinen Sportwagen mit dem überdimensionalen Heckspoiler vor dem Airporthotel nahe der Stadt Luxemburg. Er stieg aus, betrat das Foyer und hielt Ausschau nach einem Mann, mit dem er zwar telefoniert und korrespondiert hatte, den er bisher aber nur vom Foto kannte.
»Herr Bender? Guido Bender?« sprach er einen Dunkelhaarigen mit Schnurrbart an.
»Sie müssen Herr Ettelheim sein.«
Dexheimer nickte.

Nach der Begrüßung zogen sich die beiden in eine Ecke zurück, taxierten einander vorsichtig und bestellten etwas zu trinken.
»Wie kommen Sie ausgerechnet auf mich?« wollte Bender wissen, nachdem die üblichen einleitenden Banalitäten ausgetauscht waren. »Es gibt doch so viele Fallschirmspringer.«
»Aber Sie, Herr Bender, sind nicht – entschuldigen Sie bitte meine Offenheit – einer von diesen überaus agilen, jung-dynamischen Draufgängern, wie sie uns mittlerweile an jeder Straßenecke begegnen. Sie sind ein gestandener Mann, der weiß, was er tut; Sie wirken seriös und vertrauenerweckend. Und zum anderen liegt es terminlich günstig, daß Ihr Sprung anläßlich der Eröffnung der Landwirtschaftsausstellung hier in Luxemburg bereits kommende Woche stattfindet. Ich habe da möglicherweise einen Fernsehsender an der Hand, dem Ihr Auftritt in Verbindung mit einem Personenporträt hervorragend ins Konzept passen würde. Sie wissen, wie die Anstalten ihre Beiträge mixen – es soll möglichst alles harmonieren«, log Dexheimer.
»Sie haben Erkundigungen über mich eingeholt?« Bender drohte schelmisch mit erhobenem Finger, um sich nicht sofort durch Zustimmung zu verraten. »Woher haben Sie von dem Springen erfahren?«
»Ich bin zufällig in einem Programmheft darauf gestoßen.«
»Meinen Sie wirklich, ich sei für Sie der Richtige?«
Ohne darauf einzugehen, fragte Dexheimer: »Wie viele Sprünge haben Sie bisher gemacht?«
Bender gab einen Augenblick vor zu überlegen. »Hundertachtzehn.«
»Und alle erfolgreich, wie ich sehe«, scherzte Dexheimer.
»Liegen aber schon länger zurück«, schränkte Bender ein und verschwieg den Beinbruch und die Stauchung der Wirbelsäule, die ihn monatelang in ein Gipskorsett gezwungen hatte. »In den vergangenen vier Jahren habe ich nur die Pflichtsprünge absolviert.«
»Was man einmal kann, verlernt man nicht«, wiegelte Dexheimer ab. »Oder fühlen Sie sich der Aufgabe nicht gewachsen?«
»Die Kamera am Helm, zwei brennende Fackeln nach unten bringen und ein paar Figuren machen? Pah, Kinderspiel.« Bender warf

seinem Gegenüber einen Blick zu, als sei ein solches Unterfangen beinahe unter seiner Würde.
»Sie brauchen es ja auch nicht umsonst zu tun.«
Bender reagierte nicht auf diese Bemerkung.
»Zehntausend kann ich Ihnen bieten. Na, ist das nichts?«
Der Schnurrbärtige antwortete nicht.
»Wollen Sie etwa mehr?« fragte Dexheimer, sich der Macht seiner Position und des Geldes wohlig bewußt. Wieviel Macht mußten diejenigen haben, die mit wesentlich größeren Summen jonglierten als er?
Bender sah Dexheimer an. »Nein, nein, geht schon in Ordnung.« Er räusperte sich. »Fallschirmspringen ist heute zwar nicht mehr gefährlich, aber es kann unvorhergesehenerweise ... Sie verstehen?«
Dexheimer nickte. »Ein Unfall, und davor haben Sie Angst. Ist es so?«
»Ja.«
»Nun, dann lassen wir es sein. Das Restrisiko kann ich nicht mindern.« Dexheimer trank aus und machte Anstalten, aufzustehen und sich zu verabschieden.
Bender wirkte nervös; er wollte das Geld und den Sprung unbedingt. Er hatte seine Gründe. »Ich habe Familie, Frau und drei Kinder.«
»So? Das habe ich nicht gewußt.« Dexheimer erhob sich. »Dann wäre ich an Ihrer Stelle vorsichtiger.«
Bender, erstaunt über die Wendung des Gesprächs, blinzelte nervös. »Vielleicht finden wir eine Möglichkeit, uns zu arrangieren?«
»Wie?«
»Könnte nicht für den Fall des Falles«, Bender lachte hektisch über die Formulierung, »der Sender eine Versicherung für mich abschließen? Welcher ist es denn überhaupt?«
Dexheimer stützte sich auf den Tisch. »Kommt drauf an. WTC oder VAT 2, ich weiß noch gar nicht sicher, ob einer der Sender Sie will. Stellen Sie sich mal vor, es passiert tatsächlich etwas. Dann sind die Leute schuld am Tod eines Familienvaters. Genau das wird man den Anstalten vorwerfen.«

»Ich dachte, Sie hätten eine eigene Firma und würden die fertigen Beiträge an die einzelnen Anstalten verkaufen.«
»Dem ist so.« Dexheimer setzte sich wieder. »Trotzdem stünden die Sender in der Kritik. Sie hätten gefälligst zu prüfen, was man ihnen anbiete.«
»Verstehe.« Bender glättete seinen Schnurrbart. »Ich gebe Ihnen alles schriftlich. Daß ich an Sie herangetreten bin, daß es mein Wunsch war und so weiter.«
Dexheimer schwieg einige Sekunden. Die Unterredung verlief exakt so, wie er es sich ausgemalt hatte.
»Eine Versicherung?« fragte er naiv. »Kann man denn Aktive in solchen Sportarten überhaupt versichern?«
Bender nickte eifrig. »Bei einer englischen Gesellschaft kein Problem.«
»Und was kostet das?«
»Kommt auf die Höhe an.«
»An welche Summe haben Sie denn gedacht?«
»Drei Millionen.«
Dexheimer stieß die Luft aus. »Drei Millionen? Ist bestimmt unbezahlbar, das sind für mich zusätzliche Kosten. Die kriege ich doch nie wieder rein.«
»Wäre ja nur für den einen Sprung«, drängte Bender. »Dann ist es nicht so teuer.«
»Wieviel etwa?«
»Knapp zweitausend Mark. Aber Ihr Sender muß mich versichern.«
»Hm, das geht ja noch.« Dexheimer überlegte. »WTC kommt noch am ehesten in Frage. Entweder ist man in Köln mit der Regelung einverstanden, oder ich muß mir einen anderen Kandidaten suchen.«
Der Schnurrbärtige ereiferte sich. »Wissen Sie, mir geht es nicht um das Geld. Die Prämie würde ich sogar von meinem Honorar zahlen.«
Irritiert sah Dexheimer den Springer an. »Wirklich?«
Bender nickte.
»Das wäre eine gute Möglichkeit«, murmelte Dexheimer gerade

so laut vor sich hin, daß Bender, der so tat, als interessiere er sich für eine auf dem nahe gelegenen Flugplatz Findel landende Maschine, ihn verstehen konnte. Dexheimer, ein Experte im Beobachten, registrierte genau, wie sein Gegenüber aufatmete.
»Was ich mich frage, Herr Bender: Warum nehmen Sie das alles auf sich?«
Bender druckste herum, schaufelte einen Löffel Zucker in seine leere Tasse und kippte Milch darüber. »Im Fernsehen zu sein wäre schon eine Granate.« Nach einer Weile und ausgiebigem Umrühren räumte er zögernd ein: »Nachdem Ihr Schreiben eingegangen war, habe ich meinen Bekannten von dem Vorhaben erzählt. Sie wollen alle kommen. Wenn es jetzt nicht klappt, dann ...«
»... stehen Sie als der Belemmerte da.«
»Genau.« Bender gab sich zerknirscht.
Dexheimer schaute auf die Uhr. »Schon so spät? Wie die Zeit vergeht! Habe noch einen Termin. Wie wollen wir verbleiben?«
»Herr Ettelheim, hier sind die Namen der englischen Gesellschaften, die solche Versicherungen anbieten.« Bender schob Dexheimer einen Zettel zu. In seinen Augen war die stumme Bitte zu lesen: Los, geh auf das Geschäft ein. Damit tust du mir einen großen Gefallen.
»Ich werde sehen, was sich machen läßt. Ist alles eine Frage der Produktionskosten. Können wir uns ... übermorgen wieder treffen?«
»Und wo?«
»Da gibt es, wenn man von hier zur Stadt fährt, rechter Hand unten im Tal ein Restaurant, der Inhaber ist Portugiese. Scampi sind seine Spezialität. Kennen Sie es zufällig?«
»Bei Felipe? Klar doch.«
»Also übermorgen um zwanzig Uhr.«
Dexheimer bezahlte die Getränke, eilte hinaus zum Auto, öffnete seine Jacke und grinste zufrieden. Das kleine Tonband lief immer noch.

Auch heute fühlte sich Kilian unbehaglich, eine Mischung aus Vorfreude und Unsicherheit. Er war auf dem Weg zu seiner Familie. Wenn er sonst durchaus redegewandt war – in Anwesenheit seiner geschiedenen Frau und der Kinder suchte er stets nach den rechten Worten, um nur keinen falschen Unterton anklingen zu lassen.

Natürlich hatte sich, seit seine Unschuld zweifelsfrei feststand, einiges geändert. Gitte, seine Exfrau, pochte nicht mehr auf die strikte Einhaltung der vom Gericht festgelegten Besuchszeiten, und Kilian verzichtete im Gegenzug auf eine Klage. Man hatte sich arrangiert – sehr zum Leidwesen von Gittes Eltern, für die Kilian schon seit Beginn der Ehe ein Fremdkörper gewesen war. Gesellschaftlich paßte er nicht in ihre Vorstellungen, dafür war das finanzielle Polster zu dünn, und seine Herkunft erfüllte die von der Gegenseite gehegten Erwartungen keineswegs. Gittes Vater hatte sich mehr versprochen als einen Gymnasiallehrer; aus der Sicht des Unternehmers lagen Beamte schließlich nur auf der faulen Haut. Was mußte er, Carl Chemnitz, als Inhaber eines Autohauses dagegen ackern, um Geld zu verdienen!

Als Kilian das Gartentor öffnete, sah er im Obergeschoß des komfortablen, von einem großzügigen Parkgrundstück umgebenen Hauses gerade noch Gittes Mutter hinter einer Gardine verschwinden. Und dann standen sie einander gegenüber. Immer noch schlug Kilians Herz bei diesen Begegnungen etwas schneller; seine geschiedene Frau war ungemein attraktiv. Langes blondes Haar, graue Augen, ein geschwungener Mund, um den, wenn sie unbefangen war, immer ein leiser spöttischer Zug lag. Allerdings tat sie auch einiges für ihr Erscheinungsbild, wie ihre schlanke Figur erahnen ließ: Fitneßstudio, gleich mehrmals die Woche, Jogging und Tennis gehörten zum Standardprogramm.

»Hallo, wie geht's?«

Gitte lächelte. »Komm rein.«

Sie bedankte sich für den Blumenstrauß, stellte ihn gleich in eine Vase und führte Kilian ins Wohnzimmer.

»Was machen die Kinder?«

»Kommen gleich vom Tischtennis. Sie entwickeln sich toll, ich bin stolz auf sie. Keine Probleme in der Schule und auch keine hier zu Hause. Außer ...« Sie schaute zur Decke und meinte ihre Eltern. »Vater bearbeitet Tim jetzt schon, daß er später mal bei ihm einsteigen soll. Dann könne er viel Geld verdienen, sich alles leisten und so weiter. Tim findet das natürlich total gut, er steht ja auf Autos.«

»Und was hast du für Vorstellungen?«

»Noch habe ich keine. Tim soll sich erst mal entfalten.«

Sie sprachen über dies und jenes, allerdings waren sie beide befangen; ihre Beziehung war nun einmal belastet. Gitte erzählte von ihrer neuen Tätigkeit, sie engagiere sich für Ausländer und bemühe sich um einigermaßen akzeptable Unterkünfte; er berichtete von der Zeitung und davon, wie er an den Job gekommen war.

»Ist es dir denn nicht peinlich, von deinem Vater unterstützt zu werden?«

Gitte schaute auf ihre Hände. »Berthold, auch in unserer Ehe sind wir nie mit deinem Gehalt zurechtgekommen, vergiß das bitte nicht.«

Kilian hatte es nicht vergessen; ein weiterer Stachel, den Gittes Vater ihm gesetzt hatte. Um zu beweisen, daß Kilian unfähig war, Gitte den gewohnten Lebensstandard zu bieten, hatte sein Schwiegervater ihm den Kauf eines zu großen und viel zu teuren Einfamilienhauses aufgeschwatzt. Die Zahlungen an die Bank hatten ihr Budget stark strapaziert. Aber erst kurz vor der Scheidung, in dem Stadium, als Giftpfeile geflogen waren, hatte Gitte ihm gestanden, jahrelang von ihren Eltern finanziell unterstützt worden zu sein. Von der eigenen Frau als unfähig hingestellt zu werden hatte ihn überaus geschmerzt.

Die Pausen in ihrer Unterhaltung überbrückte er, indem er sich in der Wohnung umschaute und die Sprache auf den einen oder anderen neuen Einrichtungsgegenstand brachte.

»Schönes Bild. Wo hast du das her?«

Sie schaute zu dem Ölgemälde über dem Zweiersofa. »Vater hat es mir zum Geburtstag geschenkt.«

»Ich habe vergessen, dir zu gratulieren. Tut mir leid. Und das Aquarell?«

Gitte lächelte. »Von mir. Ich bin seit längerem in einem Malkurs.« Kilian stand auf und betrachtete es aus der Nähe. »Alle Achtung. Wirklich gut.«
Die Kinder kamen. Obwohl sie noch vor der Haustür standen, hörte Kilian bereits ihr Lachen und das muntere Geplapper.
»Hi, Dad«, begrüßte ihn Nicole wesentlich unbefangener als zuvor ihre Mutter.
Tim war etwas reservierter. Wiederholt hatten ihn Mitschüler auf seinen Vater angesprochen.
Kilian packte beide in sein Auto und fuhr mit ihnen nach Hambach im Hunsrück, in ein Spaß- und Freizeitbad. Erst tobten sie sich aus, dann stärkten sie sich bei einem Cheeseburger.
»Tim, alter Junge, was hast du denn?«
Tim, semmelblond und mit Sommersprossen im Gesicht, schaute auf seinen Teller.
»Ach nichts, Papi.«
Nach einer Weile rückte Tim mit der Sprache heraus. Er werde oft gehänselt, weil seine Mutter geschieden sei und er keinen richtigen Vater habe. Einen, der auch auf Schulfesten zugegen sei oder an Wanderungen teilnehme. Wenn er sich verteidige und auf Kilian verweise, gingen die Sticheleien erst recht los. Der hat ja im Knast gesessen, bekomme er zu hören. Weil er eine Schülerin gebumst hat. Und weil die nicht wollte, war es Vergewaltigung. Sosehr er sich auch für ihn, Kilian, einsetze, er komme gegen die Meute nicht an. Tims Gegenrede, man habe seinen Vater rehabilitiert, er sei unschuldig verurteilt worden, quittierten die Klassenkameraden mit Gelächter. Als wenn jemand heutzutage noch unschuldig im Gefängnis säße, bekam er dann zu hören. Die Gerichte täuschten sich nicht, so was gebe es nur im Kino.
Der Hauptgrund, warum Kilian in der Fernsehsendung vor zwei Wochen – gegen die Abmachung – auch Namen genannt hatte, waren seine Kinder. Es war ein Versuch gewesen, ihnen den Umgang mit Gleichaltrigen erträglicher zu gestalten.
»Hat sich denn noch immer nichts geändert?«
Tim schüttelte den Kopf.
»Und bei dir, Nicole?«

»Also, Dad, im Fernsehen, da warst du echt cool. Mom hat geweint.«

»Nicole, weich bitte nicht aus.«

»Wir haben in der Schule über dich gesprochen.«

»Und, weiter?«

»Unser Klassenlehrer ...«

»... der auch Biologie unterrichtet und euch Filme über das brutale Abschlachten von Tieren gezeigt hat?«

Nicole nickte.

»Wegen dem du kein Fleisch ißt?«

Wieder nickte sie. »Also, er meint, du hättest das Fernsehen benutzt, um andere anzuschwärzen. Angriff ist die beste Verteidigung, sagt er.«

Kilian verschlug es die Sprache. Mühsam beherrscht fragte er: »Was labert der Körnerfritz noch?«

»Er hat gesagt, da du deine Strafe abgesessen hättest, könnte man ruhig sagen, daß du unschuldig bist – um dir den weiteren Lebensweg nicht zu verbauen. Rezalisierung nenne man so etwas.«

»Resozialisierung, wenn überhaupt.« Kilian biß sich auf die Lippe, Wut kochte in ihm hoch. Den Schatten eines Verdachts würde er wohl nie abstreifen können, hinter seinem Rücken würden sie immer tuscheln. Täten sie es nicht, würden sie eingestehen, sich geirrt zu haben. Aber eine von Vorurteilen geprägte Gemeinschaft irrte sich nie. Kilian konnte sich dagegen wehren, aber seine Kinder litten darunter, auch wenn Nicole mit ihren zwölf Jahren schon fast eine junge Dame war. Tim, introvertierter als seine Schwester, hatte es am schwersten.

Ihr Gespräch verlief genauso wie das letzte vor sechs Wochen.

»Mich interessieren die Leute und ihr Geschwätz nicht. Ich frage euch: Was denkt ihr darüber?«

»Dasselbe wie Mami«, sagte Tim, ohne aufzuschauen.

»Und was denkt Mami?«

Nicole übernahm es zu antworten. »Sie hat schon damals, als du im Gefängnis gesessen hast, zu uns gesagt, zu so etwas wärest du nicht in der Lage. Nie und nimmer könntest du eine Frau vergewaltigen, und eine Schülerin schon gar nicht.«

Das zu hören tat gut. Aber auch gute Taten konnten zu spät kommen. Warum hatte Gitte ihm nicht zu der Zeit Hoffnung gemacht, als er sie am dringendsten brauchte?

Kilian hatte seine Kinder nach Hause gebracht und war auf dem Weg zum Goldkäulchen.
Dort wartete bereits jemand auf ihn.
»Wird aber auch Zeit, daß du endlich aufkreuzt«, beschwerte sich Chambier. »Hast du was zu trinken im Haus?«
»Wie bist du denn hierhergekommen?«
»Zu Fuß natürlich, von der Bushaltestelle.«
»Das sind doch mindestens ...«
»Hör auf, gib mir lieber ein Bier. Darfst mich nachher zurückfahren.«
Es war warm an diesem Herbstabend, sie setzten sich auf die Veranda und schauten über die flache Kuppe des gegenüberliegenden Berges nach Westen, in Richtung Luxemburg. Feyen, ein Stadtteil von Trier, versteckte sich halb hinter dem mit Fichten und Laubbäumen bewachsenen sargdeckelförmigen Rücken.
»Du bist ja nicht gerade gut aufgelegt.« Chambier sah Kilian von der Seite an.
»Ich war mit meinen Kindern schwimmen. Es ist schon erstaunlich, was du zu hören bekommst, wenn du da etwas tiefer bohrst.«
»Spiel- und Klassenkameraden?«
Kilian nickte und schilderte in wenigen Worten den Verlauf des Nachmittags.
»Wenn die Leute so abfällig von dir denken, so brutal mit deinen Kindern umspringen, ihnen den Glauben an den Vater rauben, dann ist das doch ein Grund, es allen zu zeigen und endlich eine Privatfehde einzuleiten. Die Genugtuung würde dir wie Öl runtergehen.«
Kilian drehte das Glas zwischen den Fingern. Ja, das wäre ein Grund. Die Zeit der Rücksichtnahme war längst vorbei.
»Du kannst mir doch nicht erzählen, daß der einzige Grund für deine Rückkehr unsere Zeitung ist. Ich nehme dir einfach nicht ab, daß es sonst keine Angebote gegeben hat.«

Kilian drehte das Glas in die andere Richtung.
»Bumerang: Willst du die verdammte Heuchelei aufdecken? Den Staatsanwalt und seine Konsorten fertigmachen?«
»Ich habe sonst wirklich kein Angebot bekommen. Glaub mir doch endlich.«
»Trotz des Preises? Auf Leute wie dich sind doch alle scharf. Aushängeschilder sagt man dazu. Und wenn es dann noch einer ist, den man erfolgreich reintegriert hat ...«
»Aushängeschild bist du nur, wenn auch deine Vita stimmt.«
»Ja, ja«, sinnierte Chambier. »Das Leben ist manchmal wie eine Einkaufsliste. Du stehst vielleicht auf der des Staates, der Polizei, des Finanzamtes, der Nachrichtendienste, unter Umständen auch auf der der Mafia. Und wie eine Hausfrau alle Dinge, die auf ihrer Liste stehen, besorgt, wirst auch du besorgt, ohne etwas dagegen unternehmen zu können. Ich frage mich, auf welcher Liste du gestanden hast oder immer noch stehst? Wem bist du im Wege?«
»Meinst du, ich stehe noch drauf?«
Chambier nickte. »Man hat dich rehabilitiert, genau das schmeckt einigen nicht.«
»Und die Konsequenzen?«
»Was weiß ich? Hoffentlich keine. Ich wünsche es dir.«
Chambier, dem Kilians angeschlagener Zustand nicht entging, gab dem Gespräch bewußt eine Wendung. »Du schreibst über Egoisten und Demonteure – ich denke viel über Menschen nach, sie sind der mißlungenste Teil der Schöpfung. Als Gott sah, was er da angerichtet hatte, drehte er sich um und weinte bitterlich.«
Er meine natürlich nicht alle Menschen, schränkte Chambier ein, sondern diejenigen, die über Willen und Möglichkeiten verfügten, die Masse in ihrem Sinne zu beeinflussen. Die Masse sei vielleicht sogar gut, habe Ideale, gebe sich optimistisch – aber sei auch leicht zu verführen. Gier und Neid seien Eigenschaften, mit deren Hilfe jeder, der das wolle, polarisieren, Arbeitnehmer gegen Arbeitgeber, Angestellte gegen Beamte und Wenigerverdienende gegen Akademiker, besonders Ärzte und Zahnärzte, ausspielen könne. Die Masse sei träge und dumpf, jage Phantomen hinterher und werde ruhiggestellt durch jovial lächelnde, wortgewandte

Politiker und das Fernsehen. Aber sie stelle sich auch selbst ruhig, ergänzte Chambier und verwies auf drei Millionen Alkoholiker und eine Million Tablettenabhängige. Weil es bequemer sei, Schwierigkeiten aus dem Weg zu gehen, als sich mit ihnen zu beschäftigen.
»Glotz mich nicht so an, Bumerang. Wir praktizieren die Kunst des Verführens und des Ruhigstellens doch bereits seit einigen Jahrzehnten überaus erfolgreich.«
»Wir?«
»All diejenigen, auf die die Masse hört. Und dazu zähle ich auch uns.«
»Das klingt ja so, als könnten wir die Leser verdummen.«
»Das können wir auch, weil sie uns vertrauen. Weil sie denken, die bei der Presse oder beim Fernsehen, das sind integre Leute, die alle Schweinereien aufdecken, die müssen doch sauber sein.«
»Ich kenne mich in dem Metier noch nicht so gut aus, Chambier. Gibt es in unserem Fach denn wirklich nur Schweine?« Kilian funkelte den Kollegen an.
»Quatsch! Die meisten, solche wie du und ich, bleiben einigermaßen aufrecht, schieben eine ruhige Kugel, haben gar nicht die Möglichkeit zu agitieren und sind deswegen vollkommen ungefährlich.«
»Und die übrigen?«
»Wie überall. Haben was zu sagen, bestimmen über Mitarbeiter und Leitartikel, lancieren gewisse Berichte gezielt im Fernsehen, geben damit Reizthemen eine bestimmte Richtung und spielen sich als Gewissen der Nation auf.«
»Ich weiß gar nicht, was du hast. Es ist doch bequem, wenn solche Vordenker uns die Arbeit abnehmen; entscheiden und selektieren, was für uns gut oder verwerflich ist, was wir unter Ethik und Moral zu verstehen haben.«
Chambier grinste den Jüngeren an. »Schach, mein lieber, du setzt dich selbst matt. Unsere Zunft hat eine ganz besondere Eigenart entwickelt: Sie vermeidet tunlichst, den Maßstab der sogenannten Moral und Ethik, an dem sie Politiker, Wirtschaftsbosse, Sportler und Künstler mißt, auch sich selbst anzulegen.«

Kilian ließ sich auf die Debatte ein: »Hat denn derjenige, der auf dem Zölibat besteht, weil er gläubig ist, auch selbst enthaltsam zu sein?«
»Gut gekontert, Bumerang.« Chambier trank einen Schluck Bier, bevor er weitersprach. »Meinungsfreiheit ist für alle gut und muß, wo nicht vorhanden, unbedingt eingefordert werden. Natürlich auch die Pressefreiheit. Aber: Auf der einen Seite greifen wir, die Medien, preußische oder wilhelminische Wertvorstellungen wie Ordnung, Ehrlichkeit, Sauberkeit, Redlichkeit, Aufrichtigkeit an – sie gelten als antiquiert –, andererseits jedoch messen wir gerade Politiker an genau diesen Tugenden – ich denke da besonders an einen ehemaligen Kanzlerkandidaten aus Schleswig-Holstein – und schicken sie in die Wüste. Das ist auch eine Form der Verdummung.«

Kilian dachte lange über Chambiers Worte nach. Obwohl er nicht so sein wollte, seine Berufsauffassung heute genauso eine andere war wie während seiner Zeit als Lehrer, mußte er dem Erfahreneren zustimmen.
Am Tag darauf fragte er: »Chambier, verrate mir bitte eins: Warum bist du so zynisch? So bissig?«
Der Ältere rückte die Brille zurecht, packte Kilian am Oberarm und schaute ihn an. »Sag mir, was du siehst.«
»Was soll das?«
»Sag's mir!«
»Im Augenblick einen verbitterten Mann, der seinen Glauben oder was auch immer verloren hat.«
»Besonders meine Ideale. Aber wenn du dich bemühst, dann siehst du noch mehr. Du siehst einen Heuchler, der nämlich genau das macht, was er im Beisein anderer ständig anprangert. Ich manipuliere mit, ich beschönige, reite auf der angenehmen Welle der öffentlichen Meinung, mache nur dann jemanden fertig, wenn ich die Mehrheit hinter mir weiß.«
Nach einer kleinen Pause sprach Chambier weiter: »Deshalb werde ich, wenn es um Straftaten von Ausländern in unserem Land geht, den Teufel tun und die Fakten knallhart auf den Tisch

legen. Und zwar, daß deren prozentualer Anteil bei manchen Delikten dreimal, in anderen Bereichen gar fünf- oder sechsmal so hoch ist wie der der übrigen Bevölkerung. Sagte ich das laut, dann wäre ich ein Rassist, ein Fremdenhasser, ein unbekehrbarer Nationalist – und wohl die längste Zeit bei der Zeitung gewesen.«

»Also schwimmst du lieber mit.«

»Was ist daran schlimm? Kein Richter wird mich deswegen bestrafen. Ich nutze meine Position, und die Zeitung gibt mir verdammt viel Macht, denn durch sie bin ich immun. Uns, den Journalisten, obliegt es, nach bestem Gewissen, wie man so schön sagt, Zahlen zu interpretieren, nach eigenem Dafürhalten zu bewerten und anschließend den Leser darüber zu informieren, daß sich zum Beispiel in Deutschland etwa alle sechzig Sekunden ein Handtaschenraub ereignet. Das klingt schlimm, und auf ältere Frauen wirkt das zweifellos beängstigend. Allerdings könnte man auch sagen: Statistisch gesehen muß eine Frau nur alle siebzig Jahre mit einem Handtaschenraub rechnen. Diese Nachricht ist weniger dramatisch, hat längst keinen so reißerischen Effekt, geht im Alltäglichen unter. Da wir unsere Geschichten verkaufen wollen, präsentieren wir sie eben in einer Art, die Aufsehen erregt, denn Schreckensmeldungen und Hiobsbotschaften kommen immer an. Natürlich ist es inkorrekt, sogar irreführend, wenn im Sport die Überschrift lautet: ›Sprung in die Wolken‹, ›Fußballmannschaft stehend k. o‹. Wie soll das funktionieren? Oder wenn du mit den Worten gelockt wirst: ›Minister um zehn Zentimeter gewachsen‹, ›Van Gogh in Luxemburg‹, ›Mozart auferstanden‹, ›Kanzler für Schwarzes Gold‹, gemeint ist die Kohle. Einen Tag später kannst du dann lesen: ›Kanzler auf dem Mond‹, weil ein Oppositionspolitiker sich ihn dorthin wünscht. Wenn sich jemand beschwert, dann erklären wir, der Leser sei schließlich intelligent und wisse, daß van Gogh nicht mehr lebe und natürlich seine Bilder gemeint seien. Gerade wir sind um Ausreden und Rechtfertigungen unseres eigenen Tuns – bei anderen sind wir längst nicht so tolerant – nie verlegen, auch das gehört zu unserem täglichen Brot. Wer wagt es schon, die Presse anzugreifen? Berichte in Frage zu stellen, die sachlich sein sollen, im Endeffekt jedoch ausschließlich die

persönliche Meinung des Journalisten wiedergeben? Kritiker kommen kaum zu Wort, Leserbriefe werden nach bestimmten Gesichtspunkten ausgewählt. Auch das siehst du, wenn du mich genau anschaust.«
Erstaunt starrte Kilian den älteren Kollegen an. »Weißt du eigentlich, was du hier von dir gibst? Alles, was du gerade aufgezählt hast – das Mitschwimmen auf einer Welle, erst Volkes Zorn aufheizen und dann auf ihn eingehen und sich zum Fürsprecher aufschwingen, Objektives durch Subjektives ersetzen – ist mir vor sechs Jahren widerfahren. Weißt du noch, wie man mich fertiggemacht hat?«
Chambier nickte traurig. »Glaub mir, der Kollege damals hätte noch härter mit dir umspringen können, keiner wäre zu Hilfe gekommen. Die Öffentlichkeit war derart gegen dich eingestellt, daß jeder, der über dich schrieb, praktisch einen Freibrief zum Rufmord in der Tasche hatte. Je mehr du als Lehrer und Beamter entwürdigt und entblößt worden bist, desto entschiedener forderte unsere Leserschaft, dich gnadenlos und mit der ganzen Härte des Gesetzes zu bestrafen. Entlastendes wurde zur Ausrede erklärt, glaubhafte Beteuerungen deinerseits zur geschickten schauspielerischen Leistung. Schau dir die Leserbriefe an, die bei uns eingegangen sind.«
Kilian erinnerte sich, einer hatte sich sogar die Todesstrafe herbeigewünscht. »Chambier, mich interessiert im Augenblick nur eines: Wodurch bist du so geworden? Aus welchem Grund hast du deine Ideale aufgegeben?«
Es dauerte lange, bis Chambier antwortete: »Aus Angst.«

Jeder hätte sie für Spaziergänger gehalten, wie sie so durch die Fußgängerzone schlenderten, vor Geschäften stehenblieben oder sich einen Kaffee und ein Stück Kuchen genehmigten. Dabei können Menschen von der Physiognomie her unterschiedlicher kaum sein. Hier der kleine, gedrungene, übergewichtige Lockenkopf Dexheimer, dort der extrem schlanke, zwei Köpfe größere, feuerrothaarige Sherman, der über den Atlantik geflogen war, um im Auftrag eines Medienkonzerns aktiv zu werden. Sherman, den man permanent unterschätzte oder falsch einschätzte – er sah aus wie fünfunddreißig und war doch schon fünfzig –, fungierte als Koordinator und Troubleshooter zwischen der Muttergesellschaft WTC Houston und der deutschen Tochter. Die offizielle Berufsbezeichnung des Amerikaners lautete Reality-Manager – als gäbe es an der Realität etwas zu managen. Sherman selbst verstand sich als jemanden, dessen Aufgabe es war, ungewöhnliche, brisante oder schockierende Vorkommnisse telegerecht zu servieren. Ungewöhnlich, brisant und schockierend war nach seiner Definition – und der des Hauses – alles, was die Zahl der Zuschauer anwachsen ließ.

»Hier sind die offiziellen Einschaltquoten unseres Nachrichtenmagazins, umgerechnet in Fernsehteilnehmer. Am Mittwoch, dem Tag der Geiselnahme in Sölden, gegen zwanzig Uhr zwei Komma acht und um Mitternacht zur Extrasendung drei Komma zwei Millionen. Am folgenden Morgen um neun, wenige Stunden nachdem der Hubschrauber gegen den Berg geprallt war, eins Komma fünf Millionen – für diese Zeit, wo fast nur Hausfrauen zuschauen, absolute Spitze –, und als das mit dem Gleitfallschirm ruchbar wurde, schnellte die Quote hoch auf über zwei Millionen. Die ganze Woche pendelte sie dann zur Prime Time zwischen eins Komma acht und zwei Komma fünf Millionen. Ist das nichts?«

Sherman studierte den Zettel, den Dexheimer ihm gegeben hatte. »Alle Achtung, vierzig Prozent Plus. Und wie sieht es jetzt aus, zwei Wochen später?«

»Selbstverständlich ist die Quote wieder gesunken, alles andere wäre ein Wunder. Aber sie bewegt sich nun konstant zwanzig Prozent über dem Mittel des vergangenen Jahres. Und was vielleicht das wichtigste ist: Der Anteil der Fünfzehn- bis Fünfunddreißigjährigen, unserer Hauptzielgruppe, liegt weit über dem Branchendurchschnitt.«

Sherman nickte anerkennend. »Verraten Sie mir, wie Sie an diesen … wie heißt er noch mal?«

»Wild, Edgar Wild, ehemaliger Oberst der Volksarmee und Kommandeur einer Spezialeinheit, vergleichbar mit ... der russischen Omon.«

»Schön, schön. Wie sind Sie also an Ihr Goldstück herangekommen?«

Dexheimer betrachtete schweigend seine Schuhspitzen.

»Schon gut«, lenkte Sherman ein. »Gibt es eine nachweisbare Verbindung zwischen diesem Oberst und Ihnen?«

Dexheimer schüttelte den Kopf. »Aber er steht mir jederzeit zur Verfügung.«

»Könnte genau das nicht gefährlich werden?«

»Ausgeschlossen. Ist Sölden nicht Beweis genug?«

Sherman erinnerte sich, wie er im Hotel Bergland gesessen und gefiebert hatte; es war wirklich spannend gewesen. Selbst ihm, der bestimmt schon viele Kabinettstückchen inszeniert hatte, war ein derart gewiefter und kaltschnäuziger Typ wie dieser Oberst noch nie begegnet. Rekrutierte die Leute, die er früher einmal befehligt hatte, und konnte sie zu dieser Geiselnahme überreden. Eine Geiselnahme ohne Toten, wie sich inzwischen wohl auch für die österreichische Polizei herausgestellt hatte, denn eine Leiche existierte nicht. Aber niemand in der Alpenrepublik vermutete, daß es sich bei dem vermeintlichen Toten gleichfalls um einen von Wilds Leuten handelte. Und wenn er dem Oberst glauben durfte, dann gehörten zwei der vier Geiseln ebenfalls zu seiner Truppe. Gaben sich als Touristen aus und waren im Grunde genommen Verbrecher. Sherman grinste. Unheimlich gut.

»Wie lange sind die drei Hauptakteure noch auf dem Berg geblieben?«

»Zehn Tage oder elf. Sie hatten sich nicht weit vom Gipfel in einer mit Schnee gefüllten Senke versteckt. Vergessen Sie nicht, diese Leute sind im Überlebenstraining geschult.«

»Wieso haben die Gebirgsjäger sie nicht entdeckt?«

Dexheimer und Sherman setzten sich, die Hände in den Manteltaschen vergraben und den Kragen hochgeschlagen, auf eine Bank und schauten auf den gegenüberliegenden Stadtteil von Luxemburg, das Bahnhofsviertel.

»Mister Sherman, Wild hat zwanzig Leute eingesetzt. Vier von

ihnen haben alle Aktivitäten der Österreicher mit Hilfe von Nachtgläsern und tragbaren Radargeräten beobachtet. König, Wilds bester Mann in der Gondel, war per Kopfhörer immer auf dem aktuellen Stand. Zwei von seinen Leuten sind dann mit dem Hubschrauber abgeflogen und kurz vor dem Crash ausgestiegen. In Kaisers sind sie gelandet, eine kleine Ansiedlung vor Sölden, und von dort sind sie in ihre Pension spaziert. Den Gleitfallschirm hat man in Vent gefunden, also am anderen Ende des Tales. Die Polizei weiß bis heute nicht, was abgelaufen ist. Zwangsläufig blieben auch alle Straßensperren erfolglos.«
Sherman erlaubte sich ein Lächeln und übertrug Wilds Fähigkeiten auf die Vereinigten Staaten. Für einen solchen Mann müßte mein Land doch ein Dorado sein, überlegte er. Ob es vielleicht eine Möglichkeit gab, ihn einzusetzen? Mußte ja nicht unbedingt das World Trade Center sein.
»Wieviel hat Wild uns gekostet?«
»Fünfzigtausend Mark.«
»Und die Dollar? Das Lösegeld?«
Dexheimer rieb sich die Hände. »Ist nicht unser Problem. Oder hat es sich nicht gelohnt?«
Sherman rückte seine Goldrandbrille zurecht. »Ein guter Deal, Mister Dexheimer. Die langfristig gesicherten Werbeeinnahmen haben laut der deutschen Zentrale Köln um neunzehn Prozent zugenommen. Was ich mich schon lange frage: Warum macht einer wie Wild so etwas?«
Dexheimer zuckte die Achseln. »Wild und seine Leute sind ein Relikt der deutschen Wiedervereinigung. Alles, was von drüben kommt, ist schlecht, niemand möchte die Spezialeinheit haben oder in das bestehende System integrieren. Aber auflösen konnte man sie auch nicht. Wie soll man etwas auflösen, von dessen Existenz keiner weiß?«
»Ich bin dem Mann zwar nur einmal begegnet, aber er ist ein … realistischer Phantast. Und wir brauchen Phantasten.«
»Weil er sich seinen Leuten verpflichtet fühlt?«
Sherman zögerte. »Ja.«
»Aber Wilds Rechnung geht auf.«

»Inwiefern?«
»Er konnte mittlerweile mehr als die Hälfte dieser Spezialisten unterbringen: im Personen- und Objektschutz, im Wachdienst und bei diversen anderen diskreten Einrichtungen.«
Sherman ruckte hoch und drehte sich zur Seite. »Sagen Sie nur, Wild hat das Spektakel inszeniert, um seinen Männern einen Job zu verschaffen?«
»Gibt es in seiner Branche eine bessere Empfehlung?«
Diese Eröffnung beschäftigte Sherman. »Falls erforderlich, können Sie auf Wild und seine Leute ...«
»Jederzeit.«
»Das ist gut.«
Anschließend spazierten sie über den Boulevard Royal bis zu dem Platz, auf dem normalerweise die Schobermesse stattfindet – eine kleinere Ausgabe des Münchner Oktoberfestes, allerdings ohne die dort üblichen großen Festzelte. Jetzt waren dort Hallen errichtet worden, landwirtschaftliche Geräte standen im Freien oder überdacht, Besucher drängten sich um einen Platz, in dessen Mitte ein Kreuz aufgemalt war, das von einem Kreis umschlossen wurde.
»Meinen Sie, Ihr Vorhaben gelingt, Mister Dexheimer?«
»Er hat keine Wahl. Zudem ist er bis über beide Ohren verschuldet.«
»Und Sie sind sicher, daß es ihm genügt, seine Familie versorgt zu sehen?«
Dexheimer nickte. »Immerhin habe ich eine hohe Versicherung für ihn abgeschlossen.«
Sie gesellten sich zu den Besuchern, fanden aber keinen Sitzplatz.
»Meine Damen und Herren«, meldete sich eine Stimme aus den Lautsprechern. Dexheimer entdeckte den Redner am Rande des freien Platzes. »Ich darf Sie herzlich zu unserer länderübergreifenden Ausstellung begrüßen. Bei einem Rundgang werden Sie feststellen, daß die europäische Landwirtschaft, zumindest die von Frankreich, Luxemburg, Belgien, den Niederlanden und Deutschland, keine Konkurrenz zu fürchten braucht, was die Qualität der Maschinen betrifft. Vertrauen Sie auch in Zukunft auf unsere Bauern.«

Heftiger Applaus setzte ein; das waren wohl die anwesenden Landwirte, vermutete Dexheimer.
Jetzt war ein brummendes Geräusch zu vernehmen. Der Ansager blickte nach oben und schirmte die Augen mit einer Hand ab.
»Wir kommen zu unserem nächsten Programmpunkt. Wie Sie vielleicht schon hören, befindet sich die Maschine im Anflug. Vier waghalsige Springer werden in dreitausend Meter Höhe aussteigen, uns kunstvolle Figuren vorführen und genau in unserer Mitte«, er deutete auf Kreuz und Kreis, »zu landen versuchen. Ich wünsche Ihnen eine angenehme Unterhaltung und den Springern Hals- und Beinbruch. Das dürfen Sie bitte nicht wörtlich nehmen.«
Nun schauten alle zum Himmel. Als schwebendes, glitzerndes Kreuz war eine zweipropellerige Maschine auszumachen. Das Flugzeug wurde größer, plötzlich löste sich ein Punkt, dann noch einer, ein dritter und ein vierter. Fallschirmspringer fielen zur Erde, Rauchkerzen in den Händen, die unterschiedlich gefärbte Streifen hinterließen. Die Springer drehten sich um die Körperlängs- und -querachse, machten Salti, Rollen und rudernde Bewegungen, wurden größer und größer. Ein Fallschirm öffnete sich, noch einer, der dritte und der ... Nein, der vierte öffnete sich nicht. Näher und näher kam der vierte Mann der Erde, immer noch die Rauchkerzen in der Hand, einen blauen und einen roten Streifen hinter sich herziehend.
Schlagartig trat Ruhe ein, viele schlugen die Hand vor den Mund, starrten gebannt nach oben. Spätestens jetzt mußte er den Fallschirm ziehen, jetzt, jetzt ...
Einzelne Zuschauer sprangen auf, einige wandten sich ab. Nicht weit von ihnen entfernt durchschlug der Körper des vierten Springers das Dach einer provisorischen Halle. Ein dumpfer Schlag war zu hören, mehr nicht.
Die Erstarrung löste sich, Stimmengewirr setzte ein, einige Sensationslüsterne eilten auf die Halle zu, wurden aber von Sicherheitskräften zurückgehalten. Der Sprecher stand immer noch am Mikrophon und hielt sich daran fest.
Nur wenigen war es gelungen, bis zur Stelle des Aufpralls vorzu-

dringen. Ihnen bot sich kein schönes Bild. Ein Loch in der Zeltplane, darunter stand ein Traktor mit mächtigen Rädern und angehobener gezahnter Schaufel. In der Schaufel lag ein halber Körper, die andere Hälfte lag genau davor auf dem Boden. Bleich hatten sich gezackte Knochen durch die Kleidung gedrückt, Blut tropfte von der Schaufel in eine größer werdende Lache auf dem Boden. Dort war auch ein deformierter kleiner Klumpen zu erkennen, das mußte der Kopf sein. Etwas abseits war der Helm mit dem eingebauten Sender gegen einen Reifen gerollt. Die kleine Funk-Videokamera hatte nur noch Schrottwert.
Dexheimer und Sherman zogen sich zurück, die Veranstaltung wurde für den heutigen Tag geschlossen.
»Verrückte wird es immer geben«, grummelte Dexheimer. »Wer ernstlich vorhat, sich umzubringen, den kann man nicht davon abhalten. Es sei denn, potentielle Selbstmörder sehen unseren Film und sind von dem Danach geschockt.«
»Kein schöner Anblick«, meinte Sherman.
»Was wollen Sie überhaupt? Soll ich das Video zurückhalten? Sind Sie der Auffassung, daß WTC Deutschland diesen Unfall nicht senden soll?«
»Mister Dexheimer, sind Sie nicht bei Sinnen? Wissen Sie denn nicht, was das bedeutet?« Sherman blickte über die Schulter zu den Hallen. »Die Leute werden erschüttert sein, und genau das ist unsere Absicht. Was macht es schon für einen Unterschied, ob jemand in den Krieg zieht oder sich vom Himmel stürzt.«
Dexheimer verabschiedete sich von Sherman. Die offizielle Videokassette wurde von einem Studio in Luxemburg nach Köln übermittelt, die inoffizielle, per Funk von Benders Helmkamera überspielt, kam in den Kofferraum seines Sportwagens, in eine Aktentasche, zusammen mit den Tonbändern. Beides würde er in seinem kleinen Privatarchiv deponieren. Wenn man schon solche Sachen machte, dann mußte man sich auch absichern. Der Vertrag mit dem Kamikazespringer Bender, unterschrieben von ihm und seiner Ehefrau, war ebenfalls fürs Archiv bestimmt, genau wie ein Durchschlag der Versicherungspolice. Das Telefax, in dem Dexheimer unter falschem Namen dem Veranstalter zu günstigen

Konditionen den Springer Bender als einen alten Hasen offeriert hatte, war in einem Copy-Shop aufgegeben worden und somit nicht weiter zurückzuverfolgen.

Am Abend konnte WTC exklusiv die Amateuraufnahmen eines Zeugen ausstrahlen; in erstaunlich guter Qualität und mit richtiger Zoom-Einstellung dokumentierten sie das schreckliche Ereignis. Den ersten Mitteilungen der luxemburgischen Polizei zufolge handelte es sich allem Anschein nach um einen Unfall; die Überprüfung hatte ergeben, daß die Reißleine des Fallschirms nicht funktionierte. Verblüffenderweise traf das auch für den Reserveschirm zu. Über die Kamera am Helm ließ man nichts verlauten, die Aufnahmen waren ohnehin unbrauchbar.
Kilian war erschüttert von den Bildern, er bedauerte den Springer und noch mehr dessen Familie, die, alles andere hätte ihn auch verwundert, live und mit viel Theatralik interviewt wurde, und zwar von Else Naumann.
Hätte sich jemand die Mühe gemacht, die Zeitspanne zu untersuchen, die zwischen dem Tod des Springers und dem Auftritt der Familie im Studio lag, dann wäre der Betreffende zu einem verblüffenden Ergebnis gekommen. Bereits zehn Minuten nach dem Tod ihres Gatten mußte Frau Bender ihre Zusage gegeben haben – wenn man einkalkulierte, daß sie von Kaiserslautern, ihrem Wohnort, nach Köln mit dem Auto mindestens zweieinhalb Stunden unterwegs war. Es gab eben gute und weniger gute Journalisten, da stellte sich die Frage nach der Pietät überhaupt nicht.

Die normale Redaktionsarbeit war angelaufen. Kilian berichtete über den Ausbruch der Schweinepest im Hunsrück, Aujeszkysche Krankheit, aber nicht gefährlich für den Menschen, wie Experten versicherten, wenngleich etliche Bauernhöfe gesperrt wurden. Er schrieb über die Wahl der Miss Trier, das Küren eines Mister Rheinland-Pfalz und die Entwicklung des Tourismus in der alten Stadt. Er befragte Anwohner, die sich über Falschparker beschwert hatten; interviewte Geschäftsleute, inwieweit der Plan

der Verwaltung, die Innenstadt total verkehrsfrei zu gestalten, auch ihre Zustimmung fand. Die Probleme der Studenten griff er auf, die permanent auf Wohnungssuche waren und sich zum Teil mit unfreiwilligem Camping begnügen mußten.
Aufregend war das alles nicht – abgesehen vielleicht von einer Demonstration für die Erhaltung bestimmter Bäume; die Grünschützer hatten, um ihrer Forderung Nachdruck zu verleihen, gleich reihenweise parkende Autos demoliert. »Was nützt es, wenn die Bäume stehen bleiben und dann doch an Abgasen eingehen?« hatte einer der Teilnehmer vollmundig verkündet.
An diesem Tag im Spätherbst wagte sich die Sonne noch einmal hervor und trieb die Temperatur auf über zwanzig Grad. Kilian ging mit Chambier durch die Innenstadt; er paßte sich dem gemächlichen Tempo des Übergewichtigen an. Der führte ihn in ein Café.
»Chambier, warum kümmerst du dich so um mich?«
»Bist neu im Geschäft ... Einer muß sich doch ...«
»Hör auf! Öki läßt du links liegen. Sieht doch gut aus und sorgt bestimmt auch bei deinem Herzen für Beschleunigung.«
»Toll, daß du mir so etwas noch zutraust.«
»Ich bin längst nicht so attraktiv.«
Es zuckte um Chambiers Mundwinkel.
»Du willst etwas gutmachen.«
Chambier sah Kilian über die Brille hinweg an. »Ach, was habe ich für ein schlechtes Gewissen.« Er verdrehte die Augen.
»Einen schlimmeren Vorwurf als den, der gegen mich erhoben wurde, kann es für einen Lehrer überhaupt nicht geben. Und du hast nichts unternommen.« Als Chambier keine Reaktion zeigte, setzte Kilian nach: »Du hast nicht nur Angst, du bist auch noch feige. Und mit so einem Typen soll ich zusammenarbeiten.«
»In zehn Jahren machst du es genauso wie ich. Gehst allem aus dem Weg und willst nur noch deine Ruhe haben.«
»Das glaube ich kaum. Zumindest eines kann ich dir garantieren: Nie und nimmer werde ich jemanden vorschnell verurteilen. Und falls nur die Spur einer Chance besteht, Unschuld nachzuweisen, dann haben wir verdammt noch mal die Pflicht, es zu versuchen. Gerade das verstehe ich unter Journalismus.«

»Schöne Rede. So einer wie du hat uns gerade noch gefehlt.« Chambier blickte aus dem Fenster und beobachtete die Passanten. »Ich war seinerzeit überhaupt nicht an der Berichterstattung über dich beteiligt. Caruso hat irgendwie einen Haß auf dich gehabt.«
»Wer ist Caruso?«
»Unser damaliges As. Er hat die tollsten Storys an Land gezogen, darunter natürlich auch deine. Wenn etwas am Gären war, er hat es ausgekramt. Wir haben uns stets gewundert, wie er an all die Dinge herangekommen ist, und zwar mit einer Schnelligkeit, die mich immer wieder verblüfft hat.«
»Wieso Caruso. Ist er so musikalisch?«
Chambier schüttelte den Kopf. »Trank nur Apfelsinensaft, Hohes C. Benno Dexheimer, also Caruso, verschwand wenige Monate nach deiner Verurteilung, Trier war ihm zu klein und zu provinziell. Zuerst hat er meines Wissens für eine Kölner Zeitung gearbeitet; wo er jetzt steckt, weiß ich nicht.«
Kilian, dem sich einige der reißerischen Schlagzeilen tief eingeprägt hatten, wurde nachdenklich. Obwohl inzwischen Jahre vergangen waren, fühlte er immer noch Groll aufsteigen, wenn er daran dachte, und das würde sich nie legen. Jedenfalls nicht, solange er nicht wirklich wußte, wie es zu diesem abgekarteten Spiel mit ihm als ungewolltem Hauptdarsteller hatte kommen können.
»Bumerang, wenn ich mir dein Gesicht anschaue und sehe, wie es darin arbeitet, dann möchte ich dir nur einen Rat geben: Laß die Finger davon, vergiß die Vergangenheit, denn du hast mit der Gegenwart genug zu tun.«
»Benno Dexheimer«, murmelte Kilian vor sich hin.
»Hast du das noch nicht gewußt?«
»Ich habe meinen Anwalt gebeten herauszufinden, wer der Schmierfink ist. Die ›Landeszeitung‹ gebe die Namen ihrer Redakteure nicht preis, bekam ich zu hören.«
»Ja, früher war das so, heute stehen sie über jedem Artikel.«
»Außerdem gab es andere Probleme, um die ich mich kümmern mußte.« Aufschauend fragte er: »Kennst du das Gefühl, einer Entwicklung ohnmächtig ausgeliefert zu sein? Andere bestim-

men über deine Zukunft, Gefängnis ja oder nein, und du bist dein eigener Beobachter und hast keine Chance, einzugreifen?«

»Und ob. Was denkst du, warum ich so geworden … Los, kotz dich ruhig aus.«

Es zeigte sich, daß Chambier durchaus seine Bissigkeit hintanstellen und ein aufmerksamer und sensibler Zuhörer sein konnte. Während der folgenden halben Stunde, als Kilian seine damalige Stimmung schilderte, die ständig zwischen Euphorie und Niedergeschlagenheit geschwankt hatte, unterbrach Chambier kein einziges Mal. Die Beweislast war erdrückend gewesen, und das hatte Kilian sehr zu denken gegeben. Wie kommt es, hatte er sich wieder und wieder gefragt, daß ein Stein zum anderen paßt? Wieso hatte man auch noch Kopfhaare von ihm zwischen der Schambehaarung der Schülerin gefunden? Seine Fingerabdrücke auf dem Glas ihrer Armbanduhr? Einen Ohrring und Haare von ihr in seinem Ehebett?

»In solchen Momenten fragst du dich: Wer ist hier eigentlich der Verrückte, du oder die anderen? Und in der Zeitung konnte ich nachlesen, daß mein Schwiegervater, dieser geldgierige, perverse Gnom, der beim Staatsanwalt ein und aus ging, eine harte Strafe für mich gefordert hat. Fünf Jahre Knast, fünf Jahre, das ist ein Siebtel meines Lebens.«

»Ein Siebtel Freiheit einzubüßen ist nicht so schlimm, wie ein Siebtel des Körpers zu verlieren.«

»Was nützt dir dein Körper, wenn du ihn nicht benutzen kannst, wenn er eingesperrt ist, schlimmer eingesperrt als jeder Hund? Und dann die Gedanken. Alles hast du im Griff, aber nicht deine Gedanken. Jede Nacht kommen sie und schleichen sich ein, halten dich wach, zermürben dich, nehmen dir den Glauben an die Welt, an Staat, Ordnung und Justiz – und an dich selbst.«

»Zumindest den an die Justiz hat man dir doch wiedergegeben.«

»Und die Jahre? Hat man mir die auch wiedergegeben?«

Chambier legte Kilian eine Hand auf den Unterarm. »Komm, Bumerang, reg dich nicht so auf. Die Leute gucken schon.«

Kilian schüttelte die Hand ab, erhob sich, stellte sich mitten ins gutbesuchte Café und sprach mit lauter Stimme: »Daß man mich

anstarrt, bin ich gewöhnt. Leute, schaut her, ihr bekommt nicht jeden Tag einen ehemaligen Gymnasiallehrer zu sehen, der eine Schülerin vergewaltigt hat und dafür fünf Jahre im Gefängnis war. Glotzt mich ruhig an, so sieht ein Krimineller aus. Ich gebe euch einen Rat: Versteckt eure Töchter vor mir.«
Wütend stürmte er hinaus. Mit jedem Schritt hämmerte er sich ein: Ihr könnt mich mal. Ihr Heuchler, ihr verlogenes Pack. Erregt bis in die Haarspitzen und mit einem Geist gestraft, der ihn zwar logisch denken ließ, sich aber im Gegenzug auch weigerte, das Vorgefallene zu vergessen, die schrecklichen Bilder und Visionen zu löschen, ignorierte Kilian die mittlerweile vergangene Zeit. Schon während der ersten Tage in Untersuchungshaft hatte er mitbekommen, wie seine Bekannten und scheinbaren Freunde sich von ihm lossagten. Heute, im Rückblick, konnte er bequem auf sie verzichten, aber damals glaubte er mit den letzten Bindungen nach außen auch seinen inneren Halt zu verlieren. Der Verlierer ist immer allein.

Wenn ein Fernsehsender sich den Namen World Television Company gibt, dann ist es nicht schwer, sich vorzustellen, in welchen Dimensionen ein Ereignis wie beispielsweise der fünfte Geburtstag von WTC Deutschland dort gefeiert wird. Die Muttergesellschaft hatte ihre Abgesandten über den Ozean geschickt, alles auch hochkarätige Manager und Programmgestalter. Sogar die Eigentümerin des Konzerns Multi Media Cooperation, MMC, größter Anteilseigner bei WTC, war für eine halbe Stunde zugegen – mehr ließ ihr Terminkalender nicht zu. Aber während dieser halben Stunde scharwenzelten alle, die Gelegenheit fanden, um Christine Sallinger herum, als habe sie Einfluß auf das künftige Seelenheil eines jeden. Ihre unverbrüchlichen Anhänger waren davon zutiefst überzeugt. Eine Frau, die häufig mit Staatspräsidenten dinierte und Minister einfach warten ließ, mußte doch nahezu alles bewirken können.
Christine Sallinger nickte allen, die man ihr vorstellte, zu, verlor auch schon mal ein paar Worte, weil man das von ihr erwartete,

wirkte aber ansonsten distanziert und unterkühlt, eine unantastbare Schöne.
Nach schicklichen dreißig Minuten verabschiedete sie sich flüchtig von Monique Koslo, der Programmchefin der Tochtergesellschaft. Und Else Naumann, Moderatorin von »Schicksale des Lebens«, ließ die beiden nicht eine Sekunde aus den Augen. Informiert sein bedeutete alles!
Nach Christine Sallingers Abgang kam die Party erst richtig in Schwung. Sänger traten auf, Gaukler, Zauberer, Akrobaten und eine Männertanzgruppe, die gekonnt einen Strip hinlegte; die Damen kreischten, die Herren wirkten eher gestreßt angesichts dieser nackten Tatsachen.
Die sprichwörtliche Schnellebigkeit des Fernsehens prägte auch diese Party. Während man hier noch eine Sendung lobte, den Machern schmeichelte – einfach genial, wie sie das Thema angepackt hatten – oder einer Moderatorin beteuerte, mit ihren geschickten Fragen sei sie absolut top – eine wahre Queen der Talkshows –, setzte zwei Schritte weiter bereits die Demontage ein. »So ein Schrott, der allerletzte Bericht, nichts Neues. Und die Kameraführung? Stümperhaft. Hast du gehört, wie sie sich verplappert hat? Die Falten um die Augen kann sie nicht mehr verbergen. Ja, sie ist eben auch nicht mehr die Jüngste.«
Dieses Taktieren, hier Schmeicheln und da Austeilen, war gang und gäbe in diesen Kreisen. Eine Todsünde, diejenigen zu vergrätzen, die im Augenblick gefragt waren, deren Sterne am hellsten leuchteten. Also Komplimente über Komplimente, Lob zuhauf an die richtige Stelle – auch wenn jeder wußte, was davon zu halten war. Auf der anderen Seite fanden sich im harten Kampf um den Aufstieg immer wieder Gleichgesinnte – in Neid und Mißgunst vereint, gingen sie ein Stück des Wegs gemeinsam. Aber nur solange sie im Gleichschritt vorankamen. Ergab sich eine Möglichkeit, zu beschleunigen und die anderen abzuhängen, wurde sie garantiert genutzt.
Es gaben sich auch einige Leinwandstars die Ehre, doch sie wurden, was die darstellerische Leistung betraf, von einer Gruppe knallhart an die Wand gespielt: von den Ehefrauen. Mit welcher

Herzlichkeit begrüßten sie ihre beste Freundin, fielen ihr um den Hals, Küßchen hier, Küßchen dort, steht dir wirklich vorzüglich, das Kleid, von Beloucci?, und dann erst die Frisur, und dein Ring, was, ein lupenreiner Zweikaräter? Und dabei wußte jeder, daß hier erbitterte Rivalinnen aufeinandertrafen.

Monique Koslo, die Programmchefin, ging in einer kurzen Ansprache auf die Entwicklung des Senders ein, dessen Marktanteil von 0,4 Prozent auf mittlerweile knapp 5 Prozent gestiegen war. Das sei mehr als eine Verzehnfachung in fünf Jahren, fügte sie strahlend hinzu, um den Anwesenden das Kopfrechnen zu ersparen. Noch rasanter seien die Werbeeinnahmen in die Höhe geschnellt, erst vergangene Woche habe man – wohl im Sog der exklusiv vermarkteten Berichterstattung über die Geiselnahme in Sölden – zwei neue potente Kunden gewinnen können: einen deutschen Autohersteller und einen japanischen Elektronikkonzern.

Die Pause, die Monique einlegte, um ihren wadenlangen Rock glattzustreichen und mit glänzenden Augen zu den bestellten Fotografen zu schauen, wurde für Beifall genutzt.

Monique vergaß nicht zu loben – wieder kam sie auf Sölden zu sprechen, darauf, wie WTC an allen anderen Sendern vorbeigezogen war; erwähnte besonders Else Naumann, die die Luft anhielt in der Hoffnung, zart zu erröten. Aber Monique vergaß auch nicht zu tadeln: Die Einschaltquote war zum drittenmal in Folge gesunken. Monique sprach mit blumigen Worten die Perspektive an, beschwor das großartige Zusammengehörigkeitsgefühl, schwärmte von neuen Konzepten, neuen Sendungen und deren Präsentation – und quittierte die Frage eines vorlauten Kameramannes, wann denn endlich die telegene Krabbelstube eingeführt werde, mit einem eiskalten Blick.

»Auf die kommenden fünf Jahre.« Monique hob ihr Glas und prostete der Glittergemeinde zu.

Sie wurde gelobt für ihre Rede, man schüttelte ihr die Hand und wollte sie in eine Unterhaltung verwickeln, doch sie suchte Else Naumann.

»Wo ist denn dein Wunderkind?« spöttelte sie. »Ich will ihn endlich mal kennenlernen.«

Else faßte ihre beste Freundin bei der Hand und zog sie hinter sich her. »Darf ich vorstellen: Monique Koslo, Benno Dexheimer.«
Monique schien enttäuscht zu sein. »Ich habe Sie mir etwas anders vorgestellt, so wie ...«
»... einen kleinen Bond, was?« half Dexheimer schnippisch, denn die Programmchefin hatte unwillkürlich seinen wunden Punkt angesprochen. Provozierend musterte er sie von den Stöckelschuhen bis zum Scheitel.
»Nein, nein«, beschwichtigte Monique, die selbst Probleme mit ihrer Figur hatte. Sie fand ihre Hüften viel zu ausladend, die Oberschenkel wabbelig und die Knie völlig konturlos, weswegen sie überwiegend weite und lange Röcke trug. »Eher etwas älter und mit grauen Schläfen – wegen der vielen Kontakte, die Sie haben sollen. So etwas kommt doch nicht von heute auf morgen.«
Dexheimer akzeptierte die blasse Entschuldigung; er wußte genau, was gemeint war.
Vertraulich zog die Programmchefin Dexheimer auf die Seite und blinzelte Else über seinen Lockenkopf hinweg zu. »Endlich lerne ich Sie kennen, Benno. Ich darf doch Benno sagen?«
»Natürlich, Monique.«
Monique zuckte leicht, aber Benno konnte sich solche Extravaganzen derzeit erlauben.
»Sagen Sie mal, wie machen Sie das eigentlich? Wie kommen Sie an all diese Schicksale und Storys?«
»Monique, Sie machen Ihren Job, ich mache meinen. Wenn Sie so wollen, dann ist das, was ich mache, das Produkt aus Erfahrung, Recherche, Dickköpfigkeit und Geld. Das gehört nun mal dazu.«
Sie reichte Dexheimer ein Glas Champagner. »Sölden hat uns doch nicht viel gekostet, und dann dieser Erfolg.«
»Betrachten Sie es als eine Art Lottogewinn.«
»Aber Lottogewinne sind selten. Heißt das, wir müssen in Zukunft auf diese wichtigen Extras verzichten?«
»War Luxemburg nicht gut?«
»Doch, aber es kamen auch einige besorgte Anrufe. Die Leute wollten wissen, ob Fallschirmspringen wirklich so gefährlich sei.«
Dexheimer verzog das Gesicht. Auf der einen Seite verlangte man

Knüller von ihm, auf der anderen reagierten sie wie Mimosen, wenn sich Zuhörer beschwerten. »Der Autobahncrash und die vielen anderen Beiträge?«

»Wirklich Spitze. Aber, Benno, ich muß Ihnen doch nicht erklären, wie es in unserem Geschäft zugeht: Bist du gut, mußt du noch besser sein. Und wir sind nun mal gut, WTC ist führend in Deutschland, was diese Sachen betrifft. Das ist auch eine Verpflichtung.«

Benno nippte an seinem Glas.

»Haben wir Knüller, haben wir Zuschauer. Haben wir Zuschauer, haben wir Werbekunden. So einfach ist das.«

Benno nickte. »Ich bin immer am Ball.«

»Ist es eine Frage des Geldes?«

»Sekundär. Sie wissen es doch am besten: Schicksale kann man nicht kaufen.«

»Das haben Sie schön gesagt.« Monique legte ihm die Hand auf die Schulter. »Dann brauche ich ja nicht auf das Angebot einzugehen. Ihre Zusicherung, Sie seien am Ball, genügt mir.«

Dexheimer blinzelte nervös. »Welches Angebot?« fragte er – und beging einen Fehler. Geschickt hatte Monique ihn auf mögliche Konkurrenz hingewiesen, und er war darauf angesprungen. In seiner Branche bedeutete das, er zweifelte an sich selbst; er hatte Angst, jemand könnte mehr bieten. Und nur der Beste brauchte keine Angst zu haben.

»Nun, ich habe zwei Gespräche mit einer Agentur geführt, die gleichfalls auf dem Gebiet tätig ist. Sie haben mir Unterlagen gezeigt, die beweisen, wie enorm tief sie im Osten Einblick haben; ich meine all das, was in Rußland und so geschieht. Einfach unglaublich, welchen Schicksalen sie dort begegnen.«

»Gut, gut, wenn die Sie besser bedienen? Greifen Sie zu. Ich finde schon ...«

»Aber Benno, warum so eifersüchtig? Ich will Sie, allein Sie.« Energisch tippte sie ihm gegen die Brust, damit er auch genau wußte, wer gemeint war. »Wann dürfen wir Ihren nächsten Knüller erwarten?«

Dexheimer schien sich etwas beruhigt zu haben. »In zwei Wochen, schätze ich.«

»Das ist fein. Die Adventszeit ist sonst vielleicht doch zu fad.«
»Dann hätte ich da vielleicht noch etwas.«
»Ja?«
»Der Fallschirmspringer aus Luxemburg.«
»Was ist mit ihm?«
»Er hat seinen eigenen Todessprung aufgenommen. Kamera und Sender waren am Helm befestigt.«
»Sagen Sie nur, Sie können uns den Film beschaffen?« Monique vergaß augenblicklich alle besorgten Anrufe von Zuschauern.
Dexheimer zögerte. »Möglich. Aber das wird was kosten.«
»Wieviel?«
»Hundert, schätze ich.«
»Drücken Sie den Anbieter auf achtzig.«
»Ich werde es versuchen«, antwortete Dexheimer, der nun mit sich selbst zu verhandeln hatte.
Monique war mit sich zufrieden, die Saat der Unsicherheit würde aufgehen und den lieben Benno zu Höchstleistungen treiben. Gut, daß man sich auf die Headhunter verlassen konnte. Was hatte der noch über Benno im Gutachten geschrieben: Wenn man auf seine Körpergröße anspielt und einen potentiellen Konkurrenten erwähnt – also seine fachliche Kompetenz anzweifelt –, wächst sein Ehrgeiz, es der ganzen Welt zu zeigen, ins Unermeßliche und ist fast als krankhaft zu bezeichnen. Dexheimer will Anerkennung um jeden Preis, und die ist ihm nur bei außerordentlichen und aufsehenerregenden Taten sicher.
»Na, welchen Eindruck haben Sie von ihm?« Sherman, ein Glas Mineralwasser in der Hand, gesellte sich zu Monique.
»Mister Sherman, es ist, wie Sie gesagt haben: Ich kann mir keinen Besseren vorstellen.«
Sherman nickte. »Dexheimer ist der Hase und denkt, er sei der Windhund.«

Long John, mit bürgerlichem Namen Edgar Vitt, stöhnte, weil er über ein Tanzturnier berichten sollte. Öki, mit der Kilian vor zwei Tagen zu Abend gegessen hatte, durfte sich in Mainz im

Umweltministerium austoben. Müsli war in Urlaub, wahrscheinlich auf seiner Haselnußfarm, wie Chambier scherzte, und Kilian hatte es in die Eifel verschlagen. Und zwar in das kleine Städtchen Prüm, wo alle zwei Jahre die Eifel-Literaturtage abgehalten wurden. Um möglichst anschaulich informieren zu können, besuchte er auch die einzelnen Lesungen und ließ sich nicht, wie andere Kollegen, vom Veranstalter einen Waschzettel aushändigen, anhand dessen dann abends in der Kneipe zwei Spalten zusammengefitschelt wurden. Trat kurzfristig eine Änderung ein, dann schrieben diese Leute über ein Ereignis, das gar nicht stattgefunden hatte. Wie damals in Trier, als ein Konzertpianist kurzfristig sein Programm abgewandelt hatte und anschließend für ein Stück kritisiert worden war, das er nicht gespielt hatte.

Manchmal war es für den Realisten Kilian schon eine Zumutung, sich etwa an einem Lyrikabend von Knurr- und Zischlauten bedrängt zu sehen, die wechselnde Autoren mit verzückter Hingabe, rollenden Augen und furchterregender Mimik hervorstießen. Diese Wortschöpfungen konnte Kilian immerhin eine geraume Zeit ertragen, nicht aber das, was anschließend eine blasse Dichterin zum besten gab.

»Und das Wasser, das fließt und fließt und naß mit Fischen drin dem Meer, dem unendlichen Meer und dem Ende des Seins zuströmt und weiter und weiter sich immer wieder anstoßend bewegt – ich bin Wasser und fließe und strebe und stoße und werde gestoßen …«

Kilian feixte in sich hinein; die Ernsthaftigkeit, mit der die Frau vortrug und die Zuhörer lauschten, erstaunte ihn. Solche Andacht machte oft aus künstlich Kunst.

»… bin Leben und Lebensquell zugleich, atme, sehe, fühle und fließe und zerfließe in der Hoffnung auf ein endliches Hoffen. Wasser, gib mir deine Kraft. Wasser, gib mir dein Leben.«

Entrückt senkte die gut geschminkte Mittvierzigerin ihr Haupt. Huldvoll nahm sie den Applaus entgegen. Sie war verstanden worden.

»Mir scheint, Ihnen gefällt es nicht so recht«, wurde Kilian von

einem Mann angesprochen, der die Schweiz als Heimatland nicht verleugnen konnte.
»Und wie geht es Ihnen damit?«
»Ach, das Meer ist groß und verkraftet auch dieses unscheinbare Plätschern.«

Wieder in Trier, ließ Kilian sich aus dem Zeitungsarchiv die Nummern bringen, in denen er im Lokalteil Hauptthema gewesen war. Nachdem er sich genug mit den Ergüssen von Caruso herumgequält und wider Willen dessen demagogisches Geschick bewundert hatte, zog er einen Computerausdruck aus der Tasche. Darauf waren all jene Arbeiten von Caruso aufgelistet, die man damals in die Rubrik »für Trierer Verhältnisse spektakulär und aus dem Rahmen fallend« eingeordnet hatte. Da gab es zum Beispiel den Rollstuhlfahrer, der beinahe einen Taschendieb erschossen hätte. Die Frage, wie der Mann an die Waffe gekommen war, wurde nie geklärt, und verurteilt hatte man ihn auch nicht, denn der Dieb war ein Rumäne. Alle Sympathie hatte dem Rollstuhlfahrer gegolten. Vor Gericht hatte er sogar gedroht, das nächste Mal mitten auf die Stirn zu zielen und sich nicht mit einem Oberschenkel zufriedenzugeben.
Ein weiterer Hit war der Brand in einem Schweinemastbetrieb in der Eifel. Neunhundert Tiere waren verendet, die örtliche Feuerwehr war lange nach Caruso gekommen, obwohl der von Trier aus knapp dreißig Kilometer hatte fahren müssen. Jovial hielt er in seinem Text den Feuerwehrleuten zugute, daß sie überhaupt erschienen waren – trotz ihres alkoholisierten Zustandes. Zwei Dörfer weiter war gerade der Feuerwehrball im Gange gewesen.
Am meisten Aufsehen hatte vermutlich der Vorfall mit den Hooligans erregt. Hooligans und Trier, schier ein Unding. Und doch hatten die Randalierer es geschafft, auf dem Weg vom Bahnhof zum Stadion und zurück einigen Hausbesitzern die Entscheidung »Renoviere ich jetzt oder später?« leichter zu machen. Fensterscheiben waren zu Bruch gegangen, Farbbeutel gegen Fassaden geschleudert worden, ein Brandsatz war in einem Briefkasten gelandet – zufälligerweise in dem eines türkischen Restaurants.

Wohl wegen des Brandsatzes hatte seinerzeit sogar das Fernsehen über den Vorfall berichtet und angeprangert, daß keine Polizei zu sehen gewesen sei. Mehrmals hatten die Trierer ihre Stadt über den WTC-Kanal flimmern sehen – und zwar auf eine ausgesprochen peinliche Art. Ein Spaßvogel von Reporter hatte sich nicht entblödet zu titeln: »Römische Gladiatoren zünden Trier an«.
Kilian unterbrach die Lektüre, fuhr zu seiner Blockhütte, schob eine Pizza in die Mikrowelle, ratschte eine Dose Bier auf und vertiefte sich erneut in die Unterlagen. An einer Stelle vergaß er das Kauen: In zwei Gerichtsfällen hatte derselbe Staatsanwalt, der auch für ein gut Teil seines Grolls verantwortlich war, als Vertreter der Anklage fungiert, hatte drakonische Strafen gefordert – gegen den angeschossenen Dieb aus Rumänien und gegen die Rädelsführer der Hooligans, die, wie sich vor Gericht herausstellte, alle eine unbefleckte Vergangenheit hatten. Trier war die erste und einzige Station ihres Ausrastens gewesen.
Paul Röder, der Staatsanwalt, hatte sich nicht ganz durchgesetzt, wie der Öffentlichkeit vorgegaukelt wurde, die Betroffenen hatten geringere Strafen als von ihm gefordert bekommen. Aber ein Paul Röder, davon war Kilian überzeugt, kalkulierte das ein und plädierte auf entsprechend hohe Strafen.

»Hohes Gericht, was uns der Angeklagte in den vergangenen drei Tagen hier geboten hat, ist eine Oscarnominierung wert. Zugegeben, auf den ersten Blick wirkt er glaubwürdig, sympathisch, gibt sich als treusorgender Familienvater, hat zwei nette Kinder und eine liebe Frau, wird vom Schulleiter als zuverlässig und pädagogisch wertvoller Lehrer beschrieben, ist ohne Vorstrafen, hat noch nicht einmal einen Eintrag in Flensburg, kommt regelmäßig seinen Bankverpflichtungen nach – also alles in allem ein ehrenwerter Bürger. Aber eben nur auf den ersten Blick. Hinter dieser Fassade, Fratze ist wohl der treffendere Ausdruck, verbirgt sich ein böser Geist, der nur seinen Vorteil sieht und seine Position am Gymnasium schamlos ausnutzt. Da gab es schon mal einen Vorfall; Eltern haben sich wegen der Benotung über ihn beschwert. Die Angelegenheit ist niedergeschlagen, ein Dienstaufsichtsverfahren eingestellt worden, darin sind die Behörden ja geübt. Und dieser scheinbar wertvolle Pädagoge arbeitet bei der bedauernswerten Jana, einer ihm anvertrauten Schülerin, zielgerichtet nur auf eines hin: Er will mit ihr ins Bett.«

Die Anwesenden, überwiegend Mitschüler und Freundinnen von Jana, buhten laut; noch wenige Wochen zuvor, zu Beginn des zweiten Halbjahres, hatten sie ihn zum Vertrauenslehrer gewählt. Dem Staatsanwalt kam diese Mißfallensbekundung gelegen.

»Der Angeklagte geht hin und gibt Jana bewußt schlechte Noten, drückt sie – auch nach Aussagen ihrer Mitschülerinnen –, nur um eines zu erreichen: daß sie um Gnade bettelt, um die Chance, ihr Abitur zu machen. Wie richtig ich mit dieser Annahme liege, zeigt der Umstand, daß Jana inzwischen das Abitur bestanden hat, und zwar gut bestanden hat. Ist sie über Nacht intelligenter geworden? Nein, man hat sie nur gerechter bewertet. An diesem verhängnisvollen Sonntag im März nimmt Jana all ihren Mut zusammen und fährt mit einer Freundin, die im Auto sitzen bleiben wird, hinaus zum Wohnsitz des Angeklagten. Jana möchte mit ihrem Lehrer reden, und Gott sei Dank endet nicht jeder derartige Versuch so wie der an jenem Sonntag. Anfangs, so hat Jana ausgeführt, habe der Angeklagte ihr auch zugehört und durchaus Verständnis gezeigt. Allerdings könne er seine Note nicht ändern, wo nur Luft sei, könne man keinen Geist hinzaubern. Genau so hat er sich ausgedrückt. Sie solle doch besser heiraten, die Beine breit machen – das könne sie hoffentlich, dazu brauche sie kein Abitur –, am Herd stehen und Kinder großziehen. Nicht nur daß die Zeugin auf das unflätigste beleidigt und verunglimpft worden ist, sich dieses primitive Machogerede anhören mußte – mich wundert, daß die Ehe des Angeklagten noch besteht –, nein, er hat die bedauernswerte junge Frau auch noch brutal vergewaltigt. Sie haben die Aussage des Arztes gehört. Die Beweise sind eindeutig: Sperma, Kilians Kopfhaare in ihrem Intimbereich, dazu alle körperlichen Merkmale von brutaler Vergewaltigung und sexueller Nötigung; ersparen Sie mir bitte, erneut darauf einzugehen. Jana hat geweint, gefleht, und als sie schreien wollte, wurde ihr einfach ein Kissen auf den Mund gedrückt, der Angeklagte hat körperli-

che Schäden billigend in Kauf genommen. Und weil sie sich weiterhin sträubte, ging er mit Brachialgewalt vor, ohrfeigte sie mehrmals. Der Angeklagte ist von kräftiger, durchtrainierter Statur. Halb bewußtlos mußte Jana diese unmenschliche Tat über sich ergehen lassen. Was, so frage ich, gibt es Entwürdigenderes als eine Vergewaltigung? Wie muß es in einer jungen Frau aussehen, der so etwas widerfahren ist? Jana hat diese Erniedrigung noch längst nicht verwunden. Nachts, so haben wir von ihren Eltern zu hören bekommen, schreit sie im Schlaf auf und läuft, außer sich vor Angst, durch das Haus. Ein Psychologe hat uns bestätigt, daß dieser Zustand noch Jahre anhalten kann, in vielen Fällen gar für immer bestehen bleibt.
Wir haben einen gebildeten Mann, einen Akademiker auf der Anklagebank sitzen; er war in der Lage, die Tragweite seines Tuns zu erkennen. Und das wiegt schwer. Gerade deshalb ist die Tat verabscheuungswürdig, weil der Angeklagte seine Position dazu benutzt hat, eine Abhängige, und Jana war abhängig von ihm und seiner kuriosen Art der Benotung, auf raffinierte Weise in sein Haus zu locken und sich animalisch an ihr zu vergehen. Hiermit stelle ich den Antrag, das Gericht möge den Angeklagten Berthold Kilian entsprechend den Paragraphen 177 StGB, Vergewaltigung, 178 StGB, sexuelle Nötigung sowie Körperverletzung und Straftat im Amt, mit fünf Jahren Haft bestrafen und ihm nach Paragraph 358 StGB die Fähigkeit, öffentliche Ämter zu bekleiden, aberkennen. Lassen Sie mich zum Schluß noch eines sagen: Wenn ich mir die Umstände der Tat vergegenwärtige, dann bedauere ich zutiefst, daß ich kein höheres Strafmaß fordern kann.«
Daß seine Frau kurz darauf die Scheidung einreichte, hatte Kilian nicht überrascht.

Die Pizza war kalt, das Bier abgestanden, als Kilian sich langsam erhob und den Tisch abräumte. Solch quälende Momente, in denen er Zeit und Ort vergaß, sich wieder mitten in der Vergangenheit wähnte, Bilder in einer Deutlichkeit vor sich ablaufen sah, als seien sie erst vor wenigen Stunden produziert worden, und den genauen Wortlaut von Vernehmungen und Plädoyers präsent hatte, als habe ein spezieller Computer sie in seinem Gehirn für alle Zeit abrufbereit gespeichert, durchlebte er immer wieder. Er hätte es sich leichter machen können, indem er alles ruhen ließ und den Burgfrieden mit Staatsanwalt Röder, Janas Vater, Horst Lauterborn, und seinem ehemaligen Schwiegervater, Carl Chemnitz, akzeptierte. Einen Burgfrieden, der seit seiner Rehabilitierung, der Zahlung einer Haftentschädigung und der Pro-forma-Entschuldigung der Staatsanwaltschaft herrschte. Wären da nicht seine Verbitterung und seine Wut gewesen. Und die permanente, bohrende Unzufriedenheit, die forderte – und ihm Sorge bereitete, weil sie Kräfte in ihm mobilisierte, die er gern in normalere Bahnen gelenkt hätte.

Kilian schaltete den Fernseher ein. Hauptthema des heutigen Abends war die Wasserknappheit in der Sahelzone, einem Steppengürtel südlich der Sahara, der schon in den Siebzigern von extremer Trockenheit betroffen gewesen war. In diesem Jahr, so der Nachrichtensprecher, litten besonders die Staaten Mauretanien, Mali, Obervolta, Niger und der Tschad unter dem Ausbleiben der Regenfälle. Der Grundwasserspiegel habe sich dramatisch gesenkt, Brunnen seien ausgetrocknet, ganze Landstriche ohne einen Tropfen der kostbaren Flüssigkeit. Die Bilder waren erschreckend. Vor Durst brüllende Rinder, andere Tiere lagen aufgedunsen unter einer schwirrenden Wolke aus Fliegen auf der staubigen Straße. Kinder mit aufgeplatzten Lippen schauten groß in die Kamera, Erwachsene waren auf der Suche nach dem kostbaren Naß vor Erschöpfung zusammengebrochen.

Mittlerweile habe die Europäische Union mit einer Sofortmaßnahme begonnen. Zwei Flugzeuge wurden gezeigt, die aus geringer Höhe Wasser in Plastikbehältern abwarfen. Deutlich war zu erkennen, wie sich um die Aufschlagstellen der ausgetrocknete Boden dunkel färbte.

Die UNO tat, was sie in solchen Fällen immer tut: Sie tagte und beriet, ohne zu einem Ergebnis zu kommen. Deutsche Politiker, gewohnt im Vorpreschen, hielten sich anfänglich überraschend zurück, verwiesen auf die EU und das übliche gemeinsame Vorgehen. Als jedoch eine gewiefte Reporterin von WTC, die über

den alljährlichen Presseball berichtete, einen Minister interviewte und fragte, wie er es denn mit seinem Gewissen und seiner Moral vereinbaren könne, hier das Feinste vom Feinen zu schlemmen, während in der Sahelzone – geschickt wurden einige Bilder eingespielt – Tausende und aber Tausende Kinder vom Tod durch Verdursten bedroht seien, trat eine Veränderung ein.
»Sie ... Sie haben natürlich recht«, stotterte der Minister und wischte sich mit einer Serviette über den Mund. »Der Gedanke ist kaum zu ertragen; diese Katastrophe geht an keinem spurlos vorüber.« Vergeblich bemühte er sich, seinen Teller unbemerkt abzustellen. »Wissen Sie, man hat irgendwie das Gefühl der Ohnmacht.« Der Kragen wurde ihm zu eng, er versuchte ihn mit zwei Fingern zu lockern. »Aber Sie können darauf vertrauen«, der Minister hatte sich gefangen, »daß die Bundesregierung sich vehement für humanitäre Hilfe einsetzen wird. Schließlich haben wir eine Verpflichtung gegenüber der Dritten Welt.«
»Und wie soll diese Hilfe aussehen?«
Die Kamera brachte das Doppelkinn des Ministers zur Geltung, schwenkte hinunter bis zum Bauchäquator – die Knöpfe hatten einiges zu halten – und wieder zurück.
»Nun, ich denke, wir werden uns zunächst einmal mit unseren Partnern in der Europäischen Union kurzschließen und eine Strategie entwickeln. Erwarten Sie bitte nicht, daß ich Ihnen geplante Maßnahmen vorab verrate.«
Die Reporterin ließ nicht locker. »Welche Maßnahmen sind das?«
»Wir werden die Öffentlichkeit zu gegebener Zeit darüber informieren.«
Bereits in der Spätausgabe der Nachrichten blendete man die ersten Nummern von Spendenkonten ein.

Am leichtesten fiel es ihm noch, auf neutralem Boden, bei einem Abendessen oder einem Glas Bier, mit Gitte über die Kinder zu sprechen. Aber all ihre Versuche, das Thema locker anzugehen, waren bisher fehlgeschlagen. Kilian sagte nicht das, was er wirklich empfand, spürte Beklemmungen, wollte sich nicht offen-

baren, und Gitte hatte das Gefühl, sich ständig wegen der Scheidung rechtfertigen zu müssen.
Dabei klammerten sie die Reizthemen stets aus. Wäre die Sprache auf Gittes Eltern gekommen, hätte Kilian Mühe gehabt, nicht zu explodieren – wie bei ihrem ersten Treffen kurz nach seiner Entlassung in einem Weinlokal. Zu dem Zeitpunkt war er immer noch der Gebrandmarkte gewesen, seine Unschuld hatte er erst Monate später beweisen können.
Kurz bevor sie damals aufbrachen, war ein Mann an ihrem Tisch stehengeblieben und hatte dem ganzen Lokal verkündet: »Da ist ja der Kinderschänder. Hat man dich wieder freigelassen?«
Kilian hatte zugeschlagen, eine Nacht im Gefängnis verbracht und sich eine Anzeige wegen Körperverletzung eingehandelt. Wahrscheinlich wäre mehr daraus geworden, aber Staatsanwalt Röder war auf Jamaica in Urlaub gewesen. Trotzdem war Kilian natürlich ermahnt worden, falls ein solcher Vorfall sich wiederhole, müsse er mit schärferen Sanktionen rechnen. Seine eigene Anzeige wegen Verleumdung, Beleidigung und übler Nachrede war im Eifer wohl vergessen worden.
»Du kommst mir berechnend vor und kalt wie ein Eisblock. Was ist nur aus dir geworden?«
Kilians Lachen verunglückte. »Frag lieber: Was haben sie aus dir gemacht? Es gibt gewisse Plätze, da kannst du dir Gefühle nicht leisten. Gefühle bedeuten Schwäche.«
»Aber das ist vorbei, Bert.« In besseren Zeiten hatte Gitte immer die Kurzform seines Namens gebraucht.
»Es ist nie vorbei.«
»Warum läßt du die Kinder darunter leiden? Sie können doch nichts dafür. Tim schwärmt von dir, gleichzeitig aber hat er auch …«
»Angst. Weil er sich schämt, weil er von anderen auf seinen Gefängnisdad angesprochen wird.«
Sie beschäftigten sich eine Weile mit den Gläsern und dem Holz der Theke. Tolle Maserung. Gitte betrachtete ihn von der Seite, die Nase mit dem kleinen Höcker, die zusammengepreßten Lippen und das kantige Kinn. Kein schönes Gesicht, aber ein ausdrucksstarkes.

»Für unsere Kinder tue ich alles«, sagte er leise. »Sie haben mich nicht im Stich gelassen. Dabei spielt es überhaupt keine Rolle, daß sie noch zu jung waren, um alles zu verstehen.«
»Ich habe dich auch nicht im Stich gelassen.«
»Du?« Sein Blick wurde hart.
»Immerhin habe ich für dich ausgesagt.«
»Hast du etwa lügen müssen? Habe ich dich zu irgend etwas gezwungen? Und warum hast du dann die Scheidung eingereicht? Ausgerechnet in dem Augenblick, als ich dich am meisten gebraucht habe.«
Gitte spielte an ihren Fingernägeln herum. »Das weißt du doch. Für Nicole und Tim war es das beste. Nie und nimmer hätten sie auf Dauer die Sticheleien in Kindergarten und Schule ertragen können.«
»Quatsch. Dein Vater steckt dahinter, mehr noch als deine Mutter. Das Schwein hat dich bearbeitet, vielleicht sogar mit Enterbung gedroht. Du frißt ihm doch aus der Hand. Ihm ist seine Reputation wichtiger als das Glück der eigenen Tochter. Dabei weiß doch jeder, was er an Schwarzgeld in Luxemburg auf dem Konto hat.«
»Laß bitte meinen Vater aus dem Spiel.«
»Du warst doch glücklich mit mir, oder?«
Gitte nickte. »Und jetzt schreien wir einander an. Bert, was ist nur aus uns geworden? Früher konntest du so zärtlich sein, hast mit den Kindern getobt, mit mir geträumt; wir haben Sonnenuntergänge beobachtet, sind im Regen spazierengegangen …« Sie legte ihre Hand auf seine. Für einen kurzen Moment zuckte er zurück. »Können wir denn nicht anders miteinander umgehen?«
»Ich muß aufs Klo.«
Über dem Urinal hing ein Spiegel. Das Gesicht, das ihn daraus anschaute, gefiel ihm nicht. Noch weniger gefielen ihm die Gedanken, die in seinem Kopf kreisten. Als Lehrer hatte man ihn besonders wegen seiner Toleranz und seines Verständnisses akzeptiert. Beides schien er verloren zu haben; was die Toleranz betraf, wußte er auch, weshalb: Soweit er sich erinnern konnte, war sie meist einseitig gewesen und von anderen ausgenutzt wor-

den. Früher hatte er über den Dingen gestanden, aber heute war er nicht mehr bereit, zurückzustecken und zuzuschauen, wie viele ihre Grenzen auf Kosten der Allgemeinheit mehr und mehr ausweiteten.
»Verdammt, was bin ich für ein Egoist geworden«, blaffte er sein Spiegelbild an. Nur eine vage Hoffnung auf Veränderung hatte er noch, aber erst mußte er mit sich ins reine kommen.
Wenig später zahlte Kilian. Länger zu bleiben brachte nichts, sie drehten sich immer im Kreis. Der Wille, es besser zu machen und ihre Probleme aufzuarbeiten, mochte vorhanden sein, aber er kam nicht gegen ihre inneren Blockaden an.
»Eine Frage habe ich noch.« Gitte schaute ihn mit traurigen Augen an. »Hast du mich jemals geliebt?«
Es fiel Kilian schwer, doch antwortete er wahrheitsgemäß: »Ja.«
»Und wie sieht es jetzt in dir aus? Kannst du noch was für mich empfinden?«
Kilian druckste herum. »Gefühle kannst du zwar verschleiern, zurückhalten und verstecken, aber sie auf Kommando auslöschen, das kannst du nicht.«

Chambier hatte ihn am Dienstag gebeten, er möge sich für das Wochenende nichts vornehmen und sich als eingeladen betrachten. Aber alle Fragen nach dem Was und Warum blockte der Übergewichtige ab. Lediglich, daß er kein Auto brauchen würde, konnte er ihm entlocken.
Am Freitag nachmittag gegen vier verließen sie die Redaktion und fuhren im Taxi zum Bahnhof. Wenig später stiegen sie in einen Zug, überquerten bei Pfalzel die Mosel. Immer noch kein Wort von Chambier. Erst als Ehrang, der östlichste Stadtteil von Trier, hinter ihnen lag, bequemte er sich zu der Bemerkung: »Ich fahre die Strecke öfter, meine Schwester wohnt nämlich in Koblenz.«
Also geht es nach Koblenz, kombinierte Kilian – und lag falsch. In Wittlich, einer Kreisstadt etwa dreißig Kilometer von Trier entfernt, bedeutete ihm Chambier, er möge seine Tasche nehmen, sie würden aussteigen. Die nächste Überraschung folgte hundert

Meter vom Bahnhof entfernt. Chambier griff in seine Hosentasche, blieb vor einem Auto stehen und schloß auf.
»Noch nie einen Mazda gesehen?« feixte er und weidete sich an Kilians verblüfftem Gesicht.
»Ich dachte, du hättest kein Auto.«
»Stimmt, in Trier habe ich keins.«
Ein Blick auf das Nummernschild sagte Kilian, daß der Viertürer in Wittlich zugelassen war.
»Was kommt denn noch alles auf mich zu?«
»Warte es ab.«
Vom Bahnhof Wengerohr über Bombogen und Neuerburg ging die Fahrt auf der Bundesstraße 49 in Richtung Cochem. Aber in Bausendorf bog Chambier links ab, fuhr durch den Ortsteil Olkenbach, an einer allein stehenden Kirche vorbei und wenige Meter weiter in einen Feldweg.
Unvermittelt standen sie vor einem großen weißen, efeuumrankten Haus; der wilde Wein hatte bereits seine Blätter verloren. Hinter dem länglichen Gebäude mit den in Sandstein gefaßten Fenstern ragten die kahlen Kronen von Pappeln, Erlen und Buchen auf, dazwischen Fichten, Schwarzkiefern und Lärchen.
»Habe ich irgendeinen Preis gewonnen?«
Chambier stoppte und stieg aus. »Den Preis, mein Geheimnis zu erfahren«, verkündete er ernst. »Niemand sonst in Trier weiß davon.«
»Und wie komme ausgerechnet ich zu der Ehre?«
Chambier ging nicht darauf ein, sondern deutete über die Schulter zu dem selbst im Herbst romantisch anmutenden Gebäude. »Das ist die Kraulsmühle.« Die Eingangstür öffnete sich, eine ältere Frau trat heraus und sah ihnen entgegen. »Ist geheizt, kannst gleich rübergehen«, teilte sie Chambier mit.
»Ännchen Becker«, stellte Chambier sie vor. »Sie und ihr Mann wohnen ständig hier und passen auf die Mühle auf. Na, gefällt sie dir?«
»Ich habe mir gedacht, daß es für dein kautziges Verhalten irgendeinen Ausgleich geben muß. Wunderschön hast du es hier. Wie heißt der Bach?«

»Das ist die Alf.«
Chambier führte den staunenden Kilian durch das Haus, zeigte ihm den ehemaligen Mühlraum mit dem Mühlstein als Wohnzimmertisch und die anderen Räume; bei vielen war noch das Originalfachwerk mit Holzdübeln zu sehen, im Laufe der Zeit rissig geworden. Die Wände waren unverputzt, Naturschiefer.
Anschließend ließen sie sich, eingepackt in warme Jacken und mit gefütterten Schuhen, am Bach nieder und tranken Kaffee.
»Das hier ist natürlich kein heimlicher Treffpunkt für ehemalige Stasispione, die in unserer Trierer Gegend ja – wenn man den Gerüchten glaubt – ein Nest hatten, sondern ganz legal erworben und auf meinen Namen eingetragen. Ich habe bisher nur noch niemandem etwas davon erzählt.«
»Und wenn dich jemand erreichen will?«
»Für die Redaktion bin ich immer in Koblenz bei meiner Schwester. Ruft dort jemand an, klingelt kurz darauf hier das Telefon. So einfach ist das.«
»Wie lange hast du diese Mühle schon?«
»Annähernd dreißig Jahre.«
»Donnerwetter. Wie kann man ein solches Geheimnis so lange hüten?«
»Ganz einfach, indem man sich als bissigen, zynischen Hund ausgibt, mit dem keiner befreundet sein will.«
Nachdenklich geworden, betrachtete Kilian den Älteren. Er selbst kam sich oft sonderbar vor und hatte Schwierigkeiten, sein Verhalten vor sich selbst zu rechtfertigen. Aber Chambier schien noch um einiges verschrobener zu sein.
»Wenn du es genau wissen willst: Das hier ist meine Fluchtburg vor der Angst. Aber das kannst du nicht verstehen.«
»Und trotzdem soll ich alles, was ich sehe, für mich behalten.«
»Ich bitte dich darum.«
»Erfahre ich auch eine Begründung für dein … Doppelleben?«
»Genügt es dir nicht, überhaupt davon zu wissen?«
Kilian erhob sich, stieg hinunter zum Bach, sah das Wasser über die polierten Steine hüpfen, sich kräuseln und aufschäumen.
»Du würdest mich enttäuschen, wenn es nicht auch noch ein

Hauptgericht gäbe. Zum Beispiel eine Erklärung dafür, warum du solche Angst hast.«

Am Abend knisterte das Feuer im Kamin; Chambier legte von Zeit zu Zeit ein Stück Holz nach. Sie tranken einen trockenen Riesling von der Saar und aßen dazu Bauernbrot mit Schmalz und Schinken.

»Alle Menschen haben Angst vor Bomben, am meisten vor Atombomben, vor biologischen und chemischen Waffen, Angst vor einem Krieg. Aber jedem Krieg geht etwas voraus: das Wort oder Worte allgemein. Glaub mir: Die schlimmste Waffe ist das Wort.«

Als Kilian nicht antwortete, fuhr er fort: »Nenn mir nur ein Wort, aber bitte kein Zahlwort, das in seiner Bedeutung absolut ist.«

»Tot.«

Chambier nickte. »Ja, vielleicht. Wenn etwas tot ist, geht normalerweise nichts mehr. Unter Leben – auch Dahinsiechen und Vegetieren bedeutet Leben – stellen wir uns schon wieder verschiedene Dinge vor. Denk an die Abtreibung. Genauso unter jung, alt, Frau, Mensch, Tier.«

»Wieso ist der Mensch nicht absolut?«

Chambier grinste. »Wie hat es einmal ein zynischer Zeitgenosse so treffend formuliert: Der Mensch heißt Mensch, weil das Wort Schwein schon besetzt war.«

Sie lachten und prosteten einander zu.

»Erzähl mir von der schlimmsten Waffe, Chambier.«

»Beleidigt unser Bundeskanzler den britischen Premier, dann ist es ein Übersetzungsfehler. Beleidigt er den Oppositionsführer im Bundestag, hat jemand es falsch wiedergegeben oder die Bemerkung aus dem Zusammenhang gerissen. Legt man jemanden auf eine abgegebene Prognose fest, die sich als falsch erwiesen hat, war sie nie so gemeint. Im Zweifelsfall kann man doch niemandem verbieten, klüger geworden zu sein. Rufe ich ›Nazis raus‹, applaudieren alle, rufe ich ›Nazis rein‹, komme ich in den Knast. Was habe ich im Endeffekt getan: Wörter benutzt, aber die Keule liegen lassen. Ich kann etwas verstehen oder mißverstehen, bewußt oder unbewußt. Ich kann deuten und interpretieren, vermuten und phantasieren, meine Aussage verschleiern, verdrehen, zurückziehen, genauer erläutern und dementieren. Die Frage ist allein, wie geschickt gehe ich mit der Waffe Wort um; bin ich in der Lage, den uns zur Verfügung stehenden Spielraum bei der Interpretation von Wörtern voll auszunutzen?«

Kilian hatte interessiert zugehört. »Was du sagst, habe ich vor Gericht zu spüren bekommen. Es waren die Worte, die mich getroffen haben, und die Art, wie man sie aussprach.«

»Worte sind austauschbar. Kommt noch die Krankheit der Vergeßlichkeit hinzu – es gibt ja gewisse Berufsgruppen, die permanent darunter leiden –, dann stehst du im wahrsten Sinne einem Attentäter gegenüber, der die Worte und ihre Bedeutung bewußt mißbraucht. Größter Attentäter in Sachen Wort war meiner Meinung nach im Jugoslawienkrieg der Führer der bosnischen Serben. Aber es gibt Politiker, die ihm kaum nachstehen. Manche mutieren gar vom Terroristen zum Nobelpreisträger – früher töteten sie selbst, heute geben sie den Befehl dazu –, ein paar Worte genügen, und die Welt klatscht Beifall.« Chambier schaute einige Sekunden in die Flammen. »Der Bedeutung der Waffe Wort waren sich alle Ketzer bewußt. Im fünfzehnten Jahrhundert gab es in Florenz einen Dominikanermönch, Girolamo Savonarola, zu dessen täglichen Predigten mehr als zehntausend Menschen strömten. Der Ordensmann schaffte es, die Massen zu mobilisieren, schließlich die Stadtregierung zu kontrollieren, das Steuerwesen zugunsten der Armen zu ändern und Gesetze gegen den Zinswucher zu erlassen. Er hat sich um eine neue Moral bemüht. Und falls seine Worte nicht die rechte Wirkung zeigten, ließ er drakonische Sittengesetze verabschieden. Schon vor mehr als fünfhundert Jahren erkannte Savonarola die emotionale Wirkung großer öffentlicher Feste und machte sie sich zunutze. So feierten die Bürger von Florenz am letzten Karnevalstag ›Die Verbrennung der Eitelkeiten‹. Musikinstrumente, Kleider, Parfüm, alles landete im Feuer. Wenige Worte des Mönches genügten, um über Leben und Tod zu entscheiden.«

Kilian kam auf die Gegenwart zu sprechen. »Erinnerst du dich an die Totschlag-Anklage gegen Krenz und sechs weitere SED-Größen? Es ging um den Schießbefehl an der ehemaligen innerdeutschen Grenze.«

»Ja.«

»Ist dir auch noch die Begründung des Generalstaatsanwalts geläufig, warum er das Verfahren in Gang gesetzt hat?«

Chambier schüttelte den Kopf.

»›Es wird der Vorwurf der Unterlassung der Humanisierung des Grenzregimes erhoben‹, sagte er im Vorfeld der Verhandlung. Hast du so etwas schon mal gehört?«

»Klingt seltsam. Dann ist ja demnächst auch unser Verkehrsminister fällig – wegen Unterlassung der Humanisierung … des Straßenverkehrs. Oder der Justizminister – wegen Unterlassung der Humanisierung des Strafrechts. Vom Umweltminister ganz zu schweigen. Und wenn alle wegen unterlassener Humanisierung abgeurteilt sind, kommen die restlichen dran wegen unterlassener Moral, unterlassener Ethik, unterlassener Vaterlandsliebe, der Kanzler wegen unterlassenen Rücktritts …«

»Gib dem Kind einen Namen …«

»… und wenn schließlich, nach entsprechender Vorarbeit durch uns und andere – Stimmungsmache sagt man dazu – die öffentliche Meinung hinter dir steht, kannst du alles durchboxen, indem du dich auf sie berufst«, beendete Chambier den Satz. »Dem Druck der Masse nachgeben, redet man sich dann heraus. Deiner Phantasie in bezug auf kuriose Formulierungen sind dabei keine Grenzen gesetzt.«

»Ich durchschaue dich: Du willst an meine Pflicht appellieren, mit unserer Waffe überlegt umzugehen. Ist da nicht ein Widerspruch zu dem, was du mir vor einigen Tagen im Goldkäulchen gesagt hast?«

Chambier überlegte. »Was genau meinst du?«

»Hast du dich nicht selbst als Heuchler und Manipulateur bezeichnet? Als jemanden, der beschönigt und Konflikten aus dem Weg geht?«

Nachdenklich starrte Chambier auf sein Glas. Er schwenkte es und betrachtete die Flüssigkeit gegen das Licht. »Ich war nicht

immer so, Bumerang. Damit du auch mal die Zeit vor der Zeit kennenlernst, den aufrichtigen Chambier mit all seinen Idealen, den, der das Banner der Gerechtigkeit so heftig schwenken konnte wie kein anderer – deshalb habe ich dich eingeladen.«
»Aber du wirst hoffentlich nicht so enden wie Savonarola. Dich wird man nicht erhängen und verbrennen.«

Das kurze Gespräch mit Monique Koslo, der Programmchefin von WTC – immer wieder versuchte er es aus allen möglichen Blickwinkeln zu deuten und Nuancen herauszuhören –, hatte ihm eine unruhige Nacht beschert. Nichts haßte Caruso mehr, als in die Defensive gedrängt zu werden und reagieren zu müssen. Trotz all ihrer mehr taktischen denn aufrichtigen Beschwichtigungsversuche war deutlich herauszuhören gewesen, daß sie Knüller erwartete – sonst würde sie sich einen anderen Lieferanten suchen. Aber Knüller wollten vorbereitet sein, man mußte sie aufspüren, sich an sie heranarbeiten, geschickt sondieren, taktieren. Sie fielen einem nicht vor die Füße.
Caruso wünschte sich eine Herausforderung – je größer, desto motivierter war er –, allerdings unter der Voraussetzung, daß er allein sie in allen Phasen steuerte. Was er dem Sender noch anzubieten hatte, konnte keiner so gut beurteilen wie er selbst. Das war also nicht der Grund für seine schlaflose Nacht. Aber anzudeuten, er sei möglicherweise nicht der Beste, also so mit ihm umzuspringen, wie er es mit anderen tat, das wurmte ihn ungemein. Vielleicht hätte er all dies noch verkraftet, wäre er nicht zufällig Zeuge geworden, wie Monique sich anschließend mit dem Amerikaner Sherman unterhalten hatte. Zu wissen, daß er Gegenstand dieser Unterhaltung gewesen war, dazu bedurfte es keiner hellseherischen Fähigkeiten.
Und wieder einmal schätzte Caruso sich glücklich, Vorkehrungen getroffen zu haben. Weil kaum einer das Nachrichtengeschäft besser kannte als er, fertigte er schon seit seiner Zeit als junger Journalist, heimlich und zur eigenen Absicherung, von allen Gesprächen Aufzeichnungen an und versorgte sich jeweils mit

speziellen Videobändern, aus denen genau das hervorging, was nie – weder für ihn noch für Lieferanten oder den Abnehmer – aufgedeckt werden durfte. Daß er stets mit falschem Namen operierte, war bei seiner Tätigkeit unabdingbar.
Caruso dachte nicht daran, jemanden zu erpressen. Das schuf Abhängigkeiten, beschwor Konflikte herauf und war zudem ziemlich gefährlich. Aber er dachte daran, daß auf ein süßes Heute ein mieses Morgen folgen konnte. Genau dafür wollte er gewappnet sein.
Mit zweihundert preschte er über die Autobahn, immer links und ständig die Lichthupe betätigend. Er hatte es eilig, aber er wollte auch der Schnellste sein. Er mußte der Schnellste sein.
Vor der verabredeten Zeit stoppte er an der Raststätte Ellwanger Berge. Längst gehörte es zu seinen üblichen Vorsichtsmaßnahmen, Treffpunkte vorher unter die Lupe zu nehmen. Caruso fiel nichts Ungewöhnliches auf. Er betrat das Restaurant und lud einiges auf sein Tablett: zwei Sorten Pudding, Kuchen und eine Tafel Nußschokolade. Je mehr er unter Druck stand, desto größer war seine Gier auf Süßes.
Eine halbe Stunde später sah er ihn kommen. Halbglatze, gerötetes Gesicht, Brille, noch keine fünfzig, und wegen seiner Kurzatmigkeit vollkommen aus der Puste.
Auch heute verströmte Horst Zöblin wieder diesen speziellen Mundgeruch: Pfefferminz mit Alkohol vermischt.
»Wie war die Fahrt, Herr Zöblin?«
»Danke, danke, gut.« Er rutschte unruhig auf seinem Platz herum.
»Wollen Sie etwas trinken?«
Der Mann schüttelte den Kopf. »Reden will ich, nur reden.«
Caruso frohlockte innerlich und schaltete das vom Pullover verdeckte Tonbandgerät ein. Anschließend rückte er das Mikrophon unter dem Ärmel so zurecht, daß es eben hervorlugte und von der Hand verdeckt wurde. »Über was wollen Sie reden?«
»Es geht um meine Zukunft.«
»Sehen Sie eine Perspektive?«
Zöblin schüttelte den Kopf. »Nicht für mich, nicht für einen Ossi.«

»Sie fühlen sich diskriminiert?«
Zöblin beugte sich über den Tisch und rückte näher; Caruso flüchtete vor dem Geruch, so weit sein Stuhl es zuließ.
»Herr Rollinger, obwohl es so ist, gibt es dafür keinen Beweis. Eigentlich müßte ich auch noch dankbar sein, müßten wir alle dankbar sein, daß der große Bruder uns unter die Arme greift, endlich unsere Vergangenheit bereinigt und aufarbeitet, Schluß gemacht hat mit dem unmenschlichen System. Übrigens: Keiner meiner Bekannten, und das waren gewiß keine Stasis, hat es je als unmenschlich empfunden. Seltsam, nicht?«
»Ich verstehe Ihren Groll. Aber Sie können fliegen. Das ist doch Ihr Hobby, Ihre Welt. Zumindest haben Sie das bei unserem letzten Treffen behauptet«, bemerkte Caruso, heute alias Rollinger.
Zöblin verdrehte die Augen. »Mit einem kleinen Furz, einem Hüpfer; 'ne Vespe mit einem Propeller. Ich kreise über Firmen und Häusern und fotografiere den Schrott. Und dann renne ich von Haustür zu Haustür und muß meine Fotos auch noch verhökern. Nein, was haben Sie für ein schickes Heim. Schauen Sie doch mal. Hier, aus dreihundert Meter Höhe. Sieht das nicht toll aus?«
»Aber Sie fliegen.«
»Mann, früher hatte ich vier Strahltriebwerke neben, hundertfünfzig Passagiere hinter und zehntausend Meter unter mir. Ich war Kapitän einer Tupolew, ich war der Boß. China, Rußland, sogar Kuba. Und jetzt? Heidelberg und Umgebung, von Mainz bis Alzey. Da pfeif' ich drauf.«
»Warum sind Sie kein Kapitän mehr?«
»Plattgemacht, im Rahmen der Wiedervereinigung abgewickelt und wegrationalisiert. Was weiß ich? Ossi-Piloten sind unzuverlässige Piloten.«
Caruso wußte, daß Zöblin den Hauptgrund verschwiegen hatte.
»Und was kann ich für Sie tun?«
»Wissen Sie, Herr Rollinger, derjenige, der mich vergangenen Monat angerufen hat, machte so Andeutungen. Sie sind doch beim Fernsehen.«
»Nicht direkt. Ich vermittle nur an einzelne Sendeanstalten, und

zwar jeweils an die, die am meisten zahlt. Das dürfte auch in Ihrem Interesse liegen.«

»Jacke wie Hose. Aber an WTC verkaufen Sie auch, wenn ich recht informiert bin.« Caruso nickte. »Kommt darauf an.«

»Und das ist mein Sender, sage ich Ihnen.«

Caruso rührte in seiner leeren Kaffeetasse.

»He, haben Sie denn kein Interesse an mir?«

»Ich weiß ja gar nicht, was Sie wollen.«

»Jetzt bin ich aber geplättet.« Zöblin stemmte die Arme in die Hüften. »Ich dachte, das sei klar? Darüber haben wir doch letzte Woche ganze Opernarien ausgetauscht.«

»Nun, es gibt viele ehemalige DDR-Piloten, über die man einen Film machen könnte. Was haben Sie Besonderes zu bieten?«

»Wie, auch noch wählerisch?«

»Ich zahle gut, also kann ich auch auswählen.«

»Was kommt denn rüber?«

»Unterschiedlich. Von fünf Mille bis hoch in die Wolken.«

»Wolken ist gut.« Zöblin lachte und zeigte eine Zahnlücke. »Wenn ich Sie richtig verstehe: Je mehr ich zu bieten habe, desto mehr lassen Sie springen.«

»So ist es üblich bei Geschäften.«

»Bin ich spektakulär, dann kommt ein Keller voller Schotter.«

Caruso grinste. »Sie stammen aus Sachsen, nicht?«

»Wenn man das nicht hört!«

»Da Sie so auf WTC stehen, Herr Zöblin: ›Schicksale des Lebens‹. Sie kennen die Sendung?«

»Klar doch.«

»Dafür muß es was Ausgefallenes sein, ein Hit. Gut wäre es natürlich, wenn man bestimmte Sequenzen auch noch in anderen Sendungen unterbringen könnte. Wenn Sie in die Nachrichten kommen, dann steht der Tresor offen.« Caruso paßte sich der Ausdrucksweise seines Gegenübers an.

»Also etwas für die Nachrichten«, grummelte Zöblin vor sich hin. »Ein paar Kunststückchen mit meiner Vespe werden da nicht reichen. Wenn ich eine Boeing unter den Hintern bekäme, würde ich Ihnen einen Looping hinlegen.«

Caruso winkte ab. »Nicht machbar. Stellen Sie sich mal vor, Sie setzen den Pott in den Sand!«
»Das wäre aber das erste Mal!«
»Es gibt immer ein erstes Mal«, entgegnete Caruso philosophisch. Zöblin schaute auf seine Hände, dann in Carusos Gesicht. Aber darin war absolut keine Regung auszumachen.
»Hm. Unter Umständen bedeutet das, wir müßten alle Verträge vorher machen.«
»Wir machen alle Verträge vorher.«
»Und es würde bedeuten, daß das Geld schon geflossen ist.«
»Genau. Aber noch ist es nicht soweit. Überlegen Sie bitte, wie wir ins Geschäft kommen können. Nächste Woche lasse ich mich bei Ihnen blicken und mache ein paar Aufnahmen. Alltag und so. Dann reden wir weiter.«
»Jetzt könnte ich ein Jäckchen vertragen.«
»Wie bitte?«
»Ein Konjäckchen.«

Zöblin war längst mit seinem goldfarbenen Opel davongerauscht, als Sherman zu Caruso an den Tisch trat.
»Spitze, wie Sie ihn eingewickelt haben. Sie sind ein Profi.«
»Sie aber auch, Mister Sherman. Bis vor wenigen Tagen wußte ich nicht einmal, daß Sie unsere Sprache beherrschen.«
»Auf dem Fest von WTC? Sie haben mich reden hören?« Sherman grinste und sah für einen Augenblick aus wie ein Lausbub.
»Das hat schon zu kuriosen Situationen geführt. Aber es war immer zu meinem Vorteil.«
»Dann wissen Sie jetzt auch, daß ich in Sölden alles korrekt übersetzt habe.«
»Genau das ist der Grund, warum ich Sie so schätze, Herr Dexheimer. Sie sind äußerst zuverlässig und haben keinen Versuch unternommen, mich zu täuschen. Bisher zumindest nicht.«
Caruso, der ein feines Gespür für Nuancen hatte, ahnte sofort, worauf der Amerikaner anspielte. Monique hatte also wieder mal ihren Mund nicht halten können.

»In zwei Tagen erhalte ich einen besonderen Film, Mister Sherman.«
»Den der tote Fallschirmspringer selbst aufgenommen hat?«
Caruso nickte. Allerdings ahnte er nicht, daß Sherman keinen Hinweis von Monique gebraucht hatte – er hatte Helm und Kamera selbst bemerkt.
»Teuer?«
»Hunderttausend.«
»Lohnt sich das?«
»Absolut. Ich habe den Film gesehen.«
»Dann kaufen Sie ihn.«
»Leider kann ich den Preis nicht weiter drücken.«
Sherman machte eine wegwischende Handbewegung. »Knüller liegen nun mal nicht auf der Straße.« Er schaute den Kleineren an. »Auf Sie kann man sich verlassen. Ich glaube, wir werden auch weiterhin ausgezeichnet miteinander arbeiten können. Zum Beweis meiner Loyalität lade ich Sie ein: Kommen Sie nach Houston, schauen Sie sich bei uns im Hause um. Dann werde ich Sie auch Christine Sallinger vorstellen.«
Für Caruso war die Welt wieder in Ordnung. Und auf dem Heimweg verspürte er überhaupt keinen Drang, schnell zu fahren. Sogar als ein anderes Auto ihn schnitt, blieb seine Hupe stumm.

Am nächsten Morgen – sie frühstückten trotz des nebligen Novemberwetters am Bach; die Katzen bekamen ihren Anteil und auch Willi, das Eichhörnchen, das sich bis auf zwei Meter herantraute – begann Chambier zu erzählen.
»Als junger Journalist hast du Träume und Vorstellungen, die sich, wenn du ehrlich bist, nie erfüllen. Die Realität raubt dir deine Illusionen. Aber wie trist wäre die Welt ohne Träume? Für mich hat sich einer scheinbar erfüllt, als ich achtundzwanzig war. Überraschend kam das Angebot eines Magazins; ich möge mich bitte mit Herrn Sowieso in Verbindung setzen, man sei an meiner Mitarbeit interessiert. Am liebsten hätte ich sofort zum Telefon gegriffen, aber ich zwang mich, zwei Tage abzuwarten. Zum

Quartalsende kündigte ich bei der Zeitung, am ersten Juli begann ich bei dem Magazin. Die Arbeit dort kannst du nicht mit unserer bei der ›Landeszeitung‹ vergleichen. Als Neuling fing ich ganz unten an, aber ich diente mich schnell nach oben, denn ich war motiviert und wollte die Leser beglücken. Auf einer Party lernte ich im Herbst zweiundsechzig eine Studentin kennen und lieben. Sie war die Nichte von Dr. Leidl, dem Verteidiger von Rudolf Heß bei den Nürnberger Prozessen. Diese Nichte, ihr Name tut nichts zur Sache, nennen wir sie Marianne, hatte von ihrer Tante viele, viele Kisten voller religiöser Bücher geerbt. Und zwischen diesen Büchern versteckt lagen ein Tagebuch und eine Mappe mit Unterlagen. Niemand interessierte sich für diese Kisten. Als ich mir die Papiere anschauen durfte, erkannte ich, wie ungemein brisant sie waren. Vor allem ein Dokument: die Abschrift der Zusatzprotokolle zwischen Hitler und Stalin, in denen man sich darauf verständigte, Osteuropa untereinander aufzuteilen. Es ging um Polen, Lettland, Litauen und Estland, Belorußland, Bessarabien und die Ukraine. Die Sowjets haben die Existenz der Zusatzprotokolle seit Kriegsende immer bestritten, um nicht als Lügner dazustehen und den durch das Arrangement mit den Deutschen erzielten Landgewinn abtreten zu müssen. Vielleicht kannst du dir vorstellen, was auf dem Höhepunkt des Kalten Krieges – es war die Zeit unmittelbar vor der Kubakrise – aus dem Bekanntwerden dieser Protokolle hätte werden können. Hörst du mir eigentlich zu?«
Kilian, der mit halb geschlossenen Augen am Tisch saß und den Eindruck erweckte, als döse er, nickte. »Ich höre jedes Wort, Chambier.«
»Oder bin ich nur ein Spinner, dem du wegen seines fortgeschrittenen Alters mit Höflichkeit begegnest?«
»Bitte erzähl weiter. Ich kenne die Zusatzprotokolle.« Nun schaute Kilian ihn voll an.
»Also gut. Um noch einmal auf diesen Dr. Leidl zu kommen: Er hatte während der Nürnberger Prozesse von diesen Protokollen erfahren, und zwar durch die Westalliierten. England und Amerika begannen schon 1946, nach der denkwürdigen Fulton-Rede

Winston Churchills, viele bezeichneten sie als Startschuß für den Kalten Krieg, den Sowjets Unannehmlichkeiten zu bereiten. Die reagierten prompt, riefen ihre Prozeßvertreter nach Moskau zurück und gaben ihnen genaue Richtlinien mit auf den Weg. Mit den Westalliierten einigten sie sich im Verlauf der Prozesse, ein Verzeichnis nicht zugelassener Fragen zu erstellen, und darin wurden wichtige Themen ausgeklammert: der Balkan, der deutsch-sowjetische Nichtangriffspakt, Molotows Besuch in Berlin und Ribbentrops in Moskau, das gesellschaftspolitische System der UdSSR, die Stellung der Sowjets zum Versailler Vertrag und vieles mehr. Zwangsläufig stellte sich mir bereits 1962 die Frage: Wenn es schon viele Jahre zuvor zu einer solchen Absprache zwischen den führenden Nationen gekommen war – wieso dann nicht auch später?«

Chambier erhob sich. »Entschuldige mich einen Augenblick.«

Er verschwand in der Mühle, Kilian vertrat sich etwas die Beine, stellte sich auf die Stützmauer und beobachtete einen Graureiher, der auf seinen langen Stelzen im Wasser stand und Forellen auflauerte.

Chambier war nach wenigen Minuten zurück und legte ein Blatt auf den Tisch.

»Ich habe mich also gefragt: Welche Garantie gibt es, gleichgültig, wie heftig die beiden großen Nationen mittlerweile verfeindet waren, daß nicht auch später gewisse Übereinkünfte getroffen und eingehalten worden sind? Und das hier hat mir sehr zu denken gegeben.«

Kilian sah eine Aufstellung von Konflikten und Kriegen, beginnend mit dem Ende des Zweiten Weltkrieges. Nach dem Jahr 1964 hatte Chambier einen Strich gezogen, aber die Auflistung fortgeführt.

»Was fällt dir auf, wenn du dir das anschaust?«

Kilian begann zu lesen: Berlin-Blockade 1948, Korea 1950, Aufstand Ost-Berlin 1953, Indochina, Ungarn 1956, Suez-Krise, Vietnam 1961, Kuba 1963. Unter dem Strich stand Israel 1967, Tschechoslowakei 1968, Libanon 1975, Afghanistan 1979, Falkland 1982. Die Aufstellung endete mit Angola, der deutschen Wieder-

vereinigung 1989, dem Irakkrieg 1991, Jugoslawien 1992, Tschetschenien 1994/95.
»Ich habe nur die wichtigsten Ereignisse aufgeführt«, erklärte Chambier. »Ansonsten wäre es zu verwirrend.«
Wieder betrachtete Kilian die Liste. »Es sieht so aus, als löse immer ein Konflikt, in dem die Interessen des Westens berührt waren, einen ab, bei dem der Osten am Zug war.«
Chambier rieb sich die Hände. »Gut kombiniert, Preisträger.«
»Berlin-Blockade und Kuba fallen aus dem Rahmen, das waren Auseinandersetzungen, bei denen sich die beiden führenden Nationen direkt gegenüberstanden.«
»Auch richtig. Nun, da ich seinerzeit äußerst motiviert war und immerhin bis drei zählen konnte, stellte ich folgende These auf: Die Weltmächte sind zwar verfeindet, haben konträre Systeme und Ideologien, treten einander aus unterschiedlichen Gründen auch mal auf die Füße, aber bei all den anderen Konflikten haben sie sich arrangiert. Etwa nach dem Motto: Wenn du mir nicht in die Quere kommst, dann komme ich dir auch nicht in die Quere.«
»Ist das nicht ein bißchen an den Haaren herbeigezogen?«
Chambier faltete die Hände über dem Bauch. »Bitte, überzeug mich vom Gegenteil!«
»Nun ...« Kilian kam ins Stocken. »Was hätte dieses Verhalten für einen Sinn?«
»Du und ich, wir sind die Großmächte. Unsere Grenzen sind abgesteckt, unser Einflußbereich in der Dritten Welt ist bekannt. Du als Kapitalist lockst mit deinem Geld und nennst es Entwicklungshilfe, ich locke mit meinem Sozialismus und nenne es Gleichheit und Gerechtigkeit. Wenn schon arm, dann alle arm. Beides gefällt den Entwicklungsländern, deshalb pendeln viele, die das Joch der Kolonialherrschaft gerade erst abgestreift haben, von links nach rechts, siehe Ägypten. Das gefällt uns aber nicht, und ich sage zu dir: Liebe USA, warum sollen wir uns in Afrika oder sonstwo in die Haare kriegen? Unsere Truppen in eine Wüste oder in den Urwald schicken? Tausende Kilometer von zu Hause entfernt, das kostet viel Geld und bringt zumindest für einen von uns

eine Niederlage. Wollen wir uns diese Blöße vor der Weltöffentlichkeit geben?«
Kilian schmunzelte. »Ich sage: Liebe Sowjetunion, du kannst mich mal. Ich tue, was mir beliebt, und höre nicht auf dich. Sieh zu, wie du zurechtkommst.«
Chambier, immer noch die Hände auf dem Bauch verschränkt, entgegnete: »Gut, du hast die größeren wirtschaftlichen Möglichkeiten, vielleicht gewinnst du tatsächlich, falls wir aneinandergeraten. Aber wenn ich auf der Verliererstraße bin und keinen Ausweg mehr sehe, dann drücke ich auf den roten Knopf. Wouff, uns gibt es nicht mehr, es gibt überhaupt nichts mehr. Und du kannst dir deinen Sieg sonstwohin stecken.«
Kilian war nachdenklich geworden; womöglich hatte die Furcht vor einem Atomkrieg tatsächlich gegriffen. Und selbst die sowjetischen Staatschefs, ob nun Chruschtschow oder Breschnew, hatten nicht auf die Hardliner beim Militär gehört, die den großen Knall so gern provoziert hätten.
»Spätestens seit 1950 waren die Russen voll in der Produktion und konnten den Amerikanern, was die Atomsprengköpfe betraf, Paroli bieten. In diesem Punkt gebe ich dir recht, Chambier.«
Der Ältere nickte gönnerhaft. »Du und ich, wir sehen ein, verlieren geht nicht. Wer möchte schon in seinem Lager als der Unterlegene dastehen? Aber unsere Interessen aufgeben wollen wir auch nicht. Was bleibt uns also? Wir treffen uns von Mal zu Mal und legen fest: Das ist dein Stück vom Kuchen, das ist meines. Und wenn du Probleme hast, löse sie auf deine Art und Weise und laß mich in Ruhe. Siehe Korea.«
»Moment, jetzt kommt deine Theorie ins Wanken. Die Sowjets haben doch das kommunistische Nordkorea massiv unterstützt.«
Chambier wußte es besser. »Das eine hat nichts mit dem anderen zu tun. Noch 1995, also lange nach dem Zusammenbruch der Sowjetunion, haben die Vereinigten Staaten den bosnischen Moslems geholfen, und Rußland hat der Gegenseite, den bosnischen Serben, Waffen geliefert. Alles inoffiziell, versteht sich, und wenn man den Dementis aus Moskau glaubt, hat natürlich gar nichts in der Art stattgefunden.«

»Theorien, nichts als Theorien.«
»Richtig – wenn ich nicht Beweise gehabt hätte«, erwiderte Chambier. »Weil ich aber damals, wie gesagt, so unheimlich motiviert war, bin ich meiner These nachgegangen. Sobald ich eine Frage in dieser Richtung stellte, gingen alle Türen zu. Bis auf eine. Es handelte sich um einen alten, verbitterten Mann ...« Chambier hielt inne und schüttelte den Kopf. »Komisch, heute bin ich einige Jahre älter und vielleicht genauso verbittert.« Den Faden wieder-aufnehmend, sprach er weiter: »... ein Relikt der Nazizeit, ein Mann, der später unter Gehlen noch im Bundesnachrichtendienst gearbeitet hatte. Er war maßgeblich am Aufbau einer NATO-Sabotagetruppe beteiligt, die zum Einsatz gekommen wäre, hätte die Sowjetunion den Westen angegriffen. Bei uns in der Bundesrepublik nannte man sie ›Stay Behind Organisation‹; sie sollten im Rücken des Gegners als Guerillakommando operieren. Die Italiener nannten sie ›Gladio‹ – wie das Kurzschwert der Römer –, die Franzosen hatten wiederum eine andere Bezeichnung. Dieser verbitterte Mann also, den man 1961 wegen seiner NS-Vergangenheit kurzerhand aus dem Dienst entfernt hatte, verplapperte sich, weil er im Alkohol seinen besten Freund sah, und landete in meinem Netz. Er konnte nicht mehr zurück, hatte unter Zeugen und auf Tonband zugegeben, daß die CIA sich diese Sabotagetruppe ausgedacht hatte. Ich versprach ihm, alles zu vergessen, wenn er mir die volle Wahrheit gestand. Zunächst zögerte er, und ich dachte, er würde, na ja, die Pistole wählen, die ja unter Offizieren immer noch als ritterlich galt. Schließlich willigte er ein. Und was ich dann zu hören bekam, überstieg meine Vorstellungskraft. Ein 1947 ins Leben gerufener sogenannter Oberster Rat der Alliierten, lauter Generäle und ein Minister pro Land, legte genau fest, wer wann unter welchen Umständen und auf welche Art seinen Einfluß geltend machen durfte, ob mit Waffen oder ohne. Das Spielchen ging so weit, daß man sogar die Reaktion der Gegenseite bis ins kleinste abstimmte. Außerdem blieb man in Krisensituationen ständig in Kontakt.«
Weil Kilian ihn so skeptisch anschaute, lieferte Chambier ein Beispiel aus jüngerer Zeit. »Wenn ich mich nicht irre, dann mar-

schierten die Sowjets am 26. Dezember 1979 in Afghanistan ein. Sie wurden wieder mal gerufen, wie schon so oft. Die Amerikaner, führend in der Satellitenaufklärung, wußten bereits im September über sämtliche Truppenkonzentrationen genau Bescheid und unternahmen nichts.«

»Sie boykottierten ein Jahr später die Olympischen Spiele von Moskau.«

»Genau das ist der Beweis, Bumerang. Wie leicht hätten sie gegensteuern oder zumindest eine wirkungsvollere Waffe als diesen fadenscheinigen Boykott ins Feld führen können? Warum hat der liebe Carter nicht einfach die Weizenlieferungen eingestellt? Bis zu dreißig Millionen Tonnen gingen alljährlich an die laut Statistik ständig Rekordernten produzierenden roten Genossen, denn mit leerem Bauch kämpft es sich schlecht.«

»Argentinien und Kanada lieferten doch auch.«

»Aber nur, weil der große Bruder es gestattete. Hast du denn schon vergessen, wie rigoros die Amerikaner, falls sie es darauf anlegen, ein Embargo durchsetzen können? Denk doch nur an Iran, Irak oder Haiti.«

Was Chambier sagte, erschien Kilian plausibel; er erinnerte sich, welch großen Wert die Großmächte von jeher auf die Meinung der Weltöffentlichkeit gelegt hatten und immer noch legten. Manchmal verhielten sie sich, als stünden sie permanent vor Gericht und müßten ihr Tun rechtfertigen.

»Da andere Staaten – Japan, China, Italien, sogar Deutschland, besonders aber die Dritte-Welt-Länder – mehr und mehr an politischem Gewicht gewinnen, im Hintergrund auch noch die UNO, in der die Länder der Dritten Welt die absolute Mehrheit haben, mit Anträgen und Resolutionen droht, bin ich als Russe zu größtmöglichem Wohlverhalten gezwungen. Wenn jetzt ein Konflikt den anderen ablöst, dann machen wir zwar abwechselnd den Buhmann, haben aber am Ende unsere militärischen und politischen Ziele erreicht und die Kritiker und Hardliner im eigenen Lande ruhiggestellt. Damit können wir doch leben, oder?« Und als Kilian nicht antwortete, fuhr er fort: »Dieser Oberste Rat schien weit vorausgedacht zu haben. Das Streben nach Frieden trieb die Menschen immer wieder auf die Straße, schon gegen Korea demonstrierten Tausende, als Vietnam dran war, die halbe amerikanische Nation. Also hat man sehr früh – bereits 1950 haben die Westalliierten in allen Waffengattungen Büros für Öffentlichkeitsarbeit eingerichtet – gezielt die Presse benutzt; sie scheinbar mit Insiderhäppchen gefüttert. In Wirklichkeit zielte das Ganze nur auf eine freundliche Berichterstattung.«

Gemeinsam erinnerten sie sich der ebenso alten wie unseligen Tradition – daß Militärs, Regierungen und die Spitzen der Gesellschaft, besonders publicitysüchtige Leinwandstars und Musiker, die Presse mit Falschinformationen fütterten – und waren sich einig darin, daß viele Medienvertreter aus Bequemlichkeit zu schnell bereit waren, die Geschichten ohne Gegenrecherche aufzugreifen und weiterzugeben.

»Was ist aus dem Mann geworden, dem verbitterten?« kam Kilian wieder auf das eigentliche Thema zurück.

»Wenige Wochen, nachdem er geoutet war, wie man heute sagen würde, ist er auf der Autobahn verunglückt. Sein Fahrzeug brannte aus, alle vier Türen waren verschlossen. Defekt in der Verriegelung.«

»Selbstmord?«

Chambier schüttelte den Kopf.

»Und nach seinem Tod hast du dich nicht mehr an dein Versprechen gebunden gefühlt.«

»Ich ging zu meinem Chefredakteur, bekam grünes Licht, und seit diesem Tag habe ich nur noch … Angst.«

Chambier erzählte, er habe seine Recherchen ausgeweitet und sei auch an andere Quellen herangekommen. Auf Umwegen hatte er einen hochrangigen Mitarbeiter der »Stay Behind Organisation« kennengelernt, der ihm einiges Material zukommen ließ, darunter auch ein Abkommen mit der russischen Gegenorganisation, den »Speznaz«-Truppen, worin man sich verpflichtete, nur dann aktiv zu werden, wenn der Oberste Rat es genehmigt hatte. Diese Information war genau das Stück, das in Chambiers Puzzle noch gefehlt hatte.

Sein Bericht sollte in vier Folgen erscheinen; noch einmal traf er

sich mit dem »Stay Behind«-Offizier, um die letzten Ungereimtheiten auszumerzen. Sie wurden belauscht und verfolgt, der Offizier verschwand, nie mehr hatte Chambier etwas von ihm gehört. Er selbst war für eine Woche in eine Zelle gesperrt worden – wo genau, wußte er heute noch nicht. Dann hatte man ihn verhört. Seine Gegenspieler waren unidentifizierbar geblieben; allerdings müsse mindestens ein Russe dabeigewesen sein, erzählte er, das habe er am Akzent erkannt.
Was er alles ausgeplaudert hatte, wußte er nicht mehr, als man ihn freiließ. Allerdings war er seine Unterlagen und seinen Bericht los, eine in der Redaktion hinterlegte Kopie blieb unauffindbar. Schließlich hatten sie ihm das Versprechen abgenötigt, nichts von alledem verlauten zu lassen. Er habe ja gesagt und insgeheim beschlossen, sich nicht daran zu halten. Zwei Dinge hätten ihn am Ende doch schweigen lassen: Die Nichte des Anwalts Leidl sei wenig später bei einem Hausbrand ums Leben gekommen, und er selbst sei über Jahre hinweg beschattet worden.
»Ich war mit den Nerven vollkommen fertig, brachte im Job nichts mehr zustande, litt an Schlafstörungen und dachte sogar daran, gegen einen Baum zu fahren. Das Magazin legte mir nahe zu kündigen, zwei Monate später landete ich in Trier. Aus der Lokalredaktion hat mich keiner vertreiben können, denn dort bin ich nie in die Verlegenheit gekommen, mich ein zweites Mal in die große Politik heranzuwagen. Aber auch in Trier stand ich anfangs unter Beobachtung. Als ich mich mal mit Krüger, meinem früheren Chef, traf, wurden wir fotografiert. Und zwar so, daß wir es bemerken mußten. Krüger gestand, daß man auch ihn unter Druck gesetzt habe. Die Leitung des Magazins hatte ihn genötigt, die Kopie meines Berichtes herauszurücken. Zwar habe ich alles aus dem Gedächtnis noch einmal niedergeschrieben und versteckt, ich konnte sogar noch einige Belege auftreiben, aber am Mut, es zu veröffentlichen oder weiterzugeben, fehlte es mir. Doch das hat mich nicht gehindert, auch in den Jahren danach für die Bestätigung meiner These zu recherchieren.«
»Du erhältst sie immer noch aufrecht?«
Chambier zuckte mit den Schultern. »Ich weiß es selbst nicht. Ich

habe so ein Gefühl, als sei der Oberste Rat inzwischen vom Höchsten Rat abgelöst worden.«

Im Anschluß an die Live-Diskussion mit einem Psychologen, der schöne und nachvollziehbare Worte fand – mündige Bürger dürfe man getrost mit realistischen Beiträgen konfrontieren, nicht nur Rosarot und heile Welt –, präsentierte man den Zuschauern den schockierenden Film des Fallschirmspringers. Einen per Video festgehaltenen Selbstmord oder Unfall, noch war sich die Luxemburger Polizei nicht schlüssig, beginnend in viertausend Meter Höhe. Ganze dreieinhalb Minuten dauerte die Einspielung, aber die Resonanz war überwältigend. Die Telefonleitungen glühten, Pro und Contra hielten sich die Waage. Und während die Gespräche angenommen wurden, stand Benders Witwe einem ausgewählten Team Rede und Antwort, warum sie den Film freigegeben habe. Das sei im Interesse ihres Mannes geschehen, warum sonst habe er die Kamera am Helm gehabt? Daß er einen tödlichen Unfall erleiden würde, habe er ja nicht ahnen können.
Andere Sendeanstalten mokierten sich über die Art der Berichterstattung, wobei manchmal deutlich Neid herauszuhören war. Einen Tag später überschlug sich die Presse. Wie auch immer, WTC hatte das selbstgesteckte Ziel erreicht und blieb in aller Munde.

Eigentlich hätte Caruso mehr als zufrieden sein können. Aber von permanenter Unrast getrieben – nichts war vergänglicher als der Erfolg von heute –, ging er schon wieder neuen Hinweisen nach. Anregungen erhielt er durch Briefe, die Interessierte an den Sender geschrieben hatten, um auf ihr Schicksal aufmerksam zu machen. Aber Caruso war wählerisch und sortierte aus. Vielen dieser Briefe war anzumerken, daß der Absender nur darauf aus war, einmal im Leben im Fernsehen aufzutreten. Andererseits war die Phantasie der Leute enorm, und Skrupel kannten die wenigsten.
Ein Hesse wollte einem inzwischen inhaftierten Bankräuber

nacheifern und an einem Nachmittag per Fahrrad nicht ein, sondern gleich drei Geldinstitute überfallen. Caruso winkte ab, das würde eh nur Ärger bringen und konnte sogar als Unterstützung einer Straftat ausgelegt werden.
Eine Frau, die vorgab, sie habe mit vielen Priestern geschlafen, unter anderem auch im Beichtstuhl, schien da eher einen Bericht wert. Allerdings stieg Caruso dahinter, daß sie vier Wochen zuvor entsprechende Geschichten über mehrere Minister erzählt hatte. Sogar Kinderpornos wurden ihm angeboten – so widerwärtig, daß selbst er nichts damit zu tun haben wollte.
Ein Obdachloser behauptete, er könne zwei Liter Schnaps saufen und anschließend mit dem Fahrrad nach Hause unter die Brücke fahren; Eheleute kurz vor der Silberhochzeit wollten einander ohrfeigen, bis eine(r) umfiel; eine Oma von sechsundsiebzig garantierte scharfe Berichte über das Nachtleben im Altersheim; eine junge Frau, Produkt eines Inzests, versprach lückenlose Aufklärung über ihr Leben und ihre Leiden.
Caruso, der den Trend bedienen wollte und auf grell-bunt lärmende Game-Shows, Outing-Partys, Provo-Diskussionen mit Beschimpfungen setzte – da waren Klamauk, Nervenkitzel, peinliche Selbstdarstellungen garantiert –, der den hemmungslosen Voyeurismus der Zuschauer und Akteure ebenso kannte wie ihre Bereitschaft, sich bespucken, begrapschen und beleidigen zu lassen, sich nackt zur Schau zu stellen und bis hin zu Quälereien alles mitzumachen – Caruso war vom heutigen Angebot enttäuscht. Zwei oder drei Geschichten würde er über einen Strohmann für gutes Geld an die Konkurrenz verkaufen; sollten die sich damit herumschlagen.
Blieb nur noch eine Rentnerin, der man aus Versehen erst das gesunde und anschließend auch noch das kranke Bein amputiert hatte. Daraus ließ sich was machen, wie sich immer was machen ließ, wenn ärztliche Kunstfehler angeprangert wurden. In diesem Fall hatte die OP-Schwester die Unterlagen mit denen einer anderen Patientin verwechselt. Und die bedauernswerte Frau hatte sich nicht wehren können, weil sie bereits in der Narkose lag.
Als Caruso die Kranke besuchte, standen Arzt und Schwester und

Anwalt des Krankenhauses gleich neben ihrem Bett. So massiv betreut, traute sie sich nicht, etwas zu sagen.
Ausgesprochen schlechtgelaunt machte Caruso sich auf den Weg zu seinem zweiten Treffen mit Zöblin, dem Jet-Piloten aus der ehemaligen DDR.

Zöblin sah gar nicht gut aus. Grau im Gesicht, wulstige Ränder unter den Augen. Und er schien Probleme zu haben, das Essen bei sich zu behalten.
»Fehlt Ihnen was?«
Zöblin schüttelte schwach den Kopf. »Nur ein bißchen übel.«
Caruso konnte sich denken, wieso, schnitt das Thema aber nicht an. Er schaltete das Tonband ein.
»Herr Zöblin, haben Sie über alles nachgedacht?«
Zöblin nickte eifrig.
»Ist Ihnen etwas eingefallen, das Nachrichtenwert haben könnte?«
Wieder nickte Zöblin.
»Dann erzählen Sie mir bitte davon.«
Zöblin schüttelte den Kopf. »Die Sache ist so gut, so spektakulär, da möchte ich ohne Verträge ... Sie verstehen.«
Caruso lächelte. »Sie haben Angst, es könnte Ihnen einer zuvorkommen.«
»Genau.«
Caruso fragte sich, warum er diesem Kerl überhaupt noch gegenübersaß.
Zöblin spürte die Skepsis des Fernsehmenschen. »Herr Rollinger, was ich Ihnen anbiete, ist mindestens so spektakulär, als versuchte ich, den Bundespräsidenten umzubringen. Im übertragenen Sinne, versteht sich.«
»Und Sie wollen nicht mal ein Stichwort liefern?«
Zöblin biß sich auf die Lippe und schüttelte den Kopf.
»Wie soll ich mit Ihnen ins Geschäft kommen, wenn ich noch nicht einmal weiß, um was es geht?«
»Alle anderen Anstalten werden Ihnen die Bude einrennen!«
»Große Worte, Herr Zöblin.«

»Passen Sie auf, mein Gutster. Wir beide machen jetzt und hier – morgen gilt mein Angebot nicht mehr – einen Vertrag in doppelter Ausfertigung. Er tritt in Kraft, wenn Sie, nachdem ich Ihnen alles erzählt habe, von der Story überzeugt sind. Das tragen wir dann in den bereits unterschriebenen Vertrag ein.«

Caruso überlegte. »Einverstanden. Und wie lauten Ihre Bedingungen?«

»Eine Million Mark, fünfhunderttausend vorher, den Rest nachher an mich oder an eine von mir zu benennende Person.«

Caruso hätte laut losgelacht, wäre da nicht die Ernsthaftigkeit im Ausdruck seines Gegenübers gewesen. Entweder war Zöblin ein hervorragender Schauspieler, oder er war ein Phantast. Wenn keines von beidem zutraf, diese Möglichkeit schloß er vage ein, dann hatte er ein Ding anzubieten, das diese Million tatsächlich wert war.

»Die Erfüllung meines Schicksals, wenn ich es einmal so ausdrücken darf, wird sich über viele Stunden hinziehen und Ihnen viele Stunden Sendezeit einbringen.«

Immer noch zögerte Caruso.

»Warum sträuben Sie sich? Was haben Sie zu verlieren?«

Caruso forschte in Zöblins Gesicht, konnte aber nichts herauslesen. Es war ausdruckslos wie eine Gefängnistür.

»Einverstanden.« Caruso schnappte seine Aktentasche und suchte die vorbereiteten Standardverträge heraus. Das Exklusivrecht wollte er unbedingt, ohne würde er nicht unterschreiben, und Zöblin mußte ihm außerdem versichern, daß er nicht vorhatte, eine strafbare Handlung zu begehen. Das verlangten die Hausjuristen des Senders.

Nach zehn Minuten war alles festgehalten – mit Ausnahme des eigentlichen Vertragsgegenstandes.

Eine halbe Stunde später rollte Caruso nach nur wenigen Kilometern auf einen Rastplatz. Vor Aufregung war er unfähig weiterzufahren; seine Hände zitterten zu sehr.

Als wollte Chambier mit Kilians Hilfe seine Position neu überdenken, stellte er sich und seine Tätigkeit mehr und mehr in Frage. Manchmal, so gab er zu, fühle er sich überfordert und der Aufgabe nicht gewachsen. Ihm gehe es wie anderen Journalisten, die sich wünschten, aus der Masse der Zunft herauszutreten, einmal im Mittelpunkt zu stehen, und die bereit seien, dafür gewisse Prinzipien aufzugeben. Andererseits sei das keine berufsspezifische Eigenart; auch die Normalbürger wollten aus der Anonymität ins Rampenlicht. Gewiefte Medienexperten bekämen fast jeden dazu, das zu machen, was ihnen vorschwebte; die Aussicht, im Fernsehen aufzutreten, mache die Leute gefügig.

»Schlimmste Strafe für den Menschen ist die Nichtbeachtung, Bumerang. Du gehst durchs Leben, und keiner bemerkt dich.«

»Aber andere werden bemerkt; es macht klick, und schon wird der Neid eingeschaltet. Und Neid – der schwarze Neid, nicht der weiße, der dich motiviert und antreibt und im Grunde genommen positiv ist – frißt und frißt und höhlt aus. Derjenige, der Erfolg hat, ist dein Feind, weil er genommen hat, was eigentlich dir zusteht. Und da in unserer Gesellschaft das Geld Maß aller Dinge ist, hast du Feinde über Feinde: Leute, die ein größeres und schnelleres Auto fahren, sich ein schöneres Haus leisten können, mehrmals im Jahr Urlaub machen. Ausgerechnet der Neid ist, so kurios es klingen mag, der Motor unserer Wirtschaft.«

»Stell dir vor, Bumerang, es gäbe die Medien nicht. Dann wüßte niemand, wie gut oder schlecht es den anderen geht, es gäbe kaum Neid oder Gier nach Erfolg. Und niemand wäre da, der versucht, dir gewisse Dinge als erstrebenswert einzureden.«

Medien und Werbung, darüber waren sie sich einig, fungierten oft als unkontrollierte Vervielfältiger von fragwürdigen Idealen und Zielen. Und solange in Amerika und Europa mehr als die Hälfte der Dreizehnjährigen täglich bis zu vier Stunden und länger vor dem Fernseher säßen – für Werbemanager und Psychostrategen willige Opfer und ein unerschöpfliches Experimentierfeld –, werde sich das nicht ändern. Kilian konnte da über Erfahrungen mit seinen eigenen Kindern berichten.

»Einige Privatsender, deren Morgenmagazin oder Frühstücks-

fernsehen nicht die entsprechende Einschaltquote hatten, haben einfach ihr Konzept geändert. Nun gibt es ab halb sechs Uhr morgens Kinderprogramme mit Serien, Horror und Brutalität. Vor Schulbeginn fliegen auf dem Bildschirm bereits die Fäuste, setzt sich der Stärkere durch, und zwei Stunden später wird das im Klassenzimmer nachgeahmt. Und wir, die Erwachsenen? Mittlerweile verbringen wir im Durchschnitt von zehn Lebensjahren drei mit Mediennutzung. Und das wird – ein dreifach Hoch auf das Internet – weiter zunehmen.« Chambier sah auf die Uhr. »Die Tagesschau. Siehst du, ich komme auch nicht davon los.«
»Besteht nicht ein Unterschied zwischen Information und Animation?«
Chambier schmunzelte. »Bumerang, das hast du schön gesagt. Meine Altersgruppe läßt sich also täglich mehr als zweihundert Minuten ... animieren.«
Hauptthema der Nachrichten war, wie in den Tagen zuvor, die Trockenheit in der Sahelzone. Die Hilfe lief zögerlich an; Flugzeuge konnten nicht landen, weil von Stammesfürsten aufgehetzte Menschen mit ihren Körpern die Pisten blockierten. Ein solcher Clanführer kam zu Wort. Er behauptete, es sei alles gar nicht so schlimm, er habe noch keine Toten gesehen. Allerdings seien die alten Kolonialmächte darauf aus, erneut über sein Land herzufallen und es auszubeuten. Das lasse er nicht zu.
Selbstredend, so ein französischer Minister, könne man nichts gegen den Willen der Bevölkerung unternehmen. Die Staaten seien souverän, von zweien läge noch kein offizielles Ersuchen vor. Ob denn die kolonialistische Vergangenheit eine Rolle spiele für die ablehnende Haltung, wurde er gefragt. Der Franzose bestritt das vehement und erklärte, jetzt sei die UNO an der Reihe. Ein Kamerateam vergaß nicht, das Elend in Großaufnahme zu zeigen; Kinder mit aufgetriebenen Bäuchen und dünnen Beinen, Frauen mit schlaffen Brüsten, Männer, die schlurfend zum Wasserloch unterwegs waren. Dort kam es zu einem Eklat, weil nur Angehörige eines bestimmten Stammes vorgelassen wurden. Die ausgemergelten Gestalten gingen aufeinander los, einer schwang einen dicken Stock, ein anderer eine Machete, Blut floß.

Lange hielt die Kamera auf einen abgetrennten Unterarm, schwenkte dann zu dem Verwundeten, der sich vor Schmerz am Boden krümmte.
»Hier hast du ein plastisches Beispiel für das, was ich vorhin gemeint habe, Bumerang.«
»Wenn ich dich recht verstehe, dann haben wir zuviel Macht.«
»Wir haben nicht zuviel Macht, sondern leiden unter derselben Krankheit wie viele Politiker und Konzernmanager: Einige von uns sind süchtig nach Macht und mißbrauchen sie ständig. Die Masse ist ein gefräßiges Tier, und wir haben sie dazu gemacht. Je mehr du sie fütterst, desto gieriger wird sie. Und mit der Zeit wächst die Angst, daß sie uns verschlingen könnte. Deshalb wird sie mit allen möglichen Nachrichten vollgestopft. Mit so vielen Nachrichten, daß es ihr schwerfällt, sich näher mit ihnen zu befassen und Kritik zu üben.«

Nichts haßte Caruso mehr als die zweimal monatlich stattfindende Programmsitzung. »Schicksale des Lebens«, »Traummusik«, »Punkt um«, die drei Sendungen von WTC mit den höchsten Einschaltquoten, sollten, koodiniert von Monique Koslo, besser aufeinander abgestimmt werden. Gegen das Nachrichtenmagazin »Punkt um« hatte Caruso keine Einwände, er hatte schon einige Beiträge dort untergebracht. Aber die gelackten Halbaffen von »Traummusik« konnte er einfach nicht ausstehen. Ihre Art, sich mit exotischen Kleidungsstücken zu behängen – er selbst fand für seine Größe nie solch ausgefallene Dinge –, und dann dieses Sich-übertrieben-bedeutend-Geben, Sich-als-Nabel-der-Welt-Fühlen, etwas, wovon die Macher der Sendung bei allem Verständnis und trotz ihrer Arroganz meilenweit entfernt waren.
Caruso war gar nicht fest beim Sender angestellt, was er von Zeit zu Zeit unter die Nase gerieben bekam. Trotzdem konnte und wollte man nicht auf ihn verzichten, er lieferte eben die spektakulärsten Beiträge. Daß er als freier Mitarbeiter und Zulieferer mit eigener Firma auch noch wesentlich mehr verdiente, wurmte die anderen ungemein.

Monique Koslo schaute in die Runde. »›Schicksale des Lebens‹ und ›Punktum‹ haken wir nun ab. Wie uns Benno vorhin mitgeteilt hat, könnte zumindest ein Beitrag für beide in Betracht kommen. Nun also zu ›Traummusik‹.«
Mit Ausnahme der beiden Zuständigen – Regisseur und Moderator – verdrehten alle die Augen. Im eigenen Hause galten sie nicht viel. Leider verhielt es sich mit den Einschaltquoten genau umgekehrt, was niemand verstand.
»Mein lieber Alex«, sprach Monique den Moderator an. »Welche Schwierigkeiten gibt es denn heute?«
Alex, der immer Schwierigkeiten hatte, schaute zu Siggi, dem Regisseur. »Eigentlich keine. Ihr müßt uns nur noch einige Stars genehmigen, damit die Quoten wieder stimmen.«
»Wen wollt ihr denn diesmal haben?«
Siggi, der als Regisseur die Nerven seiner Mitarbeiter strapazieren durfte, weil sein Bruder im Verwaltungsbeirat des Senders saß, setzte sich zurecht. »Ich dachte da an die Sopranistin Helga Solms. Immerhin kann sie zwei Auftritte an der Metropolitan vorweisen.«
»Kostenpunkt?«
Siggi schaute zu Alex. »Nicht unter dreißigtausend plus Spesen.«
Monique schüttelte den Kopf. »Zu teuer.«
»Aber sie ist von so vielen Dummies gewählt worden.«
»Wen noch?« Monique überging die Geschmacklosigkeit, Zuschauer als Dummies zu bezeichnen.
»Roberto Sanguera. Einer der ganz Großen. Seit vier Monaten steht er auf Platz eins der Wunschliste unserer Dummies. Irgendwann müssen wir ihn mal bringen. Sonst verprellen wir …« Siggi faltete die Hände wie zum Gebet und blickte zur Decke.
Monique kannte das Gezetere und Geschiebe. Seit sie Programmchefin war, bekam sie immer das gleiche zu hören. Gut, die Zuschauer sollten ein Mitspracherecht haben, davon lebte die Sendung, und die Hitparade der Wünsche wurde auch jeden Montag in einer Fernsehzeitschrift abgedruckt, die zum Konzern gehörte. Aber was zu teuer war, mußte außen vor bleiben. »Traummusik« war als Low-Budget-Produktion konzipiert, vier-

hunderttausend Mark standen für neunzig Minuten zur Verfügung, mehr nicht.
»Was will Roberto?«
»Hunderttausend.«
»Wie letztes Mal. Wird auch nicht billiger.«
»Er gehört zu den fünf besten Tenören der Welt«, ereiferte sich Siggi, der, wie jeder wußte, von Musik keine Ahnung hatte. Ihm ging es auch nicht um die Musik, sondern allein darum, daß er bei einem so teuren Einkauf auch entsprechend teuer und aufwendig mit der Dekoration verfahren durfte. Und davon versprach er sich schöne, aufwendige Bilder, wofür er sich nun mal zuständig fühlte.
»Monique«, flötete Alex. »Willst du uns sterben lassen?«
»Alex, doch nicht dich. Aber hunderttausend, oder dreißig, das ist Utopie. – Wieviel können wir für die nächste Folge noch ausgeben?« fragte Monique einen hageren jungen Mann zu ihrer Linken.
»Nun, ich würde sagen ...«, er tippte einige Zahlen in den Rechner, »... höchstens zehntausend. Wir sind am Limit.«
»Na, habt ihr es gehört?« Monique strahlte die beiden an. »Zehntausend, besser fünf.«
Caruso, den dieses Gefeilsche um Geld und angebliche und echte Stars ankotzte, hörte nur mit halbem Ohr zu. Er dachte über seinen Knüller nach: Wenn Zöblin wirklich dazu bereit ist, wird im deutschen Fernsehzirkus der Bär los sein. Das liefert Schlagzeilen für mindestens eine Woche. Und ich bin weiterhin obenauf, frohlockte er.
Monique wurde ungeduldig. »Na, was ist. Gibt's jemanden für fünftausend?«
Alex und Siggi steckten die Köpfe zusammen.
»Wenn wir nach der Hitliste vorgehen, dann ist das unmöglich. Nein, wirklich nicht machbar.«
Monique kannte das Geplänkel der beiden, die auch privat miteinander plänkelten. »Frage ist, wer hat am 26. November überhaupt Zeit?«
»Von den Stars niemand«, behauptete Alex. »Die sind lange vorher ausgebucht.«

»Muß es denn unbedingt ein Star sein?«
»Denk an die Hitparade.«
»Um auf die Liste zu kommen, wie viele Stimmen braucht man da überhaupt?«
Alex schaute auf seinen Zettel. »Platz zehn mit vierhundertzwölf.«
»Und Platz eins?«
»Sechstausend.«
»Ein Mittelplatz?«
»Etwa zweitausend.«
Monique wandte sich an den Rechner. »Erik, die Stimmen gehen doch per Telefon ein. Man registriert die jeweilige Endnummer. Liege ich da richtig?«
»Ja. Dazu haben die Zuschauer im Laufe der Sendung eine Stunde Zeit.«
»Also brauchen wir in der Sendung am 19. November zweitausend Anrufer für jemanden, der nur fünftausend kostet und eine Woche später auftreten soll. Erik, kannst du das machen?«
»Ich kann alles machen«, behauptete Erik Vanos, der für Umfragen, Einschaltquoten, Zuschauerresonanz und vieles andere zuständig war.
»Dann haben wir das jetzt geklärt. Ihr bekommt also eure zweitausend Zuschauerstimmen. Wer käme in Betracht?« Obwohl jeder wußte, wie die Hitparade und andere Umfrageergebnisse zustande kamen, gaben sich einige empört. So könne man nicht verfahren, das sei Betrug, das sei ... Wenn das herauskomme, gebe es einen Rüffel von der Landesmedienanstalt.
»Es kommt nicht heraus. Erik, kann es herauskommen?«
»Nein.«
»Na also. Und falls es einen Rüffel geben sollte – das kennen wir ja inzwischen. Das überstehen wir.«
Alex bat, telefonieren zu dürfen. Nach zehn Minuten kam er, nicht gerade glücklich dreinschauend, zurück.
»Ich habe jemanden, der wirklich nur fünf kostet. Hätte nie gedacht, daß es so etwas noch gibt. Aber Guiseppe ist Schrott, sage ich euch, totaler Schrott. Noch nicht einmal Playback kriegt er

geregelt. Acht Minuten muß er füllen, acht qualvolle Minuten. Das geht nicht nur mit Zähnchen zeigen und brav nicken. Die Dumm ... die Zuschauer werden sich beschweren.«
»Wie denn das?« Monique runzelte die Stirn. »Sie haben ihn sich doch gewünscht? Nicht, Erik?«
Erik nickte.
»Aber Monique, es gibt noch eine weitere Schwierigkeit. Unser Zuschauergast. Jemand, der sich Guiseppe tatsächlich gewünscht hat. Wir müssen die betreffende Person präsentieren und mit Guiseppe zusammenbringen.«
Moniques Blick fiel auf Caruso. »Benno, hast du vielleicht eine Tante, die gerne einmal ins Fernsehen möchte?«
Caruso grinste. Diese Monique war ja fast noch durchtriebener als er selbst. »Aber klar doch. Was muß sie tun?«
»Alex, was muß dein Gast tun?«
»Uns schreiben, wie sehr er oder sie sich diesen Guiseppe gewünscht hat. Aber es wünscht sich niemand ...«
»Benno, deine Tante kann doch schreiben. Oder?«
Alex rollte mit den Augen. »So einfach geht das nicht. Hast du denn noch nie bei uns zugeschaut?«
»Nein.«
Alex war sprachlos.
»Wo liegt denn nun die nächste Schwierigkeit?« hakte Monique nach.
»Unser Gast muß Guiseppe auf irgendeine Art und Weise begegnet sein. Vor vielen, vielen Jahren oder gestern, das spielt keine Rolle. Und es muß sich eine Situation ergeben haben, an die sich heute noch beide erinnern. Ein harmloser Autounfall, der Gast ist über Guiseppes Koffer gestolpert und hat sich den Arm gebrochen, man blieb gemeinsam im Fahrstuhl stecken.«
»Wie alt ist Guiseppe?«
»Siebenundsechzig.«
»Und deine Tante, Benno?«
»Ende Fünfzig.«
»Na also, harmoniert doch ausgezeichnet.« Monique lächelte zufrieden. »Benno, überleg dir eine schöne Geschichte, etwas fürs

Herz und die Tränendrüsen, vielleicht im Krieg mit dem Sänger eingeschneit auf einer einsamen Berghütte, ungemein romantisch. Und du, mein Guter«, sie wandte sich an den Moderator, »bist mir dafür verantwortlich, daß dein Star auch alles schön auswendig lernt. Wenn er nur fünf kostet, dann hat er eine gute Publicity dringender nötig als Sauerstoff.«

Am Sonntag abend fuhren sie zurück nach Trier. Chambier gab Kilian eine Mappe mit Zeitungsartikeln, die dieser zum Teil schon kannte. Verfaßt hatte sie ein gewisser Benno Dexheimer, von Chambier mit dem Spitznamen Caruso versehen. An viele Berichte waren Zettel geheftet.
»Ich habe mir erlaubt, etwas auf Carusos Pfaden zu wandeln«, verriet der Ältere. »Mir kam bereits sehr früh der Verdacht, daß mit unserem Wunderknaben etwas nicht stimmen konnte. Er war gut, aber wiederum nicht so gut, daß er vor der Feuerwehr am Brandort hätte sein können. Caruso hat irgendwie getrickst. Wie du siehst, habe ich mich deiner Angelegenheit besonders angenommen. Vielleicht helfen dir meine Anmerkungen, hinter sein Geheimnis zu steigen. Ich könnte mir denken, daß sich dann auch für dich einiges aufklärt.«

Die alltägliche Redaktionsarbeit war Kilian an diesem Morgen lästig; er hätte sich lieber Chambiers Mappe genauer angeschaut. Zudem sollte er heute nach Morbach fahren, einer Kleinstadt im Hunsrück, wo die rheinland-pfälzische Sektion der rechtslastigen Deutschen Arbeiterunion ihre vom Regierungspräsidenten genehmigte Hauptversammlung abhielt. Niemand konnte verstehen, daß der Leiter der Bezirksregierung, der die Republikaner aus seinem Einflußbereich verbannt hatte, ausgerechnet dieser Gruppierung Gelegenheit gab, im Hunsrück zu tagen. Aber es war Polizei aufgeboten worden, denn Autonome, in Trier fast noch ein Fremdwort, wurden gleichfalls erwartet.
Schon erstaunlich, mit welcher Regelmäßigkeit diese extremen Gruppierungen immer wieder aufeinanderprallten, wo doch die

Versammlungsorte stets geheimgehalten wurden. Und die überwiegend Schwarzgekleideten – laut einer Umfrage verbreiteten sie mehr Angst und Schrecken als die Rote-Armee-Fraktion – kamen tatsächlich, knapp hundert Leute. Der Zoff ging schon los, als sie über die Bundesstraße in den beschaulichen Ort einfielen. Mitten auf einem freien Platz ließen sie ihre Autos und Kleinbusse stehen, streiften Kapuzen über den Kopf und begannen mit der Randale.

Die Polizei, immerhin sechzig Beamte, fühlte sich unterlegen, zog sich geschickt zurück und forderte Verstärkung an. Mittlerweile waren die Maskierten bis zum Tagungshotel vorgedrungen. Aber die Deutsche Arbeiterunion war auf diesen Angriff vorbereitet. Heimlich hatte man fünfzig Mitglieder der verbotenen Wiking-Jugend – entgegen der verharmlosenden Bezeichnung durch die Bank wahre Haudegen – angefordert. Die Autonomen, berüchtigt für ihre kompromißlose Gewalt gegen Rechte, Polizei, Behörden, Banken, Versicherungen, gegen den Staat allgemein – Leute, denen es Freude bereitete, noble Geschäfte in Stücke zu schlagen, Schaufenster zu demolieren und Steine zu schleudern, jedoch meist aus einer schützenden Menge heraus –, wurden von den »Deutschen Arbeitern« und der Wiking-Jugend abgefangen. Dreißig Parteimitglieder lockten die Autonomen, denen es nicht schnell genug ging, hinter dem Hotel in einen großen Innenhof, die fünfzig Wikinger, mit Eichenknüppeln und Schlagringen bewaffnet, machten den Sack zu. Zehn Minuten später forderte die Polizei statt der Verstärkung zwanzig Krankenwagen an.

Gegen achtzehn Uhr fuhren zwei Pkw in unterschiedlichen Richtungen davon. Kilian nach Trier, und ein Lockenkopf, der alles aus sicherer Entfernung beobachtet hatte, nach Mainz. Die siebentausend Mark für die Wiking-Jugend waren gut angelegt, sagte sich Caruso. Wir, er meinte den Sender WTC, werden die einzigen sein, die Filmmaterial vorweisen können.

Der Bericht über die Morbacher Krawalle war im Satz; weil die Zeit drängte, korrigierte Kilian noch einen Artikel von Long John, der nicht zu erreichen war. Der Fort-Worth-Freund hatte versehentlich die mißverständliche Überschrift gewählt: »Türken überwiegend sympathisch«. Dabei hatte er sich korrekt auf eine Umfrage unter Deutschen bezogen, wonach die Mehrheit, und zwar sechsundsechzig Prozent, die Türken als sympathisch einstufte. »Franzosen überwiegend sympathisch« hätte keine bitterbösen Leserbriefe provoziert, aber die Nation war durch die Ausschreitungen gegen östliche Ausländer sensibilisiert. Kilian strich das »überwiegend« einfach und wußte im selben Moment, daß es mit Long John zu einer heftigen Auseinandersetzung kommen würde.

An diesem Abend beschäftigte sich Kilian mit Chambiers Mappe und damit auch mit seiner Vergangenheit.
»Weil ich dich vor sechs Jahren im Regen hab' stehen lassen«, hatte Chambier auf Kilians Frage, warum er das Material zusammengetragen habe, erklärt.
Chambiers Randbemerkungen gaben genau das wieder, was Kilian als Hauptgrund für den Vorwurf der Vergewaltigung gesehen hatte. Jana Lauterborn hätte das Abitur nie und nimmer bestanden. Den endgültigen Nachweis ihrer Unfähigkeit, so formulierte es Chambier, habe sie im Studium geliefert. Dreimal das Fach gewechselt, ohne einen einzigen Schein zu machen. Selbst ihr einflußreicher Vater habe nichts ausrichten können.
Dabei hatte sie kurz nach seiner Verurteilung ein bravouröses Abitur gemacht – sozusagen als Akt der Rehabilitierung des Lehrerstandes, den er so beschmutzt und in Verruf gebracht hatte.
Kilian, der Unlehrer, blätterte schnell weiter in den Kopien, er kannte die Zeitungsberichte fast alle auswendig. Abermals stieß er auf einen handschriftlichen Hinweis von Chambier.
»Jana und Caruso kannten sich. Wenn ich den Aussagen der Beschäftigten der Diskothek Flair glauben darf, dann trafen sie sich in den drei Monaten zuvor fast jeden Abend, um innig zu tanzen.«
Das war Kilian neu, doch es paßte in seine Überlegungen. Jana, hochgewachsen, aber nicht mit sonderlichen Reizen ausgestattet, und Caruso, gerade mal eins sechzig, mußten ein komisches Paar

abgegeben haben. Aus dem nächsten Vermerk ersah Kilian, daß Chambier die Kommentare erst kürzlich formuliert hatte.
»Wenn du meine Meinung wissen willst, Bumerang: Caruso hat die Aktion angeleiert, um seiner Freundin das Abitur zu verschaffen. Fraglich ist nur, ob Liebe als Motivation für den durchtriebenen Hund genügt? Oder Janas Fähigkeiten im Bett? So ganz schlüssig erscheint mir das nicht. Caruso, der mit jeder Faser seines kleinen Körpers auf eine Karriere erpicht war, hätte niemals etwas getan, das ihm hinderlich gewesen wäre. Was also steckt tatsächlich dahinter?«
Verblüfft war Kilian über die Kopie des ärztlichen Untersuchungsberichts. Wo Chambier die wohl herhatte? Aber es ergaben sich keine Neuigkeiten, alle Fakten waren bereits im Prozeß vorgetragen worden. Demnach mußte er, Berthold Kilian, ein wahrlich brutaler Typ sein.
Schließlich entdeckte Kilian das Foto, es war einzeln aufgeklebt.
»Aus Carusos Asservatenkammer, sprich Schreibtisch, den er nur unvollständig geräumt hat. Vergleich es bitte mit dem in der Zeitung, dem offiziellen Polizeifoto«, forderte Chambier ihn auf.
Abgebildet war sein damaliges eheliches Schlafzimmer, die Betten zerwühlt, eine Schranktür offen, Wäsche lag auf dem Boden. Was den Vergleich erschwerte, waren die – wenn auch nur minimal – unterschiedlichen Perspektiven.
Kilian stand auf und suchte ein Vergrößerungsglas. Nach wenigen Minuten hatte er den Unterschied entdeckt. Auf Carusos Foto lag auf dem Nachttisch eine Haarbürste, auf dem Polizeifoto fehlte sie. Sekunden später hatte Kilian die Lösung. Wenn Caruso in seiner Eigenschaft als Journalist in seinem, Kilians, Schlafzimmer gewesen war, dann höchstens im Beisein der Polizei. Und die hätte nicht extra für ihn eine Haarbürste auf den Nachttisch gelegt. Folglich kam nur die Möglichkeit in Betracht, daß der Kerl dieses Foto ohne Polizei angefertigt hatte, die nach ihrem Einsatz sicher das Haus versiegelt und die Bürste mitgenommen hatte. Da die Haarbürste aber während der Gerichtsverhandlung nicht aufgetaucht war, mußte Caruso seinem Schlafzimmer bereits vor Beginn der Ermittlungen einen Besuch

abgestattet und das Indiz an sich genommen haben. Das wiederum erklärte, wieso man zwischen Janas Schambehaarung Kopfhaare von ihm gefunden hatte.
Kilian spürte Nervosität in sich aufsteigen, zwang sich zur Ruhe und trank einen Schnaps. »Darauf habe ich lange gewartet«, stieß er hervor. »Jetzt endlich habe ich einen Beweis; jetzt weiß ich, wer als Drahtzieher hinter allem steckt. Caruso, du Schwein. Und wie das Blut auf die Bettdecke kam, ist mir nun auch klar.«
Viele einzelne Steinchen fügten sich mehr und mehr zu einem Bild. So erklärte sich auch der Besuch des Anwalts seiner Frau im Gefängnis, der ihm diverse Schriftsätze vorgelegt hatte. Kilian suchte im Wohnzimmerschrank und fand Kopien in einem Ordner. In einem Schreiben hatte er sich verpflichtet, die Kosten des gesamten Verfahrens aus seinem Vermögensanteil zu bestreiten. Weil eine so hohe Hypothek auf dem Haus gelegen hatte, war der geringe Erlös fast ausschließlich an seine Rechtsanwälte gegangen.
In einer anderen Vereinbarung hatte Kilian, der zu dem Zeitpunkt fünf Jahre von allen materiellen Vorteilen entfernt gewesen war, seiner ehemaligen Frau ein großes Wiesengrundstück in Sirzenich übertragen, einem kleinen Ort oberhalb von Trier in Richtung Eifel. Den Angaben des Katasteramtes zufolge sollte nie Bauland aus der zwei Hektar großen Parzelle werden, deshalb war sie auch als nicht sehr wertvoll eingestuft worden. Inzwischen standen neun Einfamilienhäuser auf dem Stück Land, das zehnte war im Bau; alle errichtet von Janas Vater und verkauft an Geschäftsleute und Bankangestellte, die in Luxemburg arbeiteten. Über die Autobahn benötigte man keine zwanzig Minuten bis in die Hauptstadt des Nachbarlandes.
Immer deutlicher nahm für Kilian eine Vorstellung Konturen an. Janas Vater, Bauunternehmer Horst Lauterborn, und Kilians Schwiegervater, der geldgierige Autohausinhaber Carl Chemnitz, – beide gehörten zur Trierer High-Society – hatten sich zusammengetan und den Plan geschmiedet, zwei Fliegen mit einer Klappe zu schlagen: Janas Abitur und Kilians Abservierung. Daß dabei seine Familie vor die Hunde ging, war Chemnitz egal

gewesen. Mit Geld kannst du alles ausbügeln, stehen dir alle Türen offen, so lautete seine Devise.
Wird aus dem Duo ein Trio? fragte sich Kilian. Ist Staatsanwalt Röders Interesse, dich zu verurteilen, nicht nur auf die mit Chemnitz gemeinsame Mitgliedschaft im angesehenen Zebra-Club zurückzuführen?

Mit einer Concorde den Atlantik zu überqueren vermittelte Caruso das Gefühl, auf der Erfolgsleiter weit oben angekommen zu sein. Gestärkt wurde dieses Gefühl durch den Umstand, daß seine Amerikareise nach Houston ging, in die Zentrale von WTC, mitten hinein in das Chefzimmer der allgewaltigen Christine Sallinger.
Caruso empfand Respekt vor Sherman, denn der hatte sein Versprechen gehalten und dafür gesorgt, daß er der Göttin des Konzerns Multi Media Cooperation persönlich vorgestellt wurde.
Von New York weiter nach Houston und dort direkt in ein Fünf-Sterne-Hotel. Eine ganze Suite hatte Caruso für sich allein, Höhepunkt aber war das gewaltige Bad mit einer Spaßlandschaft: Whirlpool, Schwallbrausen, Springbrunnen und kleine Bäche, die in Kaskaden angelegt waren, tropische Pflanzen und eine gutbestückte Bar, die, in ausgewogener Zusammenarbeit mit einer sonnenartigen Flutbeleuchtung, die Karibik in seine Gemächer verfrachteten.
Vier Stunden durfte Caruso sich erholen und die Zeitumstellung verkraften, dann fuhr die schwarze Limousine vor. Der Fahrer riß ihm die Tür auf, und Caruso versank in weichen Lederpolstern. Mindestens drei Meter lagen zwischen seiner Sitzbank und der gegenüberliegenden, dazwischen standen ein Fernseher und eine Minibar. Eingelullt von klassischer Musik, schwebte er durch Houston zum Glaspalast von World WTC, den er bislang nur aus Prospekten und von Fotos kannte.
Sherman empfing ihn vor dem Gebäude, klopfte ihm aufmunternd auf die Schulter und rauschte mit ihm nach oben in den vierzigsten Stock.

»Christine ist sehr angetan von Ihnen.«
Caruso, den schon jetzt eine feierliche Stimmung erfaßte, zog es vor zu schweigen.
»Das Glanzstück Sölden hat sie in Amerika nach der Erstausstrahlung durch WTC noch elfmal verkauft. Insgesamt fünfundzwanzig Millionen sind reingekommen. Dollar, selbstverständlich.«
Nun schwieg Caruso, weil es ihm die Sprache verschlagen hatte. Die Amerikaner wußten eben, wie man Nachrichten vermarktete.
»Ist Ihnen nicht gut?«
Caruso schluckte. »Ich bin beeindruckt.«
Mit einem dezenten Gong stoppte der Aufzug im obersten Stockwerk. Er war ausschließlich für Christine Sallinger und ihre Gäste bestimmt.
Die Türen glitten auf, und Caruso wagte kaum, einen Fuß vor den anderen zu setzen: Ein Boden lag vor ihm, spiegelnd und blank aus poliertem Granit mit silbrig glänzenden Einschlüssen, wie ein See im Gegenlicht glitzernd. »Sie wartet.« Sherman faßte ihn am Oberarm. »Verspätungen haßt sie wie die Pest.«
Caruso hatte das Gefühl, regelrecht hinter dem hoch aufgeschossenen Sherman herzuschlittern. Der Flur erschien ihm endlos, das Vorzimmer groß wie ein Ballsaal; eine junge Frau kümmerte sich um seinen Mantel.
Und dann stand er ihr gegenüber, der Beherrscherin des Multi-Media-Konzerns. Caruso war es, als liefe ein Film vor ihm ab, so perfekt erschien ihm diese Frau. Perfekt, was das Ambiente, ihr Aussehen, die Kleidung betraf, ihr Gesicht, das Make-up, die manikürten Hände.
»Ich freue mich, Sie kennenzulernen, Mister Dexheimer.«
Kräftig war die Hand, die Carusos umschloß. Er nahm in einem Sessel Platz und schaute zu Christine auf, die sich hinter den Schreibtisch setzte.
»Fred hat mir viel Gutes über Sie erzählt, Mister Dexheimer.«
Christine lächelte Sherman an, der von ihrem Charme genauso gefangen war wie der Deutsche. Christine war über Fünfzig, wirkte aber wie Mitte Dreißig. Und Sherman kannte sie auch aus Verhandlungen und Besprechungen. Nie ausfallend, nie laut wer-

dend, setzte sie immer ihren Willen durch. Wer nicht auf ihre Linie schwenkte, wurde mit einem Lächeln gefeuert. Man fühlte sich geehrt, in Wirklichkeit jedoch tadelte sie, und der Betreffende hatte zehn Minuten Zeit, seinen Schreibtisch zu räumen. Christine war genau die Richtige für diesen harten Job. Kein Mann hätte es auch nur annähernd so gut machen können wie sie, denn sie beherrschte nicht nur die Waffen des sogenannten starken Geschlechts, sondern noch vorzüglicher die ihres eigenen. So hatte sie bislang alle Probleme gelöst, in den acht Jahren ihrer Regentschaft alle Feinde und Konkurrenten ausbooten können.

»Wir brauchen solche Männer wie Sie, Mister Dexheimer. Männer, die sich nicht fürchten, die an der Aufgabe wachsen und nicht vorschnell aufgeben.«

Es klang banal und nichtssagend, aber Caruso hörte fasziniert zu. Und er würde die in ihn gesetzten Erwartungen erfüllen. Nächste Woche, Frau Sallinger, werden Sie einen Grund mehr haben, mit mir zufrieden zu sein.

»Vielleicht ergibt sich eine Möglichkeit, Mister Dexheimer, daß Sie auch für Houston arbeiten können. Zumindest von Zeit zu Zeit. Nicht, Fred?«

Sherman nickte und schlug die Beine übereinander. Was blieb ihm übrig? Nicht im Traum dachte Christine daran, den German nach Houston zu locken. Aber an etwas anderes dachte sie.

»Mister Dexheimer, Fred sagte mir, Sie hätten ausgezeichnete Kontakte zu Ex-Soldiers aus der ehemaligen DDR. Zu Spezialisten für besondere … Angelegenheiten.«

»Ja, das stimmt.« Caruso registrierte, daß dies seit der Begrüßung seine ersten Worte waren.

»Und Fred meint auch, diese Spezialisten stünden uns immer zur Verfügung. Ihnen natürlich«, fügte sie hinzu, um Caruso aufzuwerten.

»Gewiß, Mrs. Sallinger.«

»Was mich besonders froh stimmt, deshalb auch meine Einladung, ist der Umstand, daß WTC Germany Ihnen die explodierenden Einschaltquoten einiger Sendungen zu verdanken hat. Hervorragende Arbeit, Mister Dexheimer.« Caruso nickte.

Sherman, der ihn beobachtete, empfand es als geradezu unterwürfig.
Christine sprach von der Verantwortung den Zuschauern gegenüber, vom harten Markt, auf dem nur die Besten bestehen könnten, und von der Zukunft, die Dinge bescherte, von denen man heute noch keine Ahnung habe. Aber er, Benno Dexheimer, scheine für alle Eventualitäten gewappnet zu sein, da sei sie sich absolut sicher.
»Unser Haus verleiht ab und zu Preise an Mitarbeiter, die Überdurchschnittliches geleistet haben. Mister Dexheimer, darf ich auch Ihnen den Prince of Television überreichen?«
Christine erhob sich mit der Anmut eines Topmodels, schritt zu einer Anrichte und kam mit einem Pokal in Form zweier übereinandergelegter Fäuste zurück. Caruso stand stramm, als sie auf ihn zutrat.
»Für Ihre Verdienste, Mister Dexheimer. Möge sich die Kraft dieser Fäuste, es sind die Originalabdrücke des Firmengründers, mit den Ihren vereinen.«
Sherman mußte Caruso am Ärmel fassen, um ihm zu verstehen zu geben, daß die Audienz beendet war. Wieder auf dem Flur, schwärmte Caruso: »Was für eine Frau.«
Sherman bugsierte ihn zum Fahrstuhl. Während sie nach unten schwebten, betrat ein Mann, von dem man behauptete, er allein könne ihr auf dem Medienmarkt Paroli bieten, das Allerheiligste von WTC Houston.
»Hi, Christine. Wie geht es?«
»Bob, bitte nimm Platz.« Zwei Sätze über die Gesundheit und das hervorragende Aussehen, zwei über den Streß, zwei über das nächste Urlaubsziel – und schon kam Bob Chassman, Anteilsinhaber des Konzerns National Tele Cooperation, NTC, auf das eigentliche Thema zu sprechen.
»Du hast mein Angebot gelesen?«
»Neunzig Millionen für 49,9 Prozent an WTC Germany? Ist das nicht ein bißchen wenig?«
»Das ist der Marktpreis.«
Christine schüttelte den Kopf. »Dein Angebot …«, sie schaute

nach, »... datiert vom 25. Oktober. Mittlerweile sind die Einschaltquoten auf vier Komma sechs geklettert. Pack eine der Steigerung angemessene Summe drauf, und wir sind im Geschäft.«
Bob, zwei Jahre jünger als Christine, hätte problemlos als ihr Vater durchgehen können. Das Leben war hart, der Job war hart, auch zweimal vier Wochen Urlaub und Aufenthalte auf Regenerationsfarmen halfen da nicht.
»Ich will 49,9 Prozent, deine 49,9 Prozent und nicht hundert.«
»Ich weiß. Aber du brauchst auch meine Hilfe, damit dir der Erwerb des Senders in Germany nicht wegen kartellrechtlicher Bestimmungen gecancelt wird.«
Bob machte eine wegwerfende Handbewegung. Diese Germans mit ihrem Kartellrecht meisterte er schon.
»Du irrst dich, Bob«, sagte Christine, als könnte sie Gedanken lesen. »Ohne mein Entgegenkommen kannst du WTC Germany nicht kaufen.«
Bob grübelte. »Was schlägst du vor?«
Christine blätterte in ihren Unterlagen. »Du hast Anteile von jeweils 24,9 Prozent am Media und Sytron Channel. Das entspricht in Deutschland exakt der Obergrenze für Sender, die kein Vollprogramm anbieten. Aber die Mehrheit an Target steht dir im Wege. Du mußt Target abstoßen, weil du über diesen Kanal auch mit 2,5 Prozent an WTC beteiligt bist. Durch meine 49,9 Prozent liegt deine vorgeschriebene Beteiligungsgrenze zu hoch.«
»Target? Niemals.« Bob machte ein entschlossenes Gesicht.
Christine amüsierte sich, denn die schlechten Zahlen des Senders waren in der Branche bekannt.
»Target bringt es gerade mal auf null Komma sechs Prozent, Tendenz fallend. Du fütterst diesen Sender jedes Jahr mit zehn Millionen. Wo bleibt dein Sachverstand?«
Bob wußte, daß Christine recht hatte, aber er wollte nicht so schnell nachgeben. Target loswerden – das allerdings wollte er um fast jeden Preis. Nur sollte es so aussehen, als sei es ein für ihn vorteilhaftes Geschäft; immerhin hatte er einen Namen zu verlieren, und zwar den des besten und härtesten Zockers auf dem Medienmarkt.

»Volkholz zeigt Interesse an Target«, behauptete Bob beiläufig und betrachtete seine manikürten Fingernägel.
Wie erwartet, reagierte Christine gereizt auf diese Mitteilung, denn der Deutsche Hansrüdiger Volkholz, Inhaber der Telestar-Gruppe, war einer ihrer Hauptkonkurrenten. Schon zweimal hatte er Christine ein Geschäft weggeschnappt, ohne daß sie durchschaut hätte, wie er vorgegangen war. Und dann auch noch der Deal mit den Filmrechten vor einiger Zeit. Aus ihrer Sicht samt und sonders alte Klamotten, Schnulzen, durchsichtige Krimis und ein paar monströse griechisch-römische Sandalenepen der fünfziger und sechziger Jahre; echte Staubfänger, die Volkholz billigst erworben – Christine dachte seinerzeit, er werfe sein Geld zum Fenster hinaus – und zu horrenden Preisen an andere deutsche Sender verhökert hatte.
»Dann verkauf doch an ihn«, entgegnete sie schnippisch.
»Ich kann nichts dafür, daß Hansrüdiger für dich ein rotes Tuch ist«, entgegnete Bob, der um die Niederlagen wußte. »Mir kommt er auch eine Nummer zu großspurig daher. Aber er hat ein tolles Händchen. Was er anfaßt, wird zu Geld.«
Christine war wieder Christine, cool und beherrscht. »Und erreicht vielleicht genau das, was er im Schilde führt.« Auf Bobs fragenden Blick hin erklärte sie: »Was liegt näher, als daß er uns entzweien will? Wer hält ihn dann noch auf?«
Diese Vision wirkte. Bob begann zu überlegen, und Christine dankte dem lieben Gott wieder einmal für die Gabe der Berechnung.
»Christine, wir machen folgendes: Wenn dein WTC es schafft, bis Jahresende auf fünf Komma null zu kommen, dann kriegst du die neunzig Millionen plus eventuell auszuhandelnden Bonus.«
Christine trat an die bis zum Boden reichende Fensterfront, die einen großartigen Blick auf Houston gewährte. Fünf Prozent Marktanteil hatte WTC schon jetzt – und nicht vier Komma sechs, wie vorhin behauptet. Aber warum hätte sie das Bob auf die Nase binden sollen? Auch das gehörte zum Spiel, erst möglichst spät mit den richtigen Zahlen herauszurücken.
»Gut. Ich möchte es noch einmal präzisieren: Wenn WTC

Deutschland vom Datum deines Angebotes bis zum Jahresende mindestens für zwei Wochen die geforderte Quote von glatt fünf erreicht hat, dann könnten wir uns einigen.«
Bob grinste, er war auf der Siegerstraße.
»Gleichzeitig überläßt du mir deine Anteile an Target zum symbolischen Preis von einem Dollar.«
Nun stellte sich auch Bob ans Fenster. Beide schauten sie hinaus, die Sonne spiegelte sich in der Glasfront des gegenüberliegenden Wolkenkratzers und ließ ihn erglühen.
»Warum sind wir so unerbittlich gegeneinander?« fragte er.
»Weil es unser Job ist. Weil wir Geld machen wollen. Und weil keiner verlieren möchte.«
»Mit dem, was wir haben, könnten wir zehn Leben lang auskommen.«
»Mir genügt ein Leben, aber bitte mit dem zehnfachen Erfolg.«
Bob schob die Hände in die Hosentaschen, er kannte Christines Philosophie, ihren unbedingten Willen zum Erfolg, dem sie alles unterordnete. »Warum ist dir so viel an Target gelegen?«
»Eigentlich liegt mir überhaupt nichts daran. Die Gerechtigkeitswelle, auf der du reitest, wird nicht funktionieren.«
»Du hast besondere Pläne, Christine?«
»Möglich.«
»Und Hansrüdiger stellt dir wieder mal ein Beinchen.«
»Gerade dem gönne ich Target nicht.«
»So ist das also.« Bob überlegte. »Nein, ich passe.«
Christine schritt gemächlich zum Telefon. »Cynthia, buch bitte einen Flug nach London. In ungefähr zwei Stunden.«
Bob zuckte zusammen. »Was willst du … etwa zu diesem Motherfucker Gillespie?«
»Bob, laß bitte diesen aggressiven Ton. In …«, sie schaute auf die Uhr, »… in zehn Stunden wechselt WTC für fünfundneunzig Millionen den Besitzer, und zwar mit den jetzigen Quoten und ohne dein marodes Target in Zahlung zu nehmen.«
Bob runzelte die Stirn. »Fünf mehr, als ich biete?«
Christine antwortete nicht.
»Warum muß ich nur neunzig hinlegen?«

Immer noch schwieg sie. Am Schreibtisch stehend, packte sie einige Dinge zusammen und verstaute sie in einer schlanken Aktenmappe.
»Okay, wir machen den Deal, aber mit einer Klausel: Wenn du Target innerhalb von zwei Jahren abstößt, dann erhalte ich die Hälfte des Gewinns.«
Christine stimme zu, denn Gewinn hatte sie bei der Veräußerung eines Senders noch nie gemacht. Dafür waren ihre Steuerexperten zu pfiffig. Als Bob schon aufatmen wollte, stellte auch sie noch eine Bedingung. Er wäre erstaunt gewesen, hätte sie es nicht getan.
»Und für jeden Zehntelprozentpunkt an Quote, den ich über deinem Angebot liege, legst du drei Millionen drauf.«

Jana war inzwischen verheiratet und wohnte in Echternach, einer kleinen luxemburgischen Stadt am Grenzfluß Sauer.
Zuerst wollte sie Kilian nicht hereinlassen, dann jedoch wurde sie sich der Tatsache bewußt, daß sie im Ausland wohnte. Zögernd öffnete sie die Tür.
»Was wollen Sie?«
Kilian registrierte ihren Bauch; Jana war schwanger. »Mit Ihnen reden.«
»Es gibt nichts zu reden.«
»Da bin ich anderer Meinung. Je nachdem, welche Antworten ich bekomme, werde ich gewisse Anzeigen neu überdenken.«
Jana wirkte verschlossen und schuldbewußt. Seit der Verhandlung hatte sie Kilian nicht mehr gesehen, und dann hatte sie vor einigen Wochen seinen Auftritt in der Fernsehsendung verfolgt.
Immer wieder über die Schulter schauend, ging sie voraus ins Wohnzimmer. Neben dem offenen Kamin stand ein Sofa, darüber hing ihr Hochzeitsfoto. Jana hatte einen Architekten geheiratet.
Kaum hatte Kilian sich gesetzt – Jana vergaß, ihm etwas zu trinken anzubieten –, konfrontierte er sie erbarmungslos mit seiner Wahrheit.
Jana zuckte zusammen und hielt sich den Bauch. Nach einigen

Sekunden sah sie ihn an. »Sehen Sie nicht, daß ich schwanger bin?«
Er konnte es sich nicht verkneifen zu erwidern: »Von mir kann es nicht sein.«
Ein paar Sekunden lang blieb es still. Kilian schaute zum Fenster hinaus auf eine Trauerweide, daneben stand ein Feuerdorn mit roten Beeren, an denen Vögel pickten.
»Alles erfunden, ich kenne keinen Herrn Dexheimer«, behauptete sie schließlich.
»Den Namen Dexheimer habe ich nicht erwähnt.«
Jana biß sich auf die Lippe.
Kilian zeigte ihr die beiden Fotos aus seinem Schlafzimmer, wies auf den Unterschied zwischen dem Polizeifoto und dem von Dexheimer hin und erläuterte seine Version. Anschließend kam er auf Zeugen zu sprechen, die sie und Caruso wiederholt in einer Diskothek gesehen hatten.
»Jana, mein Feldzug gegen Sie und Dexheimer hat noch gar nicht begonnen. Noch kennt die Polizei dieses Foto von Dexheimer nicht, noch weiß sie nichts von den Zeugen.«
Wieder rieb sie sich den Bauch. »Was wollen Sie eigentlich von mir?«
»Daß Sie vor der Polizei aussagen, wie alles abgelaufen ist.«
»Nie und nimmer.«
»Die Beamten kommen auch nach Luxemburg, um ihre Aussage aufzunehmen. Ihnen geschieht nichts.«
Jana schüttelte den Kopf.
»Ich will nicht Sie fertigmachen, sondern Dexheimer. Wo ist er denn im Augenblick?«
Sie zuckte mit den Schultern.
»Er arbeitet doch für einen Sender, nicht?«
»Kann sein.«
»Für WTC.«
»Warum fragen Sie überhaupt, wenn Sie es wissen?«
»Jetzt weiß ich es.«
Jana betrachtete ihre rotlackierten Fingernägel. »Sie ahnen ja nicht, was Sie mir mit der Fernsehsendung angetan haben. Alle

starren mich an. Gestern hat mich eine Frau im Geschäft gefragt, ob der Balg«, sie deutete auf ihren Bauch, »vom Satan sei.« Jana begann zu weinen.
Kilian hatte kein Mitleid. Er betrachtete es als ausgleichende Gerechtigkeit, daß nun auch Jana das Spießrutenlaufen kennenlernte. Außerdem zweifelte er ihre Schilderung stark an. War sie denn hier in Echternach wirklich so bekannt?
»Was kann denn mein Kind dafür?«
»Was kann ich dafür, daß Sie schwanger sind? Hätten Sie damals nicht gelogen und mich in den Schmutz gezogen, Sie könnten zwanzig Kinder ehrenhaft zur Welt bringen.« Kilians Stimme war hart geworden.
Jana stand auf, suchte ein Taschentuch, nahm eine Tablette und kam zurück.
»Solange Sie uneinsichtig sind und sich nicht entschuldigt haben, setze ich Ihnen zu. Solange Sie mir nicht helfen, an diesen Dexheimer heranzukommen, werde ich Ihr Feind sein. Ich bin Ihr schlechtes Gewissen, Jana.«
Kilian ließ eine weinende junge Frau zurück. Aber im Augenblick interessierte er sich mehr für die Begleichung seiner Rechnung; die Gefühle der anderen waren ihm gleichgültig.

Auf dem Heimweg suchte er Janas frühere Freundin auf, die zur angeblichen Tatzeit im Auto gewartet hatte. Bereits damals war Kilian ihre Haltung suspekt vorgekommen. Vor Gericht hatte der Staatsanwalt sie nur kurz befragt; sein Verteidiger hatte den Trumpf ungenutzt gelassen, dabei hätte Gerti Wisper vielleicht eine Menge zu sagen gehabt.
Gerti studierte Betriebswirtschaft und lebte allein. Auch sie schien nicht sonderlich erfreut, Kilian zu sehen.
»Lassen Sie doch endlich die Vergangenheit ruhen. Was können Sie denn noch ändern?«
Kilian sah sie lange an. »Stellen Sie sich einmal vor, man hätte Sie vergewaltigt, aber den Täter nicht gefunden. Würden Sie dann auch die Vergangenheit ruhen lassen und darauf verzichten, Ihren Peiniger der gerechten Strafe zuzuführen?«

So könne man das nicht sehen. Ob er sich denn nicht mit seinem Erfolg, im Fernsehen aufgetreten zu sein, begnügen könne? Jana habe bestimmt sehr zu leiden.

»Ich glaube, das sind die Gewissensbisse. Nun aber zu Ihnen, Gerti: Welchen Eindruck machte Jana auf Sie, als sie aus meinem Haus kam und zu Ihnen ins Auto stieg?«

Gerti wollte sich weigern, aber Kilian meinte, dadurch mache sie alles nur noch schlimmer. Er arbeite inzwischen für die »Trierische Landeszeitung« und werde so oder so weitermachen.

»Irgendwie aufgelöst war sie schon, aber nicht so, wie sie es eigentlich hätte sein müssen.«

»Nach einer Vergewaltigung ist eine Frau ... geschockter, weint, steht vielleicht kurz vor einem Nervenzusammenbruch. Das alles haben Sie bei Jana vermißt.«

Gerti entgegnete, der Schock sei später gekommen. Aber so genau erinnere sie sich nicht mehr, inzwischen seien ja ...

Angesichts solcher Heuchelei und falscher Rücksichtnahme wäre Kilian beinahe explodiert. »Jetzt ist es aber genug. Noch eine solche Bemerkung, und das nächstemal nenne ich im Fernsehen Ihren Namen.«

Auf seine Frage, ob sie sich an die genaue Uhrzeit erinnern könne, antwortete sie, es sei kurz nach zehn, vielleicht halb elf gewesen. Sie habe auf die Autouhr geschaut.

»War es nicht doch früher?« hakte Kilian nach, denn diese Uhrzeit paßte zu den anderen Angaben und damit exakt ins Kalkül des Staatsanwalts.

»Nein.«

»Sie haben also die ganze Zeit im Auto gesessen und gewartet.«

»Ja.«

»Warum sind Sie eigentlich mitgefahren?«

»Weil Jana mich darum gebeten hatte.«

»Welchen Grund hat sie genannt?«

Gerti erinnerte sich nicht mehr.

»War das denn nicht langweilig für Sie?«

»Ich habe Radio gehört.«

»Welchen Sender?«

»SWF 3, Pop-Shop.«
»Sind Sie ganz sicher?«
»Absolut. An dem Morgen wurde der Wunschtitel eines Bekannten von mir gespielt.«
»Ich nehme an, der Staatsanwalt weiß davon.«
»Er hat es notiert. Außerdem habe ich alles auf Band gesprochen.«
»Danke, Gerti, das genügt.«
Verwundert schaute sie ihn an. »Wie soll ich das verstehen?«
»Pop-Shop läuft seit Jahren sonntags zwischen acht und zehn.«
»Aber ich habe doch auf die Uhr ...«
Kilian schüttelte angesichts dieser Naivität den Kopf. »Sie studieren Betriebswirtschaft und kennen den Unterschied zwischen Winter- und Sommerzeit immer noch nicht. In der Nacht zu jenem Sonntag ist die Uhr um eine Stunde vorgestellt worden.«
Warum steht nicht in den Akten, daß Gerti Radio gehört hat? fragte sich Kilian auf dem Weg zu seinem Auto.

Das Echo auf Kilians Aktion folgte nach zwei Tagen. Janas Vater stand plötzlich vor der Tür. Er hatte seinen schweren Pkw unten am Bach stehenlassen müssen und war die vierhundert Meter zu Fuß heraufgekommen. Sein Gesicht war gerötet, er schnaufte, Schweiß stand ihm auf Stirn und Oberlippe.
»Ich will Sie sprechen.«
Kilian musterte den stattlichen Mann, der ihn unangenehm anstarrte, von Kopf bis Fuß.
»Stimmt was nicht, Herr Kilian?«
»Ich muß doch die Gelegenheit nutzen, Sie mir endlich einmal genau anzuschauen.«
»Soll ich hier draußen Wurzeln schlagen?«
»Ich habe im Augenblick keine Zeit.«
Lauterborn stand kurz vorm Explodieren. »Verdammt, ich bin den ganzen Weg ...«
»Ich kann mich nicht erinnern, Sie eingeladen zu haben.«
Allmählich begriff Lauterborn, daß er die Sache falsch angegangen war. Als er nun auf versöhnlich umschaltete, klangen seine Worte sehr gepreßt.

»Lassen Sie uns doch wie zwei vernünftige Männer reden, Herr Kilian.«
Der sah Lauterborn nur an. Lange hielt einer dem Blick des anderen stand, dann hüstelte Janas Vater und schaute auf die Uhr.
»Wann und wo und über was wir reden, bestimme ich. Mein Haus betreten Sie nicht. Guten Tag, Herr Lauterborn.«
Es mußte lange her sein, daß der Bauunternehmer so abgekanzelt worden war – es gelang ihm nicht, standesgemäß zu reagieren.
»Borniertes Arschloch«, hörte Kilian ihn fluchen, nachdem er die Tür zugemacht hatte. »Du dreimal verdammter Wichser. Dich kriege ich auch noch klein.«
Kilian setzte sich in einen Sessel und fand sich gar nicht gut. Oberflächlich betrachtet, verschafften ihm Auftritte wie der eben – auch die gemäßigteren bei Jana und Gerti – ein gewisses Maß an Befriedigung. Er war nun in der stärkeren Position. Eignete er sich dadurch aber nicht ähnliche Verhaltensweisen an wie seine Gegner? Entsprach er damit nicht genau ihren Erwartungen? Und war dieses kindische Getue nicht unwürdig? Als Pädagoge hatte er immer versucht, den Heranwachsenden klarzumachen, daß man Aggression nicht mit Aggression begegnen sollte. Warum hielt er sich nicht an seine eigenen Regeln?
»Verdammt, ich bin kein Schüler«, knurrte Kilian, wütend auf sich selbst. »Ich lasse mir nicht mehr diktieren, wann ich mit wem zu sprechen habe. Der soll gefälligst anfragen, ob es mir genehm ist.«
Er wurde nachdenklich, stand auf, suchte nach einem Buch, schlug eine bestimmte Seite auf und las nur einen Satz.
»Verhalte dich bei deinen Freunden so, daß sie dich jederzeit einschätzen können, dadurch gewinnst du an Verläßlichkeit. Falls du Feinde hast, beachte sie nicht und geh ihnen aus dem Weg. Ist dies nicht möglich, kannst du sie am ehesten verblüffen, indem du ihnen wie deinen Freunden begegnest.«

Die Erinnerung an Houston – den Höhepunkt seines bisherigen Lebens – versetzte ihn in eine träumerische Stimmung. Wie

waren sie in Amerika alle freundlich gewesen, wie kameradschaftlich hatte Fred Sherman ihm auf die Schulter geklopft!
Und heute die Sitzung in Köln beim Sender! Deutlich spürte Caruso seinen gestiegenen Marktwert; ganz gezielt fragte man ihn, was er denn von dem neuen Spielkonzept halte: Bei jeder falschen Antwort bekomme der Partner fünf Kilogramm Gewicht in den Rucksack gepackt, bei jeder richtigen dürfe die Partnerin ein Kleidungsstück ablegen. Die Leichtesten und am weitesten Entblätterten seien am Ende die Sieger.
»Gut, wirklich gut und sofort zu verstehen. Die Zuschauer werden sich animiert fühlen, weil sie zu jedem Zeitpunkt eingreifen und mitmachen können. Ihnen wird suggeriert, sie hätten eine große Gewinnchance. Frage ist allein, wie man die Kosten der Sendung drücken kann, wenn jede Woche zwei Autos zur Preisverleihung anstehen.«
»Den Kleinwagen bekommen wir über unseren Sponsor für vierzig Prozent. Das fällt kaum ins Gewicht.«
Caruso lächelte. »Monique, wer will denn schon den Kleinwagen? Das Cabrio macht die Musik. Oder im Winter der komfortable Four-Wheel-Drive. Was kosten die uns?«
Monique sah Erik an, und der blickte zu Thomas Büdinghaus, dem Programmgestalter von »Spiel-Trieb«, wie man die neue Sendung getauft hatte. Trieb, das habe etwas Verruchtes, etwas Verwerfliches, bewege sich in der Grauzone der Phantasie, das mache die Leute an.
»Für uns sechzigtausend plus Mehrwertsteuer. Immerhin dreißig Prozent unter dem unverbindlichen Richtpreis.«
»Unverbindlicher Richtpreis.« Caruso winkte ab. »Also kommen wir Woche für Woche auf insgesamt hunderttausend, wenn wir auch die anderen Preise wie Gutscheine, Flugtickets, Bahnfahrkarten einbeziehen.«
Monique gab sich betrübt. »Genau das macht uns zu schaffen, Benno. Inklusive aller Aufwendungen zahlen wir für sechzig Minuten Spielshow etwa sechshunderttausend. Das sind hundert mehr als von Houston vorgegeben.«
Um das Limit nicht zu überschreiten, war man schnell bereit, die

Künstler und Interpreten nach dem gleichen Modus einzuladen wie bei »Traummusik«. Erik würde die Zuschauerwünsche beachten und die entsprechenden Zahlen schon hinbekommen.
Da man in dieser Runde keine wirkliche Lösung der Kostenfrage fand, sprach Caruso die Programmchefin später unter vier Augen noch einmal auf das Problem an. »Monique, ich frage mich, wieso Ihnen nicht auch schon die Idee gekommen ist.«
»Welche Idee?«
»Wir verlosen die Autos und verlosen sie wiederum nicht.«
Monique versuchte herauszufinden, was Caruso meinte. »Wie soll ich das verstehen? Wir geben die Gewinner doch immer öffentlich bekannt.«
»Für zweitausend Mark Honorar besorge ich Ihnen jede Woche zwanzig Kandidaten, die die Autos gewonnen haben, sie aber nicht haben wollen – deshalb scheinbar an uns verkaufen und, das ist das wichtigste, bei all dem die Schnauze halten können.«
»Sie meinen ...« Monique überlegte.
»Genau. Alle zehn Wochen verlosen wir wirklich ein Auto, zwischendurch tun wir nur so und sparen jedesmal knapp neunzigtausend.«

Die Dinge liefen hervorragend für Caruso. Seine Tante Mechthild hatte ihren großen Auftritt mit dem alternden Guiseppe. Herzerweichend und gut einstudiert war die Geschichte mit dem zugefrorenen See. Das dünne Eis war gebrochen, und der Sänger hatte sie in letzter Sekunde aus der lebensbedrohlichen Situation gerettet. Guiseppe, der sich trotz seiner allseits bekannten Vergeßlichkeit ungemein gut an die mehr als vierzig Jahre zurückliegende Begebenheit erinnern konnte – er wußte sogar noch, daß die junge Frau einen kessen Hut mit Krempe, Schnürschuhe, schwarze Wollstrümpfe und Wildlederhandschuhe getragen hatte –, widmete sein neues Lied »Küsse wie Feuer« Mechthild Bongartz, Carusos Tante.
Und nun diese ernüchternde Nachricht auf seinem Anrufbeantworter.

»Benno, hier Jana. Bitte ruf sofort zurück, Kilian weiß alles.«
Jana war völlig aufgelöst. Sie erwähnte Carusos Foto aus Kilians Schlafzimmer, erzählte von Kilians Drohung, kompromißlos gegen sie vorzugehen, falls sie ihm nicht half, ihn, Benno, der Polizei auszuliefern. Jana dramatisierte etwas, und Caruso gewann den Eindruck, daß die Lage brenzlig war. Aber er war inzwischen zwei Meter gewachsen. Diesem Kilian würde er es schon zeigen. Was einmal funktioniert hatte, funktionierte gegebenenfalls auch ein zweites Mal.
»Du bist in Echternach?«
»Ja.«
»Gut, ich komme vorbei, und wir reden in Ruhe.«

Sie hielten sich nicht lange mit Konversation auf.
»Um keine Bedenken aufkommen zu lassen, Herr Zöblin – Sie wissen ja, die Konkurrenz wetzt immer das Messer –, müssen wir Ihr Vorgehen genau festlegen.«
»Leuchtet mir ein.« Zöblin sah heute etwas besser aus. »Was habe ich zu tun?«
»Es muß offiziell überprüfbar sein, daß wir, ich meine WTC, zuerst davon erfahren haben. Also werden Sie mich am kommenden Freitag um vierzehn Uhr anrufen. Ich bin im Sender. Bestehen Sie darauf, daß man Sie sofort zu Herrn Rollinger durchstellt. Damit das nicht vermasselt wird, werde ich im Hause das Nötige veranlassen.«
»Gut, kein Problem.«
»Jetzt zum Text. Ich habe einige Zeilen vorformuliert. Wenn Sie anrufen und ich den Eindruck gewinne, hier geht es um Leben und Tod, dann schalte ich automatisch ein Tonbandgerät ein. Bei Ihnen werde ich den Eindruck sehr schnell gewinnen, so daß lediglich die ersten Worte verlorengehen.«
»Warum dieser Aufstand?«
»Ich muß mich juristisch absichern. Und Sie sich und Ihre Familie.«
»Und was ist, wenn jemand unsere Verträge findet?«
»Wir haben doch gemeinsam dem Notar die Anweisung gegeben,

daß er sie nur uns persönlich aushändigen darf. Wir müssen beide zugegen sein. Ist diese Klausel nicht hieb- und stichfest?«
»Kann man wohl sagen.« Zöblin vertiefte sich in den Text, der auf dem Zettel stand.
»Es gibt nur wenige Möglichkeiten, auf mein Schicksal aufmerksam zu machen«, murmelte er vor sich hin.
»Bei Schicksal werde ich das Tonbandgerät einschalten«, bemerkte Caruso.
»Und es gibt nur wenige Möglichkeiten, mein Schicksal mit dem von Deutschland zu verbinden. Ich, Horst Zöblin, ehemaliger Pilot der DDR, werde gleich in meine Maschine steigen und zu einem historischen Flug starten. Alle Welt wird davon erfahren. Wenn Ihr Sender an diesem Ereignis teilhaben möchte, muß in genau einer halben Stunde ein Kamerateam am Flugplatz Heidelberg sein. Ich warte keine Sekunde. Es geht mir nicht um Geld, sondern um etwas, das nicht bezahlbar ist.« Zöblin schaute auf.
»Klingt gut. Vielleicht ein bißchen zu schwülstig, aber es klingt gut.«
»Werden Sie sich an diesen Text halten?«
»Selbstverständlich.«
»Es wird nun kein Treffen mehr zwischen uns geben, Herr Zöblin.«
»Und das Geld? Fünfhunderttausend vorher und der Rest danach?«
»Liegt in Luxemburg auf einer Bank.«
»Und wie kann ich sicher sein, daß Sie mich nicht übers Ohr hauen?«
»Rufen Sie diese Nummer an.« Caruso schob einen zweiten Zettel über den Tisch. »Fragen Sie den Stand Ihres Kontos ab. Dazu müssen Sie das Codewort ›Christine‹ und die Nummer Ihres Kontos nennen. Worauf warten Sie noch?«
Zöblin ging hinaus, und Caruso schmunzelte, denn als Codewort hatte er den Vornamen der WTC-Chefin in Houston gewählt.
Nach wenigen Minuten kam Zöblin zurück. »Gute Arbeit, Herr Rollinger. Alles perfekt. Hätte ich nicht besser arrangieren können.«

»Freuen Sie sich nicht zu früh. Das Geld ist gesperrt bis zu dem Zeitpunkt, da unser Notar vereinbarungsgemäß die Freigabe erteilt. Und die erteilt er nur, wenn genau das eingetreten ist, was wir in den Verträgen festgehalten haben.«

Wenn doch alles andere auch so reibungslos funktionierte, überlegte Caruso, während er über die Autobahn an Kaiserslautern vorbei in Richtung Landstuhl und von dort nach Echternach brauste. Es geht immer nur dann was schief, wenn ich auf andere angewiesen bin, auf Leute, die keine Nerven haben oder nicht logisch denken können. Warum nur hat Jana diesem Kilian verraten, daß ich für WTC arbeite?

Jana, die in den vergangenen zwei Tagen mit niemandem über ihre Sorgen hatte reden können, erwartete ihn bereits. Caruso mußte sie erst einmal beruhigen. Was denn dieser Kilian in der Hand habe? Ein Foto. Na und? Das könne ihm jeder x-beliebige zugesteckt haben. Auf so einem schmalen Grat würde die Polizei niemals ermitteln.

»Deinen Namen hat er ja nicht im Fernsehen genannt«, beschwerte sie sich. »Du mußt nicht mit den Nachbarn auskommen. Und dann meine Freundinnen, die reihum angerufen haben. Gerti wollte wissen, ob das alles stimme, was Kilian gesagt hat.«

»Gerti? Etwa die Gerti, die für dich ausgesagt hat?«

»Genau.«

Caruso bemühte sich, Jana etwas aufzubauen. »Mir wird schon etwas einfallen. Noch hat die Staatsanwaltschaft in Trier nichts unternommen. Das wird sie auch nicht, wenn die Beweise weiterhin so dürftig bleiben.«

»Woher weißt du das mit der Staatsanwaltschaft?«

Caruso wiegelte ab. »Habe so meine Beziehungen.«

»Und wenn mein Mann etwas davon erfährt?«

»Inwieweit ist er eingeweiht?«

»Er kennt nur die offizielle Version. Gott sei Dank geht er nicht in den Ort einkaufen.«

»Wo ist er denn im Augenblick?«

»Bei einem Kunden. Benno, ich habe solche Angst.«

Caruso bemühte sich, Jana zu beschwichtigen. Da ihm das nicht gelang, lenkte er ab und kam auf das Baby zu sprechen.

Am Abend hatte Caruso noch ein Treffen in Trier. Zwar nicht ganz zufrieden, aber zumindest beruhigt, fuhr er zurück nach Köln.

Chambier bat ihn zum Gespräch in sein Büro.
»Jeder Journalist hat so seine Tricks. Wie sehen deine aus?«
Kilian zuckte mit den Schultern und gestand, er habe keine. Ob es denn nicht besser sei, sachlich und objektiv zu berichten? Ob man dann nicht auf alle Schlenker verzichten könne?
Chambier sah ihn über die Brille hinweg an. »Es geht eigentlich nur mit kleinen Tricks, mein Lieber. So ist das nun mal. Stell dir vor, du sollst über unseren Europaabgeordneten schreiben.«
»Dann komme ich zu dir.«
»Danke für die Blumen. Ich bin aber nicht da.«
Kilian meinte, er würde ins Archiv gehen und vielleicht auch noch den Abgeordneten persönlich anrufen.
»Das ist gut. Aber wie machst du das? Welchen Grund hast du? Womit kannst du ihn kitzeln?«
»Mir wird schon was einfallen.«
Chambier ließ nicht locker. »Du willst seine Meinung zu den niedrigeren Benzinpreisen in Luxemburg hören. Weist ihn darauf hin, daß dadurch alle Tankstellenbesitzer im deutschen Grenzraum benachteiligt sind.«
»Ich frage ihn einfach danach.«
»Falsch.«
Kilian stutzte. »Wieso?«
»Weil du ihm damit Gelegenheit gibst, in die alte Masche zu verfallen, die fast alle seine Kollegen draufhaben: Er setzt zu einem Monolog an und schüttet dich mit Worten zu.«
»Aha. Und welchen Trick hast du für einen solchen Fall parat?«
»Bleiben wir bei den Benzinpreisen. Du rufst einen Kontrahenten an, einen aus der Opposition, und fragst, ob der Europaabgeordnete Dingsbums immer noch für unterschiedliche Preise hüben

und drüben sei. Das sei doch eine himmelschreiende Ungerechtigkeit. Dein Gesprächspartner wird vom Leder ziehen, weil er Dingsbums nicht ausstehen kann und bestrebt ist, ihm verbal eine reinzuwürgen. Und mit dem, was du gerade gehört hast, machst du dich auf die Socken zu deinem Interviewpartner. Schon bist du am Drücker.«

Als Kilian skeptisch dreinblickte, hob Chambier den Hörer ab und wählte eine Nummer. »Tag, Herr Heuer. Hier Mannebach von der Landeszeitung. Es geht um den Igeler Aufstieg, den Zubringer zur Autobahn nach Luxemburg. Staatssekretär Wimmer soll gesagt haben, er werde nun doch gebaut, gleichgültig, wie die Anlieger und Bürger dazu stünden. Was halten Sie denn davon?«

Über den Lautsprecher des Telefons konnte Kilian verfolgen, wie Heuer den Staatssekretär und dessen politische Dummheit attackierte. Ohne Sachverstand, geblendet von der Aussicht, den Raum Trier industriell zu erschließen – was ja überhaupt nicht gesichert sei –, votiere er nur deswegen dafür, weil er sich Vorteile verspreche. Immerhin schiele er auf den Posten des Wirtschaftsministers im neuen Kabinett, und dazu benötige er eine starke Lobby, auch die der Unternehmer. Was zählten schon die wenigen Gegenstimmen aus dem Trierer Raum, wenn er ein Vielfaches aus Koblenz, Mainz und Kaiserslautern bekommen könne?

»Darf ich das so bringen?« erkundigte sich Chambier.

»Selbstverständlich.«

Chambier legte auf. »›Staatssekretär schielt auf Stimmen‹ könnte morgen eine Überschrift lauten.«

Kilian grinste. »Das erinnert mich irgendwie an meine Kindergartenzeit, an Sandkastenspiele. Wenn du meine Burg kaputtmachst, dann mache ich deine kaputt.«

»Auf alle Fälle müßte unser Staatssekretär, gäbe es den Artikel, angemessen reagieren. Und dann käme Heuer wieder zu uns gelaufen mit der Bitte, wir sollten doch auch seine Gegenrede zur Gegenrede veröffentlichen. Schon hast du deine Konfrontation, eine der Urquellen des Journalismus, unseren Motor schlechthin.«

»Du bist ein ganz Schlimmer. Da dir die Zufriedenheit ja förmlich

aus dem Gesicht springt, nehme ich an, deine Taktik geht immer auf.«
Chambier gab Kilian einige Blätter. »Meine Trickkiste, nur für dich bestimmt. Sechzig Namen und persönliche Angaben für fast zwanzig unterschiedliche Themen. Vom Autobahnzubringer über artgerechte Kleintierhaltung, ökologischen Weinbau und Wiesen auf Flachdächern bis hin zum Verbot von Sportbooten auf der Mosel. Links stehen die Befürworter, rechts die Gegner.«

Auf das Wochenende hatte er sich gefreut. Gitte war mit einer Freundin verabredet und würde über Nacht in Hamburg bleiben, weil sie sich ein Musical anschauen wollte. Also die Kinder ins Auto gepackt und nichts wie hin zum Phantasialand – um ein Versprechen endlich einzulösen. Nicole und Tim waren ausgelassen, neckten einander und, als das keinen Spaß mehr machte, auch ihren Vater. Sie löcherten ihn mit Fragen, was denn dies und was denn das zu bedeuten habe, warum Wasser naß sei und nicht brenne, warum der Mond keine Sonne und die Sonne so weit weg und trotzdem so warm ... Da piepte das Autotelefon.
»Wo bist du jetzt?« hörte er Chambier fragen; er klang aufgeregt.
»Auf der Autobahn zwischen Kaisersesch und Kaifenheim.«
»Nimm die Ausfahrt Mayen, fahr runter in Richtung Stadt, bieg nach wenigen Kilometern links ab, Berresheim heißt der Ort. An der Kirche wieder links, nach ein paar hundert Metern kommst du zu einem Bauernhof, gehört einem Chefarzt aus Köln. Dort triffst du dich mit Maren Wittkowski.«
»Ich habe meine Kinder im Auto und bin unterwegs nach ...«
»Bumerang, große Sache, so eine Art Ritualmord. Muß schrecklich sein. Du bist der erste dort und kannst deine Geschichte über eine Agentur bundesweit verkaufen.«
»Chambier, verstehst du nicht? Meine ...«
»Maren wird dir gefallen.« Chambier unterbrach die Verbindung. Kilian nagte auf der Unterlippe, Tim sah das im Rückspiegel.
»Sind wir dir im Weg?«
»Nein. Aber ich habe gerade einen Hinweis erhalten; es ist dringend.« Er erzählte seinen Kindern, um was es ging.

Tim schaute Nicole an, sie zwinkerte ihm zu.
»Ist schon gut, Dad. Nach Phantasialand können wir noch ein anderes Mal. Und wir versprechen dir, daß wir auch schön brav sein werden.«
Zwanzig Minuten später rollte Kilian auf einen großen Bauernhof zu, zweigeschossig, in Sandstein gefaßte Sprossenfenster, ein mächtiges Schieferdach und eine Scheune zur Linken. Die Polizei hatte das Gehöft abgeriegelt und wollte ihn nicht durchlassen. Auch sein Presseausweis nützte nichts, zuerst müßten die Spuren gesichert werden, lautete die Antwort. Aber noch bevor er fluchen konnte, trat eine junge Frau auf den Beamten zu und sprach einige Worte mit ihm. Anschließend durfte Kilian passieren.
»Maren Wittkowski«, stellte sich die etwa Dreißigjährige vor. Kilian sah kurze dunkle Haare, graue Augen und einen rot angemalten Mund. Daß sie insgesamt eine mehr als angenehme Erscheinung bot, registrierte er eher nebenbei.
»Jean-Pierre hat mich angerufen.«
Kilian stutzte, aber der Name Chambier galt eben nur in Trier.
»Kilian, Berthold Kilian.«
»Ich weiß. Ihre Kinder können sich dort in den Polizeibus setzen. Man wird sich um sie kümmern, ich habe das geklärt.«
»Sie kennen Chambier … Jean-Pierre?«
»Ja. Ein kluger Mann. Verschroben und hypersensibel.«
Während Kilian noch darüber nachdachte, gingen sie auf das Gebäude zu und wurden von einem Beamten eingelassen.
»Wieso ist noch keine Presse da?«
»Die Polizei wird die Tat erst in einer Stunde offiziell bekanntgegeben.«
»Was ist geschehen?«
Maren blieb stehen. »Mir hat sich der Magen umgedreht, ich mußte mich übergeben. Blut, Blut, Blut. Es ist schrecklich. Haben Sie starke Nerven?«
»Glaube schon.«
Der Boden im Erdgeschoß war mit Terracottafliesen ausgelegt, an den Rauhputzwänden waren bäuerliche Requisiten drapiert. Hier

eine Sense, dort ein Strohmesser oder eine Reuse, in der Ecke ein Butterfaß.
Über eine Treppe aus massiven Eichenbohlen gelangten sie ins Obergeschoß, Maren blieb vor einem Polizisten stehen.
»Dann schauen Sie sich diese ekelhafte Geschichte einmal an. Kurt Wank heißt der ermittelnde Beamte aus Koblenz, ein Experte, den man hinzugezogen hat. Er weiß, daß Sie kommen. Sonst läßt die Polizei niemanden von der Presse durch.«
»Hat Chambier ... Jean-Pierre dafür gesorgt?«
»Er hat mich darum gebeten.«
Kilian betrat einen Vorraum und von dort das Schlafzimmer. Zwei Männer unterhielten sich leise, der größere war Wank. Er winkte Kilian zu sich.
»Bitte nicht auf die markierten Stellen treten.« Wank wies auf mit Klebestreifen gesicherte Flecken am Boden. »Und nichts anfassen. – Das ist Dr. Simon«, fügte er hinzu und deutete auf den schlanken Mediziner.
Vorsichtig trat Kilian näher – und würgte. Das Doppelbett war von Blut durchtränkt, zwei Körper konnte er ausmachen, allerdings waren sie nicht komplett. Die abgetrennten Köpfe lagen jeweils zwischen den Beinen des Partners. Hände und Füße waren ebenfalls abgetrennt worden. Auf der Brust des Toten hatte der Täter Zeichen eingeritzt, die wie ein verschnörkeltes Kreuz aussahen, die Brüste der Frau waren am Ansatz mit kreisrunden Schnitten bearbeitet worden. Oberhalb an der Wand entdeckte Kilian ein mit Blut aufgemaltes Symbol, das dem Zeichen auf der Brust des Mannes ähnelte. Kilian wandte sich ab, trat an das geöffnete Fenster und atmete tief durch. In einiger Entfernung sah er seine Kinder Nachlauf spielen. Was für ein Gegensatz. Dort das junge Leben mit Zukunft, und hinter ihm der Tod, herbeigeführt von einem Wahnsinnigen. Das mußte ein Wahnsinniger gewesen sein.
Wank stellte sich neben ihn. »Geht an die Nieren, nicht? Erst gefesselt, dann malträtiert, gepeinigt und gemartert, schließlich Hände und Füße abgetrennt, zum Schluß den Kopf. Es muß die Hölle gewesen sein. Dr. Simon meint, beim Abtrennen der Füße

haben sie noch gelebt, weil sich die Fingernägel in die Handballen gegraben haben. Der Mann hat sich die Zungenspitze abgebissen.«

Kilian warf einen Blick über die Schulter. Das Blut war längst getrocknet und hatte einen schwärzlichen Ton angenommen.

»Wer tut so etwas?«

»Ein Mensch ohne jegliche Norm, ohne jegliches Gefühl und ohne jeglichen Respekt. Ein Kranker.«

»Man wird ihn zum Opfer der Verhältnisse machen und auch noch Verständnis für ihn aufbringen.«

Wank wirkte nachdenklich. »Sie haben recht. Je schrecklicher eine Tat, je unverständlicher, desto mehr Entschuldigungen haben wir. Ein sauberer Mord kann nur berechnend und in voller Absicht, also bei klarem Verstand, begangen worden sein, das Gesetz ist unerbittlich. Der Täter hier«, der Oberkommissar deutete zum Doppelbett, »wird dank diverser Psychologen und Psychiater in eine Anstalt eingewiesen werden. Falls wir ihn überhaupt jemals erwischen.«

Wank ging zurück zu dem Arzt, und Kilian hörte, wie sie sich unterhielten. Der Tod müsse etwa drei Stunden nach Mitternacht eingetreten sein, das Marterinstrument war ein Skalpell des Arztes; Mediziner trügen so etwas meist in ihrem Arztkoffer bei sich. Außer einem blutigen Fußabdruck auf dem Boden, Schuhgröße dreiundvierzig, Kilian sah die umklebte Stelle, gebe es keine verwertbaren Indizien. Die Spurensicherung habe zumindest noch nichts festgestellt, Haut, Haar und Faserreste aus Kleidung und Bettzeug würden untersucht. Als Täter komme eine Einzelperson in Frage, vielleicht auch zwei, mehr wohl nicht. Eher, so vermutete Wank, sei es einer allein gewesen, denn Täter dieser Art wollten keine Zeugen.

Später saßen Oberkommissar Wank, Maren und Kilian in einem Bereitschaftsbus; Kaffee stand vor ihnen.

»Gemeldet wurde uns die Tat heute morgen gegen acht Uhr. Ein Bäcker, der samstags die Brötchen liefert, fand die Haustür offen. Dr. Höllein, der Eigentümer dieses Anwesens, ist Chirurg und Chefarzt eines Kölner Krankenhauses. Der Bäcker informierte die

örtliche Polizei und die umgehend uns. Diskret sind wir ...«, Wank sah auf die Uhr, »... vor gut drei Stunden hier aufgetaucht. Bei solchen Verbrechen sind wir immer diskret; wir wollen Aufsehen und Effekthascherei vermeiden. Als Sie kamen, Herr Kilian, war die Spurensicherung bereits abgeschlossen. Nun ist das Labor gefragt.«
»Man wird Ihnen vorwerfen, die Presse behindert zu haben, Herr Wank.«
»Habe ich Sie behindert?«
»Nein.«
»Was kann ich dafür, daß sonst noch niemand hier ist?« Damit war die Angelegenheit für Wank erledigt. Kilian verstand den Beamten, der wohl kaum seine Arbeit hätte verrichten können, wenn die Medien zu früh von diesem Vorfall erfahren hätten.
»Welchem Personenkreis ordnen Sie den Täter zu?« wollte Maren Wittkowski wissen.
Wank sah die Medienbeauftragte lange an. »Ohne die Hand dafür ins Feuer legen zu wollen: Es war einer allein, männlich, Alter etwa zwanzig bis fünfunddreißig. Dr. Simon und ich tippen beide auf einen Einzeltäter. Außerdem gelangte er über die Fassade ins Haus, was eine gewisse Sportlichkeit voraussetzt.«
»Haben die Eheleute nichts bemerkt?«
»Sie sind im Schlaf überrascht worden. Spuren deuten darauf hin, daß die Frau den Mann fesseln mußte – wir vermuten dies wegen der unterschiedlichen Knoten – und dann der Täter die Frau gefesselt hat.«
Kilian machte sich Notizen. Maren schrieb ebenfalls mit, allerdings in zwei Spalten. Auf die linke Seite kamen die Angaben des Polizisten, auf die andere ihre eigenen Bemerkungen.
»Das bedeutet«, Maren schaute Wank an, »der Täter muß eine Waffe gehabt haben, um das Ehepaar in Schach zu halten.«
»Ja. Eine Pistole möglicherweise.«
»Warum hat er sie nicht benutzt?«
»An einem schnellen Tod der Opfer war ihm nicht gelegen.«
»Und welche Rolle spielt das Skalpell?«
Wank überlegte.

»Der Täter – er trug Handschuhe – hat die Wohnung durchsucht, aber nichts an sich genommen. Er fand die Arzttasche des Chirurgen und entdeckte das Instrument. Dr. Simon meint, in diesem Augenblick sei ihm, dem Täter, klargeworden, daß er seine Opfer mit dem Skalpell töten mußte.«
»Einfach so?« hakte Kilian nach.
»Vielleicht ist er mal von einem Arzt schlecht behandelt worden? Oder er hat sich in die irre Vision verstiegen, Dr. Höllein verdiene sein Geld mit Blut und durch Schmerz, weshalb er auf die gleiche Art sterben müsse.«
»Demnach müßte der Täter seine Opfer gekannt haben.«
»Möglich. Vielleicht hat er sogar hier gearbeitet? Bei der Renovierung des Hofes geholfen?«
»Haben Sie das Skalpell gefunden?«
»Nein.«
»Kann man damit auch einen Kopf abtrennen?«
»Nur äußerst mühsam, meint Dr. Simon.«

Mittlerweile war die Presse eingetroffen, ein Kamerateam stand ebenfalls bereit, aber die Polizei ließ niemanden durch. Wank trat vor die Journalisten, gab jedoch außer einigen unwesentlichen Details und allgemeinen Informationen nichts preis. Besonders das Kamerateam war enttäuscht, weil der eigentliche Tatort versperrt blieb.
Kilian verfaßte im Bereitschaftsbus der Polizei seinen Bericht, unterließ jede Form der Spekulation und gab nüchtern wieder, was er gehört und gesehen hatte. Er durfte das Telefax-Gerät benutzen.
Chambier saß in der Redaktion, tippte alles in den Computer und schickte den Text unter Kilians Namen an die Presseagenturen. Eine halbe Stunde später war die Nachricht in ganz Deutschland verbreitet. Maren Wittkowski hatte sich angeboten, in der Zwischenzeit mit den Kindern spazierenzugehen. Als Kilian sich aufmachte, sie zu suchen, fing das Kamerateam ihn ab und bat um ein Interview. Kilian weigerte sich; auch zweitausend Mark konnten ihn nicht erweichen.

Eine halbe Stunde später saß er mit Nicole, Tim und Maren in einem Café. Während die Kinder sich über Erdbeerkuchen mit Sahne hermachten, wollte Kilian wissen, in welcher Funktion Maren auf dem Bauernhof gewesen sei.
»Als Polizeipsychologin etwa?«
Sie lächelte, Grübchen bildeten sich auf ihren Wangen.
»Nein. Ich bin Medienbeauftragte des Landes.«
Auf Kilians fragenden Blick hin erklärte sie, bei solch krankhaften Verbrechen, deren Zahl in den vergangenen Jahren leider sehr angestiegen sei, werde sie stets hinzugezogen.
»Ich möchte herausfinden, ob es einen Kausalzusammenhang zwischen gewissen Straftaten, dem Vorgehen von Tätern allgemein und dem Einfluß der Medien gibt. Kurz gesagt: Führt ein brutaler, auf dem Index stehender Spielfilm, den manche private Stationen unbeschadet ausstrahlen dürfen – im vergangenen Jahr waren über hundert zu sehen – zu Nachahmungen und zu einer erhöhten Straffälligkeit?«
»Interessante Fragestellung und ... interessantes Arbeitsfeld«, bemerkte Kilian.
»Es ist ein scheußliches Arbeitsfeld«, korrigierte Maren. »Wenn ich nicht vom Sinn meiner Tätigkeit und von der Notwendigkeit, Kinder und Jugendliche zu schützen, überzeugt wäre, ich würde sofort aufhören.«
»Falls Wank richtigliegt, wurde die Tat von einem Erwachsenen begangen.«
»Ja.« Maren schaute zu den Kindern. »Aber in ihrem Alter werden bereits gewisse Mechanismen aktiviert, die sich später verheerend auswirken können. Wie alt ist Ihr Sohn?«
»Wird im Februar elf.«
Maren zögerte. »Ein zehnjähriger Mörder hat angegeben, er sei durch die Serie ›Power Soldiers‹ zu seiner grauenhaften Tat animiert worden.«
Kilian rührte in seinem Kaffee. Nach einer Weile fragte er: »Gibt es denn einen Zusammenhang zwischen Straftaten und Medien?«
»Es ist erschutternd«, sagte sie und sah ihn resigniert an. »Ich bin

weiß Gott kein Moralapostel. Aber was ich in den zurückliegenden vier Jahren alles gesehen und herausgefunden habe, läßt mich an unserer Kultur zweifeln.«

Sie führte einige Beispiele auf. Eine deutsche Boulevardzeitung hatte in allen Einzelheiten über ein Verbrechen berichtet. Die Folge war, daß sich in den Tagen danach fünf Leute berufen fühlten, ihrem kriminellen Vorbild mehr oder weniger erfolgreich nachzueifern. In Baden-Württemberg und Bayern war das Phänomen nicht aufgetreten, dafür aber in Nordrhein-Westfalen um so eindeutiger.

»Wegen eines Druckerstreiks konnte nur ein Teil der Republik mit der Zeitungsausgabe beliefert werden. Und exakt dort waren die Täter zu finden.«

Im Regionalprogramm des Westdeutschen Rundfunks war ausführlich über einen Trickbetrüger berichtet und dessen Masche bis ins kleinste beschrieben worden.

»Nur in diesem Bundesland kam es zu einem Nachahmungseffekt«, riet Kilian.

»Nicht ganz«, widersprach Maren. »Auch in Rheinland-Pfalz, Niedersachsen und Hessen. Aber wissen Sie, was das frappierende war? Alle Täter stammten aus dem Sendegebiet des WDR und gaben an, die Methode aus dem Fernsehen zu kennen.«

Kilian dachte an seine Gespräche mit Chambier, an die sogenannte Masse, die mit immer mehr Nachrichten gefüttert werden müsse.

»Wie wollen Sie solche Auswüchse unterbinden?«

Maren wußte es nicht. Zwar hätten Eltern in den vergangenen Jahren ein deutlich kritischeres Verhältnis zu den Fernsehgewohnheiten ihrer Sprößlinge entwickelt, sich jedoch selbst nicht vom Bildschirm ferngehalten. Im Gegenteil. Und die Kids könnten nicht verstehen, weshalb sie verzichten sollten, wenn die Eltern ihnen etwas anderes vorlebten. Sie hätten zunehmend Schwierigkeiten, die Grenze zwischen Recht und Unrecht zu sehen, Fiktion und Wirklichkeit auseinanderzuhalten; viele versuchten, im TV Gesehenes im Alltag nachzuspielen.

»Heute haben wir es oft mit Tätern zu tun, die, vom Fernsehen geprägt, der Überzeugung sind, man erwische sie nie«, erklärte

Maren. »Sie finden sich gut, sind ja auch in gewissem Maße clever – und werden doch geschnappt. Irgendwann verraten sich die meisten; auf der Jagd rücken sie gegenüber vermeintlichen Freunden mit der Wahrheit heraus.«
»Abgesehen von diesen coolen Typen: Welche Arten von Tätern gibt es noch?«
»Neben den Nachahmungstätern gibt es natürlich jede Menge Unberechenbare. Unser heutiger Fall beispielsweise. Unberechenbar sind diejenigen, die bei der Farbe Rot ausflippen, bei Vollmond, nur am 17. April oder nachdem sie Pizza gegessen haben. Ob diese Leute von den vielzitierten Verhältnissen so weit getrieben werden oder sich das nur einreden, ist schwer zu sagen.«
»Wieso durfte ich heute früher erscheinen als die anderen Journalisten?«
»Jean-Pierre versicherte mir, Sie hätten Sensationsschreibe nicht nötig. Er hat noch etwas von gebranntem Kind gesagt oder so ähnlich.«

Kilian hatte sich angewöhnt, abends regelmäßig WTC einzuschalten, seit er wußte, daß Caruso für diesen Sender tätig war. Wenn er nun gedacht hatte, von dem schrecklichen Ritualmord könne es keine Aufnahmen geben, sah er sich getäuscht. Deutlich und ausgiebig war das blutdurchtränkte Bett mit den menschlichen Überbleibseln im Bild. Eine aufpeitschende Frauenstimme kommentierte den Vorfall auf provozierende Weise; sie ging sogar so weit anzudeuten, daß indirekt die Polizei schuld habe. »Wo sind denn unsere Ordnungshüter, wenn man sie mal braucht?«
Um zu dokumentieren, wie massiv die Presse behindert worden sei, erklärte man die eigene Vorgehensweise, verschwieg jedoch deren Unrechtmäßigkeit. Der Kameramann war auf eine Leiter gestiegen und hatte ausgiebig durch das Fenster filmen können. Es hatte ihn niemand daran gehindert, weil zufällig zur gleichen Zeit ein Kollege vor dem Bauernhof einen Aufstand verursachte, wutentbrannt Polizei und Ermittlungsbehörden verwünschte, die Anwesenden unflätig beschimpfte und die Pressefreiheit gefährdet sah. Das Ganze so laut, daß auch die Beamten im Obergeschoß

sich zumindest auf die andere Seite begaben, um zu verfolgen, wie man den Tobenden schließlich mit Polizeigriff wegführte.
Wo, so fragte sich Kilian, endet für einige miese Vertreter meiner Zunft die Pressefreiheit?

Heutiger Knüller in »Schicksale des Lebens« war ein Geisterfahrer, der einen neuen Rekord aufgestellt hatte: einhundertzwölf Kilometer auf der falschen Fahrbahn. Unumwunden gab er zu, vorsätzlich gehandelt zu haben. Er habe den Rekord unbedingt gewollt. Nein, ein erhöhtes Risiko sah er nicht; andere gefährdet zu haben, leugnete er strikt. Dazu sei er ein viel zu guter Fahrer. Sei eigentlich ganz leicht, so eine Geisterfahrt, plauderte er drauflos. »Du steigst ins Auto, fährst in die falsche Richtung und blendest immer auf, wenn jemand kommt. Die meisten sind so perplex, daß sie panikartig bremsen und Platz machen. Es ist ein berauschendes Gefühl, von den anderen so respektvoll behandelt zu werden.«
Moderatorin Else Naumann hatte ihm dieses Statement geschickt entlockt – um ihn dann, der Stimmung der unruhig grummelnden Studiozuschauer folgend, zu attackieren. So etwas sei absolut unverantwortlich, er gefährde Menschen, mache Kinder zu Waisen, spiele sich als Herrscher über Leben und Tod auf.
Der Gast ließ die Vorwürfe an sich abperlen und konterte: »Wissen Sie, meine Liebe, wenn ich mir was in den Kopf gesetzt habe, dann mache ich das auch. Niemand hält mich davon ab. Und Sie«, sein Finger zuckte in Elses Richtung, »schon gar nicht. Wir leben in einem freien Land.«
Else tat brüskiert. »Begreifen Sie denn nicht was Sie da tun?«
»Doch, voll und ganz. Ich wollte diese Rekordfahrt, und ich wollte in Ihre Sendung. Wie Sie sehen, bekomme ich immer, was ich will.«

Schon während der vergangenen Tage hatte WTC für die Sendung »Technik leicht gemacht« eine Sensation angekündigt. Schließlich, es war zur Hauptsendezeit, trat Moderator Hasso Jürgens, ein kurzhaariger Blondschopf mit dicker Hornbrille, dunkler Hose, weitem Flatterhemd und einem Mundwerk, das die Niagarafälle glatt in den Schatten stellte, vor die Kamera. Frenetisch begrüßt von den Studiogästen, ließ er seinen ersten Wortschwall los.

»Meine Damen und Herren. Fernsehen macht Spaß, Fernsehen regt an und auf, Fernsehen ist zu einem wichtigen Bestandteil unseres Lebens geworden. Wissen Sie, daß jeder Bundesbürger täglich im Schnitt mehr als drei Stunden fernsieht?«

Die Gäste wußten es nicht, ein gedämpftes »Ah« erklang.

»Und wir von WTC nehmen unseren Auftrag, Sie zu unterhalten und zu informieren, sehr ernst. Wir sehen in Ihnen«, sein Finger zielte genau auf das Objektiv der Kamera und wurde riesengroß, »unsere Partner, unsere Kritiker und unsere Freunde zugleich. Daß wir mit dieser Anschauung richtigliegen, beweisen nicht zuletzt die stetig ansteigenden Einschaltquoten.«

Eine Grafik wurde eingeblendet, dies zu untermauern.

»Der Spielraum der privaten Anbieter ist natürlich um einiges größer als der der Öffentlich-Rechtlichen, denn wir können unsere Einnahmen steuern. Sind wir gut, verkaufen wir viele Werbeminuten. Sind wir besser, verkaufen wir noch mehr und haben entsprechend größere Möglichkeiten, Ihnen das absolute Topprogramm zu bieten.« Jürgens lächelte in die Kamera. »Bleiben Sie dran. Gleich nach der Werbung geht es weiter.«

Im Studio brandete Beifall auf, auf den Fernsehschirmen zu Hause stöhnte eine Mutti: »Wie soll ich diese Flecken je wieder herausbekommen?« Nach fünf Minuten vergnüglicher Krankenversicherung, georgischer Hautcreme, hormonangereicherten Duschgels, Cabriovergnügen zum Nulltarif, Weltraumwodka von Baikonor, Hundefutter mit Pistazien und seideverstärkten Slipeinlagen ging es weiter.

»Hier sind wir wieder.« Jürgens tänzelte über die freie Fläche, die Kamera tänzelte hinterher, zoomte ihn näher, ließ ihn wieder kleiner werden, stellte sich schräg, schaukelte leicht. »Wir wollen Sie als Partner und Programmgestalter. In vielen Bereichen ist uns das schon gelungen. Denken Sie nur an ›Schicksale des Lebens‹, wo allein Ihre Schicksale«, der ausgestreckte Zeigefinger des Moderators wuchs und wuchs auf dem Bildschirm und nahm die Form einer dicken Wurst an, »uns interessieren. Oder an ›Traummusik‹. Sie wählen die Interpreten und gestalten so das Programm. Aber leider ... leider ... leider ...« Jürgens zog die Pause in die Länge, bis die Zuschauer im Studio unruhig wurden. »Leider kann dies alles nur zeitversetzt ablaufen. Sie rufen uns an oder schicken eine Karte, eine Woche später sehen und hören Sie Ihren Liebling. Wir aber stellen uns immer wieder die Frage: Welche Möglichkeit gibt es, Sie, liebe Freunde, unmittelbar, in dieser Sekunde, einzubinden und nach Ihrer Meinung zu fragen? Nach Ihrer Meinung zu fragen und diese innerhalb weniger Augenblicke in Prozentpunkten und absoluten Zahlen aufzugreifen. Na, wäre das was?«

Die Leuchtschrift »Beifall« flimmerte; die Studiogäste konnten lesen. Ein Filmbeitrag wurde eingespielt, in dem Leute befragt wurden, was sie von der neuen Idee hielten. Alle waren dafür.

»Wenn das kein Bürgervotum ist, liebe Zuschauer!«

Rhythmisches Klatschen setzte ein.

»Da könnten sich die großen Parteien eine Scheibe abschneiden. Wir haben die absolute Mehrheit.« Fast hätte der Moderator gesagt: Wählt WTC. Statt dessen rief er: »Geben Sie uns Ihre Stimme, indem Sie unser Gast sind.«

Erneutes Tänzeln, dann eine nachdenkliche Pause. Die Stimme des Moderators klang ernst und getragen, als er weitersprach: »Da wir uns der Verantwortung bewußt sind, wollten wir eine solche Entscheidung nicht ohne Rückendeckung fällen. Ich begrüße Professor Doktor Winter vom Medienzentrum Bochum.«

Der ältere Herr strich sich nervös immer wieder über das Jackett.

»Herr Professor Winter. Wenn man die Zuschauer als mündige Bürger betrachtet, ist es da nicht die Pflicht der Medien, auf diese Mündigkeit Rücksicht zu nehmen?«

»Absolut«, sagte Winter, der vor der Sendung die Fragen und Antworten mit Moderator Jürgens durchgegangen war. Hätte er sich nicht an die Vorgaben gehalten, wäre er nicht ins Bild gekommen. »Das ist unabdingbar.«

»Muß man dieser Mündigkeit nicht auch die Chance geben, sich zu beweisen?«
»Selbstredend. Jeder Bürger ist Teil der Gesellschaft; unsere Gesellschaft kann nur funktionieren, wenn wir aufeinander Rücksicht nehmen und uns als Partner verstehen. Partner sein bedeutet, gleichwertig behandelt zu werden.«
Der Moderator setzte eine grüblerische Miene auf. »Verstehe ich Sie richtig: Eine Möglichkeit, mündige Bürger direkt, kaum zeitversetzt in laufende Sendungen eingreifen zu lassen, wäre ganz im Sinne dieser Partnerschaftlichkeit?«
Der Fachmann nickte. »Und ein Fortschritt der freien Meinungsäußerung.«
»Vielen Dank, Herr Professor Winter. Wir müssen Geld verdienen. Die Werbung.«
Kurz vor dreiundzwanzig Uhr – immer noch wußten weder die Zuschauer im Studio noch die zu Hause, um was es ging – war es dann soweit.
»Meine Freunde.« Der Moderator breitete die Arme aus, als wollte er alle umarmen. »Unsere Wissenschaftler und Techniker haben ein Gerät entwickelt, mit dessen Hilfe Sie sofort und auf der Stelle Ihre Meinung kundtun können. Dazu müssen Sie nicht aufstehen und zum Telefon laufen, nein, Sie können bequem im Sessel sitzen bleiben. Alles, was Sie benötigen, ist ein kleines Zusatzgerät.« Mit einer eleganten Drehung deutete er auf einen Vorhang, der nun zur Seite glitt. Eine leichtbekleidete junge Dame schob, etwas nach vorn gebeugt und ihre Oberweite präsentierend, einen handlichen Wagen aus Glas und Stahl vor sich her und lächelte in die Runde. Auf dem Wagen lag ein eher unscheinbares Etwas, ein kleiner, schwarzer Kasten, nicht größer als eine Zigarettenschachtel. Der Beifall wich stummem Staunen.
»Nun, meine Damen und Herren, ich verstehe Ihre Verblüffung, ich habe genauso reagiert.« Der blonde Jürgens war also einer von ihnen. »TED von den Öffentlich-Rechtlichen ist veraltet und deckt nur ein kleines Spektrum ab. Umfragen durch Institute beschränken sich auf den repräsentativen Querschnitt und sind, wenn sie veröffentlicht werden, meist schon überholt. In unserer

schnellebigen Zeit muß jeder interessierte Bürger erfahren können, was hier und jetzt Sache ist. Bisher war das unmöglich. Erst mit diesem Gerät – nennen wir es VOPO, abgeleitet von Vox populi, also Volkes Stimme – können Sie zu Hause wahre Wunderdinge anstellen. Hier sehen Sie den Schlüssel zum nächsten Jahrtausend.«

Der Moderator hielt das kleine Ding in die Höhe.

»Wie Sie sehen, gibt es nur zwei Tasten, eine grüne und eine rote. Die grüne bedeutet ja, die rote ...«

»Nein«, erklang es im Chor von den Rängen.

»Richtig.« Jürgens war stolz auf sein Publikum. »Wenn ich nun die Frage stelle, finden Sie unseren Kanzler gut, dann brauchen Sie nur auf eine der Tasten zu drücken. Grün für ja«, einige Pfiffe waren zu hören, »Rot für nein.« Applaus. »Denn ... unser VOPO hat ein geheimnisvolles Innenleben. Nachdem Sie auf eine der Tasten gedrückt haben, wird ein entsprechender Funkbefehl losgeschickt, den ein Satellit einfängt – wir müssen ihn für bestimmte Zeiten anmieten; wie Sie sehen, ist uns nichts zu teuer – und auf der Stelle an unseren Rechner hier in Köln weiterleitet. Rot und Grün haben unterschiedliche Codes, wie wir es nennen, bei uns werden sie entschlüsselt und gebündelt.«

Kein Beifall, die Zuschauer guckten interessiert.

»Damit niemand mit diesem Gerät Unfug treiben kann, also fortwährend auf einen Knopf drückt, haben wir zwei Sperren eingebaut. Erstens: Sie können nur einmal in einem gewissen Zeitraum einen Funkbefehl starten, der ähnlich verschlüsselt ist wie bei einem Handy. Zweitens: Erst wenn auf Ihrem Bildschirm ein Zeichen erscheint, ist der Satellit empfangsbereit, und das für genau drei Sekunden. Diese zeitliche Begrenzung muß sein, damit jede Manipulation von vornherein ausgeschlossen ist. Aber die drei Sekunden genügen, um den Funkbefehl abzusenden, zu empfangen und zu entschlüsseln. Und nun kommt der große Moment. Sie werden Zeuge einer historischen Stunde, wir testen VOPO. Dazu haben wir einhundert Geräte in Deutschland verteilt. Meine Frage lautet: Finden Sie diese neue Erfassung von Volkes Meinung gut? Sobald auf dem Bildschirm ein gelber Punkt blinkt, kann der Funkbefehl gesendet werden. Grün für ja, Rot für nein. Seid ihr bereit, Freunde?«

Die Studiogäste riefen ja, auch wenn die hundert in der Republik gemeint waren.

»Noch einmal die Frage: Finden Sie diese neue Erfassung von Volkes Meinung gut?«

Die Gäste starrten gebannt auf die im Studio verteilten Monitore, der gelbe Punkt blinkte drei Sekunden lang.

»Und hier das Ergebnis«, schrie der Moderator fast außer sich und warf die Arme in die Luft. Augenblicklich wurden Zahlen eingeblendet: Für ja hatten sich siebenundneunzig Prozent entschieden, für nein drei. Das Studio tobte.

»Damit auch Sie in den Genuß der Mitbestimmung kommen, bestellen Sie dieses Gerät sofort. Es kostet die Kleinigkeit von neunundvierzig Mark. Die ersten tausend Anrufer erhalten es für neunundzwanzig Mark. Wir blenden jetzt die Telefonnummer ein. Alle Anrufe werden bearbeitet.«

Eine Zahlenreihe war auf dem Bildschirm zu sehen, Jürgens verneigte sich vor den applaudierenden Zuschauern, er hatte seinen Job hervorragend gemacht.

Zwar bestätigte sich Maren Wittkowskis Nachahmungstheorie bei dem Raubüberfall auf die Raiffeisenkasse des beschaulichen Eifelorts Dudeldorf nicht, aber Kilian sah sich mit einem anderen Phänomen konfrontiert. Gleich nach der Tat befragte er mehrere Zeugen, die den Täter beobachtet hatten. Inzwischen war die Anzahl der Schaulustigen enorm, der halbe Ort schien versammelt zu sein.

Der erste Zeuge beschrieb den Bankräuber als einen etwa zwanzigjährigen Mann, knapp eins achtzig groß; schwarze Haare wie ein Ausländer, dunkle Lederjacke, blaue Jeans und Turnschuhe. Der nächste hatte ihn wesentlich älter in Erinnerung, außerdem habe er keine Lederjacke, sondern eine aus Wolle mit Kapuze getragen, und die Turnschuhe mutierten zu Springerstiefeln. Der dritte stellte in Frage, ob es überhaupt ein Mann gewesen sei – die

Brust sei so gewölbt gewesen. Mittlerweile hatte er oder sie lange, fast blonde Haare und trug schwarze Jeans.

Am Ende handelte es sich um einen Täter männlichen oder weiblichen Geschlechts, zwischen siebzehn und fünfundfünfzig, das Körpergewicht schwankte zwischen höchstens sechzig Kilogramm und an die hundert. Sie/Er hatte Jeans getragen, blau oder schwarz, möglicherweise auch einen engen Mini mit diesen modischen Strümpfen drunter; Lederjacke oder Wolljacke oder Polohemd, Turnschuhe oder Springerstiefel. Barfuß hatte ihn niemand in Erinnerung.

»Jetzt haben Sie mal zu spüren bekommen, wie uns zumute ist, wenn wir auf eine Täterbeschreibung angewiesen sind.« Der Polizeibeamte lachte herzhaft. »Bringen Sie das doch bitte mal in Ihrer Zeitung.«

Kilian hatte solche Wichtigtuerei schon oft erlebt. Dabei lag es noch nicht einmal in der Absicht der Zeugen zu lügen. Aber um sich interessant zu machen – wann wurde man schon mal gefragt –, erfanden sie einfach Dinge, nur um etwas anderes zu bieten als der vor ihnen Befragte.

In vielen Redaktionen ist es Usus, im Anschluß an das Tagesgeschäft noch gemeinsam ein Bier zu trinken. Long John weilte gerade auswärts, Öki lehnte Alkohol ab, Müsli hatte an diesem Abend keine Zeit, und Carwash verwies auf seinen Magen. Wahrscheinlich, so vermutete Chambier, mußte er noch Kunststoffspray aufbringen, die goldgelben Alufelgen reinigen oder den Aschenbecher leeren.

»In all den Jahren habe ich außerhalb des Dienstes mit keinem Kollegen so oft zusammengesessen wie mit dir in den vergangenen beiden Monaten.«

»Ist das ein Kompliment?«

Chambier sah ihn über die Brille hinweg an. Nach einer Weile begann es um seine Mundwinkel zu zucken. »Du bist ein Realist, hast einen scharfen Verstand und könntest mir irgendwann ebenbürtig sein.«

»Überheblichkeit führt ...«

»... zu Übergewicht.« Chambier trommelte auf seinen Bauch und bestellte noch zwei Bier.
»Maren Wittkowski sagt, du seist sensibel.«
Chambier tauchte einen Finger in den Schaum und leckte ihn ab. »Das durfte ich früher immer bei meinem Vater machen. Zwei Finger, aber dann nichts wie ins Bett.«
»Lenk nicht ab!«
»Gefällt dir Maren?«
»So genau habe ich nicht hingeschaut.«
Chambier stutzte. »Du enttäuschst mich. In deinem Alter war ich da ganz anders. An jedem Finger ... Lassen wir das.«
Der Ältere gab zu, daß er Maren nicht erst seit ihrem Praktikum bei der »Landeszeitung« kannte. Sie habe Politik und Journalismus studiert, in Mainz, stamme aber aus einer anderen Stadt. Ein halbes Jahr sei sie für die Lokalredaktion tätig gewesen, später auch in den Semesterferien.
Sie kamen auf die Problemchen des Tages. Zehn Fahrer der Müllabfuhr streikten und hielten die Fahrzeuge besetzt, in Trier und Umgebung türmten sich die Abfallberge.
Champier meinte: »Das Gute und das Schlechte zugleich an einer Demokratie sind die Minderheiten. Wir haben die Pflicht, auf sie Rücksicht zu nehmen, und sie nehmen für sich oft das Recht in Anspruch, unsinnige Forderungen zu stellen – die Fahrer wollen vierzig Prozent mehr Lohn – oder die Allgemeinheit zu brüskieren. Sogenannte Randgruppen, darunter verstehe ich radikale Umweltschützer genauso wie militante Autonome oder verbiesterte, bockige Gegner von sinnvollen Baumaßnahmen, verhalten sich rücksichtslos gegen alle, Staat und Bevölkerung, um ihre Vorstellungen durchzupeitschen, notfalls auch mit Gewalt und Zerstörung.«
»Willst du das Streikrecht abschaffen?«
Chambier ging darauf nicht ein und führte andere Beispiele auf: das Ansägen von Hochsitzen, besonders in Nordrhein-Westfalen; das Umpflügen von Golfplätzen, um den Reichen den Ort, an dem sie über schmutzige Geschäfte reden, zu vermiesen; das Besprühen von Pelzen mit roter Farbe und so weiter.

»Geht es gegen Privilegierte und Betuchte, spielt immer der Sozialneid eine Rolle. Chambier, wie willst du das ändern? Durch eine Umverteilung? Der Egalitarismus ist eine Horrorvision.«
»Quatsch. Wenn du heute umverteilst – vorausgesetzt, du findest überhaupt einen Modus –, hast du in einem Jahr wieder große Unterschiede, und das Ganze beginnt von vorn. Das meine ich nicht. Ich will darauf hinaus, daß solche Minderheiten auf Kosten der Bürger agieren, und von denen verlangt man auch noch Toleranz. Sie stellen die überwiegende Mehrheit, sind jedoch eine amorphe Masse, deren Schweigen der Einfachheit halber als Interesselosigkeit oder Lethargie aufgefaßt wird.«
»Wie bei dem geplanten Autobahnzubringer: Zweitausend protestieren, und da sich kaum einer dafür ausspricht, entsteht der Eindruck, alle seien dagegen.«
Chambier stimmte zu. »Es sind immer die Gegner, die zur Mobilisierung bereit sind und Maßnahmen ergreifen, unter denen viele leiden müssen. So entsteht eine neue Form des Kleinkrieges: unbequeme Bürger gegen zufriedene – und gegen die Administration.« Chambier suchte in seiner Brieftasche und reichte Kilian einen abgegriffenen Zeitungsausschnitt. »Seit langer Zeit trage ich einen Leserbrief mit mir herum. Hier, lies mal die ersten Sätze.«
»Wer sein Geld als Soldat verdient, muß damit rechnen, auf Befehl andere Menschen erschießen zu müssen. Wer das tut, ist ein Mörder. Da gibt es nichts zu beschönigen. Es geht nur um die Frage, ob ich mich zu diesem Töten bekenne.«
Kilian schaute Chambier an. »Das ist wohl die Meinungsfreiheit, mein Lieber.«
»Das ist potenzierter Schwachsinn, mein Lieber. Wer sein Geld als Taxi- oder Lkw-Fahrer verdient, muß damit rechnen, andere Menschen zu Tode zu fahren. Wer das tut, ist ein Mörder. Wer Zigaretten herstellt, muß damit rechnen, dadurch andere Menschen zu töten. Wer das tut, ist ein Mörder. Wer Alkohol, Autos, Rasenmäher, Leitern produziert … ist ein Mörder. Wer ein Kind zeugt, muß damit rechnen, daß es irgendwann stirbt. Wer das tut, ist ein …«

»Warum regst du dich so auf? Brauchst doch nur andere zu Wort kommen zu lassen, Chambier.«
»Kurioserweise hat sich aber kein anderer Leser zu einer Richtigstellung verpflichtet gefühlt. Ohne dieses ›Soldaten sind alle Mörder‹-Urteil hätte es den Brief nie gegeben. Tausende warten nur darauf, die Allgemeinheit mit ihren Weisheiten zu beglücken. Wenn heute ein Institut sagt, Heringe verursachen Krebs, hast du morgen einen Sack voller Leserbriefe und übermorgen eine Bürgerinitiative, die Fisch verbieten lassen möchte.« Chambier kicherte.
»Was ist daran so lustig?«
»Letztes Jahr zum 1. April habe ich eine Ente gesetzt und behauptet, der ADAC habe herausgefunden, daß durch den Straßenverkehr die Luftdurchwirbelung angekurbelt und der Smog schneller abgebaut werde. Mehr als hundert Leserbriefe gingen ein; alle die Leute hatten diesen positiven Effekt im Grunde genommen schon gekannt oder zumindest geahnt.«

Sie waren unterwegs, um mit der Kamera einen Unfall einzufangen. Keinen gewöhnlichen auf der Nationalstraße, sondern einen auf der Autobahn – damit sollte in einer Umweltsendung belegt werden, wie gefährlich der Straßenverkehr sei.
Die Kamera war längst aufgebaut, immer stand einer hinter dem Objektiv oder hatte die Infrarotbedienung auf das Gerät gerichtet, aber es war einfach kein Crash in Sicht. Dabei hatte sich das Team unweit von Beaune einen gefährdeten Punkt ausgesucht, die Stelle, wo die Autobahn von Paris mit der aus Dijon zusammentraf. Zur Hauptreisezeit, etwa dem Beginn der Sommerferien im Juli, krachte es hier zehnmal am Tag. Aber Ende November, bei trübem Wetter und geringerem Verkehrsaufkommen?
»Wie lange sollen wir uns denn noch die Beine in den Bauch stehen?« beschwerte sich Lucien, der Kameramann.
Christoph winkte ab. »Wir haben den Auftrag angenommen, also müssen wir ihn auch ausführen. Es gibt gutes Geld.«
Lucien rauchte eine Zigarette nach der anderen, tippelte unentwegt herum, trank Kaffee aus einer Thermosflasche, fluchte und

verschwand von Zeit zu Zeit hinter dem Gebüsch. Christoph saß in einem Kombi, las und langweilte sich.
»Wann soll denn der Verkehr am dichtesten sein?«
»Gegen halb fünf geht es los«, antwortete Christoph aus dem Wageninneren.
»Davon merke ich aber nichts, ist doch schon später. Vier Stunden für die Katz.«
Lucien tippelte weiter, Christoph beobachtete die herannahenden Autos im Rückspiegel. Werden uns wohl ein Zimmer nehmen und morgen wieder Posten beziehen müssen, überlegte er.
»Verdammt, ich habe keine Lust mehr.« Lucien schnickte die Kippe weg. »Es gibt Schöneres, als an der Autobahn zu stehen und dir die Kisten anzuschauen.«
Christoph reagierte nicht; Lucien hockte sich auf den Kotflügel und verschränkte demonstrativ die Arme vor der Brust.
»Laß die Einfädelspur nicht aus den Augen«, mahnte Christoph.
»Guck doch in den Rückspiegel«, blaffte Lucien.
Eine Viertelstunde später beugte Lucien sich zum Seitenfenster. »Laß es uns doch wie die von Télé 1 machen«, sagte er leise, obwohl es keine Zuhörer gab. »Wenn die in Zeitnot sind, den Unfall aber bis achtzehn Uhr im Kasten haben müssen, weil er sonst nicht mehr in den Abendnachrichten gesendet werden kann, helfen sie einfach ein bißchen nach.«
Zuerst wollte Christoph nichts davon wissen. Zehn Minuten später ließ er sich erklären, wie »die von Télé 1« vorgingen. Lucien blieb bei der Kamera, Christoph rollte vorsichtig mit dem Kombi etwa hundert Meter rückwärts, gegen die Fahrtrichtung. Auf dem Randstreifen stehend, konnte er im Rückspiegel beide Fahrbahnstränge beobachten, der Verkehr schien anzuschwellen. Er wartete einen günstigen Augenblick ab, fuhr wenige Meter vor – die Räder der Fahrerseite standen jetzt auf der äußeren Spur –, schaltete die Warnblinkanlage ein, sprang aus dem Pkw und wartete abseits hinter Sträuchern.
Zehn Minuten später packte Lucien die Kamera ein, sie hatten ihren Job getan. Nur ein kleiner Auffahrunfall mit vier Pkw, keine Verletzten, aber ein stattlicher Blechschaden.

Kilian wollte wissen, warum Gitte während seiner Haft so zielstrebig darauf hingearbeitet hatte, das große Grundstück überschrieben zu bekommen. Einen Teil der Wiese hatte Kilian von einem Onkel geerbt, den Rest von seinem in den Semesterferien verdienten Geld hinzugekauft, um dort, weitab von jedem Haus, ungestört zelten, grillen und feiern zu können.
Gitte war das Thema unangenehm, überhaupt redeten sie bei jedem Treffen über unangenehme Dinge. Warum, so fragte sie, gingen sie nicht mal ins Theater, in ein Musical, oder einfach gemütlich essen, ohne den ewigen Ballast der Vergangenheit? Kilian jedoch wollte diesen Ballast nicht abwerfen. Noch nicht.
Schließlich gab Gitte zu, daß ihr Vater sie gedrängt hatte. Sie hatte seine Eile damals nicht so ganz verstanden, denn die zwei Hektar Wiese sollten ihres Wissens nie Bauland werden; dementsprechend niedrig sei deshalb auch der Wert angesetzt worden.
»Uns haben sie doch gesagt, Berthold, wir dürften höchstens eine Holzhütte mit zehn Quadratmeter Grundfläche darauf bauen. Erinnerst du dich?«
Kilian nickte. »Ein Anwalt hält die Abtretung für nichtig, weil unter falschen Voraussetzungen geleistet. Ich bin arglistig getäuscht worden.«
Gitte zuckte zurück. »Willst du behaupten, ich hätte dich betrogen?«
»Nein, dein Vater war es.«
»Bist du dir da ganz sicher?«
»Unterschrieben habe ich am 30. Mai, also zwei Monate nach meiner Inhaftierung; zum Bauerwartungsland war die Parzelle aber bereits gut vier Wochen vorher erklärt worden.«
Gitte war sichtlich betroffen. »Stimmt das wirklich?«
»Geh zum Katasteramt und überzeuge dich.«
»Damals war die Wiese vierzigtausend wert. Und heute?«
Kilian, der das schmutzige Spiel seines Schwiegervaters mehr und mehr durchschaute, antwortete: »Der Preis hat sich verfünfzigfacht. Von zwei auf rund hundert Mark pro Quadratmeter. Wir sind betrogen worden. Oder bin ich es nur allein?«
»Berthold, ich habe das Grundstück an meinen Vater weitergege-

ben, weil er sich verpflichtete, mich und die Kinder zu unterstützen. Von dir konnte ja nichts kommen.«
Kilian überhörte den Vorwurf. »Wann hat er dir gesagt, daß aus der Wiese Bauland geworden ist?«
»Vielleicht ein Jahr später, als die ersten Arbeiten für die Erschließung angelaufen waren. Er schien selbst überrascht zu sein.«
Als sie sich verabschiedeten, wirkte Gitte äußerst nachdenklich. Es wog schwer, vom eigenen Vater betrogen worden zu sein. Sie hatte es sicher nicht für möglich gehalten, daß seine Geldgier sich einmal gegen sie, seine Tochter, richten könnte. Kilian unterdrückte das Bedürfnis, sie zu trösten; im Grunde hielt er ihre Erkenntnis für eine heilsame Lehre.
Glaubte er seinem Anwalt, dann hatte er Anspruch auf den heutigen Verkehrswert des Grundstücks. Was seine Position gegenüber seinem ehemaligen Schwiegervater enorm stärkte, war der Umstand, daß mittlerweile zehn Häuser gebaut und vier weitere in Planung waren.

In der Nacht war in der Fußgängerzone ein Kleintransporter als Rammbock eingesetzt worden. Einbrecher hatten die Schaufensterscheibe eines Juweliergeschäftes damit eingedrückt und reiche Beute gemacht, trotz heulender Alarmanlage. Einige Spätheimkehrer hatten zugesehen, zwei Beifall geklatscht. »Echt cool, die Jungs«, hatten sie der Polizei zu Protokoll gegeben.
Kilian saß in der Redaktion und tippte gerade seinen Bericht in den Computer, als das Telefon klingelte. Janas Vater, Bauunternehmer Lauterborn, wünschte ihn zu sprechen. Mit für ihn unnatürlicher Höflichkeit fragte er an, ob und wann es Kilian genehm sei, und man einigte sich auf ein Ausflugslokal außerhalb von Trier.
Anfänglich bemühte sich Lauterborn, wie in alten Zeiten aufzutrumpfen. Auf der anderen Seite jedoch gab er indirekt zu, daß man ihn, Kilian, seinerzeit vielleicht vorschnell angezeigt, angeklagt und verurteilt habe. Jana sei krank gewesen. Lauterborn schilderte ihren Zustand ausführlich.
»Wenn Ihre Tochter damals aufgrund von Depressionen nicht

zwischen Wahrheit und Lüge, Nichtvergewaltigung und Vergewaltigung unterscheiden konnte, warum hat sie dann später bei der Polizei nicht einfach alles widerrufen?«
»Nun, die Krankheit hat laut ärztlichem Attest bis vor zehn Monaten gedauert.«
Lauterborn legte eine amtlich aussehende Bescheinigung auf den Tisch; Kilian überflog den Text, der sehr allgemein gehalten war.
»Das ist doch lachhaft. Kein Gericht der Welt wird dieses Papier anerkennen.«
»Schauen Sie mal auf die Unterschrift. Prof. Dr. Monheim, eine anerkannte Kapazität auf dem Gebiet. Glauben Sie, einer seiner Kollegen würde gegen ihn vorgehen? Etwa vor Gericht gegen ihn aussagen? Monheim wird jeden an die Wand drücken.«
Chambier, du hast wieder mal recht. Hat jeder Mensch seinen Preis? In Kilian brodelte es. Sie saßen einander gegenüber wie Gegner, die sich vor der endgültigen Schlacht noch einmal gegenseitig abtasten, um herauszufinden, wo die Schwachstelle des anderen liegt. Wo ist meine Schwachstelle? fragte sich Kilian. Baue ich zu sehr auf die Gerechtigkeit? Vergesse ich etwa, wie man mich behandelt hat, daß Gerechtigkeit eine Sache der Auslegung ist, des Geldes und des gesellschaftlichen Standes?
»Wenn dieses Attest so hieb- und stichfest ist, warum lebt Ihre Tochter Jana dann überhaupt in Luxemburg?«
»Ihr Mann arbeitet dort. Herr Kilian, die Vergangenheit war schmerzlich für Sie. Ich bedaure außerordentlich, was sich zugetragen hat, aber das ist nun mal nicht zu ändern. Jana war lange krank.«
Kilian fühlte sich plötzlich in eine Seifenoper versetzt. Diese Sprüche kannte er doch, dieses geheuchelte Mitgefühl.
»Hoffentlich ist das kein Grund für Janas Mann, die Ehe anzuzweifeln«, sagte er schließlich.
Lauterborn lächelte säuerlich und warf einen Blick auf seine Uhr. Sie paßte zu der Nobelkarosse, die draußen auf dem Parkplatz stand.
»Für mich stellt sich nur eine Frage: Was kann ich tun, um das Unrecht, das Ihnen widerfahren ist, auszugleichen?«

»Sie sind nicht verpflichtet, für Ihre Tochter zu handeln. Sie war doch so krank.«
Lauterborn setzte eine Miene auf, als habe er es mit einem Einfaltspinsel zu tun. Er sprach langsam und deutlich: »Ich biete Ihnen freiwillig etwas an. Sie verstehen?«
»Nein.« Kilian kam mit der Rolle des Einfältigen gut zurecht.
»Ich habe einen Namen zu verlieren. Mein Ruf in der Branche ist untadelig.«
Kilian grinste. »Meiner leider nicht oder immer noch nicht.«
»Sagen Sie mir, was ich tun muß, um Sie zufriedenzustellen.«
»Ihre Tochter soll zur Polizei gehen, Ihre Aussage widerrufen und laut und deutlich sagen, daß ich sie nicht vergewaltigt habe.«
»Was haben Sie davon? Wer, glauben Sie, interessiert sich denn noch für die alte Kamelle?«
»Ich zum Beispiel.« Das Gespräch drehte sich im Kreise, bis Kilian eher nebenbei auf die Grundstücke zu sprechen kam und die Forderungen, die er Chemnitz, seinem Exschwiegervater, zu präsentieren gedachte. Lauterborn wurde blaß, woraus Kilian schließen konnte, daß er einen Teil der Summe würde beisteuern müssen. Irgendwie schien die Verbindung zwischen Autohändler und Bauunternehmer sehr innig zu sein.
Lauterborn wurde ein zweites Mal blaß, als Kilian ihm spontan seine Rechnung aufmachte. »Eine indiskrete Frage, Herr Lauterborn, die Sie nicht beantworten müssen. Wie hoch ist Ihr Jahreseinkommen?«
»Das geht Sie einen …« Lauterborn rieb sich das Kinn und besann sich auf seine Marschroute, dem Treffen jede Spannung zu nehmen.
»Ich schätze Sie auf mindestens fünfhunderttausend jährlich.« Als Lauterborn nicht reagierte, fuhr er fort: »Für jedes meiner Jahre im Gefängnis Ihr entsprechendes Jahreseinkommen. Auf der Basis können wir uns verständigen.«
Zwei Sekunden dauerte der Schock, dann sprang der Bauunternehmer auf, stieß sein Glas um, vergaß zu bezahlen, rauschte hinaus und verschwand mit Höchsttempo.
Kilian, der sich prompt zum Sieger erklärt hatte, war bei näherer

Betrachtung von seinem Verhalten nicht mehr ganz so überzeugt. Aber solchen aalglatten Typen gegenüber konnte er einfach nicht ruhig bleiben. Daß er in Lauterborn einen Feind auf Lebenszeit hatte, der sich zu wehren verstand, war ihm spätestens jetzt klargeworden.

Der Zuspruch war enorm, die Telefone klingelten ununterbrochen, körbeweise trugen die Postboten die Bestellungen ins Haus. Mehr als zweihunderttausend in einer Woche; die ersten zwanzigtausend hatte man ausgeliefert, der Vorrat war längst erschöpft, und auf Taiwan wurden Sonderschichten eingelegt.
Damit die Zuschauer die Funktion von VOPO verstanden, hatte WTC eine Sondersendung angesetzt, die Jürgens moderierte. Allerdings hielt er sich geschickt zurück und ließ Wunderlich, einen Experten, VOPOs Arbeitsweise anhand von Schaubildern erläutern.
»Über Mitteleuropa steht in großer Höhe ein Satellit, der alle Funkbefehle auffängt. Und von so weit draußen kommen die Signale zurück zur Erde, wo sie, hier in Köln, per Parabolantenne«, man hatte ein solches schüsselähnliches Gebilde im Studio aufgebaut, »aufgefangen und einem Rechner zugeführt werden. Da alles in Lichtgeschwindigkeit abläuft, gibt es keine zeitliche Verzögerung.«
Wunderlich sprach vom Funktionsschema, vom Hochfrequenzbereich, von Schwingungen und elektromagnetischen Wellen und lief Gefahr, die Zuschauer mit seinem Fachchinesisch zu überfordern. Aber ein guter Moderator greift dann ein, wenn er selbst nichts mehr versteht, und das tat Jürgens früh genug.
»Viele unserer Teilnehmer wollen wissen, ob es denn möglich ist, so viele Signale auf einmal mit der Antenne aufzufangen.«
Wunderlich konnte alle beruhigen. Da es sehr einfache Signale seien, könne man jedes exakt vom anderen unterscheiden, aufzeichnen und in den Rechner schicken.
»Wir wollen jetzt einen Test machen. Für diese Sendung haben wir den Satelliten gemietet. Da inzwischen Tausende Geräte aus-

geliefert worden sind, kommen schon viele Zuschauer in den Genuß, mitbestimmen zu können. Um Ihnen zu Hause, meine Damen und Herren, alles genauestens darzulegen, bieten wir einen zusätzlichen Service: Wir blenden die Anzahl der Funkimpulse mit ein. Habe ich das richtig wiedergegeben, Professor Wunderlich?«

Der Experte nickte gönnerhaft.

»Fein. Meine Frage an alle VOPO-Besitzer lautet: Hat Herr Professor Wunderlich seine Arbeit gut gemacht? Antworten Sie gleich; Sie haben drei Sekunden Zeit, wenn auf Ihrem Bildschirm der gelbe Punkt aufblinkt.«

Das heiß ersehnte Zeichen erschien, und nach der Schnelligkeit zu schließen, mit der die ersten Ergebnisse eingingen, mußten fast alle Teilnehmer gleichzeitig gedrückt haben.

Jürgens klatschte begeistert in die Hände. »Das hat ja hervorragend geklappt. Und hier die Zuschauermeinung: Zweiundachtzig Prozent stimmten mit ja, Herr Professor Wunderlich hat seine Sache gut gemacht, und achtzehn mit nein.« Jürgens wandte sich an seinen Studiogast. »Herr Professor, in der Politik wäre dies ein Traumergebnis, ich glaube, Sie können damit leben.«

»Selbstverständlich.«

»Und jetzt«, Jürgens schaute voll in die Kamera, »spielen wir Ihnen die Gesamtzahl der Befehle ein. Wie ich soeben mitgeteilt bekomme, sind es siebzehntausendfünfhundertundzwei von knapp zwanzigtausend ausgelieferten Geräten.«

Es entstand eine kleine Pause, dann sprach Jürgens weiter: »Was, so frage ich mich, ist aussagekräftiger als diese überwältigende Akzeptanz für unseren VOPO?«

An diesem Tag setzte WTC das neue System fünfmal erfolgreich ein, die Bestellungen schnellten erneut in die Höhe, und es zeichnete sich ab, daß bis Weihnachten die Millionengrenze wohl überschritten sein würde.

Was die Fernsehkonsumenten so enorm gut fanden, die potentiell Betroffenen sahen nur Negatives daran. Von Bevormundung war die Rede, von ständiger Kontrolle, George Orwell lasse grü-

ßen. Einige Mutige sprachen von Manipulation durch den Sender, der man sich durch einen Boykott entziehen wolle; im übrigen werde man sich juristische Schritte überlegen.
WTC konterte sofort und drohte, alle Politiker und Prominenten mit Namen zu nennen, die eine Einladung ausgeschlagen hatten. Monique Koslo gab daraufhin Anweisung, gleich in Scharen mögliche Gäste für die diversen Sendungen anzuschreiben.
Gestärkt durch den Erfolg von VOPO und mit einer guten Portion Selbstbewußtsein ging Monique nun auf die zwei Damen und zwei Herren zu, die sie eine halbe Stunde hatte warten lassen.
»Entschuldigung, ich hatte eine wichtige Konferenz.«
Ihre Gäste nickten verständnisvoll.
»Dann lassen Sie uns gleich zum Thema kommen. Wie lauten Ihre Vorschläge?«
Die vier hatten sich abgesprochen; ohne Zögern begann Hajo, der Blonde, mit seinen Ausführungen.
»Wir haben uns entschieden, das Kontingent zu erhöhen und den WTC-Fuhrpark mit neuen und größeren Modellen zu bestücken. Gleichzeitig stellen wir Ihnen, Frau Koslo, unser Flaggschiff kostenlos zu Verfügung. Einen Zwölfzylinder.«
Monique lächelte. »Und welche Gegenleistung erwarten Sie?«
Der Blonde hob abwehrend die Hände, als läge ihm allein schon der Gedanke an so etwas gänzlich fern, deutete dann aber an, man könne die Fahrzeuge ruhig öfter im Fernsehen zeigen. Zum Beispiel, wenn Kameraleute unterwegs seien. Dafür eigne sich doch besonders der Kombi, den man gelegentlich mit einem Schwenk ins Bild bringen könne.
Anja, höchstens Mitte Zwanzig, vertrat eine Kosmetikfirma, die unentgeltlich alle Ansagerinnen beriet, Schminkräume mit ihren Produkten ausstattete und manchmal auch eine Visagistin abstellte.
»Wir fänden es gut, wenn im Abspann der Name unserer Produkte erwähnt würde.«
»Haarspray Eloise von Ristall etwa?«
»Ja.«

»Nagellack Fleur von Ristall?«
Anja nickte.
»Das bedeutet kostenlose Werbung.«
»Nicht kostenlos. Wir stellen die Produkte schließlich.«
»Der Wert steht aber in keinem Verhältnis zu einem solchen Werbeeffekt.«
Giselle, ehemals Mannequin und nun Imageberaterin bei einem Modehaus, hatte ein ähnliches Problem. Ihr war das Ausstatten allein nicht genug; auch ihre Gesellschaft solle erwähnt werden. Von Zeit zu Zeit warf sie einen Blick auf Moniques zeitlose weite Kleidung, besonders der Flatterrock widersprach offensichtlich ihrem ästhetischen Empfinden.
Und Klaus schließlich forderte Ähnliches für die Elektronik, die Monitore und einige Kameras, die seine Firma WTC leihweise überlassen habe. Andernfalls sehe man sich gezwungen, die Zusammenarbeit zu beenden.
»Gut, ich betrachte unser Agreement hiermit als aufgehoben«, kam Monique ihm scheinbar entgegen.
Klaus aber, der doch nur etwas drohen und nicht gleich die Verbindung abbrechen wollte, rang sich ein paar einlenkende Floskeln ab.
Monique drehte den Spieß um. »In zwei Stunden habe ich vier neue Anbieter, die uns in einem wesentlich größeren Umfang unterstützen werden als Sie, meine Damen und Herren.«
Betretene Gesichter. Sie hatten geahnt, es würde schwer werden; WTC hatte so enormen Aufwind.
»Wir können doch offen reden«, erklärte die Programmchefin gönnerhaft. »Wir, ich meine WTC, sind bereit, Ihnen entgegenzukommen und Ihre Produkte voll ins Bild zu bringen, wenn auch Sie«, Monique sah die vier der Reihe nach an, »etwas Entgegenkommen zeigen. Und zwar in finanzieller Hinsicht.«
Um es allen verständlich zu machen, erging Monique sich über das Sponsorenprinzip, erwähnte zufällig bei Fernsehdiskussionen herumstehende Produkte – wofür der Hersteller einen gewissen Betrag zahle –, Mineralwasser, Bier oder Zigaretten, auch schon mal eine Tafel Schokolade oder ein Buch. Selbst die Firmenlogos

auf Sesseln, Stühlen und Bänken kämen nur ins Bild, wenn die Hersteller sich erkenntlich zeigten. Desgleichen Blumensträuße, deren Einwickelpapier unzweifelhaft auf einen speziellen Zustelldienst hinweise, Telefonapparate, Kugelschreiber, einfach alles.
»Sie können mir glauben, das funktioniert hervorragend und stellt beide Seiten zufrieden.«
Eine halbe Stunde später war der Vertrag perfekt. Die vier Gesprächspartner verpflichteten sich nach diversen Rückfragen bei ihrem jeweiligen Unternehmen, eine gewisse Summe auf ein Konto in Belgien zu überweisen, das, so erklärte Monique, einer den Sender beratenden Agentur gehöre. Insgesamt dreihunderttausend Mark kamen so allmonatlich zusätzlich zusammen, hundertfünfzigtausend allein durch die Automarke. Dagegen stand die Zusage, die Produkte entsprechend zu präsentieren und die direkte Konkurrenz außen vor zu lassen. Monique war mit ihrem Schachzug zufrieden. Fünf Prozent des Geldes gingen an sie, den Rest der Black-Sponsoring-Einkünfte würde Sherman zu verteilen wissen; sicher würde er damit seinen speziellen Fonds aufstocken, aus dem, so vermutete sie, auch Caruso bezahlt wurde.

Der Anruf von Jana kam überraschend. Sie sei in Prüm, einer Stadt in der Eifel, nahe der belgischen Grenze, und wolle sich mit ihm treffen. Ob er in einer Stunde bei ihr sein könne, es sei dringend.
Kilian bedeutete Chambier, den Zweithörer zu nehmen, schaute auf die Uhr und meinte, es sei schon reichlich spät. Jana schien den Tränen nahe. Sie hörte sich an, als ginge es beinahe um Leben und Tod. Und mit dem Baby hatte sie offenbar auch Probleme.
Chambier gab Kilian zu verstehen, er solle besser auf ihren Vorschlag eingehen.
»Was soll dabei schon herauskommen?« fragte er, nachdem er aufgelegt hatte. »Sie ist doch der Spielball ihres Vaters.«
»Wie deine Frau auch«, konterte Chambier. »Und trotzdem gehst du zu ihr, wenn sie dich ruft oder braucht.«

Als Kilian losfuhr, dunkelte es bereits, aber es war wenig Verkehr, und er kam gut voran.
Wenige Kilometer hinter Bitburg verjüngte sich die Autobahn auf eine Fahrspur in jede Richtung. Nur noch siebzig Stundenkilometer waren erlaubt, die Straße wurde kurviger, ein Lkw kam von einem Parkplatz und zwang ihn zum Bremsen.
Das schwere Fahrzeug, es hatte auf zwei Ebenen fabrikneue Personenwagen aus dem Saarland geladen, rollte gemächlich vor ihm her und beschleunigte kaum. Kilian sah aber auch keine Möglichkeit zu überholen und klebte förmlich an der Stoßstange des Lkw. Sein Scheinwerferlicht wurde von der Heckscheibe des schrägstehenden obersten Wagens reflektiert.
Immer noch Kurven, dazu ging es leicht bergauf, Kilian wurde ungeduldig. Er scherte etwas aus, um eine Gelegenheit zum Überholen abzupassen.
Plötzlich war die Reflexion der Scheinwerfer weg, ein Schatten kam auf ihn zu, dann ein gewaltiger Schlag, die Frontscheibe splitterte, sein Wagen kam ins Schlingern. Lenken konnte er nicht mehr, Schleifgeräusche drangen zu ihm durch, ein infernalisches Kreischen, dann brach sein Fahrzeug aus und schoß nach links. Ein Tritt auf die Bremse brachte es ins Schleudern, Kilian sah die Böschung auf sich zukommen, raste sie hinauf, der Wagen wurde abgebremst und kippte zur Seite; tief schnitten die Sicherheitsgurte ein. Sich zweimal überschlagend, kam er gleich neben der Straße auf den Rädern zum Stehen.
Die Hände am Lenkrad – auf der Beifahrerseite waren Dach und Strebe eingedrückt –, blieb Kilian einige Sekunden sitzen und versuchte sich zu sammeln. Er stieg aus, ihm wurde schwindelig, er mußte sich festhalten. Hinter sich hörte er Bremsen quietschen und kurz darauf jemanden fluchen.
Kilians Schädel brummte, er war mit dem Kopf gegen den Überrollbügel gestoßen, aber gebrochen schien nichts zu sein. Als er sich jedoch über die Stirn wischte, spürte er das klebrige Blut an den Fingern.
Mittlerweile war der Fahrer des anderen Autos näher gekommen. »He, wo kommt denn da hinten der Wagen her?« beschwerte er

sich. Und nach einem Blick in Kilians Gesicht: »Ist Ihnen was passiert?«
»Ich glaube nicht, nur eine Schramme auf der Stirn.«
»Einen Augenblick bitte.« Mit Verbandskasten und Taschenlampe kam der Mann zurück. »Muß genäht werden, klafft ganz schön weit auseinander. Hier, drücken Sie die Mullbinde drauf, damit die Blutung zum Stillstand kommt.«
Inzwischen hatten weitere Fahrzeuge angehalten, Warndreiecke wurden aufgestellt, und sein Helfer zeigte Kilian den Grund für die Notbremsung. Einer der neuen Wagen lag mitten auf der Straße. Er mußte sich aus seiner Verankerung gelöst und auf Kilians Fahrzeug gekracht sein.
Die Polizei traf wenig später ein und bestätigte seine Vermutung. Weil er versetzt gefahren sei, habe er das überstanden – ein eventueller Beifahrer wäre wohl ... Über Funk wies ein Beamter Kollegen an, den Transporter zum Halten zu bringen. Wahrscheinlich sei er auf dem Weg nach Belgien, von wo die Euromodelle als billigere Reimporte den Weg zurück nach Deutschland fänden.
Kilian wurde notdürftig verarztet und machte gerade in einem Polizeibus seine Aussage, als die Mitteilung kam, man habe den Fahrer des Transporters. Er hatte den Vorfall nicht bemerkt und war einfach weitergefahren. Wie sich herausstellte, war ein Steckbolzen gebrochen und einer der Haltegurte gerissen. Den Beamten kam das seltsam vor, denn die Bruchstelle sah ganz frisch aus. Sie vermieden es zwar, das auszusprechen, doch als sie Kilian fragten, ob er Feinde habe, war das Andeutung genug.
Der Allrad wurde abgeschleppt, er hatte nur noch Schrottwert. Kilian fuhr mit dem Taxi zuerst ins Bitburger Krankenhaus und anschließend nach Hause. Er hatte bitterböse Gedanken. Jana, du Miststück! Aber er verfluchte sich auch selbst, weil er so leichtgläubig gewesen war. Jana mußte doch tatsächlich nur mit dem kleinen Finger winken, und schon machte er sich auf den Weg.

Kilian, vorgeblich in die Karte vertieft, musterte Maren von der Seite. Schlank war sie, mit sehr schmalen Hüften. Das feingeschnittene Gesicht mit den etwas zu vollen Lippen harmonierte mit der

zierlichen Gestalt. Wenn sie lachte, dann lachte der ganze Körper.
»Wie steht es um den Ritualmord? Haben sie den Täter?«
»Nein. Aber es gibt drei weitere Straftaten, die dieser zumindest ähneln. Es könnte derselbe Täter sein.«
»Haben Sie mitbekommen, wie das Fernsehen die Polizei ausgetrickst hat?«
Ihr Gesicht wurde ernst. »Mit WTC haben wir schon wiederholt Schwierigkeiten gehabt. Die sind erschreckend uneinsichtig, so kalt und eigennützig; denen kommt es einzig darauf an, der erste zu sein, koste es, was es wolle. Die Landesmedienanstalt hat WTC einmal wegen eines Interviews auf dem Friedhof gerügt. Eine junge Frau hatte ihren Verlobten verloren; er sollte wegen eines Einbruchs verhaftet werden, aus der Dienstwaffe eines Polizisten löste sich ein Schuß und tötete ihn. Auf dem Friedhof schwor die Frau Rache und rief andere auf, den Beamten – sie beschimpfte ihn als Mörder und nannte seinen Namen – im Namen der Gerechtigkeit umzubringen. WTC hat dieses Interview ausgestrahlt und sich auf die Informationspflicht berufen.«
Aber Maren wollte heute nichts von Ritualmorden, von WTC oder anderen beruflichen Dingen hören. Sie sei in Trier, um sich mit Chambier zu treffen. Und um mit ihm, Kilian, zu plaudern. Er sei ihr sympathisch.
Die offenen Worte überraschten Kilian. »Weil Sie meine Kinder kennengelernt haben?«
Sie lachte. »Ja, die finde ich auch sympathisch. Tim und Nicole haben mir einiges erzählt. Daß Sie im Gefängnis gesessen haben, geschieden sind und vieles mehr.«
Als das Wort Gefängnis fiel, wollte Kilian sich wieder in seinem Trotz verschanzen; das ging niemanden etwas an.
Maren deutete seine Reaktion richtig. »Chambier hatte mir aber auch schon davon erzählt.«
»Dieser …«
»Nicht fluchen.« Sie legte ihre Hand auf seinen Unterarm. »Ich bin auch geschieden. Sagen Sie nur, der Brummbär hat ausgerechnet das für sich behalten?«
Kilian erfuhr, daß Maren keine Kinder hatte; ihre Ehe hatte sie

nach gerade mal zwei Jahren als Irrtum erkannt. Allein zu leben mache ihr Spaß, sie fühle sich frei. Es sei ein tolles Gefühl, keine Verantwortung für andere übernehmen und nur sich selbst gegenüber Rechenschaft ablegen zu müssen.

Mit ihrer ungezwungenen Art schaffte Maren es, Kilians Verkrampfung und Reserviertheit zu lösen. Sie plauderte über ihren Urlaub, schwärmte von der Nordsee, besonders der niederländischen Küste. Obwohl sie auch damit einen wunden Punkt traf – allmählich hatte er das Gefühl, nur noch wunde Punkte zu haben; selbst den Mond sprach er schuldig, weil er an dem Abend seiner Verhaftung am Himmel gestanden hatte –, ließ sie ihm gar nicht erst die Gelegenheit, sich selbst zu bedauern. Ihr Optimismus und ihre Schlagfertigkeit erheiterten und forderten ihn.

Eine Weile später betrat Chambier das Café, küßte Maren flüchtig auf die Wange und tätschelte ihre Hand. Kilian wunderte sich über die Vertrautheit, die zwischen den beiden herrschte.

»Bumerang, dein Terminkalender ist so voll, daß ich gar nicht zu fragen wage, ob du morgen für mich Zeit hast.« Chambier grinste ihn an.

»Etwa ...«

»Ja, auf der Mühle.«

Kilian erschrak, Chambier hatte sein Geheimnis ausgeplaudert.

»Ich werde auch dort sein«, gestand Maren. »Beeinflußt das Ihre Entscheidung?«

»Morgen muß ich nach Hermeskeil«, stammelte Kilian, der überhaupt nichts mehr verstand. »Da bleibt nicht viel ...«

»Schon erledigt. Carwash übernimmt die Rinderausstellung und ersetzt Text durch Fotos. Oder ziehst du solch plumpe Viecher dieser charmanten Gesellschaft vor?« feixte Chambier und streichelte Marens Schulter.

Sein Verstand sagte ihm, es sei unsinnig, aber er mußte sich Gewißheit verschaffen. Unangemeldet stand er vor Jana. Sie erschrak, bestritt, etwas von dem Anschlag gewußt zu haben, und ging sogleich zum Angriff über. Zwei Stunden habe sie in Prüm auf ihn gewartet; mehr könne er nicht von ihr verlangen.

Auf die Frage, warum er denn überhaupt habe kommen sollen, antwortete sie: »Mein Vater hat mir einen Brief für Sie mitgegeben. Er wollte nicht mit Ihnen gesehen werden.«
»Und wo ist der Brief jetzt?«
»Mein Vater hat ihn wieder an sich genommen, nachdem Sie nicht gekommen waren.«
»War er auch in Prüm?«
Sie schüttelte den Kopf.
»Haben Sie sich meinen Vorschlag überlegt?«
»Entschuldigung, ich bekomme gleich Besuch«, erklärte sie kurzerhand und schlug ihm die Tür vor der Nase zu.
Kilian war um ein Problem reicher. Warum sollte Jana ihm einen Brief aushändigen? Doch nur, weil ihr Vater einen plausiblen Grund benötigte, seine Tochter einzubinden; mit ihrer Hilfe hatte er ihn nach Prüm gelockt. Vielleicht hatte Jana von den Plänen ihres Vaters wirklich nichts gewußt.
Nicht diese Erkenntnis machte Kilian zu schaffen, sondern der Umstand, daß er sich immer noch sträubte, den Vorfall als Mordanschlag zu betrachten. Natürlich kannte er auch den Grund. Nie und nimmer hätte er so reagiert, deshalb traute er es auch keinem anderen zu. Daß seine Gegenspieler andere Kriterien anlegten, wenn es darum ging, ein Übel zu beseitigen, war ihm nun endgültig klargeworden.

Daß die Führungsriege von WTC, besonders Monique Koslo, die doch den Zahlenguru Erik hatte, sich verschätzte, und dann auch noch zu ihren Ungunsten, kam äußerst selten vor. Aber VOPO hatte so phantastisch eingeschlagen, daß die Telefonistinnen mit den Bestellungen nicht mehr nachkamen und die Postboten über den enormen Eingang stöhnten.
»Inzwischen sind knapp zwei Millionen Anträge registriert, und das in nur zehn Tagen«, frohlockte Monique in der Sitzung. »Bis Jahresende könnten es drei sein. Leute, wir schwimmen oben.«
Die Anwesenden klatschten sich selbst Beifall.
»Noch wichtiger dürfte sein, daß mit jeder Million unsere Ein-

schaltquote um mehr als null Komma fünf Prozent steigt. Ist das nicht so, Erik?«
Ihr blasser Nachbar bestätigte dies.
»Anders ausgedrückt«, sprach Monique weiter: »Wir verdienen durch den Verkauf von VOPO doppelt. Die Hälfte der Einnahmen fließt in unsere Kasse, und die Abnehmer katapultieren gleichzeitig unsere Quote in die Höhe. Genial, einfach genial. Unsere Werbeeinnahmen sind in den vergangenen vier Wochen um dreißig Prozent gestiegen.«
Monique nahm die Glückwünsche huldvoll entgegen. Wenn Sherman von der Zentrale in Houston kommende Woche die neuen Zahlen mit ihr durchging, würde er Augen machen.
»Ich schlage vor, daß wir für jedes Gerät jenseits der Zweimillionenmarke zehn Prozent unseres Erlöses einem guten Zweck zuführen. Erik, ist das zu machen?«
Erik bearbeitete sein Notebook. »Ja, eine gute Idee und sehr werbewirksam umzusetzen.«
»Dann, liebe Kollegen, laßt uns überlegen, für was wir spenden.«
»Mütter in Not« wurde genannt, »Opfer der BSE-Seuche«, »Krebskranke Kinder«.
»Wie wäre es mit der Sahelzone?«
Zwei Sekunden Ruhe, dann beifälliges Nicken, der Vorschlag von Alex wurde angenommen.
»Erik, ist Sahel gut?«
»Sehr gut. So können wir bei jeder Gelegenheit auf VOPO hinweisen. Wenn man für eine gute Sache Geld lockermacht, darf man das.«
»Dann soll es heute abend in den Nachrichten verkündet werden.«
Die Sitzung, an der auch Caruso teilnahm, wurde gestört. Eine junge Frau betrat den Tagungsraum und entschuldigte sich vielmals.
»Ein dringender Telefonanruf für einen Herrn Rollinger«, sagte sie.
»Gibt es bei uns nicht«, meinte Monique.
Caruso, der nur wenige Augenblicke benötigte, um die Situation

zu retten – normalerweise hätte Zöblin später anrufen sollen –, reagierte gekonnt. »Ich soll das Gespräch für Rollinger annehmen, er war heute in meinem Büro. Können Sie es durchstellen?«
Wenige Sekunden später sahen alle, wie angespannt und erstaunt zugleich Carusos Gesicht war. Er stellte den Zimmerlautsprecher ein.
»... es gibt nur wenige Möglichkeiten, mein Schicksal mit dem von Deutschland zu verbinden. Ich, Horst Zöblin, ehemaliger Pilot der DDR, werde gleich in meine Maschine steigen und zu einem historischen Flug ansetzen. Alle Welt wird davon erfahren. Wenn Ihr Sender an diesem Ereignis teilhaben möchte, muß in genau einer halben Stunde ein Kamerateam am Flugplatz Heidelberg sein. Ich warte keine Sekunde. Es geht mir nicht um Geld, sondern um etwas, das nicht bezahlbar ist.«
Die Leitung war tot.
»Was haltet ihr davon?« fragte Caruso, der bei so vielen Zeugen kein Tonband hatte einschalten müssen. Der ganze Sender war nun in die Aktion eingebunden, das machte sich ausgezeichnet.
»Wer ist Rollinger?« wollte Monique wissen.
Caruso hatte eine treffliche Ausrede parat. »Mitarbeiter einer anderen Anstalt. Mehr darf ich dazu noch nicht sagen. Er möchte zu uns kommen und hat mir quasi als Entree eine Bombengeschichte angeboten.«
»Um was geht es denn?«
Caruso zuckte mit den Schultern. »Ich bin genauso schlau wie Sie alle.«
»Klingt irgendwie dramatisch«, ließ sich Monique vernehmen. »Der Anrufer scheint es ernst zu meinen. Fragt sich nur, was er im Schilde führt. Historischer Flug! Könnt ihr euch darunter was vorstellen?«
Caruso gab vor zu überlegen. »Er ist Pilot, was kann ein Pilot schon wollen? Sollen wir einfach mal ein Team hinschicken?«
»Eine halbe Stunde bis Heidelberg? Ist nicht zu schaffen.«
Alle dachten nach, Caruso kam die rettende Idee. »Ist da nicht gerade ein Team in der Nähe? Drehen sie nicht für ›Traummusik‹ bei einem Interpreten zu Hause?«

Zwei Minuten später war das Team informiert und schon auf dem Weg zum Flugplatz. Weil man immer noch nicht wußte, was Pilot Zöblin mit seinem historischen Flug meinen könnte, charterte Caruso in Moniques Auftrag vorsorglich eine Cessna. Die Konferenz war vergessen. Es wurde eine Standleitung für Kamera und Telefon eingerichtet, und dann wartete man.

Auf dem Flugplatz kam dem Team sogleich Horst Zöblin entgegen.

»WTC?«

»Ja.«

»Dann los. Baut die Kamera auf. Ein kurzes Statement.«

Wenig später verkündete Zöblin, er halte die deutsche Wiedervereinigung für eine Farce; es gehe einzig darum, die ehemalige DDR erneut von einem großen Bruder abhängig zu machen. Man brauche sich ja nur die Entwicklung der vergangenen Jahre anzuschauen: alles plattgemacht, einseitige juristische Aufarbeitung, Markus Wolf habe wegen seiner Agententätigkeit vor Gericht gestanden, der bundesdeutsche Außenminister, damaliger Kontrahent beim Bundesnachrichtendienst, dagegen nicht.

»Wir sind die Bösen, hatten die Stasi, werden angeprangert und sind bei allem die Dummen. Aber ihr, unsere bessere Hälfte, erfreut euch an unserem Grund und Boden, mit dem ihr hemmungslos spekuliert. Ihr helft uns nicht. Im Gegenteil, sogar unsere Partei habt ihr auf dem Gewissen – sie ist euch unbequem geworden. Was bleibt uns überhaupt noch? Um unsere Verzweiflung zu demonstrieren, starte ich jetzt zu meinem historischen Flug.«

Zöblin rannte bei laufender Kamera zu einer Maschine, stieg ein und startete, ohne die Genehmigung abzuwarten. Das Team folgte. Auch die Cessna startete ohne ausdrückliche Genehmigung.

Als hätte Zöblin die Cessna im Schlepp, hoben beide Maschinen kurz nacheinander ab. Gebannt verfolgte man in der Kölner WTC-Zentrale das Geschehen auf einem Monitor. Zwar war die Qualität der Bilder trotz des überraschend sonnigen Novemberwetters nicht allzu gut, aber die Sache war von enormer Aktualität.

»Was ist, wenn er aussteigt und sich zu Tode stürzt?« Alex, der empfindsame Moderator von »Traummusik«, legte erschrocken eine Hand auf den Mund.
»Dann ist das verdammtes Pech«, antwortete Jürgens von »Technik leicht gemacht«.
»In zwei Stunden sieht die Sache schon anders aus.«
Das war auch Moniques Einschätzung. Verstohlen schaute sie zu Caruso. Wie kommt es, fragte sie sich, daß dieser Zöblin einen gewissen Rollinger sprechen will, den es bei uns gar nicht gibt, und ausgerechnet Benno Dexheimer befugt ist, diesen Anruf entgegenzunehmen? Existiert dieser Rollinger überhaupt? Oder operiert Caruso mit verschiedenen Namen? Ihre Blicke begegneten sich, Benno sah besorgt aus. Insgeheim jedoch frohlockte er, das Unternehmen lief bestens an. Bisher hatte Zöblin sich exakt an alle Anweisungen gehalten.
»Erik, können wir diese Bilder«, Monique deutete auf den Monitor, »direkt auf Sendung bringen?«
»Ja, aber im Augenblick ist ›König der Berge‹ dran.«
»Dann laß den König rauswerfen, wir packen den Piloten rein. Wer von euch übernimmt aus dem Stand den Kommentar?«
Monique entschied sich für Hasso Jürgens, weil der ihr noch am ehesten in der Lage schien, dramatische und sachliche Worte zugleich zu finden.
»Meine Damen und Herren«, begann Jürgens, der im Laufschritt ins Studio geeilt war, »aus aktuellem Anlaß unterbrechen wir unser Programm. Wie wir soeben erfahren haben, ist in Heidelberg ein Pilot zu einem historischen Flug gestartet. Wir wissen nicht, was sein Ziel ist, kennen seine Motive nur vage, aber ihm scheint es ernst zu sein. Es handelt sich um einen Bürger der ehemaligen DDR, um Horst Zöblin. Er hat uns vor dem Start angerufen. Es folgt der genaue Wortlaut des Gesprächs.«
Nach der Wiedergabe beugte Jürgens sich über das Mikrophon. Caruso hatte ihm in der Zwischenzeit ins Ohr geflüstert, Zöblin sei Pilot einer Tupolew gewesen, eines Jets, so groß wie ein Airbus; das wurde nun an die Zuschauer weitergegeben.
Jürgens kam eine rettende und karrierefördernde Idee: »Wir hier

in Köln und unsere Kollegen in der Begleitmaschine wissen nicht, was Zöblin vorhat. Will er uns narren? Fliegt er ins Ausland? Stürzt er mit seiner Maschine ab? Wie ich soeben erfahre, ist er verheiratet und hat vier Kinder. Was sagt seine Familie dazu? Wir bemühen uns, die Ehefrau zu erreichen. Sie, meine Damen und Herren, werden genauso gebannt sein wie wir. Deshalb legen wir, WTC, die Entscheidung in Ihre Hände: Sollen wir im ausgedruckten Programm fortfahren, oder wollen Sie diesen historischen Flug live verfolgen? Wenn der gelbe Punkt aufblinkt, stimmen Sie mit Grün für ja und mit Rot für nein!«
Sekunden später wurde das Ergebnis eingeblendet: Siebenundsiebzig Prozent der Zuschauer wollten die Live-Übertragung. Monique Koslo juchzte, Caruso, dessen Herz für einen Augenblick ausgesetzt hatte, tat es ihr gleich, der Sitzungssaal schien ein Tollhaus zu sein. Alex war es, der schrie: »Wir haben es geschafft.«
Jürgens bedankte sich artig bei den Zuschauern, dieses eindeutige Votum sei ein Vertrauensbeweis und zugleich eine Verpflichtung, die Zuschauer ausführlich zu informieren und auf dem laufenden zu halten.
»Ich frage das Team in der Cessna: Habt ihr Kontakt zu Zöblin?«
»Ja«, krächzte eine Stimme. »Zöblin hat uns mitgeteilt, sein Flug gehe erst einmal in Richtung Rhein-Main.«
»Hat er schon verlauten lassen, was er dort will?«
»Zöblin schweigt über sein Vorhaben und sein genaues Ziel. Wir wissen nur, daß er ein zu allem entschlossener Mann ist.«
Jürgens nickte anerkennend. Die Kollegen vor Ort waren echte Profis. »Kann er denn in der Republik überallhin fliegen? Ist das so einfach?«
»Fragen wir doch Herrn Zöblin selbst«, bekam Jürgens zu hören. Caruso stockte der Atem, das war nicht abgesprochen. Zöblin sollte sich aus allem heraushalten, damit er keinem fremden Einfluß ausgesetzt war.
»Nein, ich kann nicht überallhin fliegen«, erwiderte eine Stimme mit sächsischem Einschlag. »Es gibt Sperrgebiete, und ich muß meine Route anmelden.«

»Aber Sie haben keine Startgenehmigung erhalten.«
Alle hörten Zöblin kichern. »Für historische Flüge braucht man keine Startgenehmigung.«
Caruso entspannte sich, sein Kandidat hielt sich hervorragend.
»Hat sich denn schon eine Bodenstelle gemeldet?«
»Selbstverständlich«, antwortete man Jürgens aus der Cessna. »Es werden dauernd Versuche gemacht, mit Zöblin ins Gespräch zu kommen, aber der Mann reagiert überhaupt nicht.«
»Was könnte das für Konsequenzen haben?«
Jürgens hoffte, daß der Kollege in der Cessna die richtige Antwort geben würde.
»Sollte Zöblin stur bleiben und weiter nach Frankfurt am Main fliegen, dann könnte, wenn er der Aufforderung zu landen nicht nachkommt, der Befehl zum Abschuß gegeben werden.«
Hervorragend, jubelte Jürgens stumm – und mit ihm die Kollegen im Sitzungssaal. Nun war die Dramatik da, der sich kein Zuschauer würde entziehen können.
»Könnte das eine Bundeswehrmaschine sein oder eine der amerikanischen Streitkräfte?«
»Diese Frage wird im Augenblick sicherlich an anderer Stelle erörtert. Noch scheint für einen solchen Fall die rechtliche Situation nicht geklärt zu sein. Bei einem direkten Anflug auf den militärischen Bezirk von Frankfurt/Main müßte man den Amerikanern zugestehen, sich vor einem Flugobjekt zu schützen.«
Jürgens fieberte nun selbst.

Kilian stellte sein Auto in den Carport und ging zur Mühle. Chambier erwartete ihn bereits.
»Beeil dich, im Fernsehen läuft eine seltsame Show ab.«
Im Wohnzimmer saß Maren vor dem Bildschirm und schüttelte immer wieder den Kopf. »Pervers, wie die das bringen, aber absolut professionell.«
Sie wurden Zeuge, wie der Pilot Zöblin kurz vor Frankfurt abdrehte und nach Osten schwenkte. Er flog sehr niedrig und war bisher keiner Aufforderung zur Landung nachgekommen. Chambier klärte Kilian in wenigen Worten über das Geschehen auf.

»WTC?«
»Wer denn sonst?«
»Meine Damen und Herren«, setzte der Sprecher an, »das ist noch einmal gutgegangen. Wie ich soeben erfahre, haben die Amerikaner den Befehl zum Abschuß bereits gegeben. In letzter Sekunde konnte unser Robin Hood der Lüfte Schlimmes verhindern, indem er die Richtung änderte. Wir wollen uns vergewissern, meine Damen und Herren, ob unsere Berichterstattung noch Ihr Interesse findet. Bitte geben Sie, sobald der gelbe Punkt aufleuchtet, Ihr Votum ab.«
»Sie haben ein Gerät entwickelt, mit dessen Hilfe die Zuschauer mitbestimmen können«, erklärte Maren.
Kilian hatte davon schon gehört. Nun wurde das Ergebnis eingeblendet: Vierundachtzig Prozent waren für Weitermachen.
»Danke, liebe Zuschauer.« Des Moderators Stimme klang bewegt. »Ich frage die Cessna: Gibt es etwas Neues zu berichten?«
»Im Augenblick nicht. Vor wenigen Sekunden hat Zöblin uns einen Gruß an seine Frau aufgetragen: Vera, ich liebe dich.«
»Sagen Sie dem Piloten, wir bemühen uns, sie ins Studio zu bekommen, dann kann er direkt mit ihr sprechen.«
Während in der Kraulsmühle drei Personen angewidert und fasziniert zugleich die Live-Sendung verfolgten, telefonierte Monique Koslo mit anderen Anstalten und bot die Zweitverwertung feil. Die Öffentlich-Rechtlichen baten um Bedenkzeit, man müsse sich beraten, fünf Private griffen sofort zu und bildeten innerhalb einer Viertelstunde einen Pool. Man einigte sich auf drei Minuten Berichterstattung pro Stunde, dafür mußten achthunderttausend Mark gezahlt werden. Zöblin flog immer noch gegen Osten, als per Fax die Vertragsbestätigungen bei WTC eingingen.

Später Nachmittag, die Sonne stand tief am Himmel, die Schatten wurden länger. Jürgens, der unermüdlich berichtete und sich dank des Teams in der Cessna in einen regelrechten Rausch hineingesteigert hatte, verlangte nach Kaffee. Zöblin war inzwischen wieder in Richtung Rhein unterwegs und wurde von zwei anderen Maschinen eskortiert; ein Polizeihubschrauber hatte sich ebenfalls dazugesellt. Für die Jets der Luftwaffe war Zöblin zu langsam. Von Zeit zu Zeit jedoch stießen sie im Tiefflug nach unten, als übten sie schon einmal für den Abschuß. Aber das war nicht mehr so einfach, nun, da ganz Deutschland das Geschehen am Fernsehschirm verfolgen konnte.

Während das Erste und das Zweite Programm keine Änderungen in der Sendefolge vornahmen, hatten die privaten Sender längst Diskussionsrunden gebildet, besetzt mit ehemaligen Generälen der Bundeswehr, Piloten, Umweltexperten und Psychologen. In einer talkte sogar ein Schauspieler, der vor Jahren in einem Spielfilm einen Piloten hatte mimen dürfen.

Die Nation war gespalten, was das weitere Vorgehen betraf. Erst wenn durch Zöblin eine wirkliche Gefahr heraufbeschworen wurde, wenn er beispielsweise vorhatte, sich auf ein Krankenhaus oder ein vollbesetztes Stadion zu stürzen, konnte man unter Umständen einem Abschuß zustimmen. Aber auch in einer solchen Situation sei ein Pro heikel, ließ ein Psychologe einfließen, denn es sei ja nicht gesagt, daß durch seinen Absturz jemand zu Schaden käme. Vielleicht könnte sogar der Pilot unverletzt den Trümmern entsteigen.

Jürgens war es, der beim Wort Stadion sofort reagierte. Heute hatten die wieder aufgestiegenen Lauterer ein Heimspiel, gegen Dortmund, der Betzenberg war bis auf den letzten Platz ausverkauft. Und so wie Jürgens über das mögliche Ziel dieses historischen Fluges spekulierte, taten es die Talker bei den anderen Privaten auch.

Zöblin plane hoffentlich nicht, nach Frankreich zu fliegen, das könne trotz des Schengener Abkommens zu Verwicklungen führen. Nicht möglich, entgegnete ein Exgeneral, der auch Jagdflieger gewesen war. Falls seine Berechnungen stimmten, habe der Pilot noch für höchstens eine halbe Stunde Treibstoff. Aber bis Kaiserslautern, das mußte der Experte zugeben, würde es reichen. Mit Zusatztanks, die ohne weiteres zu installieren seien, könne Zöblin doch sehr viel länger durchhalten, meinte ein anderer Talkgast. Der hochrangige Offizier zog es vor, mit den Schultern zu zucken.

»Er will nicht nach Kaiserslautern«, schrie Jürgens plötzlich los. »Er will nach Biblis zum Atomkraftwerk!« Einer Eingebung folgend fügte er hinzu: »Haltet ihn auf, haltet ihn um Himmels willen auf!«

Monique klatschte vor Begeisterung in die Hände und schrieb auf einen für Jürgens bestimmten Zettel: »Umschwenken, für den Menschen Zöblin Verständnis zeigen. Aber er darf nicht AKW zerstören.«

Die kurz danach durchgeführte VOPO-Umfrage ergab: Sechsundneunzig Prozent der Zuschauer wollten dranbleiben.

Kaum war das Wort Biblis einmal gefallen, wußten es plötzlich alle. Klar, was wäre am Betzenberg historisch gewesen? Und die Dimension des möglichen Desasters wuchs mit Biblis ins gigantische.

Monique hatte am schnellsten einen Physiker in der Leitung, der befragt werden konnte. Er erklärte, die Gefahr sei eher gering bis nicht vorhanden, da beim Bau der einen Meter dicken Betonschale solche Eventualitäten einkalkuliert worden seien. Und unter der Betonschale gebe es noch die schützende Stahlumhüllung.

»Können Sie unsere Zuschauer beruhigen und Ihnen garantieren, daß nichts passieren kann?«

Der Physiker, viel zu sehr Wissenschaftler, um einfach nur ja zu sagen, antwortete: »Eine absolute Garantie gibt es nicht, aber ich halte es für ausgeschlossen.«

»Das ist Ihre private Meinung«, insistierte Jürgens, der wuchs und wuchs und wuchs. »Und was ist, wenn ausgerechnet an dieser Stelle ein Konstruktionsfehler die Hülle geschwächt hat?«

»Ausgeschlossen. Warum sollte es einen solchen Fehler geben?«

»Weil nicht Gott, sondern Menschen das AKW gebaut haben.«

An die Zuschauer gerichtet, meinte Jürgens – Zöblin konnte ihn nicht hören, deshalb wählte er klare Worte –: »Was sich wirklich abspielen könnte, ich weiß es nicht. Aber es muß jemand gefunden werden, der diesem Schrecken ein Ende bereitet und den Wahnsinnigen von seinem Vorhaben abbringt.«

Inzwischen war Frau Zöblin im Studio und wurde ausgiebig über

ihre Ehe, die Kinder, das Familienleben befragt, aber leider ließ sich keine Verbindung mit ihrem Mann herstellen.
»Was ist los da oben«, fragte Jürgens barsch. »Schlaft ihr?«
»Nein.« Der Kollege klang sauer. »Aber er rührt sich nicht. Sämtliche Verbindungen sind tot.«
»Dann bemüht euch bitte. Die Zuschauer haben ein Recht, informiert zu werden.«
»Uns geht der Treibstoff aus. Wir müssen in fünf Minuten landen.«
»Bleibt oben, solange es geht. Könnt ihr Zöblin rammen?«
»Warum?« Die beiden Mitarbeiter in der Cessna bekamen nichts von dem mit, was im Studio vor sich ging. »Sollen wir Kamikaze spielen? Unser Leben aufs Spiel setzen?«
»Er darf nicht bis zum Kraftwerk kommen.«
»Nein, rammen werden wir auf keinen Fall.«
Jürgens war nicht mehr zu halten. »Ihr habt eine Verpflichtung, auch der Öffentlichkeit gegenüber. Ihr könnt vielleicht Tausende von Menschen retten.«
Weil Jürgens schnell dazwischenfuhr, hörten die Zuschauer nur den Anfang der unflätigen Beschimpfung. »Du perverses Arsch …«
Frau Zöblin wurde in einem anderen Studio interviewt, um Jürgens zu entlasten. Er war nun beinahe drei Stunden ohne Unterbrechung im Einsatz. Ihre Ehe sei gut gewesen, es habe keinen ernsthaften Konflikt gegeben, ihr Mann habe sich stets um die Kinder gekümmert, sei ein guter Familienvater. Sie verstehe nicht, was er mit diesem historischen Flug erreichen wolle, nie hätte sie ihm so etwas zugetraut.
»Das ist die Stimme meines Mannes.« Frau Zöblin deutete auf den Lautsprecher.
Der Ton wurde lauter, Zöblin war zu hören. »Der historische Flug wird bald zu Ende sein. Jetzt dringe ich in das Sperrgebiet des Atomkraftwerkes vor. Es ist Gottes Wille, daß ich dieses Ungetüm zerstöre, um die Welt von einem Übel zu befreien.«
Zöblin war so gut, daß Caruso nicht wußte, ob er sich freuen oder vor Spannung die Luft anhalten sollte. Inzwischen hatte Monique

Koslo mit Frau Zöblin einen Exklusivvertrag abgeschlossen, der WTC das alleinige Recht auf Vermarktung aller im Zusammenhang mit dem Flug stehenden Übertragungsmöglichkeiten in Wort und Bild auf unbefristete Zeit garantierte.

»Hier noch ein Hinweis für eventuelle Versuche, mich mit Flugabwehrwaffen an der Ausführung meines Vorhabens zu hindern. Liebe Kollegen, ich gehe jetzt tiefer und fliege vierhundert Meter über Grund. Mein Anflugwinkel wird fünfzehn Grad betragen. Wenn ihr mich verfehlt und das Kernkraftwerk trefft, kann ich umkehren – dann habt ihr meine Mission erfüllt.«

Ein Tornado preschte gefährlich nahe an Zöblin vorbei und wackelte mit den Flügeln: die Aufforderung, zu folgen und zu landen. Zöblin reagierte nicht; noch sechs Kilometer lagen vor ihm. Wieder schossen Kampfflugzeuge an Zöblin vorbei, immer noch keine Reaktion. Und die Piloten hatten keine Order, ihn abzuschießen. Der zuständige General bat den Verteidigungsminister, den entsprechenden Befehl zu geben. Ganz Politiker und in Krisensituationen nicht gerade entschlußfreudig – die Welt blicke auf Deutschland, meinte er –, schob dieser die Entscheidung hinaus. Noch drei Kilometer.

Inzwischen hatte Jürgens die Kollegen in der Cessna über eine andere Leitung informiert.

»Wir versuchen, ihn zu rammen«, tat der Sprecher mit heroischer Stimme kund. Sie hatten bereits zur Landung angesetzt, doch das konnte niemand sehen. »Aber er fliegt eine Beachcraft, damit ist er viel schneller als unsere Cessna.«

Die Nase von Zöblins Maschine drückte sich nach unten. Der Winkel reiche nicht aus, um die erforderliche Geschwindigkeit und damit Energie für einen wirkungsvollen Aufprall zu erreichen, meinte der Physiker. Keine Gefahr für die Betonschale und für das AKW. Noch zwei Kilometer.

»Freunde, betet für mich«, war Zöblin zu hören. »Besonders ihr Ossis, denn ich tue es für euch, damit man uns endlich als gleichberechtigte Partner anerkennt. Gott sei mit mir.«

Eine VOPO-Umfrage ergab: neunundneunzig Prozent. Die Zuschauer vor den Bildschirmen hielten den Atem an, Monique

hielt den Atem an, Caruso hielt den Atem an. Die letzte Gelegenheit, Zöblin zum Abschuß freizugeben, war vertan.
»Nein!« Ein schmerzlicher, verzweifelter Schrei drang durch den Äther. »Nein!« Alles wartete auf den großen Feuerball. Und dann war Zöblin wieder zu hören: »Ich kann es nicht, ich kann es nicht.«
Caruso sackte auf seinem Stuhl zusammen, wenige Minuten später landete Zöblin und wurde sofort abgeführt. Monique lächelte still in sich hinein, sie hatte die Exklusivrechte. Trotzdem würde sie Sherman einmal auf diesen Benno Dexheimer und dessen genaue Funktion ansprechen. Gab es da möglicherweise Übereinkünfte, von denen sie keine Ahnung hatte?

Kilian, Maren und Chambier waren sich einig, daß die Macher von WTC die Chance professionell genutzt und den Zuschauern einen perfekten Nachrichtenkrimi geboten hatten. Widerstrebend mußten sie zugeben, daß VOPO genau den Geschmack jener Konsumenten traf, die vor allem bei den Privaten ihre Interessen vertreten sahen und gierig von der scheinbaren Mitbestimmung Gebrauch machten. Eingewickelt von geschickten Moderatoren, merkten sie gar nicht, wie ihre Gutgläubigkeit mißbraucht wurde. Gegen ein solches Live-Drama verblaßte natürlich die sich zuspitzende Lage in der Sahelzone. Afrika war weit, kein Atomkraftwerk konnte die Menschen bedrohen, was machte da schon das bißchen Hunger?
Inzwischen stand die vom UNO-Flüchtlingswerk UNHCR errichtete Luftbrücke. Bis zu zehn Maschinen, überwiegend Hercules-Transporter oder Transall, landeten nach UNO-Angaben täglich in dem Katastrophengebiet. Decken, Wasserkanister, Mais und Medikamente waren auf dem Weg zu den Bedürftigen. Allerdings, so kritisierte ein Reporter, sei die Hilfe nur der berühmte Tropfen auf den heißen Stein. Außerdem gebe es Engpässe beim Entladen. Die Kritik wurde von einer UNHCR-Sprecherin brüsk zurückgewiesen. Natürlich fühle man sich einer solchen Aufgabe gewachsen, aber leider arte die Katastrophe in eine Art Touristenattrak-

tion aus. Abgesehen davon, daß französische Truppen eingeflogen worden seien, die mit ihrer Ausrüstung und den Helikoptern die Landebahnen blockierten, glaube offenbar jede hochgestellte Persönlichkeit und jeder gerade im Wahlkampf befindliche westliche Politiker, er müsse sich unbedingt und auf der Stelle persönlich vom Anlaufen der Hilfe überzeugen. Diese Leute blieben zwar nur wenige Stunden – gerade lange genug, um mit Kindern abgebildet zu werden –, doch für diese Zeiten sei die Rollbahn aus Angst vor Terroranschlägen komplett gesperrt.

»Die Frau ist gut«, meinte Chambier. »Aber leider werden wir sie nie mehr sehen. Jede Wette, daß sie die längste Zeit für UNHCR gearbeitet hat. Es lebe die Meinungsfreiheit!«

Am Ende der Nachrichten kam man bei WTC auch noch auf den Friedensnobelpreis zu sprechen. »Wie wir aus sicherer Quelle erfahren haben, berät man zur Zeit in Stockholm den Vorschlag, den bosnischen Serbenführer Karadžić und den bosnischen Führer der Moslems, Izetbegović für ihre Verdienste um die Beendigung des Jugoslawienkrieges auszuzeichnen. Potentiellen Kritikern hielt man vor, auch Rabin, Peres und Arafat, die diesen Preis vor einigen Jahren erhalten haben, seien früher Terroristen gewesen.«

Chambier schaltete den Fernseher aus und blieb, rücklings an die Wand gelehnt, stehen. »Die Welt ist ein Tollhaus. Innerhalb einer Stunde haben wir drei Extrembeispiele kennengelernt. Kriegstreiber und Massenmörder bekommen womöglich den Nobelpreis, diesen Piloten hat man zum Nachrichtenhelden erkoren, aber die Hilfe für die Sahelzone kommt einfach nicht ins Rollen. Ich frage mich manchmal, ob das in Afrika Zufall ist, Unvermögen oder Absicht.«

»Wieso sollte es Absicht sein?« wollte Kilian wissen.

Chambier sah Maren an. »Sag du es.«

»Wann ist die Sahelzone zum Nachrichtenschwerpunkt geworden?«

Kilian überlegte. »Vor wenigen Wochen ging es los.«

»Wie lange hatten wir davor keine solche Naturkatastrophe mehr?«

Kilian erinnerte sich nicht.
»Vor zwei Jahren Japan, letztes Jahr Bangladesch, dieses Jahr Sahel«, warf Chambier ein.
Kilian stutzte. »Ihr wollt doch nicht behaupten, daß solche Katastrophen gemacht werden?«
Maren schüttelte den Kopf. »Die braucht niemand zu machen, viele sind vorprogrammiert. In Bangladesch gibt es jedes Jahr eine Überschwemmung durch den Monsun. Regnet es ein bißchen mehr, dann haben wir die Katastrophe. Erdbeben, Waldbrände, Schlammlawinen treten weltweit auf; Ascheregen des Vulkans Pinatubo auf den Philippinen fällt Jahr für Jahr.«
»Moment mal. Das klingt ja gar nicht schön.«
»Bumerang«, Chambier setzte sich wieder, »lassen wir einmal jedes hypothetische Gefasel und nehmen diese Desaster einfach als gegeben hin. Daß sie ihren Ursprung auch in menschlichem Fehlverhalten haben – in der Sahelzone ist die Überweidung mit Ziegen und Schafen ein wichtiger Grund – , soll uns im Augenblick nicht interessieren. Aber ich glaube einfach nicht, daß die westlichen Staaten tatsächlich nicht in der Lage sind, die nötige Hilfe zum einen zu gewähren und zum anderen sofort anlaufen zu lassen. Bei jedem NATO-Manöver wird an einem Tag mehr transportiert als in vier Wochen Sahel-Katastrophe. Verstehst du, was ich meine?«
»Natürlich. Kein Öl, keine Soforthilfe.«
»Drastisch gesagt, aber wahr. Haben diese Länder nichts zu bieten, fehlt es an Rohstoffen, dann steht es schlecht um unsere humanitären Anstrengungen. Am schlimmsten ist es, wenn mehrere westliche Regierungen gemeinsam versuchen, den Bedürftigen zu helfen. Das funktioniert nie. Aber es läuft wiederum so gut, daß man ihnen nicht vorwerfen kann, nichts getan zu haben.«
»Und dahinter vermutest du Absicht, Chambier?«
»Richtig. Ich kann es auch gefälliger als Halbherzigkeit bezeichnen. Und genau diese Halbherzigkeit, das Kompetenzgerangel innerhalb der UNO und der EU, das Feilschen darum, wer die Koordination übernehmen soll, das Streiten um das Verdienst, das alle für sich beanspruchen – das alles kommt unserer Zunft sehr

gelegen. Wir meckern und kritisieren, ohne auch nur den geringsten Beitrag zu leisten. Hat jemals ein Fernsehsender oder ein Medienkonzern – abgesehen von der Bekanntgabe eines Spendenkontos – aus eigenem Antrieb geholfen?« Chambier starrte Kilian angriffslustig an.
»WTC opfert doch zehn Prozent der VOPO-Einnahmen.« Kilians Ton war bissig.
»Wieder hast du den Nagel auf den Kopf getroffen. Hilfe von Organisationen oder Staaten gibt es nur, wenn man sie auch verkaufen kann. Und wie sie vermarktet wird, der Begriff gefällt mir besser, bekommst du jeden Tag mit. Keine Frage, natürlich gibt es kleinere Organisationen und Gruppen, NGOs, auch viele Einzelpersonen, die Kirche, die uneigennützig eingreifen. Wer aber nimmt das zur Kenntnis?«

Beim Abendessen war die Stimmung gedrückt; später im Wohnzimmer, bei einem Glas Rotwein und knisternden Flammen im Kamin, lockerte sie sich etwas. Vor dem Fenster tanzten die ersten Schneeflocken. »Bumerang, ich seh' es dir doch an. Du zerspringst vor Neugier, du willst wissen, was zwischen Maren und mir ist.«
»Hoffentlich nichts.«
»Zumindest nicht das, was du denkst.« Chambier schmunzelte. »Maren wird es dir sagen.«
»Wieso ich, Vati?«
Kilian schaute die beiden abwechselnd an, begann zu überlegen, zu rechnen und kam nach so viel Hilfe schließlich auf die Lösung. »Sie sind die Tochter von ... Dr. Leidls Nichte.«
»Na, habe ich dir nicht gesagt, der Junge ist gut?« wandte Chambier sich an Maren. »Hat ja auch einen Preis gewonnen.«
»Ihre Mutter kam bei dem Brand ums Leben. Sie ist gerettet worden.«
»Ich war bei meinen Großeltern, bin ein uneheliches Kind und für mein Leben gezeichnet«, scherzte Maren.
»Der Hauptgrund meiner Angst sitzt neben dir«, begann Chambier mit ernster Stimme. »Gudrun ist in dem Feuer umgekommen, keiner weiß, wie es entstanden ist, obwohl ich gewisse Ver-

mutungen habe. Maren ist bei ihren Großeltern aufgewachsen. Um nicht auch noch sie zu verlieren, habe ich die Recherchen für die Bestätigung meiner Theorie endgültig eingestellt.«

»Ich vermute, du hast Gudrun nicht geheiratet, um sie aus allem herauszuhalten.«

»Das ist mir leider nicht gelungen. Wenn durch deine Arbeit und, was noch wichtiger ist, durch deine Überzeugung ein Mensch ums Leben kommt, Bumerang, dann fragst du dich nach dem Sinn. Und du fragst dich, wie es in den Köpfen der anderen aussehen muß, denn du stehst ja auf der Seite der Gerechtigkeit – falls es sie überhaupt gibt. Maren ist der Grund für mein Versteckspiel. Wäre ich ungebunden gewesen, ich hätte weitergemacht. Möglicherweise müßtest du mich dann heute auf irgendeinem Friedhof besuchen.«

Im Augenblick war Sherman nicht nur der Reality-Manager von WTC Houston – fortwährend unterwegs, zuständig für gewürzte Nachrichten, Berichte, Geschichten »mitten aus dem Leben« und versehen mit einem dementsprechend dicken Etat –, sondern auch ein Antreiber, der im Auftrag seiner Chefin Christine Sallinger die deutsche Filiale zu höheren Quoten führen sollte. Aber Sherman brauchte nichts anzutreiben, brauchte weder Druck auszuüben noch amerikanische Vorbilder zu beschwören – die Germans waren schon verdammt gut. Und sie lernten enorm schnell. Deshalb faßte er seinen Besuch bei Monique Koslo in Köln auch eher als ein »Sich-kurz-blicken-Lassen« auf. Was hätte er auch für Vorschläge machen sollen?«

»Was kann ich WTC Houston über den Verkauf von VOPO berichten?«

Monique strahlte übers ganze Gesicht. »Wir sind bei drei Millionen Einheiten. Auf dem Spendenkonto für die Sahelzone werden bis Weihnachten etwa fünfzehn Millionen eingehen.«

»Allerhand. Ich gebe Ihnen Namen und Anschrift eines Rechtsanwalts, der garantiert, daß das Geld auch sinnvoll angelegt wird. Dadurch sparen wir uns den Umweg über Amerika.«

Als die Programmchefin stutzte, zog Sherman ein Schreiben aus seiner Mappe, aus dem genau das hervorging. »Wie Sie sehen, haben wir uns in der Zentrale schon um eine Verwendung gekümmert. Wir arbeiten auch in diesem Fall mit der als gemeinnützig anerkannten Gesellschaft ›Social Help‹ zusammen.«

Monique fühlte sich irgendwie ausgebremst; sie ahnte nicht, daß »Social Help« eine von Sherman ins Leben gerufene und von ihm kontrollierte Einrichtung war. Um ihre Unsicherheit zu überspielen, kam sie schnell auf das letzte Ereignis zu sprechen. »Dieser Pilot war ein Knüller!« bestätigte Sherman.

Inzwischen sitze er im Gefängnis, meinte Monique, und schweige. Genau das aber passe wiederum in ihre Strategie, die familiären und beruflichen Hintergründe detailliert aufzuzeigen. Außerdem habe WTC die Rechte günstig erworben.

»Ein geschickter und schneller Zug, Monique. Alle Achtung.«

Monique hörte Lob gern, aus Shermans Mund ganz besonders, aber im Augenblick lenkte er nur von ihrem Problem ab, und das hieß Benno Dexheimer. Sie wollte Genaueres über ihn wissen. Also fragte sie, wie es zu der ungewöhnlichen Konstellation gekommen sei, daß ein freier Mitarbeiter praktisch unbeschränkte finanzielle Möglichkeiten habe, zumindest größere als der Sender selbst. Und sie wollte wissen, ob das zufällig über ein belgisches Konto abgewickelt werde.

Sherman versicherte, dies sei nicht der Fall. Gänzlich gelogen war das nicht, denn die Gelder wurden von Belgien umgehend nach Luxemburg transferiert. Davon erwähnte Sherman allerdings nichts.

Monique gab sich noch nicht zufrieden. »Protegieren Sie Dexheimer?«

»Was verstehen Sie darunter?«

»Geben Sie ihm Rückendeckung? Verfügt er über die nötigen Mittel, um seine Geschichten zu kaufen?«

»Monique, was für eine häßliche Formulierung: Geschichten kaufen. Und trotzdem haben Sie recht. Wer am meisten bietet, hat die besten Knüller. Ich kenne das Geschäft aus den USA. Wenn Sie die Kuh eines Farmers filmen wollen, hält er die Hand auf. Im

Gerichtssaal benötigen Sie die Zustimmung des Mörders, und der verkauft, obwohl er weder Zeit noch Gelegenheit hat, das Geld auszugeben, seine Story an den Meistbietenden. Das Prinzip ist ganz einfach: Ich habe etwas, das du nicht hast, das aber auch andere sehr interessiert. Mach mir einen Preis. Was denken Sie, Monique, wie viele Anfragen von Selbstmördern bei uns eingehen, die sich nicht unter Ausschluß der Öffentlichkeit von der Brücke oder dem Wolkenkratzer stürzen wollen, sondern vor laufender Kamera; manche bieten gar an, sich obendrein mit Benzin zu übergießen und anzuzünden, nachts mache sich das doch besonders gut. Die Gier, Schlagzeilen zu machen, aus dem Schatten der Bedeutungslosigkeit herauszutreten, mündet bei vielen in der Erkenntnis, daß dies wohl nur mit einem starken Abgang von dieser Bühne, die wir Welt nennen, möglich sein wird.«

Sherman lehnte sich zurück, er war mit seiner Rede zufrieden. Nicht umsonst hatte er den heiklen Posten eines Reality-Managers inne. Sein Job war es, die Realität zu überlisten – oder zumindest so lange aufzuhalten, bis eine Kamera in der Nähe war.

Monique hatte schweigend zugehört, nun schaute sie nachdenklich aus dem Fenster.

»Erinnern Sie sich an den Football-Star vor drei Jahren? Der seine Frau …«

Selbstverständlich erinnerte sich Monique.

»Wir waren die schnellsten unter den mehr als zehn Bietern. Wir haben gekauft. Inklusive aller Nebenrechte für fünfundzwanzig Millionen, wenn mich nicht alles täuscht.«

Monique schaute Sherman interessiert an. »Und wissen Sie, was uns der Deal eingebracht hat? Alles in allem?«

»Mindestens fünfundzwanzig Millionen.«

Sherman lächelte selbstgefällig, denn er war maßgeblich an dem fetten Braten beteiligt gewesen. »Zweihundert.« Und damit Monique es auch nicht vergaß, wiederholte er langsam: »Zweihundert Millionen Dollar.« Als sie immer noch nichts sagte, fügte er hinzu: »Nachrichten sind ein Geschäft, meine Liebe. Und wenn wir vorab für etwas zahlen, dann wollen wir auch bestimmen, was wann wo und wie abläuft.«

Monique spielte mit einem Stift. Daß Storys gekauft wurden, war für sie nichts Neues und in ihren Augen keineswegs verwerflich. Selbst jemand, der rückwärts jodeln konnte, verlangte seinen Preis. Allerdings störte es sie gewaltig, daß da via Dexheimer hinter ihrem Rücken gedealt wurde. Houston wußte davon, Sherman wußte davon, nur sie war nicht eingeweiht.

»Warum kann Dexheimer unabhängig von mir und meiner Zustimmung arbeiten? Ist er was Besonderes?«

Sherman ergriff die Gelegenheit beim Schopf. Er beugte sich vor und schlug einen vertraulichen Ton an. »Monique, wir in Houston wissen, was wir an Ihnen haben.« Als sie etwas sagen wollte, hob er abwehrend die Hände. »Uns ist mehr an Ihnen gelegen als an Dexheimer. Dexheimers kommen und gehen. Und unser Benno hat einen heiklen Job, der die Menschen schnell verschleißt. Er turnt zwischen Wahrheit und Fiktion, zwischen Tag und Traum, zwischen Wahn und Wirklichkeit. In zwei Jahren wird es unseren Aufreißer nicht mehr geben. Und weil seine Mission so schwer kalkulierbar, so heikel ist, manchmal haarscharf an der Grenze der Legalität, muß er um jeden Preis vom normalen Sendebetrieb getrennt werden. Für den Fall des Falles ...«

»Was verstehen Sie darunter?«

»Falls einmal eine seiner Geschichten nicht wasserdicht ist, sich als Niete erweist, wenn er Personen verunglimpft, verleumdet, manipuliert oder bedroht hat, dann lassen wir ihn fallen.«

»Warum?«

»Es darf möglichst keinen Hinweis auf eine geschäftliche Verbindung zwischen ihm und WTC Deutschland geben. Sie verstehen?«

»Nicht ganz.«

»Kein potentieller Geschädigter darf durch einen gewieften Rechtsanwalt in die Lage versetzt werden, gegen WTC eine Klage einzureichen.«

Kilian und Maren spazierten über die Höhe in Richtung Niederscheidweiler, ein Ort am südlichen Rand der Vulkaneifel.

»Was hältst du von Chambiers Theorie?«

»Ich bin der gleichen Auffassung wie er. Führende Nationen sprechen Konflikte zur Wahrung der eigenen hegemonialen Interessen ab. Es ist nichts anderes als ein riesengroßes, perverses Schachspiel, bei dem der Rest der Welt die Bauern stellt.«

»Warum hast du seine Arbeit nicht fortgesetzt?«

»Wer sagt denn das?« Herausfordernd schaute sie ihn an. Maren war einen Kopf kleiner als er.

»Und mit welchem Ergebnis?«

»Ich hatte Gelegenheit, einen sogenannten Zeitzeugen zu sprechen. Chambier kam schon damals über den alkoholseligen BND-Mitarbeiter an weitere Insider heran, und mir ist es gelungen, die eigentliche Quelle anzuzapfen, einen ehemaligen weißrussischen General. Zwar sitzt er noch im Parlament, aber irgendwann werden sie ihn entfernen, er weiß zuviel. Mein Zeuge hat nicht nur Chambiers Angaben bestätigt, sondern auch Namen und die Daten der regelmäßigen Treffen genannt, an denen er allerdings seit zwei Jahren nicht mehr teilnimmt.«

»Bisher klingt das alles sehr vage.«

»Einen ganz konkreten Beweis habe ich durch ihn erhalten, und zwar die Mitschrift eines Telefonats zwischen Moskau und Washington, zwei Wochen vor der Besetzung Afghanistans. Laut diesem Protokoll, ich habe eine von Breschnew unterzeichnete Kopie, wurden den Amerikanern vier Möglichkeiten angeboten, für die Weltöffentlichkeit angemessen zu reagieren, ohne daß den Sowjets größere Probleme entstehen würden: Stornieren der Lieferung von Schwerst-Lkw, Gesamtgewicht über einhundertfünfzig Tonnen, die beim Bau der Baikal-Amur-Magistrale gebraucht wurden – die Franzosen wären eingesprungen; Reduzierung der Weizenlieferung um fünf Millionen Tonnen – Argentinien hätte sehr gern mit US-Genehmigung für Ausgleich gesorgt; Lieferstopp für Computertechnologie – Japan wäre der Nutznießer gewesen; Boykott der Olympischen Spiele. Die letzte Maßnahme sei ihnen am liebsten, teilten die Russen den USA mit. Außerdem könnten die Amerikaner in dem Fall am ehesten auf die Zustimmung ihrer Verbündeten rechnen, weil keine wirtschaftlichen Interessen berührt würden. Wie du

weißt, hat man sich tatsächlich auf den Boykott geeinigt. Der berühmte Sturm im Wasserglas.«
»Bist du mit deinen Recherchen, nachdem der russische General die Runde verlassen hatte, einen Schritt weitergekommen? Hat sich etwas geändert?«
»Ja, aber es ist nicht konkret zu beweisen. Die Absprachen, die gegenseitige Duldung haben eine neue Qualität angenommen, so kommt es mir vor.« Sie schaute ihn an. »Gestern die Nachrichten über Sahel, wem nützt die zögerliche Hilfe am meisten?«
»In erster Linie den beteiligten Ländern und deren Regierungen, indem sie sich der Weltöffentlichkeit über längere Zeit als humanitär präsentieren. Vielleicht steht in den UN eine Abstimmung bevor, und man benötigt die Stimmen der Dritten Welt.«
»Und weiter?«
»Nichts weiter.«
Maren verdrehte die Augen. »Berthold, Chambier hält große Stücke auf dich.«
»Den Medien.«
»Ganz genau. Sie brauchen nur ein Kamerateam und einen Sprecher, man läßt sie in die Region fliegen und hat immer wieder dramatische Berichte.«
»Und diese Flugzeuggeschichte?« wollte Kilian wissen.
»Wie lange hat sie gedauert?«
»Etwa drei oder vier Stunden.«
»Einen Spielfilm von der gleichen Länge zu produzieren kostet dreißig Millionen. Und dann hättest du noch immer nicht die Einschaltquoten. Außerdem könntest du nicht parallel in anderen Sendern Talkrunden starten, die das Ereignis mit vorgetäuschter Wissenschaftlichkeit bis ins letzte Detail zerlegen. Das war für mich ein klassisches Beispiel, wie man etwas total vermarkten kann. Wie wohlgemerkt Nachrichten, von denen landläufig angenommen wird, sie seien präzise, klar und objektiv, vermarktet werden. Jeder Spielfilm hat ein Ende, aber glaube mir, hier gibt es viele Fortsetzungen. WTC wird sich die Rechte gesichert haben; als nächstes besuchen sie den Piloten im Gefängnis. Die Familie ist in diesem Szenario genauso fällig wie der gesamte Bekannten-

kreis. Man befragt die Lehrer, falls sie noch leben, den Hausarzt, ehemalige Fliegerkollegen, seinen Psychologen, vorausgesetzt, er hat einen. Sportverein, Stammtisch, sämtliche Vereine ... Und irgendwann ist Ruhe – exakt bis zur Gerichtsverhandlung. Dann wird alles wieder aufgewärmt. Die Macher quetschen noch das letzte Quentchen Information aus der Geschichte. Und spätestens in einem Jahr wird es einen Fernsehfilm geben.«
»Und irgendwann kommt ein zweiter Zöblin.«
»Der aber mindestens eine Geisel nehmen und das Flugzeug mit Sprengstoff vollpacken muß, alles andere kennen wir ja schon.«
Kilian hockte sich auf eine Bank, Maren blieb vor ihm stehen, die Hände in den Manteltaschen vergraben, den Kragen hochgeschlagen.
»Tim, mein Sohn, würde jetzt sagen, wir reden echt cool. Dabei ist das Thema alles andere als cool. Wo führt das noch hin?«
»Ich kann dir zumindest sagen, wo es schon hingeführt hat. Etwa vierzig Prozent aller jugendlichen Straftäter werden durch Filme und Nachrichten zu ihren Verbrechen animiert.«
»Also Kino- und Fernsehverbot.«
»Oder wie die Amerikaner in einigen texanischen Städten vorgehen, Dallas und San Antonio zum Beispiel: Ausgangssperre für Heranwachsende zwischen dreiundzwanzig und sechs Uhr. Die Zahl der jugendlichen Kriminalitätsopfer ist in wenigen Jahren um bis zu achtzig Prozent zurückgegangen.«
»Ein schlagkräftiges Argument.«
Maren setzte sich neben ihn und schlug die Beine übereinander. »Hast du als Lehrer denn nicht mitbekommen, welche Auswirkungen das Fernsehen auf Kinder und Jugendliche hat?«
Er winkte ab. »Die Kids haben Rollen aus Filmen nachgespielt, neue Karatetechniken an den Mitschülern ausprobiert, waren überlaut und nur schwer zur Ruhe zu bringen. Schimpfworte, deren Sinn sie gar nicht verstanden, machten die Runde, zu allen Gelegenheiten wurde der Stinkefinger gezeigt und was sonst noch. Am meisten bedrückt hat mich jedoch, daß sie sich auch bestens mit brutalen Spätfilmen auskannten, nicht selten indizierte Sachen.«

»Kinder lernen beizeiten, was ein rechter Held ist. Aber was er auch tut, er tut es mit Gewalt.«
Kilian erinnerte sich, daß Tim von den Hero Turtles, den Power-Rangers und dem galaktischen He Man geschwärmt hatte, später waren Science Vulpo, Biological Dream und Universal Police hinzugekommen. Alles Sendungen, die jeden Versuch einer gewaltfreien Erziehung unterliefen.
»Aber es gelingt keiner westlichen Gesellschaft, den Kids auch friedliche Lösungsmuster für ihre Konflikte anzubieten. Und wenn du den Gedanken noch etwas weiter spinnst, dann sind Mut und Tapferkeit letztendlich Tugenden, die auch die Bereitschaft zum Krieg beinhalten.«
»Das werden aber Sportfunktionäre nicht so gern hören«, scherzte Maren.
Kilian konterte: »Ein Profikicker hat es treffend ausgedrückt: Fußball, das ist Krieg.«
»Wie sollen unsere Kinder denn auch lernen, mit ihren Aggressionen umzugehen, wenn wir Erwachsenen es ihnen immer wieder falsch vormachen? Zwischen einem Krieg der Sterne auf dem Bildschirm oder als Spiel und dem echten irgendwo in der Welt sehen sie keinen Unterschied. Folglich werden sie auch später keinen sehen. Nicht von ungefähr sind noch nie so viele Kriege geführt worden wie seit 1990, zur Zeit mehr als fünfzig. Bewaffnete Auseinandersetzungen sind manchmal nichts anderes als makabre Computerspiele für Erwachsene und dennoch – trotz aller Ächtung, trotz allen Leidens und Sterbens von Millionen Kindern, Frauen und Männern – als Mittel zur Lösung von Konflikten im Denken verankert.«
»Glaubst du an Märchen?« fragte Kilian.
Sie sah ihn erstaunt an. »Wieso?«
»Auch da geht es oft ziemlich grausam zu.«
Auf dem Weg zurück hakte Maren sich bei ihm unter und spürte, wie er sich verkrampfte.
»Ich will dich nicht heiraten.«
»Aber so fängt es immer an.«
Sie lachten beide.

Nach einigen Schritten betrachtete sie ihn von der Seite. Er tat, als merke er es nicht. Zu seiner Schulzeit war das eine wirkungsvolle Methode gewesen, die Mädchen neugierig zu machen.
»Berthold, in dir ist eine Menge Unordnung.«
»Und du bist gekommen, sie zu beseitigen.«
»Das werde ich.« Sie küßte ihn auf die Wange.

Als Kilian an diesem Abend nicht einschlafen konnte – Maren zwängte sich in seine Gedankengänge, die Wange brannte immer noch –, stand er kurz entschlossen auf und ging ins Wohnzimmer, um sich einen Spielfilm anzuschauen. Wegen seiner Unordnung erwischte er die Kassette mit dem Unfall auf der Autobahn nahe Trier, bei dem eine todkranke Frau durch Feuer ums Leben gekommen war. Nach wenigen Augenblicken schaute er nicht mehr auf den Bildschirm, sondern auf irgendeinen Punkt an der Wand. Vor etlichen Wochen hatte das schnelle Aufkreuzen eines Kamerateams ihn nur erstaunt – nun stimmte es ihn äußerst nachdenklich. Wo waren die Leute so plötzlich hergekommen? Hatten sie zufällig im Stau gestanden, so wie er auch? Das war eine mögliche Erklärung, doch er hielt sie für nicht sehr wahrscheinlich.
Der Fernseher lief, Kilian schloß die Augen und versuchte, sich seine Bilder von damals ins Gedächtnis zu rufen. Die Kamera war wegen der besseren Übersicht leicht erhöht auf einem Erdwall aufgebaut worden. Der eigentliche Zusammenstoß war im Film nicht zu sehen, dafür aber das Ausbrechen des Feuers, der beginnende Stau, die aufgeregten Autofahrer, das Eintreffen von Polizei und Feuerwehr. Wie um sich zu vergewissern, schaute sich Kilian die entsprechenden Szenen noch einmal an.
Es hatte sich keineswegs um einen Hobbyfilmer gehandelt, wie im Vorspann behauptet worden war; sie hatten sich sogar für die schlechte Bildqualität entschuldigt. Das waren Profis gewesen, eindeutig Profis.
Kilian kam zu dem Schluß, daß auch die besten Profis den Unfallort wohl kaum so schnell hätten entdecken können. Er selbst war vielleicht zwei oder drei Minuten nach dem Zusammenstoß angekommen – zu dem Zeitpunkt hatten sie schon gedreht.

Kilian stand auf, ging zu seinem Schreibtisch und suchte die Fotos heraus, die er damals geschossen hatte. Auf einigen waren auch die beiden Männer zu sehen, die an der Kamera standen. Aber die interessierten ihn weniger als ein Kombi, der gleich neben einer Bank und einem Tisch parkte. Und wenn er sich nicht täuschte, dann sah er Trinkbecher, eine Flasche und Papier, als hätte jemand Brotzeit gehalten. Noch unwahrscheinlicher, sagte er sich, daß ein Aufnahmeteam auf einem Rastplatz Siesta macht und zufällig wenige Meter entfernt so ein schrecklicher Unfall passiert.
Auf einem Bild war das Nummernschild des Kombis zu sehen. Mit einer Lupe konnte er die genaue Buchstaben- und Zahlenfolge lesen. Demnach war der Wagen in Köln zugelassen.
Als ich am Unfallort ankam, überlegte Kilian, war es etwa siebzehn Uhr. Gesendet wurden die Bilder in den Nachrichten kurz vor neunzehn Uhr. Unmöglich, so rechnete er aus, in dieser Zeitspanne von Trier nach Köln zu fahren – zumal das Team auch noch eine halbe Stunde später am Unfallort herumgestanden hatte.
Vom Inhaber eines Fernsehstudios in der Weberbach, einer Straße im Randbereich der Trierer City, erfuhr Kilian am nächsten Tag telefonisch, daß an jenem 4. Oktober sein Studio, das einzige in der Stadt, vorab angemietet worden sei, um gegen 18.15 Uhr eine Überspielung nach Köln vorzunehmen.

Tür auf, Tür zu, schon konnte Sherman sich voll auf einen neuen Gesprächspartner einstellen. Etwas mehr Zeit blieb ihm, bis Caruso/Dexheimer ihn im Hotel Maritim aufsuchte.
Sherman sprach zuerst einmal seine Bewunderung aus, Houston habe zehn Minuten Zöblin auf dem amerikanischen Markt verkaufen können. Dort finde man es allerdings unverständlich, daß nicht schon vorher ein Jet der Luftwaffe dem Piloten die Ohren abgeschossen habe. Aber bei den Germans sei ja sowieso alles anders.
Caruso versicherte auf Nachfragen, seine wahre Identität sei dem Piloten nicht bekannt. Er habe sich wie bei dem Fallschirmspringer unter anderem Namen vorgestellt. Bei dem spiele das ja nun

keine Rolle mehr, der sei platt wie ... wie ... Auf alle Fälle drohe von dieser Seite nichts. Der Pilot habe sich an alle Anweisungen gehalten – bis auf die allerletzte. Deshalb werde auch die zweite Rate des Honorars weder an ihn noch an seine Familie überwiesen.

»Ich soll Ihnen viele Grüße von Christine ausrichten«, entgegnete Sherman, ohne Carusos Rechtfertigungen zu kommentieren. »Und herzlichen Glückwunsch.«

»Danke.« Caruso drückte die Hände zwischen die Oberschenkel. Während der Lockenkopf zu neuen Entschuldigungen anhob, kam Sherman folgendes Bild in den Sinn: Dexheimer war wie eine Zigarette kurz vor dem Mundstück; noch zwei Züge, dann wirft man sie weg.

»Zwei Dinge möchte ich mit Ihnen besprechen, Benno.«

»Ja?«

»Ich möchte, daß Sie ein Treffen mit dem ehemaligen Oberst der Volksarmee, diesem ...«

»Wild.«

»Genau, diesem Wild arrangieren. Wenn Sie wollen, können Sie dabeisein.«

»Um was geht es denn?« wollte Caruso wissen – er fühlte sich übergangen.

»Nichts Konkretes. Ganz allgemein darum, wie wir ihn vielleicht einmal in den Staaten einsetzen können.«

»Wild ist nicht einfach.«

»Wer ist das schon?« Der Rothaarige zeigte seine langen Zähne.

»Ich dachte, er stünde ausschließlich zu meiner Verfügung.«

»Aber selbstverständlich, Benno. Ich will ihn nicht abwerben, sondern höchstens mit Ihrer Einwilligung ausleihen.«

Caruso beruhigte sich etwas. »Gut. Wann wollen Sie sich mit ihm treffen?«

»Heute abend oder morgen.«

Caruso schaute auf die Uhr. »Dann müßte ich jetzt ...« Er schielte zum Telefon.

Sherman bemerkte Carusos Angst um seine Urheberrechte. »Okay, ich gehe ins Bad.«

Wenige Minuten später klopfte Caruso an die Tür. »Morgen früh um neun unten am Büffet.«
»Einverstanden.«
»Aber ich kann nicht dabeisein.«
»Hm. Sie vertrauen mir doch?«
»Und was möchten Sie noch mit mir besprechen?«
»Ihr Konzept für die kommenden beiden Wochen.«
Caruso nahm noch ein Schokoladenplätzchen. Sherman kannte seine Schwächen.
»Für kommende Woche habe ich drei Beiträge, vielleicht auch vier: einen Professor, dem beim Rasenmähen vier Zehen abhanden gekommen sind und der den Hersteller auf vier Millionen verklagt hat, eine pro Zeh.«
Sherman lachte. »Das ist gut. Die Leute lieben das. Kostenpunkt?«
»Zweitausend.«
Sherman winkte ab. »Nicht der Rede wert. Und weiter?«
»Ein Student ist beim Obstpflücken von der Leiter gefallen.«
Sherman schüttelte leise den Kopf. »Will das einer sehen?«
»Er ist seitdem querschnittsgelähmt.«
»Schon besser.«
»Und er verklagt die Bundesrepublik auf zehn Millionen, weil sie es versäumt hat, die entsprechende DIN-Norm ... Sie wissen, was DIN ist?«
»Deutsche Industrie-Norm.«
Caruso nickte anerkennend. »Weil sie versäumt hat, diese Norm – was die Sicherheit der Leiter betrifft – zu überarbeiten.«
»Fällt das in den Zuständigkeitsbereich der Regierung?«
»Wen interessiert das schon?«
»Nummer drei?«
»Eine ältere Frau. Sie verdient sich durch Putzen etwas zur Rente hinzu, ist durch eine Fehlbuchung ihrer Bank für fünf Tage zur Millionärin geworden und hat in der kurzen Zeit zweihunderttausend ausgegeben.«
Sherman stieß einen Pfiff aus. »Alle Achtung. Und jetzt muß sie das Geld zurückzahlen.«
»Ja. Wir wollen ein Spendenkonto einrichten.«

»Apropos Spendenkonto: Wie läuft der Verkauf von VOPO?«
»Hat Monique Ihnen das nicht gesagt?«
Sherman hob bedauernd die Hände. »Habe vergessen zu fragen.«
Etwas verunsichert kam Caruso auf seinen vierten Kandidaten zu sprechen. Ein Priester der katholischen Kirche, der dreiundzwanzig uneheliche Kinder mit siebzehn verschiedenen Frauen hatte und schon zweimal in Dänemark als Akteur in einem Pornofilm zu sehen gewesen war. Der fordere hunderttausend.
»Namen und Anschriften der Frauen sind Ihnen bekannt?«
»Eben nicht. Er ist extrem vorsichtig. Aber er hat mir eine Szene aus einem Pornofilm vorgespielt.«
»Lohnt sich das?«
»Allemal.«
»Versuchen Sie ihn im Preis zu drücken. Wenn das nichts nützt, reden Sie bitte mit Oberst Wild.«
»Wieso, was hat der ...«
»Reden Sie mit ihm.«
Ob er noch einen Knüller in der Hinterhand habe, wurde Caruso gefragt. Eigentlich mehrere, gab er zu, einer sei sogar schon recht weit gediehen. Noch vor Weihnachten könne es klappen.
Unaufgefordert begann Caruso von seinem neuen Bestseller zu erzählen. Je mehr er preisgab, desto mehr glänzten seine Augen. Auf Sherman wirkte das ansteckend. Wie ein übermütiger Junge klopfte er dem Deutschen anschließend auf die Schulter.
»Was soll es kosten?«
»Eine Million.«
»Wie bei dem Piloten?«
»Dem brauchen wir ja nur die erste Rate zu zahlen.«
»Ach ja. Eine Million«, sinnierte Sherman. »Ich bin einverstanden. Aber nur, wenn seine Kinder auch dabei sind.«
Caruso lief es eiskalt über den Rücken.

Caruso, der nun schon seit einer Stunde, versteckt hinter einem Gummibaum, auf Wilds Eintreffen wartete – Sherman schaute auch unentwegt auf die Uhr –, wurde immer ungeduldiger. Wo

blieb der Oberst? Nach elf verließ Caruso seinen Posten. Er war enttäuscht.
Alles hätte Caruso geahnt, aber nicht, daß die beiden sich längst getroffen hatten, und zwar spät am Abend zuvor. Nie wäre Caruso auf die Idee gekommen, daß man ihn überlistet hatte. Aber Sherman war einfach besser. Wozu gab es schließlich die kleinen Dinger, die man im Telefon versteckte und die einem nachher genau sagten, welche Zahlenfolge gewählt worden war?
Um sicherzugehen, hatte Sherman sich die Nummer außerdem vom Telefoncomputer des Hotels bestätigen lassen. Am Nachmittag, als der Amerikaner zum Flugplatz Köln-Bonn aufbrach, lag an der Rezeption noch ein Foto für ihn bereit: ein Lockenkopf, versteckt hinter einem Gummibaum.

Noch auf der Fahrt nach Schweich, einer Verbandsgemeinde an der Mosel bei Trier, zweifelte er, ob sein Vorgehen auch richtig war. Dann wiederum sagte er sich: Wenn meine Vermutung stimmt, brauche ich keine Skrupel zu haben. Entschlossen drückte er auf den Klingelknopf neben dem Namensschild »Ruge«. Wollte er glaubhaft wirken, mußte er auch dementsprechend auftreten.
Kilian stellte sich als Witold Schauer vor, Mitarbeiter von WTC Köln. Der Hausherr, Karl Ruge, ließ ihn eintreten, geleitete ihn in das Wohnzimmer des Neubaus und fragte freundlich, was er zu trinken anbieten dürfe.
Kilian lehnte ab, er sei in Eile, wolle auch nicht lange stören. Zufällig glitt sein Blick zur Sitzecke. Unübersehbar hing darüber das Bild einer jungen Frau mit einem Trauerflor an der Ecke.
»Es muß Sie hart getroffen haben.«
Ruge nickte und faltete die Hände.
»So jung und ... Ich bewundere Ihre Haltung.«
Ruge seufzte. »Man gewöhnt sich an alles, auch an das Alleinsein.«
»Damals, Ihr Auftreten bei uns in der Sendung, wir alle haben Sie bewundert.«
»Aber wie es drinnen aussieht ...« Ruge seufzte erneut.

»Nun, wie gesagt, ich will Sie nicht länger aufhalten, Herr Ruge, aber da gibt es noch etwas zu klären. Nicht allzu wichtig.«
»Ja, bitte?«
»Es geht um das Geld. Schlimm, daß man im Angesicht von so viel Leid über Geld reden muß.«
»Welches Geld?«
»Nun, Ihre Frau, der Unfall. Sie hat gegenüber einem meiner Kollegen so eine Bemerkung gemacht. Das Finanzamt. Sie wissen, was ich meine!«
»Wir haben von WTC kein Geld bekommen.«
»Ich weiß, es lief über einen anderen Posten und über eine Außenstelle. Und jetzt fällt mir dieser Beleg in die Hände, rückgebucht auf den Absender. Wenn eine Prüfung kommt, dann könnte es … Sie kennen ja das Finanzamt. Alles wollen die wissen.«
»Ja, ja.«
Mehr sagte Ruge nicht, und Kilian dachte schon, er sei auf einer falschen Fährte. Dabei verhielt Ruge sich nur wie abgesprochen.
»Normalerweise verpflichten wir unsere Vertragspartner zu absolutem Stillschweigen. Außerdem läuft vieles über das Ausland. Luxemburg ist so nahe.«
In Ruges Augen blitzte es. Obwohl Kilian gerade die frischen Blumen bewunderte, war es ihm nicht entgangen.
»Wir trennen auch strikt zwischen den Mitarbeitern des Senders und denen gewisser Außenstellen.«
»Ist mir nicht bekannt.«
»Um sicher sein zu können, ob die Diskretion gewahrt worden ist, müßte ich Ihren Vertrag beziehungsweise den Bankbeleg sehen. Ist auf Vertrag oder Beleg ein großes rotes I.V. aufgedruckt, dann müßte eine zweite Ausfertigung ohne dieses I.V. ausgestellt werden.«
»Habe ich nicht bemerkt. Wäre mir aufgefallen.«
Kilian jubelte innerlich, er war auf der Siegerstraße.
»Manchmal ist es auf einer Kopie nicht so deutlich zu sehen. Könnte ich wohl bitte einen Blick …«
Ruge schüttelte den Kopf. »Ich zeige Ihnen überhaupt nichts.«
Chambier ist von dir überzeugt, also laß dir jetzt gefälligst etwas

einfallen, sagte sich Kilian, während er zu überlegen vorgab.
»Hm, das ist mir alles sehr peinlich. Normalerweise kommt auch immer derjenige, der mit den Vertragspartnern gesprochen hat. Aber im Augenblick ist der Betreffende im Ausland. Wenn es nicht so eilig wäre ...«
Kilian merkte, daß Ruge ins Wanken geriet. Das genügte ihm. »Wir geben unseren Partnern auch stets Anweisung, keinem Fremden gegenüber etwas über Abmachung und Transaktion verlauten zu lassen. Was mach' ich denn jetzt bloß?« Kilian rieb sich das Kinn und schüttelte den Kopf. »Was mache ich bloß? Bis Pedro zurückkommt, können noch zwei Wochen vergehen. Hoffentlich meldet sich nicht in der Zwischenzeit das Finanzamt.«
»Ich kenne keinen Pedro.«
»Er heißt nur mit Spitznamen Pedro.« Plötzlich hatte Kilian einen Einfall. »Wenn ich Ihnen Pedro beschreiben kann, zeigen Sie mir dann den Beleg?«
Ruge grübelte. »Einverstanden«, sagte er schließlich.

Als Kilian, der seinen Leihwagen mit Bonner Kennzeichen direkt vor dem Haus geparkt hatte, wenig später in Richtung Mainz unterwegs war, wußte er nicht nur, daß die Familie Ruge hunderttausend Mark erhalten, sondern auch bei einer englischen Gesellschaft eine Unfallversicherung in Höhe von zweihunderttausend abgeschlossen hatte, die sich bei einem Unfall mit tödlichem Ausgang verdoppelte. Um all das zu erfahren, selbst die Bank in Luxemburg war ihm nun bekannt, hatte er lediglich eine genaue Beschreibung von Caruso abzugeben brauchen. Aber Kilian konnte nicht ahnen, daß Ruge, Bahnangestellter in der Güterabfertigung, sich zur gleichen Zeit das Telefon schnappte, eine bestimmte Nummer anrief und eine Nachricht auf dem Anrufbeantworter hinterließ.

Keine zwei Stunden später stand Kilian in Mainz Maren gegenüber. Er begrüßte sie knapp und stürmte an ihr vorbei ins Wohnzimmer.

»Es ist genau so, wie ich es mir gedacht habe«, sprudelte es aus ihm heraus. »Caruso geht hin und kauft sich die Geschichten. Ich habe den Beweis in Händen gehalten.«
Maren legte ihm eine Hand auf den Unterarm. »Langsam, Berthold, setz dich erst mal. Einen Kaffee?«
»Ja.«
Etwas ruhiger geworden, erzählte Kilian der Reihe nach, was er herausgefunden hatte. Maren zeigte sich nicht allzu erstaunt. Das sei gängige Praxis, meinte sie. Scheckbuchjournalismus heiße das.
»Sogar die großen und angesehenen Magazine und Politsendungen im Ersten oder Zweiten Programm kaufen sich ihre Renner. Falls jedoch ein privater Sender Wind davon bekommt, ist das Ei weg. Die zahlen nun mal wesentlich mehr.«
»Ich glaube, die fünf Jahre im Gefängnis haben mich einiges an Realitätssinn gekostet.«
»Und ein gewiefter Taktierer bekommt immer, was er haben will. Normalerweise gehen die Aufreißer so vor, daß die Meinung des in Frage Kommenden genau auf der Linie des Senders liegt. Entweder der Kandidat willigt ein, oder man sucht sich einen anderen.«
»Und wie steht es mit Rückgrat und Prinzipien?«
»Kannst du vergessen, sobald der Einzuladende durch sein Erscheinen einen Vorteil für Karriere oder Geschäft sieht.«
Kilian argumentierte in eine andere Richtung, obwohl er Maren im Grunde zustimmte.
»Menschen sind nun mal beeinflußbar, eitel, Stimmungen unterworfen, sagen heute dies und morgen jenes. Daß die Sender auch Tatsachen zurechtbiegen, habe ich selbst erfahren. Aber es ist doch die Aufgabe der Medien, sorgfältig abzuwägen und objektiv nach allen Seiten zu recherchieren, nicht nur eine Position, sondern auch Gegenpositionen darzustellen, Meinungsvielfalt anzubieten, damit der Konsument sich ein Bild machen kann.«
»Gut gesagt, aber leider reines Wunschdenken.«
Daß nicht nur die Privaten manipulierten oder einseitig berichteten, konnte Maren belegen. Sie stand auf und schob eine Videokassette in den Recorder.

»Schau dir bitte einmal diese Bilder an.«
Zu sehen war ein Großbrand. Hoch loderten die Flammen in den Nachthimmel, viele Feuerwehrmänner waren im Einsatz, die Gesichter von der Hitze gerötet und geschwärzt.
Maren schaltete den Recorder aus. »Am 14. September ging ein Möbelhaus in Flammen auf. In den Nachrichten kurz vor sieben war es Brandstiftung, eine Viertelstunde später bei einem anderen Sender ein Kurzschluß, wieder dreißig Minuten danach waren spielende Kinder schuld, und um acht in der Tagesschau gab man Schweißarbeiten als Ursache an.«
»Brandstiftung und spielende Kinder, war das bei den Privaten?«
»Ja. Das macht sich besser.«
Die Kassette lief weiter. Für Brandstiftung gab es einen Zeugen, der eine dunkle Gestalt hatte wegrennen sehen. Ein zweiter Zeuge schwor später auf dem anderen Kanal Stein und Bein, ihm seien mindestens drei Kinder aufgefallen. Das müßten die Verursacher gewesen sein.
»Aus einem Kreis wird ein Quadrat oder ein Dreieck. Diese mathematische Unmöglichkeit schafft der Mensch leicht, wenn man ihm den richtigen Kick versetzt. Etwa nach dem Motto: Wer für Brandstiftung ist und eine Gestalt hat wegrennen sehen, bitte vortreten, er kommt ins Fernsehen.«

Am Abend des ersten Advents bummelten sie über den Mainzer Weihnachtsmarkt. Lametta, Tannenbäume, Silbergirlanden, Watte als Schnee, lebende Nikoläuse mit gefülltem Sack und Rauschebart, geröstete Maronen, Glühwein, das Gebimmel von Glöckchen, Kinderstimmen aus Lautsprechern und ein Geschiebe, schlimmer als beim Schlußverkauf. Noch gut vier Wochen waren es bis zum Fest, aber dem Andrang und dem Kaufrausch der Besucher nach zu schließen, mußte im Bundestag ein Antrag vorliegen, Weihnachten unverzüglich abzuschaffen.
Etwas abseits und halb im Dunkeln fanden sie an einem Stand einen Stehplatz und tranken Tee.
Maren war übermütig, witzelte, schaute Kilian mit spöttischen Augen an.

»Ganz der Vater, nur nicht so sarkastisch«, bemerkte er. »Chambier provoziert mich auch gern.«
Kilian beobachtete die Vorbeiströmenden, so viele Menschen waren ihm ein Greuel.
»Schau mal, was für ein großer Nußknacker.« Maren deutete in eine bestimmte Richtung. »Für ganz besondere Nüsse.«
»Solche wie mich beispielsweise.«
»Mag sein.« Wieder dieser Spott in ihren Augen.
»Was denkst du jetzt?«
Sie schlug den Kragen hoch und vergrub die Hände in den Taschen. »Wenn du's genau wissen willst: Ich frage mich, was ich tun muß, um dich zu knacken.«
»Und zu welchem Ergebnis bist du gekommen?«
»Schwierig. So gut kenne ich dich noch nicht. Aber daß du ein Meister im Dichtmachen bist, im Zurückziehen und im Alles-in-sich-Hineinfressen, ist mir längst aufgefallen.«
»Ist das ein Problem für dich?«
»Nein, aber ein gewisser Berthold Kilian leidet sehr darunter, auch wenn er es nicht zugibt.«
»Schichtenmodell, erster Schritt: Wie finde ich Zugang zum Patienten?«
»Typische Abwehrreaktion. Indem ich etwas Ernsthaftes lächerlich mache, verliert es an Bedeutung.«
Kilian schwieg, denn Maren schätzte ihn richtig ein. Mehr und mehr entpuppte sich seine Einstellung als Einbahnstraße. Wenn er so weitermachte, konnte eine Sackgasse daraus werden.
»Du bist kein hoffnungsloser Fall, Berthold.«
»Schritt Nummer zwei: Mach dem Patienten Mut und stimuliere seine Motivation. Hilfe zur Selbsthilfe.«
»Kannst du nicht mal einen Augenblick ernst sein?«
»Ich bin ernst. Vielleicht nicht mit Worten, aber hier oben«, er tippte sich gegen die Stirn, »ist nur noch Ernst.«

Mitternacht war längst vorüber, als Kilian aufstand und nach nebenan ging. Maren lag noch wach.

Daß Schiffe in Seenot gerieten, wenn Herbststürme über den Atlantik peitschten, hatte schon eine gewisse Tradition. Unter Zeitdruck, die Flagge von Panama oder Liberia am Heck, eine Mannschaft an Bord, fast so multinational wie die UN, überladen, Container in Sechserstapeln auf Deck – schon war das Unglück praktisch vorprogrammiert.

Aber die Corina war kein Containerschiff, hatte keine Bugklappen, fuhr nicht unter einer Billigflagge und wurde zudem äußerst aufmerksam per Radar beobachtet. Trotzdem geriet der eher unscheinbare Dreitausendtonner in Seenot. Maschinenschaden, lautete die lapidare Begründung. Bei Brechern, die zwanzig Meter hoch werden können, fast ein Todesurteil, denn Maschinenschaden bedeutet Manövrierunfähigkeit; dann ist ein Schiff der Allgewalt des Meeres hilflos ausgeliefert. Einmal quer zu diesen rollenden und alles unter sich vergrabenden Massen, kann ein Schiff glatt in der Mitte durchbrechen. Auf einigen Flugplätzen und in diversen Häfen entlang der französisch-spanischen Küste setzte hektische Betriebsamkeit ein. Zwei Begleitschiffe, die der Corina im gebührenden Abstand folgten – eines gehörte der Umweltorganisation Greenpeace –, konnten nicht näher heran; ein Schleppseil anbringen und den nächsten Hafen ansteuern war somit unmöglich.

Die Betriebsamkeit war geradezu verblüffend – wenn man bedachte, was die Corina geladen hatte: Maschinenteile für Japan. Die Behauptung von Umweltorganisationen, es handele sich um radioaktives Material, das aufbereitet werden solle, war heftigst dementiert worden. Deshalb verstand außer einigen Eingeweihten auch niemand die Aufregung.

Zwei Spezialschiffe aus Bordeaux, ausgestattet mit extrem starken Maschinen und je einer zweitausend Meter langen armdicken Doppeltrosse aus Stahl, die mit einer Art Kanone abgeschossen werden konnte, nahmen Kurs auf die Corina. Warum denn diese Bullen in See stachen, wollte das französische Fernsehen wissen. Wann gebe es schon eine solche Gelegenheit, deren Seetüchtigkeit zu prüfen, bekam der Reporter zur Antwort. Nein, die Corina sei nicht das Ziel.

Fünf Stunden später aber war sie das Ziel. Bis auf vierzig Seemeilen hatten sich die beiden Spezialschiffe an sie herangekämpft, schon wurde die Abschußvorrichtung bereitgemacht, wurden die Trossen überprüft. Auf hundert Meter wollte man sich der Corina nähern, dann sollten sie abgefeuert werden.
Drei Stunden später, im Morgengrauen, kam es zu dem Meeting. Von Sturmböen geschüttelt, schwirrten zwei Hubschrauber herbei, an Bord das französische Fernsehen und eine private Anstalt. Weit beugten sich die Kameramänner aus den tanzenden Mücken, um ein paar einigermaßen gute Bilder einzufangen. In knapp einem Kilometer Entfernung waren die Positionslampen der beiden Begleitschiffe auszumachen. Das von Greenpeace fuhr immer noch mit voller Kraft voraus, soweit das bei diesem Seegang möglich war, und umkreiste die Corina. Ein dumpfes Wouff war zu hören, wie eine Schlange schoß die tonnenschwere Trosse mit dem Anker an der Spitze durch die Luft und … verfehlte die Corina. Der zweite Versuch glückte, Männer rissen die Arme hoch, die Trossen wurden geteilt und die beiden Bullen nahmen die Corina ins Schlepptau in Richtung Bordeaux. Das Gröbste schien ausgestanden zu sein.
Stunden später, die Küste lag nur noch einige Meilen entfernt, der Sturm hatte an Kraft gewonnen, begannen die Schrauben der Spezialschiffe zu singen und drehten schlagartig höher, denn hinter ihnen gab es nichts mehr zu ziehen. Wie zwei Lianen hingen die Trossen schlaff am Haken und versanken im Meer.
Staunen, rätseln, einander anschauen und die Schultern zucken – zu mehr waren Kapitän und Offiziere nicht in der Lage. Daß eine dieser Spezialtrossen riß, war unwahrscheinlich. Daß aber beide auf einen Schlag gerissen waren …
Nein, man könne die Trossen nicht ohne weiteres wieder zur Corina schießen, weil die Anker noch dort seien. Wie solle man an sie herankommen? Hubschrauber, ordnete die Küstenstation an, aber der Plan wurde verworfen. Zu gefährlich für die Besatzung. Wie lange es dann dauere, bis man die Trossen eingeholt, die Enden geglättet und Ersatzanker befestigt habe? Mindestens zwei Stunden, eher länger.

Derweil trieb die Corina näher und näher zur französischen Küste. Dann funkte der Kapitän, daß Wasser eingebrochen sei, ein großes Leck auf Steuerbord. Abdichten könne man es nicht, der Druck sei zu stark. Allerdings müßte es auch genügen, eine der Kammern zu schließen.
Schon die Titanic hatte man für unsinkbar gehalten – der Kapitän der Corina wußte fünfzehn Minuten später, daß er sich getäuscht hatte.
Erneuter Wassereinbruch in der Kammer daneben, das bedeute extreme Schlagseite, nicht auszugleichen. Das Schiff werde untergehen, meldete er.
Kurz darauf war es soweit. Mehr und mehr neigte sich das Oberdeck zur Seite, ringförmige Rettungsinseln wurden ausgesetzt, Männer sprangen hinein oder verfehlten sie, wurden dann mit vereinten Kräften aus dem eiskalten Wasser gefischt. Die Corina sank. An dieser Stelle war das Meer knapp vierzig Meter tief. Das Schiff zu bergen, so hieß es, sei nicht schwierig. Und das erfreulichste: Alle Besatzungsmitglieder waren gerettet.
Aber schon in den Morgenausgaben der Zeitungen war die Welt nicht mehr in Ordnung. Ein Sprecher der Regierung hatte sich verplappert und eingestanden, daß die Corina schwach radioaktives Material geladen habe. Vollkommen ungefährlich für die Umwelt, hatte er eilig versichert.
Zur Aufbereitung vorgesehenes radioaktives Material sei niemals ungefährlich, erläuterte zwei Minuten später ein Physikprofessor im Frühstücksfernsehen. Und ob die Sicherheitsbehälter den enormen Wasserdruck aushalten würden, sei sehr fraglich.
Diese bodenlose Unverschämtheit – eine provokante Falschmeldung, so war zu hören – korrigierte ein Manager der Herstellerfirma. Noch in viertausend Meter Tiefe hielten die Behälter dem Druck stand. Er gehe jede Wette ein, daß man bei ruhiger See innerhalb von zwei Tagen ausnahmslos alle Behälter werde bergen können.
Und wie es mit der Strömung sei? Ob sie die Behälter nicht wegtreiben und an ganz anderer Stelle wieder an Land spülen könne? Gegen Klippen schleudern? Zum Aufplatzen bringen? Den Strand

verseuchen? Nun verfing kein beruhigendes Argument mehr; auch die amtliche Mitteilung, es handele sich um schwach radioaktives Material auf dem Weg zu einem Zwischenlager, verpuffte. Die Saat ging auf: Alle Strände der Welt könnten rein theoretisch verseucht werden, dafür sorge das Meer mit seinen Strömungen. Daß selbst auf eine Strandlänge von nur fünfzig Kilometern bezogen die zusätzliche Radioaktivität noch nicht einmal ein Tausendstel der gesetzlich zulässigen Dosis betrage, wollte niemand mehr hören. Vor die Wahl gestellt, entschieden sich Medien und Konsumenten für die Schreckensvision. Der Weltuntergang nahte unweigerlich. Noch am selben Tag wurden vierzig Prozent der Sommerbuchungen an der französischen Küste storniert.

Sherman, der das Geschehen aus nächster Nähe beobachtet hatte, war zufrieden. WTC Houston hatte die Aufnahmen schon ausgestrahlt, mit dem Kapitän war ein Vertrag gemacht worden, und das französische Fernsehen zeigte sich auch kooperativ. In Frankreich durfte es allein über den Vorfall berichten, obwohl WTC auch im französischen Netz einen Sendeplatz besaß, außerhalb hatte WTC sich die Globalrechte gesichert. Bis man die Ladung geborgen hatte, würden mindestens zwei Wochen vergehen. Genug Zeit, um das Thema auszuschlachten.
Sherman war nicht allein. Neben ihm stand der ehemalige DDR-Oberst Wild und machte Häkchen auf einer Liste.
Zeitplan eingehalten, Trossen glatt gesprengt, Leck eins mit vier Kilogramm TNT, Leck zwei durch Öffnen eines Sicherheitsventils, Wrack zwei Meilen vom Strand entfernt, kein Mensch zu Schaden gekommen.
Besonders auf den letzten Punkt hatte der Oberst gepocht.

In den Abendnachrichten gab es in Frankreich nur ein Thema: die Corina. Sensibilisiert durch die Amor Cadiz, einen Öltanker, der vor fast zwanzig Jahren vor der bretonischen Küste gesunken war und die Strände auf Jahre verschmutzt hatte, beleuchtete man die Konsequenzen von allen Seiten. Die Regierung beschwichtigte und bildete trotzdem einen Krisenstab, die Sender trommelten

Gesprächsrunden zusammen und befragten jeden, der sich als Sachverständiger ausgab. WTC Köln hatte die Exklusivrechte für die Bundesrepublik und stand nicht nach. Was denn geschehen könne, falls sich in der Nordsee bei Helgoland ein solches Malheur ereigne. Nicht auszudenken, waren sich die Befragten einig, bei der geringen Strömung und dem mäßigen Tiefgang. Zumindest an diesem Abend rückte der Fortsetzungsbericht über den Piloten Zöblin in die zweite Reihe. Aber in wenigen Tagen schon würde das anders werden, denn der Pilot hatte angekündigt, er wolle reden und die Hintergründe und sein Motiv aufdecken. Caruso geriet gehörig ins Schwitzen, obwohl Zöblin ihn nur unter falschem Namen kannte.

Kilian, wieder in Trier, fühlte eine Beschwingtheit, die ihn über sich selbst staunen ließ. Allein die Erinnerung: der warme Körper, die duftende Haut, ihre Lippen und der feste Druck ihrer Arme, als sie ihn an sich preßte. Die Worte, die sie ihm ins Ohr flüsterte, zärtlich und aufstachelnd, aber auch vorwurfsvoll: Warum kommst du erst jetzt? Ihre Finger mit den kleinen Flämmchen, die seine Haut versengten, und die Brüste, die sich ihm provozierend entgegenreckten: Greif zu, nimm mich. Nimm mich, schien dann ihr ganzer Körper zu rufen und vor Erregung zu zittern. Nimm doch, schrie seiner und zitterte ebenfalls. Aus Nehmen wurde Geben. Und dann ihr Versprechen: So schnell lasse ich dich nicht mehr los. Er würde das überprüfen.

Wenn er gedacht hatte, die räumliche Distanz komme seiner Fähigkeit, sich auf die eigenen Probleme zu konzentrieren, zugute, sah er sich getäuscht. Mehr und mehr schlängelte sich Maren in seine Gedankenwelt und verdrängte alles andere. Manchmal zwang er sich, nicht an die Nacht mit Maren zu denken. Aber der Zwang bewirkte oft genau das Gegenteil. Dann wurden seine Überlegungen zum Treibgut der Emotionen.

In der Redaktion sahen ihn alle so seltsam an – als stünde auf seiner Stirn der Name Maren geschrieben. Am seltsamsten natürlich Chambier, der alles zu durchschauen schien.

»Chambier, ich brauche zwei Tage Urlaub.«
»Geht nicht, es weihnachtet. Wir wollen die Leute doch auch bescheren.«
»Dann bin ich krank.«
»Du bist krank, wenn ich es dir sage.«
»Verdammt, ich bin Caruso auf der Spur, ich will ihn greifen.«
»Siehst verdammt schlecht aus, scheinst wirklich krank zu sein. Schildere doch mal die Symptome.«
Nachdem Kilian geendet hatte, lehnte Chambier sich zurück. »Nicht schlecht, Bumerang. Da ist dieses Fernsehstudio in der Weberbach, von dem aus der Beitrag, wohlgemerkt nach Voranmeldung, überspielt worden ist. Die Beschreibung des Mannes, der das gemacht hat, paßt aber nicht auf Caruso. Du hast nun anhand des Kölner Autokennzeichens den Halter herausgefunden, und über den willst du an Caruso. Liege ich richtig?«
»Wenn es diese Verbindung gibt, dann kann ich zumindest in einem Fall beweisen, daß Caruso eine Nachricht getürkt hat.«
»Vorausgesetzt, der Ehemann der Toten spielt mit und gibt alles zu«, wiegelte Chambier ab. »Ach, bevor ich es vergesse: Schöne Grüße von Maren soll ich dir ausrichten.«
Kilian schluckte.
»Wie, kannst du meine ...« Chambier blickte sich in seinem Büro um. »Kannst du Maren nicht leiden?«
»Doch, aber lenk bitte nicht ab.«
»Du bist aber auch ein Sensibelchen. Und dich soll ich allein nach Köln ziehen lassen?«

Die Telenorma-Agentur, auf die der Kombi zugelassen war, bestand aus drei Personen: einer Sekretärin oder Schreibkraft, einem Helfer und dem Kameramann. Kilian wohnte wenige Häuser entfernt, in einem kleinen Hotel in Köln-Hürth – ein ausgezeichneter Beobachtungsposten. Daß die Telenorma bei WTC unter Vertrag stand, hatte er schon nach zwei Glas Bier in der Kneipe nebenan in Erfahrung bringen können. Seien oft unterwegs, die Jungs, schienen was draufzuhaben. An diesem Vormittag wurde seine Vermutung definitiv bestätigt: Die Telenorma

war eine GmbH, als Geschäftsführer fungierte der Kameramann Peter, genannt Pit Assen, und ein gewisser Benno Dexheimer war im Handelsregister als alleiniger Gesellschafter aufgeführt.
Den ersten Punkt hatte er gewonnen, den zweiten holte sich Kilian, als er sich an die Fersen von Pit Assen heftete. Er verfolgte ihn bis zum WTC-Sendehaus, wo Caruso ihn begrüßte. Und das bedeutete, Kilian würde Carusos Schatten werden. Da er keinerlei Erfahrung hatte, war der Abstand meistens so groß, daß er ihn immer wieder aus den Augen verlor. Zweimal jedoch entdeckte er ihn kurz darauf wieder, und jedesmal machte Kilian seine Fotos. Vielleicht die wichtigste Entdeckung war Carusos Wohnsitz, ebenfalls in Hürth, und zwar in der Fußgängerzone. Den Namensschildern nach bewohnte er ein Apartment in einem Vierfamilienhaus.
Heute war Caruso auf der Autobahn unterwegs nach Süden. Kilian, inzwischen Besitzer eines fast olympischen Autos – seines hatte nur vier Ringe, war jedoch auch mit einem Allrad versehen –, hätte bei geringerem Verkehr keine Chance gehabt, gegen die knapp dreihundert Pferdestärken des Lockenkopfs anzukommen. In Idstein fuhr Caruso ab und benutzte die Umgehungsstraße, um von der entgegengesetzten Seite in die Stadt hineinzufahren. In einem Café traf er sich mit einer älteren Dame, die übertrieben zurechtgemacht war. Einer Eingebung folgend, beobachtete Kilian diese Frau weiter, um herauszufinden, wo sie wohnte. Erst danach machte er sich wieder auf den Weg nach Hürth, von dem Lockenkopf und seinem Sportwagen war nichts mehr zu sehen. Auch während der nächsten Tage blieb Caruso verschwunden. Kilian bezahlte die Hotelrechnung und stoppte zwei Stunden später in Idstein vor der Wohnung von Charlotte Rogers.
Ihre drei Zimmer waren ein Sammelsurium von geschmacklichen Gegensätzen, was Möbel, Farbe und Tapeten, Teppiche betraf. Zudem waren sie vollgestopft mit Dingen, die alle gleich in mehrfacher Ausfertigung vorkamen: drei gleiche Bilder an den Wänden, dieselben Bücher in verschiedenen Ausgaben, in der Küche standen etliche Kaffeemaschinen nebeneinander.

»Frau Rogers, Sie haben vor wenigen Tagen mit einem meiner Kollegen gesprochen.«
»Wie heißt er denn?«
»Das wissen Sie doch.«
Kilians Fußspitze verhinderte, daß sie die Tür vor seiner Nase zuschlug.
»Wir wollen ja auch Sie schützen, indem wir Namen diskret behandeln. Für die geplante Fernsehsendung hätte ich noch einige Fragen.«
Die Tür öffnete sich wieder, er durfte eintreten.
»Und wie heißen Sie?«
»Schauer.«
»Ist das Ihr richtiger Name?«
»Nein.«
»Und warum ... also das verstehe ich nicht. Stimmt denn wenigstens der Name von Herrn Werding?«
»Nein. Sie meinen den untersetzten Mann mit den Locken und den großen Augen?«
»Ja. Das verstehe ich nicht. Warum die falschen Namen?«
»Bedenken Sie bitte, Frau Rogers, Sie sind eine ungewöhnliche Person. Was wir mit Ihnen vorhaben, wäre für jede Fernsehanstalt eine Attraktion.«
»Ich gehe nur zu WTC.«
»Ich weiß. Aber um jeden Verdacht von vornherein im Keim zu ersticken, wir hätten unsere Partner«, Kilian gebrauchte diese Bezeichnung bewußt, er hatte sie wiederholt bei WTC gehört, »wir hätten unsere Partner beeinflußt, müssen wir sehr diskret vorgehen. Das sehen Sie doch ein.«
Frau Rogers nickte.
»Ein solcher Vorwurf würde zweifellos Ihre Glaubwürdigkeit untergraben. Und dann müßten wir von unserem Plan Abstand nehmen.«
»Da haben Sie recht. Aber wie könnte so etwas herauskommen?«
Kilian hatte gewonnen, das spürte er. »Ich brauche Ihnen ja nicht zu sagen, wie erfolgreich wir sind. Und Erfolg macht Neider. Alle anderen Sender in Deutschland sind neidisch, wir haben nun mal

das beste Programm. Stellen Sie sich einmal vor, durch irgendeine undichte Stelle kämen Abmachungen zwischen Ihnen und uns ans Tageslicht. Oder man setzt Programmkiller, so nennen wir die Spione intern, die unsere Vorhaben auskundschaften sollen, auf WTC an und entdeckt die Verbindung zu Ihnen.«

Frau Rogers schlug die Hände vors Gesicht.

»Nun zum Grund meines Besuchs. Ich bin in der juristischen Abteilung des Hauses beschäftigt und möchte mit Ihnen noch einmal ganz genau durchgehen, wie Ihr Einsatz ablaufen soll. Wann bitte sind Sie geboren?«

»Aber das hat doch schon Herr Werding …«

»Hat er Ihnen auch garantiert, daß Ihr Auftritt gesichert ist?«

»Nein.«

»Sehen Sie? Wenn ich komme, dann ist Ihr Auftritt gesichert. Deshalb benötigen wir diese Angaben zusätzlich.«

Caruso vertilgte eine Tafel Schokolade nach der anderen, um seine Nervosität zu bekämpfen. Im Augenblick fühlte er sich mies, nichts war übrig von seiner Überlegenheit, von seinem Machtgefühl. Gut, die angekurbelten Projekte entwickelten sich hervorragend, eines war besonders vielversprechend, aber es häuften sich auch die Probleme. Zum einen hatte Zöblin zugegeben, sich mit einem Mann getroffen zu haben, der ihm sehr viel Geld für ein spektakuläres Unternehmen geboten habe. Rollinger heiße der Mann, und er arbeite für WTC oder habe zumindest Kontakte zu diesem Sender. Die Polizei hatte das nicht überbewertet, sich aber doch routinemäßig bei WTC erkundigt, ob es diesen Rollinger gebe. Monique hatte verneint, aber anschließend hatte sie Caruso zur Rede gestellt, was es mit dem Anruf für diesen ominösen Rollinger auf sich gehabt habe. Er hatte sich ahnungslos gegeben und bestritten, Zöblin jemals gesehen zu haben. »Dann werde ich Sherman informieren«, hatte sie ihm gedroht und war hinausgerauscht.

Das andere Problem war der Witwer in Schweich, dessen Frau unter den Tankwagen gerast war; der Mann hatte ihm von diesem seltsamen Besuch berichtet. Seine Beschreibung war allerdings so vage ausgefallen, daß Caruso nichts damit anfangen konnte. Und jetzt der Anruf von dieser Kleptomanin, ob sich durch den Zusatzvertrag etwas an ihrer Abmachung geändert habe. In zwei Tagen werde sie sich die Finger abtrennen. Ihre Angaben deckten sich, was den Besucher betraf, mit denen des Witwers. Aber Vierzigjährige mit mittelbraunem Haar liefen genügend herum, und schlank waren praktisch alle.

Caruso hatte schnell reagiert und so getan, als sei er vorab über den Zusatzvertrag informiert gewesen. Indem er von zusätzlicher juristischer Absicherung sprach, für die Medien und ihre Partner ein Muß, war es ihm gelungen, Charlotte Rogers zu beruhigen und hinzuhalten. Sie möge bitte mit dem Abtrennen ihrer Finger warten, bis er ihr Bescheid gebe, damit die Aktualität für die Sendung gewahrt werde.

Aber er wurde sich seiner heiklen Lage mehr und mehr bewußt. Anhand der Telefonnummer, so sagte er sich, konnten sie ihm zumindest nicht auf die Spur kommen, denn er benutzte einen Anschluß mit Anrufbeantworter in einer ebenfalls unter falschem Namen angemieteten Wohnung in Leverkusen.

Wenn er wenigstens wüßte, wer hinter sein Geheimnis gestiegen war. Vielleicht ließ der Betreffende mit sich handeln. Zumindest so lange, bis ihm eine andere Lösung einfiel. Aber diese Lösung mußte er mit Sherman bereden, denn nur der verfügte über die entsprechenden Möglichkeiten. Dies wiederum bedeutete, gegenüber dem Amerikaner zugeben zu müssen, daß er Mist gebaut hatte. Dabei entwickelte sein neuester Knüller sich so gut. Caruso focht einen inneren Kampf aus, und seine Einsicht gewann. Er schnappte sich das Telefon und wählte einen Anschluß in den Vereinigten Staaten.

In der Redaktion lief zur Nachrichtenzeit immer ein Fernseher. Die Entrüstung in Frankreich über die Corina war groß, alle Beschwichtigungsversuche der Regierung verkehrten sich ins Gegenteil. Die Regierung müsse die Gefahr herunter-

spielen, meinte ein Kommentator, denn es stünden Wahlen an.
Der amerikanische Präsident – als Demokrat durch die letzten Wahlerfolge der Republikaner im Senat wie auch im Kongreß ins Hintertreffen geraten – war auf Welttournee und warb mit Hilfe der Kameras um Stimmen. Er verurteilte vor Ort die zögerliche und uneffektive Hilfe für die Sahelzone, griff die UN und ihre Hilfsorganisationen ebenso an wie die Europäer, die ihrer Verpflichtung gegenüber den ehemaligen Kolonien nicht nachkämen. Und weil der mächtigste Mann der Welt – seine Frau, so behaupteten Insider, sei die eigentlich treibende Kraft – schon mal dabei war, versprach er seinen Wählern, daß die Vereinigten Staaten der Sahelzone im Alleingang helfen wollten. Als Beleg für die Notwendigkeit seines Entschlusses spielte man Bilder ein, die zeigten, wie Tankfahrzeuge überfallen wurden und rivalisierende Gruppen einander in grausamen Kämpfen das Wasser abjagten.
Noch am selben Tag war ein Trupp indischer UN-Soldaten Ziel eines Anschlags. Vier von ihnen wurden getötet; man hatte ihnen den Kopf abgeschlagen und die Leichen zur Schau gestellt. Die Bilder erinnerten an Mogadischu, wo drei Jahre zuvor ein ermordeter Amerikaner im Triumphzug nackt durch die Straßen geschleift worden war.
Es sei die Pflicht der Amerikaner, diese Not zu lindern, ließ sich nun wieder der Präsident vernehmen. Falls ein US-Bürger zu Tode komme, werde man sich zu wehren wissen. Die geballte Faust des mächtigen Mannes war unübersehbar. EU-Vertreter äußerten sich pikiert; für einen neuerlichen Alleingang der Yankees außerhalb der UNO hatten sie wenig Verständnis.

Inzwischen war Kilian der Auffassung, daß einigen diese Katastrophe durchaus gelegen kam. Geschickt wurde von den Problemen im eigenen Land abgelenkt, die Unruhen der US-amerikanischen Schwarzen, bei denen es zu Plünderungen der Innenstädte kam, verloren an Schrecken, und das ständige drohende Gespenst der Inflation und Rezession schrumpfte zur Bedeutungslosigkeit. War Menschenleben retten nicht wichtiger? Kilian, der Ge-

schichte studiert hatte und sich für solche Feinheiten interessierte, wurde überdeutlich mit einer alten Theorie konfrontiert, deren Effektivität nicht zuletzt der russische Präsident ständig unter Beweis stellte: Außenpolitik schlägt Innenpolitik.
Als Kilian auf die Taktik des amerikanischen Präsidenten verwies, meinte Chambier: »Was meinst du, Bumerang, warum das überhaupt funktioniert? Weil all seine Statements durch Fernsehen und Presse millionenfach an die Leute gebracht werden. Sperr ihn in den Keller, schon hält er den Mund.«
»Huhn oder Ei, Chambier? Benutzt er uns, oder benutzen wir ihn?«
»Beides. Einer kann nicht ohne den anderen. Wir benötigen Nachrichten und Informationen, und jeder, der was zu sagen hat, braucht sein Forum und ist auf uns angewiesen. Der Präsident gibt eine Erklärung ab, die Journalisten reißen sich gegenseitig die Pressekarten aus der Hand, um dabeizusein. Wenn man so will, ein ständiges Geben und Nehmen, eine prächtig funktionierende Zwangsgemeinschaft. Beide Seiten sind so stark, daß die eine der anderen nichts anhaben kann. Ein ideales Patt. Daß sie uns falsche Berichterstattung vorwerfen und wir ihnen im Gegenzug ihre Lügen unter die Nase reiben, gehört zum Spiel.«
Kilian grinste. »Ich stelle mir gerade vor, wie ein Krieg der Imperien ausgehen würde. Wir berichten nicht mehr, sie haben nichts mehr zu sagen, Zeitungen werden nicht gedruckt, die Bildschirme bleiben schwarz. Wir drehen uns gegenseitig den Hahn zu.«
»Und weltweit gehen die Konsumenten auf die Straße und schlagen alles kurz und klein. Wir haben ihnen etwas genommen, das sie unbedingt brauchen: den bunten Unterhaltungskasten und damit ein Ventil für ihre Aggressionen. Solange es einen gibt, dem es noch schlechter geht, der noch weniger Geld hat, noch kränker und noch dümmer ist, verhalten sie sich einigermaßen friedlich und arrangieren sich mit ihrem Schicksal. Aber wehe, du raubst ihnen die Perspektive. Dann wird unser Publikum zu einer Horde von Hyänen.«

Kilian breitete die Fotos von Köln und Idstein aus. Danach präsentierte er Chambier und Maren ein Papier, auf dem all das festgehalten war, was Frau Rogers würde tun müssen, um zur Sendung »Schicksale des Lebens« eingeladen zu werden.

»Sie ist Kleptomanin?«

Kilian nickte.

»Und sie müßte vor der Kamera zugeben, daß sie jeden Tag auf Beutezug geht?«

»Darin sehe ich keine Schwierigkeit. Kleptomanie ist eine Krankheit, sie hat es von vielen Ärzten bestätigt bekommen.«

Maren war schon einige Zeilen weiter. »Zwanzigtausend haben sie ihr geboten.« Sie schaute auf. »Viel Geld für zehn Minuten Fernsehen.«

»Lies doch bitte weiter«, forderte Kilian sie auf.

Maren erschrak, Chambier rückte seine Brille zurecht.

»Das ist ja ein Ding«, murmelte er vor sich hin. »Und du bist überzeugt, die Frau wäre dazu imstande?«

Kilian hob die Schultern. »Wer weiß? Noch hat sie es nicht getan. Aber für ihren Auftritt wäre es unabdingbar.«

»Aber sich selbst vier Finger abzutrennen, um sich von der Krankheit zu heilen, das ist ja erst recht krank – und ekelhaft zugleich.«

Sherman war scheinbar mit einer besonderen Antenne für außergewöhnliche Schwingungen ausgestattet. Als Caruso anrief, hatte er sofort erkannt, daß es in Deutschland Schwierigkeiten gab. Nachdenklich geworden, machte er sich auf den Weg in die oberste Etage; Christine Sallinger rief zum Rapport. Aber mit jedem Stockwerk fühlte er sich gelöster, als sei die Luft hier oben eine andere. Die Luft der Auserwählten, zu denen er sich zweifelsfrei zählte. Nicht nur aufgrund seiner Position bei WTC.

»Fred, nehmen Sie Platz. Sie waren einige Tage unterwegs?«

»Es gibt immer was zu tun, Christine. Wer wüßte das besser als Sie?«

Während Sherman wieder einmal seine Chefin bewunderte, überflog Christine den Bericht, den er angefertigt hatte. Seit wenigen Minuten war er nicht mehr ganz zutreffend, aber das behielt Sherman vorerst für sich.

»Phantastisch, Fred. Einfach phantastisch. Und das ist Ihr Verdienst. Ich wußte, Sie sind der richtige Mann, Ihnen kann ich jede Aufgabe übertragen.«
Sherman wehrte ab, stimmte ihr im stillen jedoch völlig zu.
»Fred, wie lange kennen wir uns?«
Sherman ahnte Böses. So begannen in der Regel die Gespräche, die mit einem Rauswurf endeten. »Zehn Jahre, denke ich.«
»Ja, zehn lange Jahre. Sie sind einer meiner wenigen Vertrauten, Fred. Eine Frau wie ich hat nicht viele.«
»Aber Christine? Alle liegen Ihnen zu Füßen.«
»Genau das meine ich. Vertraute liegen mir nicht zu Füßen, sondern schauen mir in die Augen, wenn ich sie was frage. Und sie geben aufrichtige Antworten.«
»Das tue ich selbstverständlich.«
»Ich weiß. Fred. Wie steht es mit WTC Deutschland?«
»Der Bericht liegt vor Ihnen.«
»Fred, ich habe Sie etwas gefragt.«
»Hervorragend, absolut hervorragend.«
»Und die Perspektive?«
Vergeblich versuchte Sherman, in Christines freundlichem, glattem Gesicht, an dem zwei Chirurgen erfolgreich gewirkt hatten, etwas zu lesen. Aber die teuren Operationen hatten offenbar auch jegliche Regung beseitigt.
»Ich bin kein Prophet. Sie und ich, wir wissen, wie schnellebig unsere Branche ist.«
»Miau.«
Sherman errötete. »Entschuldigung. Ich würde sagen, die kommenden Jahre wird es weiter aufwärtsgehen, nicht mehr ganz so rasant, aber stetig.«
»Das ist doch schon eine Aussage, mit der ich etwas anfangen kann. Fred, geben Sie mir einen Rat, was ich tun soll.«
Noch nie war Sherman von seiner Chefin um einen Rat gebeten worden. Im Gegenteil. Viele Tips von ihm, die sich im nachhinein als richtig erwiesen, hatte sie ausgeschlagen. »Ich verstehe nicht, Christine.«
»Ich muß nicht extra auf die Vertraulichkeit verweisen, Fred.«

Sherman fand das geradezu beleidigend. Keiner war so loyal wie er. Und keiner verdiente so viel wie er – Christine einmal ausgenommen.

»Fred, würden Sie WTC Germany verkaufen oder behalten?«

Shermans Augen weiteten sich. Was hatte das nun wieder zu bedeuten?

»Fred, eine klare Antwort bitte: Würden Sie verkaufen? Hier und jetzt?«

»Es käme auf das Angebot an.«

»Ich habe mehrere Interessenten, der Preis ist gut.«

Sherman überlegte.

»Oder können Sie mir garantieren, daß in den kommenden vier Wochen, also bis Weihnachten, die Quote noch um etwa null Komma fünf steigt?«

»Wir liegen über fünf Prozent.«

»Ich weiß. Können Sie?«

»Nein, kann ich nicht.«

»Also, was würden Sie tun?«

»Wenn der Preis gut ist, dann verkaufen. Aber nicht jetzt, sondern in zwei Monaten, besser drei.«

»Warum erst dann?«

»Ich glaube, wenn Sie noch etwas warten, steigt der Preis. Mir sind einige Dinge zu Ohren gekommen, die sehr gut klingen.«

»Danke, Fred, ich denke darüber nach. Das war es.«

»Eine Frage, Christine.«

»Ja, Fred?«

»Wie steht es mit mir?«

»Ich verstehe nicht.«

»Mein Vertrag. Ich bin aus steuerlichen Gründen an WTC Deutschland ausgeliehen.«

»Wie lange läuft er noch?«

»Fünf Monate, dann bin ich wieder in Houston.«

»Ein Grund mehr, Fred, auf Ihren Rat zu hören. Lesen Sie das.«

Sherman überflog die Zeilen. »Eine Million Dollar, wenn es mir gelingt, die Quote bis April auf fünf Komma vier zu steigern?«

»Ja. Wollen Sie nicht unterschreiben?«

Mit elastischen Schritten eilte Sherman anschließend durch die große Halle, grüßte freundlich und warf sich etwas mehr in die Brust. Nicht leicht bei seiner hageren Gestalt. Während er sich im Fahrstuhl wieder den irdischen Sphären näherte und vergeblich den Hintergrund von Christines Taktik zu erraten suchte, öffnete in der obersten Etage die Chefin von WTC den Safe und unterschrieb die vorbereiteten Verträge jeweils unten links. Rechts hatte Bob Chassman seinen Namen bereits hingesetzt.
Christine freute sich über ihren Coup. WTC Germany verkauft zu einem guten Preis und gleich einen Spezialisten eingebunden. Daß sie eine Million zu zahlen hatte, was hieß das schon. Mehr als zwölf hatte sie in den vergangenen drei Wochen durch den Passus verdient, demzufolge pro Zehntelpunkt Quotensteigerung drei Millionen Dollar auf den ursprünglichen Kaufpreis von neunzig Millionen aufgeschlagen wurden.
Auf dem Weg über den Atlantik suchte Sherman immer noch den Haken bei der Geschichte. Schließlich sagte er sich, er sei zu mißtrauisch, zu sehr von der Berufskrankheit Zweifel befallen, es gebe schlicht keinen Haken. Andererseits wäre das in seiner Branche, wo hinter freundlichen Fassaden mit harten Bandagen gekämpft wurde, ein absolutes Novum gewesen. Er mußte von nun an doppelt vorsichtig sein.
Eine Stunde vor seinem Treffen mit Caruso im Sheraton-Hotel am Frankfurter Flughafen fragte Sherman an der Rezeption, ob eine Nachricht für ihn da sei. Ein Brief war für ihn abgegeben worden. Er riß ihn auf, betrachtete die Fotos und überflog die wenigen Sätze. Gute Arbeit von Exoberst Wild. Nun war er gewappnet.

Caruso schaute bei jedem zweiten Schritt über die Schulter. Dunkle Ringe unter den Augen mit dem gehetzten Blick, die Haare fettig, der Hemdkragen schmutzig – so saß er Sherman wenig später gegenüber. Der Rotschopf gab sich gut gelaunt und wollte wissen, was Caruso denn für Kummer habe. Der druckste zunächst herum und wollte nicht recht mit der Sprache herausrücken. Schließlich gab er zu, es müsse da jemanden geben, der ihm eins auswischen, ihn vielleicht sogar erpressen wolle. Zwei seiner Kunden seien von dem Schatten aufgesucht und ausgefragt worden. So, wie er die Lage einschätze, müsse der Unbekannte gut informiert sein über die Art der Abwicklung.

»Und Sie wissen nicht, wer es ist?«

»Tut mir leid.«

»Vielleicht jemand, dem Sie zu kräftig auf die Füße getreten sind?«

Caruso überlegte. »Ich muß passen.«

»Gibt es denn überhaupt jemanden, Benno, den Sie so vergrätzt haben könnten, daß er sie nun beobachtet?«

Caruso überlegte. »Nein, Fred.«

Sherman griff in seine Jackentasche. »Kennen Sie den?«

Zögernd betrachtete Caruso die Fotos. Unzweifelhaft in Köln-Hürth aufgenommen, in unmittelbarer Nähe seiner Wohnung und in … Idstein.

»Woher … woher haben Sie …«

»Spielt keine Rolle. Kennen Sie diesen Mann?«

Sherman legte die Vergrößerung eines Ausschnitts auf den Tisch. Caruso, emotional auf dem Tiefpunkt, registrierte gar nicht, daß Sherman ihn hatte beobachten lassen. Er sackte in sich zusammen, seufzte, sein Kopf kippte nach vorn. Tränen liefen ihm über die Wangen. »Er macht mich kaputt, dieses Schwein macht mich kaputt.«

»Wer ist es?«

»Wenn ich ihn in die Finger kriege, ich bringe ihn um. Ich …«

»Nicht so laut, Benno. Einen Cognac?«

Caruso nickte. Sherman wartete, bis der Schwenker gebracht und von dem Lockenkopf auf einen Zug geleert worden war.

»Ich bin gekommen, um Ihnen zu helfen, Benno.«

Caruso nickte ergeben.

»Aber dazu muß ich wissen, was es mit diesem Mann auf sich hat.«

Zehn Minuten hielt Carusos Bastion, eine Mischung aus Selbstschutz und Scham, dem Drängen von Sherman stand. Und als er einmal mit dem Erzählen begonnen hatte, fand er kein Ende mehr. Sherman hatte eine weitere Funktion übernommen. Als Beichtvater durfte er sich jetzt auch bezeichnen.

Wochenende. Kilian war zu Hause im Goldkäulchen, Maren hatte sich für den kommenden Tag angekündigt. Seine Kinder drängten ihn; früh am Morgen gingen sie gemeinsam in den Wald, der gleich hinter dem Blockhaus begann. Für ihn eine gute Gelegenheit, sich die Stellen anzuschauen, wo er im Februar das Brennholz für den Kamin schlagen wollte. Vier Meter für ein Jahr, eine schweißtreibende und nicht ganz ungefährliche Arbeit.
Tim fragte ihm Löcher in den Bauch; ein gut Teil der Antworten nahm ihm die zwei Jahre ältere Nicole ab, die gern mit ihrem Wissen glänzte. Kilian fand es erstaunlich, was in den sechs Jahren, die er nicht mehr im Schuldienst war, an ökologischen Inhalten vermittelt wurde. Auf dem Rückweg machten sie einen Bogen zum Brubacher Hof; die Kinder aßen Hähnchen, er ein Bauernbrot mit Schinken, dazu trank er Apfelwein.
»Mami hat gesagt, du hättest eine Freundin.«
Kilian vergaß zu kauen. Woher konnte Gitte das erfahren haben? Aber Trier war wie ein Dorf, wo jeder Geschichten verbreitete, selbstverständlich unter dem Siegel der Verschwiegenheit. Aber meistens war eine bestimmte Absicht damit verbunden; die Leute mochten es, um Neid oder Zwietracht zu säen. ›Ich habe deinen Exmann mit einer zierlichen Frau gesehen, sah gut aus. Wie, du weißt nichts davon? Ach, das ist mir aber jetzt peinlich.‹
Nun, er sei nicht mehr mit Mami verheiratet, sie beide könnten sich andere Partner suchen. Kilian versprach den Kindern, daß sie nicht unter seiner neuen Beziehung zu leiden haben würden.
»Kennen wir sie?«
»Es ist Maren, ihr habt sie ...«
»Wow, dann gibt es ja bald wieder ein Eis«, schwärmte Tim.
Nicole zeigte sich nicht ganz so begeistert.
Es wurde schon dunkel, dichte Wolken begruben den Tag vorzeitig, als er die Kinder zu ihrer Mutter brachte. Kilian blieb im Auto sitzen, ihm war nicht nach einer Diskussion oder nach Vorwürfen. In der Stadt trank er noch zwei Bier und aß eine Pizza, gegen neun machte er sich auf den Heimweg.

Eine Viertelstunde später trat er über seine Türschwelle, spürte einen Schlag auf den Hinterkopf, sah den Teppich auf sich zukommen. Er fand keine Zeit für irgendeine Abwehrreaktion. Der Boden öffnete sich und verschlang ihn.
Zuerst dachte er, er liege im Freien und es regnete. Dann kam ihm der Gedanke, das Dach könnte undicht sein. Schließlich holte ihn ein Wasserschwall in die Wirklichkeit zurück. Kilian, dem war, als hätte man ihm Nägel in den Kopf geschlagen, überall nur noch Schmerz, schlug die Augen auf und schloß sie wieder, eine Lampe blendete ihn. Müde war er, unendlich müde. Er wollte nur schlafen. Aber das Wasser störte ihn. Überdies brannten seine Augen; er wollte darüberwischen, aber das ging nicht. Er hatte das Gefühl, auf seinen Händen zu sitzen. Als nächstes versuchte er aufzustehen und warf dazu den Kopf schwungvoll nach vorn. Schmerzwellen durchzuckten ihn, am heftigsten über dem rechten Ohr, und legten sich über seinen Schädel wie eine Kapuze. Selbst Nacken und Schulter taten weh. Kilian blinzelte und bemühte sich, die Nebelschwaden zu durchdringen. Schließlich sah er Schuhe, nicht weit von ihm entfernt. Grobe aus dickem Naturleder, wie Leute sie trugen, die eine bestimmte Zigarettenmarke rauchten und ständig mit einem Landrover auf Abenteuersuche waren.
Ein Schuh bewegte sich auf ihn zu, verschwand wieder aus seinem Gesichtsfeld. Im selben Moment stach es fürchterlich in seiner Rippengegend.
»Wird auch langsam Zeit.«
Die Stimme klang fremd. Kilian war, als hätte der Unbekannte einen Hund mitgebracht, der ihn unentwegt in die Oberarme biß. Aber Hunde können niemanden hochheben und hinsetzen. Kilians Oberkörper schwankte, er pendelte die Bewegungen leidlich aus. Sein Blockhaus schaukelte, der Boden schaukelte, alles schaukelte.
»Genug gepennt.« Die Stimme gehörte zu dem Mann, der immer noch seine Oberarme umklammert hielt.
»Wo sind die Sachen?« Hart und unpersönlich wurden die Worte ausgestoßen, das Gesicht mit dem kantigen Kinn, der breiten

Nase und den Stoppelhaaren paßte dazu, noch mehr die Augen, wäßrig-kalte Augen, die durch ihn hindurchschauten.
»Was für Sachen?«
Kilians Kopf wackelte, sogleich breitete sich von seiner rechten Wange her das Feuer aus. Er wäre umgefallen, hätte nicht die andere Wange auch einen Schlag abbekommen.
»Also wo?«
»Welche Sachen?«
»Hürth und Idstein. Und Schweich. Deine Unterlagen. Fotos, Papiere, Tonbänder, was weiß ich. Wo sind sie?«
Zwei Sekunden brauchte Kilian, um sich alles zusammenzureimen. Wie war Caruso ihm auf die Spur gekommen? Hatte er beim Beobachten einen Fehler gemacht? Und jetzt versuchte der Lockenkopf es ein zweites Mal. Erst der gescheiterte Versuch vor Prüm …
Der Unbekannte war schwer einzuschätzen, was Körpergröße und Gewicht betraf; Kilian mußte ja unentwegt zu ihm hochschauen. Durchtrainiert kam er ihm vor, kräftig.
Kilian war kein Held, erst recht nicht, wenn er gefesselt dasaß, und noch weniger, wenn sein Gegenüber einen Revolver im Hosenbund stecken hatte, wie er jetzt aus dem Augenwinkel sehen konnte.
»In der Redaktion.«
Klatschend landete eine Hand auf seiner Wange, in Kilians Kopf wurde es wieder unordentlich, Nebel breitete sich aus.
»Wo?«
»In der Redaktion.« In Kilians Mund war der Geschmack von Blut.
Der Unbekannte erhob sich und spazierte im Wohnzimmer umher. Achtlos stieß er mit dem Fuß eine Schublade weg, kickte Bücher auf die Seite und bahnte sich einen Weg durch Socken, Unterhosen, Pullover und Bettzeug. Er griff neben sich und hatte plötzlich eine Axt in der Hand, die Axt aus dem Schuppen. Kilian versuchte wegzurücken. Der Unbekannte, er trug keinerlei Maske, grinste.
»Was machen Sie da?«

»Nachsehen, ob du auch nicht gelogen hast.« Dann schlug er mit der Axt zu. Dreimal, viermal, wollte nicht mehr aufhören. Mitten in Kilians Wohnzimmer schlug er ein Loch in den Boden. Holzsplitter flogen durch die Luft, die Axt blitzte bei jedem Auf und Ab.
Als das Loch seiner Meinung nach groß genug war, bückte er sich, steckte den Kopf hindurch, zerrte an der Wärmedämmung. Mit einer Taschenlampe leuchtete er den Hohlraum aus.
»Da unten zumindest ist nichts«, stellte er fest und richtete sich langsam wieder auf.
»Ich habe doch gesagt, sie sind in der Redaktion«, sagte Kilian in der Hoffnung, den Unbekannten von weiteren Zerstörungen abhalten zu können.
»Ich überzeuge mich immer selbst.«
Er stapfte zu den Wänden, klopfte sie ab. Wo es nicht hohl klang, mußte die Axt herhalten. Danach klang es auch dort hohl.
Kilians ungeladener Gast vergewisserte sich weiter, nach allen Regeln der Kunst wurde das Blockhaus auf den Kopf gestellt. Nichts ließ der Mann aus, unter dem Teppich sah er nach und hinter den Schränken, die anschließend wie betrunken schräg an der Wand lehnten.
In Kilian kochte es, er zerrte an seinen Fesseln, allmählich schliefen ihm die Fingerspitzen ein. Die Nebel lichteten sich immerhin, das Feuer auf den Wangen erlosch allmählich. Aber geschwollen waren sie, und sie spannten unnatürlich.
Kilian versuchte sich zu konzentrieren und seine Lage einzuschätzen. Er hockte in einem Sessel, die Hände waren hinter seinem Rücken zusammengebunden, die Beine konnte er bewegen. Etwas störte ihn: Wieso war der Mann allein hier? War das nicht unvorsichtig? Es konnte doch niemand wissen, daß er fast nie Besuch bekam. Außerdem bewegte sich der Fremde so sicher und unbesorgt, als gäbe es einen zweiten, der draußen aufpaßte und ihn gegebenenfalls warnen würde. So mußte es sein. Irgendwo draußen lauerte noch einer.
Der Grund des Besuchs war eindeutig. Caruso mußte erfahren haben, daß er ihm nachspionierte, eine andere Möglichkeit gab es

nicht. Ein Anruf von Ruge, dem Ehemann der verbrannten Frau. Vielleicht hatte Caruso ihn auch besucht? Noch wahrscheinlicher jedoch erschien Kilian, daß der Lockenkopf mit Hilfe der Kleptomanin, deren Auftritt ja noch bevorstand, auf ihn aufmerksam geworden war. Und nun wollte Caruso alle Unterlagen haben, alle Beweise seiner Tätigkeit beseitigen. Aber das würde nicht genügen. Ich bin doch ein wichtiger und gefährlicher Zeuge, überlegte Kilian und erschrak. Deshalb also trug der Eindringling keine Maske.

»Scheint zu stimmen.« Der Fremde war mit seiner Durchsuchung fertig. Aus dem Augenwinkel sah Kilian, daß er wohl auch in der Dachspitze gewesen war, zumindest stand die Luke offen.

Der Mann setzte sich zu ihm. »Spuck's aus, was hast du alles erhalten?«

Kilian, der als Realist zumindest zwischen sinnvoll und sinnlos unterscheiden konnte, sah keinen Grund, etwas zu verschweigen, und zählte seine Beweise auf. Er hegte die vage Hoffnung, daß der ungebetene Gast glaubte, er habe alles in der Redaktion. Zumindest würde er dadurch Zeit gewinnen.

»Wer ist dein Auftraggeber?«

Kilian schilderte seine Vergangenheit und ging besonders auf Dexheimer ein, der ihn unschuldig ins Gefängnis gebracht hatte. Aber das interessierte den Gangster nicht, mit dem Namen Dexheimer schien er nichts anfangen zu können.

»Dexheimer? Wer ist das?«

»Der mich ins Gefängnis gebracht hat.«

»Halt die Klappe. Los, auf geht es.«

»Wohin?«

»In die Redaktion.«

Kilian frohlockte. Der Pförtner würde die Polizei verständigen. Dann jedoch ging ihm auf, daß das ein Trick sein mußte. Nie und nimmer würde der Kerl ihn in die Redaktion bringen.

In ihm sträubte sich alles, doch das nützte ihm im Augenblick nichts. Er war chancenlos, auch wenn er sich unter normalen Umständen durchaus zutraute, sich seiner Haut zu wehren.

Einige seiner Mithäftlinge, mit denen er sich im Sport gemessen hatte, hätten das bestätigen können.
»Wie soll ich denn hochkommen?«
Kraftvoll zerrte der Fremde ihn auf die Beine. Kilian schwankte und sackte zusammen.
»Los, hoch«, zischte der Fremde.
»Bitte, geben Sie mir was zu trinken. Ein Glas Wasser und einen Schnaps, dann geht es besser. Im Kühlschrank steht beides.«
Erstaunlicherweise tat der Fremde, um was ihn Kilian gebeten hatte, und kam mit zwei Flaschen zurück. Zuerst rammte er ihm die Mineralwasserflasche in den Mund.
Mit verdrehten Augen bedeutete Kilian ihm, daß er genug habe.
»Danke.«
Mit der Schnapsflasche hantierte der Mann vorsichtiger. Kilian nahm einen tiefen Schluck, noch einen halben, dann riß der Fremde – er war mindestens so groß wie Kilian – die Flasche weg.
»Genug«, knurrte er. Und dann schrie er auf, ließ die Flasche fallen und rieb sich die Augen. Kilian hatte ihm den Alkohol ins Gesicht geblasen.
Nur wenige Sekunden blieben Kilian. Er taumelte zur Tür, klinkte sie mit einem Fuß auf, viel zu langsam schwang sie nach außen. Schwankend stolperte er über die Schwelle, fiel die Treppe hinunter und schlug hart mit dem Kopf auf. Schüsse peitschten, die Kugeln zupften an den Ästen der Schwarzkiefer gleich vor der Veranda. Kilian stöhnte laut, als sei er getroffen worden, schaute zurück und sah den Eindringling im hellen Viereck stehen. In der einen Hand den Revolver, mit der anderen rieb er sich die Augen.
»Du kommst nicht weit, du Schwein«, schrie er wutentbrannt. »Ich bringe dich über die Wupper, das verspreche ich dir.«
Das war Kilians Chance; in seinem Wald kannte er sich aus. Er rollte zur Seite ins Unterholz, der Fremde schoß auf Verdacht in seine Richtung, gefährlich nahe zirpten die Kugeln an ihm vorbei. Klick, die Waffe war leer.
Stöhnend rutschte Kilian den Hang hinunter, zu schauspielern brauchte er nicht, alles tat ihm weh. Seine Hände schabten über den rauhen Untergrund, gnadenlos kratzten ihm die Brombeer-

hecken die Haut auf. Etwa zwanzig Meter tiefer verharrte er, gierig atmete er durch, die kalte Nachtluft tat gut.
Kilian hatte ein bestimmtes Ziel und wollte sich lautlos seitwärts entfernen, aber ihm kam es so vor, als trampelte eine Kompanie im Nachtmanöver durch die Büsche. Er fand die Stelle, an der der Schiefer in verwitterten Platten bis an die Erdoberfläche trat. Auf dem Hosenboden rutschend, tastete er, viel Gefühl hatte er nicht mehr in den Fingern, nach dem Gestein. Ein scharfer Grat, Kilian setzte sich zurecht und bewegte die Hände auf und ab. Womit er gefesselt war, wußte er nicht. War es Nylon, dann würde es länger dauern.
Es dauerte eine Ewigkeit. Der Unbekannte schien wieder genug sehen zu können und lief im Wald umher. Entfernte er sich, stöhnte Kilian kurz in seine Achsel. Nicht um sich zu verraten, sondern um den Verfolger zu verwirren. Und jedesmal verstummten die knackenden Geräusche im Unterholz; der Fremde lauschte.
Inzwischen bluteten seine Handgelenke. Ein letzter Ruck, ein unterdrückter Aufschrei, Kilian war frei. Ein Schuß in seine Richtung zeigte ihm, daß der Unbekannte ahnte, wo er sich befand.
In der Hocke sitzend, stöhnte er erneut, danach bewegte er sich weiter talwärts und verursachte dabei bewußt Schleifgeräusche. Wenn er zurückschaute, konnte er hangaufwärts gegen den helleren Himmel wesentlich mehr erkennen. Der Fremde jedoch hatte das dunkle Tal vor sich.
Kilian entdeckte die drei bis fünf Meter langen armdicken Stangen, die sein Vater einst benutzt hatte, um bei Schneefall rund um das Blockhaus die schweren Äste der Kiefern abzustützen. Er selbst war noch nicht in die Verlegenheit gekommen, von Jahr zu Jahr schneite es weniger.
Kilian wählte eine aus, prüfend ließ er sie durch die Hand gleiten. Keine rauhe Stelle, kein Knoten zu spüren, lediglich am dünneren Ende war eine V-förmige Gabelung, in die der Ast zu liegen kam.
Kilian trampelte auf der Stelle, trockene Zweige knackten. Er hörte den Fremden näher kommen. Der bemühte sich nicht, ihm lautlos zu folgen. Warum sollte er auch? Er war schließlich

bewaffnet – und Kilian sein Opfer, sein vermeintlich angeschossenes, immer noch gefesseltes Opfer. Hoffentlich blieb der Mann lange in dem Glauben.
Inzwischen hatte Kilian sich eine geeignete Stelle ausgesucht, die unterste Astgabelung einer jungen Buche. Er stellte sich rechts von dem Baum einen Schritt tiefer, legte die Stange in die Gabel und schob sie hin und her.
Noch ein Stöhnen, der Fremde kam geräuschvoll näher, als wollte er sich beweisen, daß er keine Angst hatte. Kilian sah ihn schemenhaft gegen den fahlen Himmel. Warum hat er keine Taschenlampe? fragte sich Kilian, dann stand sein Opfer richtig. Mit einem Schrei rammte er ihm die Stange genau in den Magen. Zwar war das Ende stumpf, aber er stieß mit aller Kraft, zog die Stange zurück und traf beim zweiten Mal die Schulter des zusammenklappenden Mannes. Der drehte sich um seine Längsachse, rollte über den Rücken, überschlug sich. Es knackte, splitterte, dann war es still. Kilian kniete sich neben den Bewußtlosen; das Herz schlug regelmäßig. Schnell tastete er ihn ab, steckte Geld und Brieftasche ein. Anschließend suchte er den Revolver, fand ihn jedoch nicht.
Immer noch keine Spur von einem zweiten Gangster, spätestens jetzt hätte er sich einschalten müssen. Also war der Unbekannte doch allein gekommen. Obwohl übernervös, fühlte er sich nun, da er die Situation bewältigt zu haben glaubte, gleichermaßen erleichtert. Was mache ich mit dem Kerl? Zur Polizei?
Mit dem eigenen Hosengürtel fesselte er ihm die Hände auf den Rücken. Anschließend wollte er ihm auch noch die Beine zusammenbinden, ließ es jedoch sein. Der Fremde hatte sich das Schienbein gebrochen, es war beim Abrollen gegen einen Baumstumpf geschlagen.
Erst als er sich aufrichtete, merkte Kilian, wie schlapp und kraftlos er war. Sein Schädel brummte, die Handgelenke brannten, die Beine zitterten. Wie sollte er den Fremden in diesem Zustand die dreißig Meter bis zu seinem Blockhaus schleppen?
Also mußte er versuchen, mit dem Auto nahe heranzukommen. Dann würde er ihn ins Krankenhaus bringen.

Auf dem Weg zurück trat er nach wenigen Metern auf den Revolver, augenblicklich fühlte er sich sicherer, obwohl er noch nie mit so einem Ding geschossen hatte.
Im Blockhaus verschnaufte er, schaute sich in seinem Wohnzimmer um und erschrak. Es sah aus, als hätte jemand eine Handgranate gezündet, genau vor der Sitzgarnitur befand sich der Trichter. Und dafür hatte er sich so geplagt.
Als erstes reinigte Kilian seine Blessuren mit Wasser, desinfizierte sie, wickelte dünne Lagen Mull um die Handgelenke und drückte sich eine Eiskompresse auf die Schläfe. Anschließend löste er drei Aspirin in Wasser auf, um die Schmerzen zu bekämpfen. Der Gefesselte konnte warten. Ein frisches Hemd, frische Jeans, Jacke, Schuhe, Autoschlüssel suchen, Blockhaus abschließen. Letzteres kam ihm unsinnig vor.
Bis auf wenige Meter konnte er an den Fremden heranfahren. Außerhalb des Lichtkegels der aufgeblendeten Scheinwerfer näherte er sich ihm.
Wieso konnte er sich befreien? Das war sein erster Gedanke. Der Fremde lag auf dem Rücken, mit ausgebreiteten Armen, als ruhte er sich aus. Er befand sich auch nicht mehr an der alten Stelle, sondern einige Meter tiefer. Wie kommt er … Und dann erstarrte Kilian und tastete instinktiv nach dem Revolver. Er wischte sich über die Augen, aber das Messer verschwand nicht. In der Brust des Fremden steckte es, dunkler Holzgriff mit Messingnieten. Wo hat er das Messer her? überlegte Kilian unsinnigerweise. Wie kommt er an mein Messer? Genau, wo hat er mein … Aber er bringt sich doch nicht selbst um. Kaum hatte er so weit gedacht, hechtete er auch schon zwischen die Büsche und wartete. Mucksmäuschenstill hockte er da, vergaß das Atmen, holte es dann mit offenem Mund nach. Er war ratlos. Was mache ich? Warten, bis der zweite kommt? Vielleicht ist er schon da? Wo versteckt er sich? Etwa genau hinter mir?
Kilians Kopf ruckte in alle Richtungen, jedem noch so kleinen Geräusch lauschte er nach. Bizarre Äste ohne Blätter, Schatten und der grelle Lichtkegel, mehr gab es nicht zu sehen. Wo ist der zweite, wo ist sein Mörder? Das muß ein kaltblütiger Killer sein.

Geht hin und bringt seinen Kumpel um, weil der nicht laufen kann. Und der Polizei wird er auch nichts mehr verraten können.
Erst in diesem Augenblick wurde Kilian bewußt, in welch bedrohlicher Situation er sich die ganze Zeit befunden hatte. Ihm war es ergangen wie vielen Opfern. Unbedarft unterstellen sie Gewaltverbrechern Achtung vor dem Leben, wie sie sie selbst empfinden. Deshalb sterben die meisten mit einem erstaunten Ausdruck im Gesicht.
Kilian zog sich tiefer in den Wald zurück, darauf gefaßt, daß es ihn jeden Moment erwischen könnte. Wie naiv er gewesen war! Er hatte keinen zweiten Mann gesehen und einfach angenommen, es sei keiner da.
Auch seine nächste Aktion erfolgte ohne jede Überlegung; er hielt die Belastung einfach nicht mehr aus. Von der Seite schlich er sich zum Auto, öffnete die Beifahrertür – die Innenbeleuchtung sprang an –, schaltete die Scheinwerfer aus und schlug die Tür so heftig zu, als könnte er den Teufel persönlich einsperren. Tiefschwarz wurde es, als hätte jemand einen Sack über den Wald gestülpt.
Kilian sah einige Sekunden überhaupt nichts, robbte einfach rückwärts und lauschte. Nichts rührte sich, nichts bis auf … ja, was war das? Schaben? Kratzen? Beides. Er war versucht »Wer ist da?« zu rufen. Wieder dieses Schaben. War das … ja … Stöhnen, schwach und hilflos. War das ein Trick? Aber mit fünfzehn Zentimeter Stahl in der Brust trickste niemand mehr. Lebte der Mann etwa noch?
Wenig später preßte er dem Fremden den Revolver an die Schläfe. Nein, es war kein Trick. Man brauchte keine große medizinische Vorbildung, um zu spüren, daß er im Sterben lag.
In Kilian war nur noch Angst. Einerseits wollte er dem Fremden helfen, andererseits rechnete er damit, daß der zweite jeden Augenblick den Abzug um die entscheidenden drei Millimeter bewegte.
Kilian legte ein Ohr auf die Brust des Verletzten und stieß dabei leicht gegen den Messergriff. Der Verletzte stöhnte auf.
»Wie heißt du?«

Keine Antwort.
»Wer hat dich geschickt?«
Keine Antwort. Kilian hätte ihn sowieso nicht verstanden, denn er war zu sehr damit beschäftigt, alle Laute um sich herum aufzuschnappen. Bildete er sich das ein, oder versuchte der Fremde tatsächlich, sich aufzurichten? Kilian gab seine Vorsicht auf, legte dem Mann eine Hand unter den Kopf, hob ihn leicht an. Es war so dunkel, daß er nicht einmal sah, ob der Sterbende die Augen offen oder geschlossen hatte.
»Wer will dich umbringen?«
Der linke Arm des Mannes bewegte sich, eine Hand krallte sich in Kilians Unterarm, als suchte sie Halt.
»Wer?« Kilians Ohr war neben dem Mund. Als feinen Lufthauch nahm er das Ausatmen war.
»Blaustein.« Es war weniger als ein Flüstern.
»Was?«
»Blaustein, Bank, Schließfach«, hauchte der Fremde. Dann war es vorbei.

Taghell erleuchteten Strahler das Blockhaus und die nähere Umgebung. Spezialisten der Kriminalpolizei suchten draußen den Untergrund ab, drinnen hielten andere alle Spuren fest. Die Flasche Mineralwasser war schon auf Fingerabdrücke untersucht worden, an Türrahmen und sogar auf der Axt fand man welche.
Ein Arzt kümmerte sich um Kilian und stellte fest, daß keine Gehirnerschütterung vorlag. Was muß noch alles auf mich einstürmen, fragte sich Kilian, bis ich eine habe? Dem schwammigen Gefühl nach zu urteilen, war sein Gehirn auch nicht erschüttert, sondern neu aufgemischt worden.
Chambier saß neben ihm und seufzte immer wieder ahnungsvoll. Er hatte binnen weniger Minuten erfaßt, was Kilian stundenlang nicht klargewesen war: in welch prekärer Lage Kilian sich befunden hatte.
»Maren weiß Bescheid, sie ist auf dem Weg.«
Kilian nickte und trank nun schon seinen vierten Cognac. Der Alkohol wirkte.

Kommissar Ploges, ein Beamter in Zivil, trat zu ihm. Kilian glaubte ihn zu kennen, und Ploges gab zögernd zu, daß er seinerzeit bei dem Verhör, na ja, er wisse schon, als Zeuge zugegen gewesen sei.

Damals, so erinnerte sich Kilian, war manche hämische Bemerkung gefallen, heute dagegen wirkte der Beamte befangen und unsicher.

»Herr Kilian, der ersten Untersuchung nach hat sich alles so zugetragen, wie Sie es geschildert haben. Eine Frage allerdings ist noch offen.«

»Wie mein Messer, das immer auf dem Vertiko liegt, in die Brust des Toten kommt.«

»Genau.«

»Ich habe nur eine Erklärung. Während ich mit dem einen draußen beschäftigt war, hat der zweite sich im Haus umgesehen und das Messer an sich genommen.«

»Weshalb hätte er das tun sollen?«

Chambier stieß Kilian in die Seite. »Ohne Anwalt brauchst du nicht zu antworten.«

»Schon gut.«

»Nichts schon gut«, erregte sich der Ältere. »Vor sechs Jahren wolltest du auch keinen Anwalt.«

»Ich glaube«, schaltete sich Ploges ein, »die heutige Ausgangssituation ist eine ganz andere.«

»Genau in diesem Punkt irren Sie sich, mein Freund.« Kilian sah den Kommissar an. »Damals wie heute bin ich unschuldig.«

»Verstehe. Aber zurück zu meiner Frage: Sie meinen also, der zweite hätte in der Zwischenzeit das Haus betreten und sich das Messer gegriffen? Warum hätte er das tun sollen?«

Kilian glaubte mittlerweile zu wissen, was tatsächlich dahintersteckte.

»Ich bin überzeugt, man hätte mich irgendwo mit meinem kirgisischen Dolch in der Brust gefunden. Was hätte für Sie«, er schaute den Polizisten an, »größere Probleme aufgeworfen, als einen Toten zu finden, der sein eigenes Messer in der Brust hat?«

»Aber der Eindringling hat doch gesagt, er wollte mit Ihnen zur Redaktion fahren?«
Ploges drehte sich gedanklich im Kreis. Auch diesen Punkt hatte Kilian ihm schon haarklein auseinandergelegt. Zwar hatte der Fremde gesagt, sie würden zur Zeitung fahren, aber er mußte ja davon ausgehen, daß Kilian sein Material an einem sicheren Ort versteckt hielt. Das wiederum bedeutete, es tauchte wahrscheinlich nie auf, wenn man ihn liquidierte. Kilian wiederholte diese Argumentation nicht, sondern zuckte nur mit den Schultern.
»Sie sagten vorhin zu meinem Kollegen, Sie hätten den Dolch nicht angefaßt.«
»Ja.«
»Aber Ihre Fingerabdrücke sind drauf.«
»Wessen erwarten Sie denn? Die vom Papst?«
»Ich rufe jetzt einen Anwalt.« Chambier erhob sich ächzend und ging zum Telefon.
»Laß nur.« Den Beamten fragte er: »Wo genau waren meine Abdrücke?«
»Unten am Steg, zwischen Griff und Klinge.«
»Und auf dem Griff?«
»Nichts.«
»Sagen Sie, muß ich eigentlich Ihren Fall lösen?«
Konsterniert sah Ploges ihn an.
»Wenn er Handschuhe trug, und der zweite trug garantiert welche, weil ich entkommen war und er sich nicht verraten durfte, dann wurden doch die Abdrücke auf dem Griff verwischt. Oder?«

Mehr und mehr wurde Moskau zum Schauplatz wichtiger Ereignisse, war als Konferenzort gefragt und erfreute sich einer enormen internationalen Aufmerksamkeit. Welchen Stellenwert die russische Metropole im Vergleich zu anderen inzwischen hatte, war unzweifelhaft am exorbitanten Anstieg der Mieten und Grundstückspreise zu erkennen. Selbst Tokio verblaßte dagegen,

allenfalls Peking und Shanghai konnten einigermaßen mithalten. Die Millionenstädte aus dem ehemaligen kommunistischen Block hatten ihre westlichen Pendants zumindest in diesem Punkt rasend schnell überrundet.
Wer Geld hatte, logierte in Moskau im Hotel Metropol, unweit von Kreml, Rotem Platz, Puschkinmuseum und Bolschoitheater. Keine schmuddelige Schäbigkeit, keine unfreundlichen Angestellten, die Besucher eher abgeschreckt denn animiert hätten. Dafür Luxus pur in den mehr als dreihundertdreißig Zimmern, siebzig Suiten, sechs De-Luxe-Appartements und zwei Präsidentengemächern mit wertvollen Möbeln, alten Kristallüstern, Seidentapeten und, was die exklusive und verwöhnte Kundschaft besonders schätzte, einem ausgetüftelten Security-System. Man wollte unter sich bleiben. So auch die vier neuen Gäste, eine Dame und drei Herren. Sie konnten es sich nicht nur leisten, tausend Dollar pro Nacht und mehr hinzulegen, sondern waren auch einflußreicher als vermutlich die meisten Staatsmänner dieser Erde. Christine Sallinger hatte gerufen, und Bob Chassman, ihr amerikanischer Konkurrent, Milton Gillespie, der englische »Motherfucker«, wie Bob ihn bezeichnete, sowie der deutsche Hansrüdiger Volkholz waren gekommen. Sie saßen in einem Salon um einen runden Tisch, Getränke und Gebäck standen bereit, draußen auf dem Gang vertrieben sich zwei Wachleute in Zivil die Zeit mit Poker.
Der Salon – auf den ersten Blick nicht anders ausgestattet als andere – hatte neben dem vielen Blattgold an Wänden und Decken und dem edlen Parkett aus Polarkiefer eine Besonderheit: An der Wand hing eine Weltkarte, die mit den üblichen nichts gemein hatte außer den Umrissen der Kontinente.
»Wir repräsentieren fast sechzig Prozent des Marktes«, verkündete Christine, stand auf und zeigte die einzelnen Einflußbereiche. »Bob und ich mit NTC und MMC in Amerika, Kanada, Südamerika. Milton und seine British Television Cooperation in England, Australien, Südafrika und Lateinamerika und Hansrüdiger«, sie sprach den Namen lustig geknautscht aus, »und seine Telestar-Gruppe in Deutschland, Europa und überall ein bißchen,

sogar in Rußland. Wer noch fehlt, sind Sagura aus Japan und Won Ting aus Hongkong.«

Die einzelnen Konzerne waren in verschiedenen Farben dargestellt. Allein in den zwei Wochen, die vergangen waren, seit Christine zu diesem Treffen geladen hatte, waren von den Anwesenden insgesamt neunzehn Zeitungen, fünf Sender und vier Verlage ver- oder gekauft worden. Also stimmte die Karte, obwohl noch so jung, bereits nicht mehr.

»Hansrüdiger hat mit mehr als dreißig Milliarden von uns allen den größten Umsatz.« Christine meinte Dollar. »Damit wir uns nicht gegenseitig in Schwierigkeiten bringen, schlage ich vor, daß wir gemeinsam all die Objekte durchgehen, die für uns interessant sein könnten.«

Sie verteilte eine Aufstellung, die jedoch auch nicht mehr aktuell war, wie Volkholz sogleich kundtat.

»›Masters‹ in Neuseeland und ›Ramirez‹ in Mexiko sind inzwischen zu meinem Konzern gestoßen.«

Christine und Bob wechselten einen schnellen Blick. Weil sie sich nicht hatten einigen können, gehörten die beiden Massenblätter nun dem Deutschen. Vier Millionen Weltauflage mehr für ihn.

»Stimmen wenigstens die anderen Angaben?« fragte Christine leicht indigniert, und Bob merkte seiner Geschäftsfreundin die Nervosität an.

Was sie irritierte, war die Unverfrorenheit, mit der der Deutsche in ihrem Teich fischte und ihnen die angestammten Märkte streitig machte.

Der erste Tagungspunkt wurde abgehakt, man versprach, den Einflußbereich der anderen zu respektieren, und jeder wußte, wenn sich eine günstige Gelegenheit ergab, dann würde er oder sie sich keineswegs daran halten. Es gab genügend Strohmänner und ausgegliederte Firmen, die man vorschicken konnte, heimliche Beteiligungen und Verschachtelungen, die niemand durchschaute. Da konnte es schon mal passieren, daß einer der Medienmogule Interesse an etwas zeigte, das ihm längst gehörte. Über Bob kursierte ein solches Gerücht, doch er bestritt es hartnäckig.

Der Deutsche erhob sich und blieb vor der Weltkarte stehen.

»Bevor ich es vergesse, ›Anguinas‹ in Spanien dürfte jetzt auch«, er schaute auf seine Armbanduhr, »nicht mehr zu haben sein.«
Der Deutsche – den man in jeder Fußgängerzone für einen mittleren Beamten auf Einkaufsbummel gehalten hätte, so bieder, wie er aussah, und so konservativ, wie er sich kleidete – weidete sich an den überraschten Gesichtern der anderen. Vor allem Gillespie – wenn der nicht höllisch aufpaßte, würde er schon vor Ablauf eines Jahres nicht mehr zu dieser elitären Runde gehören. Aber das behielt Volkholz vorerst für sich.
»Unsere Macht kann kaum noch durch Zukäufe wachsen. Was ich gewinne, verliert ein anderer, der Kuchen wird lediglich neu aufgeteilt. So wie Christine und Bob es mit WTC Germany gemacht haben.«
Gillespie verstand überhaupt nichts, Christine kaschierte ihre Verblüffung und spielte mit ihrem Stift, Bob blieb einfach der Mund offenstehen. Woher konnte dieser verflixte German das wissen? Sie hatten den Deal doch erst vor wenigen Tagen perfekt gemacht! Für Christine wurde Bob zum Verräter, für Bob war sie diejenige, die geplaudert haben mußte. Und falls der Deutsche es darauf angelegt hatte, ein bißchen Zwietracht zwischen den beiden zu säen, dann war ihm das hervorragend gelungen.
Emotionslos sprach Volkholz weiter: »Auf unserer letzten Sitzung haben wir die Nachrichten in drei Kategorien eingeordnet: international, national und regional. Regional kann jeder tun und lassen, was ihm beliebt, und wir gestatten auch den kleineren Fischen, ein bißchen zu planschen. National sind wir gefestigt, haben jeweils in unseren Heimatländern die Majorität, Christine und Bob teilen sie sich, ihr Markt ist ja auch entsprechend größer. Durch vielfältige Diversifikation sind wir ... Polizei und Täter zugleich. Wer meint, eine unserer Zeitungen oder Fernsehstationen passe ihm nicht, wechselt zu einer anderen – und landet wieder bei uns. Lassen wir doch unseren Schäfchen das Gefühl, es gebe einen freien Markt.« Hansrüdiger schaute schmunzelnd in die Runde. »Es geht also allein darum, welche Konsenzen wir für den internationalen Bereich ziehen. Was wir immer benötigen, ist ein Weltereignis, ein aufwühlendes, die Nationen spaltendes

Weltereignis. In schöner Regelmäßigkeit bekommen wir diese Ereignisse geliefert, und es liegt an uns, wie lange wir sie am Kochen erhalten. Daß wir uns auf diesem Gebiet ausgezeichnet verständigen können, sozusagen Hand in Hand arbeiten, haben wir beim Untergang der Sowjetunion, der deutschen Wiedervereinigung, vor allem aber bei dem Gemetzel in Bosnien bewiesen. Christine und Bob: Euren Alleingang im Golfkrieg will ich hier nicht mehr zur Sprache bringen.«

Bob hatte schon eine harte Erwiderung parat, biß sich aber rechtzeitig auf die Lippe.

»Die Sahelzone ist allmählich ausgelutscht, unsere Konsumenten wollen nicht allzu ausgiebig mit dem Leid der Dritten Welt konfrontiert werden«, fuhr Hansrüdiger fort. »Kommen sie in die Phase des Bedauerns, dann regt sich ihr schlechtes Gewissen, sie schalten womöglich ab und denken nach. Genau das wollen wir vermeiden. Bei Saddam Hussein hatte niemand ein schlechtes Gewissen.«

»Aber der letzte Schritt ist noch nicht eingeleitet worden«, protestierte Bob. »Wie steht es in der Sahelzone mit den kriegerischen Auseinandersetzungen der Staaten um das Wasser? Wir haben doch alles vorbereitet.«

Der Deutsche ignorierte den Einwand, meinte, zu Kämpfen würde es ohnehin kommen, rückte seine randlose Brille zurecht und faltete die Hände unter dem Kinn. »Was waren in den vergangenen Jahren unsere größten Renner? Ich habe sie vorhin genannt. Exjugoslawien hat sich überdies zu einem Dauerbrenner entwickelt. Und weshalb? Weil wir Weitsicht bewiesen und uns an unsere Strategie gehalten haben. Zuerst das Gemetzel anprangern, dann die UN auf ihre Pflichten hinweisen, wenig später das Gemetzel durch Karadžić zur Eskalation treiben, dadurch die Weltorganisation unter Erfolgsdruck setzen und, unterstützt durch den Bosnienführer Izetbegović, nach der NATO rufen lassen. Dann die deutsche Sonderrolle betonen, die einen Einsatz verbietet, aber trotzdem auf Luftangriffe drängen; die ungeschützte Bevölkerung und das Recht auf Souveränität ins Spiel bringen. Als es soweit war, die Luftangriffe in Zweifel ziehen, die Russen einschal-

ten und damit den Serben neben Frankreich einen weiteren Partner zur Seite stellen. Friedenskonferenzen fordern, deren Verlauf ebenso kritisieren wie die Ergebnisse und schließlich das Stadium erreichen, in dem keiner mehr wagt, noch irgend etwas zu entscheiden. Berichterstattung ohne Ende – lief doch ausgezeichnet.«
Der Deutsche hatte einen Punkt unerwähnt gelassen, das wußte Christine, nämlich daß die serbischen Medien von ihnen allen vorher gefüttert worden waren, damit der Krieg diese Dimensionen überhaupt hatte annehmen können. Viele Millionen hatte es sie gekostet, die alten Ressentiments aufzuheizen, den religiösen Konflikt deutlich zu machen, die Moslems als Eindringlinge hinzustellen und in eine Art Büßerrolle zu drängen. Besonders der letzte Punkt spielte eine wichtige Rolle und war, nach dem Golfkrieg, für die weitere Entwicklung ausschlaggebend gewesen.
»Aber Jugoslawien ist vorbei.«
Hansrüdiger lächelte fein. »Dann laßt uns doch ein neues machen.«
»Und wo?«
»Es gibt viele Möglichkeiten.«
»Konkret bitte.« Gillespie war unruhig geworden. Phantastisch, wie die Deutschen heute Krieg zu führen verstanden.
Hansrüdiger erhob sich und postierte sich vor der Weltkarte. »Hier, genau hier.« Sein Finger verharrte in der Mitte der nördlichen Halbkugel.

Er streichelte langsam ihre Brüste, ließ seine Hand tiefer wandern, zum Bauchnabel und zwischen die Oberschenkel. Sie überhäufte ihn mit Küssen, zog seinen Kopf näher, stieß mit der Zunge in seinen Mund und übertrug ihr Beben, ihre Erregung auf ihn. Langsam setzte sie sich auf ihn und ließ ihn eindringen. Sie schauten einander an, zärtlich, fordernd. Ihre Züge spannten sich an, die Halsmuskulatur zeichnete sich ab, sie stöhnten und feuerten sich an, ließen die Hände über den Körper des anderen laufen.
Erschöpft lagen sie später nebeneinander. Sie tastete über die Narbe an seiner Stirn, das letzte Überbleibsel des Autounfalls

kurz vor Prüm. Er spielte mit ihren kurzen Haaren, massierte ein Ohrläppchen.

Sie saßen einander am Frühstückstisch gegenüber. Kilian hatte inzwischen aufgeräumt und die Löcher in Wänden und Boden notdürftig ausgebessert. Aber immer noch waren Spuren vom Wüten des Fremden zu sehen.
Sie schaute ihm in die Augen und fragte: »Hat die Polizei sich mit deiner Erklärung zufriedengegeben?«
Kilian nickte. »Hätte ich den Beamten meinen Verdacht, daß dieser Caruso dahintersteckt, mitteilen sollen?«
»Nein, du hast keine Beweise. Aber die Ausrede, die Einbrecher hätten etwas aus der Redaktion mitnehmen wollen, und zwar Recherchenmaterial, das du für einen Artikel benötigst, wird man dir nicht abnehmen. Du bist ja nicht für die große Weltpolitik zuständig.«
»Kannst du was mit der Bezeichnung Blaustein anfangen?«
Maren überlegte. »Blaubart, ja, aber Blaustein? Oder Blauer Stein?«
»Mir fällt auch nichts dazu ein. Und die Brieftasche von diesem Holger Rufus, wie er sich zumindest in seinem gefälschten Ausweis nennt, gibt nicht viel her. Außer einigen Tankbelegen, zwei Quittungen von Einkäufen und Telefonnummern nichts, was mir weiterhelfen könnte.«
»Warum hast du der Polizei die Sachen nicht ausgehändigt?«
»Ich werde sie doch erst in zwei Tagen finden.« Er grinste.
Sie schwiegen, und sofort machten sich düstere Ahnungen breit; die Gefährlichkeit der Situation war beinahe physisch zu spüren. Wenn jemand bereit war, Killer auf einen anderen zu hetzen, war die letzte Schwelle überschritten. Seit der vorletzten Nacht war Kilian sich darüber im klaren, welche Gefahr er mit seinem Stochern in Carusos Geschäftspraktiken heraufbeschworen hatte. Was ihm vor allem zu denken gab, war die Erkenntnis, wie weit oben in der Medienlandschaft der Lockenkopf angesiedelt sein mußte, wenn er oder seine Helfer zu solch rabiaten Mitteln griffen, zu Mitteln der letzten Instanz. Es wunderte ihn, daß man jetzt

schon, in einem so frühen Stadium, auf diese Art gegen ihn vorgegangen war. Was würde er noch alles aufdecken, falls er Gelegenheit dazu fand? Enorm mußte der Schaden sein, den er Caruso und dem Sender WTC möglicherweise zufügen konnte.
Maren vermied es, ihn erneut zu warnen und darauf hinzuweisen, daß er, wenn so viel Geld und Einfluß auf dem Spiel stehe, als einzelner keine Chance habe, daß er weggepustet würde wie ein lästiges Insekt.
»Du mußt dir mal die Verflechtung der deutschen Medien genauer anschauen. Eine einzige Kungelei. Weißt du übrigens, daß deine Zeitung über den Lauer-Verlag und die Kern-Gruppe mit WTC verbandelt ist?«
»Nein.«
»Es ist schon pervers: Im Grunde genommen bekämpfst du deinen eigenen Arbeitgeber. Oder noch krasser ausgedrückt: Dein Arbeitgeber hat letztlich Anteil an dem Mordanschlag auf dich.«
Kilian grübelte eine Weile stumm vor sich hin. Wie viele Köpfe, so fragte er sich, hat meine Hydra? Wie sollte er gegen diese Übermacht ankämpfen? Ihm das Wort abzuwürgen, ihn unglaubwürdig erscheinen zu lassen, das war für solche Profis ein Kinderspiel.
»Da könnten wir im Bett liegen und aufregende Sachen machen«, sagte er schließlich und ließ seine Fingerkuppen über ihren Oberschenkel gleiten, »und statt dessen reden wir über solche Dinge.«
»Das Thema wird uns auch noch in der nächsten Zeit beschäftigen. Fragt sich nur, wie du damit fertig wirst.«
»Meine Psyche ist stabil.«
»Das dachte mein Vater vor vielen Jahren auch. Und du hast ebenfalls Kinder.«
Kilians Kaffee war mittlerweile kalt. »Da kommst du aus dem Gefängnis, tauchst in deine eigene Vergangenheit auf der Suche nach dem Schwein, das dich in den Knast gebracht hat, und was entdeckst du? Plötzlich steckst du mitten im Schlamassel und hast einen Fernsehsender als Gegner. Tolle Aussichten.«

Auch als er Maren abends die Trierer Innenstadt zeigte, mit ihr über den festlich beleuchteten Weihnachtsmarkt bummelte, den sie wesentlich romantischer fand als den Mainzer, liefen die Probleme wie Schatten neben ihnen her. Schatten, die immer zugegen waren, die man aber nicht greifen konnte, die sich auf die Stimmung legten und einem unablässig drohten. Irgendwann würde der, der diese Schatten aussandte, sich zu erkennen geben. Davor hatte Kilian Angst.

Ein Glühwein noch im Stehen, ein letzter Kuß, dann fuhr Maren zurück nach Mainz.

Kilian schaute sich zu Hause noch einmal die Brieftasche an, die er dem Einbrecher abgenommen hatte. Gestern bereits hatte er die Anschrift überprüft, sie stimmte nicht, es gab in Bad Godesberg keine Kesselstraße. Mit den Telefonnummern konnte Kilian nicht viel anfangen. Es fehlten die Vorwahlnummern, und eine sah nach einem ausländischen Anschluß aus. Allerdings meldete sich niemand. Warum er noch einmal die Stelle aufsuchte, an der er Rufus mit der Stange überwältigt hatte, wußte er selbst nicht. Langsam schritt er den glitschigen Hang hinunter, den Blick suchend auf den Boden gerichtet. Genau dort, wo er Rufus gefesselt hatte, scharrte er im vermoderten Laub und fand einen Schlüsselbund.

Wie er das Wetter und das Land haßte. Kalt, naßkalt war es, trist wirkte die Stadt, verfallen, verrottet, ähnlich den Slums, die er kannte, wenn nicht noch schlimmer. Ein paar wenige Laternen – die meisten waren kaputt, erhellten notdürftig die Straßen, auf denen hin und wieder ein Lkw vorbeirumpelte.

Von Moskau war er in einer alten Turbo-Prob-Maschine, in der es nach Desinfektionsmitteln, Kraut, Tee und diversen Körperausdünstungen gerochen hatte, hergeflogen. Und nun diese Szenerie. Sherman fühlte sich unbehaglich.

»Wie war der Flug?« fragte Urikian, der ihn am Flugplatz abholte.

»Gut«, log Sherman. Zumindest hatte er wieder sicheren Boden unter den Füßen.

»Ich bringe Sie gleich ins Hotel.« Urikian lenkte den Personenwagen geschickt an diversen Schlaglöchern, knöchelhoch herausragenden Kanaldeckeln, knietiefen Pfützen vorbei und legte ein für die Straßenverhältnisse höllisches Tempo vor. Die Hupe brauchte er bei dem spärlichen Verkehr nicht zu betätigen, rote Ampeln ignorierte er.

»Wir sind voll im Zeitplan«, verriet er dem Amerikaner, während er einen Lastzug überholte.

»Was macht die Opposition?«

»Stark ist sie, verdammt stark. Sieht schlecht aus für die Wahlen im kommenden März.«

»Schlecht für wen?«

Urikian antwortete nicht.

Sherman hatte sich gerade im Hotel etwas frisch gemacht – was für eine hochtrabende Bezeichnung für dieses heruntergekommene Gebäude mit zerbrochenen Fensterscheiben, kalten Zimmern und einer Einrichtung, die im Westen auf dem Sperrmüll gelandet wäre –, als der Aserbeidschaner schon wieder vor der Tür stand.

»Wir müssen, Mister Sherman. Man erwartet uns.«

Urikian, Shermans Verbindungsmann und Mädchen für alles, fuhr aus der Stadt heraus. Es war finster wie in einem Tunnel, die Scheinwerfer stießen ins Nichts. Es begann zu schneien, die Flocken schmolzen auf der Windschutzscheibe.

Nach einer halben Stunde hielt Urikian vor einem wuchtigen Gebäude. Sherman wurde bereits erwartet, man führte ihn in einen großen Raum mit verschlissenen Plüschmöbeln, in dem es zumindest gemütlich warm war. Nach der ersten Tasse Tee kam sein Gegenüber, ein Mann in Uniform, eine Pistole an der Hüfte, zur Sache.

»Das Geld ist immer noch nicht eingegangen, Mister Sherman.«

»Es kann höchstens noch einige Tage dauern«, beruhigte der Amerikaner. »Ich selbst habe alles veranlaßt. Zwei Millionen Dollar, wie verabredet.« Daß dieses Geld aus dem Überschuß der verkauften VOPO-Geräte stammte und eigentlich für die Sahelzone bestimmt war – wen interessierte das schon?

Dzumbadse, Offizier der aserbeidschanischen Streitkräfte, nickte.
»Bei uns spitzt sich die Lage allmählich zu.«
»Urikian sagte mir, Sie hätten einen guten Fang gemacht?«
Dzumbadse forderte den Rothaarigen auf, ihm zu folgen. Über verwinkelte Gänge – an jeder Ecke stand ein Wachposten – gelangten sie tiefer in das Gebäude, schließlich blieben sie vor einer schweren Tür stehen. Auf ein Zeichen des Offiziers hin wurde sie geöffnet, Licht flammte in dem dahinterliegenden Raum auf, viele mit Ketten aneinandergefesselte Männer blinzelten ihnen entgegen.
»Sechs gehören der Opposition an.« Dzumbadse deutete in eine Ecke, dort hockten offenbar jene sechs Männer. »Und die übrigen haben wir als Spione enttarnt. Allesamt Verbrecher, die unser Land in den Ruin treiben wollen.«
Dzumbadse marschierte mit hinter dem Rücken verschränkten Händen wie ein Feldherr umher, rammte einigen der am Boden Liegenden die Stiefelspitze in die Seite. Vor einem kräftigen Mann blieb er stehen.
»Hier haben wir ein besonders übles Exemplar«, sagte er. »Hat sich der Verhaftung widersetzt und einen meiner Männer umgelegt.« Er spuckte auf den Häftling, der ihn nur höhnisch angrinste.
»Dir wird das Lachen noch vergehen.«
»Aber vorher schneide ich dich in Streifen«, antwortete der Gefesselte ungerührt.
Dzumbadse schien zu überlegen. Dann zog er seine Pistole, legte kurz an und schoß dem Mann mitten in die Stirn. Der massige Körper wurde nach hinten geschleudert, der Schädel an die rückwärtige Wand geklatscht, Blut verteilte sich auf dem Steinboden, Spritzer davon zeichneten ein abstraktes Muster auf den Putz.
»Eine Verhandlung hätten wir gespart«, bemerkte Dzumbadse, während er die Waffe wegsteckte und kalt in die Runde blickte.
Shermans Magen rebellierte, er wandte sich ab und übergab sich.
»Keine Nerven, was?« Dzumbadse lachte dröhnend. Zu einem

Wachposten meinte er: »Wisch die Scheiße auf, und bring den Rest an die alte Stelle.«
Wieder in dem plüschigen Raum, wusch sich Sherman das Gesicht und trank ein Glas kaltes Wasser.
»Was ist mit alte Stelle gemeint?«
»Das Verwaltungsgebäude der Opposition. Dort pflegen wir unsere Opfer abzulegen, damit die auch schön Bescheid wissen.«
Sherman setzte sich und beobachtete Dzumbadse. Außer Dumpfheit, Verschlagenheit und Brutalität konnte er nichts in dessen Gesicht entdecken.
»Wie reagiert die Opposition?«
»So, wie wir es erwarten. Sie schreit nach dem starken Nachbarn, er möge doch bitte zu Hilfe kommen.«
»Und, könnte das geschehen?«
Dzumbadse schlug sich klatschend auf die schmutzigen Oberschenkel. »Darauf warten wir doch nur, wir wollen es denen endlich mal zeigen!«
Er sprach von der eigenen Überlegenheit, von der Moral seiner Truppe, von den Waffen – Überbleibsel der glorreichen Sowjetunion – und meinte, den Hühnerfickern werde man es schon zeigen. Seine Männer, die in gebührendem Abstand auf Holzschemeln hockten, grinsten.
»Ich habe mit dem Leiter des Fernsehens gesprochen, Mister Sherman. Er meint, man könnte sich einigen.«
Sherman wußte, was er darunter zu verstehen hatte. Die Einigung war allein eine Frage des Geldes.
»Kann ich ihm vertrauen?«
»Sie können uns immer vertrauen – solange Sie Ihre Verpflichtungen einhalten.«
»Halten Sie die Ihren auch ein?«
»Aber natürlich. Reine Ehrensache. Unser Land ist bekannt dafür.«
»Welche Garantien können Sie mir geben, daß wir im Fall des Falles ungehindert arbeiten können?«
Dzumbadse überlegte. »Genügt die Zusicherung des jetzigen und zukünftigen Ministerpräsidenten?«

Die Polizei besuchte Kilian in der Redaktion. Kommissar Ploges teilte ihm und Chambier mit, der Tote sei in Wirklichkeit Arnold Scholz, achtunddreißig Jahre alt, ledig, wohnhaft in Bamberg, nicht vorbestraft.

»Und wie haben Sie das herausgefunden?«

»Routineüberprüfung der Fingerabdrücke«, antwortete er ausweichend.

»Das glaube ich nicht«, schaltete sich Chambier ein, den Kilian zu dieser Unterredung gebeten hatte.

Ploges zuckte mit den Schultern.

»Woher denn Fingerabdrücke, wenn der Mann nicht vorbestraft war? Der Fahndungscomputer Nadis, das ist eine Möglichkeit«, sinnierte Chambier. »Die andere wäre, daß seit der Sache in Bad Kleinen eine Anordnung des Innenministers existiert, in solchen Fällen auch in die Spezialdateien einzusteigen. Und zwar in diejenigen, in denen Spitzel, Undercoveragenten und ähnliche reizende Landsleute erfaßt sind. In welcher haben Sie sich denn getummelt, Herr Ploges?«

Der Beamte war unruhig geworden. »Heute wollte ich nur von Ihnen wissen, Herr Kilian, ob Ihnen der Name Arnold Scholz schon einmal begegnet ist.«

»Noch nie gehört.«

»Auch nicht im Gefängnis?«

Kilian stutzte. »Wieso ausgerechnet dort?«

»Manchmal treten ganz bestimmte Männer an ganz bestimmte Inhaftierte heran, um sie für gewisse Dienste zu gewinnen.«

Ploges, der eben noch Chambiers Anspielung zurückgewiesen hatte, merkte seinen Fehler und fügte schnell hinzu: »Viele der Zuträger werden in Haftanstalten rekrutiert. Sie können dadurch ihr Strafmaß reduzieren.«

Kilian fühlte sich wie in einem absurden Theaterstück. Hielt dieser Ploges ihn denn immer noch für schuldig? Zumindest argumentierte er in einer Art, daß dieser Eindruck zwangsläufig entstehen mußte.

»Ich sage Ihnen jetzt, Herr Ploges, wie Sie auf Scholz gestoßen sind. Im Rahmen der Wiedervereinigung sind viele der sogenannten geheimen Posten und Einrichtungen praktisch überflüssig geworden. Der Stellenplan ist gekürzt, ganze Abteilungen sind aufgelöst worden. Und diesen Scholz haben Sie da irgendwo ausgekramt. Kann es nicht der Bundesnachrichtendienst gewesen sein?«

Ploges – Kilian hatte ihm seinen Fund, den gefälschten Ausweis von Scholz alias Rufus, zukommen lassen, Telefonnummern und Schlüsselbund jedoch für sich behalten – ging bald darauf, ohne auf Chambiers Frage geantwortet zu haben. Der hatte allerdings genug gehört, um seine Schlüsse zu ziehen.

»Es gibt nun mal auf jeder Ebene diese Art von Schattenmännern; sie halten sich im Hintergrund und können ihr Handwerk ungestört verrichten. Der Staat hat seinen Geheimdienst, die Politiker ihre Ausputzer, die Konzerne eigene Sicherheitskräfte und Spionagetrupps, auch Beschaffer genannt – und jetzt entdecken wir, daß die Medien nicht zurückstehen. Auch die halten sich Leute, die dafür sorgen, daß ihre Interessen gewahrt werden, wie man so schön sagt. Die Aufgabe dieser Schattengesellschaften generell ist es, unbehelligt von der Öffentlichkeit all das zu erledigen, was die anderen, die Offiziellen, nicht erledigen können oder dürfen. Der böse Bruder arbeitet im verborgenen für den guten. Natürlich streitet man ab, wenn zufällig etwas ans Licht gezerrt wird, aber da laufen beinharte Kämpfe ab. Genauso, wie in der Unterwelt Banden rivalisieren, bekämpfen sich auch diese Schattengesellschaften, denn die Interessen derer, für die sie arbeiten, sind höchst unterschiedlich. Offiziell kann die Politik nichts gegen die Medien ausrichten, ich sage nur: Pressefreiheit, also läßt man unterderhand Druck ausüben. Offiziell können die Medien keinen Einfluß auf die Politik nehmen, wir sind lediglich neutrale Beobachter und Übermittler von Nachrichten. Aber auch die Medien haben ihre bösen Brüder, die, scheinbar losgelöst von der oberen Ebene, all das tun, was man nicht tun darf. Caruso ist der lebende Beweis dafür.«

Kilian hatte interessiert zugehört. Sicher lag Chambier mit seiner Theorie richtig. Und es handelte sich bei diesen Schattengesellschaften normalerweise nicht um mordende Gesellen, sondern

um eine ganz andere Sorte von Leuten: gewiefte Anwälte, Spekulanten, Intriganten. Die, deren Interessen sie wahrten, betrachteten es ungefähr so: Tust du mir einen Gefallen, tue ich dir auch einen. Unterstützt du meine Wiederwahl, helfe ich dir in der Frage der Gentechnik. Je höher jedoch die Position, desto weniger konnten die Betreffenden direkt miteinander in Kontakt treten. Ein Verkehrsminister in ständiger Begleitung eines Konzernchefs der Automobilindustrie, das wäre aufgefallen. Oder der Finanzminister in vertrauter Urlaubsrunde mit Bankern.
»Also waltet die geheime, die eigentliche Macht unter dem Tisch«, sagte er schließlich.
»Könnte man sagen«, entgegnete Chambier. »Und dieser Scholz war mit Sicherheit ein ehemaliger BND-Mitarbeiter oder sogar ein Angehöriger der ›Stay Behind Organisation‹, der praktisch arbeitslos geworden war, seine Fähigkeiten aber nicht brachliegen lassen wollte. Solche Spezialisten finden immer ein neues Betätigungsfeld. Es ist, als würdest du Geld umtauschen, der Wert bleibt der gleiche.«

Die Einschaltquoten von WTC waren dank VOPO nochmals nach oben geklettert. Bei allen Gelegenheiten setzte der Sender dieses Befragungsinstrument ein, um den Konsumenten das Gefühl der Wichtigkeit zu vermitteln.
Einmal wurden tatsächlich die Namen von potentiellen Gästen bekanntgegeben, die eine Einladung ausgeschlagen hatten. Seitdem wagte niemand mehr, dem Sender eine Absage zu erteilen. Alle fügten sich und ließen VOPO über sich ergehen. Als sich im Verlauf einer Politikerrunde einer der Anwesenden beschwerte, mit Hilfe der Zuschauermitbestimmung werde Druck ausgeübt, erging an die VOPO-Besitzer die Aufforderung, darüber abzustimmen, ob der Betreffende mit seiner Kritik richtigliege oder falsch. Als vierundneunzig Prozent der VOPO-Zuschauer für falsch gestimmt hatten, gab der Abgeordnete klein bei. Er fühle sich nicht persönlich benachteiligt, nur müsse es doch in einem Rechtsstaat erlaubt sein, Für und Wider abzuwägen.

Anfänglich hatten noch alle WTC-Talk-Gäste das Bedürfnis, sich gut darzustellen und mehr oder weniger gekonnt zu schauspielern. Je öfter aber die VOPO-Umfrage eingespielt wurde: Sind Sie der Meinung, Kandidat X gibt sich offen und ehrlich?, desto weniger Bemühungen dieser Art waren erkennbar. Nach einer Weile tat jeder so, als gäbe es VOPO nicht. Aber der Anteil einstudierter Phrasen schnellte in die Höhe, und die Aussagekraft der Statements ging in den Keller. Immer seichter, belangloser wurden Diskussionen, Berichterstattungen, um es allen recht zu machen und möglichst wenig Angriffsfläche zu bieten, was den Zuschauern jedoch nichts auszumachen schien. Im Gegenteil, das Interesse an VOPO war ungebrochen; mittlerweile waren fast vier Millionen Geräte verkauft oder bestellt, und andere Sender verhandelten, um Nutzungsrechte zu erwerben.

Wieder einmal kündigte WTC einen Knüller an. Schon während der Frühnachrichten um sieben zeichnete sich eine Sensation ab, als beim Sender ein Telefax einging: Versucht nicht, an uns heranzukommen, sonst sprenge ich mich und meine Familie in die Luft.

Obwohl Monique Koslo längst wußte, was hinter dieser Nachricht steckte, mußten die Zuschauer etliche Stunden dramaturgisch aufbereiteter Jagd nach dem Hintergrund über sich ergehen lassen. Aber exakt zur besten Sendezeit kam die Erlösung: »Wie wir soeben erfahren, hat sich ein Finanzmakler mit seiner Familie – Frau und drei kleine Kinder – in einem stillgelegten Bergwerksstollen verbarrikadiert. Falls jemand versucht, sich bis zu ihnen vorzuarbeiten, will er sich und die ganze Familie in die Luft sprengen.«

Auf dem Bildschirm war eine Explosion zu sehen, ohne jeden Zusammenhang mit dem gerade Gesagten, und Jürgens, der wieder einmal für die Moderation zuständig war – inzwischen hatte er mehrere Angebote von anderen Privatsendern –, erklärte dazu: »So ähnlich, meine Damen und Herren, könnte es aussehen, wenn der Mann seine Drohung in die Tat umsetzt.« Das Publikum wurde nach und nach aufgeklärt, daß der Betreffende, ein

Devisenhändler aus Frankfurt, in einen Skandal verwickelt sei, er habe als Insider viele lukrative Geschäfte tätigen können. Leider habe ihn sein Glück verlassen, nun beliefen sich seine Schulden auf mehr als fünfzig Millionen, die er bis zum letzten Freitag vor Weihnachten glattzustellen habe.

Jürgens erläuterte den Begriff glattstellen, interviewte viele Experten, Börsengurus und alles, was sich nicht wehren konnte, und befragte via VOPO die Zuschauer, ob sie mit diesen Sonderberichten einverstanden seien. Vierundsechzig Prozent Zustimmung waren nicht schlecht.

In den Spätnachrichten, als die ersten Videosequenzen eingespielt wurden, veränderte sich die Stimmung dramatisch. Der Makler gab sich überaus ernst und schien zu allem entschlossen. Seine Frau versicherte, sie stehe trotz allem zu ihrem Mann, die Kinder weinten. Die erstaunten Zuschauer bekamen zu hören, daß der Devisenhändler in weiser Voraussicht eine Telefon- und eine Bildübertragungsleitung in den Stollen gelegt hatte. Wo genau er sich aber befand, damit rückte WTC noch nicht heraus, um die Arbeit der Polizei und einer Spezialeinheit nicht zu gefährden. Auf diese Weise elegant ins Spiel gebracht, verkündete die Polizei, daß man mit Hilfe des Katastrophenschutzes seitwärts eine Bohrung anzubringen versuche, um die Familie vielleicht doch noch retten zu können. Eventuell sei der Mann bereit nachzugeben, wenn man ihm faire Behandlung zusicherte. Ein Polizeipsychologe stand in dauerndem Kontakt zu dem Gestreßten.

VOPO signalisierte neunundsiebzig Prozent Zustimmung, die Show konnte beginnen.

Caruso war es zu verdanken, daß die aufsehenerregende Geschichte des Börsenhändlers exklusiv von WTC ausgestrahlt wurde. Über mehrere Tage, vielleicht sogar eine Woche, sollte sich die Berichterstattung hinziehen, sollten immer neue dramaturgische Kniffe die Zuschauer binden. Und am Ende der vermeintliche Showdown, ganz im Sinne der VOPO-Benutzer: Gebt dem Volk, was es braucht.

Dennoch konnte Caruso sich nicht über seinen Erfolg freuen,

denn ihn plagten große Sorgen. Zöblin, der Pilot mit dem Hasenherz, wie er ihn bei sich nannte, hatte nur ruhiggestellt werden können, indem ein Anwalt ihm die zweite Rate in Höhe von fünfhunderttausend zusicherte. Vorausgesetzt ... Der Anschlag auf Kilian war fehlgeschlagen, der Trierer stellte immer noch eine latente Gefahr für ihn dar. Selbst Sherman gelang es nicht, Caruso zu beruhigen.

»Benno, ich schlage vor, daß Sie über Weihnachten zwei oder drei Wochen Urlaub machen. Es war ein hartes Jahr für Sie.« Caruso signalisierte zwar Zustimmung, aber er wußte genau, was das zu bedeuten hatte: Er befand sich auf dem Abstellgleis. »Ich habe noch so viele Dinge vor.«

Sherman zeigte Verständnis. »Falls erforderlich, werde ich Ihre Arbeit für diesen Zeitraum übernehmen.«

Das wiederum wollte Caruso nicht. Sich in die Karten schauen lassen bedeutete, die Hintergründe seines Erfolges preiszugeben. Er nickte, aber in seinem Kopf trieben die Zellen sich selbst zu Höchstleistungen an. Caruso überlegte fieberhaft, wie er einem Rausschmiß zuvorkommen konnte. Sollte er einfach mal eine Bemerkung über sein Privatarchiv fallenlassen?

»Benno, die Welt geht doch nicht unter.«

»Nein, Fred.«

»Im neuen Jahr machen Sie mit altem Elan weiter.«

»Ja, Fred.«

»Sie sind für uns nicht so leicht zu ersetzen.«

»Freut mich, Fred.«

»Jetzt auch noch Wolters, dieser Devisenmakler im Berg. Genial, sage ich, einfach genial. So etwas packt die Leute. Wer hatte übrigens die Idee, die Kinder mitzunehmen?«

Als Caruso nicht antwortete, wußte Sherman, wer die Idee gehabt hatte.

»Aber das mit der Kleptomanin mußten wir abblasen«, sagte Caruso zerknirscht. »Wäre eine schöne Geschichte geworden und hätte nicht viel gekostet.«

»Zwanzigtausend, oder?«

»Ja.«

»Und unser Wolters?«
»Fünfhunderttausend plus Risikoprämie, insgesamt eine Million.«
»Will er die ganze Familie ...«
Caruso schüttelte den Kopf. »Nein, nur sich allein, in einem kleinen Nebenstollen, und zwar genau in dem Moment, wenn die Polizei kommt. Aber ich habe die Frau unter Vertrag.«
»Das ist gut.« Sherman schaute Caruso an. »Kinder dürfen auf gar keinen Fall zu Schaden kommen, das bringt unsere Zuschauer auf die Barrikaden. Verbrechen an Kindern – da liegt möglicherweise die letzte Hemmschwelle. Ich sagte möglicherweise!«
»Was meinen Sie, Fred: Soll ich Ruge einen Nachschlag anbieten?«
»Ruge?« Sherman überlegte.
»Dem Mann, dessen Frau in den Lastzug gerast und verbrannt ist.«
Sherman drehte seinen Ring. »An wieviel haben Sie gedacht?«
»Fünfzig.«
»Gut, aber reden Sie erst mit ... Ruge, damit wir auch sicher sein können.«

Eine Weile nachdem Caruso gegangen war, setzte sich Exoberst Wild zu dem Amerikaner.
»Unser Freund ist verkabelt.«
Sherman nahm es gelassen. »Wie Sie vermutet haben. Was folgern Sie daraus?«
»Er wird es nicht zum erstenmal gewesen sein.«
»Und warum tut er so etwas?«
»Ich denke: private Absicherung.«
»Also gibt es gewisse Dinge, die wir uns unbedingt beschaffen müssen.«
Damit hatte sich Carusos Vorsatz, zu gegebener Zeit auf sein Archiv hinzuweisen, erübrigt.
»Lassen Sie ihn nicht mehr aus den Augen, Mister Wild.«
Der Exoberst war einverstanden. »Aber meine Männer machen daraus keine blutige Angelegenheit. Wir bringen niemanden um.«

»Skrupel?« Sherman sah vor seinem geistigen Auge noch einmal, wie dieser Dzumbadse vollkommen grundlos einen Menschen erschossen hatte.
»Nennen Sie es, wie Sie wollen. Wir tun es einfach nicht. Wir hatten vierzig Jahre Krieg, für uns ist er vorbei.«
Sherman störte sich nicht an der Abfuhr, im Gegenteil. Je mehr er seine Aufträge trennte und an unterschiedliche Gruppen verteilte, desto sicherer fühlte er sich. Aber einen Patzer wie bei Kilian durfte es nicht noch einmal geben. Deutsche Killer, darauf würde er in Zukunft verzichten. Es mußten gierige und eiskalte Leute sein, die nichts zu verlieren hatten. Wie die, die er vergangene Woche im Kaukasus kennengelernt hatte.

Kilian war an einem Punkt angelangt, wo die Aktion von ihm auszugehen hatte. Aber es gab nur einen Ansatz, und das war Caruso. Zwar war es ihm gelungen, durch seine mehr oder weniger geschickte Überwachung einiges herauszufinden, aber der Lockenkopf wiederum war schlau, bewegte sich äußerst vorsichtig, hatte die Beschattung mitbekommen und ihm das Hit-Kommando ins Goldkäulchen geschickt.
Kurz entschlossen rief Kilian in Mainz an und erzählte Maren von seinem Vorhaben. Da sie es ihm schon nicht ausreden konnte, bedrängte sie ihn, zumindest dabeisein zu dürfen. Es mache sich vielleicht gut, wenn sie sich als Medienbeauftragte ausgebe.
Zwei Tage später änderten sie ihren Plan; Maren sollte zuerst allein versuchen, etwas aus Caruso herauszuholen. Den Lockenkopf anzurufen und auf einen Termin zu drängen, hielt sie für wenig sinnvoll, das gäbe ihm nur die Möglichkeit abzublocken. Deshalb fuhren sie nach Hürth und warteten.
Am Nachmittag kam Caruso, parkte sein Auto und stieg hinauf in den zweiten Stock. Maren tat, als hätte sie gerade an seiner Tür geklingelt. Mit aller Liebenswürdigkeit, die ihr beim Anblick dieses kleinen, dicklichen Mannes möglich war, trug sie ihr Anliegen vor. Sie sei Medienbeauftragte, komme aus Mainz und wolle die

Problematik einmal aus einem anderen Blickwinkel kennenlernen.
»Woher haben Sie meine Adresse?«
»Von Ihrem Sender WTC.«
»Und wie kommen Sie in das Haus? War unten die Tür nicht verschlossen?«
»Zufällig kam einer Ihrer Nachbarn heraus.«
Caruso zögerte; alles, was ihm fremd war und womit er unvermittelt konfrontiert wurde, machte ihn mißtrauisch.
»Medienbeauftragte sind Sie?«
Maren zeigte ihren Ausweis.
»Sie gehören doch zu denen, die uns immer anpfeifen, auf Moral pochen und so weiter.«
»Aber nur, weil wir bisher keine Gelegenheit hatten, die Dinge mal von einer anderen Warte zu betrachten«, log sie.
Ausgiebig inspizierte Caruso die zierliche Maren, sie war genauso groß wie er, und vielleicht gab das den Ausschlag. Er ließ sie eintreten. Maren legte ihre Handtasche auf den Wohnzimmertisch. Mit Kilian war verabredet, daß er nach einer halben Stunde klingeln und sich über die Sprechanlage als ihr Mitarbeiter ausgeben sollte.
Maren nahm ein Notizheft aus der Tasche, schaltete heimlich das Diktiergerät ein und hoffte einfach, daß alles gutging. Sie befragte Caruso, der ihr sogar einen Tee anbot, nach seinem beruflichen Werdegang und den Schwierigkeiten, mit denen er bei seiner Tätigkeit zu kämpfen hatte. Auf diesem Umweg tastete sie sich langsam voran – bis sie ihn schließlich knallhart mit den Fakten konfrontierte.
»Herr Dexheimer, ich habe mir von WTC eine Liste all der Berichte und Sendungen geben lassen, an denen Sie maßgeblich beteiligt waren.«
Caruso versteifte sich, seine Haltung drückte Ablehnung aus.
»Zudem bin ich schon im Vorfeld einigen Ereignissen nachgegangen. So habe ich zum Beispiel mit einem Witwer gesprochen, er lebt nicht weit von Trier. Der Mann hat mir gegenüber zugege-

ben, daß Sie … wie soll ich mich ausdrücken … schon vorab von diesem Unfall Kenntnis hatten.«

Caruso sprang auf, seine Hände kneteten einen unsichtbaren Tennisball. Und diesem verdammten Ruge hatte er auch noch fünfzigtausend zukommen lassen, damit er die Klappe hielt. »Was soll die Fragerei«, raunzte er. »Werfen Sie mir unlautere Machenschaften vor?«

»Sie haben sich ihm unter falschem Namen vorgestellt. Wie würden Sie so etwas bezeichnen?«

»Verlassen Sie bitte sofort meine Wohnung.«

»Wenn Sie mich jetzt hinauswerfen, wird die Landesmedienanstalt an WTC und die Presse herangehen. Wir scheuen uns auch nicht, Namen zu nennen. Ihren Namen zu nennen.«

Caruso hatte eine Pechsträhne. Alles lief schief, alles hatte sich gegen ihn verschworen, irgendwelche negativen Schwingungen mußten daran schuld sein. Er ließ sich wieder in den Sessel fallen und bemühte sich, die Vorfälle aus seiner Sicht zu erklären und zu glätten.

»Selbstverständlich habe ich keine Kenntnis von dem Unfall gehabt, Frau Wittkowski. Wie sollte ich auch?«

Maren legte Kilians Fotos auf den Tisch, die das Kamerateam zeigten und den Kombi mit der Kölner Nummer. »Inzwischen wissen wir, daß an dem betreffenden Sonntag dieses Auto schon gegen ein Uhr mittags, also vier Stunden vor dem Unfall, in Hürth losgefahren ist«, behauptete sie einfach.

»Was habe ich damit zu tun?«

»Sie sind doch der einzige Gesellschafter der Telenorma, auf die das Fahrzeug zugelassen ist.«

»Na und? Aber nicht der Geschäftsführer, und der ist für so etwas zuständig.«

Maren hatte sich festgefahren. Als letzten Trumpf zog sie die Verträge aus ihrer Handtasche, die Caruso mit der Kleptomanin gemacht hatte.

»Hat sie die Finger noch, oder hat sie sie nicht mehr?« fragte der Lockenkopf bissig. Ein Punkt für ihn, genau wie der Umstand, daß die Frau nicht im Fernsehen aufgetreten war.

Es klingelte. »Das wird einer meiner Mitarbeiter sein«, sagte Maren. »Er möchte was für mich abgeben.«
»Das kann er unten tun. Guten Tag, Frau Wittkowski.«
Als Caruso jedoch seine Wohnungstür öffnete, stand Kilian davor. Obwohl Caruso ihn seit Jahren nicht mehr gesehen hatte, erkannte er ihn sofort. Er wich zurück und hatte nur noch Angst.
»Bitte verlassen Sie sofort meine Wohnung«, stammelte er. »Das ist Hausfriedensbruch.«
Kilian trat ein und schloß die Tür. »Du hast uns eingeladen, Caruso.«
Als der Name Caruso fiel, zuckte der Lockenkopf zusammen.
»Bitte, gehen Sie. Ich rufe die Polizei.«
Aber Caruso zog sich in die Ecke der Sitzgarnitur zurück und telefonierte nicht. Zwischen ihm und dem Apparat stand Kilian.
»Was wollen Sie?«
Kilian hatte sich überlegt, daß er bei Caruso nur etwas erreichen konnte, wenn er ihn einschüchterte. Indem er ihn mit angeblichen Fakten konfrontierte oder schlicht durch seine Körpersprache. Deshalb blieb er stehen; damit wirkte er auf Caruso bedrohlich genug.
»Caruso, die Vergangenheit ist wieder da. Sechs Jahre ist es her, fünf davon war ich im Gefängnis.«
Der Lockenkopf drückte sich tiefer in die Ecke.
»Warum hast du damals Jana geholfen, mich in den Knast zu bringen?«
»Ich war nur ein Journalist, der über Ihren Fall geschrieben hat.«
»Du Schwein. Noch so eine Antwort, und du lernst mich kennen. Warum?«
»Sagte ich doch.« Trotzig schob Caruso die Unterlippe nach vorn.
»Was hat Janas Vater dir gezahlt?«
Caruso begann zu lächeln, und das verunsicherte Kilian. Der schmierige Kerl schien sich gefangen zu haben.
»Nichts hat er mir gezahlt, für mich waren Sie schuldig.«

»Was hat man dir gezahlt?«
»Sie scheinen auf einem kleinen Rachetrip zu sein und wollen alte Geschichten auskramen. Das interessiert doch keinen. Sittenstrolche gibt es genug.«
Kilian kochte, aber er beherrschte sich. Noch. »Ich will wissen, welchen Handel du mit Janas Vater gemacht hast.«
Caruso schwieg und grinste.
»Der Staatsanwaltschaft Trier liegt eine Anzeige vor.«
Caruso schlug die Beine übereinander. »Pah. Wenn die was in den Händen hätten, wäre ich längst vorgeladen worden.«
Genau so war es. Wie sollte denn die Staatsanwaltschaft zu Indizien kommen, wenn er, Kilian, nicht in der Lage war, sie zu liefern? Von sich aus tat keiner etwas.
»Ich werde es aus dir herausprügeln.«
Ein Blick zu der Medienbeauftragten zeigte Caruso, daß Kilian sich hüten würde.
»Jetzt gehen Sie bitte«, sagte er ruhig. »Ich stehe auf und rufe die Polizei.«
Er erhob sich tatsächlich, trat auf Kilian zu und wollte den Hörer abheben. Kilian, der all seine Felle davonschwimmen sah, packte ihn an den Oberarmen und riß ihn zu sich.
»Warum hast du Schwein das getan? Meine Zukunft kaputtgemacht, meine Ehe, mein Leben? Ich reiße dir den Arsch auf, wenn du es nicht ausspuckst.«
»Lernt man diese Vulgärsprache im Knast? Das Umfeld prägt den Menschen. Wie haben Sie sich verändert, Herr Kilian.«
Kilian wollte zuschlagen, doch Maren hielt ihn mit einem Schrei davon ab. Seine Faust verharrte wenige Zentimeter vor Carusos Gesicht, in dem für Sekunden nur noch Angst gestanden hatte. Mit einem Stoß beförderte Kilian den Lockenkopf zurück auf das Sofa.
Kilian wußte, seine Chance war vertan, Caruso würde ihm nichts verraten, dazu war seine Munition zu schwach, der Bluff zu durchsichtig gewesen. Wenn er ihn nur einmal für eine halbe Stunde in die Finger bekäme, er würde ihn zum Reden bringen, davon war Kilian überzeugt. Aber Maren durfte nicht dabeisein.

»Komm, wir gehen.«
Bevor er die Tür schloß, höhnte Caruso: »Du wirst keine Gelegenheit haben, mich ein zweites Mal zu besuchen.«

Im Auto gab er zu, daß er sich schwachsinnig verhalten habe. Aber in ihm sei so viel aufgestaut, so viel an Erinnerungen, an Wut und Demütigungen, da habe er einfach die Nerven verloren. Maren lobte, daß er sich am Ende doch noch beherrscht hatte. Sie streichelte seine Wange.
Das Diktiergerät war keine große Hilfe. Was auf dem Band zu hören war, wußten sie bereits. Da die Aufzeichnungszeit nur dreißig Minuten betrug, war Kilians Auftritt nicht festgehalten worden.
»Irgendwas hat Caruso wieder Auftrieb gegeben. Erinnerst du dich?«
Maren nickte. »Ja, er war eingeschüchtert und schien kurz davor, reden zu wollen. Dann änderte sich seine Haltung, er lächelte und war wieder obenauf. Irgendwas war da.«
Aber sosehr sie sich auch bemühten, sie kamen nicht darauf.

»Ich bin wieder an meinem Ausgangspunkt angelangt«, gestand Kilian abends im Gespräch mit Maren und Chambier. »Ich drehe mich im Kreis und wundere mich, daß ich nicht vorankomme. Vor knapp einem Jahr hatte ich ein ähnliches Gefühl. Ich saß zu Hause bei meiner Mutter mit einem Karton auf den Knien. Und in dem Karton war mein Unschuldsbeweis, das Strafmandat für die Geschwindigkeitsübertretung, mit Datum und Uhrzeit. Auf schnellstem Wege bin ich am nächsten Tag zur Polizei gelaufen, um mir meine Unschuld amtlich bestätigen zu lassen. Ausgelacht haben sie mich, ausgelacht und verhöhnt. Immer wieder hat man mich ausgelacht und verhöhnt.«
Kilian erzählte, wie er unmittelbar nach seiner Entlassung zu Jana gegangen war, um von ihr die Wahrheit zu hören. Sie habe ihn beschimpft und mit ihrem Vater telefoniert. Zehn Minuten später habe die Polizei ihn mitgenommen und für eine Nacht in eine Zelle gesperrt. »Na, wolltest du es noch ein zweites Mal versu-

chen?« hatte einer der Beamten gefragt und sich vor Lachen ausgeschüttet. Am nächsten Tag hatte er gehen dürfen, aber eine Anzeige wegen Hausfriedensbruchs erhalten – und die Androhung, im Wiederholungsfall mit Gefängnis bestraft zu werden. Danach habe er noch versucht, Janas Freundin zu befragen. Sie habe geschrien wie am Spieß, woraufhin er einfach weggelaufen sei. Und dann der Karton.

»Du erlebst ein Glücksgefühl, ein unbeschreibliches Glücksgefühl. Endlich wird man dir glauben, alle werden sich bei dir entschuldigen. Ich hätte mich damit wohl zufriedengegeben. Aber nichts dergleichen geschah. Sie haben mich nicht ernst genommen und als verrückt bezeichnet.«

Anfangs habe sich die Polizei in Trier noch nicht einmal die Mühe gemacht, in ihren Unterlagen nachzuschauen, und all seine Anfragen abgeblockt. Fünf Jahre, das liege zu lange zurück. Er hatte einen Anwalt eingeschaltet, der sich mit der Begründung, er wolle ein Wiederaufnahmeverfahren beantragen, die alten Ermittlungsunterlagen zukommen ließ, um zumindest genau festzustellen, daß Kilian sich nicht in der Uhrzeit irrte. Aber die Polizei hatte nicht einmal auf das Schreiben des Anwalts reagiert. Erst als dieser mit einer Anzeige drohte, hatten sie sich Zeit genommen und ihm zugehört. Plötzlich hatten sie die Benachrichtigung als Fälschung abgetan und das Original zu sehen verlangt.

»Erst über einen ehemaligen Schulfreund, der mir glaubte und eine hohe Position bei der Polizei innehat, konnte ich Einblick in die entsprechende Datei nehmen und schließlich meine Rehabilitierung einleiten.«

Kilian preßte die Lippen zusammen, Falten hatten sich auf seiner Stirn gebildet, die ganze Enttäuschung spiegelte sich in seinem Gesicht. Und wenn er ehrlich war, mußte er sich eingestehen: Er hatte in den vergangenen Jahren Eigenschaften angenommen, die er selbst negativ beurteilte. Vielleicht, das war seine Hoffnung, konnte er sie ablegen, wenn … ja, wenn was?

»Es gibt kein größeres Ohnmachtsgefühl, als den Beweis der Unschuld nicht nur hier drin zu haben«, er klopfte sich gegen die

Brust, »sondern ihn auch noch schwarz auf weiß präsentieren zu können und trotzdem nicht ernst genommen und obendrein verhöhnt zu werden.«

Die Lage im Berg spitzte sich mehr und mehr zu. An der Haltung von Wolters – die Videostandleitung lieferte ausgezeichnete Bilder – und noch mehr an dessen Stimme war zu erkennen, unter welcher Anspannung er stand. Inzwischen hatte die Polizei bekanntgegeben, wo genau der Makler sich verschanzt hatte. Im Ahrtal, und zwar in einem der ehemaligen Arbeitsschächte, die man in den sechziger Jahren beim Bau der Regierungsbunker benötigt hatte. In diesen Betonlöchern hätten sich die Bonner Spitzen bei einem Atomkrieg verkriechen können, um anschließend als Regierung ohne Nation dazustehen.
Die Entlastungsbohrung schritt langsamer voran als geplant, das Gestein war mürbe und brüchig. Außerdem hatten die Männer des Katastrophenschutzes auf diesem Gebiet keine Übung.
Immer wieder drohte Wolters, er werde auf den Knopf drücken, falls sich einer blicken lasse. Dann wieder hatte er Phasen, in denen er klar und deutlich auf sämtliche Fragen antwortete.
WTC schaltete einen Psychologen ein, der den Makler geschickt bearbeitete. Manchmal gewann man den Eindruck, als könnte der Fachmann ihn von seinem Vorhaben abbringen, dann wiederum zeigte Wolters sich bockig, uneinsichtig und deprimiert. Wie sollte er diese Schulden je tilgen? Die vielen Millionen zurückzahlen?
Daß seine Kinder nichts mit alledem zu tun hätten, daß er verpflichtet sei, ihr Leben zu schützen, ließ er zumindest minutenweise gelten. In solchen Phasen schien Wolters kurz vor dem Aufgeben zu sein. Dazu hätte er nur den gelben Knopf seiner Höllenmaschine drücken müssen und nicht den roten. Aber irgendwie verstrichen diese Minuten ungenutzt.
WTC nutzte die Videostandleitung weidlich aus; auch andere Gesellschaften, die unbedingt übertragen wollten, konnten partizipieren. Gegen angemessene Gebühren, versteht sich. Einer der

privaten Sender hatte den Aufpeitscher der Nation als Gesprächspartner für Wolters auserkoren. Einen brutalen, sprichwörtlich über Leichen gehenden Reporter, der einmal einem Selbstmordkandidaten auf einer Brücke zugerufen hatte: »Dann spring doch endlich, wir warten jetzt schon so lange!«

Auf niemanden hatte der Selbstmörder gehört, außer auf von Stahl, so hieß der Reporter. Der Mann hatte sich tatsächlich in die Tiefe gestürzt. Von Stahl war gerügt worden, aber mehr auch nicht. Und weil er damals keine Konsequenzen zu spüren bekommen hatte, hetzte von Stahl auch jetzt wieder.

»Wenn Sie es nicht lassen können und sich besser fühlen, dann machen Sie endlich ein Ende. Drücken Sie auf den roten Knopf, und verabschieden Sie sich endgültig von dieser Welt.«

Wolters reagierte verwirrt. Mit allem hatte er wohl gerechnet, nur nicht mit der Aufforderung, Sie sich umzubringen.

WTC befragte über VOPO die Zuschauer, ob Wolters den roten, also tödlichen Knopf betätigen solle. Sechsundfünfzig Prozent stimmten mit Nein. WTC schickte eine zweite Umfrage hinterher. Wie denn die Zuschauer dächten, wenn er allein wäre, ohne Frau und ohne Kinder? Nun waren vierundsechzig Prozent für den roten Knopf.

Noch wußte Monique Koslo nicht, wie sich dieses Ergebnis auswirken könnte, allerdings hagelte es Proteste von anderen Sendern – besonders den Öffentlich-Rechtlichen – und von vielen Prominenten. WTC anzugreifen, wagte jedoch nur, wer sich im Verbund mit anderen Anstalten fühlte und auf deren Unterstützung hoffen konnte. Die Stimmung im Schacht wurde derweil immer düsterer. Wolters litt unter Schlafstörungen, manchmal lachte er irre. Seine Frau und die Kinder ließ er nicht mehr ins Bild kommen. Der Makler saß, eingehüllt in eine Decke, halb im Dunkeln und beantwortete mehr oder weniger klar, was man ihn fragte.

Nach langwierigen Verhandlungen, in denen er immer wieder geschickt Wolters' Familie ins Spiel brachte, hatte es der Psychologe geschafft. Zum einen konnte er Wolters umstimmen und zum anderen – für WTC war das noch wichtiger – auch die

Zuschauer überzeugen, die nun mehrheitlich für den gelben Knopf votierten. Der Mann könne weiterleben, seine Schmach durch einen fairen Prozeß getilgt werden.
Spät am Abend – das Drama im Berg dauerte nun schon mehr als vier Tage – gab Wolters bekannt, er werde um Mitternacht auf den gelben Knopf drücken. Dadurch, so wußten die Zuschauer, die auch die Dynamit-Pakete zu Gesicht bekommen hatten, würden alle Sperren beseitigt und die tödliche Ladung endgültig entschärft.
Über eine diskret geschaltete Telefonleitung versuchte Jürgens, Wolters für einen weiteren Tag zu gewinnen, die Quote war einfach zu phantastisch. Als er jedoch erkannte, daß der Mann kurz vorm Zusammenbruch stand, ließ er von ihm ab.
Jürgens baute sich vor der Kamera auf. »Und jetzt, meine Damen und Herren, ist es bald soweit. Neunzig Prozent von Ihnen haben für das Leben gestimmt. Neunzig Prozent von Ihnen haben menschlich entschieden und zwei Wochen vor Weihnachten ein Zeichen gesetzt. Ein überwältigendes Votum für die Gerechtigkeit. Nur noch eine Minute, dann wird Herr Wolters auf den gelben Knopf drücken.« Wolters wurde eingeblendet, Tränen liefen ihm über die Wangen, er war allein und schien erleichtert zu sein.
»Wo sind Ihre Frau und die Kinder?«
»In einem Nebenstollen, sie schlafen.«
»Noch dreißig Sekunden, Herr Wolters. Haben Sie den Zuschauern noch etwas mitzuteilen?«
»Ich freue mich, daß so viele Verständnis für meine Lage zeigen. Ich bin tief bewegt.«
»Wie ich soeben erfahre, wird der Bergungstrupp gleich eintreffen. Gehen Sie den Männern entgegen, empfangen Sie sie mit offenen Armen.«
»Ja, das werde ich. Jetzt wird alles gut.«
»Noch vier Sekunden, drei, zwei, eine, Herr Wolters, drücken Sie!«
Wolters blickte nach unten, ein Finger legte sich auf den gelben Knopf, dann war nur noch Schnee zu sehen.
»Verdammt, was ist denn los?« Jürgens starrte auf den Kontrollmonitor. »Ist die Leitung zusammengebrochen?«

»Keine Ahnung«, antwortete eine Stimme aus der Regie.
Aber bereits wenige Sekunden später wußten alle, daß es eine Explosion gegeben hatte. Wolters war tot.
Jürgens paßte seinen Tonfall den Umständen an. »Wir trauern um Herrn Wolters, meine Damen und Herren. Er hat sich für das Leben entschieden und ist trotzdem gestorben. Wir wissen nicht, wie das geschehen konnte. Sie alle haben gesehen, daß er den richtigen Knopf bedient hat. Wir trauern um Klaus Wolters. Keine Tat kann so schlimm sein, daß man dafür in den Tod geht.« Jürgens senkte den Kopf und sprach nach wenigen Sekunden bewegt weiter. »Uns beschäftigt nun eine andere Frage: Was ist mit den armen Kindern und der Ehefrau? Konnten sie der Explosion entkommen? Sind sie verletzt? Brauchen sie Hilfe? Fragen über Fragen und keine Antworten. Bleiben Sie dran, gleich geht es weiter.«

Caruso starrte Sherman an. »Wie ... wie konnte das passieren, Fred?«
Sherman zuckte die Achseln. »Was weiß ich? Wolters hat doch die Höllenmaschine angeschlossen. Außerdem wollte er sterben.«
»Zuletzt aber nicht mehr. Diese Option haben wir ihm eingeräumt, Fred.«
»Ich weiß.«
»Aber Rot und Gelb verwechselt niemand. Sie konnten es doch sehen, Wolters hatte volles Licht.«
Sherman antwortete nicht.
»Wir haben doch groß im Bild gesehen, wie er auf Gelb gedrückt hat.«
Sherman überlegte.
»Fred, da stimmt was nicht. Jemand muß ...«
»Sie meinen, einer hat die Drähte vertauscht?«
Caruso nickte.
»Wer hatte denn den Schaltkasten zuletzt in der Hand?«
Caruso schaute auf seine Finger, sie zitterten. Seit einer Woche zitterten sie unentwegt, wenn er sie ausstreckte. Und in ihm war auch ein Zittern, er hatte furchtbare Angst. »Ich habe Wolters den Kasten ausgehändigt.«

»Dann müssen Sie doch am besten wissen, ob er in Ordnung war oder nicht.«
Caruso grübelte. Sherman hatte den Kasten über einen Mittelsmann beschafft, ebenso das Dynamit und die Kabel. Alles bereits fertig installiert. Er selbst war für die Sprechverbindung und die Videoübertragung zuständig gewesen, und beides hatte hervorragend funktioniert.
»Fred, ich erinnere mich genau, wie Sie zu mir gesagt haben: Gelb Entwarnung, Rot Woumm.« Caruso warf die Arme in die Luft. Wenn seine Finger was zu tun hatten, dann zitterten sie nicht.
Sherman nickte. »So war es.«
»Und Sie sind ganz sicher, daß sich niemand an den Schaltungen zu schaffen gemacht hat?«
Der Amerikaner hob die Hände. »Unmöglich.«
Caruso wurde nachdenklich. Welche Möglichkeiten gab es, fragte er sich, die Anschlüsse zu vertauschen? Hatte Wolters vielleicht daran gespielt? Einen Draht aus Versehen abgerissen? Aber dadurch hätte es nie zu dieser Explosion kommen können, denn jeder Anschluß hatte nur in die für ihn bestimmte Buchse gepaßt. Unvermittelt nahm das Zittern seiner Finger zu. Er ballte eine Faust, aber das half auch nichts. Mit einemmal ahnte Caruso, was dahintersteckte. Gleichgültig, welchen Knopf Wolters gedrückt hätte, er wäre immer in die Luft geflogen.
Als er den Amerikaner anschaute, seine Augen sich in diesem kalten, ausdruckslosen Gesicht festbissen, ein leichtes Zucken um die Mundwinkel registrierten, da wußte Caruso, was wirklich abgelaufen war. Obwohl er das Glas mit beiden Händen umklammerte, verschüttete er einen Teil des Orangensaftes.

Kilian kamen Zweifel an seinem Vorgehen. Wenn er auf die gleiche Art weitermachte, würde er eines Tages genauso sein wie der Lockenkopf und um der Information willen einen Teil seiner Prinzipien aufgeben.
Aber ich tue das alles doch nur, um mich selbst zu finden, rechtfertigte er sich und wußte doch, es war eine Ausrede. Überhaupt

gebrauchte er in letzter Zeit mehr und mehr Ausreden. Und als er einmal so weit gediehen war mit seinem Fazit, mußte er sich auch noch eingestehen, daß er die Mitleidsmasche überstrapaziert hatte. War es nicht Wichtigtuerei und Selbstüberschätzung zu glauben, andere hätten gefälligst an seinem Schicksal Anteil zu nehmen? Mit welchem Recht kam er in Marens und Chambiers Gegenwart immer wieder auf seine ach so schreckliche Vergangenheit zu sprechen? Falls er seine Einstellung nicht änderte, würde sie seine Zukunft schwer belasten – das nicht verarbeitete Trauma als permanente Ausrede, wie sie Versagern gelegen kommt.

An diesem Punkt fragte er sich: Was mache ich, wenn ich die Geschehnisse nie aufklären, weder Caruso noch Jana und ihrem Vater die Manipulation nachweisen kann? Habe ich dann meine Zukunft verspielt? Er mußte sich eingestehen, daß er sich selbst unter Erfolgsdruck setzte. Dabei vergaß er, wieviel er schon erreicht hatte, vergaß seine juristische Rehabilitierung und die Anerkennung im neuen Beruf. Und er vergaß, daß er Vater zweier Kinder war.

Um sich abzulenken, renovierte er sein Blockhaus. Dabei gingen ihm immer wieder verschiedene Gesprächsfetzen und Fragestellungen durch den Kopf. Und da er sich ganz allein damit beschäftigte, also auch kein Widerspruch zu erwarten war, verfiel er erneut auf die Mitleidstour, sann auf Rache, wollte Genugtuung und entdeckte phantastische Möglichkeiten, sie auf verschlungenen Wegen zu erlangen. Zumindest an diesem Tag, dem Samstag vor dem dritten Advent, merkte er, wie er, sobald er seinen Emotionen freien Lauf ließ, das logische Denken blockierte.

Ein Glas Bier in der Hand, begutachtete er sein Tagewerk und war zufrieden. Als Lehrer hatte er nie das Vergnügen gehabt, genau sagen zu können: Das und das hast du heute geleistet, denn dazu hätte er in die Köpfe der Schüler hineinschauen müssen. Er hatte den Lehrplan erfüllt, seine Vorgaben erreicht, nach denen der Schüler hatte niemand gefragt. Also hatte er seine Motivation aus der Hoffnung geschöpft, es möge einiges von dem, was er vermittelt hatte, hängengeblieben sein.

Das verführerische Wort Hoffnung lenkte seine Gedanken wieder auf die Zukunft, aber er kam nicht zum Phantasieren, denn ihm drängte sich eine bestimmte Szene auf: Caruso eingeschüchtert auf dem Sofa, er stand vor ihm und fühlte sich überlegen. Dann das schlagartig veränderte Verhalten des Lockenkopfes, seine Siegesgewißheit. Woraus hatte er sie geschöpft? Irgendeine Bemerkung war gefallen. Was hatte er von ihm wissen wollen? Ob er Geld von Janas Vater erhalten, was der ihm gezahlt habe. Genau, und ob es einen Handel gegeben habe.
Wieso hatte Caruso daraus neue Selbstsicherheit gewonnen? Er hatte doch nicht ahnen können, daß er, Kilian, bluffte. Kilian kam zu dem Schluß, sich durch eben diese Bemerkung eine Blöße gegeben zu haben. Demnach, kombinierte er weiter, hat Janas Vater weder Geld gegeben noch einen Handel mit Caruso gemacht. Aber hatte Caruso aus freien Stücken manipuliert? Wohl kaum. Chambier war sicher, daß der Bursche sich nicht grundlos so weit in die ungesetzliche Geschichte reingehängt hätte, auch nicht als Janas Freund. Mit wem hatte er also kooperiert? Wer hatte ihn zu dieser Fälschung bewegen können? Chemnitz, der Autohändler? Röder, der Staatsanwalt?
Langsam stellte Kilian das Glas auf den selbstgezimmerten Holztisch. Der Staatsanwalt konnte am ehesten Druck auf Caruso ausgeübt haben, vorausgesetzt, der Lockenkopf hatte sich eine Straftat zuschulden kommen lassen.
Vorerst reine Spekulation, verfestigte sich diese Vorstellung – eine andere gab es nicht – mehr und mehr. Und sie lieferte auch die Erklärung, warum Röder so darauf versessen gewesen war, ihn, Kilian, zu verurteilen.
Staatsanwalt Röder hat Caruso in der Hand, läßt ihn die Beweise fälschen und bringt mich ins Gefängnis, weil ich Jana, ihrem Vater und meinem Schwiegervater Chemnitz im Weg stehe. Wegen der Grundstücke, folgerte Kilian und kombinierte weiter: Welche Veranlassung aber hatte Röder, den Unternehmern Chemnitz und Lauterborn gefällig zu sein? Auf eine Art gefällig zu sein, die, käme sie ans Licht, seine Karriere schlagartig beenden und ihn aus dem geruhsamen Beamtenstand katapultieren würde? War die

Mitgliedschaft in diesem Zebra-Club dafür ein ausreichender Grund? Kilian erschien diese Verbindung zu dünn. Was aber war es dann?

Chambier konnte ihm auch nicht weiterhelfen. Ob Caruso während seiner Zeit als Journalist bei der »Landeszeitung« mit dem Gesetz in Konflikt geraten war – davon hatte er nichts gehört. Auch in Carusos alter Personalakte, die sie im Archiv aufspürten, war nichts vermerkt, folglich hatte es keine Benachrichtigung an den Arbeitgeber gegeben. Das wiederum, so meinte Chambier, könne nur bedeuten, daß es sich, falls überhaupt, um eine marginale Straftat gehandelt haben müsse – etwas, womit ein Staatsanwalt nie und nimmer solchen Druck hätte ausüben können.

Von Maren, der er seine Überlegungen gleichfalls unterbreitete, erwartete er, daß sie ihn davon abhielt, weiter in der Angelegenheit zu recherchieren. Aber da hatte Kilian sich getäuscht.

»Ich finde, du bist schon sehr weit vorgedrungen. Wenn du jetzt aufgibst, vertust du eine große Chance.«

Kilian sah sie mit großen Augen an. »He, vergiß nicht, daß man mich umbringen wollte.«

»Und da sie es nicht geschafft haben, werden sie es mit Sicherheit noch einmal versuchen.«

»Schön, wie du mich aufbaust«, entgegnete er sarkastisch.

Aber Maren hielt Gefühl – demzufolge sie ihm unbedingt zur Zurückhaltung hätte raten müssen – und nüchternes Überlegen streng getrennt. Und letzteres signalisierte ihr, daß eine solche Chance, einem Fernsehsender Manipulationen bei Berichten und Sendungen nachzuweisen, so schnell nicht wieder kommen würde.

»Ich hoffe doch, daß du mich uneigennützig berätst.«

Maren lächelte. »Nicht ganz, mein lieber Berthold. Ich denke auch ein bißchen an meinen Auftrag und an die Möglichkeit, unsere Interessen zu verbinden.«

Während er noch überlegte, platzte sie mit der Mitteilung heraus: »Der Ritualmord in Berresheim geht auf das Konto eines Siebzehnjährigen. Stammt aus einem gutbürgerlichen Elternhaus, war bisher nicht aufgefallen, galt in der Schule als verträglicher

und umgänglicher Typ. Die Polizei hat ihn gestern geschnappt, er wird wohl in die Psychiatrie eingewiesen. Es werden ihm zwei weitere Verbrechen zur Last gelegt.«
»Und sein Motiv?«
»Er habe böse Geister vertreiben wollen. Eine Sekte, das habe er im Fernsehen mitbekommen, schlachte Tiere auf ähnliche Weise ab, um die Geister ruhigzustellen. Er habe die Geister, die in seinem Kopf wohnten, auch ruhigstellen wollen. Aber dazu habe er zuerst einmal auf sie hören müssen, und sie hätten zu ihm gesagt: Tu es!«
»Grauenhaft.«
»Ja, wir werden unsere Geister nicht mehr los. Indem man dem Bürger Mündigkeit attestiert, darf er mit allem Schund gefüttert werden, weil er ja genau differenzieren kann. Einige Politiker gehen schon so weit, ein noch größeres Angebot an Medien zu fordern, noch mehr Kanäle, noch weniger Kontrolle. Unser Bürger wird schon auswählen, was gut ist, dadurch reinigt sich der Markt dann von selbst.«
»Ist es nicht kurios, daß man uns in allen anderen Lebensbereichen Beschränkungen auferlegt, vom Autofahren über die Steuer bis zu einer immer schneller anschwellenden Gesetzesflut, während die sogenannte Liberalisierung auf dem Medienmarkt zu einem unkontrollierten Selbstläufer wird? Und weil man immer nur einen Kanal zur gleichen Zeit anschauen kann, werden Programme und Sendungen allein mit dem Ziel konstruiert, mit Hilfe eines Aha-Effekts eine Bindung zu erzielen. Die Verpackung wird zum Inhalt.«
Maren ergänzte, dabei sei die Vorgehensweise für denjenigen, der sich mit den verschiedenen Anbietern etwas beschäftige, durchsichtig und leicht zu entlarven.
»Erst mal wirst du neugierig gemacht: Was gibt es zu sehen? Ist was passiert? Versäume ich etwas?«
Das könne man mit schönen Bildern – heile Welt, Modenschau, Miss Universum – oder rührseligen Bildern – Tiere, kleine Kinder, junges Mädchen durch Nierentransplantation gerettet – genauso erreichen wie mit brutalen: Blut, Crash, Tote. Aber die

Neugier halte nicht lange vor, sie müsse, damit der Konsument nicht abspringt und einen anderen Kanal anzappt, durch Betroffenheit aufgeheizt werden. Gefühle wie Mitleid, Angst, Unverständnis, Hilfsbereitschaft würden bewußt erzeugt. Maren führte die Berichterstattung über die Sahelzone an, bei der absolut alle Anbieter so vorgingen. Ein Sender tue dies im besonderen, indem er stundenlang die schrecklichsten Ereignisse präsentierte, ohne ein Wort der Erklärung. »No comment« sei ständig eingeblendet, dazu das Datum des jeweiligen Tages.

»Aber genauso, wie sich Autoreifen abnutzen, nutzen sich auch Neugier und Mitleid ab; andere Themen müssen her oder eine andere Art der Bindung.«

Indem man die Zuschauer durch die Konfrontation mit Ereignissen, die einen Entscheidungsspielraum ließen, polarisiere – ich finde diese Partei gut, die andere jedoch nicht, Ökologie ja, Ökologie nein, pro und contra Tempolimit, Europäische Union, Entwicklungshilfe, Solidaritätszuschlag –, erzeuge man in dem Maße, wie sich die Fronten verhärteten, Aggression. Und Aggression gehe einher mit der Angst, die jeweilige Gegenseite könnte obsiegen.

»Dann gibt es noch die Möglichkeit, dich zu vereinnahmen. Du sollst Partei ergreifen, wirst aufgewiegelt und bewußt provoziert, indem ein Thema gezielt aus einer bestimmten Perspektive dargestellt wird.« Erst das geballte Verdammen von Skinheads hier und Autonomen da – durch einseitige Verweise auf deren Brutalität und Gefährlichkeit – habe dazu geführt, daß diese Gruppen sich sammelten: Wenn alle gegen uns sind, die Gesellschaft uns ausschließt, dann müssen wir uns verteidigen, und zwar genauso brutal, wie man es uns unterstellt. Die Folge: Es komme zu Randale, zu Gewaltdemonstrationen und zu noch schärferer Ausgrenzung der Randgruppen.

Schließlich führte Maren die Methode des brutalen Schockierens auf, die beim Normalbürger Ekel, Abscheu und Widerwillen hervorrufe. Sie nannte ein Beispiel aus einem öffentlich-rechtlichen Sender.

»Bürgerkrieg in Ruanda, die Hutu massakrieren die Tutsi. Das

Zweite Programm zeigte in den Abendnachrichten eine Szene, in der ein am Boden kniender Mann von einem hinter ihm stehenden geköpft wurde. Um neunzehn Uhr saßen viele Kinder vor dem Bildschirm, die das mit ansehen mußten.«

»Also brauchen wir eine Zensur.«

»Nein, aber eine Art freiwillige Selbstkontrolle, die mit Fingerspitzengefühl solche Bilder nur zu bestimmten Zeiten genehmigt. Um Mitternacht sehen normalerweise weniger Kinder fern.«

»Das aber«, gab Kilian zu bedenken, »bedeutet Einsicht. Und Einsicht wird bestraft, indem ein anderer Sender den Schock schon früher bringt.«

»Genau das ist unser Dilemma. Konkurrenz bis aufs Messer. Die Quote bestimmt das Programm.«

»Und ein gewisser Berthold Kilian soll das ändern.«

»Nein. Aber durch Leute wie dich könnte solchen gefühllosen Schweinen, die sich einen Spaß daraus machen, mit Nachrichten und Schicksalen zu jonglieren, denen Moral scheißegal ist, die sich selbst Freibriefe ausstellen und kein Limit akzeptieren, ein Dämpfer verpaßt werden.«

Die Not in der Sahelzone erreichte ihren Höhepunkt; es bildeten sich bewaffnete Banden, in zwei Staaten waren Bürgerkriege ausgebrochen, Soldaten der UNO wurden beschossen, ihre Unterkünfte in Brand gesteckt, Seuchen bedrohten die Bevölkerung. WTC weitete die Berichterstattung über das Katastrophengebiet nicht aus, sondern suchte andere Wege der Zuschauergewinnung. Anhand der Schicksale des Fliegers Zöblin und des toten Devisenmaklers Wolters formte man Talk-Serien, in denen besonders die Ehefrauen zu Wort kamen. Mit ihrer Hilfe versuchte man auch das Letzte an Motivation zu eruieren; Kindheit und unglückliche Jugend mußten ebenso herhalten wie spätere Frustrationen und finanzielle Engpässe. In wissenschaftlicher Spitzfindigkeit bemühten sich Experten, den Kern solcher extremen Verhaltensweisen bloßzulegen. Begriffe wie labile Psyche, schwere Komplexe, Canera-Prinzip und Yuppie-Syndrom mach-

ten die Runde. Wie leicht hätten es die Koryphäen gehabt, hätte man ihnen Einblick in gewisse Verträge und Absichtserklärungen gewährt. Selbstverständlich wären sie entsetzt gewesen – oder hätten zumindest so getan –, darüber, daß manch einer sein Leben einsetzte, um für fünfzehn Minuten Mittelpunkt der Nachrichten oder einer Show zu sein.
Damit das Dauerthema hinreichend ausgeschlachtet wurde, garnierte besonders Else Naumann es in ihrer Sendung »Schicksale des Lebens« reichhaltig mit anderen Beiträgen, deren Zusammenhang mit Zöblin oder Wolters oft allerdings kaum noch zu erkennen war. An Teilnehmern mangelte es nicht, im Gegenteil. Eine endlose Parade von Willigen auf der Jagd nach ein paar Minuten Ruhm trat an, wobei es keine Rolle spielte, wie schlimm sie sich durch lautstarke Konfrontationen, verletzende Kommentare, peinliche Enthüllungen über persönlichste Dinge erniedrigen und demütigen lassen mußten. Ein Schönheitschirurg für Tiere gab Ratschläge, wie man durch gekonnte Eingriffe – Straffung, Fett absaugen et cetera – das Selbstwertgefühl der Lieblinge steigern könne. Ein Studiogast trank vor laufender Kamera den Urin von wildfremden Menschen, ein anderer bekannte sich zu seiner Stau-Sucht. Den verblüfften Zuschauern erklärte er, er höre stets die Verkehrsnachrichten und fahre gezielt zu den Punkten, wo sich gerade ein Stau bilde. »Da ist immer was los«, sagte er begeistert. »Meistens entsteht ja nicht nur ein Stau, durch einen Unfall oder so, sondern auch ein zweiter auf der Gegenfahrbahn. Das sind die Gaffer, Leute wie ich, die das echt cool finden, die das antörnt. Wirklich irre gut! Und wenn ich Glück habe, brummt noch einer auf uns drauf. Echt Spitze, sage ich euch. Probiert es doch mal aus!«
Ein vierter outete sich als Bodycutter – der neueste Trend nach Piercing. Es ging darum, sich selbst zu verstümmeln, sich nach und nach diverse Körperteile zu entfernen oder entfernen zu lassen. Mit Zehen und Fingern ging es los, Ohren, Nasen- und Zungenspitzen folgten. In die Hose schaute man dem Kandidaten dezenterweise nicht. Nein, nicht von einem Arzt lasse man so was machen, das bringe ja keinen Reiz, sondern auf dem freien Markt.

Wenige Tage vor Weihnachten stellte Else schließlich eine Überraschung besonderer Art vor, genau passend zur festlichen Zeit.
»Es gibt Reise-, Gourmet-, Kunst-, Hotel-, Weinführer und viele andere mehr, aber Sie, Herr Ontalla, haben einen ganz speziellen Führer erstellt. Wie sind sie eigentlich auf die Idee gekommen?«
Ontalla, tiefgebräunt, glatte, glänzende Haare, Goldkettchen um Hals und Arm, eine dicke goldene Uhr am Handgelenk und klotzige Ringe an den Fingern, lehnte sich genüßlich zurück. »Wir werden doch über alles informiert, wir können auswählen, was uns beliebt, die Werbung erleichtert uns manche Entscheidung, aber auf einem Gebiet existierte noch ein totales Vakuum.«
»Und das haben Sie nun aufgefüllt.«
»Ja.«
»Erzählen Sie uns bitte, was Sie gemacht haben.«
»Mehr als fünf Jahre habe ich recherchiert, bin in Deutschland herumgereist und im benachbarten Ausland, war auch in Übersee in den großen Metropolen. Jetzt ist es fertig, mein neuestes Buch. Es wird übrigens demnächst auch als Video erscheinen.«
»Nun sind die Zuschauer aber wirklich gespannt, um was es da geht. Wir wollen doch bitte einmal per VOPO fragen.«
Zweiundachtzig Prozent der Zuschauer stimmten mit Ja, Ontalla solle endlich mit seinem Hit herausrücken.
»Für mein Buch ›Penigina‹, eine Zusammenfassung von Penis und Vagina, habe ich alle größeren Freudenhäuser besucht, mich mit den Damen unterhalten und das Angebot exakt aufgelistet: Wie viele sind schwarzhaarig oder blond, große oder kleine Brüste, mollig, schlank oder untersetzt, welche macht es mit der Peitsche, welche mehr auf cool, Masochismus und Sadismus, welcher Service zu welchem Preis, Parkplätze in der Nähe oder nicht, wie weit ist es bis zur U-Bahn oder dem Taxistand, einfach alles.«
Die Zuschauer klatschten spontan.
»Haben Sie dazu auch …«
»Gefickt? Na klar. Ein Weinkenner probiert doch auch. Im Anhang sind die Namen all der Huren aufgeführt, mit denen ich geschlafen habe. Und ich habe eine Rangliste erstellt, also Punkte vergeben.«

Else sah Ontalla mit todernstem Gesicht an. »Darf ich bitte fragen, mit wie vielen Frauen Sie geschlafen haben? Aber bevor Sie antworten, Herr Ontalla«, sie wandte sich an die Zuschauer, »greifen Sie zu VOPO. Wollen Sie wissen, mit wie vielen Frauen Herr Ontalla geschlafen hat? Dann drücken Sie jetzt.«
Ontalla freute sich über das Interesse von mehr als neunzig Prozent der Zuschauer. Wenn die Herren der Schöpfung nicht solche Angst hätten, mit ihm verglichen zu werden, meinte er, dann läge die Quote bestimmt noch höher. Schließlich gab er eine Zahl bekannt: »Fünftausendachthundertzwölf.«
In den bundesdeutschen Wohnzimmern begann das große Rechnen. Fünftausendachthundertundzwölf geteilt durch fünf Jahre, geteilt durch 365 Tage, das machte …
»Wollen Sie behaupten, täglich mit etwa drei Frauen geschlafen zu haben?«
Ontalla grinste. »An manchen Tagen auch mit fünf oder sechs. Ich mußte ja zwischendurch reisen. Und im Urlaub habe ich mich selbstverständlich voll auf meine Ehefrau konzentriert.«

Hansrüdiger Volkholz saß in seinem Büro und starrte auf die Monitorwand. Zwölf verschiedene Privatsender waren eingeschaltet, liefen aber alle ohne Ton. Drei davon, alles Vollanbieter, gehörten ihm, 49,9 Prozent hatte er offiziell und nochmals gut 15 über ausländische Gesellschaften. An zwei weiteren war er mit mehr als 20 Prozent beteiligt. Ständig fühlte er die Krakenarme des Kartellamtes im Nacken, denn um die in starren, schablonenhaften Denkstrukturen verhafteten Damen und Herren nicht zu vergrätzen, mußte er sich unentwegt neue Konstruktionen und Beteiligungen überlegen. Die Schweiz, nicht Mitglied der Europäischen Union, kam ihm da sehr gelegen. Ebenso Luxemburg, gab es doch gerade in diesem kleinen Staat die Möglichkeit, mit Hilfe einer Société anonyme fast gänzlich unerkannt zu bleiben.
Ein Sender stach ihm schon seit geraumer Zeit in der Nase: WTC. Aber nicht zum jetzigen Preis und mit dem jetzigen Programm,

auch nicht wegen der Einschaltquoten oder der Werbeeinnahmen, sondern wegen eines Konkurrenten, der aus dem Hintergrund agierte und bestrebt war, ein Paket zu schnüren. Stockte er es auf, dann würde er sich beides greifen, Sender und Inhaber. Dazu aber hatte er noch einiges in die Wege zu leiten.
Volkholz war optimistisch, denn in seinen Diensten stand der beste Macher auf dem Markt; der Mann hatte zwar seinen Preis, war aber jede Million wert. WTC würde anschließend ausgelagert in die Schweiz, VAT 2 an seinen Partner in Tschechien verkauft, mit geheimer Abtretungsklausel, World-View in eine noch zu gründende luxemburgische Dachgesellschaft mit anonymen Gesellschaftern eingebunden, dann hätte er sein Ziel erreicht: fünfzig Prozent des Marktes würden ihm gehören, und niemand wüßte etwas davon.
Um solche Ziele zu verwirklichen, bedarf es einiger Planung. Und Volkholz konnte planen, nicht nur für die nächsten Monate, sondern fürs nächste Jahrtausend. Seiner in Auftrag gegebenen Studie zufolge würde sich der Medienmarkt in zwölf Jahren aufs Vierfache ausweiten; man würde europaweit mehr als einhundertfünfzig Kanäle empfangen können, der Werbeetat würde allein in Deutschland auf hundertsiebzig Milliarden hochgeschaukelt. Wenn das kein Ansporn war!
»Die Herren sind da«, meldete seine Sekretärin.
»Schicken Sie sie herein.«
Volkholz ließ die Bildschirme hinter einer Bücherwand verschwinden. Nicht ein einziges dieser Bücher hatte er gelesen, keinen der vielen Ratgeber – »Wie werde ich reich?«, »Wie schaffe ich ein Vermögen?«, »Vom Mann zum Macher«, »Wege zum Erfolg«, »Gipfel des Ruhms« – in Anspruch genommen; diese Dinger ließen doch, wenn überhaupt bei jemandem, allenfalls bei ihren Verfassern die Kasse klingeln.
»Bitte, nehmen Sie Platz.«
Volkholz deutete auf einen runden Glastisch. Er schnickte mit den Fingern, das Licht schaltete sich automatisch ein.
»Sie haben sich meinen Vorschlag überlegt?«
Die fünf Männer, allesamt Sprecher von Parteien im Bundestag,

nur der Vertreter der Grünen fehlte, tauschten bedeutungsvolle Blicke aus.
»Wir hatten große Schwierigkeiten, die Zweifler in unseren Reihen zu überzeugen«, antwortete der Christdemokrat.
»Inwiefern?«
»Keiner glaubt an die Möglichkeit, die Sie uns angedeutet haben.«
»Habe ich Ihnen nicht ein Beispiel geliefert?«
Die Männer nickten. Erstaunlich, mit welcher Präzision Volkholz' Prophezeiung eingetroffen war: Er hatte gesagt, er werde innerhalb von vier Wochen einen Spitzenpolitiker in die Wüste schicken. Überhaupt war vieles erstaunlich an diesem unscheinbaren Mann, der die Öffentlichkeit scheute, zurückgezogen auf einem gesicherten Gutshof bei Münster lebte, seine Beteiligungen und Anteile hütete wie die Amerikaner das Gold in Fort Knox und nie ein Interview gab.
»Und wie geht es nun weiter?«
Der Christdemokrat schaute zu seinen Leidensgenossen – und sie litten tatsächlich.
»Ich habe von meinen Kollegen zu hören bekommen, Sie mißbrauchten Ihre Macht.«
In Volkholz' Gesicht war keine Regung. »Ich mißbrauche also meine Macht. Und was tun Sie?«
Die Spitzen aus der Politik gaben sich erstaunt. Wenn sie überhaupt etwas taten, dann zumindest nichts Unerlaubtes. Immerhin fühlten sie sich als Parlamentarier nur dem Willen des Volkes unterworfen. Leider kamen sie bisher aus ... Zeitmangel nie dazu, ihr Volk nach seinem Willen zu fragen.
»Sie alle«, Volkholz deutete in die Runde, »verarschen den Wähler nach Strich und Faden. Deshalb will ich per VOPO die Zuschauer bestimmen lassen, wer bei Wahlen als ihr tatsächlicher Vertreter in Frage kommt und ihr Vertrauen besitzt; ob der Kanzler zum Beispiel gut beraten ist, wenn er einen Wissenschaftsminister von heute auf morgen zum Finanzminister macht.«
»Aber WTC ist doch Ihre Konkurrenz!«
Volkholz dachte nicht daran, ihnen auf die Nase zu binden, wie seine Pläne aussahen. Natürlich würde er sie nicht darüber infor-

mieren, daß er die Urheber- und Patentrechte an VOPO besaß.
»Und von uns wollen Sie Vorschläge, welchen unserer Kollegen wir für geeignet halten und welchen nicht.«
»Falsch. Diese Aufgabe habe ich Ihnen bereits abgenommen.« Volkholz reichte jedem Besucher zwei Blätter. »Bitte lesen Sie.«
Nach einigen Minuten sahen ihn die Männer an, als hätten sie es mit einem Verrückten zu tun.
»Aber das sind doch alles ... Leute der zweiten Garnitur, Unbekannte, Brüllaffen und Hosenscheißer.«
Volkholz amüsierte sich innerlich über die Geringschätzung, die diese Bonzen ihren weniger namhaften Kollegen entgegenbrachten. »Sie haben sicher bemerkt, daß auch etliche Damen aufgeführt sind.«
»Schon, aber was soll das?«
Volkholz beugte sich vor. »Ich erwarte von Ihnen, daß im kommenden Jahr, und zwar bis zur nächsten Bundestagswahl, diese Personen in höhere und höchste Positionen, Gremien und Ausschüsse gewählt werden. Ich erwarte das nicht bei allen siebzig, aber zumindest bei fünfzig. Wen Sie als qualifiziert erachten, bleibt Ihnen überlassen.«
Nun war die Entrüstung echt. »Das ist Erpressung.«
»Wieso? Sie tun es doch freiwillig. Habe ich gesagt, was ich zu unternehmen gedenke, wenn nicht?«
»Jeder von uns weiß doch«, der Freidemokrat sah Beistand heischend in die Runde, »daß Sie die Macht Ihrer Sender, Zeitungen und Magazine einsetzen und es uns heimzahlen werden, wenn wir nicht nach Ihrer Pfeife tanzen.«
»Meine Herren, sind Sie gegen die Pressefreiheit?«
»Nein, aber ...«
»Sehen Sie? Wir werden uns einigen. Ich gebe Ihnen Zeit bis Mitte Januar.«
Wieder allein, legte Volkholz die Namensliste neben eine dicke Mappe. Niemand außer ihm wußte, daß alle siebzig Personen, Männlein wie Weiblein, sich Verfehlungen geleistet hatten, die, durch Medien publik gemacht, zwangsläufig zum Abbruch der Karriere führen würden. Solche Volksvertreter brauchte er, um

seine Interessen durchzusetzen. Ihn drängte es nicht in die Politik, aber ihm angenehme Leute wollte er schon an den Schaltstellen wissen. Dann konnten ihm alle den Buckel runterrutschen, auch das Kartellamt.

Familie Kilian war wie in alten Zeiten unterwegs zum Kloster Machern an der Mosel, wo jedes Jahr vor Weihnachten ein Antik- und Trödelmarkt abgehalten wurde. Wie die meisten anderen Besucher auch wollten sie nur schauen und hatten keine konkreten Kaufabsichten. Tim und Nicole waren vorerst mit heißen Waffeln und einer Limonade zufriedengestellt.

»Inwieweit kann ich dir vertrauen?« fragte Kilian seine geschiedene Frau. Beiläufig betrachtete er Holzschnitz- und Handarbeiten und ineinanderschiebbare Puppen aus Rußland – was das alles auf diesem Markt zu suchen hatte, wußte er auch nicht.

»Ich glaube, ich habe etwas gutzumachen«, antwortete sie.

»Vergiß es, Gitte. Kann ich dir vertrauen?«

»Ja. Um was geht es?«

Kilian fiel es schwer, die rechten Worte zu finden. »Um deinen Vater.« Er merkte, wie sie zögerte.

»Das … das kannst du nicht verlangen.«

Er hatte mit dieser Erwiderung gerechnet. »Gitte, bedenk bitte, er ist sehr tief in meine Geschichte verstrickt. Und er hat unsere Ehe kaputtgehen lassen.«

Sie erinnerte sich genau an die wirkungsvolle Sabotagearbeit, die ihr Vater geleistet hatte. Sie schämte sich dafür, daß sie, als Kilian im Gefängnis saß, nicht entschiedener gewesen war. Andererseits hatte ihr Vater leichtes Spiel mit ihr gehabt, denn sie hatte ständig geschwankt zwischen dem, was ihr Gefühl ihr sagte, und der Schwere dessen, was Berthold angelastet wurde.

»Carl Chemnitz hat nicht nur unsere Ehe auf dem Gewissen, sondern auch dich und mich betrogen. Um viel Geld betrogen.«

»Das kannst du so nicht sagen, Berthold. Immerhin werde ich von ihm unterstützt.«

»Gut, lassen wir es sein. Ein Fehler von mir zu erwarten, du fändest die Kraft und den Mut, dich endlich einmal gegen deinen Vater aufzulehnen. Du bist immer noch die kleine Gitte, die zu Carl aufschaut und ihm jeden Wunsch von den Lippen abliest. Carl ist für dich der Größte.«

Das saß. Gitte betrachtete ihre Hände und rang mit den Tränen.

»Zumindest einmal war er nicht der Größte für mich.«

»Du meinst unsere Hochzeit? Ist seine Zustimmung nicht eher auf seinen ersten Herzinfarkt zurückzuführen, darauf, daß er sich nicht aufregen durfte?«

Als Gitte ihn ansah, spürte er den Zwiespalt, in dem sie sich befand.

»Warum soll ich dir helfen, wenn unsere Beziehung keine Zukunft hat?«

»Unter den jetzigen Bedingungen wird es keine Zukunft für uns geben.«

»Also soll ich mich bewähren.«

Auch das saß. »Nein.«

»Du hast eine Freundin?«

»Ja.«

»Was meint sie dazu?«

»Es gibt Dinge zwischen dir und mir, die gehen niemanden sonst etwas an.«

»Ist es was Ernstes?«

»Glaube schon.«

»Dann kann ich dir nicht helfen.«

Kilian akzeptierte ihre Entscheidung, vielleicht hätte er in vergleichbarer Situation ähnlich gehandelt.

Sie schlenderten weiter über den Antikmarkt, Nicole kaufte sich einen schlichten Ring, Tim wollte unbedingt ein Bajonett. Kilian versuchte es ihm auszureden, aber Tim blieb stur.

»Was gefällt dir denn an diesem Bajonett?«

»Dann kann ich mich verteidigen, wenn ich angegriffen werde.«

»Wer sagt das?«

»Großvater. Und wenn ich mich verteidigen kann, dann wird es mir nicht so ergehen wie dir.«

Nicht nur Gitte war im Zwiespalt, seine Kinder waren es auch.

Und da Kilian sie höchstens zwei Tage in der Woche sah, konnte er gegen die täglichen Anspielungen, die kleinen Köder in Form von mehr Taschengeld oder Extrageschenken, die der Großvater auswarf, nichts ausrichten.
»Bist du immer noch der Meinung, nur wer ein dickes und teures Auto fährt, ist ein guter und wichtiger Mensch?«
Tim schüttelte den Kopf. Wenigstens diesen Tick hatte Kilian ihm ausreden können.
»Und wenn ich dir eine Möglichkeit zeige, wie du dich auch ohne Bajonett verteidigen kannst, und zwar viel wirkungsvoller und ohne daß ein Mensch zu Schaden kommt, würdest du dann auf mich hören?«
Tim überlegte und schielte auf die diversen ausgestellten Militärartikel. »Ja.«
»Dann mache ich dir einen Vorschlag: Nach Weihnachten besuchen wir beide einen Kurs für Selbstverteidigung. Hände und Kopf werden deine Waffen sein.«
»Karate?« Tims Augen glänzten, er stellte sich breitbeinig hin und winkelte die Arme an.
»Ja, auch Karate.«

Kilian konnte an diesem Abend lange nicht einschlafen. Wie sehr hatte er sich früher eine intakte Familie gewünscht. Und seine Familie war intakt gewesen, selbst Gittes Eltern hatten daran bis zu seiner Verhaftung nicht viel ändern können. Und heute? Die Kinder begriffen es glücklicherweise noch nicht, aber sie wurden hin- und hergestoßen, dienten als Spielball für primitive Intrigen ihres Großvaters, dem nur daran gelegen war, endgültig einen Keil zwischen Kilian, Tim und Nicole zu treiben. Kilian, der Fremdkörper im Chemnitz-Clan, einst ein arbeitsscheuer Beamter – so hatte Carl ihn tituliert –, dann ein Knacki und nun ein Parasit der Gesellschaft, mußte beseitigt werden.
Kilian, der von sich behauptete, er sei tolerant und einsichtig, falls man ihn überzeugen könne, vermißte diese Eigenschaften bei seinem Schwiegervater ganz und gar. Er bemühte sich auch gar nicht erst, Verständnis für den Älteren aufzubringen. Carl war mit sei-

ner selbstgefälligen Art immer schon ein rotes Tuch für ihn gewesen, der Antimensch schlechthin. Carl regelte alles über Beziehungen und Geld, mit List und Tücke, mit Intrigen und schleimigem Getue.
Die auf Gegenseitigkeit beruhende Aversion hatte sich bereits bei ihrem ersten Zusammentreffen herauskristallisiert. Und in der Folgezeit, erst recht während seiner Ehe, war Kilian auch nicht davor zurückgescheut, es dem verhaßten Carl hin und wieder zu zeigen. Er hatte einen Dreitagebart getragen, weil das den Alten auf die Palme brachte. Zu festlichen Anlässen – er und Gitte waren zwangsläufig eingeladen – war Kilian in Jeans und ohne Krawatte erschienen. Er hatte viel getrunken und Carls Gäste mit anzüglichen Witzen brüskiert. Er hatte ein Automodell der Konkurrenz gefahren, sich geweigert, in Carls spanischer Villa Urlaub zu machen, und statt dessen das Goldkäulchen und die Blockhütte bevorzugt. Nach Carls zweitem Herzinfarkt hatte er sich angewöhnt, in dessen Gegenwart übermäßig zu rauchen und Rotwein zu trinken. Laster, die Carl vom Arzt streng verboten waren. Spaß hatten ihm diese Extratouren nicht gemacht. Aber die Vorstellung, es Carl zu zeigen, war ihm eine Genugtuung gewesen.

Gitte fing Kilian am nächsten Tag ab, als er aus der Redaktion kam.
»Was soll ich tun?«
Kilian erklärte ihr seine Vermutung, daß es zwischen seinem Schwiegervater, Janas Vater und dem Staatsanwalt eine Verbindung geben müsse.
»Kannst du herausfinden, inwieweit die drei bei der Verwertung unseres Grundstücks zusammengearbeitet haben?«
»Du meinst, ob Röder als Beamter dafür gesorgt hat, daß schnell parzelliertes Bauland daraus wurde und die beiden anderen entsprechend Geld hingeblättert haben?«
»So ähnlich. Außerdem will ich wissen, wieviel Gewinn bei der Transaktion herausgesprungen ist, was also die Grundstücke und Häuser bisher netto gebracht haben.«

»Ich habe Vater mal sagen hören, abzüglich aller Unkosten knapp dreißig Prozent vom Endpreis.«
»Und was kosten sie im Schnitt?«
»Je nach Haus zwischen fünfhundertfünfzig- und siebenhunderttausend.«
»Nettes Taschengeld. Kannst du mir die entsprechenden Unterlagen besorgen?«
»Ich versuche es.«
»Jetzt mußt du mir noch deinen Sinneswandel erklären.«
»Frag mich besser nicht. Aber vielleicht ist es ein erster Schritt in die Unabhängigkeit von zu Hause. Außerdem hast du ein Recht darauf, die Hintergründe zu erfahren. Vorausgesetzt, deine Vermutungen treffen zu.«
»Und wenn nicht?«
»Dann wirst du dich bei meinem Vater entschuldigen.«
Kilian atmete tief durch. »Einverstanden. Sei bitte vorsichtig.« Er küßte sie auf die Wange und registrierte, wie sie sich versteifte.

Volkholz traf sich mit einem Rechtsanwalt, der zu speziellen Einsätzen bereit war. Die sogenannte Akademikerschwemme, aber mehr noch eine strafrechtliche Kalamität hatten ihm bisher eine Anstellung verwehrt. Sie hatten sich eine Grillhütte mitten im Wald ausgesucht, einen tristen, aber diskreten Ort, umgeben von kahlen Bäumen und vermodertem Laub.
»Wie weit ist er mit den Recherchen?«
»Längst abgeschlossen. Das Buch kommt in spätestens einer Woche auf den Markt. Startauflage fünfzigtausend, bereits gedruckt und auf dem Weg ins Sortiment.«
»Hat er Munition gegen mich und meinen Konzern?«
Der Anwalt nickte. »Sie haben doch die Probekapitel gelesen. Denken Sie nur an Ihre Gesellschaft Veritas in Luxemburg und an Rütell in der Schweiz.«
»Er wird mir also gefährlich«, insistierte Volkholz.
»Ja.«

»Einmal mit dem Buch direkt und zum anderen, weil er verschiedene Kopien an verschiedenen Orten gelagert hat, darunter auch bei der Konkurrenz. Fatal.« Volkholz rieb sich das Kinn. Normalerweise überließ er Treffs wie diesen einem geschulten Mitarbeiter. Diese Sache allerdings war ihm zu heikel, da mußte er selbst an die Front. So weit wie dieser Autor, Michael Kameroun, war noch niemand in sein Konzerngestrüpp vorgedrungen. Leider wußte Volkholz immer noch nicht, wo die undichte Stelle war und wie Kameroun sogar an handschriftliche Aufzeichnungen von ihm hatte kommen können.
»Wenn ich auf fünfhunderttausend hochgehe, meinen Sie, er wird zugreifen?«
Der Rechtsanwalt, sein Mantel war viel zu groß, das Haar lang und strähnig, die Wangen rosig, schüttelte den Kopf. »Einschließlich aller Nebenrechte verdient er einiges mehr. Außerdem wäre das für ihn ein toller Werbegag.«
»Eine Million?«
»Nein. Kameroun geht es ums Prinzip. Wenn er Bestechlichkeit, krumme Touren und sonstiges anprangert, entschuldigen Sie bitte meine Direktheit, muß er zumindest nach außen hin als ein Aufrechter dastehen.«
»Und die harte Tour?«
»Zu spät. Außerdem wüßte dann jeder, wer dahintersteckt.«
»Gut, dann machen wir folgendes: Alle Zeitungen, Magazine und Fernsehanstalten, die mir gehören oder an denen ich beteiligt bin, werden diesen Kameroun totschweigen. Dafür sorge ich. Sie, mein lieber Atzinger, wirken bei anderen Medien diskret in meinem Namen darauf hin, daß dort das gleiche geschieht, und signalisieren, man käme mir sehr entgegen, ich würde mich revanchieren. Gleichzeitig werden einige Kritiker diesen Kameroun zerreißen. Wie steht es mit dem Grantler-Verlag?«
Atzinger überlegte nicht lange. »Die werden keinen Rückzieher machen. Die sind überzeugt, einen Topseller zu haben.«
»Und juristisch?«
»Nichts drin, alles abgesichert, die Recherche ist sauber. Das wissen Sie und ich doch am besten.«

»Ja. Aber wir können trotzdem mit einer einstweiligen Verfügung drohen. Der Verlag hat doch finanzielle Probleme.«
Atzinger nickte.
»Fein. Schritt Nummer zwei: Wir verklagen Verlag und Autor auf zehn Millionen Schadenersatz; Begründungen wie Rufschädigung und so weiter liefern wir nach. Das schleppt sich einige Zeit hin und kostet viel Geld. Wir nehmen nur Abstand von unserer Klage, wenn nach der Erstauflage nicht mehr ausgeliefert wird. Außerdem: keine Statements, keine Interviews und nichts an die Öffentlichkeit. Teilen Sie das dem Verlag mit.«

Noch bevor das Buch erschien, war es praktisch vom Markt. Der Grantler-Verlag gab klein bei, Volkholz verzichtete auf weitere juristische Schritte und erstattete sogar diskret einen Teil des Verlusts.
Als der Autor Kameroun, er wurde mit fadenscheinigen Begründungen von vielen bereits geplanten und fest zugesagten Fernsehsendungen ausgeladen, den Grantler-Verlag auf den Widerspruch hinwies – höchste Nachfrage und lange Bestellisten einerseits und die lapidare Begründung »Nicht mehr lieferbar« andererseits –, teilte man ihm mit, wegen ungenauer Recherchen ziehe man sich von dem Projekt zurück. Einen Prozeß gegen die Telestar-Gruppe könne man sich deshalb auch nicht erlauben. Ihm, Kameroun, bleibe es jedoch freigestellt, privat per Gericht gegen den Medienkonzern vorzugehen.
Kameroun kam das sehr dubios vor, hatte doch der Grantler-Anwalt alle kritischen Passagen seines Buches genauestens überprüft, die Beweise eingesehen, Änderungsvorschläge unterbreitet und schließlich grünes Licht gegeben. Als dann auch noch wenig später der Verlag mit der Bitte an den Autor herantrat, er möge einen Teil seines Honorars zurückzahlen, die Einnahmen lägen weit hinter den Erwartungen, verstand Kameroun die Welt nicht mehr.

Kilian merkte, daß er gedanklich nicht immer bei seiner Arbeit war. Carwash hänselte ihn, es werde langsam Zeit, daß er wieder mal seine eigene Geschichte schreiben könne. Wann denn der nächste Anschlag auf ihn fällig sei.
Long John fand den Überfall im Goldkäulchen fast hollywoodreif, besser könnten es die Amerikaner auch kaum, Öki hatte ihm wiederholt zu seinem Erfolg über das Böse gratuliert, und Müsli schenkte ihm eine Packung Körner, damit er es den Kerlen in Zukunft auch richtig zeigen könne. Sosehr sie auch versuchten, das zu verbergen, seine Kollegen waren besorgt um ihn. Das tat nach all den Nackenschlägen gut.
Nur Chambier gab sich sehr zugeknöpft und war auf irgendeinem eigenen Trip. Wenn Kilian in sein Büro kam, schreckte der Übergewichtige auf und entschuldigte sich, er sei mit den Gedanken ganz woanders gewesen.
»Das Alter, nicht einmal dich wird es verschonen.«
Als Kilian ihn zur Rede stellte, gab Chambier nur ausweichende Antworten. Einmal entflutschte ihm die Bemerkung: »Das habe ich nicht gewollt.« Als Kilian jedoch nachhakte, entschuldigte sich Chambier wieder mit dem Alter.
Maren dagegen hatte eine Überraschung für Kilian.
»Leo van Lyck, Berthold Kilian«, stellte sie die beiden Männer einander vor.
Van Lyck war einige Zentimeter größer, einige Jahre jünger und an den richtigen Stellen einige Kilogramm schwerer, dazu sah er auch noch unverschämt gut aus; man hätte ihm sofort geglaubt, daß er soeben einen Werbevertrag mit einem Herrenausstatter gemacht hatte.
»Leo und ich kennen uns seit einigen Jahren. Er ist verantwortlicher Redakteur bei einem privaten Fernsehsender.« Bevor Kilian zurückweichen konnte, fügte sie hinzu: »Leo arbeitet für Target.« Obwohl bei dieser Anstalt die Einschaltquoten besonders niedrig lagen, sie kämpfte seit Jahren um das eine wichtige Prozent, hatte sie in der Branche und noch mehr bei ihren Stammzuschauern einen guten Namen. Target vermittelte auf neutrale und objektive Art und Weise Nachrichten und Hintergründe aus Kunst, Kultur

und Wissenschaft. Man verzichtete soweit wie möglich auf Werbung, verfiel aber nicht in den Fehler des Black Sponsoring, ließ sich also nicht heimlich Berichte, in denen bestimmte Produkte vorkamen, von Firmen bezuschussen.

»Ich habe Leo einmal ganz allgemein darauf angesprochen, welche Möglichkeiten es gibt, gegen Einrichtungen wie VAT 2 vorzugehen, falls man Manipulation an Zuschauern, Gästen und Nachrichten beweisen kann.«

Kilian registrierte erfreut, daß Maren WTC nicht genannt hatte.

»Hat Maren Sie auch über meine Vita unterrichtet?«

Leo nickte. »Hätte sie nicht tun müssen, ich habe damals Ihren Auftritt in WTC mitbekommen. Ehrlich gesagt, wundere ich mich, daß ausgerechnet Sie sich zu diesem Schritt entschlossen haben. Das Böse mit dem Bösen ausmerzen?«

»So ähnlich.«

Leo war auf die wenigsten Privaten gut zu sprechen und bemühte sich gar nicht erst, irgend jemanden in Schutz zu nehmen. Allerdings würden durch gewisse Verschachtelungen und Beteiligungen Programminhalte vorgegeben. Auf das Konzept seiner Sendung hätte kaum noch ein Redakteur Einfluß.

Kilian sah das anders. »Wenn es regnet, bleibt es doch mir überlassen, wie schnell ich Auto fahre. Inwieweit ich mich und andere gefährde.«

»Die Höhe des monatlichen Schecks und die Aussicht, die Summe anwachsen zu lassen, bestimmt bei den meisten das Tempo.«

Maren schaltete sich ein. »Leo, siehst du eine Chance, das Fehlverhalten eines Senders mit Hilfe eines anderen anzuprangern?«

»Target als oberste Kontrollinstanz der Medien einzusetzen«, meinte Leo, »ist das nicht dein Job?«

»Schon. Aber verrate mir bitte, wie ich das anstellen soll. Die Landesmedienanstalt ist doch auch nicht frei von Zwängen und Vorgaben. Gegen die Regionalprogramme gehen wir deshalb nur sehr selten bis überhaupt nicht vor – diese Anordnung kommt von weit oben, aus den Staatskanzleien –, obwohl es auch dort manchmal vonnöten wäre.«

Leo van Lyck sah nur eine Möglichkeit: Falls ein Sender wie beispielsweise VAT 2 Gäste manipuliert und Berichte getürkt habe und dies unzweifelhaft und in allen Punkten beweisbar sei, müsse man eine direkte Konfrontation herbeiführen. Konkret meinte er, die Gesprächspartner, die in VAT 2 aufgetreten seien, müßten in Target von diesen Dingen berichten. »Traut ihr euch zu, die Leute dazu zu bringen?« fragte er skeptisch. »Ist das, was ihr vorhabt, nicht vielleicht nur eine andere Form der Manipulation? Leidet darunter nicht auch die Glaubwürdigkeit?«

Kilian sah Maren an, und sie nickte. Also kam Kilian auf den Unfall auf der Autobahn zu sprechen, dessen Zeuge er geworden war. Er schilderte die Umstände, das Gespräch mit Ruge, dem Witwer, und erörterte die Beweise, die er hatte, darunter seine eigenen Fotos.

»Wenn der Witwer zu mir ins Studio kommt und alles zugibt, auch, daß er Geld angenommen hat, und darüber hinaus bestätigt, daß er bei mir ohne Zwang oder finanziellen Anreiz auspackt – wir zahlen nämlich grundsätzlich nichts außer Kilometergeld –, dann bin ich bereit, das durchzuziehen.«

»Nur diesen einen Fall oder mehrere?«

»Von mir aus jeden Tag einen. Aber die Bedingungen müssen stimmen. Und glauben Sie mir, Herr Kilian, ich werde alles vorher von einem Anwalt überprüfen lassen. Falls wir den Großen ans Bein pinkeln wollen, dann müssen wir abgesichert sein, sonst putzen die uns weg.«

Zwei Tage später rief Maren Kilian an: Charlotte Rogers, die Kleptomanin, sei bereit, vor der Kamera auszupacken. Sie sei verärgert über WTC, da man sich nicht an die Abmachungen gehalten habe. Sie werde alle Verträge und Unterlagen mitbringen, auf Geld verzichte sie.

Kilian hatte ein ungutes Gefühl, denn er ahnte, zu was alles Charlotte Rogers fähig war, wenn nur die Aussicht bestand, ins Fernsehen zu kommen. Sie hatte nichts zu verlieren und konnte nun auch noch ihre Geschichte in Target loswerden, ohne sich einen Finger abtrennen zu müssen.

Caruso war seit einer Woche krank geschrieben. Er fühlte sich mies, zuckte bei jedem Geräusch zusammen und wähnte sich ständig verfolgt. Überraschend schlug er in Fußgängerzonen Haken, fuhr Rolltreppen hoch und gleich wieder hinunter und beobachtete in Schaufenstern nicht die Auslagen, sondern das, was hinter ihm geschah. Sein Sportwagen wurde unterfordert und immer öfter hupten andere Fahrer und zeigten Caruso einen Vogel, denn er wurde selbst auf der Autobahn zu einem Hindernis.
Appetit verspürte er keinen mehr, trotzdem schob er aus alter Gewohnheit Süßigkeiten in sich hinein, eine Tafel Nußschokolade nach der anderen, nur um was zu tun zu haben. Gestern hatte er sich das erstemal übergeben.
Stundenlang hockte er apathisch im Wohnzimmer und schreckte irgendwann hoch, weil er nicht wußte, an was er gerade gedacht hatte. Er hatte permanent das Gefühl, es starre jemand durchs Fenster. Obwohl er im zweiten Stock wohnte, hielt Caruso das nicht für ausgeschlossen, also zog er alle Vorhänge zu.
Je ausgiebiger er sich mit sich selbst beschäftigte, desto sicherer wurde er, daß sich die Schlinge der Wahrheit immer enger um seinen Hals zog. Manchmal blieb ihm regelrecht die Luft weg.
Sherman war sein einziger Freund in der Not. Der Amerikaner hatte sich in Köln im Maritim einquartiert und besuchte Caruso, sooft es ging. Dem Lockenkopf tat es gut, daß zumindest einer an seinem Schicksal Anteil nahm.
»Wird schon wieder werden«, tröstete Sherman und klopfte ihm aufmunternd auf die Schulter. »Solche Phasen macht jeder durch.«
»Sie auch?«
»Aber ja.«
Daß auch der große Sherman Schwächen hatte, richtete Caruso für diesen Tag ein wenig auf.
Sherman blickte sich in der unaufgeräumten Wohnung um – schwarz alle Möbel, viele aus gestanztem Lochblech, weiß waren Wände, Decken und der Fußboden –, schob zwei leere Schokoladenhüllen beiseite und setzte sich.

»Sagen Sie, Benno, wie steht es mit Exoberst Wild? Haben Sie noch Kontakt zu ihm?«
Caruso schüttelte den Kopf. »Nein, schon seit einigen Tagen nicht mehr. Ich kann ihn einfach nicht erreichen.«
»Schade.«
Sherman erzählte von Houston und von Christine Sallinger, die Caruso – so wie seine Augen bei dem Namen aufleuchteten – sicherlich jeden Abend in sein Gebet an den heiligen Guru der Einschaltquoten einschloß. »Ich soll Sie von ihr grüßen«, behauptete Sherman.
Obwohl Caruso ahnte, daß dies eine Lüge war, freute er sich.
Beiläufig spazierte Sherman in Carusos Wohnzimmer umher und schaute sich unter anderem die vielen Videokassetten an. »Erinnerungen an Ihre eigenen Berichte?«
»Ja.« Deprimiert betrachtete Caruso das Regal mit den mehr als hundert Bändern. Alles Vergangenheit, längst nicht mehr aktuell, fast alles Träume und Phantasien – und ein gewisses Maß an Kreativität. Wer kam schon auf so schöne Geschichten wie er?
»Hier auch?« Sherman deutete auf zwei Türen im Regal.
»Nein. Machen Sie ruhig auf, Fred.«
Sherman schaute nach und warf dann einen erstaunten Blick über die Schulter. »Was ist denn das?«
»Sehen Sie es denn nicht? Schokolade.«
»So viel Schokolade? Das sind ja mindestens ... mindestens sechzig Tafeln!«
»Hundert«, verbesserte Caruso. »Hundert abzüglich der vier, die ich heute schon gegessen habe. So viel habe ich immer im Haus. Fred, würden Sie mir bitte gleich noch eine geben?«
Sherman nahm eine Tafel, betrachtete sie, als hätte er noch nie so etwas gesehen. Grünes Papier, auf der einen Seite ein Bild, auf der anderen ein Fenster aus Klarsichtfolie, durch das die braune Masse mit den Nüssen zu sehen war.
»Danke, Fred.«
»Ist das ein Tick von Ihnen?«
Caruso nickte, während er die Verpackung aufriß. »Andere sam-

meln Schuhe, essen nur Hamburger oder Fritten, und ich habe meine Schokolade, aber nur diese eine Sorte.«
»Wie ist es denn dazu gekommen?«
»Als Kind habe ich immer was auf die Finger gekriegt, wenn ich Schokolade aß. Jetzt hält mich niemand mehr davon ab.« Caruso bog die Schultern nach vorn und kicherte.
Daß Dexheimer eine Macke hatte, war ihm schon lange klar. Aber so etwas wie mit der Schokolade war ihm noch nie begegnet. Immerhin – besser als Heringe oder Knoblauch, dachte Sherman.
»Pilot Zöblin hält sich an die Abmachung, da brauchen Sie sich keine Sorgen zu machen, Benno.«
Caruso atmete auf.
»Noch vor Weihnachten wird er entlassen. Haben Sie eigentlich gewußt, daß er nicht mehr lange zu leben hat?«
»Nein. Was ist mit Wolters' Frau?«
»Monique Koslo ist zufrieden mit ihr. Allerdings hat sich die Story jetzt festgelaufen. Wir setzen sie demnächst ab.«
»Wird es etwas Neues geben?«
Sherman sah Caruso traurig an. »Wie sollte es, Benno? Sie fehlen uns sehr.«
Caruso lächelte und fühlte sich geschmeichelt.
»Kann nicht ich eines ihrer Eier ausbrüten?«
Caruso reagierte nicht.
»He, Benno, wie ist es?«
»Wenn es mir bessergeht, mache ich sofort weiter.«
»Haben Sie denn noch einen Knüller auf Lager?«
Wieder lächelte Caruso. »O ja, Fred. Nicht nur einen.«
»Kommen Sie schon, lassen Sie mich nicht dumm sterben.«
»Noch ist die Zeit nicht reif.«
Sosehr Sherman sich auch bemühte, er bekam nicht heraus, wo und in welcher Form und ob überhaupt Caruso eine Sammlung von für WTC verräterischen Dingen gelagert haben könnte.
Zwar war mit Wilds Hilfe schon einiges zusammengetragen worden – der Exoberst hatte mit Kandidaten gesprochen, denen Caruso zu Fernsehruhm verholfen hatte –, aber diese Flickschu-

sterei brachte ihn seinem Ziel nicht näher. Deshalb gab er Wild grünes Licht, sich direkt mit dem Lockenkopf zu beschäftigen.

Zwei Nächte später hörte Caruso im Schlaf ein Geräusch, das ihn hochrucken ließ. Ein Griff unter sein Kopfkissen, dort lag seit zwei Wochen immer eine Pistole. Und dann wartete er. Aber es regte sich nichts. Außer dem Miauen einer Katze, wahrscheinlich der freche Kater aus dem Stockwerk unter ihm, war nichts zu vernehmen.

Irgendwann schlief Caruso wieder ein. Die Schokolade lag ihm schwer im Magen, den Durst hatte er mit Mineralwasser gelöscht, deshalb weckte ihn wie üblich der Druck auf der Blase. Doch in dieser Nacht kam er nicht bis zum Bad. Gleich hinter der Tür bekam er was übergestülpt, sein erstickter Schrei ging verloren, Caruso spürte noch, wie man ihm etwas auf den Mund drückte, nahm den abstoßend süßlichen Geruch wahr, dann sackte er zusammen und urinierte auf den Teppichboden.

Wie lange er bewußtlos gewesen war, konnte er nicht sagen. Als er aufwachte, war alles um ihn her dunkel. Seine Hände waren gefesselt, die Füße ebenfalls, er saß wie ein Götze auf einem Stuhl und konnte sich nicht rühren. Die Augen verbunden, in den Ohren steckte Watte, die das Rauschen verstärkte und den eigenen Puls zu Hammerschlägen anschwellen ließ. Immer schneller vor Angst. ›Was wollen Sie von mir‹, wollte Caruso sagen, aber sprechen konnte er auch nicht. Wahrscheinlich hatten sie ihm Klebeband über den Mund gepappt.

Zwei Stunden saß er wie in einer licht- und schalldichten Kapsel eingeschlossen. Zeit genug, um zu überlegen, wo man ihn vielleicht hingebracht haben könnte. Und Zeit genug, um den Kreis der potentiellen Täter mehr und mehr einzuengen. Schließlich blieb nur noch einer übrig: Kilian, dieser verfluchte Kilian.

Dann aber fragte sich Caruso, aus welchem Grund Kilian ein solches Risiko eingehen sollte. Nur um die alten Kamellen wieder auszugraben? Seine Privatfehde fortzuführen? Falls aufflog, daß er der Kidnapper war, würde er erneut im Gefängnis landen. Für so einfältig hielt er Kilian denn doch nicht, deshalb strich Caruso

ihn wieder von seiner Liste. Nun war keiner mehr übrig. Diese Ungewißheit setzte Caruso zu.
Wild, der untersetzte Exoberst aus der ehemaligen DDR, saß Caruso gegenüber und amüsierte sich über die ruckartigen Kopfbewegungen und die Zuckungen in dessen Gesicht.
Wild hatte sich Sherman gegenüber geweigert, Caruso so in die Mangel zu nehmen, daß er körperlich zu leiden hatte. Auch die Wahrheitsdroge, mit der die Staatssicherheit seinerzeit große Erfolge errungen hatte, wollte er nicht einsetzen. Er würde es auf seine Art und Weise machen, psychologisch vorgehen, hatte er Sherman erklärt.
Wild hatte sich Knete in den Mund geschoben, je ein Stück in die Wangentasche und eines unter die Zunge. Er stand auf und nahm Caruso die Watte aus den Ohren. Der zuckte zusammen, als stünde er unter Strom.
»Du kannst schreien, so laut du willst, hier hört dich niemand«, sagte Wild mit verstellter Stimme – seine Zunge hatte kaum Platz und stieß überall an – und entfernte das Klebeband vom Mund des Lockenkopfes.
»Wo bin ich«, stammelte Caruso, und sein Kopf ruckte hilflos in alle Richtungen. »Was wollen Sie von mir?«
Wild ließ sich Zeit mit der Antwort. Je stockender die Konversation war, desto unsicherer fühlte sich der Kandidat. Er legte einen blanken Draht um Carusos nackten Zeh und setzte ihn schwach unter Strom. Caruso schrie wie am Spieß.
»Du bestimmst die Stromstärke«, verkündete Wild.
Schlagartig verstummte Caruso und biß sich auf die Lippe.
»Wir machen jetzt folgendes Spiel. Ich lege dir ein Metallband um den Kopf und stelle Fragen. Beantwortest du sie richtig, dann ist es gut. Sagst du nichts oder du lügst mich an, setze ich dich unter Strom. Hast du verstanden?«
Caruso nickte, und Wild verpaßte ihm eine Haube, unter der zwei Drähte hervorlugten. Die befestigte er mit Heftpflaster an Carusos Schläfen.
»Wollen mal sehen, ob es funktioniert.«
Bevor Caruso reagieren konnte, hatte Wild ihm den Mund zuge-

klebt und legte an dem Kasten, in dem die Drähte verschwanden, einen Hebel um. Caruso gebärdete sich, als säße er auf dem elektrischen Stuhl, dabei hätte Wild Schwierigkeiten gehabt, mit der Stromstärke eine Mücke zu töten.

Nachdem Caruso sich etwas beruhigt hatte, entfernte Wild das Klebeband. »Können wir anfangen?«

»Ja.« Caruso wollte es hinter sich bringen. »Darf ich vorher eine Frage stellen?«

»Bitte?«

»Warum halten Sie mich gefangen?«

»Du hast meinen Bruder auf dem Gewissen.«

»Wer ist Ihr Bruder?«

»Wolters, der Devisenmakler. Er hat sich mir anvertraut.«

Caruso erschrak.

»Seit zwei Wochen beobachte ich dich, habe alle deine Schritte überwacht. Ich werde dir das Handwerk legen, darauf kannst du wetten. Alles, was du sagst, wird auf Tonband aufgenommen. Jedes Detail werde ich aus dir herausquetschen, dann kann die Polizei dich haben. Du entscheidest, ob lebendig oder tot, und ich verkaufe die Story an den Meistbietenden. Was glaubst du, was die Konkurrenz mir zahlt? Hast du verstanden?«

»Ja.«

Wild ließ etliche Sekunden verstreichen. »Vielleicht zahlst du ja am meisten, und wir kommen sogar ins Geschäft«, machte er Caruso Mut.

»Wir kommen bestimmt ins Geschäft«, plapperte der Lockenkopf. »Ich zahle alles, was ich habe.«

Wild begann mit seiner Arbeit. Aus Caruso sprudelte es nur so heraus. Endlos lange dauerte das Verhör. Caruso beeilte sich mit den Antworten, um ja keinen Anlaß für einen Stromstoß zu liefern.

Plötzlich war Ruhe, der Lockenkopf bekam wieder den Mund zugeklebt. Aber seine Ohren waren frei, und er hörte Papier rascheln.

»Scheinst die Wahrheit gesagt zu haben. Mal sehen, was auf den Videokassetten ist, die ich gefunden habe.«

Wild registrierte, wie Caruso zusammenzuckte, und er verstopfte ihm wieder die Ohren. Eine kleine Unendlichkeit lang saß Caruso als blinder Taubstummer auf dem Stuhl. Und dann roch es plötzlich wieder süßlich.

»Wild, ich bin enttäuscht von Ihnen. Nichts haben Sie erreicht, absolut nichts.«
Sherman stand drohend vor Wild, hütete sich jedoch, dem Exoberst zu nahe zu kommen. Etwas in Wilds Augen hielt ihn davon ab.
»Sie kennen mein Prinzip: Nie wieder werde ich Menschen weh tun. Fesseln, ja, knebeln, ja, auch noch sanft betäuben, aber keine Schmerzen.«
»Wow, wohl zum Samariter geworden, was?«
Wild antwortete nicht.
»Sie waren überzeugt, er würde uns zu seinem Archiv führen. Und was hat Dexheimer getan? Stürmt aus der Wohnung runter ins Auto und fährt in der Gegend umher. Fährt seelenruhig in der Gegend umher, als sei nichts geschehen.«

Sowenig Caruso ahnen konnte, daß er sich während des vermeintlichen Kidnappings keinen Millimeter aus seiner Wohnung herausbewegt hatte, sowenig konnten Sherman und Wild ahnen, daß der Lockenkopf, nachdem er sich von der Unversehrtheit seines Archivs überzeugt hatte, einfach herumgefahren war, um sich zu beruhigen. Aber das klappte nicht so recht. Er wußte nun, daß er in Gefahr war. Und daß der Kidnapper nie und nimmer Wolters' Bruder sein konnte, war ihm sofort klargewesen, der hatte nämlich keinen. Wer also wollte ihn aushorchen? Wer war hinter seinem Material her? Kilian stand längst nicht mehr auf der Liste, dafür aber war ein neuer Name hinzugekommen. Wieder in seiner Wohnung, begann Caruso mit den Vorbereitungen.
Als er sich mitten in der Nacht aus dem Haus stahl, waren es nicht Wild und seine Leute, die ihn beobachteten.

Auf dem Weg in die Trierer Innenstadt fiel Kilian das Auto zum erstenmal auf. Ein dunkler Pkw mit Stuttgarter Kennzeichen. In der Mittagspause stand derselbe Wagen nicht weit von der »Landeszeitung« entfernt. Und als er gegen Abend nach Hause fuhr, sah er ihn zum drittenmal. Das ist kein Zufall, sagte sich Kilian, schlich aus seinem Blockhaus, schlug einen Bogen und kam von der anderen Seite zu der Stelle, von der aus für normale Pkw ein Weiterkommen unmöglich war. Halb im Bach watend, näherte er sich dem Auto. Die Innenbeleuchtung war eingeschaltet, das Radio lief, ein Mann hatte Papier vor sich ausgebreitet und aß ein Sandwich. Kilian umrundete den dunklen Wagen und befand sich jetzt auf der Beifahrerseite. Gleich neben der Tür glimmte etwas auf dem Boden, eine Zigarettenkippe. Dem Fahrer konnte sie nicht gehören, folglich gab es einen zweiten Verfolger. Aber niemand war zu sehen oder zu hören. Vorsichtig zog Kilian sich zurück und versteckte sich halb unter der Brücke. Wohl zehn Minuten wartete er dort, dann vernahm er plötzlich Schritte und das Knacken von dünnen Ästen. Erst als ein Schatten unmittelbar neben dem Fahrzeug auftauchte, bemerkte er ihn.

»Und, alles okay?«

»Er ist nicht im Haus.«

»Verdammt.« Der Fahrer knüllte das Papier zusammen. »Und jetzt?«

»Weiß nicht. Ich hätte mich gern mal mit ihm unterhalten und ihm ein paar Dinge erläutert.«

»Was sagen wir dem Auftraggeber?«

Der Schatten schwieg einige Sekunden. »Sein Problem. Wir machen weiter wie bisher.«

Wenig später war das Auto verschwunden.

Kilian konnte die Situation nicht einschätzen. Die beiden erweckten kaum den Eindruck, als wollten sie es seinem letzten ungebetenen Gast gleichtun. Warum wollte der eine mit mir reden? fragte sich Kilian. Weshalb hat er es nicht heute in der Stadt versucht?

Mit aller Vorsicht kehrte er zum Blockhaus zurück. Zuerst beobachtete er es eine Weile, dann umrundete er es, aber er konnte nichts Verdächtiges ausmachen.

Aus Spielfilmen wußte er, wie man Drähte spannte, die, wenn sie bewegt wurden, eine Bombe oder Sprengstoff zündeten. Deshalb kletterte er an der Giebelseite hoch und stieg wie ein Dieb in sein eigenes Haus ein. Vorsichtig ging er nach unten und schaltete alle Lichter an. Die Haustür war verschlossen, niemand hatte versucht, sie mit Gewalt zu öffnen. Aber unter der Tür – einen Briefkasten hatte er nicht, bis zu ihm verirrte sich kein Postbote – war ein Umschlag durchgeschoben worden. Kilian ging ins Wohnzimmer und schaute sich an, was der Unbekannte ihm hatte zukommen lassen: einige Farbfotos und ein Blatt Papier. Auf dem Blatt stand: »Es ist immer gut, wenn man seine Gegner kennt.« Dazu war Caruso mit noch einem Mann abgebildet. Er war überschlank, hatte kurze, rötliche Haare und trug eine Brille ohne Rand. Wer konnte dieser gepflegt aussehende Mann sein? In welcher Beziehung stand er zu Caruso? Auf anderen Bildern war Caruso zu sehen, wie er sich mit verschiedenen Leuten traf. Der Geschichtenmacher bei der Arbeit, vermutete Kilian, denn er erkannte auf einem Foto die Kleptomanin Charlotte Rogers wieder. Die anderen Personen waren ihm fremd.
In der Nacht grübelte er über seinen seltsamen Besuch, kombinierte und spekulierte, ohne jedoch zu einem konkreten Ergebnis zu kommen.
Am Tag darauf war Kilian unkonzentriert, hielt immer wieder Ausschau nach dem dunklen Pkw. Gitte, bei der er zu Besuch war, fiel auf, daß er sich öfter ans Fenster stellte, den Vorhang leicht zur Seite schob und nach draußen schaute.
»Was ist, Berthold?«
»Ach nichts«, wiegelte er ab und nahm sich ihre Unterlagen vor. Demnach waren inzwischen zehn Häuser verkauft zu einem Durchschnittspreis von knapp siebenhunderttausend Mark. Das hatte seine Exfrau ja bereits angedeutet. Neu für ihn war jedoch ein handschriftlich aufgestellter Verteilungsschlüssel: A und B bekamen je vierzig Prozent vom Nettogewinn, C erhielt die restlichen zwanzig.
»Wer sind A, B und C?«
Gitte wußte es nicht.

»C ist der Staatsanwalt«, vermutete Kilian ins Blaue hinein. Dann blieben für A und B sein Schwiegervater Chemnitz und der Bauunternehmer Lauterborn übrig. »Wo hast du das her?« Er deutete auf die Papiere.
»Nie sollst du mich befragen.«
»Die Handschrift, das ist doch die deines Vaters.«
»Ja.«
»Auf welchem Weg ist das Geld geflossen?«
»Zwischen meinem Vater und Lauterborn ist es offiziell aufgeteilt worden. Das ist in der Steuererklärung meines Vaters auch so angegeben.«
Kilian grinste, jetzt kannte er ihre Quelle. »Kluges Köpfchen. Paß auf, daß niemand dahintersteigt.« Und als Gitte nicht antwortete, fragte er weiter: »Was konntest du über Röder erfahren? Hat er durch Beziehungen dafür gesorgt, daß aus der Wiese Bauland wurde?«
»Ob der Staatsanwalt dahintersteckt, weiß ich nicht, obwohl ein guter Bekannter von ihm im Bauausschuß der Gemeinde sitzt. Aber mein Vater hat, wenige Wochen bevor das Grundstück definitiv zu Bauland erklärt wurde, einen größeren Betrag von seinem Konto abgehoben. In der Erklärung ist lediglich vermerkt: Privatentnahme. Da es offizielles, als Einnahme gebuchtes und versteuertes Geld ist, kann er damit machen, was er will.«
»Wie hoch war der Betrag?«
»Siebzigtausend.«
»Und wann war das?«
»Am 15. März vor sechs Jahren, knapp zehn Tage vor der angeblichen Vergewaltigung.«
»Bingo.«

Kilian sah den Zusammenhang immer deutlicher. Chemnitz hatte ein halbes Jahr vor seiner Verhaftung eine Möglichkeit gewittert, unter bestimmten Bedingungen aus der Wiese Bauland zu machen, aber sie gehörte leider Kilian. Lauterborn hatte erfahren, daß man aus einer angeblichen Vergewaltigung Kapital für die Tochter und das Familienansehen sowie als Dreingabe schlüsselfertige Wohnhäuser herausschlagen konnte. Röder war darüber informiert worden, daß Kilian den beiden im Weg stand, und hatte sich ausgerechnet, daß auch für ihn ein dicker Batzen abfallen würde. Jedoch nur, wenn er jemanden fand, der das Vorhaben hieb- und stichfest inszenierte. An dieser Stelle kam Caruso ins Spiel. Welche Handhabe Röder aber gegen den gehabt hatte, wußte Kilian immer noch nicht.

An diesem Tag ließ er alles ruhen und fuhr nach Luxemburg zu den Studios von Target. Er wollte unbedingt live verfolgen, wie Charlotte Rogers sich äußerte. Da sie ihn kannte, war verabredet worden, daß er das Interview aus der Regie beobachten durfte. Maren wartete bereits auf ihn.

Leo van Lyck machte seine Sache hervorragend. Mit ruhiger Stimme und klaren Worten befragte er Charlotte, ohne sie zu provozieren oder zu bedrängen. Er gab ihr Zeit und war höflich genug, sie ausreden zu lassen – was ansonsten im Fernsehen nur noch selten vorkam.

Ja, man habe sie aufgesucht und ihr Geld geboten für einen Auftritt bei WTC. Allerdings habe sie eine Bedingung erfüllen sollen: sich vorher einige Finger abtrennen, um den Zuschauern zu beweisen, wie ernst es ihr als Kleptomanin mit der Reue sei.

»Und ohne diese Selbstverstümmelung wären Sie nicht in ›Schicksale des Lebens‹ gekommen.«

Charlotte hob ihre rechte Hand. »Ich habe noch alle Finger und war nicht in der Sendung.«

Zum Beweis ihrer Aussage legte sie den Vertrag vor, den sie mit einem gewissen Werding ausgehandelt hatte. Wie sie inzwischen erfahren habe, gebe es diesen Werding nicht.

Charlotte beschrieb Caruso ziemlich exakt und hielt sich an Marens Anweisung, den späteren Besuch von Kilian nicht zu erwähnen. Journalistisch sauber war die Präsentation von Charlottes Geschichte also nicht. Aber war es nicht oft so, daß der Gegner die Wahl der Waffen bestimmte? Überleben oder Gewinnen nur eine Frage der Anpassung? Kilian hatte keine Skrupel. Allerdings fragte er sich, wie lange er, während er seine Geschichte aufdeckte, davor gefeit sein würde, zu Caruso-Methoden zu greifen.

Die Sendung war eben zu Ende, Leo van Lyck hatte noch nicht einmal Zeit gefunden, sich abzuschminken, da gingen schon per Fax die ersten Reaktionen ein. Die meisten Schreiber beglückwünschten Target zu diesem mutigen Schritt, endlich einmal die Arbeitsweise mancher Privatsender offenzulegen. Es gab auch Anfeindungen und Beschimpfungen, aber WTC enthielt sich an diesem Abend – wie auch in der Folgezeit – jeglicher Stellungnahme.

Ein Newsdealer, der sich stets auf gefährlichem Terrain bewegte, war nur so gut wie die Vorkehrungen, die er für den Fall des Falles getroffen hatte. Der war für Caruso nun eingetreten. Als er mit seinem Sportwagen unterwegs war, registrierte er, wie alle Unsicherheit und Nervosität von ihm abfiel. Man hatte ihn zum Handeln gezwungen, jetzt brauchte er seine volle Konzentration.

Carusos knallrotes Auto fiel überall auf, er mußte es also unbedingt loswerden. Von Hürth ging die Fahrt über die Autobahn in Richtung Bonn und weiter nach Koblenz. Hatte er in den Tagen zuvor ein Verkehrshindernis dargestellt, so verlangte er in dieser Nacht dem Motor alles ab. An keine Geschwindigkeitsbeschränkung hielt er sich, und selbst gerade Strecken bekamen plötzlich Kurven, wie er so mit zweihundertachtzig über die Asphaltpiste raste – an Koblenz vorbei in den Hunsrück, bis zur Ausfahrt Stromberg. Das Heck des Wagens schleuderte, als er in die Bundesstraße einbog. Argental ließ er links liegen, mit Höchstgeschwindigkeit schoß er über die neue Umgehungsstraße. Simmern blieb zurück, kurz vor Kirchberg schwenkte er ab nach Zell. Aber bereits nach zwei Kilometern verließ er die breite Straße und rollte langsam über einen geteerten Wirtschaftsweg. Wenige Minuten später stand er vor einer Feldscheune. Einige Minuten lang beobachtete er den dunklen Kasten mit dem Satteldach, dann schloß er das große Tor auf, schob es zur Seite und tuckerte mit dem Sportwagen in das geräumige Innere.

Er brauchte nicht lange, um alle wichtigen Dinge in einen unauf-

fälligen VW Kombi umzuladen. Er war stolz auf seine Umsicht und fand, daß alles hervorragend klappte.
Weiter ging es über die Hunsrückhöhenstraße, an Morbach vorbei und dann in Richtung Trier. Vor der ältesten deutschen Stadt machte er auf dem Rastplatz Mehring eine Pause, streckte sich in dem Kombi und nickte für ein paar Minuten ein.
Caruso hatte alles, was sein Leben in Zukunft angenehm gestalten würde. Allerdings mußte er erst noch nach Luxemburg fahren und seine Konten plündern.
Es war kurz nach acht Uhr morgens, als er bei Wellen über die Moselbrücke in das Großherzogtum fuhr. Plötzlich fiel ihm ein, daß vor knapp sechs Jahren Kilian an genau dieser Stelle verhaftet worden war. Er wischte alle Gedanken an den unangenehmen Exoberstudienrat beiseite, stellte sein Auto im Ortszentrum von Grevenmacher ab und ging die wenigen Meter bis zur Filiale der Banque Générale zu Fuß.
Sechzigtausend Mark hob er von seinem Konto ab, etwas mehr als die Hälfte des Guthabens. Den Rest würde er sich irgendwann überweisen lassen.
Gemächlich fuhr er über die Nationalstraße. Jetzt nur nicht auffallen, immer schön die Höchstgeschwindigkeit von neunzig einhalten, sagte er sich. In Niederanven steuerte er die Filiale der Banque Internationale du Luxembourg an, ließ sich vierzigtausend auszahlen, verstaute das Geld in seinem Kombi unter dem Reserverad und parkte eine halbe Stunde später im Zentrum der Stadt Luxemburg. Hier kannte er sich aus wie in seiner Westentasche – auch schon während seiner Zeit als Redakteur der »Trierischen Landeszeitung« war er oft hier gewesen. Mit einemmal war Caruso gut gelaunt; er schlenderte über den Boulevard Royal, fühlte sich im Grunde sicher, hielt aber trotzdem Ausschau nach eventuellen Verfolgern. Wer konnte schon wissen, daß er hier in Luxemburg weilte? Niemand. Falls sie nach seinem Sportwagen suchten, dann waren sie lange beschäftigt.
Er betrat die Halle der Bank für Credit and Commerce, ging zu einem Schalter und bat darum, in einen der diskreten Besprechungsräume geführt zu werden.

Wenig später trug er seinen Wunsch vor.
»Ich möchte zwei Millionen Mark von diesem Konto abheben. Eine Hälfte in D-Mark, die andere in US-Dollar.«
Der junge, agile Bankangestellte überprüfte Carusos Ausweis, tippte die Kontonummer ein und sah, daß ein gewisser Benno Dexheimer abhebeberechtigt war.
»Bitte füllen Sie dieses Formular aus.«
Als das erledigt war, erhob sich der Banker. »Es wird eine Weile dauern, bis wir das Geld zusammengestellt haben. Herr Dexheimer. Darf ich Ihnen eine Erfrischung anbieten?«
»Nein, danke. Ach – und bitte nur große Scheine.«
Abermals wurde Carusos Identität überprüft, dann seine Unterschrift unter die Lupe genommen. Weil es nichts auszusetzen gab, stellte man den geforderten Betrag zusammen. Zehn Minuten später wurden Caruso zwei handliche Päckchen überreicht.
»Ich hoffe, wir konnten Sie zufriedenstellen.«
Caruso verstaute das Geld – es hätte gerade mal einen Schuhkarton ausgefüllt – in einer Aktentasche, gab dem jungen Mann die Hand und fragte: »Wo bitte ist die Toilette?«
»Gleich am Ende des Gangs.«
An diesem diskreten Ort, wo vermutlich schon mancher vor ihm seltsame Aktivitäten entwickelt hatte, versteckte Caruso einen Teil der Scheine in einer Bauchbinde. Auf das bißchen mehr Umfang kam es nicht mehr an.
Caruso nickte dem Bankangestellten, der ihm die Tür öffnete (ab einer Million war das Pflicht) zu und war versucht, ein Liedchen zu pfeifen. Es lief wie am Schnürchen, sein Vorruhestand konnte beginnen. Bis man hier merkte, daß er ein Konto leer geräumt hatte, das ihm nicht gehörte, war er über alle Berge. Der Flugplatz Findel lag gleich vor der Stadt.
Zurück zu seinem Auto schlenderte Caruso durch die Fußgängerzone. Als er bei einem Video- und Elektronikgeschäft die Straße überqueren wollte, fühlte er sich am Oberarm gepackt. Gleichzeitig rammte ihm einer was in die Seite. Unschwer zu erraten, daß es sich um den Lauf einer Pistole handelte.
»An deiner Stelle wäre ich jetzt ganz brav.« Der Unbekannte

sprach mit einer Ruhe, als hätte er sich nach dem Weg erkundigt. »Nicht zurückschauen, immer in unserer Mitte bleiben.«
Einen Augenblick lang meinte Caruso, sein Herz bliebe stehen. Als er den Schock überwunden hatte, suchte er fieberhaft nach einem Ausweg. Aber keiner der vorbeieilenden Passanten, die Einkäufe für die Festtage tätigten, nahm Notiz von ihm.
»Ich würde es gar nicht erst versuchen«, ließ sich die Stimme vernehmen.
Wie haben sie mich gefunden? Mein Auto steht in der Scheune. Von Luxemburg konnte doch keiner wissen, außer ...
Caruso wechselte die Farbe; natürlich, es gab jemanden, der von dem Konto bei der Bank CAC Kenntnis hatte. Caruso ahnte nicht, daß man den Porsche längst gefunden und auch das leere Versteck unter der Rückbank entdeckt hatte. Ein Minisender im rechten vorderen Radkasten des Sportwagens hatte seinen Verfolgern den Weg gewiesen.
Caruso, der sich keinen Illusionen darüber hingab, was ihn erwartete, lauerte auf eine Chance, den Häschern zu entkommen, und war selbst erstaunt über seine Gelassenheit. Kein Zittern, keine weichen Knie, alles an ihm war unnatürlich ruhig.
Wie Besucher von auswärts schlenderten die drei Männer, zwei große außen, ein kleiner, dicklicher in der Mitte, durch die Fußgängerzone. Sie kamen an einem Kaufhaus vorbei, der Menschenstrom wurde dichter, eine Schulklasse rannte ihnen johlend in die Quere.
Mit einem Schrei riß sich Caruso los, rief mit sich überschlagender Stimme: »Man will mich überfallen« und mischte sich unter die Kinder. So behäbig er normalerweise auch wirkte, in Krisensituationen konnte er sehr wendig sein. Er stürmte in das Kaufhaus, rannte die Rolltreppe hoch und riskierte einen Blick über die Schulter. Eingekesselt standen seine Verfolger weiter unten auf der Treppe, der mit dem Mantel hielt offen eine Waffe in der Hand, als wollte er auf ihn anlegen. Aber es gelang den beiden nicht, sich ihm zu nähern, auch wenn sie verzweifelt versuchten, sich mit Gewalt einen Weg durch die Menge zu bahnen.
In der ersten Etage wandte sich Caruso nach links, verschwand

hinter Verkaufsständen und stürmte ins Treppenhaus. Nichts wie nach unten, die Tür mit dem Schild »Nur für Personal« aufgerissen, an dem verdutzten Pförtner vorbei hinaus auf eine rückwärtige Straße der Fußgängerzone. Erst hier merkte Caruso, daß ihm die Aktentasche abhanden gekommen war. Aber zum Fluchen fand er keine Zeit, immerhin wog sein Bauch mindestens fünfhunderttausend Mark, und sein Leben noch einiges mehr.

Kopfschüttelnd beobachteten einige Luxemburger, die sich ansonsten nicht so schnell aus der Ruhe bringen ließen, Caruso, der zum Rennen seines Lebens startete. In der nächsten Querstraße nach rechts – er kam auf einen großen Platz, unübersehbar prangte dort das gelb-rote Markenzeichen einer Kette, die das Weltmonopol für Hamburger hatte. Caruso umrundete Hindernisse, und die nicht zu wuchtig waren, rannte er einfach um – wie die ältere Frau, die seine Bahn kreuzte. Weg, nichts wie weg, zu mehr war er nicht fähig. Er stand kurz vor der Panik.

Er rannte durch einen kleinen Park, vorbei an einem Soldaten, der den Palast des Großherzogs bewachte, dann hinein in die Einbahnstraße, in der sein Kombi stand. Gott sei Dank, das Auto war noch da.

Während er es aufsperrte, drohte ihm der Kopf zu zerspringen; sein Atem ging rasselnd, und er sah kreisende Ringe. Caruso ließ sich auf den Sitz fallen, startete den Motor und schoß mit durchdrehenden Vorderreifen nach vorn. Als er um die Ecke bog, standen sie wenige Meter von ihm entfernt mitten auf der Straße. Der mit dem Mantel hob den Arm und zielte, Caruso ließ sich seitlich auf den Beifahrersitz fallen. Die Frontscheibe wurde zu einem undurchsichtigen Spinnennetz mit Guckloch, etwas prallte hart gegen die Motorhaube, er war vorbei. Im Rückspiegel sah er noch, daß einer seiner Verfolger auf dem Dach eines parkenden Autos lag.

Schlagartig gewann sein Zittern die Oberhand. Mit dem Autoatlas schlug er die Frontscheibe ganz heraus, um freie Sicht zu haben; der Fahrtwind jagte einen Regen kleiner Splitter zu ihm herein. Caruso liefen Schauer über den Rücken, er fröstelte. Aber nicht wegen der Eiseskälte. Noch nie war er dem Tod so nahe gewesen, noch nie hatte er solche Angst ausgestanden. Wie um sich zu beruhigen, probierte er alle Knöpfchen am Armaturenbrett durch, spielte mit der Handbremse, rieb das Glas des Tachometers. Die Scheibenwischer fächelten Luft.

Wohin? überlegte Caruso. Wenn sie von dem Konto gewußt haben, können sie sich auch ausrechnen, daß ich zum Flugplatz will. Also in eine andere Richtung.

Er war versucht, auf die Autobahn zu fahren, in Richtung Brüssel oder Nancy, noch konnte er wählen. Brüssel schien ihm angenehmer, von dort könnte er über Ostende eine Fähre nach England nehmen. Aber zum einen wären ihm bei Tempo hundert nach spätestens zehn Minuten Finger und Nasenspitze abgefroren, und zum anderen traute er seinen Verfolgern zu, daß sie alle potentiellen Fluchtwege auskundschafteten.

Als erstes mußte er den Kombi loswerden und sich ein anderes Gefährt suchen. Bei einem Ford-Händler, einige Kilometer außerhalb der Stadt im Ortsteil Kirchberg, mietete er einen Kompaktwagen mit runden Schlafaugen, lud sein Gepäck um und brauchte nur Kreditkarte und Führerschein vorzuzeigen. Wenig später, jede Aktivität gab ihm ein Quentchen Ruhe zurück, kreuzte Caruso auf der Suche nach einem Ausweg auf schmalen Nebenstraßen in der heimlichen europäischen Metropole umher. Sich verstecken kam ihm in den Sinn, aber das würde seine Verfolger nicht auf-, sondern höchstens hinhalten. Mit ihnen verhandeln, ihnen Schweigen zusichern und seine Freiheit mit Geld erkaufen war eine zweite Möglichkeit. Dazu hätte er mit ihnen Kontakt aufnehmen müssen, und das erschien ihm viel zu riskant. Außerdem konnte sein Gegenspieler sich nur dann in Sicherheit wiegen, wenn Caruso, der alle Tricks und Schliche im Mediengeschäft kannte, für immer schwieg und sein verräterisches Material sichergestellt war. Caruso bekam Schluckbeschwerden, sah riesengroß den Mann mit der Waffe vor sich, trat auf die Bremse, legte den Kopf auf das Lenkrad und verabschiedete sich von dieser Version.

Ich müßte jemanden finden, mit dem ich einen Handel machen könnte, überlegte er, als er weiterfuhr. Wem kann ich meine Unterlagen anbieten? Es muß jemand sein, der mir Schutz gewährt

und mir hilft, das Land zu verlassen. Wer hat den größten Nutzen von meinem Archiv?
Mittlerweile war er in Echternach gelandet, einer Stadt am Grenzfluß Sauer, und fuhr nur wenige hundert Meter an Janas Wohnsitz vorbei. Er wandte sich nach Bitburg, überlegte es sich anders und schwenkte bei Irrel südwärts, weil er zu wissen glaubte, an wen er sich wenden konnte.

An diesem Abend blieb Kilian lange in der Redaktion. Es war fast zehn, als er das Gebäude verließ. Ihm war nach einem Bier. Nicht weit von der Zeitung entfernt betrat er ein Lokal und hielt Ausschau nach einem Sitzplatz, denn die Theke war in drei Reihen umlagert. Kilian hatte noch keine Zeit gefunden, etwas zu bestellen, als Chambier plötzlich mit zwei Gläsern Bier vor ihm stand.
»Na, wollen wir quatschen?« Der Ältere stellte die Gläser ab und ließ sich mit einem Seufzen in den weichen Ledersessel fallen. »Siehst ja nicht gerade aus, als hättest du 'nen Sechser.«
»War ein harter Tag.«
»Du hast nur harte Tage. Besonders hier oben.« Chambier tippte sich gegen die Stirn.
Ein Bier lang schwiegen sie.
»Maren meint, du bist nicht recht glücklich mit der Target-Geschichte.«
»Die Sendung war gut, nur die Art, wie wir Charlotte behandelt haben, paßt mir nicht.«
»Skrupel?«
Kilian zuckte mit den Schultern.
»Irgendwie freut's mich ja, daß du noch so etwas wie ein Gewissen hast. Ist in unserer Branche nur noch bei den wenigsten anzutreffen. Ballast auf der Karriereleiter.«
»Wer sagt denn, daß ich nach oben will?«
»Ich schau dir in die Augen, Kleiner«, sagte Chambier und feixte. »So etwas nennt man Motivation. Sportler, überhaupt alle, die gewinnen wollen, brauchen davon eine Menge.«

»Ich habe doch bisher immer nur verloren.«
»Ja.« Chambier beugte sich nach vorn, sein Bauch strapazierte den Hosenbund. »In solchen Fällen ist es eine Frage des Willens, trotz aller Niederlagen noch an den Sieg zu glauben. Und du glaubst daran.«
»Davon merke ich nichts.«
»Für einen modernen Don Quichotte bist du mir etwas zu realistisch. Oder willst du etwa allen Ernstes deine Aktivitäten einstellen? Dich mit der Rolle des Verlierers zufriedengeben?«
»Nein.«
»Sag' ich doch.« Ziemlich abrupt wechselte Chambier das Thema. »Wie stehst du eigentlich zu Maren?«
Kilian sah ihn verdutzt an. »Ich mag sie.«
»Ich mag dich auch.«
Kilian lachte. »Aber dabei wollen wir es belassen, nicht?«
Chambier wiederholte seine Frage.
Kilian beschäftigte sich mit seinem Glas. Was empfinde ich überhaupt noch? fragte er sich. »Warum willst du das wissen?«
»Sie ist meine Tochter und hat schon einmal Lehrgeld bezahlt.«
»Danke, das war deutlich.«
»Ich meine es nicht böse. Ich bitte dich nur, ihr nichts vorzumachen.«
»Dann würde ich mir auch etwas vormachen.«
Chambier schmunzelte. »Kannst du einem besorgten Vater verraten, ob er sich weiter Gedanken machen muß?«
»Maren ist volljährig.«
»Alter schützt vor Reinfall nicht.«
Kilian lehnte sich zurück und studierte die sogenannte Trierer Schickeria, die dieses Lokal als Treffpunkt auserkoren hatte. Wahrscheinlich weil der Laden so groß war, da konnten viele sehen und gesehen werden.
»Chambier, es gibt keine Garantie. Und ich kann am wenigsten eine aussprechen. Maren hat mich einmal mit etwas verglichen, das man knacken muß. Sie hat recht. Die Frage ist nur, wie dick meine Schale ist.«
»Und ob sich der Inhalt lohnt.«

»Genau. Ich fühle mich oft wie eine leichtverderbliche Ware kurz vor dem Verfallsdatum.«
»Da sei mal unbesorgt, du machst noch vierzig Jahre.«
Kilian sah ihn von der Seite an.
»Dir wird keiner mehr auflauern, davon bin ich überzeugt. Hat die Polizei was Neues über diesen Toten? Scholz oder so ...«
Kilian schüttelte den Kopf. »Wenn ich den Beamten glauben darf, verlaufen alle Hinweise im Sand.«
»Das zeigt nur, wie gut die Kerle sind.«
»Und trotzdem meinst du, ich bin außer Gefahr.«
»Gerade deswegen. Profis machen nie einen zweiten Anlauf, wenn beim ersten einer von ihnen auf der Strecke geblieben ist.«
»Von wem hast du diese seltsame Weisheit? Ist es nicht genau umgekehrt? Jetzt erst recht, um es mir zu zeigen?«
Aber Chambier antwortete nicht. Was hätte er Kilian auch anderes sagen können? Ihm Floskeln auftischen? Doch so ganz ohne Hintergedanken hatte er diese Bemerkung nicht fallenlassen.
»Ich geh' nach Hause.« Chambier erhob sich und deutete auf die leeren Gläser. »Darf ich mich als eingeladen betrachten?«
»Tust du das nicht fortwährend?«
»Wenn ich bezahle, geht das von deinem künftigen Erbe ab.«
Ein freundlicher Klaps auf die Schulter, dann war Kilian allein. Zehn Minuten später bezahlte er und schlenderte durch die vorweihnachtlich geschmückte, aber völlig ausgestorbene Innenstadt. Nur wenige waren auf der Straße, kein Betrunkener kreuzte seinen Weg. Als er von der Fleischstraße abbiegend an einem Kaufhaus vorbei durch die dunkle Passage eilte, wurde er angesprochen.
»Kilian, hier bin ich.«
Kilian blieb stehen. Es war stockfinster zwischen den Häusern und hohen Mauern.
»Wer ist da?«
»Komm her und schau nach!«
Die Stimme kam ihm bekannt vor. Als Kilian zögernd weiterging, trat Caruso in den Lichtschein einer Laterne.

»Was soll der Quatsch!« raunzte Kilian. Augenblicklich wuchs in ihm der alte Groll.
»Ich brauche Hilfe.«
»Von mir?« Kilian lachte, daß es von den Fassaden widerhallte.
»Nicht so laut«, zischte Caruso. »Ich mache dir einen Vorschlag: Du hilfst mir, und ich sage alles, was ich weiß.«
Zu verführerisch klang dieses Angebot. »Was soll ich tun?«
»Mich aus Deutschland rausbringen.«
Kilian stand dicht vor dem deutlich kleineren Caruso. Das schräg einfallende Licht zeigte ihm, wie es um ihn stand. Carusos Augen huschten unstet hin und her, dauernd verlagerte er das Gewicht von einem Bein auf das andere. Von Zeit zu Zeit blickte er über die Schulter oder machte einen Schritt zur Seite, um an Kilian vorbeischauen zu können.
Der focht einen schweren inneren Kampf aus. Nur mit großer Anstrengung überwand er die Phase, in der es ihm eine Genugtuung bereitet hätte, mitten in dieses wabbelige Gesicht zu schlagen.
»Wieso kommst du ausgerechnet zu mir?«
»Weil ich dir am meisten nützen kann.«
»Und du glaubst, ich gehe auf diesen Handel ein.«
Mit Carusos Selbstbeherrschung war es nicht weither. »Kilian, man hat heute auf mich geschossen. Man wollte mich umbringen.« Er schüttelte sich, seine Stimme wurde weinerlich.
»Was hast du zu bieten?« fragte Kilian geschäftsmäßig.
»Alles. Deine Vergangenheit in Worten und teilweise in Bildern, dazu so viel Material, daß du WTC anpfeifen kannst. Du steckst doch hinter der Kleptomanin in Target. Habe ich recht?«
Binnen weniger Sekunden hatte Kilian sich entschlossen, die Aussichten waren einfach zu verlockend.
»Zwei Minuten, ich muß erst noch telefonieren.«
»Wen willst du anrufen?«
»Einen speziellen Freund von dir, Chambier.«
»Ach du lieber Gott. Und warum?«
»Du suchst doch einen Unterschlupf.«
Caruso wich nicht von seiner Seite, beinahe rechnete Kilian damit, daß er nach seiner Hand greifen würde. In wenigen Wor-

ten erklärte er Chambier, um was es ging. Wieder einmal zeigte sich, wie ausgezeichnet der Freund zuhören und mitdenken konnte.
»Geh auf den Handel ein.«
»Ich brauche deine … zweite Heimat.«
»Gut, fahr sofort hin, mach einen Umweg, sei vorsichtig. Ich rufe dort an.«
»Noch etwas, Chambier. Bei mir zu Hause liegt in dem dünnen Spalt zwischen Fernseher und Videorecorder ein Umschlag. Könntest du den mitbringen?«
»Aber nicht mehr heute nacht.«
»Und eine Videokamera wäre auch gut.« Kilian legte auf.
»Was hast du vor?« wollte Caruso wissen.
Kilian antwortete nicht, sondern steuerte auf eine Bank zu und setzte sich.
»Was …«
»Hinsetzen, warten und nichts sagen.«
Stumm hockten sie in der Dunkelheit, nur das Schaben von Carusos Kleidung war zu hören, wenn er sich regte. Nach zehn Minuten war sich Kilian im klaren darüber, was er zu tun gedachte. Außerdem hatte er sichergehen wollen, daß sich ihnen niemand näherte.
»Wo steht dein Auto?«
»Gleich in der Dietrichstraße.«
»Wie hast du mich gefunden?«
»Mensch, ich war lange genug bei der Zeitung.«
»Ist dir einer gefolgt?«
»Ich glaube nicht.«
»Was hast du für ein Auto?«
»Kombi, Ford, blau metallic mit Luxemburger Kennzeichen.«
»Wir trennen uns jetzt. Du drehst noch eine Runde, ich warte am Wagen auf dich, um zu sehen, ob dir einer folgt.«
Eine Viertelstunde später war Kilian davon überzeugt, daß Caruso nicht unter Beobachtung stand.
Sie fuhren Autobahn bis Wittlich und noch eine Ausfahrt weiter und näherten sich, von Hasborn kommend, über Willerwerscheid

und Diefenbach der Mühle aus einer anderen als der gewohnten Richtung. Kurz bevor sie ihr Ziel erreichten, bog Kilian in einen Waldweg ein und wartete eine halbe Stunde. Kein Auto rollte an ihnen vorbei.

Sherman befand sich in einem Zustand, den er haßte und möglichst zu negieren suchte: Er war nervös. Dabei gab es eigentlich keinen Grund, wer sollte ihm etwas beweisen können? Es wäre schwachsinnig gewesen, ihn für Dexheimers Verhalten zur Verantwortung zu ziehen. Zumal er offiziell überhaupt nichts von den Dingen wußte, die man dem dicken Deutschen irgendwann zur Last legen würde. Und trotzdem. Konnte es für ihn gefährlich werden, wenn der Lockenkopf plauderte? Konnte es für WTC gefährlich werden? Für den Sender schon eher, gestand er sich ein, falls die Reinigungstruppe ihn nicht bald zu fassen kriegte. Dabei hatten sie ihn schon gehabt, hätten ihn nur noch zum Auto bringen müssen, eins über den Schädel und weg mit ihm an einen verschwiegenen Platz. Ließen diese sogenannten Profis doch tatsächlich einen Wicht wie diesen Dexheimer einfach laufen! Kinder seien ihnen in die Quere gekommen. So ein Quatsch, als ob Killer sich von Kindern behindern ließen. Unfähigkeit war das, nichts als Unfähigkeit. Aber nicht nur das: Einer von ihnen lag schwer verletzt in Luxemburg im Krankenhaus. Wenigstens hatte der zweite Mann gut reagiert, hatte die Waffe und das Geld an sich genommen und war verschwunden. Aber in zwei Wochen wird alles anders, machte Sherman sich selbst Mut. Dann kann ich endlich auf Leute aus dem Osten zurückgreifen, für die Angst und Rücksichtnahme Fremdwörter sind.
Mit diesen Gedanken lehnte sich Sherman in seinem Flugzeugsitz zurück, noch zwei Stunden bis Houston. Es führte kein Weg daran vorbei, er mußte Christine Sallinger über Dexheimer informieren. Allerdings auf seine Art und mit seiner Version – so als hätte er das verwerfliche Tun des Deutschen persönlich aufgedeckt.

Die Chefin von World WTC hörte ihm konzentriert zu, und als er geendet hatte, schwieg sie noch einige Minuten länger. Schließlich stand sie auf, schenkte zwei Cognacs ein und reichte dem verblüfften Sherman einen Schwenker.

Sie begann umherzuwandern, genoß den Blick über die Stadt, ihre Stadt, und genoß die Macht. Ein Telefonanruf, Millionen wurden bewegt, noch ein Anruf, weitere Millionen bewegten sich. Ein berauschendes Gefühl, so die Masse beeinflussen zu können, sie mit dem Futter zu mästen, das ihr angemessen erschien.

»Fred, Sie sehen so betrübt aus.«

Christine setzte sich und schlug die Beine übereinander. Ein verteufelt schöner und erregender Anblick bot sich Sherman dort, wo die Oberschenkel unter dem knapp sitzenden dunklen Rock verschwanden. Ob sie immer so kühl ist? fragte er sich. Sind nicht gerade die stillen Wasser …

»Was ist mit Ihnen, Fred?«

»Ein bißchen besorgt bin ich schon. Eigentlich wäre es meine Aufgabe gewesen, diesen Bastard zu kontrollieren.«

»Ja. Aber nun ist es zu spät. Kann er viel Unheil anrichten?«

Sherman zuckte mit den Achseln. »Schwer zu sagen, ich weiß nicht, was er alles an verräterischen Beweisen hat.«

»Kann er Ihnen persönlich etwas anhängen?«

»Nein.« Heftig schüttelte Sherman den Kopf.

Also doch, schloß Christine. Fatal für einen Falschspieler, wenn er auf einen Kollegen reinfällt.

»Was also schlagen Sie vor?«

Sherman spielte an seinem goldenen Ring mit dem blauen Stein. »Deshalb bin ich hier, Christine; ich möchte alles mit Ihnen absprechen.«

»Gehen wir doch mal den Extremfall durch, Fred: Dexheimer hat reichlich Unterlagen, die WTC schaden könnten. Er geht zur Konkurrenz und bietet sie dort an.«

»Nicht jeder wird zugreifen.«

»VAT 2 wird zugreifen, so etwas läßt Hansrüdiger sich nicht entgehen.«

»Hansrüdiger?«

»Schon gut, Fred. Was passiert dann?«
»VAT 2 wird alles tun, um WTC zu verdrängen und gleichzeitig die eigene Quote nach oben zu treiben. Man wird einen Knüller daraus machen.«
»Das sehe ich auch so, Fred. In der Folge wird WTC Marktanteile verlieren.«
»Richtig.«
»Der größte Batzen davon dürfte an VAT 2 gehen, einen direkten Konkurrenten.«
»Möglich. Andere warten auch darauf. Target hat sich bereits eingeschaltet.«
»Wie das, Fred?«
Christine zeigte nur mäßiges Interesse, als Sherman von der Sendung mit der Kleptomanin erzählte. Innerlich jedoch vollführte sie einen Freudentanz; ihre Rechnung ging schneller auf als erwartet.
»Fred, könnte das nicht die Stunde von Sendern wie Target sein? Entsteht da nicht bei den Zuschauern das Gefühl: Bei euch bin ich gut aufgehoben, ihr betrügt mich nicht?«
Sherman, der sich beobachtet fühlte, überlegte lange.
»Nur bedingt, Christine«, sagte er schließlich. »Target ist kein Fast food und wird nie die Massen an sich binden können. Außerdem halten sich Sauberkeitswellen nicht lange, sie sind zu langweilig und ermüden schnell. Der Zuschauer will im Endeffekt betrogen werden.«
Christine lächelte. »Schön haben Sie das gesagt, ich denke ähnlich. Wir machen uns doch in allen Lebenslagen etwas vor, nicht wahr?«
Sherman wußte nicht recht, wie er das deuten sollte, nickte aber trotzdem.
»WTC geht also in den Keller«, sinnierte Christine. »Macht Miese bei der Werbung, schreibt rote Zahlen, man muß zuschießen, aber die Quote rutscht weiter und weiter nach unten und stoppt bei … Fred, was meinen Sie, bis zu welchem Punkt wird sie sinken?«
»Schwer zu sagen. Im schlimmsten Fall auf die Hälfte.«
»Also knapp drei Prozent.«

»Ja.«
»Das ist gut, Fred.«
»Wieso ist das gut, Christine? Sie verlieren verdammt viel Geld.«
Christine stand auf, ihre Nylons schabten aneinander, und schenkte einen zweiten Cognac aus. »Auf den Verlust, Fred!«
Zögernd trank Sherman.
»Auf den Verlust von Bob Chassman«, fügte sie hinzu. »Dem Hurensohn gönne ich es.«
Sherman schluckte. »Wie bitte?«
»Ja, Sie haben richtig gehört. Bob hat WTC gekauft.«
Sherman entrüstete sich. »Und was war mit unserem Gespräch vor vier Wochen? Wußten Sie das da schon?«
Christine amüsierte sich über diesen einfältigen, treuen Manager. »Ich habe es nicht nur schon gewußt, sondern die Verträge lagen bereits unterschrieben in der Schublade.«
»Das ist nicht fair, Christine.«
»Was ist in unserem Job schon fair? Sie verdienen eine Million, Fred, soviel wie zwanzig Amerikaner im Jahr. Ist das fair?«
Sherman ging auf diesen Vergleich nicht ein. Manchmal war seine Chefin sonderbar. Betrug ihr Einkommen nicht fünfzigmal mehr als seines?
»Und was wird jetzt aus mir?«
»Ihr Problem, Fred.«
»Ich ... ich stehe auf der Straße.«
»Leute wie Sie finden immer etwas. Für Reality-Manager herrscht absolute Konjunktur.«

Hals über Kopf hatte Sherman das feudale Büro verlassen und war mit stumpfem Blick zum Aufzug geeilt. Allein in der engen Kabine, grinste er. Ein guter Reality-Manager mußte eben auch ein guter Schauspieler sein. Shermans Lieblingsrolle war die des verblüfften Naivlings, und Christine fühlte sich so gern überlegen.
Dabei weißt du gar nicht, mein Mädchen, daß Bob Chassman keinen Cent Verlust einfahren wird. Im Gegenteil, er hat einen guten Schnitt gemacht. Zehn Millionen Dollar in zehn Tagen.

Chambier kam bald zur Mühle, den Umschlag aus Kilians Blockhaus und die Videokamera brachte er mit. Als er Caruso erblickte, lachte er verächtlich.
»Aus dir konnte ja nichts anderes werden, du Versager.«
Caruso zuckte zusammen, in seinem Gesicht arbeitete es fieberhaft.
»Maren müßte in wenigen Minuten hier sein, sie will sich das nicht entgehen lassen«, sagte Chambier zu Kilian.
»Wer ist Maren?« Caruso schaute nervös zwischen den beiden hin und her.
»Die Medienbeauftragte. Du hast sie schon kennengelernt, in deiner Wohnung in Hürth.«
»Was will die hier?«
»Dir helfen.«
Carusos Haare waren fettig, seine Augen gerötet, und er kratzte sich unentwegt. Von Zeit zu Zeit sprang er auf, stellte sich ans Fenster und blickte ins Tal der Alf.
»Sind wir hier auch sicher?« fragte er wieder und wieder.
»Komisch, daß du auf einmal das große Flattern kriegst. Jahrelang hast du andere zittern lassen und mit deren Schicksalen gespielt. Na, wie fühlt sich das an?«
Caruso biß sich auf die Lippe.
»Aber ich kann sogar dich beruhigen, nur wenige wissen, daß einem Freund von mir diese Mühle gehört«, fügte Chambier hinzu.
»Laßt uns schon mal anfangen«, drängte Kilian, der inzwischen einiges aufgebaut hatte.
»Was … was soll das?« Caruso deutete auf die Kamera.
»Du wirst jetzt genau das wiederholen, was du mir heute nacht erzählt hast.«
»Niemals.«
»Dann scher dich zum Teufel.« Kilian stand auf und öffnete die Tür. »Los, hau ab!«
»Das kannst du doch nicht machen, das ist mein sicherer Tod«, winselte Caruso.
»Interessiert mich einen Scheißdreck. Wenn ich nicht hieb- und stichfest alles beweisen kann, pfeif' ich auf dich.«

Caruso rang mit sich. Er massierte seine Finger und kaute auf den Nägeln. Dann kratzte er sich am ganzen Körper. »Aber du stehst zu deinem Wort und hilfst mir, ja?«
Kilian wandte sich an Chambier. »Ich bin wirklich der größte Einfaltspinsel unter Gottes Sonne. Ich habe ihm versprochen, ihn ins Ausland zu bringen. Allerdings bevor ich wußte, was er mir alles erzählen würde. Setz dich lieber, seine Geschichte haut dich um.« Und zu Caruso gewandt, sagte er: »Können wir? Aber schön von vorn.«
Caruso schüttelte den Kopf. »Nein.«
»Was ist denn jetzt schon wieder?«
»Ich brauche Schokolade.«
»Wie bitte?« Kilian glaubte sich verhört zu haben.
»Ohne Schokolade sage ich nichts. Und Orangensaft.«
»Immer noch der alte Tick?« knurrte Chambier.
»Ich sage kein Wort.«
Chambier nickte Kilian zu.
»Auch noch eine bestimmte Sorte?«
»Vollmilch, ganze Nuß, aus dem Supermarkt. Grüne Verpackung mit Klarsichtfenster. Die Tafel zu neunundachtzig Pfennig.«
»Das geht ja gerade noch. Eine Tafel oder zwei?«
»Fünfzig.«
»Wie bitte?« Kilian hielt Caruso nur noch für verrückt.
»Fünfzig, mindestens.«
Eine halbe Stunde später war Kilian wieder da. Er stellte einen Karton vor Caruso auf den Tisch, und der riß mit gierigem Blick die erste Tafel auf.

Als wenige Minuten später auch Maren eingetroffen war, begann Caruso mit seinem Bericht. Jedes Wort und jede Geste wurde mit der Videokamera aufgezeichnet, und Kilian stellte ihm viele Fragen.
»Staatsanwalt Röder ist also mit der Bitte an dich herangetreten, die angebliche Vergewaltigung zu arrangieren. Erzähl!«
»Röder hatte mich in der Hand. Ich bin erwischt worden, als ich zwei in Holland erstandene Kilo Freiheit via Belgien und Luxem-

burg bei Wasserbillig über die Grenze schmuggelte. Marihuana; ich wollte das Zeug mit einem Freund teilen. Viel zuviel, um ungeschoren davonzukommen. Wenige Tage danach hat Röder mich mit Janas Vater bekannt gemacht, und der gab mir den Rat, mit seiner Tochter anzubändeln, damit sie Vertrauen zu mir hatte. Jana war nicht gerade eine Augenweide, aber was soll's.«

»Nur mit ihr anbändeln solltest du?«

»Ja. Für zwei Kilo Stoff kannst du das schon mal machen. Einige Wochen später, als endgültig feststand, daß sie das Abitur nicht schaffen würde, haben wir die Sache eingefädelt: Röder, Lauterborn, Chemnitz und ich. Zuerst wußte ich nicht, was dein Schwiegervater in der Runde zu suchen hatte, aber dann bekam ich mit, daß es nicht nur um Jana ging, sondern auch – oder in besonderem Maße – um Bauland, besser gesagt eine Wiese, die Bauland werden sollte. Jana hat dich, also ihren Lehrer, an diesem Sonntag im März, das Datum ist mir entfallen, aufgesucht und dir was vorgejammert wegen ihrer Deutschnote. Mit einer Fünf wäre sie durchs Abitur gefallen. Eine Stunde später, du warst gerade weggefahren, wir wußten, du machtest Urlaub in Holland, sind wir in dein Haus eingebrochen – Jana hatte vorher das Toilettenfenster entriegelt – und haben die Beweise hergerichtet. Ich habe Jana präpariert, ihr die Schürfwunde und die Rötungen an Oberschenkeln und Armen beigebracht, Haare von deiner Haarbürste in ihrem Schambereich versteckt und auch schon mal ein Foto vom Tatort geschossen. In der Zwischenzeit ist Jana nach Hause und von dort zur Polizei gefahren.«

Nun wußte Kilian auch, wieso die Polizei keine Einbruchspuren entdeckt hatte. Später hatten Jana und Caruso das Toilettenfenster geschlossen und waren einfach durch die Haustür hinausspaziert.

»Du hast etwas vergessen, Benno Dexheimer.«

»Ach ja, ich habe auch mit ihr geschlafen. Aber nicht in dem Ehebett, sondern unten im Wohnzimmer.«

»Weiter.«

Chambier beobachtete Kilian von der Seite. Dessen Gesicht war hart, Muskelstränge zuckten, die Ader an der Schläfe war unheilvoll angeschwollen.

In Kilian kochte es, unentwegt ballte er die Fäuste. Maren legte ihm eine Hand auf den Unterarm, doch er reagierte nicht darauf. Caruso führte in allen Einzelheiten aus, wie sie die Vergewaltigung vorgetäuscht hatten. Das Ganze hatte vor Gericht nur deshalb Bestand haben können, weil Röder von Anfang an gewußt hatte, daß der Fall ihm als Leiter der Abteilung übertragen werden würde. Er hatte gezielt ermitteln und alles in die gewünschte Richtung lenken können. Caruso war zu dem Zeitpunkt längst in die Transaktion mit den Grundstücken eingeweiht gewesen. Er selbst habe nichts erhalten, sagte er nun, Röder habe lediglich die Anklage gegen ihn fallenlassen. Wie der Staatsanwalt das angestellt habe, wisse er heute noch nicht.

Caruso trank Orangensaft und aß Schokolade.

»Gleich geht es weiter, Chambier. Das war erst der Anfang.«

Der Lockenkopf erzählte von Kilians Entlassung und dem Schock, als sich dessen Unschuld herausstellte. Daß Kilian Jana aufgesucht und zudem durch die Fernsehsendung ungemein an Sympathien gewonnen hatte, hatte Chemnitz beunruhigt. Er hatte vorgeschlagen, Kilian verschwinden zu lassen, bevor dieser noch mehr Unheil anrichten konnte. So war es zu dem Unfall oder besser Anschlag mit dem herabstürzenden Pkw gekommen. Nachdem der fehlgeschlagen war, sei das Trio ratlos gewesen.

»Ich habe einen Ausweg gewußt.«

Kilian hörte so etwas wie Stolz in Carusos Stimme.

»Wir haben nämlich einen ganz besonderen Manager, der für alles eine Lösung weiß. Weil Kilian inzwischen mit der Kleptomanin und dem Ehemann der Autobahntoten gesprochen und einiges herausgefunden hatte, mußte dringend eine endgültige Lösung her. Zwei Troubleshooter sollten Kilian beseitigen. Aber leider ist nichts daraus geworden.«

»Wie heißt der Manager?«

Caruso schwieg. Er hatte Angst.

»Ist es dieser Mann?« Kilian legte das Foto auf den Tisch, das jemand unter seiner Haustür durchgeschoben hatte.

»Wo hast du das her?« stammelte Caruso.

»Ist er das?«

»Ja.«
»Sein Name?«
Wieder schwieg Caruso, auch wenn das aus Kilians Sicht keinen Sinn machte.
»Wenn du nicht …«
»Sherman, Fred Sherman.«
»Weiter.«
Caruso gab zu, Sendungen getürkt und Leute gekauft zu haben, die für Geld vor der Kamera alles gesagt und getan hätten. In den meisten Fällen habe er noch nicht einmal etwas bezahlen müssen, fügte er hinzu.
»Aber andere Geschichten, wie die mit dem Fallschirmspringer, dem Piloten oder dem Devisenhändler, der sich in einem Schacht in die Luft gejagt hat, waren verdammt teuer.«
Maren und Chambier starrten einander ungläubig an; Kilian hatte Carusos Beichte in der Nacht schon einmal gehört.
»Wenn dir warm ist, zieh den Pullover aus.«
Caruso schüttelte den Kopf. »Geht schon.« Seine Bauchbinde brauchte niemand zu sehen.
»Wie bist du an die Leute gekommen?«
»Den Fallschirmspringer und den Piloten habe ich über ein Krebsregister entdeckt.«
»Über was?« Chambier traute seinen Ohren nicht. In der Bundesrepublik existierte so etwas nicht.
»Über ein Krebsregister, und zwar das der ehemaligen DDR. Dort waren die Krebskranken erfaßt. Ich habe einige für mich interessante Personen herausgepickt, Leute, die inzwischen im Endstadium waren. Gestorben wären sie eh.«
Chambier hielt es nicht länger auf seinem Platz. Er sprang hoch und baute sich vor Caruso auf. »Hältst du dich für Gott? Fühlst du dich berufen, über Leben und Tod zu entscheiden?«
»Wieso? Monate später wäre es sowieso aus gewesen, und durch mich bekamen diese Leute die Chance, zumindest ihre Familie finanziell abzusichern.«
»Du … du …« Chambier wollte sich auf Caruso stürzen, Kilian und Maren hielten ihn davon ab.

»Und die arme Frau auf der Autobahn?«
»Chemnitz, dein Schwiegervater, hatte von dem Fall gehört, er wußte es von einem befreundeten Chefarzt aus dem Krankenhaus. Sie hatte schon zwei Selbstmordversuche hinter sich, war zudem sehr depressiv. Ich habe mit der Frau gesprochen, ihr die Situation auseinandergelegt. Die Ärzte gaben ihr noch zwei oder drei Monate, bei heftigen Schmerzen, also hat sie eingewilligt.«
Wie Caruso das alles erzählte, ohne irgendeine Regung zu zeigen, war für einen normalen Verstand nicht zu erfassen. Chambier schüttelte immer wieder den Kopf und murmelte vor sich hin: »Er ist krank. Der Kerl ist krank.«
»Hör doch auf, den Moralisten zu spielen. Meinst du, das kaufe ich dir ab?« giftete Caruso und fuchtelte wild mit den Armen.
»Meinst du, ich hätte nicht mitbekommen, wie du an Berichten herumgefummelt hast?«
»Perverses Arschloch.« Chambier lief rot an, er schnappte nach Luft. »Du gehörst eingesperrt.«
Es fehlte nicht viel, und Caruso und Chambier wären aufeinander losgegangen.
Kilian beschwichtigte beide und stellte die nächste Frage: »Wie bist du eigentlich auf die Idee gekommen, dir deine Nachrichten zusammenzubasteln?«
»Wieso ich? Alle tun das, die von der Konkurrenz genauso wie ich.«
»Aber du bist hier, ich will es von dir hören.«
»Ja, warum habe ich es getan.« Caruso überlegte. »Im Grunde genommen geht es in meinem Job doch nur darum, etwas anzubieten, das aus dem Rahmen fällt. Zeigst du heute eine Frau mit zwei Vaginas, muß sie bei einem anderen Sender noch zusätzlich einen Penis haben, sonst interessiert sich kein Schwein mehr für sie. Es geht nur um Quoten und Sensationen. Eins bedingt das andere. Mittlerweile kaufst du Nachrichten wie in einem Supermarkt. Aber weil das alle tun, mußt du deine etwas besser würzen. Bist du gut, verdienst du viel Geld, und man erwartet noch mehr von dir. Bringst du nichts, fliegst du raus. So einfach ist das.«
»Und warum bist du nicht ausgestiegen?«

»Du Schwachkopf.« Caruso tippte sich an die Stirn. »Weißt du nicht, was es bedeutet, so gefragt zu sein? Abgesehen von dem Geld – du wirst beachtet, hast Einfluß und kannst deine Vorstellungen umsetzen. Du bist wer. Hast du das etwa schon vergessen?«
»Nein. Ich war demnach sozusagen deine Eröffnungsvorstellung, dein Entree.«
»Ja, kann man sagen. Aber andere wollten dich fertigmachen, nicht ich, so wie auch bei WTC andere immer neue Sensationen brauchen. Mir hätte weniger genügt, mein Job wäre viel einfacher gewesen, aber ich bestimme nicht, wie weit sich das ganze hochschraubt.«
»Haben Sie denn kein Gewissen?« fragte Maren.
Caruso verzog das Gesicht. »Gewissen, pah, was ist das? So etwas darfst du dir in dem Genre nicht leisten. Gewissen bedeutet schlechte Geschäfte. Gewissen bedeutet Selbstzweifel. Wir sind doch die Elite, wir machen Nachrichten, wir geben den Dummies, was sie brauchen. Leute, freßt doch, bis es euch zu den Ohren herauskommt. Der Zuschauer fordert mehr und mehr, will immer besseres Futter, Blut eimerweise, Köpfe sollen rollen; er will Tote, schwere Unfälle, menschliche Tragödien, Sterbende in ihren letzten Minuten, ansonsten zappt er weiter.«
»Und die armen Menschen, die unter Ihrer Art der Berichterstattung zu leiden hatten? Die in den Tod gegangen sind?«
»Hören Sie doch damit auf!« Caruso machte eine wegwischende Handbewegung. »Alle wollen doch ans Licht, einmal im Mittelpunkt stehen. Zwei Männer haben mir angeboten, sich in einer Live-Sendung für immer zu verabschieden. Als ich ablehnte, wollte einer mit 'ner Handgranate noch ein paar Leute mitnehmen. Als ich auch diesen Vorschlag ablehnte, drohte er, mich in die Luft zu jagen.« Caruso erhob sich und ging mit kurzen Schritten auf und ab. »Ein Rechter hat sich für fünftausend Mark bereit erklärt, mit einer Maschinenpistole Autonome umzunieten. Ein Autonomer wollte im Gegenzug umsonst eine Bombe bei einem Treffen der Rechten zünden oder eine Autobahnbrücke sprengen. Was er tun sollte, war ihm egal, ich hätte auswählen können. Das«,

Caruso blieb vor Maren stehen, »das, meine Liebe, ist auch unsere Welt. Aber davor verschließt man gern die Augen.«
Der Lockenkopf erregte sich mehr und mehr, steigerte sich in eine regelrechte Verteidigungsrede hinein. »Ich habe doch nur Wünsche erfüllt, die Sehnsucht nach ein bißchen Ruhm. Ich bin ein Menschenfreund, ohne mich hätten viele ihr Ziel niemals erreicht.« Wieder drehte er eine Runde. »Außerdem haben meine Beiträge genau den Kern der Sache getroffen, die Zuschauer lechzen danach. Wie sieht es denn in unseren Malochern aus? Abends ab vor die Glotze, ein Bier, und dann muß Pfeffer rüberkommen. Den gebe ich ihnen. Wenn sie sehen, daß es noch ärmere Schweine gibt, als sie es sind, vergessen sie ihren Frust und gehen friedlich zu Bett. Ich stelle sie ruhig.«
Caruso erzählte von dem Druck in seiner Branche, dem viele seiner Kollegen nicht gewachsen seien. Deshalb wechselten sie zu einem anderen Sender in der Hoffnung, dort werde es einfacher sein. Aber falsch, der Druck, die Mechanismen seien überall gleich. Auch die Öffentlich-Rechtlichen tricksten, das könne er beweisen. Nur machten die es subtiler, geschickter und unter dem Deckmäntelchen der seriösen Berichterstattung.
»Und ihr fallt alle drauf rein.« Caruso lachte irr und rieb sich die großen Augen. »Habt ihr die Jugoslawienscheiße denn nicht durchschaut? Arschlöcher, die sich Reporter nennen, berichten vor laufender Kamera, und hinter ihnen springen Soldaten auf und ballern wild in der Gegend herum. Das ist doch gestellt, das ist Hollywood! Oder einer aus dem Zweiten, der hat seine Kamera so aufgebaut, daß er voll eine Straßenecke im Objektiv hatte. Um die Ecke kommen Bosnier und schießen auf ein Gebäude, es gibt angeblich Gegenfeuer, einer der Bosnier fällt um, aber wundersamerweise werden die Fernsehleute, die genau zwischen den Fronten stehen, nicht getroffen. Das ist perfektes Hollywood! Das ist Inszenierung pur, eine ganz ausgezeichnete Dramaturgie. Jeder verkauft Illusionen, so gut er eben kann. Das ist Tele-Vision.«
Kilian, der Caruso immer noch filmte, sah Maren fragend an.
»Er hat recht, ich habe davon gehört«, sagte sie. »Es gibt auch unter den seriösen Anbietern schwarze Schafe.«

»Daß ich nicht lache.« Hektisch rannte Caruso auf und ab. »Es gibt nur schwarze Schafe. Vielleicht bin ich tiefschwarz, nun gut.« Er stürmte zum Tisch, trank einen Schluck Orangensaft und aß ein Stück Schokolade.
»Ich kann mir nicht vorstellen, daß wirklich so viele Zuschauer das sehen wollen, was ihr ihnen bietet.«
Caruso ruckte in Kilians Richtung und versprühte Schokoladenstückchen, als er antwortete: »Der Zuschauer ist uns scheißegal. Er hat gefälligst den richtigen Knopf zu drücken, den von WTC, das genügt. Ob er anschließend pennt oder sein Auto wäscht, wen interessiert das schon?«
»Ich dachte immer, ihr legt so großen Wert auf die Meinung eurer Konsumenten?«
»Meinung? Quatsch. Er hat zu gucken, Schluß, aus.«
»Aber er bestimmt doch mit.«
Caruso verneinte. »Noch nie hat ein Zuschauer mitbestimmt.«
»Und wie ist das mit VOPO?«
Caruso lachte und warf den Kopf in den Nacken. »Balsam ist das, Balsam für die Seele der Programmchefin, weil sie das Allheilmittel entdeckt hat. Unsere Monique Koslo betet jeden Abend zu VOPO, aber das ist alles Schwachsinn, purer Schwachsinn. VOPO ist eine Luftblase.«
»Ihr habt inzwischen Millionen von Geräten verkauft.«
»Na und?«
»Die werden doch täglich mehrfach eingesetzt.«
»Richtig. Aber denkst du, ein Programmchef liefert sich tatsächlich der öffentlichen Meinung aus? Denkst du, all die Fehlproduktionen und Falscheinkäufe, all diese dilettantischen Shows und primitiven Spielfilme würden dann auf dem Müll landen? Auch nur eine Serie, und wenn sie noch so bekloppt ist, abgesetzt?«
Caruso weidete sich an den verblüfften Gesichtern.
»Wo lebt ihr denn? Hundert Millionen können gegen eine Sendung sein und auf VOPO rumspielen, aber es kommt immer das heraus, was der Sender haben will.«
Und in beinahe vertraulichem Ton setzte er hinzu: »Wir haben da einen gewieften Elektroniker, Erik heißt er, Erik Aichinger, von

dem kriegt ihr alle Zahlen, der macht das schon. Vor jeder Sendung legen wir fest, welches Ergebnis wir haben wollen, und Erik bedient uns. Das ist perfektes Management, das ist VOPO, Leute. Schminkt euch doch diese blödsinnige Mitbestimmung endlich mal ab.«

Insgesamt vier Stunden Videoaufzeichnung hatte Kilian gegen Mittag zusammen. Maren, Chambier und er waren erschöpft, Caruso dagegen aufgedreht wie ein gedopter Entertainer.

»Kannst du alles, was du uns erzählt hast, beweisen?«

»Mehr als neunzig Prozent davon.«

Er führte sie nach draußen zu seinem Auto, öffnete den Kofferraum und schlug eine Decke zurück. In schuhkartongroßen Kisten waren akkurat beschriftete Videokassetten verstaut.

»Meine Lebensversicherung.« Caruso zog einige wahllos heraus. »Ich habe mir von allen Berichten Kopien gezogen, und zwar heimlich aus einem anderen Blickwinkel, wodurch in den meisten Fällen der tatsächliche Ablauf festgehalten wurde. Außerdem gibt es ja noch meine Tonbänder. Seit dem ersten Treffen mit Staatsanwalt Röder habe ich jedes Gespräch verdeckt aufgenommen. Benno Dexheimer ist bestimmt nicht so blöd, wie einige ihn haben möchten.«

»Ich brauche Belege für das, was du vorhin erzählt hast.«

»Kein Problem. Ich überlasse dir Kassetten, Fotos, Verträge und Tonbänder, soweit ich sie dabeihabe.« Caruso bückte sich und gab Kilian einen Umschlag. »Hier, das wird dich froh stimmen.«

Kilian erkannte auf den Fotos sein altes Schlafzimmer. Eine Aufnahme war mit Hilfe eines Spiegels gemacht worden und zeigte Caruso und Jana.

»Und Röder, Chemnitz, Lauterborn? Wie steht es damit?«

»Habe nur ein Band dabei. Kannst es dir mal in Ruhe anhören.«

Caruso schaute fern, trank Orangensaft, stopfte Schokolade in sich hinein und wirkte abwesend. Maren und Chambier waren der Auffassung, man müsse ihn der Polizei ausliefern.

»Ich habe versprochen, ihn ins Ausland zu bringen.«

»Du? Ausgerechnet du?« Chambier schüttelte verständnislos den Kopf. »Weißt du nicht mehr, wie er dich ...«

Kilian machte eine abfällige Handbewegung. »Mein Problem. Du wirst doch von alledem nicht berührt.«
»Und wie soll es weitergehen?«
»Morgen geht Caruso mit mir in Trier zu einem Notar, der beglaubigt, daß Caruso die Aussagen auf Video ohne Zwang gemacht hat.«
»Aber nicht im Vollbesitz seiner geistigen Fähigkeiten.«
»Mußt du immer das letzte Wort haben, Chambier?«

Das schlimmste für eine Fernsehanstalt ist es, nicht in aller Munde zu sein, keine Attraktion mehr bieten zu können. Seit einem Monat beglückte WTC seine Zuschauer mit einer neuen Sendung. »Mündiger Bürger« griff all die Themen auf, die die Nation beschäftigten: Sicherheit der Renten, Engpässe in der Pflegeversicherung, Deutschlands Stellung in der Europäischen Union, Erhöhung der Benzinpreise, Solidaritätszuschlag für weitere zwei Jahre, geplante Anhebung der Mehrwertsteuer auf siebzehn Prozent, Abschaffung des Beamtentums und so fort. Stets kamen prominente und kompetente Redner zu Wort, darunter auch viele Politiker, die ihre Entscheidungen verteidigten und unaufhörlich bekundeten, nur das Wohl der Allgemeinheit im Blick zu haben.
Aber via VOPO sprachen sich die Bürger gegen alle Maßnahmen aus, die einen zusätzlichen Griff in ihr Portemonnaie bedeutet hätten. So in die Defensive gedrängt, sagten zwei Minister und zwei jüngere Politiker zu, an einer Diskussionsrunde teilzunehmen, deren Schwerpunktthema die zu verhängende Energiesteuer sein sollte. Die Argumente wogten hin und her, schnell spaltete sich die Runde in die beiden Etablierten, die nun mal die Regierungslinie vertreten mußten, auf der einen Seite und den Nachwuchs auf der anderen. Was am Ende wie ein Patt aussah, war jedoch nur ein Vorwand für die Eröffnung einer neuen Art von Umfrage.
Paul Schurio, ein älterer Moderator mit Halbglatze, Brille, Kinnbart und insgesamt vertrauenerweckender Ausstrahlung, ließ im letzten Drittel der Sendung die Katze aus dem Sack.

»Meine Damen und Herren«, wandte er sich an die Zuschauer. »Was nützt es uns, hier über die große Politik zu reden, über Energiesteuern, die Bedeutung der NATO, Rentenversicherung ja oder nein – zugegeben, alles Themen, die uns interessieren –, wenn wir dabei die Menschen, die dahinterstehen, die sich die Köpfe heißreden, sich einsetzen und sich auf ihren politischen Auftrag berufen, wenn wir diese Menschen mit all ihren Stärken und Schwächen außer acht lassen? Sie machen nun mal die Politik, stehen im Kreuzfeuer, verteidigen ihre Vorhaben, unsere heutige Runde ist der beste Beweis dafür. Aber bei all dem darf nicht vergessen werden: Wir vertrauen nicht dem Amt eines Ministers oder Staatssekretärs, sondern demjenigen, der diese Position innehat. Deshalb kommen wir heute zu einer neuen Art der Umfrage, aber dazu gleich mehr.«

Während die Werbung lief, sahen die Kandidaten einander ratlos an. Da niemand wußte, was noch auf ihn zukommen würde – den Einsatz von VOPO in seiner herkömmlichen Art hatten sie ja einkalkuliert, aber was stand jetzt zu erwarten? –, herrschte allgemeine Verunsicherung, für Politiker ein wie die Pest gehaßter Zustand.

»Was brauchen wir noch demoskopische Umfragen durch ins Gerede gekommene Institute und zweifelhafte Einrichtungen«, sprach Schurio gleich nach der Pause weiter, nahm die Brille ab und schaute mit seinen klaren Augen direkt in die Kamera, »wo wir doch VOPO haben und sofort, nicht mit wochenlanger Verzögerung, konkrete Ergebnisse vorweisen können? Diese vier Herren, allesamt in Amt und Würden, stellen sich zum erstenmal der WTC-eigenen Demoskopie.«

Links und rechts von Schurio hörte man Papier rascheln, einer hüstelte, jemand raunte seinem Nachbarn etwas ins Ohr.

»Der Ablauf ist ganz einfach. Wir haben vier Kandidaten, die – aus Ihrer Sicht – von links nach rechts die Bezeichnung A, B, C und D bekommen. A für den Innenminister, B für den Verkehrsminister, C für den neuen Staatssekretär im Kanzleramt und D für den Sprecher der Bundestagsabgeordneten unter vierzig. Wenn wir Ihnen zu Hause jetzt eine Frage stellen, können sie viermal

drücken, und zwar immer dann, wenn der bekannte gelbe Punkt aufleuchtet. Bei jeder Frage also zuerst für A, dann für B, C und D, entweder Grün für ja oder Rot für nein.
Um es möglichst spannend zu machen, werden wir Ihnen das Gesamtergebnis erst am Schluß der Umfrage anhand einer Tabelle bekanntgeben. Lassen Sie uns beginnen.« Und zu der Runde gewandt, fragte Schurio: »Es ist doch auch sicher in Ihrem Interesse, sich direkt und ohne Umwege dem Wähler zu stellen. Oder sehe ich das falsch?«
Nein, der Moderator sah es nicht falsch, die Herren waren entzückt. Volkes Wille sei Politikers Wille.
Schurio wollte von den Millionen vor den Fernsehgeräten wissen, wer sich um die deutsche Politik verdient gemacht habe, ob die Herren Vorbild seien, ob man sie mit ehemaligen Größen vergleichen könne, wem man am ehesten zutraute, die Interessen der Bürger kompetent zu vertreten und wer Deutschland am besten repräsentieren könne. Gefragt wurde nach dem Charisma der Studiogäste, ob man sie für ehrlich halte – hier räusperte sich der Innenminister, der gerade mit viel Glück und Schützenhilfe durch den Kanzler einen Finanzskandal überstanden hatte –, inwieweit man sie für intelligent halte, ob man ihnen etwas abkaufen würde, etwa eine Wohnungseinrichtung oder ein Auto.
Dreißig Minuten lang waren die Zuschauer vollauf beschäftigt. Für die Minister war das Ergebnis vernichtend. Mit hochrotem Kopf sahen sie sich die Zahlen an. Vorbilder waren sie keine, verdient gemacht hatten sie sich auch nicht, man sprach ihnen weder Kompetenz zu noch irgend etwas anderes.
Genau umgekehrt fiel das Ergebnis für die Jungpolitiker aus. Nicht berauschend, einer bekam fünfundfünfzig, der andere achtundsechzig Prozent Zustimmung, für normale VOPO-Umfragen unterhalb des Solls, aber überdeutlich vor den Etablierten. Als strahlende Sieger verließen sie das Parkett.
»So eine Scheiße«, bekamen die Zuschauer noch im Abspann zu hören, als der Innenminister sich Luft machte. Und der Verkehrsminister fügte laut und gut verständlich hinzu: »VOPO ist doch die reine Volksverdummung.«

Das hätten die Herren nicht sagen sollen. Der Verkehrsminister trat eine Woche später wegen seiner angeschlagenen Gesundheit zurück, der Innenminister sollte ihm Ende Januar folgen. Medienmogul Hansrüdiger Volkholz saß in seinem Wohnzimmer, er hatte die Sendung der Konkurrenz genüßlich verfolgt. Sieg auf der ganzen Linie, seine Kandidaten waren auf dem Weg nach oben.

Volkholz beriet sich mit zwei Topmanagern, die für seinen Konzern neue Strategien für die Durchsetzung und Behandlung ganz bestimmter Themenbereiche zu entwickeln hatten. Themen, denen man heute distanziert oder ablehnend gegenüberstand, sollten zukünftig positiv dargestellt werden – und umgekehrt –, so daß die Konkurrenz für eine gewisse Zeit ins Hintertreffen geriet.
Die Gesellschaft brauche neue Ideale, der Werteverfall müsse eingedämmt, lohnende Ziele und Perspektiven mußten aufgezeigt werden, lautete Volkholz' Vorgabe. Und der Telestar-Gruppe falle eine Vorreiterrolle zu, die man im Sinne des Hauses – also einer liberal-konservativen Einstellung – auszufüllen habe.
»Welche Vorschläge können Sie mir unterbreiten?«
Lordes, zuständig für Fernsehen und Rundfunk, warf Olander, verantwortlich für die Koordination von Zeitungen und Magazinen, einen kurzen Blick zu. Die Herren ergänzten sich in ihren Aufgabenbereichen hervorragend. Während ein Fernsehsender den Politiker X zerriß, baute ihn das Magazin Y wieder auf, und ein Boulevardblatt erhielt Gelegenheit, die Demontage zu beenden. Gewollte Kontroverse im eigenen Hause, ein journalistischer Kunstgriff im Dienste der Auflagenmaximierung.
Lordes sprach als erster. »Was Zukunft hat, darf nicht bereits in den Anfängen abgewürgt werden, dadurch berauben wir uns späterer Knüller. Ich schlage vor, daß wir uns im Hinblick auf die Gentechnik generell optimistisch äußern – ähnlich wie vor gut zwanzig Jahren bei der Kernkraft –, daß wir sie aufbauen, befürworten, den Sinn für die Menschheit herausstellen, auf den therapeutischen Nutzen hinweisen – besonders auf Krebs, Schizo-

phrenie und Erbschäden müßte eingegangen werden. Zwar liegt auch in der Gentechnik eine gewisse Gefahr, man kann ja unterschwellig darauf eingehen, am besten in Gastkommentaren, aber prinzipiell sollte der Tenor positiv sein. Deshalb würde ich auch die geplante Sendung über die Manipulation an der DNS-Kette eines Ungeborenen in der jetzigen Form nicht in VAT 2 ausstrahlen wollen. Dafür sind unsere Zuschauer noch nicht reif.«
Volkholz überlegte. »Klingt einleuchtend. Haben wir die Exklusivrechte?«
Lordes nickte. »Niemand kann uns reinfunken.«
»Und Sie, Olander?«
»Falls die Sendung abgesetzt wird: Wie steht es dann mit unserem Leitartikel für die zweite Januarwoche? Wird der gekippt?«
»Das gleiche Thema?«
»Ja. Ich habe mich seinerzeit mit Lordes abgesprochen. Er bringt seinen Bericht über das Ungeborene am Sonntag abend, wir kommen im Magazin am Montag, die anderen folgen Dienstag. Am Donnerstag greifen wir uns mit unserer neuen Illustrierten ›Victim‹ selbst an, um in der darauffolgenden Woche massiv reagieren zu können und dadurch das Thema am Köcheln zu halten.«
»Ist der Artikel schon fertig?«
»Noch nicht ganz.«
»Kann man ihn, so wie er jetzt vorliegt, auch später bringen?«
Olander überlegte. »Und was ist, wenn die Konkurrenz in Berlin vorher schießt?«
»Werden sie nicht.«
Olander schaute verwundert zum Konzernchef und konnte nicht ahnen, daß dessen langer Arm auch die Konkurrenz bereits fest im Griff hatte.
Volkholz dauerte das alles zu lange. »Einverstanden, meine Herren. Gentechnik bleibt verschont. Der Leitartikel wird auf Eis gelegt. Wie steht es mit der Chemie?«
»Die müssen wir dann auch vorsichtiger behandeln«, meinte Olander. »Beides ist ja miteinander verquickt. Trotzdem plädiere ich dafür, die Umwelt noch mehr in den Vordergrund zu stellen.«
Genau das war Volkholz nicht recht. Zuschauer und Leser seien

dieses Themas überdrüssig, wandte er ein, und könnten den speziellen wissenschaftlichen Ausführungen, auf die man sich ja wegen der Abgegrastheit des Themas mehr und mehr zurückziehen müsse, kaum noch folgen. Außerdem habe sich die Situation, glaube man dem letzten Bericht der Öko-Kommission, erheblich verbessert: Die Luft sei reiner, der Wald weniger stark geschädigt, das Ozonloch am Schrumpfen. »Eine Umfrage von Vitas besagt, daß die Umwelt nur noch zweiundzwanzig Prozent der Bevölkerung mäßig bis stark interessiert.« Volkholz schaute seine Manager an. »Das ist verdammt wenig, für uns zu wenig.«
»Also fällt der Februarschwerpunkt, ›Jahresurlaub kontra Umwelt‹, auch weg?« Olander schmollte.
»Das entscheiden Sie«, antwortete Volkholz und suggerierte damit seinen Managern, sie hätten ein ernstzunehmendes Mitspracherecht.
»Was wollen wir dann überhaupt noch?« beschwerte sich Olander, der sich gern einen progressiven, rebellischen Touch gab. Allerdings war ihm sein Konto wichtiger, wie sich im Verlauf der Diskussion herausstellte. Beide Manager schwenkten schließlich, mit gebührendem Protest, auf Volkholz' Linie ein.
NATO und Bundeswehr hakte man ab, die Pflegeversicherung ebenfalls, lief ja gut an. Arbeitslosigkeit durfte nicht zum Reizthema werden, wo sich doch die Regierung so bemühte, außerdem sprachen die neuesten Zahlen für sich.
Die Polizei beabsichtigte man aus dem Schußfeld zu nehmen, in Zukunft sollten mehr die militanten und radikalen Demonstranten und deren kompromißlose, brutale, zerstörerische Methoden angeprangert werden. Deshalb gelte es, in gewissem Rahmen auch Verständnis für Übergriffe von Ordnungshütern auf Normalbürger und Nichtbetroffene aufzubringen und solche Vorkommnisse als ... Versehen hinzustellen.
»Überregional stünde es uns gut zu Gesicht, ein Nationalitätsgefühl ähnlich dem der Franzosen zu propagieren. Nicht weiter blindlings für die Europäische Union stimmen unter Selbstaufgabe deutscher Prinzipien, sondern auf Souveränität pochen, die Einführung des Euro ablehnen, auch gewisse Grenzkontrollen

weiter im Landesinneren befürworten. Außerdem müssen wir unsere Zögerlichkeit aufgeben, wenn es darum geht, die Produktivität der Deutschen mit der unserer Nachbarn zu vergleichen. Sollen wir uns denn immer verstecken? Uns auch noch dafür entschuldigen, daß wir besser sind?« Volkholz schaute in zwei ausgesprochen verblüffte Gesichter und fuhr fort: »Die Amerikaner machen es uns doch vor, sie gehen eigene Wege. Ein Kerneuropa muß her, damit der Abstand zu dem übrigen Schrott deutlich wird.« Volkholz war voll auf die Linie seiner Multi-Konkurrenten aus Amerika und Japan eingeschwenkt, die der Meinung waren, die Nationen müßten – siehe Großbritannien – viel mehr Eigenständigkeit beweisen. Nur aus solcher Eigenständigkeit könnten in Zukunft Konflikte mit anderen Ländern entstehen, die auszuschlachten sich medienmäßig lohne. Wenn überall eitel Sonnenschein herrsche, die einzelnen Staaten und Gruppierungen sich durch Verträge mehr und mehr aneinanderketteten, gäbe es viel zuviel allgemeine Rücksichtnahme, und das sei nun mal Gift für die Branche. Zunächst einmal hatte jeder der Medienmogule sich verpflichtet, dieses neue Nationalitätsgefühl im Bewußtsein der jeweiligen Bevölkerung einzupflanzen. Zwangsläufig hätten Politiker darauf Rücksicht zu nehmen, so wie in Norwegen, wo die Bürger im Volksentscheid gegen einen EU-Beitritt gestimmt hatten. Reagierten die Volksvertreter jedoch nicht auf den Wählerwunsch, dann – darauf hatten Christine, Bob und Hansrüdiger sich geeinigt – würde man die Machtmenschen angreifen. Volkholz hatte ja bereits vorgesorgt und ihm genehme Politiker auf eine Liste gesetzt.
Volkholz konnte gar nicht aufhören, seine Vision darzulegen. Schwerpunktthema im Rahmen dieser nationalen Kampagne sollte zunächst der um sich greifende Mißbrauch von sozialen Leistungen sein. Anprangern wollte man zukünftig unnötiges Krankfeiern, Schludrigkeit am Arbeitsplatz, mangelnde Leistungsbereitschaft, die Weigerung, auch weiter entfernte Arbeitsplätze anzunehmen, das fehlende Interesse an Weiterbildung. Leistung generell sei wieder im Kommen, der Wohlstand folge auf dem Fuß, wie die auf Hochtouren laufende Konjunktur überdeut-

lich zeige. Alle schönen Dinge im Leben müßten weit in den Vordergrund rücken, als erstrebenswert gelten und positiv dargestellt werden. Heiraten, Familie und Heim seien wieder in, Kinderkriegen ebenfalls, der wohlverdiente Urlaub sowieso, Autofahren, Sich-frei-Bewegen, Sich-nicht-gegängelt-Fühlen. Je mehr der Bürger diese Werte internalisiere, desto deutlicher sehe er den Gegensatz zwischen seiner und der übrigen Welt mit all den Katastrophen, Kriegen und Horrormeldungen. Desto krasser kämen auch die Gegensätze im eigenen Land heraus, wo sich die Mafia aus Süd, Ost und Fernost tummele.

»Wir müssen unseren Konsumenten im privaten Bereich lohnenswerte Ziele, Geborgenheit, Schutz und eine heile Welt bieten; die Vorstellung, diese Welt zu verlieren, muß sie mit Schrecken erfüllen. Zugleich jedoch sollen sie Angst um ihren Status haben, Angst vor Verbrechen, Wirtschaftskriminalität, Ausländerschwemme, Asylanten und allem, was die kleinbürgerliche Beschaulichkeit stört. Genau diese Spannung wird uns Munition für die nächsten zehn Jahre liefern.«

Geläutert und bedrückt zugleich verließen die beiden Manager Volkholz' Büro. Beide hatten sie noch eine Liste mit Namen aus Politik und Wirtschaft erhalten. Die aus der Wirtschaft durften nur noch im Zusammenhang mit ihren Firmen und Konzernen genannt werden, alle Information über das Privatleben hatte zu unterbleiben, ebenso das Herausstellen ihrer Verdienste.

Schwerer noch traf es die mehr als fünfzig Politiker: keine Einladung mehr zu Fernsehsendungen, keine Gastkommentare in den einzelnen Blättern, nichts über ihre Arbeitsweise in Ausschüssen, Gremien oder als Berater, keine Fotos, auf denen sie abgebildet waren.

»Diese Herren«, hatte Volkholz gesagt, »sind für uns journalistisch tot.«

WTC hatte als Folge der neuen Variante von Demoskopie – Politiker via VOPO der unmittelbaren Beurteilung durch die Bevölkerung auszusetzen – kurzfristig das Programm geändert und um Mitternacht eine Gesprächsrunde angesetzt. Sogenannte Experten nahmen Anrufe der Zuschauer entgegen, die von dieser Art des Wahlkampfes begeistert waren und sich ausnahmslos für eine Wahl vor der Wahl aussprachen. Nur wer per VOPO ihre Zustimmung finde, solle sich zukünftig für ein öffentliches Amt aufstellen lassen. Das nenne man Demokratie pur, meinte der Moderator.

Kilian und Maren versäumten die Sendung. Sie konnten nicht schlafen. Immer noch beschäftigten sie sich mit Carusos Geständnis. Es war, als weigere sich in ihnen etwas, das Gehörte als wahr zu akzeptieren.
»Sein Tonband mit Lauterborn, Chemnitz und Röder gibt ja nicht viel her.«
Kilian war anderer Meinung. »Trotzdem wird es den dreien nicht schmecken. Am wenigsten wird sie freuen, daß der Mordanschlag dokumentiert ist. Caruso hat doch den Fahrer des Lkw genannt und gesagt, er habe sich von ihm alles schriftlich geben lassen.«
»In seiner Wohnung in Hürth sollen noch mehr Sachen sein. Glaubst du ihm?«
»Warum soll Caruso uns jetzt noch belügen?« So ganz überzeugt war Kilian allerdings nicht. Caruso wollte nur eins: sein Leben retten, ins Ausland gelangen. Und von dort, das mußte Kilian sich eingestehen, ließ sich trefflich eine Erpressergeschichte aufziehen. Nach einer Weile fragte er: »Ist es wirklich so schlimm bei den Fernsehanstalten?«
Maren kuschelte sich an ihn. »Leider greift die Unsitte, Banalitäten als Highlights zu verkaufen, mehr und mehr um sich. Auch bei den Öffentlich-Rechtlichen. Die Landesmedienanstalt ist einmal dem Vorwurf nachgegangen, die Tagesschau versuche bewußt, Regierungsparteien und Kanzler zu benachteiligen. Dieser Vorwurf wurde vor ein paar Jahren erhoben, als die Nachrichten mit einer Rede des ANC-Führers Mandela begonnen wurden; über das historische Treffen Kohl-Gorbatschow im Kaukasus wurde dann erst am Schluß berichtet. Durch die Reihenfolge werden die Ereignisse unterschiedlich gewichtet. In diesem speziellen

Fall war die Absicht deutlich zu erkennen – wenn man weiß, daß ein Intimfeind von Kohl für die Zusammenstellung der Tagesschau verantwortlich ist.«

»Selbst unsere Nachrichten gleichen sich mehr und mehr der Werbung an. Sie werden präsentiert und müssen verkauft werden. Eine traurige Entwicklung.«

»Aber eine zwangsläufige, denn die Privaten geben die Richtung und das Tempo vor.«

Kilian drehte sich zu ihr. »Das rechtfertigt aber noch keinen Betrug. Oder das Abgleiten in die Spekulation, das Dramatisieren und das Herbeireden von Dingen, die es so nicht gibt. Das rechtfertigt schon gar nicht, daß weltweit mehr als hundert Auslandskorrespondenten alljährlich in Konfliktgebieten und in Kriegen ihr Leben verlieren.«

»Es ist ihr Job. Keiner zwingt sie, sich so weit vorzuwagen.«

Kilian widersprach. »Sobald sie weniger spektakuläre Bilder und Berichte liefern, sind sie weg vom Fenster, und die sich überschätzenden Draufgänger aus der zweiten Reihe behaupten sich. Der an vorderster Front mit kugelsicherer Weste und Stahlhelm posierende Pseudoheld à la CNN-Arnett, kann seine Story weltweit verkaufen. Es ist demnach nicht eine Frage des journalistischen Könnens, sondern eine des Muts, der Risikobereitschaft und der Selbstüberschätzung.«

»Und des Konkurrenzdrucks«, ergänzte Maren.

»Also hat Caruso doch recht.«

Am nächsten Morgen fuhren sie mit zwei Pkw nach Trier zu einem Notar, der sich die Videobänder anschaute und das von Maren abgetippte Geständnis las. Der Notar beglaubigte, daß der Zeuge sich durch seinen Paß ausgewiesen und die Aussagen laut eigenem Bekunden ohne Zwang gemacht habe. Anschließend nahm er einen Satz Videobänder und eine Kopie des Geständnisses in Verwahrung.

Caruso wirkte erleichtert, als sie die Treppe hinuntergingen. Kilian nahm an, weil er nun ins Ausland gebracht werden sollte. Wo aber begann das Ausland? Caruso hatte sich Spanien als Ziel

ausgesucht, und da habe er, Kilian, ihn bitte mit dem Auto hinzufahren. Er werde ihm alle Kosten erstatten und für den Rückweg ein Flugticket kaufen.
»Und wenn ich dich nach Frankfurt bringe?«
Caruso schüttelte den Kopf. »Spanien. Das gibt dir auch die Garantie, daß ich nichts widerrufen werde.«
»Willst du dich endgültig dort niederlassen?«
»Geht dich nichts an.«
Sie verließen das historische Gebäude am Hauptmarkt, Kilian zuerst, dann Caruso, Maren und Chambier. Nach zwei Schritten sah es so aus, als wäre Caruso gestolpert. Er sackte zusammen und kam seltsam verdreht zu liegen. Er preßte eine Hand auf seine Brust, und zwischen den Fingern sickerte Blut hervor.
Kilian riß Maren zu Boden, Chambier duckte sich ebenfalls, vorbeihetzende Passanten schüttelten verwundert den Kopf über dieses neue Spiel. Kilian suchte die Einkaufsstraße und die Vorderfronten der Häuser nach dem verborgenen Schützen ab. Nichts Auffälliges war zu sehen, ein zweiter Schuß blieb aus, den ersten hatte er noch nicht einmal gehört. Er robbte neben den Lockenkopf und schaute in dessen angstvolle Augen.
»Muß ich jetzt sterben?«
»Nein, die werden dich schon wieder hinkriegen.«
Aber das viele Blut, das aus Carusos Brust kroch, und vor allem die Stelle, wo es herkam, ließen Kilian an seiner Aussage zweifeln.
»Ich fühle nichts mehr«, sagte der Verletzte mit schwacher Stimme. »Meine Beine sind taub, mein ganzer Körper. Mir wird kalt.«
Kilian sah, wie kleine Schweißperlen auf Carusos Stirn traten.
»Chambier, ruf einen Arzt und du, Maren, die Polizei!«
Inzwischen hatten sich einige Gaffer um sie versammelt. Einer schrie wie von Sinnen, als er das viele Blut bemerkte. Und ein Polizist, mit seinem Kollegen zu Fuß auf Streife, schob sich gerade zwischen den Neugierigen hindurch, als Caruso die letzten Worte seines Lebens hauchte.
»Kilian, zu Hause, meine Schokolade.« Sein Kopf fiel zur Seite, die Augen blieben starr.
Schnell war der Bereich abgeriegelt, die Spuren wurden gesichert,

Kilian, Maren und Chambier befragt, doch die hatten nichts Ungewöhnliches bemerkt.
Als der Arzt Carusos Pullover hochschob und die Bauchbinde mit den vielen Tausendern freilegte, gab einer der Beamten schon mal voreilig einen Kommentar ab. Für ihn war der Mord geklärt: Drogenmafia. Sein Kollege bot eine andere Version: Russenmafia. Und genau in dieser Bandbreite bewegten sich alle weiteren Spekulationen.

»Warum hast du der Polizei nichts von Carusos Auto erzählt?« fragte Maren auf dem Weg zur Zeitung, wo der Leihwagen mit Luxemburger Kennzeichen im Hof geparkt war.
»Weil ich mir mal erst anschauen will, was er so alles bei sich hatte. Außerdem gehört der Inhalt jetzt mir. Caruso hat ihn mir versprochen, falls ich ihn ins Ausland bringe.«
»Jetzt phantasierst du aber.«
»Nein, hat er wirklich.« Kilian schmunzelte.

Power Game« nannte sich die neue Quiz-Show bei WTC, und sie war so einfach gestrickt, daß auch der Dümmste das Prinzip nach zwei Sekunden verstanden hatte. Acht Kandidaten kämpften in vier Zweiergruppen um den Einzug ins Finale und hatten beim Beantworten der Fragen jeweils zwei Möglichkeiten: das rechte oder das linke Fach eines Tresors zu wählen. Wie heißt unser Bundespräsident? Nicht der richtige Name war gefragt, mit Unwissen blamieren konnte man sich demnach nicht, sondern nur die Antwort rechts oder links.
Bei anderen Sendern existierten ähnliche Muster, dort konnte man sich zwischen Rot und Grün, Entweder-Oder, Kalt und Heiß entscheiden. Hatte man das richtige Fach erraten, gab es zehn Punkte, und das Studio geriet in Ekstase. Nach drei Fragen schied der Verlierer aus, und die beiden Finalisten kämpften schließlich um den Titel »King of Game«. War der »King of Game« ermittelt, durfte er noch einmal, sozusagen als Höhepunkt des Abends, zwischen rechts und links wählen und konnte dadurch seinen

Gewinn verdoppeln. Da dies in vier Sendungen keinem der Sieger gelang, wurde in einer Zeitung gemunkelt, in beiden Fächern lägen die gleichen falschen Antworten. Prompt endete zwei Tage später die Pechsträhne.

Bei WTC ging somit vorerst alles seinen gewohnten Gang. Aussteiger einer Sekte, ein Koch ohne Geschmacksnerven, von Hooligans verprügelte Polizisten, die Frau mit den meisten Katzen in Deutschland, ein Friedhofsgärtner, der auf Goldmünzen gestoßen war – jeder durfte sich vor der Kamera verbal austoben. Ob auch alles seine Richtigkeit hatte, überprüfte niemand. Es lief also nicht schlecht für WTC, die Quoten hatten sich stabilisiert, allerdings fehlten in Else Naumanns Sendung »Schicksale des Lebens« die gewohnten Knüller. Einen Gast, er war seit einem Frontalzusammenstoß querschnittsgelähmt, hatte man ausladen müssen. Wie der Betroffene anhand von Berichten und Untersuchungen eines Automobil-Clubs zweifelsfrei beweisen konnte, waren die Crashtest-Ergebnisse der Automarke aus Kostengründen geschönt worden, die Fahrgastzelle trotz der Seitenschweller und der scheinbar energieabsorbierenden Längsträger nicht hinreichend sicher. Eine bestimmte Automarke anzuprangern und als Beweis den eigenen Körper vorweisen zu können hätte Sinn gemacht, aber zufällig handelte es sich bei diesem Hersteller um einen großzügigen Sponsor von WTC, den man unter keinen Umständen verprellen durfte. Bei dieser Knüllerflaute hatte Erik, der Zahlengaukler, alle Hände voll zu tun, um VOPO ein positives Zuschauervotum zu entlocken.
An diesem Abend fühlte sich Erik, der aus verständlichen Gründen abgeschottet von den anderen in einem separaten Raum saß, unendlich müde. Seltsam, wo Kaffee ihn sonst doch so munter machte. Erik gähnte, legte die Füße auf den Tisch, bastelte noch schnell für die laufende Sendung »Traummusik« – dort benötigte man wieder mal einen kostengünstigen Interpreten – eine VOPO-Version zurecht und schlief dann ein. Entrückt von dieser Welt bekam er nicht mit, wie jemand sich an seinen schönen, teuren elektronischen Gerätschaften zu schaffen machte.

Nicht weit von Erik entfernt, vielleicht fünf oder sechs Kilometer, hatte sich Kilian auf die Pirsch gemacht. Er brauchte noch nicht einmal das Schloß in Carusos Wohnungstür zu beschädigen, denn er hatte den Originalschlüssel im Leihwagen gefunden.
Er hatte das Gebäude zunächst mehrmals umrundet, weil er sich sagte, es gebe viele, die sich Carusos Erbe aneignen wollten. Zehn Minuten später hatte er die Haustür geöffnet, war ein Stockwerk höher gestiegen und hatte eine Weile gewartet, bevor er sich endlich traute, die Wohnung des Lockenkopfes aufzuschließen.
Außer der Lampe an der Decke war nichts an seinem angestammten Platz. Bilder waren von den Wänden genommen und untersucht worden, Schränke standen offen, der helle Teppich war zurückgeschlagen. Bücher, Unterwäsche, Geschirr, alles war wie zu einem modernen Kunstwerk drapiert. Sogar dem Fernseher hatte man die Rückwand abgeschraubt.
Kilian setzte vorsichtig einen Fuß vor den anderen, hob hier ein Buch auf, schaute dort unter dem Kopfkissen nach. Vor der Musikanlage mit den zwei gewaltigen Boxen aus Marmor blieb er stehen. Das hatte sicher alles mal viel Geld gekostet, aber jetzt fehlten alle Bänder, Schallplatten und CDs. Und in dem Regal neben dem Videorecorder stand keine einzige Kassette.
Sogar das Bad war vollständig umgekrempelt. Der ungebetene Besucher mußte ein Profi gewesen sein; selbst der Spülkasten gewährte einen Blick auf sein tristes Innenleben. Allerdings war das Toilettenpapier nicht abgerollt, welch eine Unterlassung.
Kilian schaufelte sich auf dem Sofa einen Platz frei, setzte sich und ließ seinen Blick durch den renovierungsbedürftigen Raum schweifen. Was hoffte er noch zu finden? Warum war er überhaupt hier?
Rechts von ihm stand im Regal eine Glastür offen, davor auf dem Boden lagen viele grüne Tafeln, alles Nußschokolade.
Caruso, du mußt komplett verrückt gewesen sein, dachte Kilian. Liegst im Sterben und denkst an Nußschokolade. Kilian hob eine Tafel auf und brach sich ein Stück ab. Zuerst roch er skeptisch, dann biß er hinein. Zumindest einen guten Geschmack mußte er dem Toten bescheinigen.

Kilian überflog einige Blätter, die auf dem Boden lagen, stieß die Schokolade beiseite und warf einen Blick auf die Ablage hinter der offenstehenden Glastür. Auch hier waren noch etliche Tafeln gestapelt.
Ein letzter Rundgang, dann machte er sich auf den Weg nach draußen. Er trat auf eine Tafel Schokolade, es knackte, Kilian ging weiter und blieb dann wie angewurzelt stehen. So knackt keine Schokolade, sagte er sich. Er bückte sich, hob die Tafel auf, staunte und begann schließlich zu lachen: Er hielt Carusos Geheimnis in der Hand! Säuberlich verpackt in die Schokoladenhüllen lagen da mehr als vierzig Tonbandkassetten. Caruso hatte sich die Mühe gemacht, die Hüllen auszupolstern, damit die Kassetten nicht beschädigt wurden, falls sie herunterfielen. Kilians Körpergewicht hatte das Polster allerdings nicht standgehalten. Caruso war verdammt clever vorgegangen. Auf der Unterseite einer jeden Tafel befand sich das Sichtfenster aus starrer Folie. Genau darunter war ein Farbfoto von der Nußschokolade geklebt, das dem flüchtigen Betrachter den Eindruck von süßem, kalorienreichem Inhalt vermittelte.
Seine Beute unter dem Arm, machte sich Kilian auf den Rückweg zum Auto, das er abseits bei einer Gaststätte abgestellt hatte. Die Reise hatte sich also doch gelohnt. Er ging über den nur schwach beleuchteten Parkplatz auf seinen Wagen zu – und blieb plötzlich wie angewurzelt stehen. Ein Mann lehnte sich lässig gegen den Kotflügel und blickte ihm entgegen. Und tiefer im Schatten sah Kilian die Umrisse eines Pkw und eines zweiten Mannes.
»Herr Kilian, kommen Sie ruhig näher«, forderte der am Auto ihn auf. »Wir beißen nicht.«
Kilian war sich da nicht so sicher, aber er kam der Aufforderung nach.
»Woher kennen Sie mich?« fragte er den Unbekannten und hörte ihn lachen. »Wer sind Sie?«
»Das tut nichts zur Sache. Hier, schauen Sie sich das mal an.« Der Fremde reichte ihm vier dicke, etwa fünf Zentimeter lange Schrauben.
Kilian betrachtete sie und schaute dann zu dem schlanken Mann im dunklen Mantel. »Was soll das?«

Der Unbekannte stellte sich so, daß Kilian sogar sein Gesicht erkennen konnte. »Dies hatte ein unangenehmer Zeitgenosse mit den Originalschrauben der Vorderräder vertauscht.«
Kilian trat in den Lichtkegel einer etwas entfernt stehenden Laterne, sah sich die Schrauben an, konnte aber keinen Unterschied feststellen. »Sie können mir viel erzählen.«
Der Mann nahm eine Schraube und setzte an beiden Enden eine Zange an. Mit einem kräftigen Ruck brach er sie durch. »Eine besondere Legierung mit viel Kohlenstoff und Phosphor, äußerlich nicht von den richtigen zu unterscheiden. Ab Tempo hundert beginnen sie sich in ihre Bestandteile aufzulösen. Wollten Sie nicht gerade auf die Autobahn?«
Kilian nickte. Er hatte Schwierigkeiten mit dieser Situation. Jemand trachtete ihm wieder oder immer noch nach dem Leben, sicherlich dieselben Leute, die auch Caruso auf dem Gewissen hatten. Inzwischen wußten sie, daß viel belastendes Material verschwunden war, und sie vermuteten es bei ihm. Und auf der anderen Seite gab es diesen Unbekannten und seinen Helfer, der jetzt langsam näher schlenderte. Unbewußt versteifte sich Kilian.
»Beruhigen Sie sich, wir wollen nichts von Ihnen.«
Kilian hatte seine Zweifel. »Wie soll ich glauben, daß stimmt, was sie sagen? Daß nicht Sie die Schrauben vertauscht haben?«
»Herr Kilian, das werden Sie gleich merken«, scherzte der Mann. »Was hätten wir dann für einen Grund, hier auf Sie zu warten?«
»Eine Finte.«
Der Fremde schüttelte den Kopf und reichte ihm zwei Polaroid-Fotos. »Hier, Ihre Freunde bei der Arbeit.«
Obwohl die Bilder nicht viel hergaben – dieser Mann war es eindeutig nicht, der sich an den Vorderrädern zu schaffen machte. Trotzdem ließ Kilian sich die Zangen geben und ruckte an den Radschrauben der Vorderräder.
Der Unbekannte schmunzelte. »Mißtrauen ist immer gut, Herr Kilian, besonders in Ihrer Situation.« Er drehte sich um und wollte gehen.
»Wer sind Sie?«

Über die Schulter antwortete der Mann: »Früher hat man uns Schutzengel genannt.«
Die beiden Unbekannten stiegen in das Auto, die Innenbeleuchtung flammte kurz auf, der Motor wurde gestartet, das Abblendlicht eingeschaltet, und als der Wagen anfuhr, entzifferte Kilian zwischen den Rückleuchten das Stuttgarter Kennzeichen.

Längst war Chambiers Mühle zu einer Art Anlaufstation geworden, wo sie sich trafen, die Lage und die weitere Vorgehensweise besprachen und viele der Dinge deponiert hatten, die Kilian zu gegebener Zeit einzusetzen beabsichtigte. Damit auch niemand etwas von der Mühle erfuhr, überzeugte sich Kilian immer, ob ihm jemand folgte. Dazu beschleunigte er auf Höchstgeschwindigkeit, behielt sie eine gewisse Zeit bei und fuhr anschließend im Bummeltempo weiter. Dieses Spielchen wiederholte er auf der Autobahnstrecke mehrmals. Und mindestens einmal scherte er auf einen Rastplatz aus, um den vorbeibrausenden Verkehr zu beobachten. An diesem Abend war er zum erstenmal sicher, Verfolger ausgemacht zu haben: Ein dunkler Pkw mit Stuttgarter Kennzeichen, besetzt mit zwei Personen – der Kopfhöhe und den Umrissen nach die Männer von vorhin –, brauste kurze Zeit später an dem Rastplatz vorbei.

»Chambier, glaubst du an Schutzengel?«
Der Freund wirkte müde, als er ihn über die Brille hinweg ansah. »Aus dem Alter bin ich raus.«
»Aber ich scheine welche zu haben.« Kilian legte die Schrauben auf den Tisch und erzählte, was ihm widerfahren war. Plötzlich fragte er sich, wie denn seine sogenannten Schutzengel so schnell an die richtigen Schrauben gekommen waren. Hatten die beiden auf dem Foto sie auf dem Parkplatz einfach weggeworfen?
»Chambier, außerdem haben mich die Schutzengel verfolgt. Ich habe das Kennzeichen deutlich gesehen. Übrigens dasselbe wie vor zwei Wochen bei mir im Goldkäulchen. Ich meine die beiden, die mir den Umschlag mit den Fotos haben zukommen lassen.«
»Irrtum ausgeschlossen?«

»Absolut.«
»Aber böse Buben scheinen sie nicht zu sein. Sonst hätten sie schon …«
Kilian winkte ab. »Warum geben sie sich nicht zu erkennen? Sagen mir nicht, weshalb sie mich … beschützen? Wer ihr Auftraggeber ist?«

Am nächsten Tag suchte Kilian Jana auf. Ihr Bauch war runder geworden, beim Gehen machte sie ein leichtes Hohlkreuz. Zunächst wußte sie nicht, wie sie sich ihm gegenüber verhalten sollte.
»Jana, ich möchte mit Ihnen Frieden schließen.«
Zögernd gab sie die Tür frei, aber Kilian blieb in der Diele stehen.
»Wie soll ich das verstehen?«
»Sie haben von Carusos Tod gehört?«
Jana nickte und gab damit indirekt ihre frühere Bekanntschaft mit dem damaligen Journalisten der »Trierischen Landeszeitung« zu.
»Wenn Sie jetzt denken, ich trauere um ihn, dann täuschen Sie sich.«
»Ich kenne die Hintergründe inzwischen. Sie hat man nur benutzt, um mich aus dem Verkehr zu ziehen.«
»Wer hat mich benutzt?«
»Unter anderem Ihr Vater. Aber das jetzt alles darzulegen wäre zu langwierig«, sagte Kilian. Er hätte ihr ja auch erklären müssen, daß Caruso nur aus einem ganz bestimmten Grund mit ihr befreundet gewesen war.
»Und was weiter?« Jana konnte sich nicht entscheiden, ob sie sich freuen oder weiter reserviert bleiben sollte.
»Ich werde meine Anzeige bei der Staatsanwaltschaft zurückziehen.«
»Sie …« Jana schluckte. »Sie wollen mich nicht …?«
»Nein. Vor einigen Monaten hätte ich nie gedacht, daß ich so großzügig sein könnte, aber inzwischen haben sich Dinge herausgestellt, die mich zumindest Ihr Verhalten in einem anderen Licht sehen lassen.«
»Keine Anzeige mehr?« vergewisserte sie sich.
»Richtig. Und kurioserweise empfinde ich auch keinen Groll

gegen Sie. Es ist schlimm, wenn man von anderen für deren schmutzige Ziele instrumentalisiert wird.«
Jana betrachtete ihre Hände, eine streichelte ihren Bauch. Sie lächelte und weinte.
»Ist das auch kein Trick?«
»Ich habe noch nie gegen Schüler oder Schülerinnen getrickst, Jana. Auch nicht gegen ehemalige.«

Hansrüdiger Volkholz war in seiner Jugendzeit von einem Alptraum heimgesucht worden, der sich mehr und mehr zu einer Vision mit ungeahnten Möglichkeiten entwickelt hatte. Streng katholisch in einem Internat erzogen, hatte er bis weit über seine Kindheit hinaus nur eine Religion als gut und richtig akzeptiert: den Katholizismus. Geduldet waren gerade noch die Protestanten, mit denen mußte man irgendwie auskommen, aber alles andere hatte er als Teufelswerk betrachtet. Selbst Lessings »Nathan der Weise«, den sie in der Oberstufe zum Thema nach Toleranz durchgekaut hatten bis zum Gehtnichtmehr – wochenlang redeten sie nur über die Ringparabel und die Gleichwertigkeit der drei großen Weltreligionen –, hatte ihn nicht beeinflussen können. Volkholz war fest davon überzeugt gewesen, daß die katholische Kirche allein den echten Ring für sich beanspruchen durfte. Alles andere war für ihn wertlose Imitation gewesen; allein das Original galt es zu schützen.
Unter Alpträumen litt Volkholz schon lange nicht mehr, katholisch war er nur noch aus Bequemlichkeit, seit Jahren hatte er keine Kirche von innen gesehen. Aber seine Vision, die Religionen als Zündstoff zu benutzen, hatte Konturen gewonnen und war durch etliche Kriege, zuletzt in Jugoslawien, Tschetschenien, Algerien, Afghanistan und im Sudan, mehr als bestätigt worden. Der Wandel des Iran zum Gottesstaat, die von dort ausgehende Gewalt, das Leid im Libanon, Anschläge und Mord – all das brachte ihn zu der Taktik, den Islam in allen zu seinem Konzern gehörenden Medien anzugreifen. Fundamentalisten lieferten ihm genügend Munition, Leute, die in fremde Länder drängten, dort

Andersgläubige mit Methoden bekämpften, die diejenigen des europäischen Mittelalters weit in den Schatten stellten, und ihre Anschauung wie eine Seuche verbreiteten. Eine brutale Form der Missionierung, die jedoch wegen des enormen Einschüchterungspotentials und der allgegenwärtigen Kontrolle selbsternannter Hilfsmullahs überaus gut funktionierte.
Da nicht nur Volkholz in die Kerbe schlug, sondern alle westlichen Medien dem Islam und seinen Erneuerungen sehr skeptisch gegenüberstanden und überdies jede Normalisierung oder Annäherung durch militante Splittergruppen in schöner Regelmäßigkeit zunichte gemacht wurde, reagierten die Religionsfürsten von Malaysia über den Iran bis nach Marokko, vom Kaukasus über die Türkei bis zum Balkan trotzig wie zurechtgewiesene Kinder. Wie von Volkholz erwartet, mobilisierten sie die radikalen Kräfte, um ihren Einfluß auszuweiten, etwa nach dem Motto: Jetzt erst recht!
Zwei Jahre zuvor hatte Volkholz erkannt, daß seine Stunde gekommen war. Seither stand er in ständigem Kontakt zu Alain Cherif, genannt El Gauchiem, einem Absolventen der Sorbonne und erfolgreichen Kaufmann – auch in Sachen Waffenschieberei –, der als Algerier großen Einfluß auf die wichtigsten islamischen Führer Nordafrikas hatte. Was sich zunächst wie philosophisches Geplänkel angehört hatte, war mehr zu tiefgründiger Ursachenforschung und genauer Zustandsbeschreibung geworden und hatte schließlich zu der Erkenntnis geführt, daß man sich gegenseitig enorm von Nutzen sein könnte. Cherif bestand darauf, daß Volkholz wie gewohnt scharf gegen den Islam zu Felde zog, und sicherte ihm Schutz vor Terroranschlägen und Todeskommandos zu. Als weitere Gegenleistung erhielt der Medienmogul von Zeit zu Zeit vorab Informationen über geplante Attentate oder Flugzeugentführungen. So auch, als am Heiligabend in Algier ein französischer Airbus von Angehörigen der algerischen Befreiungsfront, FIS, gekapert wurde.
»Sie, Herr Volkholz, sind das Öl, das unser Feuer nährt und meine verblendeten Landsleute an der Basis von harmlosen, überzeugten Gläubigen zu unberechenbaren Extremisten werden läßt«,

sagte Cherif. »Ihr im Westen wißt nicht, daß ihr es seid, die die Brut großziehen.«
»Ich bin mir der Tatsache schon bewußt«, entgegnete Volkholz, der immer sehr konspirativ vorging, wenn er sich mit Cherif traf. Diesen Kuchen, dessen wahrer Gehalt – medienmäßig – sich erst in einigen Jahren herausstellen würde, wollte er mit niemandem teilen. »Kann sich der Zorn der Extremisten nicht doch einmal gegen mich wenden?«
Cherif lächelte zaghaft. »Zuerst macht ihr sie zu dem, was sie sind, und dann habt ihr Angst vor ihnen. Auch ich habe Angst«, gestand er, »weil viele von ihnen unberechenbar sind. Und weil sie eine allzeit abrufbereite Entschuldigung für ihr Tun haben: Allah. Er stellt ihnen einen Freibrief aus. Wer gegen Allahs Krieger ist, ist auch gegen ihn.«
Volkholz wurde nachdenklich. »Alte politische Strukturen zerfallen, neue existentielle wirtschaftliche Probleme wachsen täglich, die Massenverelendung nimmt zu. Das ist eine explosive Mischung und der Nährboden für jede Art von religiös motivierten Fanatikern, nicht nur bei Ihnen, Herr Cherif.«
»Wie will man sich in der Alten Welt verhalten, wenn in der Türkei der Erfolg der Wohlfahrtspartei weiter wächst?« fragte Cherif. »Ein NATO-Mitglied, eine nach westlichem Vorbild geprägte laizistische Republik und zugleich assoziiertes Mitglied der Europäischen Union konvertiert zu einem Gottesstaat. Ist diese Vorstellung nicht gleichermaßen beängstigend und amüsant?«
Auch wenn Volkholz es nicht nachvollziehen konnte, wußte er sehr wohl, daß viele Entwicklungsländer – erst recht, seit sich der real existierende Sozialismus als Flop erwiesen hatte – das Heil in der Rückbesinnung auf den Koran und die Scharia, die islamische Rechtsordnung, zu sehen glaubten. Da sich alle bisherigen Strukturen als wenig haltbar erwiesen hatten, war die Wunschvorstellung, eine große Gemeinschaft der Gläubigen ohne Nationalstaaten zu schaffen, verständlich. Der Iran hatte die Einheit von Staat und Religion vorexerziert, Afghanistan war gefolgt, andere Staaten standen kurz davor.
»Die FIS bei Ihnen, Hamas in Palästina, die Brüder Gottes oder

wie sie sich nennen: kann sich das nicht auch verselbständigen und der eigenen Sache schaden?«
»Herr Volkholz. So wie Sie, wie die Medien von Übertreibung und Überzeichnung leben, lebt auch die Religion von Schwarzweißmalerei: Wir haben den einzig wahren Glauben, wir verdammen das Böse, die Ungläubigen, die Amoralität und Dekadenz des Westens.«
»Wir, der Westen, verkörpern also für den Islam den Teufel schlechthin.«
Wieder lächelte Cherif. »Was nützt uns ein Gott, wenn wir keinen Teufel haben?«

Kilian, der sich ausgiebig mit Carusos Nachlaß beschäftigte, wußte inzwischen, daß der Schokoladenjunkie ihm in der Mühle nicht die volle Wahrheit gesagt hatte, was sein Archiv und dessen Wert anbelangte. In Carusos Leihwagen hatten sich viele interessante Videobänder gefunden, und eines hatte es Kilian besonders angetan. Lange studierte er die Aufnahmen, machte sich eine Kopie und fuhr kurz darauf nach Illingen ins Saarland. Sein Ziel war eine Spedition, die sich auf den europaweiten Transport von neuen Pkw spezialisiert hatte.
Junker, so hieß der Mann, auf den er wartete, kam zwei Stunden später auf den Hof gefahren, stellte das schwere, doppelstöckige Zugfahrzeug ab, meldete sich kurz im Büro und wollte anschließend in seinen Pkw steigen.
Kilian baute sich neben dem etwa Vierzigjährigen auf. »Es gibt zwei Möglichkeiten, Herr Junker. Entweder wir reden, oder ich werde Sie wegen versuchten Mordes anzeigen. Auf diesem Video ist der Beweis.«
»Versuchter Mord?«
»Auto verloren, zwischen Bitburg und Prüm, Anfang November«, half Kilian ihm auf die Sprünge. »Beinahe wäre ich draufgegangen.«
Junker zog den Kopf ein, wurde blaß und beobachtete den weitläufigen Hof, wo etliche der langen Lkw aufgereiht nebeneinan-

derstanden. Im Verwaltungsgebäude brannte noch Licht. »Sie wollen mit mir reden?«
»Ja.«
Junker überlegte. »Geht's um einen Handel?«
»Möglich.«
»Ich soll auspacken, und dann verschonen Sie …?«
»Denkbar. Zuerst jedoch muß ich wissen, was Sie anzubieten haben.«

In einer schlecht besuchten Gaststätte quetschten sie sich wie Geheimnistuer in eine Ecke. Kilian schilderte kurz, was auf dem Video zu sehen war, Junker schrumpfte mehr und mehr zusammen.
»Ich muß erst das Band sehen«, meinte er.
Kilian fuhr hinter Junker her zu dessen Einfamilienhaus nach Wemmetsweiler.
»Meine Frau ist nicht da. Krankenschwester. Hat Nachtdienst.«
Er schob die Kassette in den Recorder, setzte sich zögernd und staunte nur noch.
»Das Schwein hat mich zum zweitenmal gelinkt«, knurrte er, als die entsprechenden Bilder auftauchten.
»Was hat man Ihnen gezahlt?«
Leugnen war angesichts der deutlichen Bilder und der ausgezeichneten Tonqualität sinnlos. »Fünfzehntausend.«
»Nicht mehr?«
Junker schüttelte den Kopf. »Ich bin erpreßt worden.«
»Was hatte man gegen Sie in der Hand?«
Junker schien noch kleiner zu werden. »Ich habe dem kleinen Dicken wenige Wochen vorher einen Tip gegeben. Und zwar handelte es sich um einen Lkw aus Polen. Die dürfen sonntags fahren.«
»Der Autobahnunfall bei Trier?«
Junker nickte.
»Aber damit hatte er doch nichts gegen Sie in der Hand.«
Junkers Lachen verunglückte. »O doch. Ich habe mich mit dem Polen auf der Raststätte Eifel verabredet und ihm ein paar Scheine

zugesteckt. Dadurch wußte der Dicke genau, wann er unten an der Mosel sein würde. Und wenn er diese Aufnahmen hier gemacht hat«, Junker deutete auf den Fernseher, »dann gibt es sicherlich auch dafür Beweise. Falls ich bei der zweiten Sache nicht mitspielte, drohte er mir unmißverständlich, dann bekäme die Polizei einen Tip.«

»Die drei Herren auf dem Bildschirm. Wissen Sie, wer die sind?«

»Geschäftsleute. Zumindest gaben sie sich so. Überheblich bis in die Haarspitzen, besonders der eine. Ich glaube, jemand sagte Charly zu ihm oder so. Namen wurden sonst keine genannt, aber ich erkenne sie wieder.«

Charly war der Spitzname von Kilians Schwiegervater Carl Chemnitz.

»Was genau hatten Sie zu tun?«

»Ich sollte ihnen mitteilen, wann wieder eine Fuhre in die Eifel und weiter nach Norden in Richtung Belgien fällig wäre. Das habe ich getan. Daraufhin bekam ich die Anweisung, an diesem bestimmten Parkplatz bei Nattenheim eine Pause zu machen. Dort stieg ein Mann zu, nicht ins Führerhaus, sondern auf die Ladefläche. Auf ein Zeichen von ihm, er sollte gegen die rückwärtige Scheibe klopfen, hatte ich langsam auf die Autobahn zu fahren und nur mäßig zu beschleunigen. An der Ausfahrt Waxweiler hat sich mein unbekannter Fahrgast wieder verabschiedet.«

Nun wußte Kilian auch, wie Bolzen und Haltegurt zu Bruch gegangen waren.

»Wie heißt der Mann?«

»Ich weiß es nicht.«

»Sie haben nichts von dem Verlust gemerkt?«

Junker starrte den Wohnzimmertisch an.

»Mann, ich habe Sie was gefragt.«

»Mir wurde gesagt, es sei ein Versicherungsfall. Von dem Anschlag auf Sie hatte ich keine Ahnung.«

Junker schaute Kilian an, und der glaubte ihm.

»Es soll keine Entschuldigung sein, aber ich bin bis über beide Ohren verschuldet. Das Haus hier frißt mich noch auf. Hab' mich total übernommen. Ich versuche schon, es seit einem Jahr zu verkaufen. Fehlanzeige. Gut, wenn ich um hunderttausend runtergehe ...«

Das Tonband, auf dem Caruso den Autoanschlag auf Kilian detailliert beschrieben hatte, war angekommen, die Reaktion folgte prompt. Ob man ihn bitte sprechen könne, wurde höflich angefragt.
Das Ausflugslokal am Bitburger Stausee war geschlossen, aber die Herren hatten es arrangieren können, daß man ihnen einen beheizten Raum zur Verfügung stellte. Sie saßen zu viert an einem kleinen Tisch.
Chemnitz, sein ehemaliger Schwiegervater, polterte nach einer Weile in der gewohnten Art los. »Was soll der Quatsch, Berthold? Willst du uns ... fertigmachen?«
»Für Sie Herr Kilian.«
»Für mich bist du ein Furz.«
Kilian stand auf und wollte gehen.
Staatsanwalt Röder beschwichtigte ihn. »Wir sind doch erwachsene Menschen.«
Kilian, der sich im stillen amüsierte und nur darauf wartete, daß die drei sich gegenseitig beschuldigten, setzte sich wieder.
»Was wollten Sie mit dem Tonband erreichen?« fragte der berufsmäßige Anklagevertreter. »Sie wissen doch, vor Gericht hat das keine Beweiskraft.«
»Beweiskraft haben wird allerdings die notariell beglaubigte Aussage von Dexheimer ...«
»Der ist tot.«
»... seine Fotos und die Videoaufnahmen.«
»Videoaufnahmen?« Die drei tauschten verstörte Blicke.
Kilian nickte. »Gestochen scharfe Aufnahmen mit deutlichem Ton.«
»Er hat doch nie in unserem Beisein gefilmt.«
»Natürlich nicht.«
Die Spitzen der Trierer Gesellschaft – zumindest hielten sie sich noch dafür – steckten die Köpfe zusammen und tuschelten.

»Kann nicht sein«, schnappte Kilian auf. »Wie hätte er das denn anstellen sollen? Hätten wir doch gemerkt.«
Röder schwang sich zum Sprecher auf. »Wir glauben nicht, daß solche Aufnahmen existieren.«
»Sehen Sie sich doch mal diese schönen Bildchen an!« Kilian, der die Situation genoß und sich an der Unsicherheit der anderen weidete, legte zwei Fotos auf den Tisch. Zu sehen waren die drei Männer, wie sie sich, auf einer Wiese stehend, unterhielten.
»Das kann überall aufgenommen worden sein.«
Kilian lächelte nachsichtig. »Im Hintergrund ist zu erkennen, wie weit die Bauarbeiten an einer Halle im Industriegebiet gediehen sind. Daraus lassen sich Zeit und Ort eindeutig bestimmen. Das Foto wurde auf der Wiese in Sirzenich aufgenommen, zwei Wochen vor meiner Verhaftung.«
Kilian legte dar, was er an Beweisen zusammengetragen hatte, vom Beschluß des Ortsverbandes, die Wiese in Bauland umzuwandeln, über die von Chemnitz gezahlten siebzigtausend bis hin zum endgültigen Bescheid – als er im Gefängnis gesessen hatte und seine Frau dazu benutzt worden war, ihm das Grundstück abzuschwatzen. Aber die drei Männer fühlten sich immer noch unangreifbar.
»Bei dieser mageren Kost wird keiner meiner Kollegen einen Finger rühren«, verkündete Röder siegessicher.
Kilian gab ihm eine Kopie des Untersuchungsprotokolls von Benno Dexheimer zu lesen, in dem es um den Rauschgiftschmuggel ging. Röder wurde nervös, und das verstärkte sich, als Kilian ihm die Kopie eines Berichts zeigte, aus dem hervorging, daß die Polizei zwei Kilogramm Marihuana beschlagnahmt hatte. Deutlich war Röders Unterschrift zu sehen.
»Herr Oberstaatsanwalt.« Kilian betonte die Worte. »Wie wollen Sie Ihren Vorgesetzten erklären, daß eine solche Menge Rauschgift gefunden und der Täter verhaftet wurde, Sie aber keine Anklage erhoben haben?«
Röder fummelte mit zwei Fingern an seinem Kragen. Fatale Situation. Kilians Angriffe im Fernsehen hatte er gegenüber seinen Vorgesetzten noch glaubhaft abwehren können. Aber das mit

Dexheimer? »Nun … äh … da scheint was falsch gelaufen zu sein. Wenn ich mich recht erinnere, bin ich in Urlaub gefahren, und mein Stellvertreter …«
Kilian brachte ihn mit einer Handbewegung zum Schweigen. »Und nun zu den Videoaufnahmen. Auf diesem Band«, er legte es mitten auf den Tisch, sechs Augen starrten darauf, »ist zu sehen, wie Sie sich mit Dexheimer und einem gewissen Klaus Junker getroffen haben. Junker ist Lkw-Fahrer von Beruf, hat aber ganz unprofessionell auf der Strecke nach Prüm ein Auto von der Ladefläche verloren. Sie werden hören, welche Details Sie mit Junker besprochen haben, und Sie werden sehen, wie er das Geld erhält. Insgesamt fünfzehntausend Mark. Außerdem liegt mir Junkers eidesstattliche Erklärung vor. Er ist bereit, den Hauptzeugen zu spielen und den Namen des Helfers zu nennen, der hinten auf dem Lastzug den Neuwagen aus der Verankerung gelöst hat.«
Der letzte Punkt stimmte nicht ganz, aber nach Durchsicht des Bandes würden die Beschuldigten ihn schlucken.
Erneut tuschelten die drei, und Kilian fragte sich, warum Chemnitz, Lauterborn und Röder sich damals einverstanden erklärt hatten, bei dem Gespräch und der Geldübergabe dabeizusein. Vielleicht, so vermutete er, weil Caruso sich andernfalls gesträubt hätte; ihn zu erpressen war ja nach allem, was bereits vorgefallen war, nicht mehr möglich gewesen. Vielleicht aber auch, weil sie erkannt hatten, wie gefährlich Kilian ihnen werden konnte. Und da sie alle in einem Boot saßen, hatte die Devise wohl gelautet: Entweder keiner von uns, dann streikt Dexheimer, oder alle.
Kilian stellte sich ans Fenster und schaute hinaus auf den Stausee. Glatt und ungekräuselt die Wasserfläche, kein Boot, kein Vogel – und kein Spaziergänger auf dem Rundweg. Ist mein Vorgehen richtig? Droht mir von diesen Kerlen Gefahr? Nun, Gefahr drohte ihm keine mehr. Was jedoch seine Taktik anbelangte, spürte er Unsicherheit in sich aufsteigen. Hatte er sich genügend nach allen Seiten abgesichert?
»Herr Kilian, bitte.« Lauterborn deutete auf den freien Stuhl. »Wie können wir die Angelegenheit bereinigen?«
»Stellen Sie sich der Polizei. Auf versuchten Mord – die anderen

Straftaten lassen wir außer acht – gibt es mindestens acht bis zehn Jahre. Stimmt das, Herr Röder?«
»Das mit dem Auto war ein Unfall. Die Polizei hat keine anderen Anhaltspunkte.«
»Wenn Sie das noch einmal allen Ernstes behaupten, gehe ich.«
Betretenes Schweigen, bis Röder sich meldete. »Sie sind doch nicht hergekommen, um uns zu sagen, was auf versuchten Mord steht. Was also wollen Sie?«
»Eine lückenlose schriftliche Darlegung, in der Sie die Zusammenhänge genau schildern. Da wäre einmal das Bauland, dann Dexheimers Verstoß gegen das Betäubungsmittelgesetz und schließlich die vorgetäuschte Vergewaltigung.«
»Niemals«, sagten sie wie aus einem Munde.
»Ich gebe Ihnen eine Woche Zeit. Aber verzichten Sie darauf, es noch einmal Autos regnen zu lassen, ich habe mich abgesichert.«
Bauunternehmer Lauterborn schien noch am klarsten denken zu können. »Bedeutet das, daß Sie, wenn Sie unsere ... Darlegung haben, von einer Anzeige und weiteren juristischen Schritten absehen werden?«
»Es bedeutet, daß wir dann weiterreden, meine Herren. Die Videokassette können Sie behalten.«

Sherman, ein Analytiker par excellence, glaubte alles im Griff zu haben. Sein Blatt Dexheimer war ausgereizt und hatte ihm neben großen Erfolgen letztendlich auch Unannehmlichkeiten beschert. Nachdem der Kleine noch beinahe einen der Ausputzer in Luxemburg liquidiert hatte, war er, wie vermutet, nach Trier gebraust. Oft konnte einem der größte Feind von größtem Nutzen sein. Davon war Sherman überzeugt.
Kilian schien, so zumindest deutete Sherman die Zeichen, Dexheimers Erbe angetreten zu haben. Von dem Mann würde er in Zukunft die Finger lassen, das war nicht mehr seine Sache. Eine Kooperation mit den drei Geschäftsleuten – durch Dexheimer war er in die Zusammenhänge eingeweiht – kam auch nicht in Frage. Und ihm persönlich konnte Kilian nichts anhaben, denn es exi-

stierte kein verräterisches Indiz. Auch nicht, was Dexheimers Tod betraf. Aber eines stimmte Sherman nachdenklich: Als Dexheimer in der altehrwürdigen Stadt an der Mosel mit einigen Gramm Blei beschwert worden war, hatte gleich nach dem ersten Schuß ein Blumenauto die Sicht versperrt. Eine halbe Sekunde früher, und der Lockenkopf wäre noch am Leben. Das war. ... Zufall, so etwas konnte schon mal passieren. Es fuhren viele Lkw durch die Fußgängerzone, es wäre Anlieferungszeit gewesen.
Und wenn es kein Zufall war? Hatte da jemand Kilian schützen wollen? Dabei war überhaupt nicht vorgesehen, ihn auszulöschen. Noch wenige Wochen zuvor hatte das noch anders ausgesehen. Da hatte er sich von Dexheimer – der damals noch hoch im Kurs stand und unverzichtbar schien – überreden lassen, eine Reinigungskolonne in den Wald zu schicken. Allerdings hatten diese sogenannten Profis ihr Opfer unterschätzt; Kilian hatte einem von ihnen schwer zugesetzt. Wenigstens hatte der andere noch jeden verräterischen Hinweis beseitigt. Das war zwar für Sherman glimpflich ausgegangen, aber heute betrachtete er sein damaliges Engagement als Fehler. Mittlerweile war Kilian fester Bestandteil seines Plans, der Mann mußte überleben und gewisse Schachzüge ausführen, die er, Sherman, vorauszuahnen glaubte. Und Kilian würde handeln, bei dem hochkarätigen Material, das ihm zur Verfügung stand. Der Journalist war also ein wichtiger Trumpf in seinem Spiel.
Und noch etwas beschäftigte Sherman. Je länger er alles überdachte, desto deutlicher gewann er den Eindruck, daß Kilian eine besondere Form der Lebensversicherung abgeschlossen hatte, die, wie er wußte, mindestens fünftausend Dollar pro Tag kostete. Warum sonst war die Aktion mit den Radschrauben nicht erfolgreich gewesen?
Sherman hatte eine Idee, und die trug er Christine Sallinger vor. So konnte er bei ihr den Eindruck erwecken, ihm sei sehr an seinem Job gelegen. Auch dies paßte in seine Strategie, in der Christine inzwischen eine bestimmte Rolle zugedacht war. Nachdem er Christine die Umstände erklärt hatte – zuerst hatte sie ihn nicht empfangen wollen –, rückte er mit seinen Vorschlägen heraus.

»Wir können WTC demontieren, dadurch Bob Chassman einen empfindlichen Verlust zufügen und zugleich etwas tun, das Ihren Gewinn enorm vergrößern wird. Es geht um Target.«
Christine stutzte. »Woher wissen Sie von Target?«
»Wenn Bob WTC kauft, muß er Target abgeben. Was also liegt näher, als daß Sie es übernehmen?«
Christine, hervorragend zurechtgemacht und wie eh und je eine unterkühlte Eleganz ausstrahlend, sah den Rothaarigen abschätzend an. Dieser Sherman wußte anscheinend mehr, als sie bisher gedacht hatte.
»Sie bringen sich um Ihren Job.«
Sherman lächelte nur.
»Erzählen Sie.«
»Die für Sie profitabelste Möglichkeit ist die, die Demontage von WTC durch Target einzuleiten. Der Sender hat einen ausgezeichneten Ruf, ist gut geführt, leidet allerdings unter einer mickrigen Einschaltquote. Mit dem, was dieser clevere Boy aus Germany hat, könnten wir Target über Wochen und Monate ausgezeichnet füttern. Immer ein Häppchen mehr.«
»Und Sie glauben, Fred, daß das funktioniert?«
Sherman lächelte selbstgefällig. »Gegen andere Anstalten schießen? Und ob.«
»Was macht Sie so sicher? WTC liegt bei knapp sechs Prozent.«
»Zum einen, weil die Geschichte in der Bundesrepublik spielt. Die Deutschen haben eine seltsame Mentalität: Entdecken sie ein Problem, stürzen sie sich regelrecht darauf, wollen es unbedingt lösen oder den Zustand verändern. Das kann schon mal fanatische Züge annehmen. Ein Sender, der Berichte manipuliert? Ein Unding, und das bei uns in Germany? Wo uns doch die ganze Welt ständig im Visier hat? Müssen wir sofort bereinigen.«
Christine schmunzelte. Sie kannte die superklugen Deutschen, denen der eigene Perfektionismus ständig zum Verhängnis wurde. Auch dir, mein lieber Hansrüdiger, wird es so ergehen, dachte sie.
Als gelte es, seiner Chefin etwas zu verkaufen, sprach Sherman weiter. »Den Drang, es allen recht zu machen, sich sozusagen als oberste Moralinstanz aufzuspielen, kennen wir. Ich denke an die

Ökowelle, deren Vorreiter sie waren. Oder die pseudomoralischen Ergüsse, als es um den Einsatz der Bundeswehr ging. Zu Anfang ein von der Opposition initiiertes Erdbeben, das oberste Gericht wurde beauftragt zu klären, ob da nicht die Verfassung berührt würde, und heute hört man nichts mehr davon. Bei den Germans schallt es lauter aus dem Wald, als man hineinruft.«
Christine wippte mit einem Fuß. Sherman zwang sich, seinen Blick nicht unter ihre Gürtellinie wandern zu lassen.
»Die Sahelzone war ja auch ein gefundenes Fressen für sie. Endlich konnten sie helfen und vor den Augen der Weltöffentlichkeit bestehen. Dieser Bestätigungszwang ist doch krankhaft, Fred.«
»Natürlich. Bei ihrer Geschichte doch kein Wunder. Wir wären blöd, wenn wir das nicht ausnutzten.«
»Wird das mit WTC funktionieren?«
»Und ob. Bisher stehen die Zuschauer zu ihrem Sender, sie dürfen ja mitbestimmen. Es gibt da diesen VOPO.«
»Habe davon gehört.«
»Und plötzlich erfahren sie durch Target, daß man sie mißbraucht hat. Zum einen wollen die Leute wissen, was dran ist an der Geschichte. Stimmt das auch, hat man mich wirklich manipuliert? Zum anderen wird sich ihr Zorn, der ja eigentlich der eigenen Dummheit gelten müßte, gegen WTC richten.«
Christine spielte mit ihrem Armband. Außer diesem Stück und einem schlichten Ring trug sie keinen Schmuck. Sie brauchte sich nicht zu behängen.
»Fred, das leuchtet mir ein. Die Frage ist, ob dieser Kalin ...«
»Kilian.«
»... ob er mit von der Partie ist.«
»Einen Beitrag hat er doch schon geliefert, allerdings noch ohne nennenswerte Wirkung.«
»Fred, können Sie ihn überzeugen?«
»Persönlich?«
»Warum nicht?«
Er kennt mich nicht, überlegte Sherman. Er wird denken, ich komme von Target, immerhin gehört der Sender einem amerikanischen Konzern.

»Leider habe ich keine Befugnisse, Christine«, sagte er schließlich bedauernd. »Mein Vertrag bindet mich an WTC, und auf das Geld verzichten kann ich nicht.«

Als Sherman später in seinem Hotelzimmer die Füße hochlegte, fragte er sich, in wessen Diensten er nun eigentlich stand. Gerade als er sich einen Bourbon genehmigen wollte, immerhin war ihm ein geschickter Schachzug gelungen, wurde er durch das Telefon gestört.
»Endlich erreiche ich Sie, Fred. Haben Sie schon gehört?«
»Nein, Monique. Um was geht es?«
»Kommen Sie bitte umgehend nach Köln. Ich brauche Ihre Hilfe.«

Kilian hatte lange überlegt, wie er die strafrechtliche Verfehlung seiner drei Gegenspieler zu bewerten hatte und wie die finanziellen und gesellschaftlichen Auswirkungen für jeden einzelnen einzuschätzen waren. Am härtesten konnte er sie treffen, wenn sie vor Gericht gestellt und verurteilt wurden. Dann hätte er seine Rache gehabt, vielleicht auch ein bißchen Genugtuung, mehr aber auch nicht.
Doch Kilian war auch Pragmatiker und Realist. Wegen versuchten Mordes für Jahre ins Gefängnis zu wandern bedeutete das persönliche und gesellschaftliche Ende für die Herren. Weil Röder, Lauterborn und Chemnitz dies ganz richtig erkannt hatten, würden sie sich zwangsläufig von ihm gewisse Bedingungen diktieren lassen müssen. Fragte sich nur, wie weit er den Bogen spannen konnte.
Bedenken kamen Kilian wegen seiner Pläne nicht – noch nicht. Im Gegenteil, ihm bereitete diese Art von Spiel Vergnügen; er würde die drei mit den eigenen Waffen schlagen und ihnen das rauben, worauf sich ihre Gier konzentrierte: das Geld. Inwieweit sein Vorgehen juristisch bedenklich war, interessierte ihn nicht. Kilian nahm sich nach fünf Jahren Gefängnis einfach das Recht, mit den dreien so zu verfahren, daß für ihn der größtmögliche Vorteil heraussprang. Und Vorteil, wie er ihn für sich definierte, hieß nicht

nur Rache und Genugtuung, sondern auch großzügiger finanzieller Ausgleich.

Die erste Version des von Kilian geforderten Geständnisses hatte Röder – wozu war er schließlich Jurist? – so mit rechtlich schwammigen Formulierungen verwässert, daß sie nicht brauchbar war. Mit der zweiten war Kilian einverstanden. Er wußte nicht, ob der endgültige Beweis, wie schuftig und rücksichtslos sich die Herren benommen hatten, ihn zornig machen sollte oder ob er lachen sollte, weil er fast an seinem Ziel angelangt war. Wie groß mußte bei den dreien die Angst vor Aufdeckung sein! Erst recht, seit sie auf Dexheimers heimlich gedrehtem Video – von der Absprache, bei der festgelegt worden war, daß ein Auto zu einem bestimmten Zeitpunkt und an einer bestimmten Stelle von einem Lkw fallen sollte – alles noch einmal hatten sehen können.
»Ach ja, bevor ich es vergesse: Bitte schreiben Sie unter Ihre Aussage, daß Sie sie aus freien Stücken gemacht haben.«
Keiner der Herren weigerte sich. Sie wußten genau, sie lieferten sich Kilian aus, aber das erschien ihnen immer noch angenehmer als alles andere, was sie sich bereits ausgemalt hatten.
»Und jetzt? Willst du uns … Wollen Sie uns schmoren lassen?«
Gerne hätte Chemnitz härtere Worte gewählt und es diesem jungen … Nichtsnutz mal so richtig gezeigt.
Kilian reagierte nicht darauf. »Nur noch einige Fragen möchte ich beantwortet haben. Sie, Herr Röder, haben laut Besoldungstabelle ein Jahreseinkommen von ungefähr hundertzehntausend Mark.«
Röder nickte.
»Herr Chemnitz hatte vorletztes Jahr rund vierhunderttausend zu versteuern, Herr Lauterborn sechshunderttausend. Ist das so richtig?«
Auch die beiden anderen nickten.
»Inzwischen sind zehn Parzellen des Baulandes verkauft und bebaut worden, nochmals die gleiche Anzahl wird folgen. Machen Sie bitte weiter wie bisher.«
Zu früh atmeten die drei auf, denn nun präsentierte Kilian ihnen seine Rechnung.

»Sie werden bis heute einen Rohgewinn vor Steuern von insgesamt etwa drei Millionen erzielt haben. Diese Summe zuzüglich eines Aufschlags von dreißig Prozent – das Finanzamt will ja auch etwas sehen – überweisen Sie bitte innerhalb von vier Wochen je zur Hälfte auf diese beiden Konten. Eins gehört Gitte, meiner geschiedenen Frau, das andere mir.«
Es hätte nicht viel gefehlt, und die drei wären über Kilian hergefallen. Aber er legte schweigend ein Blatt auf den Tisch, und das hielt sie auf. Kilian hatte seine Anzeige für die Staatsanwaltschaft in Trier bereits formuliert, und ein Notar würde sie, sollte er nicht innerhalb einer bestimmten Frist widerrufen, in wenigen Tagen überbringen. Außerdem würden, so versicherte Kilian, Kopien an diverse Zeitungen gehen.
Nachdem seine Gegenspieler sich etwas beruhigt hatten, folgte der zweite Teil der Rechnung: »Ihr Gesamteinkommen beträgt jährlich etwa eins Komma eins Millionen. Und exakt diese Summe inklusive Inflationsausgleich werden sie mir fünf Jahre lang zukommen lassen. Die vertragliche Gestaltung überlasse ich Ihnen. Machen Sie mich einfach zu Ihrem Berater, das klingt doch irgendwie glaubhaft.«
Es blieb nun erstaunlich ruhig, denn die drei Männer – nichts war mehr übrig von ihrer wuchtigen Größe – hatten mit etwas Ähnlichem gerechnet.
»Angenommen, wir erklären uns zu diesem Handel bereit. Welche Garantie hätten wir?«
»Herr Chemnitz, Sie wollen Garantien von mir? Ausgerechnet Sie, der Sie meine Ehe kaputtgemacht haben?« Kilian sprach ganz ruhig, aber seine Worte wirkten. »Und Sie, Herr Röder. Erinnern Sie sich noch an ihr Plädoyer?«
Kilian bewies dem Staatsanwalt, wie gut sein Gedächtnis war, indem er einige Passagen zitierte. Röder zuckte zusammen.
»Herr Lauterborn, ich brauche doch nicht auszuführen, wie Sie dastehen würden. Ein angesehener Geschäftsmann benutzt die eigene Tochter und fädelt aus Profitgier eine vorgetäuschte Vergewaltigung ein.«
Röder, er schien noch der Besonnenste zu sein, fragte noch ein-

mal, inwieweit sie – vorausgesetzt, sie gingen auf Kilians Vorschlag ein – vor weiteren juristischen Schritten sicher sein könnten.
»Es gibt die Möglichkeit, meine Herren, daß die Geständnisse an sicherer Stelle hinterlegt werden mit der Auflage, sie nach zehn Jahren zu vernichten oder Ihnen zurückzugeben – wenn Sie Ihren Verpflichtungen nachgekommen sind.«
Sie überlegten. Schließlich berieten sie sich leise.
»Berthold, ich war immerhin dein Schwiegervater. Zieh uns doch nicht aus bis aufs letzte Hemd.«
»Herr Chemnitz, ich habe nie einen Schwiegervater gehabt, sondern mußte ein macht- und geldgieriges Ekel ertragen, das über Leichen geht. Hier sind die Geständnisse. In drei Tagen ist Weihnachten. Ich gebe Ihnen Zeit bis zum zehnten Januar. Beten Sie jeden Abend, daß mir nichts geschieht. Falls ich einen Unfall haben sollte oder mein Abtreten auf ungewöhnliche Weise … Na ja, Sie können sich den Rest ausmalen.«

Ein junger Mann empfing sie am Seiteneingang von WTC und führte sie in einen bescheidenen Raum abseits der modern und komfortabel eingerichteten Bürofluchten. Auf dem Tisch standen eine Eingabetastatur und ein Monitor, ein breites Datenband lief bis zur Wand und verschwand in einem Kabelkanal. Gegenüber waren auf einem Regal zwei Fernsehgeräte aufgebaut, eines zeigte das laufende Programm von WTC.
»In welche Sendung gehen wir heute abend rein, Herr Kilian?«
»›Schicksale des Lebens‹.«
»Und Sie sagen mir wieder, welche Zahlen Sie haben wollen.«
Kilian nickte. »Haben Sie mir eine Kopie gemacht?«
Moritz, so hieß der junge Mann, schob Kilian eine Plastikkarte über den Tisch. »Den Magnetstreifen zu kopieren war einfach.«
»Kann man herausfinden, daß wir nicht autorisiert sind?«
Moritz schüttelte den Kopf. »Die Karte hat keinen persönlichen Code.«
Kilian verstaute die Karte; das Original hatte er in Carusos Leih

wagen, zusammen mit anderen Unterlagen, im Handschuhfach entdeckt. Nun war er an Stelle des ermordeten Lockenkopfes in der Lage, das Gebäude des Senders nach Belieben zu betreten, zumindest so lange, wie die eingegebenen Daten auf dem Magnetstreifen ihre Gültigkeit behielten.
Maren setzte sich neben Kilian. Moritz, Mitglied eines Hacker-Clubs, spielte auf der Tastatur und ließ verschiedene Zahlenreihen über den Monitor laufen.
»Dieser Erik ist eine Null«, meinte er verächtlich. »Hat bis heute nichts gemerkt und wird auch nichts merken.«

Else Naumann sprühte nur so vor Optimismus, die Studiobesucher waren in Hochstimmung, denn heute hatten sie schon vorab zwei Gläser Sekt bekommen. So etwas wie bei Jürgens, wo einige gebuht hatten, durfte nicht noch mal passieren.
Der erste Gast, man hatte ihn vorher entsprechend bearbeitet, war für einen Asylstopp und die schrittweise Rückführung ausländischer Mitbürger in deren Heimatländer. Monique Koslo hatte dieses Thema bewußt ausgewählt, denn in Zeiten der Toleranz und Akzeptanz war es vonnöten, diesen seltsamen Professor Hunger aus der Schweiz, der, wie sie meinte, immer noch vielen aus dem Herzen sprach, vehement in die Schranken zu weisen. So etwas machte sich immer gut!
»Sie sind also dafür, Deutschland ausländerfrei zu machen?«
»Nicht nur Deutschland«, verkündete der Gast, »sondern auch die Schweiz, Österreich, Frankreich und die Benelux-Staaten. Ich frage mich, was haben diese Menschen bei uns zu suchen? Auf welches Recht berufen sie sich?«
»Sie stammen aus Krisengebieten, bei ihnen zu Hause herrschen Bürgerkrieg und Hungersnot, sie werden verfolgt, müssen mit dem Tod rechnen, und wir haben die Verpflichtung, ihnen zu helfen.«
»Dann laden Sie doch gleich die ganze Dritte Welt ein, sich in Europa niederzulassen«, entgegnete Hunger. »Man wird sofort auf Sie hören. Allerdings hätten Sie dann Ihre Wohnung mit

anderen zu teilen, in gewissem Sinn auch Ihr Konto, und Ihr Lebensstandard würde sich deutlich verändern.«

»Es geht um einige tausend Menschen im Monat, Herr Professor Hunger. Vielleicht ein- oder zweihunderttausend pro Jahr. Das muß doch ein so reiches Land wie das unsrige verkraften können.«

»Und wie steht es mit den Aus- und Übersiedlern aus Rußland? Den Wolgadeutschen? Sogar aus Kasachstan und Sibirien kommen sie scharenweise herüber. Zählen Sie die dazu, dann kommen Sie mit zweihunderttausend längst nicht hin.«

»Nun ... es ist unsere Verpflichtung ...«

»Seltsam, meine Liebe. Die Deutschen stöhnen unisono über Arbeitslosigkeit und Steuererhöhungen, über die Kosten der Wiedervereinigung und zusätzliche Versicherungen, und Sie wollen noch mehr Esser an den Tisch bringen. Das kostet was, mindestens acht Milliarden pro Jahr, eher mehr. Und Wohnraum benötigen die Leute auch, oder wollen Sie sie in Zeltstädten unterbringen? Viele von ihnen beziehen Neubauwohnungen, das schürt den Neid, sie bekommen Hilfe hier und Hilfe da, können sich sofort ein Auto und neue Möbel kaufen, fahren oder fliegen in Urlaub. Liebe Frau Naumann, dafür wird der Mann auf der Straße kein Verständnis zeigen. Hat er nicht Vorrang vor allen Ausländern, weil er in diesem Land geboren ist, seine Steuern bezahlt und für die Rente spart? Wollen Sie ihm auch noch diese zusätzlichen Lasten aufbürden?«

Else Naumann fühlte sich diesem gelassenen Schweizer plötzlich nicht mehr gewachsen. »Nun, dann wollen wir doch einmal unsere Zuschauer befragen. Falls Sie der gleichen Meinung sind wie Professor Hunger, dann drücken Sie den grünen Knopf, wenn nicht, den roten.«

Keine zwanzig Sekunden später lag das Ergebnis vor. Der Professor grinste über das ganze Gesicht, Else war sprachlos.

»Das verstehe ich nicht: Vierundsiebzig Prozent sind für die Rückführung von Ausländern? Da muß ein Fehler im Computer vorliegen.«

»Haben Sie immer einen Computerfehler, wenn das Ergebnis

nicht Ihren Erwartungen entspricht?« fragte der Professor mit sarkastischem Unterton.
Else zwang sich zu einem Lächeln. »Vielleicht habe ich auch meine Frage falsch formuliert. Wir werden es gleich noch einmal versuchen.«
Der Professor war im Aufwind. Ermutigt durch das Zuschauervotum, zog er vom Leder: Die europäischen Kernrassen müßten unter sich bleiben, sie brauchten keinen Sozialmüll, dann gingen auch die Kriminalitätsrate und der Einfluß der Mafia automatisch zurück. Einige der Gutgelaunten im Zuschauerraum klatschten unaufgefordert, ihnen gefiel, was der Schweizer sagte; ein Techniker versuchte das hektisch mit Handzeichen zu unterbinden.
»Wir wollen doch alle mit unseren ausländischen Mitmenschen in Frieden und Eintracht leben. Sie nehmen uns viele Arbeiten ab, unsere Kinder spielen mit ihren Kindern, wir haben uns an sie gewöhnt. Wer dafür ist, daß dies auch in Zukunft so bleiben soll, der drückt jetzt bitte den grünen Knopf für ja. Ein Ja an unsere lieben ausländischen Mitbürger.«
Im Eifer vergaß Else zu erwähnen, daß es auch noch einen roten für nein gab. Bange zwanzig Sekunden, dann das Ergebnis: neunzehn Prozent ja, einundachtzig Prozent nein.
»Wieder ein Fehler im Computer?«
Völlig entnervt verkündete Else: »Wir machen nun etwas Werbung.«

Marens Überraschung war etwas mehr als sechzig Jahre alt, kräftig, mittelgroß, hatte nur noch einen spärlichen Haarkranz und – zur Begrüßung – ein breites Lächeln auf dem Gesicht.
»Darf ich vorstellen: Victor Belitski, Minister aus Weißrußland.«
Kilian verschlug es die Sprache, Chambier dagegen hatte so einen hintergründigen Blick aufgesetzt, als wüßte er, was das alles bedeutete. Belitski schickte seinen Fahrer weg, die beiden Leibwächter umkreisten die Mühle.
Maren erklärte Kilian, Belitski sei in Brüssel bei der NATO gewesen, habe auch mit führenden EU-Kommissaren gesprochen

wegen einer wirtschaftlichen Anbindung seines Landes an westliche Staaten.
»Und ich habe in Luxemburg, gemeinsam mit einigen Kollegen aus Weißrußland, eine Firma gegründet, damit wir den Handel effektiver und ohne Hemmnisse abwickeln können.«
Belitski trank keinen Alkohol, rauchte nicht, lachte nicht polternd, erzählte keine derben Witze und paßte damit überhaupt nicht in das Klischee, das man von dem östlichen Nachbarn hatte.
»Früher, noch zu Zeiten der Sowjetunion, war Victor Armeegeneral. Er hat sich in den höchsten Kreisen bewegt. Kann man das so sagen, Victor?«
Der Weißrusse nickte. »Auf dem militärischen Sektor lief nichts ohne mein Wissen.«
Kilian ahnte, warum Maren den Mann eingeladen hatte. Was ihn jedoch verwunderte, war der Umstand, daß dieser der Einladung gefolgt war. Zudem schien Chambier ihn gut zu kennen.
»Was macht die Familie?« fragte er. »Hat Alexander sein Studium abgeschlossen?«
Victor Belitski erzählte von zu Hause, von den Kindern – seine Frau war vor einigen Jahren gestorben –, kam auf die wirtschaftliche Lage zu sprechen, auf die Engpässe in der Versorgung und auf die Mafia, die allen ehemaligen Staaten der Sowjetunion enorm zu schaffen mache.
»Die Geheimdienste sind sehr geschrumpft, viele Soldaten mußten entlassen werden, Eliteeinheiten haben wir aufgelöst, und all diese einschlägig ausgebildeten Experten standen plötzlich auf der Straße und suchten einen Job«, erklärte Victor in fast akzentfreiem Deutsch. »Aber wohin mit ihnen? Ein Großteil ist in heimische Verbrecherorganisationen gewandert. Viele tausend haben auch hier im Westen Arbeit gefunden, als Bodyguards, Firmenbewacher, Spezialisten für oder gegen Industriespionage und auf anderen mehr oder weniger legalen Aufgabengebieten.«
Kilian, der plötzlich an Sherman denken mußte, wollte wissen: »Sind diese Leute auch für Verbrechen zu haben? Für Mord?«
Victor nickte. »Das Töten hat man ihnen perfekt beigebracht. Etliche haben in Angola, Namibia, Nicaragua und sonstwo – nicht

zuletzt im eigenen Land – ausgiebig Erfahrungen sammeln können.«
Maren kam auf den eigentlichen Gegenstand des Treffens zu sprechen. »Berthold, ich habe dir erzählt, daß ich das Türchen noch etwas weiter habe aufstoßen können als mein Vater. Er sah seine These, die Großmächte würden sich bei gewissen Ereignissen absprechen, zwar bestätigt, hatte aber letztlich keinen endgültigen Beweis. Victor ist mein Beweis.«
Das also ist der ehemalige weißrussische General, der jetzt im Parlament sitzt, sogar Minister ist, dachte Kilian.
»Victor, bitte erzähl Berthold doch von Afghanistan und den Absprachen mit den Amerikanern.«
Zu Kilians Erstaunen kam der Weißrusse dieser Aufforderung nach, bat jedoch, seine Angaben vertraulich zu behandeln. Seinem Bericht zufolge existierte die Mitschrift eines Telefonats wenige Wochen vor der Besetzung, in dem für die Reaktion der USA verschiedene Alternativen vorgeschlagen worden waren, tatsächlich. Aber Victor sagte auch, die Sowjets hätten damals die Amerikaner bereits Anfang Oktober, also gut zwei Monate vor dem Einmarsch, von ihrer geplanten Offensive unterrichtet. Victor berichtete auch noch von anderen Ereignissen. Er habe einem Gremium aus hochrangigen Generälen angehört, das sich mit einem gleichartigen Gremium in den USA kurzzuschließen hatte, um vorab Dinge zu klären und angemessene Reaktionen festzulegen.
»Das erstemal war ich 1975 dabei, es ging um den Libanon. Die Vereinigten Staaten informierten uns über die israelischen Vorhaben und ihr eigenes Interesse, wir akzeptierten das und schlugen uns auf die Gegenseite, weil Syrien mit uns befreundet war. Afghanistan habe ich bereits erwähnt, und im Falklandkrieg war es ähnlich. Zwei Wochen bevor die Engländer zuschlugen, hatten wir uns abgesprochen und auf gewisse Reaktionen geeinigt. Zwei Kriegsschiffe zur Beobachtung, eine Eingabe bei den UN, die Absage einer Wirtschaftskommission. Es folgten andere Ereignisse wie in Nicaragua, Angola – dort war auch die damalige DDR involviert –, Grenada. Nicht zu vergessen der Versuch der Ame-

rikaner, in Teheran die Geiseln aus der Botschaft zu befreien, wir haben sie vor dem Weg über die Wüste gewarnt, ihre Helikopter sind nun mal nicht sandtauglich. Weiterhin Panama, der Irak und schließlich Jugoslawien. Heute gehöre ich dieser illustren Runde nicht mehr an, es sind nur noch Russen dort vertreten.«

»Das bedeutet«, schaltete sich Kilian ein, »die Großmächte …«

»Auch Frankreich und England«, ergänzte Victor.

»Also die Siegermächte haben sich gegenseitig über geplante Interventionen unterrichtet.«

»Wenn Sie so wollen, haben wir gemeinsame Planspiele durchgeführt, zum einen, um keinen Fehler zu begehen – voreiliges Handeln hätte schlimme Konsequenzen haben können –, zum anderen, um praktisch im Tausch unsere Vorstellungen durchsetzen zu können.«

»Demnach war alle Entrüstung gespielt.«

Victor schmunzelte. »Nicht unbedingt. Viele unserer Politiker hatten keine Ahnung. Auf der Gegenseite war es übrigens ebenso.«

»Und warum dieses Getue? Alle Welt glaubte doch, die Blöcke seien verfeindet.«

»Selbstverständlich traf das zu. Aber zwei so starke Nationen – da entsteht auch ein Wettkampf. Unsere Rüstungsindustrien boomten, wir haben neue Waffen entwickelt und bekamen von unseren Regierungen jeden Betrag bewilligt, weil der Gegner so übermächtig war. Außerdem benötigten wir den Ernstfall, um neue Systeme auszuprobieren. Zwischen Übung und Kriegszustand besteht ein großer Unterschied. Denken Sie doch bitte an die amerikanischen Tarnkappenbomber im Irak, die sich in der damaligen Version als wenig tauglich erwiesen haben. Von wegen durch das Radar nicht zu orten. Wir haben sie immer auf dem Schirm gehabt.«

»Sie meinen Ihre eigenen Leute, die Saddam geholfen haben.«

»Genau.«

Kilian sah Chambier an, und der nickte zufrieden. Maren schaute drein, als wollte sie sagen: Glaubst du uns jetzt?

»Wir, ich meine die Militärs hüben und drüben, hatten nie Ver-

trauen zu unseren Politikern. Deshalb war eine Instanz vonnöten, die die Fehler dieser Laien wieder ausbügelte. Und das funktioniert seit dem Zweiten Weltkrieg hervorragend.«
Victor kam, genau wie Chambier Wochen zuvor, auf das Molotow-Protokoll als auslösendes Moment für die Einrichtung eines solchen multinationalen Rates zu sprechen. Er selbst sei in der zweiten Ebene gewesen, in der ersten hätten sich Unterhändler und wenige Generäle, aus jedem Land einer, befunden. Aber bereits vor seinem Ausscheiden habe sich etwas geändert. In der Führungsriege müsse es einen Wechsel oder eine Umstrukturierung gegeben haben, nur so könne er sich deren Verhalten erklären. Als gäbe es über dem obersten Rat einen allerobersten. Bestes Beispiel dafür sei der Irak. Plötzlich hätten sich Amerikaner, Franzosen und Engländer nicht mehr an die ihm bekannten Absprachen gehalten. Das müsse allerdings mit Billigung der damals im Zerfall befindlichen Sowjetunion geschehen sein, ansonsten wäre der Eklat vorprogrammiert gewesen.
»Das klingt alles so ungeheuerlich.« Kilian schüttelte fassungslos den Kopf.
»Mein junger Freund.« Victor legte ihm eine Hand auf die Schulter. »Es ist gut, daß wir unsere Völker dumm halten und nicht über all das aufklären, was wir an Waffen entwickelt haben, darüber, welche Bakterien und Chemikalien als Kampfstoffe einsatzbereit sind oder wie wir mit Dissidenten und Regimekritikern umgesprungen sind. Ich meine nicht nur die ehemalige Sowjetunion. Ähnlich wie wir auf der dünnen, zerbrechlichen Erdkruste leben – unter uns brodelt und blubbert und gärt es, und manchmal machen sich die aufgestauten Kräfte Luft –, spielt sich auch der sichtbare Teil des öffentlichen Lebens auf einer dünnen ›Schale‹ ab, unter der es blubbert und brodelt und gärt. Und manchmal macht sich auch dort die aufgestaute Kraft Luft. Genauso, wie die Kraft unter der Erdkruste die stärkere ist, ist auch die unter dieser gesellschaftlichen ›Schale‹ um vieles gewaltiger und gefährlicher als die darüber. Den Politikern gestatten wir große Worte, aber die großen Taten vollbringen wir.«

Monique Koslo war den Tränen nahe. »Jetzt haben wir schon ein Thema ausgewählt, von dem wir dachten, es sei ein klarer Fall – Ausländer seien auch im letzten Winkel der Republik willkommen –, und nun dieses Ergebnis. Das ist schlimm, sehr schlimm.«
Sherman, der seine Reise nach Deutschland nicht ohne Grund um einige Tage hinausgezögert hatte und nun innerlich juchzte, sah die Konsequenzen deutlich vor sich.
»Monique, Sie haben alle gegen sich. Sie haben ein Reizthema aufgegriffen und verloren. ›Alle Deutschen Nationalisten? Ausländer raus, nur reines Blut in unserem Land‹ – so wird man morgen die Sendung werten.«
Monique schniefte. »Erik, jetzt sag doch auch mal was.«
Der Zahlenguru kratzte sich einen Pickel nach dem anderen auf. »Ich verstehe das nicht, alle Verbindungen sind gecheckt, alles überprüft. Ich hätte bei dem Thema nichts zu regulieren brauchen. Die Antworten lagen bei mehr als sechzig Prozent Zustimmung für die Ausländer.«
Sherman wurde in das Geheimnis von VOPO eingeweiht. An und für sich, so versicherte Monique Koslo, habe Erik die Stimmabgaben kaum verfälscht, er habe die Zahlen lediglich extremer gestaltet. Waren einundfünfzig Prozent für etwas, habe er siebzig oder mehr daraus gemacht.
»Ich verstehe das wirklich nicht.« Erik war kurz davor, sich die Haare zu raufen.
»Dann setzen Sie VOPO doch einfach ab«, riet Sherman und ahnte, was man ihm entgegnen würde.
»Wir haben fast dreieinhalb Millionen Geräte verkauft, das geht doch nicht. Die Leute brennen uns den Sender nieder.«
»Bieten Sie einen Rückkauf an.«
Monique schüttelte den Kopf. »Das wäre ein Verlust von mindestens siebzig Millionen. Stimmt denn wenigstens diese Zahl?«
Erik nickte. »Ohne das für die Sahelzone gespendete Geld.«
»Und wo könnte der Fehler liegen?«
Sherman richtete die Frage an Erik. Der druckste herum und rückte nicht recht mit der Sprache heraus.
»Wo bitte könnte der Fehler liegen?« wiederholte Sherman.

»Einzig mögliche Erklärung: Jemand hat unsere Leitung angezapft.«
»Und Sie, junger Mann, wissen nicht, wer und wo. Kann das auch von außerhalb des Senders passiert sein?«
Erik nickte. »Mit der entsprechenden Ausrüstung, ja.«
»Und seit wann geht das schon so?«
»Letzte Woche fing es an. In ›Traummusik‹ haben wir zwischen zwei Interpreten wählen lassen. Trotz meiner Vorgaben fiel das Ergebnis zugunsten des wesentlich teureren aus.«
»Und weiter?«
»Jürgens hat in seiner Sendung gleich zwei Abreibungen bekommen.«
»Wer ist Jürgens?«
»Unser Spitzenmoderator«, erklärte Monique. »Irgendwie gingen ihm die Nerven durch. Ein Zuschauer im Studio hat in die Sendung reingerufen, es solle doch per VOPO über ihn, Jürgens, und seine Show abgestimmt werden«
Sie seufzte und schüttelte den Kopf. Sie machte schwere Zeiten durch. Seit Dexheimer nicht mehr dabei war, ging alles den Bach runter.
»Und das Ergebnis?«
»Siebenundsiebzig Prozent stimmten gegen Jürgens und die Musik.«
»Wie sind die Einschaltquoten?«
»Letzte Woche leicht rückläufig, nun knapp unter sechs Prozent. Aber nach der heutigen Blamage … Alle werden sie uns ins Sperrfeuer nehmen. Ich sehe auch schon die Schlagzeile: ›Deutschnationaler Sender WTC‹ oder so.«
Sherman ließ sich von Erik an Ort und Stelle demonstrieren, wie er die Ergebnisse bearbeitet hatte. Im Grunde eine narrensichere Angelegenheit, die nie zu überprüfen gewesen wäre.
»Und Sie hatten den Satelliten auch immer gemietet?«
Erik antwortete nicht.
»Ich habe Sie was gefragt.«
»Nur jeweils zur ersten Umfrage«, sagte Erik kleinlaut. »Die folgenden habe ich … frisiert.«

»Das wird Konsequenzen haben. Wenn Ihnen Ihr Job lieb ist, dann vergessen Sie auf der Stelle, was hier in diesem Raum gesprochen wurde.«
Erik nickte brav. »Und was machen wir morgen?«
»Kann WTC irgendwie mit VOPO aufhören?« fragte Sherman noch einmal.
»Nein.«
»Sie haben sich die Antwort soeben selbst gegeben. Aber für jede Umfrage wird ab sofort der Satellit gemietet.«
»Kostet pro Minute fünfundzwanzigtausend.«
»Und wenn es hunderttausend kostet.«

Einen Tag vor Heiligabend fand Kilian in der Redaktion ein Fax vor. »Überprüfen Sie bitte, ob der Satellit überhaupt immer zur Übertragung von VOPO angemietet war. Rufen Sie dazu die eingerahmte Telefonnummer an.« Keine Unterschrift, keinerlei Hinweis auf den Absender.

Im Hauptraum der Mühle stand ein mehr als vier Meter hoher Weihnachtsbaum. Zumindest am Heiligabend gelang es ihnen, das allgegenwärtige Thema auszuklammern. Beim Essen erzählte Chambier, welche Streiche Maren als kleines Mädchen gespielt hatte. Wehmut schwang in seiner Stimme, Trauer über den Tod der Geliebten, Marens Mutter.
Er verabschiedete sich früh und ging zu Bett, Maren und Kilian saßen noch im Wohnzimmer, sie im Schaukelstuhl, er in einem Ledersessel, jeder eine schnurrende Katze auf dem Schoß. Sie sprach ihn auf seinen Vater an.
»Du hast ihn nie erwähnt. Weshalb?«
»Er ist vor vielen Jahren gestorben.«
»Das ist doch keine Erklärung.«
»Ein Mann wie ein Baum, und plötzlich war er tot. Keiner weiß, warum. Ich war vierzehn.« Kilian lächelte vage. »An was ich mich vor allem erinnern kann, sind seine Hände. Große, kräftige Hände mit Schwielen und hervortretenden Adern. Als Kind habe ich sie

mir oft ganz genau angeschaut und mit den einzelnen Fingern gespielt. Und wenn ich traurig war, habe ich einfach mein Gesicht in die Handflächen gelegt und fühlte mich geborgen. Ich spüre noch heute, wie mein Vater mit dem Daumen sanft meine Schläfen gestreichelt hat. Wenn mir zum Heulen war, drückte er meinen Kopf an seine Brust. Sein Herzschlag beruhigte mich.«
»Du hast deinen Vater sehr gemocht.«
Kilian antwortete nicht. Irgendwann stand er auf und kam mit zwei Gläsern zurück. »Trinken wir auf die Erinnerung, ohne die unser Leben so farblos wäre. Stell dir mal vor, du stirbst und keiner erinnert sich an dich.«
»Schrecklich. Das wäre doch ein Zeichen von …«
»… Mangel an Gefühlen, von Leerlauf, Sinnlosigkeit, Langeweile. Such dir was aus.«
»Macht Weihnachten nicht auch sentimental?«
»Kann schon sein.«
»Warum bist du dann nicht bei deiner Familie?«
»Morgen kommen meine Kinder zu mir auf die Blockhütte.«
»Und Gitte?«
»Wirst du dann auch kennenlernen.«
»Ich weiß nicht, ob ich das möchte.«
»Rivalität? Eifersucht?«
Maren schwieg.
»Ich bin ja auch nicht auf deinen Exehemann eifersüchtig.«
»Genau das gibt mir so zu denken. Bist du überhaupt eifersüchtig?«
»Im Augenblick nicht.«
»Warst du es denn schon mal?«
»Ja.«
»Dann wünsche ich mir, daß du es wieder ein bißchen wirst.«
Bevor sie nach oben gingen, teilte Maren ihm noch mit, daß sie eine weitere Überraschung für ihn auf Lager habe. In wenigen Tagen werde er es erfahren.

Die Kinder brachten Leben ins Goldkäulchen, Maren und Gitte taxierten einander, und Kilian war sehr darauf bedacht, keine

Mißstimmung aufkommen zu lassen. Tim wollte unbedingt seiner Mutter zeigen, wie weit er schon mit der Selbstverteidigung war, und Kilian hatte das Opfer zu spielen.
»Was hast du mit meinem Vater angestellt?« fragte Gitte, als sie draußen auf der Veranda standen und hinunter ins Tal blickten. Die Laubbäume waren kahl, im Schatten hatte sich auf den dürren Ästen noch Rauhreif gehalten.
»Ist er anders als sonst?«
»Das kann man wohl sagen. In sich gekehrt, nachdenklich, es ist nichts mehr übrig von seinem Poltergeist. Gestern abend kam es mir so vor, als schaute er durch mich hindurch. Und meiner Mutter hat er sogar einen Strauß Rosen geschenkt und ihr im Restaurant in den Mantel geholfen.«
Kilian unterdrückte sein Schmunzeln. »Da stimmt wirklich was nicht. Laufen die Geschäfte schlecht?«
»Vergangene Woche liefen sie noch ausgezeichnet. Hast du mit ihm gesprochen?«
»Ja.«
»Um was ging es?«
»Bitte frag ihn selbst.«
»Kann ich aber im Augenblick nicht. Hast du ihn unter Druck gesetzt?«
»Gitte, verrate mir doch mal, wie ich das anstellen soll. Ausgerechnet ich.«
Sie gab sich vorerst mit dieser Antwort zufrieden und wechselte das Thema. »Mußte sie heute auch hier sein?«
»Maren kommt doch gut mit den Kindern zurecht.«
»Aber ausgerechnet an Weihnachten? Berthold, das ist doch ein Fest der Familie.«
Kilian versuchte, in Gittes Gesicht zu lesen. »Richtig, ein Fest für die Familie. Aber wir sind keine mehr.«
»Uns verbinden die Kinder.«
»Seit sechs Jahren feiern wir zum erstenmal wieder gemeinsam. Gitte, uns trennt die Vergangenheit.«
»Immer noch?« Sie drückte sich an ihn. »Wirst du sie nie abstreifen können?«

Heute befaßte sich Kilian mit einem Familiendrama – ein Ehemann hatte seine Frau und sich im Beisein der Kinder an Heiligabend getötet; Motiv: hohe Verschuldung. Anschließend schrieb er einige kurze Artikel über den Konsumrausch, zu Weihnachten verschenkte Tiere, die anschließend im Heim landeten oder ausgesetzt wurden, und schließlich über Wohnungsbrände, die durch Unachtsamkeit im Umgang mit Kerzen verursacht wurden. Da erhielt er die Nachricht, es wünsche ihn jemand zu sprechen. Ein Bekannter. Er sei schon auf dem Weg in den zweiten Stock.
Als er den hoch aufgeschossenen, schlanken, rothaarigen Mann mit der randlosen Brille erblickte, wußte Kilian sofort, wen er vor sich hatte. Er war gemeinsam mit Caruso auf diversen Fotos abgelichtet. Kilian hatte sich unter Kontrolle und gab sich sehr reserviert. Wenn seine Vermutung stimmte, dann war dieser Besucher verantwortlich für den Anschlag auf ihn im Goldkäulchen.
Sherman bemühte sich nicht, seine Identität zu verbergen, und gab zu, mit Dexheimer zusammengearbeitet zu haben. Leider sei dieser wegen zu schwacher Nerven ins Straucheln geraten, habe den Erfolgsdruck nicht aushalten können und unseriöse Berichte abgeliefert.
»Auch wenn ein guter Journalist immer am Rande der Legalität recherchiert – Dexheimer konnte irgendwann nicht mehr zwischen legal und illegal unterscheiden.«
»Was wollen Sie von mir?«
»Ihnen das Material abkaufen, Dexheimers Erbe.«
»Ich habe nichts geerbt.«
Sherman spielte mit seinem Ring, Gold mit einem blauen Stein. »Wir brauchen doch nicht Versteck zu spielen, Herr Kilian. Ihre Reaktion zeigt mir, daß Sie über mich und meine Funktion Bescheid wissen. Und ich weiß, welche Fehde Sie mit Dexheimer ausgetragen haben. Außerdem bin ich darüber informiert, daß er Sie vor kurzem hier in Trier aufgesucht hat. Waren Sie nicht gemeinsam bei einem Notar? Und dann das tragische Ende.« Sherman verdrehte die Augen. »Leider hat die Polizei sein in Luxemburg gemietetes Fahrzeug noch immer nicht finden können.«

Wird ihr auch schwerfallen, frohlockte Kilian. Er selbst hatte es schließlich ins Nachbarland gebracht.
»Was hätte denn die Polizei in dem Wagen entdecken können?«
»Vielleicht Videobänder, CDs, Tonbänder, Fotos. Was man so alles im Laufe der Zeit sammelt.«
»Dexheimer hat also gesammelt. Aus welchem Grund eigentlich?«
Sherman überlegte. »Möglicherweise eine Art Rechtfertigung vor sich selbst, vielleicht meinte er, der Nachwelt Dinge überliefern zu müssen, die niemanden interessieren.«
»Auch nicht, wenn es um Manipulationen geht, so wie bei der Kleptomanin, Sie erinnern sich?«
Sherman nickte.
»Und an den Fallschirmspringer, den Piloten?«
»War das Manipulation?« fragte Sherman. »Oder vielleicht doch eher Sterbehilfe, versüßt mit finanzieller Absicherung der Familie.«
»Zöblin lebt doch noch.«
Sherman schüttelte den Kopf. »Vor fünf Tagen verstorben.«
Kilian beobachtete diesen eiskalten Amerikaner, der, so mußte er sich leider eingestehen, noch nicht einmal einen unsympathischen Eindruck machte. Aber waren nicht alle skrupellosen Manager auf den ersten Blick sympathisch?
»Angenommen, es gäbe dieses Erbe und ich entdeckte es zufällig. Was wäre es Ihnen wert?«
Sherman zeigte nur mäßiges Interesse. »Kommt auf den Umfang an.«
»Gehen wir davon aus, daß es, entsprechend Dexheimers Tätigkeit und Erfolg, sehr umfangreich ist.«
Sherman überlegte. Schließlich stand er auf und wanderte in der Redaktion umher, sah Fotos auf den Tischen liegen, handschriftliche Notizen, bereits fertige Artikel.
»Ist dies Ihre Welt, Herr Kilian?« Seine Handbewegung schloß das gesamte Büro ein.
»Meine ist überschaubar. Und Ihre?«
»Ja, da mögen Sie recht haben. Aber befriedigt Sie diese Arbeit?«

»Es ist nicht eine Frage der jeweiligen Arbeit, sondern meiner Einstellung.« Kilian klopfte sich gegen die Brust. »Zuerst muß ich mit mir selbst zufrieden sein.«
»Schön gesagt. Aber das sind Sie doch nicht. Noch nicht.«
»Wie kommen Sie darauf?«
»Ihre Zufriedenheit stellt sich nur über die Rache ein. Dexheimer ist tot, nun wollen Sie es dem Sender WTC zeigen. Sie planen einen Feldzug der Ehrlichkeit. Und da kommt Ihnen Dexheimers Erbe gelegen.«
Kilian mußte zugeben, daß Sherman richtiglag. »Wenn niedere Instinkte zu permanenter Manipulation führen, dann darf ich mir bei der Aufdeckung doch auch ein bißchen davon leisten.«
»Nein, Herr Kilian, Sie können hiermit gar nicht zufrieden sein«, entgegnete Sherman und meinte wieder die Arbeit bei der Zeitung. »Auf der einen Seite drängt es Sie, etwas zu bewegen, den Medien Moral beizubringen, ihr verwerfliches Tun anzuprangern, wie auch immer Sie es nennen, auf der anderen verschlafen Sie Ihre Zukunft, erstarren in Routine und verlieren sich in unwichtigen Alltäglichkeiten.«
»Ich habe keine Zeit für solche Spitzfindigkeiten, Herr Sherman. Wenn Sie mich jetzt bitte entschuldigen wollen, meine unwichtigen Alltaglichkeiten rufen.«
»Zwei Millionen.«
»Dollar?«
»Ja.«
»Ich denke darüber nach.«
»Wie lange?«
»Geben Sie mir Ihre Telefonnummer, ich lass' es Sie wissen.«

Er hatte schon viel über ihren feudalen Wohnsitz am Osthang der Rocky Mountains gehört. Als er nun jedoch im Taxi den über eine Meile langen Privatweg entlangrollte und schließlich zwischen zwei Bergrücken das riesige verschneite Dach mit der großen Fensterfront erblickte, war Sherman sprachlos. Wie im Geschäftsleben mußte Christine auch im privaten bekunden, daß

sie zur absoluten Elite gehörte, zum Kreis derer, denen nichts zu teuer, zu ausgefallen und zu exklusiv war.
Die letzten Meter hatte das Taxi Schwierigkeiten mit dem festgefahrenen Schnee. Dann stand Sherman in der Eingangshalle. Bewundernd ließ er seinen Blick über den Granitboden schweifen, über die massiven Redpine-Decken, die erlesenen Antiquitäten – die Barockvitrine aus Frankreich, einen sicherlich drei Meter hohen, fast schwarzen Eichenschrank aus Spanien, mehrere Spiegel mit geschnitzten Holzrahmen und glitzernde Lüster.
Über eine Freitreppe wurde er in die obere Etage geleitet. Denver, tiefverschneit und die Häuser wie von einem Riesen in die Landschaft gesetzt, lag ihm zu Füßen. Und in unmittelbarer Nachbarschaft, das hatte ihm der Taxifahrer verraten, wohnten die bekanntesten Größen aus Film, Show- und Bank-Busineß.
»Einen ... Cognac, Fred?«
»Gern, danke. Das Haus ist phantastisch, Christine.«
»Wenn Sie eine Runde schwimmen wollen ...«
Sherman winkte ab; er wußte, Christine erwartete noch Besuch. Heute empfing sie ihn in lockerem Freizeitlook. Die Haare offen und ungebändigt, dicke Wollstrümpfe, darüber Jeans und ein großkariertes Holzfällerhemd.
»Bitte, Fred, setzen Sie sich.«
Sherman versank in dem voluminösen Sessel. Alles an diesem Haus, an dieser Frau, war gigantisch. Und weil er sich ihrer Größe bewußt war, fühlte er sich in ihrer Gegenwart leicht befangen. Immer wieder schaute er nach draußen, sich vergewissernd, daß die Millionenstadt Denver nicht verschwunden war.
»Julio Escantes wohnt neben Ihnen.«
Christine nickte.
»Bekommt der dieses Jahr den Oscar?«
»Hoffentlich nicht. Wie dieses Wrack es schafft, beim Publikum so gut wegzukommen, ist mir ein Rätsel.«
»Ändern Sie doch was dran.«
»Fred, ich habe mich noch nie mit kleinen Fischen abgegeben.«
Ganz anders als üblicherweise in ihrem Houstoner Glaspalast war

Christine in Plauderlaune. Zu Shermans Erstaunen fragte sie sogar nach seiner Familie.
»Die Kinder leben bei meiner geschiedenen Frau.«
»Dann haben Sie ja Weihnachten allein verbracht. Wie schade, Fred.«
»Und Sie?«
Darauf gab Christine keine Antwort. »Kommen wir zu WTC und Target.«
Sherman konnte nur Positives berichten. WTC sacke in der Quote mehr und mehr, die fünf Prozent werde man nicht halten können. Target dagegen mache allmählich Fortschritte. Inzwischen habe sich der Sender bei eins Komma zwei eingependelt.
»Und Ihre Prognose?«
»Wenn wir voll mit der Auswertung aller manipulierten Berichte begonnen haben, werden wir auf zwei Prozent kommen. Mehr, denke ich, ist nicht drin. Die Zuschauer stehen eher auf Unterhaltung, auf Spektakel, schnell wechselnde Bilder und einfältige Spielchen. Denken in der Freizeit wird als stressig empfunden.«
»Wie hat es dieser Kilian geschafft, hinter das VOPO-Geheimnis zu kommen?«
»Interessiert Sie bei einem guten Essen das Rezept?«
Christine lachte. »Sie wissen es also nicht, Fred. Aber dieser German scheint clever zu sein. Wäre er was für uns?«
Sherman verneinte. »Auf die Dauer nicht. Aber bei Target ist er ja für die nächste Zeit gut aufgehoben.«
»War es ein Problem, ihn von Target zu überzeugen?«
Sherman betrachtete seinen Schwenker und dachte an die beiden scheinbar dilettantischen Kidnapper, die wohl schon in Aktion getreten waren. »Nein.« Er lächelte.

Zwei Stunden später, Christine hatte sich nicht umgezogen, schwirrten sie nach und nach per Helikopter ein. Bob Chassman kam als erster; er rieb sich die Hände, wohl nicht nur wegen der Kälte, und hauchte Christine einen Kuß auf die Wange.
»Hervorragend siehst du aus. Wenn die Firma nur halb so gut läuft …«

»Ich bin zufrieden. Und du?«
Bob lächelte frostig. »Na, es gibt hier und da kleine Engpässe. Aber die kriege ich in den Griff.«
Gillespie und Hansrüdiger Volkholz landeten fast zur gleichen Zeit. Gemeinsam kämpften sie sich vom Landeplatz hoch zum Haus, eingehüllt in einen kleinen, von den Rotorblättern aufgewirbelten Schneesturm. Und womit keiner gerechnet hatte: Sagura aus Japan kam schließlich auch noch, als die anderen bereits in lockerer Runde Platz genommen hatten. Sagura, in einen dunklen Anzug gezwängt, begrüßte seine Konkurrenten mit einer höflichen Verbeugung.
Alle waren aufgedreht und gut gelaunt, nur Gillespie erweckte einen nachdenklichen Eindruck. Zwar fiel der Engländer auch sonst allenfalls durch seinen spröden Charme auf, aber sogar der schien ihm abhanden gekommen zu sein. Sie zogen Bilanz, ohne jedoch Zahlen auf den Tisch zu legen. Hansrüdiger gratulierte Christine zu ihrer weitsichtigen Entscheidung, WTC Deutschland exakt auf dem Höhepunkt zu verkaufen.
»Ausgezeichnet getimt, meine Liebe.«
Was wie ein Kompliment klang, war doch wohl eher eine Kampfansage. Zumindest verstand Christine es so. Sagura dagegen sprach Bob Chassman sein Bedauern aus, daß WTC ihm nicht das gebracht habe, was er erwartet hatte.
»Wieso?« platzte Volkholz dazwischen. »Bob hat doch WTC Deutschland schon nach einer Woche an Milton Gillespie verhökert.«
Verwundert sahen einige in der Runde den Deutschen an.
»Sagt nur, das habt ihr nicht gewußt! Bob, Sie Höllenhund. Noch nicht einmal ihre Freundin haben Sie informiert?« Hansrüdiger platzte fast vor Spott. »Milton, was haben Sie ihm gezahlt?«
Der Engländer verzog süßsäuerlich das Gesicht. »Hundertneunzehn Millionen.«
»Vierzehn Millionen in einer Woche?« Christine zeigte, daß sie rechnen konnte, und verriet zugleich, was Bob ihr gezahlt hatte. Demnach hatte sie kein ganz so gutes Geschäft gemacht.

Hansrüdiger prostete Christine zu. »Aber dafür brummt ja jetzt Ihr Target.«
Davon wiederum hatten Gillespie und Sagura keine Ahnung. Liefen denn alle wichtigen Geschäfte hinter ihrem Rücken?
Buchstäblich im Laufschritt bereinigten die Anwesenden die Weltkarte des Medienmarktes, indem jeder offenlegte, wo seine Interessen lagen und welche Deals er getätigt hatte. Kurioserweise prahlten alle mit ihren Erfolgen, nur der Deutsche sagte nichts. Warum sollte er auch die anderen darüber informieren, wie prächtig seine Saat aufging – die Stimmungsmache gegen die Islamisten, seine Gespräche mit dem Algerier Alain Cherif? Weshalb sie davon in Kenntnis setzen, daß es unweigerlich zum Kampf der Götzen, zu einem Konflikt zwischen den Weltreligionen, kommen würde?
»Hansrüdiger, ganz gegen Ihre Gewohnheit sind Sie heute so zurückhaltend. Haben Sie uns nichts zu berichten?«
Der Deutsche schüttelte den Kopf. »Nein. Ich habe lange an unserem Konzept gesessen. Einer mußte es ja schließlich tun. Außerdem war mein bester Mann dort unten, hat alles arrangiert und sich Garantien geben lassen.«
»Sie haben auch die besten Verbindungen«, bemerkte Bob. »Der Osten beginnt doch gleich vor Ihrer Haustür.«
»Kommen wir zu unserem neuen Highlight«, sagte Volkholz und würgte damit jede weitere Einlassung ab. »Als erstes gilt zu klären, welcher Zeitpunkt uns allen am genehmsten ist. Wie steht es mit April?«
»Könnte zu früh sein. Liegt dort nicht immer bis in den Mai hinein Schnee?«
Hansrüdiger beruhigte Gillespie. »Die erste Sequenz muß im Schnee spielen. Kälte, schlechtes Wetter, dürftig gekleidete Menschen mit Lumpen um die Füße, frierende Kinder, keine warme Unterkunft. Wir wollen betroffene Zuschauer.«
»Und wann geht es in die entscheidende Phase?«
»Nicht vor Ende Mai. Bis Mitte Juli sollten wir mit dem ersten Schwerpunkt fertig sein, dann beginnt allerorts die Urlaubszeit, die Zuschauer freuen sich, schalten innerlich ab und wollen sich

die Laune nicht verderben lassen; keiner hat mehr Interesse an unseren Berichten. Ein brüchiger Waffenstillstand könnte die Phase überbrücken. Das gibt auch etwas Hoffnung. Die Welt wäre doch arm ohne Hoffnung!«
Es blieb einige Sekunden still.
»Falls wir uns auf April festlegen, bleibt noch genügend Zeit, die September- und Oktoberereignisse rechtzeitig einzuleiten?«
Auch da sah Hansrüdiger keine Schwierigkeiten und beruhigte Christine. »Es ist im Grunde genommen auch eine Frage, wie wir uns arrangieren. Wie viele Reporter schicken wir hin, welche Zeitungen haben Journalisten vor Ort? Fernsehteams kann man nie genug haben, das gibt immer wieder unterschiedliche Bilder. Aber bitte keine Völkerwanderung, was die Schreiberlinge betrifft. Christine, sind Sie mit drei Fernsehteams, fünf Zeitungen und einem Magazin einverstanden?«
»Vier fürs Fernsehen, davon drei mobile, die Zugang zu allem und jedem haben müssen. Ohne diese Garantie können wir unser Engagement vergessen.«
»Gut. Und Sie, Bob?«
Kurz vor dem Abendessen hatten sie sich geeinigt. Allerdings wunderten sich Bob, Christine und Shigenobu Sagura über die ihrer Meinung nach zu hohe Anzahl von Gillespie-Teams. So viele stünden ihm von der Größe her gar nicht zu, fanden sie.
Untypischerweise zeigte sich gerade der knallharte Manager Hansrüdiger Volkholz, den Christine darauf ansprach, großzügig. »Milton hat mit WTC einiges in den Wind geschossen, geben wir ihm doch die Chance, wieder etwas Boden gutzumachen.«
Geradezu ausgelassen feierten sie bis in die Nacht. Allein Gillespie war unnatürlich ruhig.

Am Abend vor Silvester, als Kilian noch auf ein Bier in die Stadt wollte, stellten sich ihm zwei Männer in den Weg. Die Pistole in der Hand des kleineren bewegte ihn dazu, der Aufforderung, in das bereitstehende Auto zu steigen, sofort Folge zu leisten. Mit verbundenen Augen wurde Kilian übers Land kut-

schiert; später fand er sich in irgendeiner Halle auf hartem Betonboden wieder. Die Hände auf den Rücken gefesselt – die Augenbinde hatte man ihm abgenommen –, beobachtete er seine Entführer. Die schienen sich nicht einig zu sein, wie sie mit ihm verfahren sollten. Während der eine so etwas wie Halsabschneiden andeutete, war der andere für Befragen. Sie kamen näher, setzten Kilian auf eine Kiste und richteten eine Lampe auf ihn. Kilian sah die schlecht sitzenden Perücken und die aufgeklebten Bärte – wie in einem billigen Film.
»Du in großer Gefahr«, radebrechte der eine. »Wir dich töten, wenn nicht bereit zu Geschäft.«
Noch bevor Kilian rätseln konnte, welches Geschäft gemeint war, rückte der Kleinere mit der Sprache heraus. »Wo Unterlagen von totes Dexheimer?«
Sherman, du verdammter Dreckskerl. Konntest du nicht warten?
»Welche Unterlagen?«
Eine Faust bohrte sich in Kilians Magen, ihm wurde übel.
»Nicht dumm stellen!«
»Unterlagen sind deponiert«, antwortete Kilian.
»Dann du uns sagen, wo.«
»Nein.«
Wieder wollte der eine zuschlagen, aber der Kleinere hielt ihn davon ab und raunte ihm in fremder Sprache etwas ins Ohr. Der Größere nickte zögernd, erhob sich und stellte sich neben ein Fenster.
»Wir keine Unmenschen«, schmeichelte sich der Kleinere ein. »Wir wollen leben, du leben. Mach uns nicht schwer.«
Kilian nickte.
»Du Unterlagen herausrücken.«
»An euch?«
Der Kleinere schüttelte den Kopf. »An Kunde.«
»Wer ist der Kunde?«
»Du kennen.«
»Ein großer Amerikaner?«
Sein Gegenüber nickte.
»Was soll ich machen?«

»Angebot annehmen.«
»Und dann kann ich gehen?«
Der Mann schüttelte den Kopf.
»Wieso nicht?«
»Du uns versprechen, Geschäft in Ordnung.«
Mittlerweile kam Kilian das Ganze vor wie absurdes Theater. Er sah keinen Sinn im Vorgehen der beiden. Warum bediente Sherman sich solcher Anfänger? Ließ ihn kidnappen, um das Geschäft zu beschleunigen. Daß er damit eher das Gegenteil erreichte, schien dem Ami nicht aufgegangen zu sein.
»Gut, ich verspreche es.«
»Ehre und Wort?«
»Ehrenwort.«
Eine halbe Stunde später war Kilian frei. Wieder mit verbundenen Augen war er eine Weile umhergefahren und dann nur zwei Kilometer von seiner Blockhütte freigelassen worden.

Am darauffolgenden Tag traf sich Kilian mit van Lyck, informierte ihn in groben Zügen über sein Recherchematerial und sprach das weitere Vorgehen von Target mit ihm ab. Er habe sich nach oben abgesichert und könne ihm auch ein anständiges Honorar zahlen, erklärte van Lyck.
Aber Geld war nicht mehr Berthold Kilians Problem. Vielmehr fragte er sich, wie empfänglich er für die Verlockungen der Macht war, die er im Augenblick genoß und ausnutzte. Gegen Allüren und ähnliches, meinte er, sei er gewappnet. Er war Realist und würde sich von dem momentanen Erfolg nicht aus der Bahn werfen lassen. Und so hoffte er, Abraham Lincolns Ausspruch, der Mensch zeige erst dann sein wahres Gesicht, wenn man ihm Macht verleihe, werde sich an ihm nicht bewahrheiten.

Chemnitz, Röder und Lauterborn akzeptierten schließlich die Vereinbarung, weil sie genau wußten, daß sie keine andere Chance hatten. Und Kilian verspürte wenig Neigung, die Justiz in dieser Angelegenheit zu bemühen. Stand ihm nicht das Recht zu, die Dinge auf seine Art und Weise zu regeln? Tauschte er nicht fünf quälende Jahre mit unangenehmen Begleiterscheinungen gegen eine zumindest finanziell angenehmere Zukunft ein? Würde sich dadurch nicht auch sein psychischer Zustand zum Besseren wenden, würde er den ewigen Groll nicht verabschieden können? Oder prostituierte er sich in Sachen Vergangenheitsbewältigung, ließ sich für Dinge bezahlen, die eigentlich nicht käuflich waren? Er wischte die unbequemen Gedanken beiseite und sagte sich, er werde schon den rechten Weg finden und am Ende mit sich zufrieden sein.

»Und die Garantie des Notars bezüglich der hinterlegten Geständnisse ist unwiderruflich?«

»Ja, meine Herren, vorausgesetzt, Sie halten Ihre Verpflichtungen ein.«

»Und was ist«, begann der Staatsanwalt vorsichtig, »wenn Herr Chemnitz oder Herr Lauterborn geschäftliche Schwierigkeiten bekommt und nicht mehr zahlen kann?«

Kilian grinste, und Röder, der sich in der Obhut des Staates und damit gegen wirtschaftliche Imponderabilien gewappnet sah, wartete gespannt auf eine Antwort.

»Alle für einen, einer für alle. Die Gesamtsumme pro Jahr bleibt die gleiche. Falls Sie dann besser schlafen können – es steht Ihnen frei, mit Ihren Partnern Privatvereinbarungen zu treffen.«

Ob das nicht ein bißchen ungerecht sei, wollte Lauterborn wissen. Das ganze Leben sei ungerecht, erklärte Kilian, wie man ja an ihm sehen könne. »Aber Sie haben das Ganze zu dritt ausgeheckt, jetzt müssen sie es auch zu dritt bereinigen.«

Noch in derselben Woche rief Gitte an und teilte ihm aufgeregt mit, sie habe einen wahnsinnig hohen Betrag auf dem Konto, ob er wisse, woher das Geld stamme.

»Ich habe endlich unsere Wiese verkauft«, antwortete er übermütig. »Und zwar zu fairen Bedingungen.«

Jede Woche brachte Target einen neuen Bericht über die Arbeitsweise von WTC. Aber die Zuschauer – gierig geworden –

verlangten nach mehr. Van Lyck war konsequent und gab nicht nach, aber er verkaufte Lizenzen an andere, meist private Sender, die mit Genuß über den Schnellaufsteiger WTC herfielen. Eleganter konnten diese Gesellschaften überhaupt nicht von der eigenen Unzulänglichkeit ablenken und genau das anprangern, was sie im Grunde genommen selbst taten. Auf diesem Wege verschafften sie sich Absolution und täuschten Seriosität vor: Wenn man – wie WTC – nur auf hohe Einschaltquoten aus wäre, könnte man ja ebenso unsauber recherchieren. Aber darauf verzichte man.
Das Aufeinander-Herumhacken hatte begonnen und schritt unaufhaltsam voran. WTC kam ganz gehörig ins Schwimmen. Die Werbepartner distanzierten sich von dem unlauteren Sender, als hätten sie von allem nichts gewußt. VOPO wurde immer seltener eingesetzt, und Monique Koslos Hoffnung, der Sturm würde sich legen, erfüllte sich nicht. Vielmehr machten sich die Zuschauer, aufgewiegelt durch andere Sender, einen Spaß daraus, auf VOPO zu pochen, immerhin hätten sie dafür bezahlt. Mitten in einer Live-Sendung tauchte unvermittelt ein Transparent auf: ›Wir wollen VOPO‹. Seitdem produzierte man alle Sendungen mit Ausnahme der Nachrichten auf Konserve. Zu allem Überfluß ging bei WTC auch noch eine Rüge der Landesmedienanstalt ein. Maren hatte das in die Wege geleitet.
Kilian merkte, wie sein privater Feldzug gegen Caruso zunehmend in einen gegen den Sender WTC ausartete. Er steigerte sich in eine wahre Verbissenheit hinein, argumentierte einseitig und mußte schließlich erkennen, daß die Grenzen zwischen seriös und unseriös, legal und illegal für ihn mehr und mehr verschwammen.
Illegal war es, wie er dank der Unterstützung von Hacker Moritz in sämtliche Datenbänke des Senders eindrang und schon vorab darüber informiert wurde, wer wann was geplant hatte. Dieses Vorgehen bescherte ihm auch seinen größten Sieg und bei den Zuschauern von Target allerhöchste Verblüffung.
Während nämlich in WTC ein auf Frau zurechtgemachter Mann von Else Naumann ausgiebig über seine Geschlechtsumwandlung befragt wurde – entsprechende Bilder wurden eingespielt, eine

leicht geschwellte Brust, die Stelle, wo einmal ein Penis gewesen war –, gab Target bekannt, man habe genau zu diesem Thema mit demselben Gast eine Extrasendung anberaumt. Zwei Stunden später – Rolf Zanker, der vermeintlich Umgewandelte, war per Flugzeug nach Luxemburg gebracht worden – gab der Kanditat zu, alles sei gestellt gewesen, alles nur Schwindel. Er habe sich dem Sender angeboten, man habe ihm Geld gegeben und die Geschichte arrangiert. Zanker, jetzt nicht mehr als Frau zu erkennen, führte dem erstaunten Publikum vor, wie er innerhalb von zwei Sekunden seinen Penis verschwinden lassen und sich als operiert ausgeben konnte, indem er sein Geschlechtsteil einfach zwischen die Beine klemmte. Die Brustbehaarung werde auch nachwachsen, und den kleinen Busen habe er sich mit Hilfe einer Durchblutungssalbe und zweier Helicamid-Spritzen angeschafft. Mittlerweile hatte die Wirkung, wie Zanker bereitwillig demonstrierte, nachgelassen. Im übrigen, setzte er hinzu, denke er überhaupt nicht daran, das Geschlecht zu wechseln.

Es war ein kalter Januartag, draußen lag eine dünne Schneedecke, der Frost hatte den Nebel vertrieben und die Ränder des Baches gefrieren lassen. Kilian, Maren und Chambier saßen in der Mühle und tranken Tee.

»Für dich, Bumerang, hat sich ja alles genau so entwickelt, wie du es dir erträumt hast. Bist du nun zufrieden?«

Kilian sah den Freund an. »Dieser verflixte Sherman. Ich werde den Verdacht nicht los, daß er mich ganz bewußt in Richtung Target gedrängt hat. Alles andere ergibt keinen Sinn.«

»Wieso hätte er als Manager von WTC das tun sollen?«

Kilian zuckte die Achseln. »Wer sagt denn, daß er noch bei dem Sender ist? Könnte er nicht zu dem Konzern gewechselt haben, dem Target gehört?«

Chambier wandte sich an seine Tochter: »Maren, wem gehört Target?«

»Im November war es noch ein gewisser Bob Chassman, Inhaber der National Tele Cooperation, NTC, in Los Angeles. Aber es geht

das Gerücht, er habe Target verkauft. Und zwar an einen Konzern in Houston, Multi Media Cooperation, MMC.«
»Aber denen gehört doch WTC, oder nicht?«
Maren widersprach. »WTC ging an diesen ...«
»Bob Chassman«, riet Kilian.
»Richtig.«
»Also ein glatter Tausch. Wozu ist das gut?«
Maren wußte es auch nicht. »Da könnten steuerliche Gründe eine Rolle spielen, kartellrechtliche und natürlich auch die Aussicht, schnell Gewinn zu machen.«
»Zumindest hat Sherman sich mir gegenüber so verhalten, als gehörte er jetzt zu Target. Erst wollte er im Auftrag von WTC Carusos Material kaufen. Ich habe abgelehnt, obwohl das Angebot verlockend war. Und weil es ihm zu lange dauerte, hat er mir zwei seltsame Ganoven auf den Hals gehetzt, um seine Forderung durchzusetzen. Und dadurch hat er möglicherweise genau das erreicht, was er eigentlich wollte: Ich bin zur vermeintlichen Konkurrenz gegangen. Target wächst, die Quote steigt.«
Chambier interessierte sich nicht sonderlich für die verschlungenen Wege, die die Mediengiganten beschritten. Gegen diese Multis komme man doch nicht an, und auch das Kartellamt werde Schwierigkeiten haben, genau durchzublicken, auch wenn die Behörde bei jeder Veräußerung zuerst einmal gefragt werden müsse. »Niemand weiß, ob derjenige, der als Käufer auftritt, es auch wirklich ist.«
Nach einer Weile räusperte sich Kilian. »Aber im Prinzip sind fast alle Ungereimtheiten geklärt.«
Chambier beschäftigte sich mit seiner Brille.
»Welche denn noch nicht?« fragte Maren.
»Erklär du es ihr«, sagte Kilian.
Aber Chambier reagierte nicht.
»He, hast du nicht gehört?«
»Ich?« Chambier tat erstaunt. »Was habe ich denn damit zu tun?«
»Chambier, verrat uns doch bitte mal, warum ausgerechnet ich zur ›Trierischen Landeszeitung‹ gekommen bin.«
Chambier hielt die gereinigten Gläser gegen das Licht und war

zufrieden. »Weil du dich beworben hast. Und weil du gut bist.«
Kilian war nicht zufrieden. »Das ist nicht die ganze Wahrheit. Hast du nicht dem Chefredakteur gedroht, du würdest gehen, wenn er mich nicht nimmt?«
Chambier gab vor zu überlegen. »Och, ich erinnere mich nicht mehr.«
»Dann zu einem anderen Punkt. Wieso ist damals WTC an mich herangetreten? Warum wollten die mich unbedingt als Gast haben? Es konnte doch niemand von meinem Schicksal wissen.«
Da hatte Chambier eine Erklärung: »So etwas spricht sich rum.«
»Falsch.«
»Tatsächlich?« Über die Brille hinweg musterte Chambier den jungen Kollegen.
»Moritz, der Computerfreak aus dem Hacker-Club, der uns«, Kilian schaute zu Maren, »uns geholfen hat, VOPO zu beeinflussen, ist auch in andere Datenkanäle von WTC eingedrungen. Weißt du, Chambier, was er da gefunden hat?«
»Keine Ahnung.«
»Ein Schreiben an dich, in dem für den netten Brief gedankt und großes Interesse an einem gewissen Berthold Kilian bekundet wurde. Na, kommt die Erinnerung wieder?«
»Ich glaube, ich mache jetzt den Kamin an. Ist euch nicht auch kalt?«
Chambier wollte sich erheben, aber Maren hielt ihn zurück. »Berthold hat dich was gefragt, Vater.«
Chambier seufzte und verschränkte die Hände vor der Brust. »Also gut, ich habe mir gedacht, ich könnte Bumerang dadurch helfen. Hat doch geklappt, oder etwa nicht?«
»Und weshalb warst du so erpicht darauf, den Samariter zu spielen?«
»Du brauchtest doch eine Chance, mein Junge. Dir ging es verdammt dreckig.«
»Ist das alles?«
Chambier schwieg.
»Du hattest nicht noch einen anderen Grund, hinter Caruso her zu recherchieren? Doch! Verrate ihn uns.«

Chambier zeigte keine Reaktion. Kilian hakte nach, der Freund schwieg lange, dann gab er sich einen Ruck.
»Seit vielen Jahren hat sich meine Welt reduziert auf die Zeitung, auf Trier, die Mühle und darauf, ab und zu in Urlaub zu fahren. Ich bin damit zufrieden gewesen, hatte als Leiter der Lokalredaktion genug zu tun und fand meine Anerkennung. Long John konnte nicht an mich ran, Müsli und Öki wollten nicht, Carwash ist nur für schöne Bildchen zu gebrauchen. Da tauchte eines Tages dieser Benno Dexheimer auf. Frech wie Oskar, mit einem unheimlichen Elan, und gut, verdammt gut war er. Er konnte fotografieren und schreiben, war für jedes Thema einsetzbar, brachte in kürzester Zeit wirklich exzellente Artikel, knapp, prägnant und einigermaßen objektiv, soweit man das überhaupt sagen kann. Und dann, vor ungefähr acht Jahren, erwischte Caruso mich bei einer Mauschelei.«
»Du hast gemauschelt?« Maren war perplex. »Der große Chambier ist ja menschlich und hat gemauschelt! Erzähl!«
Chambier wand sich und wollte nicht mit der Sprache heraus. »Im Grunde war es nichts Schlimmes, aber ich habe gegen meine eigenen Prinzipien verstoßen. Am schwersten wiegt wohl die Schuld, die man sich selbst gibt.«
»Werde jetzt bitte nicht philosophisch«, fiel Kilian ihm ins Wort.
»Also gut. Ich habe einen Leserbrief geschrieben und einen Bekannten gebeten, ihn unter seinem Namen an die Zeitung zu schicken. Da alle Leserbriefe über meinen Tisch gehen, habe ich also den eigenen zur Veröffentlichung freigegeben. Und davon hat Caruso erfahren. Ich hatte den Fehler gemacht, den Brief auf meinem PC zu tippen.«
»Bist du von Caruso erpreßt worden?«
Chambier schüttelte den Kopf. »Schlimmer. Er hat überhaupt nichts unternommen, außer mich immer wieder nach Leserbriefen zu fragen. Keiner der anderen hat gemerkt, was gespielt wird.«
»Dein Leserbrief, worum ging es da?«
»Muß ich das unbedingt sagen?«
Kilian konnte es sich denken. »Du wolltest Spagat einen reinwürgen.«

»Wer ist Spagat?« Maren schaute von einem zum anderen.
»Unser Chef von der Kultur. Mit dem stehen alle auf Kriegsfuß. Aber der braucht das, um sich gut zu finden.«
»Woher weißt du …«
»Chambier, inzwischen kenne ich dich etwas. Dir war es verdammt peinlich, daß du nicht den direkten Weg gewählt hast. Aber du wolltest mehr: Spagat in derselben Weise bestrafen, die er für seine seltsamen geistigen Ergüsse bevorzugt.«
Chambier gab das zu. Das habe Caruso mitbekommen – und habe, nicht blöde, sofort die Zusammenhänge erfaßt. Immer wieder sei er verdeckt auf diesen Brief zu sprechen gekommen. Besonders peinlich habe er, Chambier, das empfunden, weil er stets auf saubere und objektive Berichterstattung gedrängt habe.
»Klingt irgendwie banal, Bumerang. Aber kannst du mich verstehen?«
»Demnach habe ich deinem damaligen Leserbrief die Bewältigung meiner Vergangenheit zu verdanken.«
»Im Grunde ja. Um mich von diesem aalglatten Typen zu befreien, habe ich versucht, ihm einen Fehler nachzuweisen. Obwohl er sich alle Freiheiten herausgenommen hat, ist mir das nicht gelungen. Gut, ich hatte meinen Verdacht, bin aber erst durch deinen Fall auf die Beweise gestoßen, als ich mich wie ein Fanatiker dahintergeklemmt habe, seine Arbeitsweise aufzudecken. Zu dem Zeitpunkt hast du allerdings schon monatelang im Gefängnis gesessen, und Caruso hat überraschend gekündigt.«
»Deine Chance war vertan, und durch mich hast du Jahre später eine neue erhalten.«
»Ja, Bumerang. Das mag für andere seltsam klingen, aber erst indem ich Dexheimer etwas Schlimmeres nachweisen konnte, war meine Schuld getilgt.«
»Warum hast du dich nicht mit Spagat ausgesprochen?«
»Nie und nimmer«, entrüstete sich Chambier. »Lieber hätte ich gekündigt.«
Kilian und Maren lachten.
»Macht euch nur lustig über einen alten Mann, aber ich habe nun

mal meine Prinzipien. Wenn ich jetzt einen Leserbrief schreibe, dann schickt ihn Ännchen Becker oder ihr Mann Karl ab. Ännchen«, Chambier deutete mit dem Daumen hinter sich, er meinte das Ehepaar, das die Mühle versorgte, »hat schon viele schöne Briefe geschrieben.«

Als erstes verblüffte der Deutsche die übrigen Anwesenden mit der Bemerkung, Gillespie gehöre nicht mehr in ihre Runde. Also war an den Gerüchten doch etwas dran, überlegte Christine Sallinger und warf ihrem Landsmann Bob einen kurzen Blick zu. Bob zuckte nur mit den Schultern, er konnte nichts mehr ändern. Noch weniger hätte Sagura dies tun können, der in Japan doch etwas abseits war und zudem eine Eigenschaft besaß, die ihm bei vielen Geschäften im Weg stand: Ehrlichkeit.

»Aber für Gillespie wird in Zukunft mein neuer Berater, der den maroden Laden wieder auf Vordermann bringt, an unseren Treffs teilnehmen.«

Wie ein Feldherr betrat Sherman den Raum und setzte sich neben Hansrüdiger Volkholz. Was wie eine Theateraufführung inszeniert war, verfehlte nicht seine Wirkung und ließ Christine wenig elegant reagieren: Ihr Kiefer klappte langsam nach unten. Bob fühlte sich zum erstenmal im Leben als Verlierer. Sagura putzte stumm seine Brille.

Christine hatte geglaubt, Fred stünde immer noch in ihren Diensten, hatte er doch daran gearbeitet, WTC erst zu pushen und dann, praktisch auf Befehl, fallenzulassen und dadurch Target zu besseren Quoten zu führen. Bob Chassman hatte gemeint, Sherman stünde in seinen Diensten, hatte er ihm doch den heißen Tip gegeben, WTC schnell an Gillespie abzugeben. Gillespie, von Sherman zum Kauf von WTC gedrängt – deshalb hatte er auch einige Millionen draufgelegt –, brauchte über so etwas nicht mehr nachzudenken, er war seinen Konzern los. Der Deutsche hatte ihn komplett dem seinen einverleibt.

»Gillespie und ich, wir haben uns geeinigt«, verkündete Hansrüdiger. »Die Verluste mit WTC waren zu schmerzlich für ihn,

außerdem hatte er nur noch eine dünne Kapitaldecke. Herr Sherman war so freundlich, das alles für mich in die Wege zu leiten.«
Christines Blick wanderte zu Sherman, der nun ein ähnlich spöttisches Lächeln aufgesetzt hatte, wie es bislang ihr vorbehalten gewesen war. Von diesem Secondhandmanager, wie sie Sherman unter Kollegen bezeichnete, über den Tisch gezogen worden zu sein, das setzte ihr enorm zu. Schlimme Gedanken gingen ihr durch den Kopf, denn ihre Arroganz ertrug es nicht, daß sie von einem ihrer Ansicht nach minderwertigen Gegner bezwungen worden war. Schmallippig und mit erzwungener Ruhe sagte sie: »Fred, ich habe Sie immer für loyal gehalten.«
Sherman, immer noch dieses Lächeln im Gesicht, konterte: »Ja, wir beide dachten vom anderen, er sei loyal.«
»Sie haben sich an der Kasse von ›Social Help‹ vergriffen.«
Sherman schüttelte den Kopf. »Nein, Christine. Ich habe lediglich frei über Ihren Beitrag zu dem Unternehmen verfügt.«
Christine schmollte. »Sie hätten mich fragen müssen.«
»Ich habe Hansrüdiger gefragt.«
Diese Unverfrorenheit verschlug Christine die Sprache. Überhaupt hatte das Glück sie, zumindest in Sachen Volkholz, verlassen. Da hatte sie diesem Autor Kameroun, der über Volkholz und seine Telestar-Gruppe ein Buch veröffentlichen wollte, kistenweise brisantes Material geliefert, ihn mit eigenen Industriedetektiven unterstützt, und was war daraus geworden? Volkholz hatte davon Wind bekommen – vielleicht steckte auch hier Sherman dahinter –, entsprechende Vorkehrungen getroffen und die Angelegenheit wie eine Welle am Strand wirkungslos auslaufen lassen. Jetzt hatte sie nur noch den Trumpf mit der Steuerfahndung, ihr wirklich allerletztes Mittel, das einzusetzen sie sich noch scheute.
»Fred, warum haben Sie nicht mit mir gesprochen?« ließ sich Bob vernehmen.
»Ich habe mit Ihnen gesprochen, aber Sie wollten mich nicht.«
»Eine Million habe ich Ihnen gezahlt.«
»Und trotzdem noch zwölf an WTC verdient, mein lieber Bob.«
Daß er Chassman einfach mit dem Vornamen ansprach, zeigte,

welchen Stellenwert Sherman sich nun, da er an des Deutschen Seite saß, selbst zuwies.
»Lassen wir doch das Geplänkel, liebe Freunde, wir haben Wichtigeres zu tun. Zunächst einmal folgendes: Indem ich Gillespie übernommen habe, bin ich in all seine Verträge und Verpflichtungen, aber auch in all seine Rechte eingestiegen. Gibt es dazu eine Frage?«
»Wollen Sie allen Ernstes darauf bestehen, Hansrüdiger, bei unserem geplanten Projekt auch Gillespies Anteil an Kamerateams, Reporterteams, Zeitungen und Magazinen zu übernehmen?«
Der Deutsche schmunzelte. »Aber selbstverständlich, Christine, deshalb habe ich ihn doch gekauft.«
»Dann sind Sie …«
»Genauso stark vertreten wie sie alle zusammen, meine Herrschaften.«
»Das ist …«
»Busineß.«
In diesem Augenblick war Christine sicher, daß Hansrüdiger für den Komplex Gillespie mit den drei Fernsehanstalten, den diversen Beteiligungen, Zeitungen und Magazinen – im Printbereich hatte der Engländer auf sechs Millionen Gesamtauflage verweisen können – nur unwesentlich mehr gezahlt hatte, als WTC ihr eingebracht hatte. Etwas von hundertvierzig Millionen wurde gemunkelt, wahrlich ein Sonderangebot. Sicherlich waren außerdem etliche Millionen diskret geflossen, wie in der Branche üblich. Ob ich nicht doch die Steuerfahndung …
»Ich freue mich, daß sie meinem Konzept zugestimmt haben. In …«, der Deutsche schaute auf seinen Terminkalender, »… in fünf Tagen laufen die entscheidenden Verhandlungen. Müssen wir vorher noch etwas klären?«

Eingemummt stapfte Kilian an diesem kalten Morgen hinter seinem Blockhaus den Hang hinauf und weiter bis auf die Höhe. Er brauchte die klare Luft, um seine Gedanken zu ordnen und zu sich selbst zu finden. Noch uberschaute er nicht alles, denn seine

Rehabilitierung war lediglich ein Steinchen in einem großen Mosaik.
Chambier hatte zugegeben, gewußt zu haben, daß Caruso für WTC arbeitete. Ihn, Kilian, hatte er nach dem Lockenkopf suchen lassen, damit er selbst darauf stieß und sich nicht von ihm gedrängt fühlte. Das nahm er Chambier nicht so ganz ab. Was er ihm jedoch glaubte, war, daß er eine Beschützertruppe engagiert hatte. Chambier hatte zugegeben, er habe große Angst um Kilian gehabt, nachdem man ihm im Goldkäulchen aufgelauert hatte. Wer hinter diesem Anschlag steckte, war auch kein Geheimnis mehr. Sherman, da war sich Kilian absolut sicher, hatte das angezettelt, möglicherweise um Caruso einen Dienst zu erweisen. Was hatte der Sterbende noch gesagt, als er ihn nach seinem Auftraggeber fragte? Blaustein hatte er ihn genannt. Blaustein, weil er den richtigen Namen nicht wußte und weil Sherman einen Ring trug mit einem blauen Stein in der Farbe der U. S. Air Force. Sherman, das hatte Kilian mittlerweile herausgefunden, war Pilot gewesen. Daß der Sterbende ihn nicht Rotschopf oder ähnlich betitelt hatte, lag wahrscheinlich daran, daß er dem Amerikaner nur verkleidet, im Dunkeln oder in einem spärlich beleuchteten Raum begegnet war.
In einem Punkt hatte Chambier ihm nicht die wahren Hintergründe offengelegt. Auf seine Frage, weshalb er ihn, Kilian, so intensiv mit den Molotow-Protokollen und seiner These über die Großmächte konfrontiert und Maren auch noch den weißrussischen Minister eingeladen habe, hatte Chambier ausweichend geantwortet: Er habe gedacht, Kilian interessiere sich dafür. Erst recht, da es doch nun, wie Victor bestätigt hatte, eine weitere verdeckte Entscheidungsebene geben müsse, so eine Art alleroberster Instanz. Was denn diese Instanz mit ihm, Kilian, seiner Vergangenheit und den Aktionen gegen WTC zu tun habe, darauf war der Freund ihm eine Antwort schuldig geblieben. Diese Frage müsse er sich schon selbst beantworten, hatte er gesagt. Ob er die Macht der Medien denn immer noch nicht erkannt habe?
Kilian hatte sie längst erkannt. Was den Zuschauern heute geboten wurde, war nicht mehr nur ein Schwall an Informationen,

sondern zielte auf ihr Unbewußtes und unterminierte ihren Willen. Immer deutlicher wurde den Konsumenten suggeriert, sie versäumten etwas, wenn sie sich den Medien nicht öffneten. Und die Rechnung der Anbieter ging auf: Die Zuschauer wurden immer hastiger und maßloser, zappten sich durch den Alltag wie durch die Fernsehkanäle, bewegten sich auf der Datenautobahn und versäumten es zu leben. Die Freizeit zerrann; statt sie sinnvoll zu nutzen, lieferten die Leute sich völlig dem von Medien und Werbung ausgeübten Druck aus, verzettelten sich. Da alles im Überangebot vorhanden war, machte sich Langeweile breit, der man zu entfliehen versuchte. Doch es waren aussichtslose Fluchtversuche, solange man sich nicht selbst Inhalte gab.
Kilian setzte sich auf eine Bank und schaute hinüber auf den Brubacher Hof, der gerade von der frühen Wintersonne aufgewärmt wurde. Ein beschauliches Bild, ein friedliches Bild, das in krassem Gegensatz stand zu seinen Überlegungen und Empfindungen.
Kilian registrierte die innere Unruhe, die ständige Anspannung. In den vergangenen Wochen hatte er sich verändert; er hatte seine Toleranz eingebüßt, sah nur noch sich selbst und seinen Weg. Der Egoist in ihm war gewachsen, und er nahm auf einmal Rechte für sich in Anspruch, die er als Journalist anderen keinesfalls zubilligte. Er hatte Erfolg gehabt, aber nun stand er am Scheideweg.
Was will ich? Womit gebe ich mich zufrieden? Wann habe ich mein Ziel endlich erreicht? Falls er gedacht hatte, dieses ständige Grübeln führe, da ihm schon keine Antworten einfielen, irgendwann zur Abstumpfung, dann sah er sich getäuscht.
Die Masse ist ein gefräßiges Tier, sie muß ständig gefüttert werden, hatte Chambier in bezug auf Nachrichten gesagt. Der einzelne ist genauso gefräßig, fügte Kilian nun in Gedanken hinzu und meinte im Grunde genommen sich selbst. Gefräßig, gierig. Haben die Medien gierig gemacht, überlegte er, indem sie sich vordergründig für den Menschen einsetzen, die Einmaligkeit des Individuums herausstellen? Also jeden permanent auf seine Rechte hinweisen, die Leute mit Werbung überhäufen, den Genuß in den Mittelpunkt rücken und immer neue Begehrlich-

keiten wecken? Ist daraus nicht tatsächlich eine Gier nach immer mehr und noch mehr erwachsen?
Kilian stellte sich Fragen, deren Antwort er längst kannte. Natürlich wußte er, daß die Medien es nie wagen würden, die Mehrheit oder eine starke Bevölkerungsgruppe, also potentielle Käufer, offen anzugreifen. Das gestattete man allenfalls einem Gastkommentator, um sogleich darauf zu verweisen, daß der gute Mann lediglich seine persönliche Auffassung kundgetan habe. Ausnahmen wurden nur gemacht, wenn es sich um einen Trend handelte, etwa Umweltschutz kontra Autofahrer, ein Reizthema, das die Nation spaltete und bei dem man sich großer Lager sicher sein konnte, egal, in welche Richtung sich die Diskussion bewegte.
Mündigkeit und Eitelkeit sind verfeindete Geschwister, dachte Kilian. Wer von beiden steckt schon gern zurück? Und da Selbstdarstellung Konjunktur hat, wird auch die Eitelkeit gefräßiger. Jeder möchte bei allem und jedem mitreden. Die Politik zeigt, wie das geht – Kunst, Kultur und Sport haben darunter zu leiden –, verbittet sich jedoch gleichzeitig die Einmischung in eigene Angelegenheiten.
Kilian hatte das alles begriffen, und er war nicht bereit, seine Vorstellung von Objektivität, von sauberer, emotionsloser Berichterstattung in einem langwierigen Kampf umzusetzen. Er verspürten keinen missionarischen Eifer und wollte sich nicht den Angriffen der eigenen Kollegen ausgesetzt fühlen. Und da ihm immer schon innere Zufriedenheit wichtiger gewesen war als ehrgeiziges Konkurrieren mit anderen, würde seine Tätigkeit als Journalist irgendwann ein Ende finden. Daß er kneife, mit diesem Vorwurf würde er leben können. Ebenso mit der Behauptung, gerade er müsse doch, da er die Schattenseiten kennengelernt habe, mehr Rückgrat besitzen als andere und sich um so mehr für journalistische Sauberkeit, für Minderheiten und deren Probleme einsetzen.
Seinen weiteren Lebensweg sah Kilian vorgezeichnet. Was er wollte, was er wieder wollte, war als Lehrer an die Schule gehen. Nur dort konnte er die Basis für eine gesunde Kritikfähigkeit legen, die vielleicht auch einen kritischeren Umgang mit den

Medien nach sich zog. Ob man ihn noch im Schuldienst haben wollte, war die eine Frage. Und wie man ihm begegnete, die andere. Rehabilitiert zu sein, unschuldig, das hatte in einer Gesellschaft, die gern aus Bequemlichkeit Vorurteile aufsaugte und als Produkt eigener Überlegungen auswies, überhaupt keine Bedeutung.
Vor allem aber sollte ein Lehrer seine privaten Probleme gelöst haben, ehe er sich an die der anderen heranwagte. Maren oder seine Familie, er wußte es nicht. Für Maren sprach ein Gefühl, für seine Familie sprachen Gefühl und Verantwortungsbewußtsein. Und etwas Verantwortung wollte er schon übernehmen.

Finnland war von jeher eine Nahtstelle zwischen West und Ost. Zur Zeit des Kalten Krieges hatte man sich in diesem neutralen Land getroffen, um wichtige Angelegenheiten zu besprechen, und nun traf man sich wieder, um noch wichtigere Dinge zu besprechen.
Tagungsort war ein unauffälliges Sommerferiendorf wenige Kilometer von Helsinki entfernt. Tief verschneit lag es unter klarem, blauem Himmel an einem See, ein Motiv, wie geschaffen für eine Ansichtskarte. Die komfortablen Limousinen erregten um diese Jahreszeit kein Aufsehen, weil sich sonst niemand in dieser verlassenen Gegend aufhielt. Und an Hubschraubern im Winter störte sich auch keiner, selbst dann nicht, wenn sie ausländische Hoheitszeichen trugen.
Knapp zwanzig Personen waren in dem holzvertäfelten Raum versammelt. An dem großen rechteckigen Tisch direkt saßen die fünf Medienmogule – Won Ting aus Hongkong war auch anwesend – und je ein Vertreter aus Rußland, England, Frankreich und den USA. In der zweiten Reihe die Berater, die von Zeit zu Zeit ihren Hauptrednern etwas ins Ohr flüsterten.
Schugaschwilli, Exgeneral, Präsidentenberater und Koordinator des neu organisierten russischen Geheimdienstes, klopfte mit seinem Siegelring gegen das Glas. »Wir wollen uns erst einmal auf die Termine einigen, meine Dame, meine Herren. Schritt eins, die

Wahl in Aserbeidschan, erfolgt am 16. März. Den letzten Umfragen zufolge liegt die Opposition, gestützt vom Nachbarland Georgien, das einen Anschluß Aserbeidschans anstrebt, uneinholbar vorn. Die Opposition gewinnt, aber die aserbeidschanische Regierung wird das Wahlergebnis anzweifeln und von Manipulation sprechen. Schritt zwei wird sein, daß die Oppositionspartei, die gewonnen zu haben glaubt und von Wahlbetrug spricht, sich an Georgien wendet, um mit Hilfe des Nachbarlandes doch noch an die Regierung zu kommen. Die Folge: Georgien droht vorerst nur, läßt aber schon vorsorglich Militär an der Grenze aufmarschieren. Die Regierung des kleineren Nachbarlandes lenkt nicht ein, und neun Tage nach der Wahl wird Aserbeidschan von starken georgischen Verbänden überrollt.«

Sherman, der sich eifrig Notizen machte, meldete sich zu Wort. »Die Phase der Eskalation und die Entscheidung des georgischen Parlaments, den Nachbarstaat zu überfallen, müssen unbedingt filmisch dokumentiert werden. Herr Schugaschwilli, wir benötigen deshalb nicht nur Teams in Aserbeidschan, sondern auch in Georgien.«

Der Exgeneral beriet sich mit seinem Hintermann.

»Kein Problem«, sagte er schließlich. »Die maßgeblichen Herren werden Ihnen für Interviews und Statements zur Verfügung stehen.« Er räusperte sich und blickte in die Runde. »Schritt drei: Der Kampf um Aserbeidschan ist schwer und langwierig, die Berge bieten die beste Verteidigung. Die Bevölkerung wird leiden, Städte und Krankenhäuser werden in Brand geschossen, die Versorgung mit Strom und Lebensmitteln bricht zusammen. Um die Weltöffentlichkeit aufzurütteln und Hilfsorganisationen auf den Plan zu rufen, muß diese Zeitspanne mindestens zwei Monate dauern.«

Der mit seiner Weltöffentlichkeit, dachte Christine. Wir sind die Weltöffentlichkeit. Laut fragte sie: »Und wie steht es mit Einzelschicksalen?«

Der Russe verstand nicht sofort.

»Ich meine, der Zuschauer begreift das Geschehen um so besser, je mehr er sich mit Betroffenen identifizieren kann: Mütter, die

ihre Babys verloren haben, der verwundete und verstümmelte Soldat, umherirrende Kinder, die ihre Eltern suchen, alte Leute ohne Wohnung und Nahrung, Patienten, die in Krankenhäusern auf Operationen oder Medikamente warten.«
Schugaschwilli hatte nichts dagegen einzuwenden – was interessierten ihn Einzelschicksale, wenn eine ganze Nation auf dem Spiel stand? Er postierte sich vor einer Wandkarte. »Kommen wir zu Ihren Schicksalen. Wir lassen in breiten Tälern auf halber Höhe«, er deutete auf zwei Ebenen, »einige Lastwagen mit Lebensmitteln und Decken sowie den gängigen Medikamenten ... zurück. Es wird so aussehen, als sei die Besatzung desertiert. Da die Fahrzeuge leider keinen Treibstoff mehr haben, werden die Flüchtenden – zwanzigtausend werden es wohl sein – in unmittelbarer Nähe ein Lager aufschlagen. Zufällig gibt es dort auch Quellen.«
Zwei Teams in beheizten Wohncontainern könnte man dort permanent stationieren, überlegte Christine und fragte: »Wann beginnt die Versorgung aus der Luft?«
»Die Nahrungsmittel reichen für maximal zehn Tage, der Nachschub verzögert sich selbstverständlich, es wird zu Kämpfen rivalisierender Gruppen kommen. Zwei in Aserbeidschan bekannte Verbrecherorganisationen sind in der Lage, Lebensmittel zu organisieren und zu horrenden Preisen auf dem Schwarzmarkt zu verkaufen.«
Schugaschwilli wußte auch schon, wer die Mafia beliefern würde. Mit einigen Gesinnungsgenossen, darunter zwei russische Minister, hatte er in weiser Voraussicht eine Firma gegründet, die billig Bestände der Europäischen Union aufkaufte.
»Erst wenn diese Phase mindestens drei oder vier Wochen andauert, werden wir, auf Ersuchen der UNO, von Rußland aus eine Luftbrücke einrichten und auch medizinische Hilfe gewähren.« Schugaschwilli schmunzelte, denn auch an diesem Deal war er beteiligt. »Inzwischen dürfte eklatanter Vitaminmangel herrschen, das Wasser der Quellen kaum noch ausreichen, Heizmaterial gibt es sowieso nicht dort oben, und die Cholera wird ausgebrochen sein.«

Schugaschwilli kam auf die geplanten politischen Aktivitäten zu sprechen, auf die Friedensbemühungen von Rußland, Amerika und der UNO, die parallel zu den Kämpfen anlaufen sollten. Spätestens seit dem Jugoslawienkrieg wußte jeder, was zu tun war, damit so etwas garantiert nicht zu schnellem Erfolg führte.
Warrington, der Amerikaner, meldete sich zu Wort. Die USA würden Mitte Mai in der UNO sofortige Hilfe fordern: Das Leiden der Bevölkerung sei ja nicht mehr anzusehen, es müsse was getan werden.
»Die Vereinten Nationen«, fuhr er fort, er war mit seinen fünfunddreißig Jahren wohl der Jüngste in der Runde, »werden einer Hilfe zustimmen müssen, aber aus Kostengründen – die Kasse der Weltorganisation ist leer – versuchen, sich davor zu drücken, eigene Truppen hinzuschicken.«
Der smarte West-Point-Absolvent brauchte nicht zu erwähnen, daß die Kasse der UNO hauptsächlich, wie in all den Jahren zuvor auch, wegen der noch nicht oder verzögert gezahlten Beiträge der USA einen Tiefstand aufwies. Dieser die UN lähmende Umstand war allen Anwesenden bekannt – und die Besetzung Haitis durch die Amerikaner hatte eben deshalb so hervorragend geklappt, weil die Weltorganisation aus finanziellen Gründen dort nicht eingreifen konnte. An einer schnellen Begleichung ihrer Schulden, und damit an einer flexibler reagierenden UN, schienen die Vereinigten Staaten nicht sonderlich interessiert zu sein. In schöner Regelmäßigkeit meldeten sich kritische Senatoren und Abgeordnete des Repräsentantenhauses zu Wort: Warum überhaupt an die Organisation zahlen, wenn doch alle, besonders die Länder der Dritten Welt, gegen uns sind?
»Deshalb wird mein Land, mit Unterstützung der Chinesen, dem Sicherheitsrat den Vorschlag machen, unter russischer Führung eine multinationale Eingreiftruppe nach Aserbeidschan zu entsenden.«
»Spielen die Chinesen mit?«
»Kein Problem, Mister Volkholz, wir locken sie mit der Meistbegünstigungsklausel.« Warrington grinste wie ein Lausbub. »Wer kann da schon nein sagen?«

Sagura, der Japaner, seufzte; er war davon überzeugt, daß das funktionieren würde. Sein Land hatte diese Klausel zu spüren bekommen, war in vielen Bereichen durch restriktive Einfuhrbeschränkungen für längere Zeit vom US-Markt abgeschnitten worden. Und später hatte Japan sich durch den teuren Yen selbst abgeschnitten.

Es wurde Mitternacht, bis auch die letzten Fragen geklärt, alle Bedenken ausgeräumt, genügend Garantien gegeben und die einzelnen dramaturgischen Kniffe erörtert waren.
»Und nun zu unserer Vereinbarung.« Schugaschwilli beugte sich vor. »Sie sind bereit, neunhundert Millionen Dollar zu zahlen. Wir möchten aber eins Komma fünf Milliarden.«
Christine, Bob, Hansrüdiger, Segura und Won Ting tauschten kurze Blicke aus und schüttelten dann einhellig den Kopf.
»Dann wird es kein Aserbeidschan geben.«
»Und den Russen, Herr Schugaschwilli, entgeht die Möglichkeit, das neue Waffensystem Kurlock – ein auf vierunddreißig bis zweiundvierzig Grad warme Biomasse reagierendes Geschoß –, Sovtol, die Ultraschallkanone, und den Gleitjäger MiG-66 mit Geräuschabsorption unter realen Kriegsbedingungen zu testen.«
Schugaschwilli sah den Deutschen überrascht an. »Woher wissen Sie davon?«
Auch der Amerikaner, der Brite und der Franzose spitzten die Ohren. Gab es da etwas, wovon sie keine Ahnung hatten?
Es wurde endlos gefeilscht. Die Unkosten, so der Russe, seien enorm in die Höhe geschnellt. Volkholz führte als Gegenwert das gesteigerte Prestige der russischen Republik auf, die als Sieger doch wieder gut dastehen werde. »Außerdem, Herr Schugaschwilli, verpflichten wir uns, nichts über die wahren Hintergründe des Eingreifens mit der anschließenden Annexion verlauten zu lassen: Ölquellen am Schwarzen und Kaspischen Meer sowie Uranvorkommen in Georgien und Aserbeidschan. Und nicht zu vergessen Armenien, das vermutlich nächste Ziel. Die kleine Republik wird vollständig eingekesselt sein: im Norden, Osten und Westen durch Rußland, im Süden vom Iran.«

Alle Probleme gelöst – und trotzdem unzufrieden. Kilian kam es so vor, als wanderte seit Monaten, seit er mit solchem Eifer die verschlungenen Finanzierungswege, Verschachtelungen und Beteiligungen der Medien studierte, ein Schatten neben ihm her, der ihm signalisieren wollte: Da ist noch was, ein Detail hast du übersehen.
Gleichgültig, in welche Richtung er zu kombinieren versuchte, ein ganz bestimmter Vorfall drängte sich ihm immer wieder auf. »Wir haben nämlich einen besonderen Manager, der für alles einen Ausweg weiß.« Das hatte Caruso einen Tag vor seinem gewaltsamen Ende in der Mühle gesagt, und er hatte Sherman gemeint. Daß der Amerikaner so als Drahtzieher hingestellt worden war, genügte Kilian aber längst nicht mehr.
Deshalb – und weil es aus seiner Sicht das einzige Verbindungsglied zu Sherman war – beschäftigte er sich ausgiebig mit dem Schlüsselbund des im Goldkäulchen erstochenen Gangsters. Sämtliche Schlüssel waren mit einem doppelten Bart versehen, konnten also nur zu einem Bankschließfach oder einem Safe gehören. Unter dem Vorwand, er wolle ein solches Fach mieten, klapperte er an einem Nachmittag alle Trierer Geldinstitute ab und ließ sich Schließfächer zeigen. Allein schon am Querprofil der Schlösser sah er, daß keines davon in Frage kam. Das hatte er erwartet.
Zwei Wochen benötigte er für die gleiche Prozedur in Luxemburg. Zuerst die Filialen deutscher Banken – in den meisten gelangte er ungehindert an die Schließfächer –, anschließend die bekannten internationalen Institute. Bei Nummer vierundsiebzig, der Bank für Credit and Commerce, wurde er zum erstenmal fündig. Einer seiner Schlüssel paßte zumindest, auch wenn er sich nicht drehen ließ. Also mußte Kilian nur herausfinden, zu welchem Fach er gehörte. Ein zweiter paßte gut zehn Versuche später, der dritte, ein kleiner, seltsam gezackter, erst bei der Bank Nummer einhundertzweiunddreißig. Kilian blieb einiges an Arbeit erspart, denn in Luxemburg gab es mittlerweile an die zweihundert Bankfilialen.
Nun, da die Schlüsselzugehörigkeit geklärt war, kam Kilian auf

vielen Umwegen und mit Hilfe eines Decodierexperten vom Landeskriminalamt auch den vermeintlichen Telefonnummern auf die Spur. Er mußte jeweils die Quersumme der sechs- bis achtstelligen Zahlenfolgen mit der zweiten Ziffer multiplizieren, und heraus kam die Nummer des Schließfaches.
Und diese Fächer wurden von Zeit zu Zeit aufgesucht. Die Berechtigten, lauter Männer im Alter zwischen dreißig und höchstens vierzig, öffneten sie, nahmen etwas heraus und verschwanden sofort.
Kilian listete genau auf, wer in welchen Abständen die Depots aufsuchte, machte Fotos von den Kurieren, sah – seine Schlüssel paßten – selbst nach und kam einem ausgetüftelten System auf die Spur.
Ein Auftraggeber – Sherman schien einer gewesen zu sein – ließ in einem Schließfach einen Schlüssel hinterlegen für ein zweites Fach in einer anderen Bank. Der Beauftragte entnahm dort, deponiert in schlichten weißen Briefumschlägen, Auftrag und Entgelt. Für den Auftrag genügten ein Foto, eine Anschrift und ein verklausulierter Hinweis, was mit dem Betreffenden zu geschehen habe. In einigen Fällen ging es um Mord, vermutete Kilian. Da lautete die Anweisung: »Step five«. Einmal fand er einen Umschlag mit achtzigtausend Mark, das war für ihn Beweis genug.
Der Teufel ritt Kilian, als er, das gleiche System nutzend, in einem zweiten Fach Shermans Foto, seine Anschrift im Hotel Maritim – wo er während seiner Deutschlandaufenthalte zu wohnen pflegte –, zehntausend Mark und die Aufforderung »Step one« hinterlegte.
Gut eine Woche später mußte sich der Amerikaner in einem Krankenhaus behandeln lassen, konnte allerdings noch am selben Tag wieder gehen. Er humpelte und ging gekrümmt, eine Braue und die Oberlippe hatten genäht werden müssen, und zwei Rippen waren gebrochen. Außerdem fiel es ihm schwer, mit dem rechten Auge etwas zu sehen.
Und dann grübelte Kilian. Mit einemmal wurde er sich der Macht bewußt, die er ausüben konnte, falls es ihn danach drängte. Hatte Abraham Lincoln doch recht gehabt? Zeigte er nun sein wahres

Gesicht? Mit der Zeit kam er dahinter, daß Schritt zwei einen Krankenhausaufenthalt von mehreren Tagen bedeutete, bei Schritt drei handelte es sich um Erpressung und bei vier um Entführung.

Zwar hatte Kilian das System geknackt, aber wer letztlich die Fäden in der Hand hielt, blieb ihm verborgen. Kein Auftraggeber kam zweimal, die Ausführenden waren jedoch wiederholt die gleichen, darunter auch Gesichter mit mongolischem oder asiatischem Einschlag …

Kilian schwankte zwischen Wissen und Ohnmacht. Das Wissen um diese Möglichkeit, alle Probleme zu lösen, erschreckte ihn und ließ ihn zugleich wachsen. Daß es ihm nicht gelang, dem wahren Drahtzieher auf die Spur zu kommen, setzte ihm enorm zu. Und je mehr er spekulierte, ob es sich um den Boß einer Verbrecherorganisation, einen Manager aus der Wirtschaft oder vielleicht um einen … Medienmogul handelte, desto unsicherer wurde er. Auch konnte er aus den Aufträgen nicht ersehen, wem sie zum Vorteil gereichten, dafür kannte er die Hintergründe zuwenig.

Über Wochen und Monate verbiß sich Kilian in das Vorhaben, bis zum Ursprung vorzudringen. Dabei machte ihm sein eigenes Vorgehen, die Art, wie er seine privaten Verpflichtungen hintanstellte, bedingungslos den Erfolg suchte, angst. Und irgendwann wurde ihm klar, daß zwischen dem, was er den Medien vorwarf, und dem, was er selbst tat, nur noch ein gradueller Unterschied bestand. Auch er wollte den Erfolg um jeden Preis, den Knüller, die phantastische Story.

Und eines Tages, mittlerweile war es Sommer geworden, die Einschaltquote von Target war in die Höhe geschnellt, Kilian war auch einmal Gast dort gewesen, entdeckte er in einem Schließfach sein eigenes Foto mit der Bemerkung: »Step five«. Hunderttausend Mark steckten in einem zweiten Umschlag.

Fieberhaft überlegte er: Wer hat es auf mich abgesehen?

Rund um die Uhr beobachtete er das vorsorglich leer geräumte Schließfach, um seinen potentiellen Mörder zu entdecken. Vergeblich.

Mit den Nerven am Ende, stellte er schließlich alle Beobachtun-

gen bei den Banken ein, verkroch sich in seinem Blockhaus, litt unter Schlafstörungen, war nicht fähig, einen klaren Gedanken zu fassen, und wartete. Immer wieder betrachtete er das Foto und versuchte herauszubekommen, wo es gemacht worden sein könnte. Und dann die viel wichtigere Frage: Wer hat es auf mich abgesehen? Sherman? Nein, der hatte, was er wollte, arbeitete nun für eine andere Gesellschaft, dem würde Kilian nicht mehr gefährlich werden.
Als nach vier Wochen noch kein Anschlag auf ihn verübt worden war, obwohl er sich sogar mehrmals nach Trier getraut hatte, wurde Kilian wieder aktiv. Er fertigte Kopien seines Luxemburger Recherchematerials an, fotografierte Auftraggeber und Ausführende und nahm seine Beobachtungen wieder auf. Und er wartete. Er wartete auf die Eingebung, wem er sein Material, wem er seine Lebensversicherung zukommen lassen sollte.

Endlich hatte Rußland, das von Krisen, Putschversuchen und wirtschaftlichen Depressionen heimgesuchte Land, wieder einmal Grund, ausgiebig zu feiern. Nicht das Gedenken an die Oktoberrevolution, die Zeiten waren längst vorbei, oder an das Ende des Zweiten Weltkrieges. Diesmal gab es einen anderen Anlaß zum Jubeln. Der Rote Platz war festlich hergerichtet, Kameras waren auf diversen Podesten und Türmen aus Aluminiumrohren aufgebaut, es gab girlandengeschmückte Ehrenplätze für die in Scharen angereisten Staatsmänner aus aller Welt. Andere Persönlichkeiten des öffentlichen Lebens, der Wirtschaft, aus Film- und Kunstszene saßen etwas abseits, aber immer noch auf der Tribüne und gut im Blickfeld der Objektive.
Der amerikanische Präsident hielt eine Rede und dankte den Russen für ihr couragiertes Eingreifen im Kaukasus; der Generalsekretär der UNO schloß sich an, ebenso Engländer und Franzosen, und auch die Deutschen durften und wollten nicht zurückstehen und fanden treffliche Worte wie Verantwortungsbewußtsein, Heldenmut, Tapferkeit und Menschlichkeit.
Schließlich baute sich der russische Präsident vor der Batterie von

Mikrophonen auf. Stolz sei er auf die Armee, stolz auf sein Land, das der Völkergemeinschaft bewiesen habe, wie zuverlässig es sei. Er lobte die Zusammenarbeit mit den Truppen anderer Staaten, das blinde Vertrauen zueinander und den Schulterschluß gegen einen gemeinsamen Feind. Auch daß man in ständigem Dialog gestanden habe, vergaß der Präsident nicht zu erwähnen.

Satz für Satz wurde die Ansprache von vielen Lautsprechern bis in den letzten Winkel Moskaus getragen, die Zuschauer vor Ort jubelten und klatschten frenetisch. Da aber Moskau zu klein war, den gewaltigen Sieg wirklich angemessen zu feiern, übertrug man das Spektakel weltweit. Drei Milliarden Menschen, so schätzten die Kommentatoren, die ständig auf der Suche nach Superlativen waren, kamen in den Genuß, an der Freude teilzuhaben.

Unter tosendem Beifall marschierte die jahrelang gebeutelte russische Armee auf, seit langem konnten die Soldaten wieder einmal lachen. Sie zeigten allerdings gewisse Ermüdungserscheinungen von den vielen anderen Feiern und Paraden, an denen sie teilgenommen hatten. Es folgten Amerikaner, Engländer und Franzosen, eben die, die dem Partner im Kaukasus-Konflikt hilfreich zur Seite gestanden hatten. Düsenjäger schossen im Tiefflug über die Metropole an der Moskwa, russische MiGs in Formation mit ausländischen, so wie Wochen zuvor zweitausend Kilometer weiter im Süden. Um ungestört zu sein, hatte man den Luftraum für alle anderen Flugzeuge gesperrt.

Es regnete Konfetti, Flugblätter wurden abgeworfen, Gutscheine für Hamburger verteilt. Die Kinder erhielten bunte Luftballons und Fotos mit Autogrammen der erfolgreichsten Piloten.

Vier Generäle, aus jedem Land einer, bekamen zu ihren drei Sternen noch einen vierten hinzu. Und anschließend sollte nach der größten Schlacht der Geschichte die größte Party der Geschichte stattfinden. Dazu waren alle Soldaten mit ihren Angehörigen eingeladen worden.

Siebzigtausend heiße Würstchen, fünfzigtausend gegrillte Hähnchen, eine Tonne Ketchup, eine Tonne Mayonnaise, vierzig Tonnen Eiswürfel, hundertfünfzigtausend Liter Bier, nicht gerechnet die diversen anderen Getränke und die vielen Zentner Fritten,

Brötchen und Kekse. So wollte die Regierung bekunden, wie fest sie hinter dem Militär stehe. »Endlich einmal erhalten wir Gelegenheit, uns bei den tapferen Soldaten zu bedanken.«
Kritische Stimmen gemahnten an die vielen Toten, die im Kaukasus zu beklagen seien, und sprachen von Kriegsverherrlichung; es gebe keine moralische Rechtfertigung für sinnlose Gemetzel. Aber wer hörte schon auf die wenigen Miesmacher?

Kilian saß im Wohnzimmer und schaute sich die in jeder Beziehung vollkommene Demonstration im Fernsehen an. Tim und Nicole hockten vor ihm auf dem Boden und fanden alles echt cool. Die schönen Farben, nur freundliche Gesichter, der Applaus, und dann erst die Flieger, die grüne, gelbe und rote Kondensstreifen an den Himmel malten! Nicht zu vergessen die Panzer, alle mit Blumengirlanden an den Kanonenrohren, als würde daraus lebenspendender Samen abgeschossen und nicht todbringende Kugeln. Und jeder der vorbeimarschierenden Soldaten trug eine rote Rose unter seiner Schulterklappe. Echt cool.
Gitte, Kilians nur noch vor dem Gesetz von ihm getrennte Frau, hantierte in der Küche und sagte zum wiederholten Mal, der Kaffeetisch sei gedeckt. Kilian aber beschäftigten andere Dinge. Vorhin, als die Kamera über die Ehrentribüne geschwenkt war, hatte er einige der geladenen Persönlichkeiten erkannt. Sherman stand halb verdeckt hinter Hansrüdiger Volkholz, war aber wegen seiner roten Haare sofort aufgefallen. Neben Volkholz lächelte Christine Sallinger, neben ihr wiederum Bob Chassman, und eine Reihe tiefer winkten der Japaner Sagura und Won Ting aus Hongkong. Chambier, deine These stimmt nicht mehr. Es sind nicht die großen Nationen, die sich absprechen und ihre Interessen im gegenseitigen Einvernehmen durchsetzen. Sie haben ihre Meister gefunden. Es geht auch nicht mehr um politische oder militärische Ziele, dieser Kuchen ist längst verteilt. Es geht um etwas ganz anderes: Brot haben wir, jetzt kommen die totalen Fernsehspiele. Ein neues Olympia, Wettkampf der Bilder und Ereignisse, von der Tele-Vision zur Illusion – wie ist das Leben doch unterhaltsam geworden.

Wieder ein Kameraschwenk über die Ehrengäste, einige blieben länger im Bild. Als Sherman sich vorbeugte und Volkholz hinter vorgehaltener Hand – deutlich war ein Ring mit blauem Stein zu sehen, Blaustein – etwas ins Ohr flüsterte und als der Deutsche daraufhin süffisant lächelte, kam die Eingebung, Kilians Warterei fand ein Ende. Nun wußte er, wem er sein Recherchematerial zukommen lassen würde.
»Du, Papi, drehen die dort für einen neuen Spielfilm?«
»Nein, Tim, das ist eine Siegesparade.«
»Aha. Und was ist das?«
»Man feiert das Ende eines Krieges.«
»Deswegen die glücklichen Gesichter.«
»Ja.« Oder wegen der Vorfreude auf den nächsten. Aber das behielt er für sich. Und nach einer Weile meinte Kilian: »Tim, ich glaube, du hast doch recht. Das ist wohl eher für einen Spielfilm.«

Volkholz hielt das Paket in beiden Händen, drehte es einige Male und öffnete es schließlich. Heraus fielen verschiedene Aufnahmen und Kopien. Ein Foto war separat auf ein Blatt geklebt, darunter stand »Step five«. Die beiden Worte waren durchgestrichen. Von den hunderttausend Mark fehlte nichts. Volkholz nahm ein zweites Foto aus seinem Schreibtisch und legte es daneben. Beide zeigten den gleichen Mann.
Wild, der ehemalige Oberst der Volksarmee, hatte ausgezeichnete Arbeit geleistet. Sein Vorschlag, gewisse Bankfächer zu beobachten, mit bestimmtem, eventuell abschreckendem Inhalt zu füllen und irgendwann einen Ballon zu starten, sozusagen als letzte Warnung, war taktisch absolut richtig gewesen. Volkholz lächelte. Aber irgendwie beschlich ihn auch ein ungutes Gefühl, so als sei er in einem sicheren Versteck aufgespürt worden. Warum, so fragte er sich, war die Sendung an ihn gerichtet? Woher konnte sein Gegenspieler von ihm wissen? Sie waren sich nie begegnet, es hatte keinerlei Kontakt zwischen ihnen gegeben. Und noch etwas beschäftigte Volkholz: Bekämpften sie einander jetzt mit den gleichen Waffen, oder akzeptierten sie den Status quo?
Akzeptieren, dachte Volkholz, wäre in Ordnung. Jeder wußte um

den anderen und verhielt sich ruhig. Und Volkholz war froh, daß er nicht nur Sherman übernommen hatte, diesen gewieften, skrupellosen und mit allen Tricks arbeitenden Medienexperten, sonder als Dreingabe auch noch diesen Wild mitgeliefert bekommen hatte. War schon seltsam, der Exoberst. Weigerte sich strikt, Blut fließen zu lassen, und behauptete, gezielte Warnungen könnten das gleiche bewirken. Vielleicht gar nicht so dumm, sinnierte Volkholz. Könige können sich Großzügigkeit leisten. Aber an den Fäden ziehen wollte er auch weiterhin. Die Aussicht auf den Kampf der Götzen war einfach zu verlockend.

unverkäufliches
Muster